Stephanie Laurens

Damas y libertinos

Editado por Harlequin Ibérica.
Una división de HarperCollins Ibérica, S.A.
Núñez de Balboa, 56
28001 Madrid

© 2014 Harlequin Ibérica, S.A.
Damas y libertinos, n.º 176 - 1.9.14

© 1992 Stephanie Laurens
Atrapado por sus besos
Título original: Tangled Reins
Publicada originalmente por Mills & Boon®, Ltd., Londres

© 1994 Stephanie Laurens
Escándalo y pasión
Título original: Fair Juno
Publicada originalmente por Mills & Boon®, Ltd., Londres

© 1993 Stephanie Laurens
Cuatro bodas por amor
Título original: Four in Hand
Publicada originalmente por Harlequin Enterprises, Ltd.
Estos títulos fueron publicados originalmente en español en 2004, 2004 y 1998

Todos los derechos están reservados incluidos los de reproducción, total o parcial.
Esta edición ha sido publicada con autorización de Harlequin Books S.A.
Esta es una obra de ficción. Nombres, caracteres, lugares, y situaciones son producto de la imaginación del autor o son utilizados ficticiamente, y cualquier parecido con personas, vivas o muertas, establecimientos de negocios (comerciales), hechos o situaciones son pura coincidencia.
® Harlequin, TOP NOVEL y logotipo Harlequin son marcas registradas por Harlequin Enterprises Limited.
® y ™ son marcas registradas por Harlequin Enterprises Limited y sus filiales, utilizadas con licencia. Las marcas que lleven ® están registradas en la Oficina Española de Patentes y Marcas y en otros países.
Imagen de cubierta utilizada con permiso de Dreamstime.com.

I.S.B.N.: 978-84-687-4502-2
Depósito legal: M-17270-2014

DAMAS Y LIBERTINOS

Atrapado por sus besos 7

Escándalo y pasión 289

Cuatro bodas por amor 487

ATRAPADO POR SUS BESOS

CAPÍTULO 1

—Ummm.

Dorothea cerró los ojos y paladeó el sabor de las moras silvestres maduradas al sol. Sin duda, el más delicioso goce del verano. Contempló la mata frondosa que, rebosante de frutos maduros, se extendía a un lado del pequeño claro. Había moras suficientes para la tarta de esa noche, y aún sobrarían para hacer mermelada. Dejó la cesta en el suelo y comenzó a recogerlas. Recorriendo metódicamente la zarza, seleccionó los mejores frutos y fue echándolos en la cesta con ligereza. Mientras sus manos trabajaban su mente funcionaba a toda prisa. Qué niña era aún su hermana, pese a sus dieciséis años. Dorothea se hallaba allí, en el corazón de los bosques de la hacienda vecina, por sugerencia suya. A Cecily le apetecía cenar pastel de moras. Así pues, con sus ojos castaños centelleantes y sus rubios tirabuzones danzarines, le había suplicado a su hermana, quien se disponía a salir a recoger hierbas aromáticas, que se desviara hasta el zarzal.

Dorothea suspiró. ¿Destruiría Londres aquella deslumbrante espontaneidad de su hermana? Y, lo que era más importante, ¿libraría a Cecily el inminente viaje a la capital de su monótona existencia? Habían pasado seis meses desde que su madre, Cynthia, lady Darent, muriera de un mal catarro, dejando a sus dos hijas al cuidado del primo de estas, lord Herbert Darent.

Cinco interminables meses pasados en Darent Hall, en el condado de Northampton, mientras los abogados examinaban el testamento, habían convencido a Dorothea de que por ese lado no podía esperarse ninguna ayuda y sí numerosos impedimentos. Herbert era, por decirlo con delicadeza, un infatigable pelmazo. Y Marjorie, su esposa, presuntuosa, pueril y desesperadamente vulgar en todos los sentidos, no servía para nada. De no haber aparecido la abuela cual hada madrina de cuento, solo Dios sabía qué habrían hecho.

De repente, incapaz de moverse, Dorothea se detuvo y miró, impasible, una zarza que había quedado prendida al bajo de su vestido. ¡Menos mal que llevaba las enaguas viejas! A pesar de los reproches de la tía Agnes por no respetar el luto, Dorothea había insistido en ponerse el vestido verde, pasado ya de moda, para sus salidas campestres. El escote de forma cuadrada y el corpiño ceñido a la cintura pertenecían a otra época; la falda amplia, sin el apoyo del voluminoso miriñaque, colgaba suelta de su esbelto talle. Examinó los pequeños desgarrones que las espinas de la zarza habían dejado en la tela.

Al incorporarse, el calor que hacía en el claro, rodeado de matorrales y árboles e iluminado por el sol que se filtraba oblicuo entre las ramas altas, la sofocó de nuevo. Se llevó impulsivamente las manos al pelo, que le caía en un pesado rodete sobre el cuello. Se quitó las horquillas que lo sujetaban y lo dejó caer en una hermosa cascada de color caoba hasta la cintura. Sintiéndose más a gusto, siguió recogiendo moras.

Sabía, al menos, qué le reservaba a ella el destino en Londres. Por más que se empeñara, a ella su abuela no podría conseguirle marido. Destellos verdes relucían como esmeraldas en sus grandes ojos. Estos eran, por descontado, su único atractivo. Sus demás méritos, inofensivos, estaban por desgracia pasados de moda. Tenía el pelo oscuro y no rubio, como por entonces se prefería; su tez era pálida como alabastro y no suavemente rosada como la de Cecily. Su nariz no estaba mal, pero su boca era muy grande y de labios excesivamente carnosos. Los labios delgados y pequeños eran el último grito. Era, además, demasiado alta y delgada para el gusto tan en boga por las curvas voluptuosas. Para colmo, tenía veintidós años y unas endiabladas ansias de independencia. No era, pues, el tipo de mujer capaz de atraer la atención de los hombres preocupados por la moda. Dejando escapar una risa profunda, se echó otra mora madura entre aquellos labios excesivamente carnosos.

Su postergación al rango de las solteronas no le inquietaba lo más mínimo. Tenía lo suficiente para vivir cómodamente el resto de sus días y aguardaba con espíritu ecuánime los largos años de excursiones campestres que la esperaban en La Grange. Había recibido una atención considerable de los caballeros del lugar, pero ningún hombre había despertado en ella el más leve deseo de trocar su independencia por el respetable estado del matrimonio. Mientras las jóvenes de su edad conspiraban y urdían maquinaciones para conseguir el tan preciado anillo, ella no veía razón alguna para seguir su ejemplo. Sospechaba que únicamente el amor, esa extraña y estimulante emoción que, como bien sabía, aún no había tocado su corazón, podría tentarla a abandonar su confortable estado. En realidad, le resultaba difícil imaginarse a un caballero cuya apostura bastara para animarla a renunciar a su sólida existencia. Hacía ya mucho tiempo que era su dueña y señora. Libre para hacer cuanto se le antojaba, activa y segura, se encontraba plenamente satisfecha. Cecily, en cambio, era otro cantar.

Alegre como un pájaro, su hermana anhelaba una vida más emocionante. A pesar de su juventud, sentía una ardiente curiosidad por el mundo, y el horizonte de La Grange era demasiado estrecho para saciar sus ansias. Dulce, joven y bella como mandaban los cánones de la moda, ella encontraría sin duda un elegante y apuesto caballero que le proporcionaría todo cuanto ansiaba su corazón. Esa era la principal razón de su marcha a Londres.

Dorothea había estado mirando una mora particularmente grande casi fuera de su alcance. Con una sonrisa, alzó su mano blanca para recoger el fruto tentador. Súbitamente la sonrisa se disolvió al sentir que un recio brazo rodeaba su cintura. Apenas se había dado cuenta de ello cuando, bruscamente, se halló envuelta en un fuerte abrazo. Entrevió una cara de tez oscura. Un momento después, sintió que la besaban apasionadamente.

Por un largo instante, su mente se quedó en blanco. Luego recobró la consciencia. No carecía del todo de experiencia. Si se mostraba pasiva, se vería libre mucho antes que si reaccionaba de cualquier otro modo. Prosaica y práctica, procuró mantenerse fría.

Sin embargo, había juzgado erróneamente la amenaza. A pesar de sus instrucciones perfectamente claras, su cuerpo se negaba a hacerle caso. Horrorizada, sintió que un súbito sofoco la inundaba y que, acto seguido, un deseo casi irresistible de abandonarse a aquel abrazo se apoderaba de ella. Ninguno de sus admiradores había osado besarla así. El deseo de responder a aquellos labios exigentes que oprimían los suyos se hacía cada vez más fuerte, escapando a su control. Conmocionada, intentó soltarse. Unos dedos largos se deslizaron entre su pelo, sujetándole la cabeza, y el brazo que rodeaba su talle la apretó sin contemplaciones. La fortaleza del cuerpo contra el que se hallaba comprimida le constató su impotencia. Entre un tropel de pensamientos dislocados, que rápidamente parecían hacerse menos coherentes, emergió la certeza de que su captor no era ni un gitano ni un vagabundo. Pero, ciertamente, tampoco era de por allí. La fugaz visión que había tenido de él le había dejado una impresión de negligente elegancia. A medida que se sentía arrastrada inexorablemente más allá de la razón, entre un torbellino de sensaciones, una extraña turbulencia fue apoderándose de ella. Después, bruscamente, como si de golpe se cerrara una puerta, el beso cesó.

Aturdida y sofocada, Dorothea alzó la mirada hacia aquel rostro de tez morena. Unos ojos castaños, de expresión divertida, miraban sus ojos verdes. Una intensa rabia surgió dentro de ella. Le lanzó una bofetada a aquella cara sonriente. Pero no dio en el blanco. A pesar de que ni un solo parpadeo delató su movimiento, una garra firme detuvo su mano en el aire y suavemente la bajó.

Su asaltante sonrió provocativamente, complacido por la bella expresión de furia del rostro de Dorothea.

—No, creo que no voy a permitir que me pegue. ¿Cómo iba a saber yo que no era usted la hija del herrero?

Su voz era ligera y suave, la voz inconfundible de un hombre educado. Recordando el aspecto que debía de tener con su vieja falda verde y el pelo suelto sobre los hombros, Dorothea se mordió el labio y de pronto, mientras un delator rubor se extendía por sus mejillas, se sintió ridículamente joven.

—Así pues —continuó aquella voz suave—, si no es la hija del herrero, ¿quién es?

Advirtiendo su tono burlón, ella alzó el mentón con desafío.

—Soy Dorothea Darent. Ahora, ¿hará usted el favor de soltarme?

El brazo que sujetaba su talle no se movió ni un ápice. La frente de su captor se frunció levemente.

—Ah... Darent. ¿De La Grange?

Ella solo pudo asentir levemente con la cabeza. Era sumamente difícil hablar mientras él la sujetaba con tanta fuerza contra su cuerpo. ¿Quién demonios era aquel hombre?

—Yo soy Hazelmere.

La mera constatación de un hecho. Por un instante, Dorothea creyó no haber oído bien. Pero aquel rostro, aquella expresión malévola y arrogante, profundamente grabada en las líneas que rodeaban su boca firme, no podía pertenecer a nadie más.

Dorothea había oído rumores. Lady Moreton, su vieja amiga, a cuyo señorío pertenecían aquellos bosques, había muerto durante la estancia de Cecily y Dorothea en Darent Hall. Según se decía, su sobrino-nieto, el marqués de Hazelmere, había heredado Moreton Park. La noticia había hecho correr las habladurías por el distrito. En aquel pequeño y rural remanso de paz, la posibilidad de que un miembro destacado de la alta sociedad fuera el nuevo propietario de uno de los mayores señoríos de la región estaba destinada a generar, bajo cualquier circunstancia, cierta curiosidad. Tratándose del marqués de Hazelmere, la curiosidad se multiplicaba por diez.

La esposa del vicario había torcido la boca con gesto sumamente desdeñoso.

—¡Cielo santo! Nada en el mundo podría inducirme a presentarle mis respetos a semejante individuo. ¡Con una reputación tan repugnante! ¡Y tan notoria...!

Al preguntar Dorothea inocentemente cómo se había ganado su reputación, la señora Matthews había recordado de pronto con quién estaba hablando y se había apresurado a excusarse con el pretexto de que tenía que seguir pasando los bizcochos entre sus invitados. En casa de la señora Mannerim, Dorothea había oído que se acusaba al marqués de ser jugador, mujeriego y con tendencia, en general, a una conducta licenciosa. A pesar de que ella desconocía los ambientes de la alta sociedad, gozaba de sentido común. Aunque lord Hazelmere no fuera un dechado de virtudes, los rumores eran, posiblemente, y como de costumbre, infundados. Además, Dorothea no podía creer que una mujer respetable como lady Moreton tuviera un sobrino-nieto tan licencioso.

Apartando su pensamiento de la mirada hipnótica de aquellos ojos castaños, revisó apresuradamente su opinión acerca del marqués. A decir verdad, aquel hombre era incluso más peligroso de lo que sugería su fama.

Esos pensamientos cruzaron rápidamente su semblante, pasando con nitidez del asombro a la perplejidad y finalmente a una escandalizada certidumbre. Los ojos castaños relampaguearon. Para un paladar estragado por una dieta constante de sofisticadas beldades, en cuyas caras de sonrisa afectada no se permitía jamás ni el rastro de una emoción genuina, la belleza y expresividad de aquel rostro resultaban infinitamente atractivas.

—Veo que ha oído hablar de mí —dijo para ver si ella volvía

a sonrojarse de aquel modo tan delicioso, y se vio ampliamente recompensado.

Dorothea, indignada, fijó la vista en su hombro izquierdo. Ella no era baja, pero los rizos de su coronilla apenas alcanzaban la barbilla de él. Así pues, su pecho quedaba muy cerca, justo a la altura de los ojos. En su limitada experiencia, nada la había preparado para enfrentarse a una situación como aquella. Nunca, en toda su vida, se había sentido tan impotente.

Al desviar la mirada, no advirtió el esbozo de sonrisa de los labios severos que un instante antes se habían apoderado de los suyos.

—¿Y se puede saber qué está haciendo exactamente la señorita Dorothea Darent en mis bosques?

Su tono altivo hizo que ella levantara la cabeza, como él esperaba.

—¡Oh! ¡Usted ha heredado las tierras de lady Moreton!

Él asintió y la soltó de mala gana, apartándose casi imperceptiblemente. Sus ojos castaños no se apartaron del rostro de ella.

Liberada de su aturdidora cercanía, Dorothea procuró recobrar la compostura y, del modo más imperioso que pudo, añadió:

—Lady Moreton siempre nos dio permiso para recoger cuanto quisiéramos en sus bosques. Sin embargo, ahora que son de usted...

—Puede, naturalmente —dijo Hazelmere suavemente—, seguir recogiendo cuanto guste y en todo momento —sonrió—. Incluso procuraré no confundirla con la hija del herrero la próxima vez.

Dorothea, cuyos ojos verdes centelleaban, le hizo una desdeñosa reverencia.

—Gracias, lord Hazelmere. Me aseguraré de advertírselo a Hetty.

Su comentario le sorprendió, como ella pretendía. Dorothea recogió su cesta y, todavía aturdida por el beso, concluyó apresuradamente que, en aquel caso, la retirada era la mejor estrategia. Pero no había contado con lord Hazelmere.

—¿Y quién es Hetty exactamente?

Detenida en medio de una ignominiosa huida, procuró recobrarse y contestó, muy digna:

—La hija del herrero, naturalmente.

Bajo la mirada fascinada de Dorothea, el hermoso semblante de lord Hazelmere, de rasgos casi agrestes, se relajó, siendo reemplazada su expresión irónica por un genuino regocijo. Riéndose abiertamente, él extendió una mano para agarrar la cesta e impedir que Dorothea se fuera.

—Creo que estamos empatados, señorita Darent, así que no se vaya. Su cesta está solo medio llena y hay muchas moras en esta zarza —sus ojos castaños la escudriñaban mientras su boca esbozaba una sonrisa desarmante. Advirtiendo la vacilación de Dorothea, prosiguió—: Sí, sé que no puede alcanzarlas, pero yo sí. Si aguarda aquí y sujeta la cesta de este modo, pronto la tendremos llena.

De pronto, Dorothea comprendió que no estaba preparada para tratar con el caballero que tenía enfrente. Desconocedora de las maneras mundanas, ignoraba qué hacer. Por un lado, la esposa del vicario esperaría de ella que se retirara de inmediato; por otro, la curiosidad la instaba a quedarse. Y, en cualquier caso, aunque decidiera marcharse, era improbable que aquel hombre tan dominante le permitiera hacerlo. Además, dado que él la había colocado allí, con la cesta en las manos, mientras la llenaba con las mejores moras de lo alto del zarzal, sería una descortesía marcharse. Razonando de este modo, Dorothea permaneció donde estaba y aprovechó la ocasión para examinar más de cerca a su asaltante.

La impresión de discreta elegancia que le había producido inicialmente se debía en buena parte, decidió, al excelente corte de su levita de caza. Sin embargo, su honestidad la forzó a reconocer que los hombros anchos y la complexión atlética y musculosa contribuían significativamente al efecto general de enérgica virilidad de su figura, solo superficialmente disimulada por las ropas. Llevaba el pelo negro cortado a la moda y suavemente rizado sobre la frente. La mirada franca de sus ojos castaños resultaba desconcertante. La nariz aristocrática, su mentón y su boca firmes delataban que era hombre hecho para dominar su mundo. Ella, sin embargo, había visto cómo el humor suavizaba sus ojos y su boca, dándole un aspecto mucho más accesible. De hecho, decidió Dorothea, su sonrisa haría estragos entre las damas jóvenes, más impresionables que ella. Recordando su fama, no pudo encontrar ningún indicio de disipación. Sus actos, sin embargo, dejaban pocas dudas sobre la existencia del fuego que había levantado aquella humareda.

Adivinando los pensamientos que cruzaban en tropel la cabeza de Dorothea, Hazelmere observaba subrepticiamente su rostro por el rabillo del ojo. ¡Qué joya era! La cara, de molde clásico, encuadrada por el oscuro y abundante cabello, era por sí misma perturbadora. ¡Pero esos ojos...! Como enormes esmeraldas gemelas, claras y brillantes, reflejaban sus pensamientos de modo encantador. Él, que ya había probado sus labios suaves y tiernos, deliciosamente sensuales, se imaginaba presto a quedar prendado de ellos. El resto de su persona era igualmente atrayente. Sin embargo, si quería que llegaran a conocerse mejor, debía andarse con cuidado.

Le quitó la cesta llena de las manos y recogió su escopeta de caza, que había dejado al otro lado del claro. Interpretando correctamente la pregunta escrita con claridad en la expresión dubitativa de Dorothea, dijo:

—Ahora voy a escoltarla a su casa, señorita Darent —sonriendo para sus adentros al ver la expresión rebelde que provocó su afirmación tajante, Hazelmere continuó antes de que ella pudiera decir nada—. No, no diga nada. En el círculo social al cual pertenezco, ninguna joven dama sale de casa sola.

Su tono bondadoso hizo que los ojos de Dorothea centellearan. Las tácticas de lord Hazelmere estaban demostrando ser extremadamente difíciles de combatir. Al no encontrar nada que decir, ni ver modo alguno de alterar su resolución, Dorothea echó a andar de mala gana a su lado cuando Hazelmere emprendió la marcha.

—Por cierto —prosiguió él con naturalidad, ahondando en un asunto que sin duda mantendría a Dorothea a la defensiva—, satisfaga usted mi curiosidad. ¿Por qué estaba paseando sola por el bosque, sin siquiera una doncella?

Ella había sospechado que iba a hacerle esa pregunta, justamente porque no tenía respuesta alguna. Estaba claro que aquel hombre de conducta reprobable se estaba mofando de ella. Tragándose su irritación, contestó con calma:

—La gente de aquí me conoce bien, y a mi edad ya no puede considerárseme una jovencita que necesite constantemente una carabina —hasta a sus oídos sonaron endebles sus palabras.

Él se echó a reír.

—Mi querida niña, ¡no es usted una anciana! Y es evidente que necesita los servicios de una acompañante.

Dado que él acababa de demostrar que tenía razón en eso, Dorothea no podía objetar nada a sus palabras. Pero, como la templanza había salido volando y con ella su precaución, su lengua ingobernable se desató del todo.

—En el futuro, lord Hazelmere, le aseguro que sin duda alguna, cada que vez que sienta la tentación de pasear por sus bosques, llevaré una acompañante.

—Una decisión muy sabia —murmuró él.

Ajena al matiz de la entonación de lord Hazelmere, ella no se paró a pensar antes de decir con su voz más razonable:

—Aunque, a decir verdad, no veo qué necesidad hay de ello. Usted ha dicho que la próxima vez no me tomará por una muchacha del pueblo.

—Lo cual significa únicamente —dijo él en un tono tan provocativo que Dorothea sintió un estremecimiento— que la próxima vez sabré de quién son los labios que beso.

—¡Oh! —exclamó ella, y se detuvo para mirarlo, enfurecida.

Hazelmere se paró a su lado, riendo, y le tocó suavemente la mejilla con un dedo, incrementando aún más su ira.

—Repito, señorita Darent, que necesita una doncella. No se arriesgue a pasear por mis bosques o por parte alguna sin una acompañante. Por si los caballeros de este condado no se lo han dicho, es usted demasiado bella para pasear sola, a pesar de su avanzada edad.

Mientras decía esto, sus ojos castaños, llenos de regocijo, miraban fijamente los de Dorothea. Esta, advirtiendo bajo su ironía algo que la hizo sentirse extraña, no supo qué contestar. Exasperada, furiosa y aturdida a un tiempo, dio media vuelta y siguió andando por el camino, agitando las faldas enérgicamente.

Al ver la expresión ceñuda de su acompañante, la sonrisa de Hazelmere se hizo más amplia. Rebuscó, entre la maraña de datos que su tía-abuela había vertido en sus oídos antes de morir, un tema de conversación apropiadamente inofensivo.

—Tengo entendido que ha perdido recientemente a su madre, señorita Darent. Creo que mi tía-abuela me dijo que se habían ido a pasar una temporada al norte con unos parientes.

Su ofensiva tuvo pleno éxito. Dorothea posó sus grandes ojos verdes en él y, haciendo caso omiso del precepto según el cual una dama no debía responder a la pregunta de un caballero con otra pregunta, dijo casi sin aliento:

—Entonces, ¿la vio antes de que muriera?

Su evidente incredulidad dolió a Hazelmere sin saber por qué.

—Lo crea o no, señorita Darent, yo visitaba con frecuencia a mi tía-abuela, a quien estaba muy unido. Sin embargo, como rara vez me quedaba más de un día, no es de extrañar que ni usted ni, con toda probabilidad, el resto de la gente del condado, estuvieran al corriente de ese hecho. Estuve con ella los tres días anteriores a su muerte y, siendo yo su heredero, se esforzó por instruirme acerca de las familias de esta región.

Este discurso, como cabía esperar, hizo que las mejillas de Dorothea se sonrojaran. Sin embargo, en lugar de apartar turbada la mirada, como él esperaba, lo miró a los ojos sin vacilar.

—Verá, es que éramos tan buenas amigas que lamenté mucho no haberla visto antes de morir.

Los ojos castaños le sostuvieron la mirada un momento. Luego, Hazelmere se aplacó.

—Apenas sufrió al final. Murió durmiendo y, teniendo en cuenta los dolores que había padecido durante los últimos años, hemos de considerarlo necesariamente un alivio —ella asintió con los ojos bajos. En un intento por aligerar el cariz de su conversación, él añadió—: ¿Piensan su hermana y usted quedarse indefinidamente en La Grange?

Esa vez, tuvo más éxito. El semblante de Dorothea se aclaró.

—Oh, no. A principios de año nos iremos a casa de nuestra abuela, lady Merion.

Lady Hermione Merion, antes la viuda de lord Darent, había pasado por los fríos corredores de Darent Hall como una brisa de verano, caldeada por el glamour de Londres. Y se había hecho con el mando sin encontrar resistencia. Las hermanas, junto con la tía Agnes, la anciana solterona que les servía oficialmente de carabina, habían sido despachadas a su hogar en La Grange, enterrado en lo más profundo de Hampshire, para que pasaran allí su año de duelo. En febrero, seis meses después, debían presentarse ante lady Merion en Cavendish Square. Y lo que ocurriera de allí en adelante, como su abuela había dejado bien claro, quedaba por entero en las manos competentes de la anciana señora. Dorothea sonrió al recordarla.

—Mi abuela tiene intención de presentarnos en sociedad —viendo que él levantaba repentinamente las oscuras cejas, añadió poniéndose a la defensiva—: Cecily es considerada una joven muy bella y, en mi opinión, hará una boda excelente.

—¿Y usted?

Sintiéndose de pronto inexplicablemente suspicaz ante aquel tema, ella creyó detectar un tono burlón en su voz suave y respondió con más sequedad de la que pretendía.

—Yo soy una mercancía de escaso valor para el mercado matrimonial. Pienso pasar mis días en Londres disfrutando de las vistas y, a decir verdad, también observando a los que me rodean.

Alzó la mirada y vio con sorpresa que él tenía fija en su cara una mirada extrañamente intensa. Luego, Hazelmere sonrió de modo tan enigmático que Dorothea no supo si sonreía para ella o únicamente para sí mismo. De pronto, se le ocurrió una idea.

—¿Conoce usted a lady Merion?

La sonrisa de él se hizo más amplia.

—Creo que todo el Londres elegante conoce a lady Merion. Sin embargo, en mi caso, he de decir que se trata de un amiga particularmente cercana de mi madre.

—Por favor, dígame cómo es —él pareció sorprendido. Advirtiéndolo, Dorothea añadió precipitadamente—: Verá, es que yo no la he visto desde que era niña, quitando la noche que pasó en Darent Hall cuando vino a decirnos que íbamos a ir a Londres.

Hazelmere, pensando que aquella conversación era sin duda alguna la más extraña que había tenido nunca con una joven dama, le ofreció el brazo para subir la escalinata que daba a la avenida y luego pensó en lady Merion.

—Su abuela ha sido siempre un árbitro de la moda, y está bien relacionada con todas las ancianas damas que importan en Londres. Es uña y carne con lady Jersey y la princesa Esterhazy. Ambas son patronas de Almack's, lugar al que debe usted conseguir acceso si desea pertenecer a la alta sociedad. En su caso, eso no será un obstáculo. Lady Merion es rica y vive en una mansión en Cavendish Square que le dejó su segundo marido, lord George Merion. Se casó con él unos años después de la muerte del abuelo de usted. Lord Merion falleció hace unos cinco años, según creo. Ella es una mujer de mucho carácter, y muy estricta, así que le aconsejo que no intente aventurarse por Londres sin compañía. Por otro lado, lady Merion tiene un sentido del humor excelente y es célebre por la bondad y la generosidad que demuestra con sus amigos. En cierto modo es excéntrica y rara vez sale de Londres, salvo para visitar a sus amigos del campo. En resumen, dudo que pudiera usted encontrar una señora más capaz de introducirlas a su hermana y a usted en el mundo.

Dorothea consideró aquella biografía improvisada de su abuela y finalmente comentó en tono pensativo:

—Sin duda parece una mujer muy sofisticada —habían llegado a una puerta de la alta tapia de piedra que habían seguido, bordeando la avenida, durante los últimos metros. Dorothea se detuvo y tendió la mano hacia la cesta—. Estos son los jardines de La Grange.

—Entonces, la dejo aquí —contestó Hazelmere con presteza. La había acompañado a casa únicamente para prolongar su encuentro, pero no tenía ganas de que lo vieran con ella. Sabía perfectamente que ello provocaría inevitablemente rumores y habladurías. Tomó su mano y se la llevó a los labios viendo con satisfacción el destello de rabia de sus ojos verdes y el rubor que cubría su rostro en respuesta a su maliciosa sonrisa—. Pero recuerde mi advertencia. Si quiere mantener el favor de su abuela, no pasee sola por Londres. Las jóvenes que se aventuran por las calles de la ciudad sin compañía no permanecen solas mucho tiempo. Adiós, señorita Darent.

Liberada al fin, Dorothea abrió la cancela y escapó. Cruzó apresuradamente el jardín, sin reparar por una vez en el aroma embriagador de las flores. Las largas sombras que proyectaba el vetusto tejado de La Grange cruzaban el camino, anunciando el final del día. Dorothea se detuvo en el vestíbulo que daba al jardín. La frescura de la estancia de paredes de piedra, apenas iluminada, alivió el calor de sus mejillas. En la galería resonó el repiqueteo de los pasos de la criada. Acercándose a la puerta, Dorothea le dijo que entrara.

—Llévale estas moras a la cocinera, por favor, Doris. Y, por favor, dile a mi tía que me he ido a la cama a echarme un rato antes de cenar. Creo que he pasado demasiado tiempo al sol.

A decir verdad, había pasado demasiado tiempo con lord Hazelmere, pensó enfurecida. Logró atravesar la galería y subir las escaleras sin que la oyeran, cerró la habitación de su alcoba y se dejó caer sobre el asiento de la ventana.

Contempló el jardín envuelto en profundas sombras y trató

de poner orden en sus pensamientos, que aún seguían bullendo. ¡Qué absurdo! Había salido de La Grange siendo una serena joven de veintidós años, segura y confiada en su independencia. Y sin embargo allí estaba, apenas una hora después, sintiéndose como se habría sentido Cecily de haber puesto sus ojos en ella el hijo de algún terrateniente. No era la primera vez que la besaban. Quién lo hiciera no debía suponer diferencia alguna. Pero el hecho de que fuera diferente, de hecho, muy diferente, exacerbaba una rabia que ya habían puesto a prueba unos ojos castaños. Unos ojos excesivamente perspicaces. Durante los siguientes diez minutos, Dorothea se sermoneó con firmeza acerca de la imprudencia que suponía el tomarle afecto a un libertino.

Fortalecida, se obligó a considerar el asunto a la luz de la razón. Indudablemente tenía razones para sentirse furiosa, lista para denigrar al marqués a crápula licencioso. Sin embargo, a pesar de su irritación, era demasiado honesta como para no admitir que su inadecuado atuendo tenía parte de culpa en lo sucedido. Además, sospechaba que, de hallarse en los brazos del marqués de Hazelmere, la respuesta de cualquier joven dama habría sido muy distinta a la suya. En su defensa, no obstante, debía alegar que, de haberse desmayado en sus brazos, él no habría tenido más remedio que esperar hasta que se reanimara. Y, en ese caso, la situación habría sido aún más embarazosa. Siguiendo este razonamiento, Dorothea se convenció de que no había nada particularmente reprobable en lo sucedido después de que lord Hazelmere la soltara. En realidad, él le había proporcionado una información valiosa acerca de su abuela.

Lo que seguía inquietándole era lo ocurrido antes de verse libre del osado abrazo del marqués. Se llevó la mano a los labios, que, a pesar de la destreza de lord Hazelmere, tenía levemente magullados. El recuerdo del cuerpo recio del marqués seguía siendo una sensación física. El reloj del descansillo dio un cuarto de hora. Dorothea hizo a un lado con determinación sus pensamientos acerca de lo acontecido aquella tarde y desterró resueltamente al marqués y sus hazañas al rincón más remoto de su mente. Tenía la absoluta certeza de que él la habría olvidado por la mañana.

Se quitó el vestido viejo y se puso uno de muselina con ramitos, recién planchado, más adecuado para aquella noche calurosa. Mientras tanto, sopesaba sus posibilidades de volver a toparse de nuevo sin pretenderlo con lord Hazelmere. Versada en las costumbres de la nobleza rural, sabía que sería prácticamente imposible encontrarlo en alguna reunión de sociedad allí en el campo. Y, como él mismo había dicho, no tenía costumbre de permanecer mucho tiempo en Moreton Park. Dorothea se dijo que era un alivio. Para asegurarse de que su tranquilidad no se veía perturbada, resolvió que, en el futuro, se aseguraría de que su perezosa hermana la acompañara en sus salidas campestres.

Tomó un cepillo y se peinó enérgicamente la larga melena antes de recogérsela en un sencillo rodete. Echó un rápido vistazo al espejo que había sobre la cómoda. Satisfecha por haber sopesado con detenimiento las posibles implicaciones de la aparición del marqués de Hazelmere en su vida, bajó a cenar.

Dos semanas después, al regresar a Hazelmere House, su mansión en Cavendish Square situada casi enfrente de Merion House, el marqués encontró un grueso fajo de cartas e invitaciones aguardándolo. Mientras les echaba un vistazo, entró en la biblioteca. Extrajo del montón un sobre escrito con un tono de púrpura particularmente violento, lo sostuvo con el brazo extendido para evitar el perfume mareante que emanaba de él y buscó su binóculo. Reconociendo la florida letra de su amante más reciente, una deslumbrante criatura extraordinariamente dotada para su papel en la vida, frunció las cejas oscuras. Abrió la carta y leyó las líneas que contenía. Sus cejas se alzaron. Una sonrisa de una clase que Dorothea Darent no habría reconocido torció sus labios. Echó la carta y el sobre al fuego y se volvió hacia su escritorio.

El lacayo que acudió a la llamada de la campanilla de la biblioteca, diez minutos después, encontró a su señor lacrando una carta. Hazelmere alzó la mirada al oír la puerta, agitó el sobre para secar la cera y se la extendió.

—Entrega esto en mano de inmediato.

—Sí, milord.

Mientras observaba la espalda del lacayo que se alejaba, Hazelmere imaginó cómo sería recibida aquella misiva cortésmente feroz. Así acababa otra aventura. Estiró las largas piernas hacia el fuego y pensó en aquel constante desfile de aristocráticas amantes. A pesar de que proporcionaba a los círculos de la alta sociedad londinense una fuente inagotable de rumores y habladurías, tenía la sensación de que la infalibilidad de aquel juego comenzaba a aburrirle. Tras más de diez años en la ciudad, había pocos placeres mundanos que no hubiera disfrutado su paladar, y la pauta de sus actividades empezaba a volverse insoportablemente predecible.

Pensando otra vez en la desdeñada Cerise, comparó su belleza madura con la de la muchacha de ojos verdes cuyo rostro le había resultado extrañamente perturbador. La insatisfacción que le causaba su presente situación radicaba en gran medida en aquel encuentro en los bosques de Moreton Park. Naturalmente, ello era por entero culpa suya.

Marc Saint John Ralton Henry, a sus treinta y un años de edad, quinto marqués de Hazelmere y uno de los hombres más ricos del reino, dejó que su mente retrocediera perezosamente hasta el instante en que había oído el nombre de la señorita Darent por primera vez, durante una conversación con su tía-abuela, la noche antes de su muerte. Siendo una mujer sin pelos en la lengua, lady Moreton había clavado en él una mirada acerada y emprendido un interrogatorio acerca de las intenciones de su sobrino-nieto respecto al matrimonio. Dicha conversación se había iniciado con el preámbulo:

—Sé que tu madre no te hablará de este asunto, así que voy a aprovechar que, dado que me estoy muriendo, no te atreverás a mandarme al infierno.

Agradeciendo su cómica salida y tras admitir que por el momento no tenía planes en ese sentido, él se había preparado para escuchar con calma y buen humor la subsiguiente disertación de su tía-abuela, cosa que no habría hecho de haberse tratado de otra persona.

—No te culpo por no querer casarte con una de esas pánfilas que se presentan en sociedad cada año —bufó lady Moreton desdeñosamente—. ¡Ni siquiera yo soporto a esas pelmazas! Pero ¿por qué no extiendes tu horizonte? Hay muchas jóvenes convenientes que, por una razón u otra, nunca han ido a Londres —advirtiendo su expresión escéptica, su anciana tía había añadido—: Oh, no creas que, solo porque sean señoritas de campo, no podrían afrontar la vida en la ciudad. Ahí está Dorothea Darent, sin ir más lejos. Joven, bonita, dotada con una buena renta y de tan buena cuna como tú mismo. La única razón por la que no ha sido presentada en sociedad es que se ha pasado los últimos seis años llevando la casa de su madre viuda. A Cynthia Darent deberían haberle dado una patada en las posaderas por no haberla presentado en sociedad hace años —llegada a este punto, la tía-abuela Etta había hecho una pausa, pensando en los pecados de la difunta lady Darent—. En fin, ahora ya es demasiado tarde para eso, porque está muerta.

—¿Quién? ¿La bella Dorothea? —había preguntado Hazelmere, perplejo.

—¡No, idiota! ¡Cynthia! Murió hace unos meses y las niñas han ido a Darent Hall a pasar una temporada. Es una lástima. Me habría gustado ver a Dorothea otra vez. Esa sí que no es ninguna pánfila.

—¿Y cómo es que, a pesar de que no haya sido presentada en sociedad, ese dechado de virtudes aún no se ha casado? Imagino que los caballeros rurales no serán todos ciegos.

La tía-abuela Etta se había echado a reír.

—Yo tiendo a pensar que se debe más bien a que ningún caballero le ha dado aún alguna buena razón para casarse. Considéralo desde este punto de vista. Ella tiene una buena posición, una buena renta e independencia a mansalva. ¿Para qué iba a casarse?

Él había sonreído, respondiendo a la mirada risueña de la anciana.

—Me atrevo a decir que yo podría hacerle ciertas sugerencias.

—Sí, yo también lo creo. Pero eso no importa, porque es improbable que llegues a conocerla. A menos que Hermione Merion se tome algún interés en ella, claro. Le he enviado una carta, así que puede que lo haga. Además, está Cecily, la hermana pequeña, otra belleza, aunque de otro estilo. A ella también habría que sacarla de aquí. Pero Cecily agotaría la paciencia de un santo. Y, dado que tú no eres precisamente un santo, a ti no te conviene. Pero basta ya de hablar de las hermanas Darent. Solo las he puesto como ejemplos —y, de este modo, la conversación había seguido hacia delante.

La idea de que la tía-abuela Etta hubiera, en realidad, intentado hacerlo pensar en Dorothea Darent como en una posible esposa se le había ocurrido poco después de conocer a aquella notable joven. Durante los diez años anteriores, había rehusado tenazmente tomar en serio a cualquiera de las atolondradas jovencitas que desfilaban ante él buscando su aprobación en Almack's o en las fiestas de la alta sociedad. Ello había causado considerable consternación en otros miembros de su familia, y especialmente en sus dos hermanas mayores, Maria y Susan, quienes de continuo ponían en su camino a una u otra de sus aspirantes favoritas. Su madre y la tía-abuela Etta habían apoyado por entero su postura respecto a este asunto, pues ambas parecían comprender el casi sofocante aburrimiento que sentía tras intentar conversar durante unos minutos con la atolondrada coqueta de turno. En cuanto a la tía-abuela Etta, esta nunca le había dicho una sola palabra sobre el asunto hasta esa noche.

Dado que su tía-abuela lo conocía tan bien como su madre, era muy posible que hubiera intentado llamar su atención sobre la señorita Darent. Ella jamás hubiera cometido la indelicadeza de abordar la cuestión sin ambages, sabiendo que, de haber seguido ese camino, el resultado más probable habría sido una cortés y fría negativa a tener algo que ver con aquella muchacha. Por el contrario, lady Moreton había introducido sutilmente el nombre de Dorothea Darent en la conversación, diciéndole sencillamente que aquella joven era de todo punto deseable, pero dejándole el camino abierto para que fuera él quien sacara sus conclusiones. Lo cual era muy propio de la tía-abuela Etta. «Bueno, tía Etta», pensó con una sonrisa divertida, «ya he conocido a tu Dorothea, y de un modo tan eficaz que ni siquiera tú podrías haberlo imaginado».

CAPÍTULO 2

Un leve gemido hizo volver a Dorothea la cabeza para mirar en la penumbra a su hermana, acurrucada en el rincón opuesto del carruaje. Cecily tenía los ojos cerrados, pero el ceño fruncido sobre sus cejas rubias mostraba claramente que no estaba dormida. La joven movió nerviosamente la cabeza apoyada en el cabecero del asiento. El carruaje comenzó a traquetear violentamente sobre los surcos dejados por las ruedas en la carretera y los cascos de los caballos resbalaban sobre la tierra helada. Dorothea asió la agarradera de cuero que colgaba del techo para no caerse del asiento. Cuando el carruaje volvió a enderezarse trabajosamente y retomó su lento avance, vio que Cecily se había arrebujado firmemente en el rincón, con la cara vuelta hacia un lado.

Dorothea volvió a fijar su atención en el lúgubre paisaje que se vislumbraba intermitentemente a través de las ramas desnudas de los árboles y las cercas que bordeaban la carretera. Caía la tarde gris de febrero. El golpeteo de la llovizna en las ventanas del carruaje acentuaba el silencio que reinaba en su interior. Luego, alzándose como un castillo entre la oscuridad creciente, encaramada a la cresta de una colina y rodeada por las negras sombras de sus muros, apareció ante su vista la posada de Las Tres Plumas. Dorothea la había elegido para pasar la noche porque estaba a medio camino entre Londres y La Grange por la calzada de Bath. De haber viajado ella sola a Londres, habría hecho el trayecto en un solo día. Pero a Cecily los viajes le sentaban muy mal. Con suerte, a aquel paso y tras una noche de descanso, su hermana llegaría a Cavendish Square en un estado aceptable para presentarse ante su abuela.

La única otra ocupante del carruaje era Betsy, una doncella de edad madura que las había atendido desde la cuna. Betsy dormitaba envuelta en un chal de lana en el asiento situado enfrente del de Dorothea. Tras muchas deliberaciones, se había decidido que la tía Agnes permaneciera en La Grange. La carta de lady Merion en la que la anciana señora las exhortaba a ir a Londres no decía nada al respecto, pero las conversaciones en Darent Hall habían transcurrido sobre el supuesto tácito de que la tía Agnes continuaría cumpliendo con su deber y acompañaría a sus pupilas a Cavendish Square. Sin embargo, la tía Agnes padecía un reumatismo legendario, y Dorothea no tenía ganas de cargar con la quejumbrosa aunque querida anciana, ni en el viaje a Londres ni una vez llegaran, supuestamente con intención de divertirse. Además, las opiniones de la tía Agnes respecto a los hombres de cualquier condición eran extremadamente cortas de miras. Dorothea creía improbable que su presencia ayudara a Cecily a encontrar marido. Aun así, en la educada nota que le había enviado a lady Merion anunciándole el día de su llegada, no había hecho mención alguna a la tía Agnes.

El carruaje siguió avanzando lentamente entre la niebla, que poco a poco se hacía más densa. El cielo había estado nublado todo el día, pero durante la mayor parte de él no había caído ni una gota, para contento de Lang, el cochero. El viaje a Londres, con los caminos recién despejados, era siempre arriesgado. Envuelto en su grueso abrigo de lana, Lang sintió un profundo alivio cuando la reata pasó bajo el arco de la posada, un establecimiento espacioso y unas de las casas de posta más frecuentadas del distrito. El patio principal estaba destinado en primer lugar a los viajeros que querían cambiar de caballerías o hacer un alto en el camino. El gran carruaje atravesó traqueteando ruidosamente otra arcada y entró en el patio de las caballerizas. Los mozos corrieron a desenganchar a los caballos, y el mesonero se acercó para conducir a las hermanas a la posada.

Allí, sin embargo, les aguardaba un problema. Mientras se calentaban ante el fuego rugiente de un acogedor salón de techo bajo, el señor Simms procedió a disculparse profusamente.

—Hay un concurso de lucha en el pueblo, señorita. Estamos al completo. Les he reservado una habitación, pero me temo que no podrán disponer de un salón privado —el rubicundo posadero, entrado en años, observó ansiosamente a las dos jóvenes damas.

Dorothea dejó escapar un profundo suspiro. Tras pasarse el día viajando a paso de tortuga, apenas le importaba lo que ocurriera en la posada, mientras Cecily y ella dispusieran de una habitación decente donde pasar la noche. Ya había notado la limpieza y el orden de la estancia en la que estaban. Por lo menos, en aquella posada no había peligro de encontrarse con sábanas húmedas o mala comida. Era absurdo molestarse abiertamente por la falta de un salón privado. Irguiéndose cuan alta era, Dorothea inclinó la cabeza mirando a Simms, que parecía muy preocupado.

—Muy bien. Comprendo que no haya podido evitarlo. ¿Le importaría enseñarnos nuestro dormitorio?

El señor Simms había adivinado acertadamente el rango de las hermanas Darent por la carta que Dorothea le había enviado solicitándole un dormitorio y un saloncito. A pesar de que raramente criticaba las costumbres de sus clientes, pensó que era una auténtica lástima que dos jóvenes tan bonitas viajaran escoltadas únicamente por sirvientes. Las condujo a la alcoba que había preparado para ellas en el piso de arriba. Consciente de las cosas que podían pasar entre los muros de su establecimiento antes de que acabara la noche, había decidido alojarlas en la espaciosa recámara del lado norte de la posada. A aquella parte, la más vieja y aislada del resto, se llegaba únicamente por una escalera pegada a la vivienda del posadero.

Al llegar resoplando al descansillo, el señor Simms abrió la pesada puerta.

—Las he puesto en esta habitación, señorita, porque está apartada, digamos. Dentro de poco la posada estará llena hasta rebosar de jóvenes caballeros que vienen a ver el combate. Mi mujer me ha dicho que les advierta que se queden en la habitación y cierren la puerta con llave. Solo mi hija o ella en persona les traerán la comida y lo que necesiten. De ese modo, todo nos ahorraremos sinsabores. Haré que les suban el equipaje en un santiamén, señorita —con estas palabras, Simms hizo una reverencia y se retiró, dejando a Dorothea con el ceño fruncido y a Cecily patéticamente pálida y mirándose la una a la otra con consternación.

—¡Oh, Dios mío! —exclamó Betsy, dejándose caer en una de las sillas colocadas junto al fuego, con los ojos como platos por la sorpresa—. Tal vez deberíamos proseguir el viaje, señorita Dorothea. Estoy segura de que vuestra abuela no querría que se quedaran en una posada llena de borrachos vociferantes y pendencieros.

—No creo que haya ninguna otra posada cerca, Betsy. Y, a fin de cuentas, como dice el posadero, si mantenemos la puerta cerrada y nos quedamos en la habitación, no nos pasará nada —dijo Dorothea con su acostumbrada calma mientras se quitaba los guantes y dejaba su capa de viaje sobre una silla. Tras un instante de desaliento, sin duda causado por la fatiga, se sentía inclinada a restarle importancia a la situación.

—Bueno, si a ti te da igual, Thea, yo prefiero quedarme aquí que seguir el viaje —dijo Cecily.

La voz débil y aguda de su hermana convenció a Dorothea de lo mal que se sentía esta. Se acercó con viveza a la cama y apartó la colcha. Las sábanas estaban limpias y secas. Ahuecó las almohadas enérgicamente.

—Y eso vamos a hacer, querida mía. ¿Por qué no te echas un poco hasta que llegue la cena? Confieso que no sé si, marchándonos de aquí, no acabaríamos peor de lo que estamos.

Alguien llamó dubitativamente a la puerta.

—¿Quién es? —dijo Betsy, poniéndose en pie.

—Yo, señora. Hannah, la hija del posadero.

Betsy abrió la puerta y ante ellas apareció una fornida muchacha cuyo agraciado rostro remataba una cofia.

—Mi madre tendrá la cena lista enseguida, pero quiere saber si necesitan algo más, señorita —Hannah metió las bolsas de viaje de las hermanas en la alcoba y miró inquisitivamente a Dorothea.

—Pues sí. Querríamos un poco de agua caliente y ¿sería posible poner una cama ahí para nuestra doncella? Preferiría que pasara la noche con nosotras.

La muchacha asintió.

—Enseguida vuelvo, señorita.

Cinco minutos después, Hannah había vuelto con un jarro de agua humeante y un camastro plegado. Mientras Betsy y ella luchaban con la cama, Dorothea y Cecily se quitaban el polvo del camino de la cara, después de lo cual se sintieron mucho mejor. Por fin, tras hacerse con el recalcitrante camastro, Hannah se limpió las manos en el delantal y se dirigió a Dorothea.

—Volveré dentro de media hora con su cena, señorita. Tengan cuidado de cerrar la puerta con llave cuando salga.

Dorothea le dio las gracias y echó los cerrojos cuando la enérgica muchacha se fue. Cecily, aturdida, se acurrucó en la cama. Betsy se sentó junto al fuego y sacó una labor de costura que había llevado para matar el tiempo.

Con sus necesidades inmediatas ya satisfechas, Dorothea comenzó a dar vueltas por la habitación, inquieta y entumecida. Tras pasarse el día en el carruaje, deseaba respirar una bocanada de aire fresco antes de pasar la noche en el sofocante encierro de la alcoba. De pronto se acordó de Lang. Yendo Cecily con ellos, seguramente no partirían hasta media mañana. Sin embargo, su limitado conocimiento de los concursos de lucha y las consecuencias que llevaban aparejadas le hacía pensar que sería preferible salir temprano. Miró afuera, pero aquella ventana daba a la parte de atrás de la posada. No se oía ruido ni tumulto alguno que indicara que había llegado el público que asistiría al combate.

Se acercó rápidamente al lado de Betsy.

—Voy a bajar a hablar con Lang. Mañana deberíamos salir temprano para evitar el tumulto —había bajado la voz—. Tú quédate aquí y cuida de Cecily. Enseguida vuelvo.

Antes de que Betsy pudiera decir nada, Dorothea recogió su desgastada capa de viaje y salió sigilosamente. Se detuvo en el descansillo para abrocharse la capa. Un ruido amortiguado de risas estentóreas llegaba de lo que supuso era la taberna. Bajó las escaleras sin hacer ruido, recorrió el pasillo en dirección contraria y al fin llegó a la puerta que daba al patio de las caballerizas. Se detuvo entre las sombras y escudriñó la explanada intentando localizar a Lang. De este no había ni rastro. Recordando que, en momentos como aquellos, los lacayos privados a menudo ayudaban a los mozos de cuadra, se aventuró hasta la arcada y se asomó al establo principal.

—¡Vaya, vaya! ¿Qué tenemos aquí? ¡Una preciosidad que ha venido a brindar con nosotros!

Dorothea contuvo el aliento. Al notar que un brazo se deslizaba por su talle, creyó que se le paraba el corazón, pero en lugar de unos ojos castaños que la miraban lánguidamente, halló ante sí un vacuo rostro de angelicales ojos azules que parecían enfocar con dificultad. El hombre que la sujetaba había bebido, pero no estaba del todo borracho. Mientras ella forcejeaba furiosamente, tiró de ella y, doblando la esquina, la llevó hasta un ruidoso grupo formado por siete caballeros medio borrachos, listos para pasar una noche de parranda tras haber visto vencer a su luchador favorito. Dorothea comprendió su error demasiado tarde. El patio principal de la posada estaba lleno a rebosar. Uno de los hombres le quitó la caperuza y la luz de la puerta principal de la posada cayó de lleno sobre su cara. Ella intentó desesperadamente desasirse, pero el joven la tenía bien sujeta por el brazo. Dorothea hizo una mueca de dolor al sentir que la apretaba más fuerte.

Un instante después, una voz pausada se abrió paso entre el alboroto.

—Suelta a la dama, Tremlow. Tengo el placer de conocerla y, créeme, no puedo permitir que sigas molestándola.

Reconociendo aquella voz, Dorothea deseó que se la tragase la tierra.

El efecto de aquella recomendación fue inmediato. El joven caballero soltó su brazo en el instante en que la oscura sombra del marqués de Hazelmere se materializaba junto al grupo.

—¡Disculpa, Hazelmere! No sabía que era una dama.

Esta última frase, dicha en voz baja, hizo que Dorothea se pusiera colorada y se apresurara a subirse la caperuza mientras los hombres del grupo la escudriñaban para ver qué dama podía beneficiarse de aquel modo de la protección de Hazelmere.

El marqués cruzó lentamente entre el grupo y se acercó a ella, ocultándola de la vista de los caballeros. Al llegar a su lado, se volvió hacia los jóvenes y prosiguió en el mismo tono desapasionado:

—Estoy seguro de que todos vosotros estaréis ansiosos por presentarle a esta dama vuestras disculpas por cualquier molestia que le hayáis causado, aun sin saberlo.

Un coro de «¡oh, sí!, ¡desde luego!, ¡disculpe, señorita!, no pretendíamos ofenderla» acompañó a la seca afirmación del marqués.

Simms, que se había percatado tarde del problema, se había acercado al grupo, ansioso por ofrecerle su ayuda a uno de sus clientes más estimados. La mirada del marqués se posó en él.

—¡Ah, Simms! Estos caballeros merecen una ronda de cerveza tras este pequeño malentendido, ¿no le parece?

Simms captó la indirecta.

—¡Sí, señor! ¡Desde luego! Caballeros, si hacen el favor de venir por aquí, tengo un tonel de cerveza nueva sobre el que quisiera que me dieran su opinión —con semejante ofrecimiento, no le costó mucho esfuerzo conducir al grupo hacia la taberna.

Mientras los jóvenes se alejaban, lord Anthony Fanshawe apareció junto a su amigo alzando inquisitivamente las cejas. Un instante antes iba cruzando el patio de las caballerizas junto a Hazelmere para tomar una cena caliente cuando de pronto Marc se había detenido lanzando un furioso juramento, y se había abalanzado entre la multitud hacia un pequeño grupo de juerguistas situado junto a la cochera. A pesar de que era casi tan alto como su amigo, yendo Marc delante de él no había tenido ocasión de ver qué era lo que había atraído su atención. Al acercarse, oyó hablar a Marc con toda calma. Presumió que había una dama de por medio, pero solo cuando Hazelmere se giró para hacer algún comentario a su espalda vio que, efectivamente, estaba protegiendo a una mujer de la vista de quienes se hallaban en el patio de las caballerizas.

Hazelmere se volvió hacia él.

—Cuida de que lo metan todo dentro, ¿quieres, Tony? Me reuniré contigo en el salón dentro de unos minutos.

Fanshawe asintió y, sin decir palabra, se volvió hacia la posada. El tono galante de su amigo había desaparecido por completo y su tono corriente, en el que las consonantes sonaban algo crispadas, había tomado su lugar. Con solo entrever la expresión de su amigo de la infancia, había confirmado sus sospechas. El marqués de Hazelmere estaba furioso.

Al llegar al lado de Dorothea, Hazelmere la había agarrado del brazo, sujetándola a su lado. Cuando el grupo se alejó, después de disculparse, la ocultó tras de sí, de modo que quedó protegida por la alta figura y la voluminosa capa del marqués. Consciente solo de sus deseos desesperados de escapar de allí, Dorothea intentó retirarse hacia el patio de la cochera. Él se dio la vuelta, pero no la soltó. Con la luz a su espalda, su rostro parecía impenetrable.

—Aguarde un momento y la acompañaré dentro. Quisiera tener unas palabras con usted.

Incluso Dorothea, que apenas conocía al marqués, reconoció en su voz un tono amenazador. Estaba furiosa consigo misma por haberse metido en aquel lío y avergonzada porque, entre todos los hombres del mundo, hubiera tenido que ser Hazelmere quien la rescatara. ¡Y de aquel modo!

Él se dio la vuelta para hablar un instante con otro hombre alto que se había acercado. Luego, para alivio de Dorothea, quien sentía una extraña debilidad en las piernas, Hazelmere la condujo hacia el patio de la cochera.

Una vez estuvieron en el patio, relativamente despejado, él se detuvo y le hizo darse la vuelta para mirarlo. Ella estuvo a punto de gemir cuando la luz de la puerta iluminó la cara del marqués. Sus ojos castaños, que reflejaban la luz de la posada, tenían una expresión implacable; sus labios se apretaban en una línea severa. Era evidente hasta para la inteligencia más limitada que estaba furioso y que ella era el objeto de su ira.

—¿Puedo preguntarle qué demonios pretendía hacer aquí fuera? —su tono sarcástico laceró a Dorothea como un látigo.

Lejos de acobardarse, ella se puso de inmediato a la defensiva. Alzó la cabeza y lo miró fijamente a los ojos.

—Ya que le interesa, estaba buscando a mi cochero para decirle que quiero que nos vayamos de la posada mañana temprano para evitar precisamente la clase de atenciones que, por desgracia, no he podido evitar esta noche —al final de su discurso estaba casi sin aliento, pero siguió mirando al marqués con obstinación.

Él entrecerró los ojos. Tras una breve pausa, añadió en tono menos áspero:

—Me parece muy irresponsable por parte de Simms no haberle advertido que se quedara en su habitación con la llave echada.

Ella tuvo que tragar saliva antes de contestar, pero logró sostener la implacable mirada del marqués.

—Sí que me lo advirtió.

La expresión de Hazelmere se tornó aún más severa.

—No puedo sino maravillarme por la indiferencia que demuestra usted por su propia reputación. Ya le advertí en otra ocasión que sus chiquilladas no le harían ningún bien cuando saliera al mundo —había agarrado con fuerza los brazos de Dorothea por encima del codo. Por un instante, ella pensó, asustada, que iba a zarandearla. Pero, tras una pausa cargada de tensión, Hazelmere volvió a hablar con furia contenida—. Solo puedo repetirle lo que ya le dije otra vez: no debe salir sola bajo ninguna circunstancia. ¡Y si alguna vez vuelvo a encontrarla sola por ahí, me aseguraré personalmente de que no pueda sentarse en una semana! —ella dejó escapar un leve gemido de sorpresa y abrió los ojos con asombro mientras él continuaba enérgicamente—. ¡Oh, sí! ¡Soy muy capaz de hacerlo!

Al mirar su rostro implacable y sus ojos casi negros, Dorothea comprendió que la amenaza iba en serio. Para entonces, estaba ya tan furiosa como él. ¿Con qué derecho le daba órdenes y la amenazaba aquel arrogante? ¡Arrogante, autoritario y completamente insufrible! Aunque era de naturaleza tranquila, Dorothea tuvo que hacer un esfuerzo por controlar su ira y dirigirla hacia el responsable.

Pero Hazelmere no le dio tiempo a desahogarse. Dándose cuenta de que estaba sujetándola en medio del patio de la cochera, que por suerte estaba ya casi desierto, bruscamente la hizo girarse hacia la posada y, agarrándola del codo, la condujo dentro.

—¿Qué habitación le ha dado Simms? —incapaz de dominar su lengua, Dorothea indicó la puerta en lo alto de la pequeña escalera—. Sabia decisión. Esa es posiblemente la alcoba más segura de la posada esta noche. Puede que no peguen ojo, pero con un poco de suerte no recibirán ninguna visita inesperada.

Observando el rostro pálido y desencajado y los ojos brillantes de Dorothea, Hazelmere la condujo hacia las escaleras. En el segundo escalón, ella se dio la vuelta, dispuesta a decirle lo que pensaba mientras él estaba en un escalón más bajo, en vez de cerniéndose sobre ella. Pero, adivinando sus intenciones, Hazelmere se deslizó por su lado y siguió tirando de ella escaleras arriba hasta llegar al pequeño descansillo.

El posadero apareció de repente en el corredor, de camino al fondo de la posada.

—¡Simms!

—¿Sí, milord?

—Un vaso de su mejor brandy. Enseguida.

—¡Sí, milord!

A Dorothea aquella petición le pareció extremadamente rara, pero la consideró otro ejemplo de la extravagancia del marqués. Le preocupaba más darle voz a su enojo. Volviéndose para mirarlo en el pequeño descansillo, consciente de pronto de su perturbadora cercanía, lo miró fijamente, molesta por tener que alzar tanto los ojos para ver los de él.

—Lord Hazelmere, he de decirle que encuentro inaceptable su modo de dirigirse a mí. No acepto de ningún modo sus reprobatorias palabras acerca de mi conducta. En realidad, no sé con qué derecho se atreve a reprenderme. El de esta noche ha sido un desafortunado accidente, nada más. Soy perfectamente capaz de cuidar de mí misma y...

—¿De verdad hubiera preferido que la dejara en manos de Tremlow y compañía? Le aseguro que no le habría parecido divertido —Hazelmere interrumpió su diatriba pensando que no podía permitir que hablara hasta ponerse histérica. Sus palabras, pronunciadas en tono seco y aburrido, actuaron como una ducha fría, atajando a Dorothea en mitad de una frase.

Hazelmere vio de nuevo cómo pasaban los pensamientos de Dorothea por su rostro con toda claridad. Notó que ella se daba cuenta al fin de que, en efecto, gracias a él no se hallaba metida en un atolladero. Aunque le parecía imposible, Dorothea palideció aún más. Mientras la miraba notó que Simms se aproximaba. Tomó el vaso de brandy y despachó al posadero con una seca inclinación de cabeza, diciendo:

—Hablaré con usted dentro de unos minutos, Simms —y, girándose, levantó el vaso de brandy delante de ella—. Bébaselo.

—No. Yo no bebo brandy.

—Siempre hay una primera vez —al ver que ella seguía mirándolo con expresión desafiante, suspiró y añadió—: Aunque no se dé cuenta, presenta usted todos los síntomas de un estado de conmoción. Está blanca como una sábana y sus ojos parecen diamantes verdes. Pronto empezará a temblar, se sentirá débil y tendrá mucho frío. El brandy le sentará bien. Así que sea buena chica y bébaselo. Si no, sabe perfectamente que soy capaz de obligarla.

Los relucientes ojos verdes de Dorothea se agrandaron levemente. El tono de Hazelmere no había cambiado y ella no sentía ya una amenaza directa, como antes. Luego, mirándolo a los ojos, abandonó aquel desigual combate. Tomó el vaso y, temblando ligeramente, se lo llevó a los labios y bebió. Hazelmere aguardó pacientemente hasta que ella apuró el contenido del vaso y, quitándoselo de las manos, se lo guardó en uno de los bolsillos de su capa. Al alzar ella la mirada, recordó el propósito de la intempestiva salida.

—Supongo que se dirigen a Londres.

Ella asintió. La expresión de Hazelmere se había suavizado, y las amenazantes arrugas que cubrían su rostro diez minutos antes habían desaparecido, dejando únicamente la máscara encantadoramente cortés que ella sospechaba mostraba al mundo. Dorothea sintió de pronto como si, de un modo sutil, se hubiera alejado de ella.

—¿Cómo se llama su cochero?

—Lang. Había pensado que nos fuéramos a las ocho.

—Será lo más conveniente. Me ocuparé de que reciba el mensaje. Le sugiero que entre en su alcoba, cierre la puerta con llave y no le abra a nadie, más que a la gente del posadero —su tono era tranquilo y desapasionado.

—Sí, muy bien —ella estaba completamente desconcertada. Le daba vueltas la cabeza. El susto, la rabia, el brandy y el marqués de Hazelmere se habían aliado para aturdirla. Se llevó una mano a la sien, intentando concentrarse en lo que él le estaba diciendo.

—Bien. Intente dormir un poco. Y una cosa más: dígale a lady Merion que iré a verla pasado mañana.

Ella asintió y se acercó a la puerta. Luego se dio la vuelta. A pesar de su enojo, sabía que debía estarle agradecida y su honor le impedía retirarse sin expresarle su gratitud, por más que le fastidiara. Dejó escapar un profundo suspiro y, con la cabeza muy alta, comenzó a decir:

—Milord, debo darle las gracias por librarme de esos caballeros —alzando los ojos hacia él, vio que sus palabras habían producido una devastadora sonrisa en el rostro de Hazelmere.

Dándose cuenta del esfuerzo que le había supuesto disculparse, él contestó en tono ligero:

—Sí, me temo que así es. Pero no importa. Una vez esté usted en Londres, estoy seguro de que encontrará numerosas oportunidades para hacer que lamente mi odioso comportamiento autoritario —alzó una ceja y la escrutó suavemente con sus ojos castaños. La mirada de fuego verde con que le respondió ella lo hizo reír. Oyendo voces abajo, alzó una mano para acariciarle delicadamente la mejilla y dijo con mayor seriedad—: Buenas noches, señorita Darent.

Atónita, ella se apartó de él y llamó a la puerta.

—¡Betsy, soy yo! Dorothea.

Hazelmere, esbozando una sonrisa que, de haber sido vista por Dorothea, habría reducido a esta a un estado de temblorosa incertidumbre, se internó entre las sombras al tiempo que la puerta se abría con una prontitud que evidenciaba el temor de quienes estaban al otro lado.

—¡Cielo santo, señorita! Entre, rápido. ¡Qué pálida está!

Dorothea entró en la habitación y la puerta se cerró. Hazelmere aguardó hasta que oyó que echaban los cerrojos y luego bajó pensativo las escaleras. En la puerta trasera se encontró a Simms.

—Simms, tengo un problema.

—¿Cuál, milord?

—Quiero asegurarme de que esas damas no sean molestadas esta noche. ¿No tendrá, por casualidad, un primo corpulento por ahí que pueda hacer guardia en la escalera?

Simms sonrió al ver un soberano de oro en los largos dedos del marqués.

—Da la casualidad, milord, de que mi hijo mayor tiene un espantoso dolor de muelas. Lleva todo el día dormitando en la cocina. Estoy seguro de que podrá hacer guardia, como es su deseo.

—Excelente —la moneda cambió de manos—. Y, Simms...

—¿Sí, milord?

—Quiero que esas damas reciban el mejor trato.

—Naturalmente, señor. Mi mujer está a punto de subirles la cena.

Hazelmere asintió y, saliendo al centro del patio de la cochera, miró las estrellas que, ahora que las nubes se habían disipado, titilaban en el cielo. Se quedó quieto, aparentemente perdido en sus pensamientos. A unos metros de distancia, Jim Hitching, su mozo, aguardó hasta que su señor se dirigió a él. Era su criado desde que el joven lord había requerido uno. Acostumbrado a los caprichos de su amo, esperó pacientemente. Hazelmere se desperezó y se volvió hacia él.

—¿Jim?

—¿Milord?

—Quiero que busques a un hombre que se aloja aquí, un tal Lang. Es el cochero de las señoritas Darent. Su señora desea marcharse mañana a las ocho, para evitar el ajetreo que inevitablemente habrá en la posada. Es evidente que ella no puede darle personalmente el recado.

—Sí, milord.

—Y, Jim...

—¿Sí, milord?

—Mañana por la mañana, si las Darent tienen alguna dificultad para marcharse, quiero que me avises. ¿Está claro?

—Sí, milord.

—Estupendo. Buenas noches, Jim.

Jim se marchó, dispuesto a madrugar si ello significaba ver a la señorita Darent a la luz del día. Había contemplado desde lejos la escena del patio de la cochera. A su parecer, su amo no se estaba comportando como solía. Perder los nervios con una dama no era su estilo. Jim ardía en deseos de ver qué aspecto tenía la dama capaz de sacar al marqués de quicio.

Ajeno a las especulaciones de su lacayo, Hazelmere cruzó tranquilamente la entrada principal de la posada y se detuvo para abrir la puerta de la taberna. El bullicio, semejante a una nube, se extendió flotando sobre el umbral para recibirlo. A través del humo azulado del tabaco, vio que el grupo de jóvenes espadachines de cuyas garras había rescatado a Dorothea estaba al fondo de la taberna. Tardó algo más en dar con el último del grupo, que estaba sentado a la mesita del rincón, enfrascado en una conversación con sir Barnaby Ruscombe. Tras observar un momento la escena, se dirigió al saloncito privado del que siempre disponía cuando se alojaba en las Tres Plumas. Al entrar vio a Fanshawe con los pies encima de la mesa, pelando cuidadosamente una manzana.

Fanshawe levantó la mirada y sonrió.

—¡Vaya! ¡Al fin has vuelto! Empezaba a preguntarme si sería prudente ir en tu rescate.

Una trémula sonrisa saludó la ironía de Fanshawe.

—He tenido que ocuparme de unos asuntos después de devolver a la señorita Darent a su habitación —Hazelmere se quitó la capa, recordando sacar el vaso del bolsillo antes de arrojarla sobre una silla. Se acercó al aparador y se sirvió un vaso de vino.

—¿Quién demonios es esa misteriosa señorita Darent?

El marqués alzó las cejas oscuras.

—No es nada misteriosa. Vive en La Grange, junto a Moreton Park. Su hermana y ella se dirigen a Londres para pasar una temporada con su abuela, lady Merion.

—Comprendo. ¿Y cómo, me pregunto, es que nunca había oído hablar de ella?

—Muy sencillo. Ha vivido toda su vida en el campo y desconoce los círculos que tú y yo frecuentamos.

Fanshawe acabó de pelar su manzana y bajó los pies de la mesa cuando la puerta se abrió para dar paso a Simms, que llevaba una bandeja cargada de comida.

—¡Por fin! —gritó Fanshawe—. Estoy muerto de hambre.

Simms dejó los platos sobre la mesa y, comprobando que todo estaba en orden, se volvió hacia Hazelmere.

—Me he ocupado de todo, milord, como me ha pedido.

Hazelmere asintió dándole las gracias y Simms se retiró. Fanshawe levantó la mirada de su plato repleto, pero no dijo nada.

Los amigos cenaron tranquilamente, en silencio. Habían crecido casi literalmente juntos, pues habían nacido en haciendas contiguas con un mes de diferencia, y habían compartido sus días de colegiales en Eton y, posteriormente, en Oxford. Durante los diez años anteriores, transcurridos en la ciudad, el lazo de amistad entre lord Hazelmere y Fanshawe se había convertido casi en proverbial. Durante aquellos años había habido pocos secretos que no hubieran compartido y, sin embargo, por razones que no deseaba considerar en ese instante, Hazelmere había preferido no contarle a su mejor amigo su primer encuentro con Dorothea Darent.

Tras vaciar los platos, retiraron las sillas y, mientras paladeaban un clarete especial extraído de las profundidades de la bodega de Simms, Fanshawe, cuyos desordenados mechones castaños le caían pintorescamente sobre la frente, retomó la ofensiva.

—Aquí hay gato encerrado.

Resignado a lo inevitable, Hazelmere siguió sin embargo aparentando inocencia.

—¿A qué te refieres?

—A ti y a la señorita Darent.

—Pero ¿por qué? —sus ojos castaños claros, aparentemente inocentes, se agrandaron, pero apretó los labios.

Fanshawe frunció el ceño, pero le siguió la corriente.

—Bueno, para empezar, dado que la tal señorita Darent no se mueve en los círculos que tú y yo frecuentamos, dime cómo la conociste.

—Solo nos vimos una vez, por casualidad.
—¿Cuándo?
—En agosto pasado, cuando estuve en Moreton Park.
Los ojos marrones de Fanshawe se entrecerraron.
—Pero yo visité Moreton Park en agosto pasado y recuerdo claramente que me dijiste que allí la caza era muy escasa.
—Ah, sí —dijo Hazelmere, acariciando el pie de la copa—. Recuerdo que te dije algo parecido.
—Y supongo que en aquel momento olvidaste por casualidad mencionar a la señorita Darent.
El marqués sonrió maliciosamente.
—Tú lo has dicho, Tony.
—¡Y un cuerno! ¿No esperarás que me trague eso? Y, si yo no me lo trago, nadie más lo hará. Y, dado que nuestro amigo Ruscombe ronda por aquí, será mejor que se te ocurra una explicación más convincente. A menos, claro —concluyó sarcásticamente—, que quieras ser la comidilla de todo Londres.
Hazelmere levantó las cejas y dejó escapar un largo suspiro.
—Por desgracia, tienes razón —aún parecía absorto mirando la copa. Fanshawe, que lo conocía mejor que nadie, esperó pacientemente.
Sir Barnaby Ruscombe era hombre al que las damas de sociedad recibían únicamente por su inagotable caudal de maliciosos cotilleos. Era imposible que se abstuviera de contar a los cuatro vientos la historia de cómo lord Hazelmere había rescatado a una dama de una multitud de borrachines en el patio de una posada. El hecho de que a Hazelmere le desagradara ver asociado su nombre a semejante relato aseguraba su diseminación entre los círculos de la alta sociedad. Aunque en sí misma apenas tenía importancia, aquella anécdota revelaría el hecho interesante de que el marqués ya conocía a la señorita Darent. Y eso, como Fanshawe estaba ansioso por señalar, le causaría complicaciones.

Tras guardar silencio varios minutos, Hazelmere alzó los ojos.
—Me temo que sería la confesión de un libertino —dijo en

tono burlón. Advirtiendo la expresión de sorpresa de los ojos castaños de Fanshawe, continuó—. Esta vez, la verdad no sirve. Los detalles de mi primer encuentro con la señorita Darent harían hablar durante semanas a los chismosos de Londres.

Tony Fanshawe pareció asombrado. No se esperaba aquello. Sabía mejor que nadie que, aunque las aventuras de Hazelmere entre las señoritas de una clase inferior eran legendarias, su comportamiento con las mujeres de su clase era irreprochable. Entonces le pareció ver la luz.

—Supongo que, cuando la conociste en el campo, iba sin carabina.

La curiosa sonrisa de los labios de Hazelmere se hizo más amplia. Sus ojos castaños sostuvieron la mirada de los de Fanshawe un instante antes de mirar de nuevo la copa.

—Naturalmente, odio contradecirte. Tienes razón al suponer que no llevaba carabina. Pero lo que quiero decir es que, si la verdad de lo ocurrido llegara a hacerse pública, la señorita Darent se vería inevitablemente comprometida y yo, por mi parte, me vería obligado a casarme con ella.

Era imposible malinterpretar sus palabras.

—¡Cielo santo! —exclamó Fanshawe, intrigado—. Pero ¿qué hiciste?

Advirtiendo las conclusiones a las que había llegado su amigo, Hazelmere se apresuró a sacarlo de su error.

—Refrena tu fantasía. La besé, si te interesa saberlo.

—¿De veras? —Fanshawe estaba atónito.

Sintiéndose como un colegial que les contara a sus amigos su primer encuentro con una moza, Hazelmere lo miró divertido, ocultando su irritación, e, interpretando acertadamente la expresión de Fanshawe, asintió.

—Exacto. No precisamente en la mejilla.

Fanshawe se quedó mirándolo un minuto antes de decir con voz temblorosa por la incredulidad apenas contenida:

—¿Quieres decir que la besaste como hubieras besado a una de tus amantes? —Hazelmere se limitó a alzar las cejas—. ¡No!

¡Que me aspen! No puedes ir por ahí besando a las jovencitas como si fueran furcias de un burdel.

—Muy cierto. El hecho es, sin embargo, que, en el caso de la señorita Darent, eso fue lo que hice.

Fanshawe parpadeó. Estaba a punto de preguntarle por qué. Pero al final no se atrevió. En vez de hacerlo, dijo:

—¿Cuánto tiempo tardó en recobrar el sentido?

—Oh, no se desmayó —contestó Hazelmere, divertido—. Intentó darme un bofetada.

Fanshawe estaba fascinado.

—He de conocer a la señorita Darent. Parece una joven ciertamente notable.

—Dentro de poco podrás verla en Londres. Pero recuerda quién la vio primero.

Fanshawe pensó que aquel era un comentario muy revelador y suspiró, exasperado.

—Tú siempre encuentras los mejores bocados antes que nadie. Supongo que no tendrá una hermana...

—Da la casualidad de que sí. Acaba de cumplir diecisiete años y es una bellísima rubia.

—Entonces aún hay esperanza para el resto de los mortales —zanjando de pronto aquella cuestión, Fanshawe volvió a concentrarse en el lado serio del asunto—. ¿Cómo vas a explicar que ya conocías a la señorita Darent?

—Recuerda que es la nieta de lady Merion. Iré a Merion House en cuanto lleguemos a la ciudad y me arrojaré a los pies de milady, metafóricamente hablando, por supuesto, para suplicar su clemencia —hizo una pausa para beber un sorbo de vino—. Supongo que lograremos inventar alguna explicación convincente.

—Siempre y cuando lady Merion esté dispuesta a pasar por alto tu comportamiento con su nieta —señaló Fanshawe.

—Yo me inclino a pensar —dijo Hazelmere con mirada abstraída— que se trata más bien de que la señorita Darent esté dispuesta a pasar por alto mi conducta.

—¿Quieres decir que podría intentar utilizarla contra ti?

La mirada castaña de Hazelmere se quedó inexpresiva de repente. Luego, comprendiendo el razonamiento de su amigo, el marqués esbozó una sonrisa.

—No. Lo que quiero decir es que, aunque estaba furiosa conmigo, dudo que le cuente a lady Merion toda la historia.

Fanshawe se quedó pensando y luego sacudió la cabeza.

—No lo entiendo. Ya sabes cómo son las jovencitas. Siempre con sus ensueños románticos. Esa muchacha probablemente se lo habrá contado todo por lo menos a tres de sus amigas del alma antes de que llegues a ver a lady Merion.

La sonrisa extrañamente evasiva que aparecía de cuando en cuando en la cara de Hazelmere afloró de nuevo.

—En este caso, me parece improbable.

A Fanshawe se le ocurrió una idea.

—No será un adefesio, ¿verdad?

—No. No es una belleza, pero, adecuadamente vestida, sería muy atractiva.

—¿Quieres decir que, cuando la conociste, no iba adecuadamente vestida?

Hazelmere dejó escapar una risa suave.

—No exactamente.

Fanshawe decidió de mala gana no indagar más en aquel asunto. La curiosidad lo consumía, pero al mismo tiempo las revelaciones de su amigo le habían escandalizado. Nunca había visto a Hazelmere así. Por primera vez en su vida, estaba seguro de que Marc le estaba ocultando algo.

Hazelmere le ofreció un par de piezas más del rompecabezas.

—La señorita Darent tiene veintidós años y es sensata y práctica. No se desmayó, ni me hizo una escena. De haberlo permitido yo, ella habría puesto fin a nuestro encuentro mucho antes. Esta noche, en lugar de arrojarse en mis brazos y darme las gracias por liberarla de las garras de Tremlow y compañía, ha estado a punto de mandarme al diablo. En resumen, dudo seriamente que la señorita Darent esté en peligro de sucumbir a los perversos encantos del marqués de Hazelmere.

Fanshawe se quedó boquiabierto.

—Ah, comprendo —pero no lo comprendía en absoluto.

Por desgracia, no pudieron seguir hablando. Un fuerte golpe en la puerta anunció la llegada de un grupo de amigos que habían llegado tarde a la pelea. Pidieron más vino y la conversación tomó otros derroteros. Hasta mucho después, Tony Fanshawe no volvería a su convicción de que Marc Henry le estaba ocultando algo.

CAPÍTULO 3

A la mañana siguiente, antes de la hora fijada y sin incidente alguno, la comitiva de La Grange partió de las Tres Plumas bajo la atenta mirada de Jim Hitchin.

El aire era frío, pero el deshielo había comenzado. Las carreteras mejoraron a medida que se acercaban a la capital; el carruaje se zarandeaba menos y avanzaban más rápidamente. Dorothea se hallaba en un estado de ánimo melancólico. La noche anterior, al regresar a su habitación, Cecily y Betsy la habían sometido a una batería de preguntas. Todavía aturdida, había aguantado el chaparrón sabiendo por experiencia que el silencio era un arma más eficaz para atajar el interrogatorio que cualquier discusión. Esta vez, sin embargo, su estratagema había fracasado. Las preguntas habían continuado hasta que había perdido los nervios.

—¡Dejad de aturdirme de una vez! Para que lo sepáis, de camino aquí me he encontrado con un caballero extremadamente impertinente y estoy muy enfadada.

Solo la aparición de la cena había conseguido distraer a Cecily, picada en su orgullo por la negativa de su hermana a contarle el incidente. En agosto, en un momento de flaqueza, Dorothea le había contado a su hermana su intempestivo encuentro con lord Hazelmere en el bosque. El recuerdo de las tortuosas explicaciones que había tenido que inventar para poner a salvo del ávido interés de Cecily el relato completo de aquel encuentro la había puesto sobre aviso, y esta vez se cuidó de no mencionar el nombre del caballero en cuestión. Bajo ninguna circunstancia habría soportado de nuevo aquel tormento. Sobre todo, sintiéndose tan extrañamente cansada.

Se le había quitado el apetito, pero admitiéndolo solo habría conseguido reabrir la discusión. Así pues, se había obligado a comer un poco de pastel de ave. Después del brandy, no se había atrevido a catar el vino. Acabada la cena, se había preparado resueltamente para irse a la cama. Cecily había hecho lo mismo, por fortuna sin comentario alguno.

Dorothea, que tenía el sueño ligero, no había podido pegar ojo hasta el amanecer, cuando al fin amainó el bullicio de la posada. Así pues, había tenido mucho tiempo para meditar sobre su segundo encuentro con el marqués de Hazelmere. La calma con que este había desplegado su autoridad le irritaba profundamente. Su arrogante convicción de que ella haría cuanto a él se le antojase le exasperaba sin medida. Dorothea arrumbó resueltamente a un rincón de su mente la constatación de que aquel hombre ejercía, pese a todo, una extraña atracción sobre ella. Se decía con obstinación que lo último que deseaba era tomarle afecto a aquel hombre odioso. Con toda probabilidad, él habría pasado la noche disfrutando de los favores de alguna buscona en algún lugar de la posada. Por alguna razón, aquella idea le resultaba absurdamente deprimente y, furiosa consigo misma, había procurado concienciarse de que debía dormir un poco. Pero incluso entonces, cuando al fin se había quedado dormida, habían asaltado sus sueños unos ojos castaños.

Una vez emprendieron la marcha, el coche la acunó con su balanceo hasta adormecerla. Se despertó cuando pararon para comer en una posada a orillas del Támesis. Un tanto repuesta, intentó pensar en cómo afrontaría la inminente entrevista con su abuela. ¿Cómo iba a sacar a relucir el tema de Hazelmere y de su anunciada visita? De vuelta en el carruaje, durmió intermitentemente mientras las zozobras giraban en su cabeza como los engranajes de un reloj. Despertó del todo cuando las ruedas pisaron los adoquines de las calles. Mirando a su alrededor, quedó asombrada ante el trasiego de la capital. A medida que el coche se adentraba en las zonas habitadas por los ciudadanos más ricos, el bullicio fue quedando atrás, y ambas hermanas se enfrascaron en la contemplación de los elegantes atuendos que veían.

Tras pedir indicaciones, Lang finalmente detuvo el carruaje frente a una imponente mansión, a un lado de una plaza rectangular situada en la que era obviamente una de las zonas más distinguidas de la ciudad. En el centro había un jardín cercado en el que los niños y sus niñeras tomaban el aire al caer la tarde. Los últimos rayos de sol teñían de oro las ramas desnudas de los cerezos cuando las hermanas se apearon del carruaje con la ayuda del estirado mayordomo que respondió a la llamada de Lang.

Aligeradas de sus capas y conducidas al salón del piso de arriba, las hermanas le hicieron una reverencia a su distinguida abuela. Lady Merion corrió a abrazarlas, envolviéndolas en una nube de gasa y perfume. Llevaba la peluca rubia impecablemente colocada sobre un rostro en el que aún se distinguían vestigios de la pálida belleza que había sido en otro tiempo. Sus penetrantes ojos azules lo observaban todo, colocados sobre una larga nariz recta y una boca siempre dispuesta a reírse de lo que se presentaba ante su vista.

—¡Queridas mías, me alegra tanto ver que habéis llegado sanas y salvas! Sentaos y dejadme que os ofrezca un té. Henry, mi cocinero, ha mandado subir estas delicias para tentar vuestro apetito después del viaje —lady Merion hizo que se sentaran alrededor del fuego, que ya ardía con viveza, y advirtió que las hermanas no presentaban su mejor aspecto—. Esta noche pasaremos una velada tranquila. Debéis iros a la cama en cuanto cenéis. Mañana por la mañana tenemos una cita con Celestine, la mejor modista de Londres. Para entonces ya os habréis restablecido del viaje.

En cuanto terminaron de comer las deliciosas pastas y el té, lady Merion tocó la campanilla. A su llamada acudió Witchett, una mujer alta y angulosa de ralo pelo gris, cuyo particular talento consistía en ser capaz de vestir a su señora con los más elegantes vestidos de Londres. Witchett ardía en deseos de ver el desafío que aguardaba a su destreza. Un rápido vistazo a las señoritas Darent bastó para convencerla de que Mellow, el mayordomo, no había exagerado. A pesar del cansancio, las nietas de lady Merion prometían. La más joven, convenientemente vestida, sería un bombón. Y la mayor poseía ese algo que Witchett, ya veterana en aquellas lides, reconocía al instante. Así pues, obsequió a las hermanas con una fina sonrisa.

—Ah, estás ahí, Witchett. Por favor, lleva a la señorita Darent y a la señorita Cecily a sus habitaciones. Os sugiero, queridas, que descanséis antes de la cena. Witchett se ocupará de que deshagan vuestro equipaje y se hará cargo de vuestra ropa hasta que encontremos doncellas adecuadas. ¡Hala, marchaos! —lady Merion las despachó agitando su mano blanca, profusamente cargada de anillos.

Las hermanas siguieron a Witchett hasta dos hermosas habitaciones que parecían recién renovadas. En la de Dorothea dominaba un suave verde pastel; en la de Cecily, un azul delicado. Todo estaba ya desembalado, y Witchett las ayudó a desvestirse.

—Vendré luego para ayudarlas a vestirse para la cena, señorita Darent.

Dorothea se dejó caer, aliviada, en el mullido lecho de plumas y al instante se quedó dormida.

Lady Merion le había dicho a su cocinero que la velada requería únicamente una cena sencilla y ligera. Hubo, por consiguiente, solo tres servicios, cada uno de ellos compuesto de cerca de media docena de platos. Dorothea y Cecily habían recobrado por suerte el apetito y pudieron dar buena cuenta de su primer contacto con las delicias culinarias de Londres.

Su abuela se mostró agradablemente sorprendida al verlas tan restablecidas. Durante la cena, ella monopolizó por entero la conversación.

—La primera y más importante tarea sin lugar a dudas es vestiros adecuadamente. Para eso, no hay nadie como Celestine. Por algo es la más célebre modista de la calle Bruton.

Lady Merion había visitado a Celestine nada más decidir que presentaría a sus nietas en sociedad. Le había dejado claro a la modista que demandaba de ella sus mayores esfuerzos. Celestine había edificado su floreciente negocio gracias a su astucia para valorar las posibilidades que le ofrecían sus clientes para exhibir sus creaciones en los círculos de la alta sociedad. Las nietas de lady Merion desfilarían por las reuniones más distinguidas. Tras procurarse una descripción de las jóvenes, había aceptado de buena gana hacer lo posible por asegurar su éxito.

—Celestine tiene un talento verdaderamente excepcional. Después de ir a verla, tendremos que ocuparnos de vuestro pelo. Y, además, también he contratado a un maestro de baile. Supongo que no sabréis bailar el vals —hizo una pausa mientras se servía una nécora—. Una vez estéis presentables, nuestra primera salida consistirá en un paseo en coche por el parque. Iremos sobre las tres, que, en esta época del año, es la hora adecuada para encontrarse con todo el mundo. Os presentaré a muchos miembros distinguidos de la alta sociedad, y con un poco de suerte también encontraremos a algunas jóvenes con las que podréis trabar amistad. Confío en particular en que veamos a lady Jersey. La apodan Silencio porque no se calla nunca. No os extrañéis si lo que dice os suena raro. Quizá también nos encontremos con la princesa Esterhazy. Ambas damas son patronas de Almack's. Necesitáis invitaciones suyas para entrar. Y, si no sois admitidas en Almack's, ya podéis dar por perdida la temporada y volver a casa.

—Cielo santo —exclamó Dorothea—, no tenía idea de que fuera tan importante.

—Pues lo es —respondió su abuela con absoluta convicción.

Lady Merion continuó hablando de este modo, vertiendo ante sus nietas un caudaloso flujo de información. Dorothea y Cecily escuchaban con avidez. Ambas poseían un grado considerable de sensatez y no necesitaban, por tanto, que las apremiaran a aprender todo lo posible de las prácticas y costumbres en boga de labios de su experimentada abuela antes de aventurarse por vez primera en el proceloso mundo de la alta sociedad.

A las nueve en punto, viendo que Cecily refrenaba un bostezo, lady Merion puso punto final a su disertación.

—Es hora de que os vayáis a la cama. Llama a Witchett, Dorothea. Ella os ayudará a cambiaros. Vamos, marchaos. Ya habéis tenido bastante por un día.

Cuando la puerta se cerró tras las soñolientas muchachas, lady Merion se arrellanó en el rincón de su elegante sofá. Iba a disfrutar mucho de aquella temporada. Últimamente, a su acostumbrada rutina de placeres mundanos le faltaba por desgracia un poco de excitación.

Nadie se movía durante sesenta años en el meollo de la vida aristocrática sin aprender a evaluar las cualidades de quienes la rodeaban. Tan perspicaz como distinguida, lady Merion había quedado favorablemente impresionada por sus rústicas nietas al verlas por primera vez desde hacía muchos años en Darent Hall. Tras pasar con ellas una sola tarde, había decidido que sería sumamente entretenido soltarlas en medio de la alta sociedad. Aunque apenas tenía dudas de que llegaría a cobrarles un sincero afecto, su principal propósito había sido puramente egoísta. Ahora, al volver a examinar sus frescos cutis y sus encantadores modales, se preguntaba irónicamente si ella estaría a su altura.

Pensando de nuevo en las chicas, frunció el ceño. Dorothea le había parecido extrañamente preocupada. Lady Merion confiaba en que no se hubiera enamorado de algún caballero rural. Sin embargo, aunque así fuera, los placeres de la temporada de Londres pronto le harían olvidar su letárgico pasado campestre.

Una llamada a la puerta interrumpió sus cavilaciones. Dorothea, vestida con una delicada bata rosa y con el pelo suelto sobre los hombros, asomó la cabeza por la puerta. Al ver a su abuela, entró.

Las cejas rubias de lady Merion se alzaron hasta alturas inconcebibles sobre sus aguzados ojos azules.

—¿Qué ocurre, niña?

—Abuela, hay algo que debo decirle.

«¡Ajá!», pensó lady Merion, «ahora sabré qué le preocupa». Le indicó a Dorothea que se sentara junto a ella.

Dorothea se sentó con elegancia, fijó los ojos en el fuego y con suma calma dejó caer su bomba.

—Bueno, para empezar, he de decirle que el marqués de Hazelmere vendrá a verla mañana.

—¡Cielo santo! —exclamó lady Merion, incorporándose en el asiento y fijando sus ojos fascinados en su nieta—. Querida niña, ¿cómo demonios has conocido tú a un hombre como Hazelmere? No sabía que tu madre se tratara con los Henry.

Hermione experimentó un doloroso desasosiego al oír el nombre de Hazelmere. ¡Condenado truhán! Había sido el azote de muchas madres llenas de esperanzas, a cuyas impresionables hijas fascinaba de tal modo que nada podía hacerse con aquellas necias muchachas. Dado que el marqués solo se mostraba sensible a los encantos de ciertas burguesas particularmente hermosas, las madres precavidas acostumbraban a avisar a sus hijas de que, pese a la indudable conveniencia de su posición, lord Hazelmere no figuraba en su lista de posibles pretendientes. Las palabras de Dorothea habían hecho saltar toda clase de alarmas en la mente de lady Merion y, sin embargo, la anciana señora no acertaba a adivinar por qué deseaba Hazelmere una entrevista con ella.

Lady Merion se sentó de modo que pudiera ver por entero el rostro de su nieta.

—Empieza por el principio, niña, o no entenderé nada.

Consciente del escrutinio de su abuela, Dorothea asintió y comenzó cuidadosamente.

—Bueno, la primera vez que vi a lord Hazelmere fue el pasado agosto, mientras recogía moras en los bosques de Moreton

Park. Él acababa de heredar el señorío de su tía-abuela, lady Moreton.

—Sí, lo sé —dijo lady Merion—. Conocía a Etta Moreton bastante bien. De hecho me escribió tras la muerte de vuestra madre, pidiéndome que me hiciera cargo de vosotras.

—¿De veras? —aquello era nuevo para Dorothea.

—Ajá. Pero ¿qué ocurrió cuando conociste a Hazelmere? Supongo que se mostró tan encantador como de costumbre, ¿no es cierto?

Dorothea recordó cuán encantador se esperaba que fuera lord Hazelmere y prefirió ceñirse a la versión que llevaba ensayada.

—Él se presentó. Luego, como yo iba sola, insistió en acompañarme a casa.

Lady Merion, interpretando el tono cauteloso de su nieta mucho mejor de lo que Dorothea hubiera deseado, llegó a una conclusión.

—Querida mía, no te dé vergüenza decirme que te hizo la corte sin sonrojo alguno. Lo hace todo el tiempo. Ese demonio puede ser irresistible cuando se lo propone.

Con mirada incrédula, Dorothea vio abrirse el abismo a sus pies justo a tiempo. Tragándose las palabras que había estado a punto de dejar escapar, procuró infundir calma a su voz.

—¿Encantador? Yo, la verdad, lo encuentro más bien arrogante —lady Merion parpadeó sorprendida ante aquel frío juicio referido a uno de los miembros más destacados de la alta sociedad. Dorothea prosiguió apresuradamente—. Anoche me encontré de nuevo a lord Hazelmere en la posada.

Lady Merion se consideraba avezada en las costumbres de quienes la rodeaban. Así pues, se dio cuenta con cierta sorpresa de que su nieta, tras pasar en su casa apenas unas horas, había logrado trastocar seriamente su calma. Repitió débilmente:

—¿El marqués estaba anoche en la posada?

—Sí, junto con gran número de caballeros, puesto que cerca de allí había un concurso de lucha.

Lady Merion cerró los ojos, preguntándose qué iba a revelarle a continuación aquella atolondrada chiquilla. Escuchó en silencio la versión de Dorothea, cuidadosamente censurada, sobre lo acontecido en la posada. En realidad, estaba asombrada. Aunque Hazelmere había actuado con toda corrección al rescatar a Dorothea, su conducta posterior resultaba mucho más difícil de entender. No comprendía por qué se había enfadado tanto. Era sumamente extraño que el marqués perdiera los nervios, y más tratándose de una joven a la que apenas conocía.

Consciente de que Dorothea aguardaba su veredicto, dejó a un lado su perplejidad ante el comportamiento de Hazelmere.

—Bueno, querida, no veo en tu conducta nada que deba preocuparte. Es cierto que yo no querría que fueras por ahí sin hacerte acompañar. Pero sé que tu vida en La Grange carecía de la formalidad conveniente. Lo ocurrido en la posada es muy lamentable, pero tú no podías saber qué iba a ocurrir y, por suerte, Hazelmere estaba allí para rescatarte —hizo una pausa, quedándose de pronto pensativa—. ¿Tienes idea de por qué desea verme mañana?

Dorothea había pensado mucho en aquella pregunta.

—Me pregunto si será por los otros caballeros que había en el patio de las caballerizas. Ellos lo conocían y ahora saben que nos habíamos visto previamente. Supongo que tendremos que convenir una versión aceptable para explicarlo.

Lady Merion consideró sus palabras y asintió.

—Sí, es probable que así sea.

Hazelmere sin duda era consciente de las posibles consecuencias de su encuentro en la posada ante los ojos de todos, y era muy propio de él intentar reducir el daño al mínimo. Pese a todos sus defectos, Hazelmere siempre se comportaba como debía.

Aligerada de la insidiosa preocupación que le producía el pensar que hubiera cometido algún horrendo desliz, Dorothea durmió a pierna suelta toda la noche. Cecily también durmió como un bebé y se recobró por completo del viaje. Al llegar a la calle Bruton, fueron recibidas por la célebre Celestine en persona. Un solo vistazo bastó para que la avispada modista comprendiera que en las señoritas Darent tenía a dos modelos dignas de su arte. Cinco minutos en su compañía la convencieron de que, con sus maneras encantadoramente espontáneas y ese aire de inconsciencia que solo los nacidos de alta cuna poseían, estaban destinadas a contarse entre las más grandes sensaciones de la temporada.

Para poner a los pies de las señoritas Darent sus más preciadas creaciones, solo hizo falta que, a su llegada, lady Merion la llevara a un aparte.

—Los asuntos de mis nietas van deprisa, *madame*. La señorita Darent ha conocido a un caballero soltero de su misma condición. No puedo, naturalmente, revelar su nombre, pero es un partido sumamente conveniente. Lord H se está comportando ciertamente sin su habitual sangre fría. Tengo motivos para creer que veré a mi nieta ventajosamente casada antes de que acabe la temporada.

Ducha en los juegos de sociedad, lady Merion conocía el efecto que surtiría su indiscreción. Al menos, la intrusión de Hazelmere en la vida de su nieta serviría de algo. Lady Merion no se hacía ilusiones respecto a su nieta mayor. A Cecily le iría muy bien; era prácticamente el epítome de la belleza rubia tan en boga. Dorothea era muy bella, pero lady Merion estaba convencida de que, en compañía de su hermana, su hermosura palidecería hasta hacerse insignificante. Y, además, era demasiado enérgica para excitar el instinto caballeresco de los hombres de su condición social. Aunque pensar en una boda brillante fuera hacer castillos en el aire, Dorothea podía conseguir un matrimonio conveniente. Sobre todo, con ayuda de Celestine.

Celestine, una mujer de pelo negro y edad indeterminada, soberbiamente vestida, pronunció su juicio en materia de estilo con un leve acento francés.

—La señorita Cecily es tan joven y bella que ha de vestir *à la jeune fille*. Para la señorita Darent, en cambio, yo recomendaría un estilo más sofisticado. Con su permiso, claro está, milady —miró especulativamente a lady Merion.

—Estamos completamente en sus manos, *madame* —respondió esta.

Celestine asintió. Siendo así, agarraría aquella oportunidad con ambas manos. Vestir a las lánguidas hijas de la aristocracia rara vez le daba ocasión de probar su genio. Disfrutar de una clienta de la calidad de la señorita Darent era una oportunidad de oro para exhibir su verdadero talento. Buena estructura ósea, porte perfecto, regias maneras, cabellera y ojos de hermosos e inusuales colores, un figura verdaderamente elegante y un delicioso rostro clásico. ¿Qué más podía desear una modista de primera clase en una clienta? Cuando acabara con ella, Dorothea Darent sobresaldría en cualquier reunión. Por suerte, además, contaba con el aplomo suficiente para salir airosa del empeño.

Los ojos negros de Celestine relucieron.

—¡*Bon*! El color de pelo de la señorita Darent es muy poco corriente. Y su porte es... tan... ¿cómo diría yo?... tan elegante, tan sereno... Utilizaremos colores vivos y un corte severo para resaltar lo que Dios le ha dado.

Las dos horas siguientes transcurrieron entre un revuelo de gasas y sedas, muselinas y batistas mientras se debatían los méritos de los diversos diseños, tejidos y acabados y se tomaban las medidas.

Tras encargar numerosos vestidos, algunos de los cuales les serían entregados esa tarde para su primer paseo por el parque al día siguiente, lady Merion condujo triunfalmente a sus nietas al carruaje.

Al regresar a sus habitaciones tras tomar un ligero almuerzo, las chicas descubrieron que, en su ausencia, Witchett también había ido de compras. Cuando abrieron sus cajones, los encontraron llenos de ropa interior profusamente adornada de encaje, medias de la mejor seda, cintas de todos los colores, guantes, redecillas, pañuelos, abanicos y, en resumen, de todo cuanto pudieran necesitar. Cuando subió a ver si necesitaban su ayuda, Witchett se las encontró examinando entre gritos de placer su hallazgo. Al verla en la puerta de la habitación, Dorothea sonrió.

—¡Oh, gracias, Witchett! Estoy segura de que nosotras no nos habríamos acordado de todas estas cosas hasta el momento de salir.

Witchett, cosa rara en ella, le devolvió la sonrisa.

—Bueno, señorita, seguro que tienen muchas otras cosas en las que pensar —era realmente muy difícil no caer bajo el hechizo de aquellas dos encantadoras muchachas—. ¡Señorita Cecily! Veo que ha arrugado espantosamente ese precioso vestido suyo. Tendrá que tener más cuidado con sus vestidos nuevos. Betsy puede planchárselo mientras descansa usted. Está esperándola en su habitación para ayudarla a desvestirse.

—¡Oh, pero yo no quiero descansar!

El tono quejumbroso de su hermana alertó a Dorothea. Cecily enfermaba fácilmente cuando se encontraba fatigada en exceso, y solo había transcurrido un día desde su viaje. Mirando a Witchett para rogarle silencio, Dorothea examinó un cuello de encaje junto a la ventana y dijo con calma:

—Si no deseas descansar, nadie te obligará. Naturalmente, tendremos que prestar atención esta noche, cuando la abuela nos instruya acerca de las costumbres de la alta sociedad, pero, siempre y cuando te mantengas despierta, no veo razón para que te eches. Hace un día tan bonito que creo que voy a dar un paseo por la plaza. ¿Por qué no me acompañas?

Witchett se quedó atónita. La expresión de Cecily se tornó pensativa. Pensándolo mejor, no estaba segura de poder soportar otra lección de buenas maneras sin descansar un rato.

—Oh, puede que Witchett tenga razón y deba echarme. Siempre me cuesta recordar las cosas cuando estoy cansada.

¡Que disfrutes de tu paseo! —agitando la mano en el aire, salió al pasillo.

Dorothea permaneció junto a la ventana, mirando los cerezos retoñados y a los niños que jugaban en el césped, allá abajo.

—Witchett, no estoy muy segura de si es recomendable que dé un paseo por la plaza.

—Sí, señorita. Siempre y cuando vaya acompañada.

—¿Quién sería un acompañante adecuado si deseara salir a dar un paseo ahora mismo?

—Yo la acompañaré, señorita, como es de rigor. Si me espera en el vestíbulo, iré por mi abrigo y me reuniré con usted allí.

Witchett cumplió su palabra con toda diligencia y cinco minutos después Dorothea estaba paseando bajo los cerezos, disfrutando del placer de sentir el sol en la cara. Su manto la protegía de la fría brisa mientras deambulaba por los senderos del parquecillo entre arriates de brillantes narcisos y lirios tempranos. De pronto, una pelota aterrizó a sus pies. Agachándose para recogerla, miró a su alrededor buscando a su dueño. Un niño rubio, de unos seis años, permanecía dubitativo de pie en el césped, al otro lado de un lecho de narcisos. Sonriendo, Dorothea se acercó a él y le tendió la pelota.

—Di gracias, Peter —dijo una voz desde un banco situado bajo un árbol. Dorothea vio que una niñera que acunaba a un bebé en sus brazos le sonreía inclinando la cabeza.

Al darse la vuelta, vio que el niño le hacía una reverencia doblándose por la cintura y decía:

—Gracias, señorita —dijo con hosca vocecilla.

Ella contestó impulsivamente:

—¿Te gustaría que jugáramos a la pelota un rato? Acabo de salir a tomar el sol, así que ¿por qué no lo disfrutamos juntos?

La amplia sonrisa que acompañó a sus palabras fue respuesta suficiente y, tras mirar a su niñera para pedirle permiso, el pequeño Peter se puso a jugar a la pelota con su nueva amiga.

Y así fue como, mientras paseaba por Cavendish Square de camino a Merion House, el marqués de Hazelmere encontró al objeto de sus desvelos jugando a la pelota en la plaza. Apoyándose en la barandilla que rodeaba el parque, observó a Dorothea enseñarle a Peter a tirar el balón. Ella estaba de espaldas a él, a cierta distancia. De pronto, un tiro particularmente fuerte de Peter, recibido con grandes risas por parte de los jugadores, envió la pelota rodando a través del césped hasta un lecho de flores cercano. Dorothea fue tras ella. Cuando se inclinó a recoger la pelota, Hazelmere no pudo evitar preguntarle:

—¿Otra vez sola y desprotegida, señorita Darent?

Ella se giró y un «¡oh!» de sorpresa murió en sus labios. Por un perturbador instante, la amenaza de lord Hazelmere de darle un azotaina si volvía a encontrarla sola se apoderó de su mente. El brillo malévolo de los ojos del marqués la convenció de que había adivinado lo que estaba pensando. Mientras se incorporaba, procuró recobrar la compostura.

—Pues no, lord Hazelmere. Ahora conozco ya suficientemente las costumbres de la buena sociedad como para no cometer ese error, se lo aseguro.

Una ceja negra se levantó. Hazelmere, poco acostumbrado a que las señoritas le replicaran, advirtió que Witchett se materializaba junto al codo de Dorothea.

—Ahora iba a hacerle una visita a lady Merion —dijo—. Creo que tal vez debería usted estar presente, señorita Darent.

—Ah, sí. Lo había olvidado.

Hazelmere no pudo ver su cara, pues ella estaba inclinada despidiéndose del niño, de modo que no fue capaz de adivinar si había hecho aquel comentario con toda ingenuidad o con intención de desinflar sus pretensiones. En la conversación de la señorita Darent había poca ingenuidad. Pero aquel era un juego grato para que lo jugaran dos, y había pocos más diestros en él que el marqués de Hazelmere. Este prosiguió su paseo bordeando la valla hasta la puerta, donde permaneció con aparente calma, mirando abiertamente cómo se acercaba Dorothea.

Esta tomó para sus adentros una firme decisión. Desde ese momento, no se dejaría afectar por el odioso marqués de Hazelmere. Ella era una mujer madura, serena y fría. Hasta Celestine había alabado su aplomo. No alcanzaba a entender por qué se inquietaba cada vez que Hazelmere aparecía a su lado. La ponía enferma el traicionero sonrojo que le provocaban al instante las pullas del marqués. Cada uno de sus insidiosos comentarios parecía destinado a confundirla y a permitirle a él manejar la situación a su antojo. «Bueno», pensó con decisión la señorita Darent, consciente de la mirada del marqués mientras avanzaba por la calle, «puede que eso le funcione con las señoritas de Londres, pero yo no voy a permitir que me embauque». Y, con la más luminosa de las sonrisas, se reunió con él en la puerta.

Si Hazelmere albergaba alguna sospecha acerca de este evidente cambio de actitud, se lo guardó para sí. Su mirada avezada reparó en la capa de aspecto campestre y en su mata de pelo que, revuelta por el viento, escapaba de las horquillas. Se preguntó por qué semejante combinación le parecía tan atractiva. Cruzaron en silencio la calle y fueron recibidos por Mellow en Merion House.

—Lady Merion lo está esperando, señor.

Dorothea le dio su capa a Witchett y se miró fugazmente en el espejo. Sorprendida por la imagen que ofrecía su cabello revuelto, se preguntó si debía hacer esperar a su abuela mientras se peinaba. Al alzar la mirada, se topó con los ojos color avellana del marqués reflejados en el espejo. Él sonrió, comprensivo.

—Yo lo haría si fuera usted. Le diré a su abuela que se reunirá con nosotros dentro de un momento.

Comprendiendo que no podía andar siempre a la greña con él, y menos aún cuando se mostraba amable, Dorothea se limitó a asentir secamente con la cabeza antes de empezar a subir las escaleras seguida por Witchett.

Hazelmere se detuvo un momento para quitarse una mota de polvo de la manga antes de inclinar la cabeza mirando a Mellow.

—Ya puede anunciarme.

Lady Merion se había ataviado para la entrevista con un vestido que sabía que le sentaba particularmente bien. Un instinto nacido de la experiencia le decía que en los encuentros del marqués y su nieta había más de lo que esta le había contado. Ignoraba si Dorothea misma era por completo consciente de ello. A Hazelmere, por su parte, nada le habría pasado desapercibido. Estaba decidida a sacarle al marqués una explicación mucho más detallada antes de hacer comparecer a Dorothea. Mientras Hazelmere cruzaba con paso elegante la habitación y se inclinaba para besarle la mano, fijó en él una mirada de basilisco que, en años precedentes, había hecho confesar a los réprobos más recalcitrantes.

Hazelmere le sonrió lánguidamente. De pronto, lady Merion cayó en la cuenta de que había gran diferencia entre pedirle explicaciones a un niño de diez años porque una pelota de cricket aterrizara en su salón y pedirle cuentas de su comportamiento a un caballero de treinta y un años que, aparte de ser uno de los miembros más destacados de la alta sociedad, era uno de los hombres más guapos del reino. «Y encima», pensó acalorada, advirtiendo una mirada sagaz en aquellos ojos castaños, «¡el muy granuja lo sabe!».

Disimulando, lady Merion le indicó que se sentara, fijó su atención de mala gana en el siguiente punto del orden del día y aguardó hasta que él se hubo sentado, admirando el modo en que su inmaculada levita de mañana se le ceñía a los hombros. Hazelmere llevaba los largos y fornidos muslos cubiertos con calzas de color beige, muy ceñidas, que le llegaban hasta la rodilla, y sus botas de Hesse relucían como espejos. Lady Merion era mayor, pero aún se fijaba en esas cosas.

—Al parecer he de agradecerle que rescatara a mi nieta Dorothea de un desagradable incidente en una posada la otra noche.

Una mano bien cuidada se agitó con indiferencia.

—Después de reconocer a su nieta, ni siquiera alguien con una conciencia tan pecaminosa como la mía podría haberla abandonado a su suerte —su tono suavemente burlón y la sonrisa de su semblante despojaban a sus palabras de cualquier ofensa.

Acostumbrada a las sutilezas de la conversación mundana, lady Merion se apaciguó visiblemente.

—Muy bien. Pero ¿por qué esta entrevista?

—Por desgracia, entre el gentío del que rescaté a la señorita Darent se encontraba al menos un miembro de la alta sociedad de quien no puede esperarse que olvide el incidente.

—Dorothea mencionó a Tremlow.

—Oh, sí, Tremlow estaba allí, al igual que Botherwood, lord Michaels y lord Downie. Pero ellos son relativamente inofensivos y, seguramente no se acordarán del incidente a no ser que alguien se lo recuerde, y puede que ni siquiera entonces. Quien me preocupa es sir Barnaby Ruscombe.

—¡Uf, qué hombre tan repulsivo! Siempre anda implicado en las habladurías más maliciosas —hizo una pausa y miró al marqués inquisitivamente—. Supongo que no podrá hacer usted nada al respecto.

—Me temo que no. Si fuera otro, posiblemente. Pero no tratándose de Ruscombe. Ese hombre comercia con el escándalo. Sin embargo, dado que podemos idear un relato verosímil que explique que la señorita Darent y yo nos conocemos de antes, no veo que haya ningún peligro serio de que la reputación de su nieta quede dañada.

—Tiene razón, por supuesto —convino lady Merion—. Pero creo que convendría que Dorothea estuviera presente. Haga sonar esa campanilla, por favor.

—No es necesario —dijo Hazelmere—. Me encontré con su nieta en el parque cuando venía hacia aquí. Ha subido a arreglarse el pelo antes de reunirse con nosotros.

Como si esperara aquellas palabras, Dorothea entró en ese momento. Hazelmere se levantó perezosamente y respondió a su reverencia tomando su mano y, tras inclinarse sobre ella, llevándosela a los labios mientras la recorría admirativamente con la mirada.

Lady Merion se puso rígida. Besar la mano de una dama ya no se estilaba. ¿Qué demonios estaba pasando allí?

Dorothea aceptó aquel saludo sin mostrar sorpresa alguna. Sentándose en una silla al lado de su abuela, frente a Hazelmere, miró a lady Merion interrogativamente.

—Querida, estábamos hablando de la versión que hemos de acordar para explicar que lord Hazelmere te reconociera en la posada.

—Tal vez la señorita Darent tenga alguna sugerencia —dijo el marqués, mirando con interés a Dorothea.

—Pues, en realidad, sí —contestó ella, suavemente—. Imagino que lo más prudente será ceñirse a acontecimientos que nadie pueda poner en duda —sus cejas delicadamente arqueadas se alzaron mientras miraba con calma a Hazelmere.

Los expresivos labios del marqués se fruncieron.

—Eso sería muy sensato —murmuró él.

Dorothea inclinó regiamente la cabeza.

—¿Y si, por ejemplo, en una de sus visitas a lady Moreton, ella se hubiera encontrado con ánimo de dar un paseo en calesa? No muy lejos, solo por los caminos que rodean su propiedad. Estoy segura de que a ella le hubiera gustado hacerlo de haber podido.

—Tiene usted mucha razón. Mi tía-abuela se quejaba de no encontrarse lo bastante bien como para salir a dar un paseo como el que usted propone.

—Bien. Solo que este paseo sí tuvo lugar y, naturalmente, el criado de usted no los acompañó, ¿verdad?

Metiéndose en el espíritu de la conversación, Hazelmere contestó con presteza:

—Estoy seguro de que ese día le di permiso a Jim para que descansara en las cocinas.

Dorothea asintió, complacida.

—Mientras paseaban por el camino, se encontraron con mi madre, Cynthia Darent, y conmigo, que volvíamos de hacer una visita a... ¡ah, sí! A Waverley Park, naturalmente.

—¿Y su cochero?

—Yo conducía nuestra calesa. ¿Y qué más natural que lady Moreton se parara a conversar con mi madre? A fin de cuentas, eran viejas amigas. Y lady Moreton nos presentó a mamá y a mí a usted. Tras hablar unos minutos, nuestros caminos se separaron.

—¿Cuándo ocurrió eso exactamente? —preguntó él.

—Bueno, tendría que haber sido hace dos veranos, cuando tanto lady Moreton como mi madre aún vivían.

—Felicidades, señorita Darent. Ya tenemos un relato sumamente convincente para explicar nuestro encuentro. Y, además, los dos únicos testigos que podrían contradecirlo han fallecido. Un plan muy astuto.

—Sí, pero esperen un momento —dijo lady Merion—. ¿Por qué no les habló tu madre a sus otras amigas de ese encuentro? Sin duda un acontecimiento tan novedoso habría provocado cierto revuelo en el vecindario.

—Pero, abuela, ya sabes lo despistada que era mamá. Sería perfectamente posible que lo hubiera olvidado por completo para cuando llegamos a casa, sobre todo si, por el camino, sucedió algo que la distrajera.

Recordando el atolondramiento de su nuera, lady Merion reconoció de mala gana que, en efecto, era posible.

—Bueno, entonces, ¿por qué no se lo contaste tú a tus amigas?

Dorothea abrió de par en par sus grandes ojos verdes y, dirigiéndose a su abuela, preguntó:

—¿Y por qué habría tenido que hacerlo? Nunca he tenido costumbre de hablar de acontecimientos insignificantes con nadie.

Lady Merion contuvo el aliento. No pudo resistir mirar a Hazelmere para ver cómo se tomaba él haber sido tachado de «insignificante». El marqués parecía tan circunspecto como siempre, pero lady Merion creyó advertir un destello en sus ojos de color avellana, fijos en Dorothea. «¡Ten cuidado, mi niña!», le advirtió mentalmente a su nieta.

—Qué cualidad tan extraordinariamente apropiada, señorita

Darent —dijo Hazelmere, decidiendo ignorar por el momento aquella provocación—. De modo que ahora tenemos una historia creíble y totalmente incuestionable para explicar nuestro primer encuentro. Suponiendo que nos ciñamos a ella, preveo que no habrá ninguna dificultad para ignorar las inevitables habladurías sobre lo que ocurrió en las Tres Plumas —se levantó y con natural elegancia se inclinó sobre la mano de lady Merion—. Supongo que esta temporada asistirán ustedes a todas las reuniones sociales.

—Oh, sí —respondió ella, adquiriendo de nuevo sus modales mundanos—. Iremos a visitar la ciudad en cuanto Celestine haya vestido decentemente a estas niñas.

Hazelmere se acercó a Dorothea y ella se levantó para despedirlo. De nuevo, el marqués se llevó su mano a los labios. Sonriéndole de un modo que a Dorothea le pareció extrañamente desconcertante, dijo:

—Entonces, confío en que volvamos a encontrarnos, señorita Darent. Y espero que, esta vez, nuestro encuentro no le resulte tan insignificante —su suave tono burlón había vuelto.

Dorothea le devolvió la mirada sin aparente turbación y, con los ojos muy abiertos, contestó:

—Oh, creo que ahora ya no podría olvidarme de usted, milord.

Él logró controlar su expresión, pero sus ojos acusaron claramente el golpe. Se detuvo, mirando los ojos verdes de Dorothea, y reprimió una sonrisa. A fin de cuentas, no podía quejarse, pues él mismo le había puesto en bandeja aquella ocasión de mofarse de él. Sin embargo, no esperaba que Dorothea tuviera el valor de replicarle, y con tanto aplomo. Lanzándole una última mirada enigmática, se dio la vuelta e, inclinándose de nuevo ante la desconcertada lady Merion, les deseó a ambas buenos días y se marchó.

Cuando la puerta se cerró tras él, lady Merion fijó en su nieta una mirada en la que se mezclaban a partes iguales la incredulidad y la sospecha. Sin embargo, solo le dijo:

—Avisa que nos sirvan el té, niña.

CAPÍTULO 4

Para las hermanas Darent, la temporada comenzó de verdad al día siguiente. La mañana empezó con la visita del peluquero de lady Merion. En cuanto puso sus ojos en las dos jóvenes, el descarado francés dio rienda suelta a su locuacidad. Para sorpresa de todos, Celestine había insistido en estar presente. Se notaba que había decidido hacerse cargo por entero de la apariencia de las señoritas Darent. Lady Merion no salía de su asombro ante aquella inusual muestra de interés por parte de la modista, pero más aún contribuyó a su asombro la transformación que se operó en la mayor de sus nietas. Vestida con la primera de las creaciones de Celestine, enviada expresamente aquel día para su paseo por el parque, y con el pelo oscuro recogido suavemente y peinado en una variación del estilo Safo, que por entonces estaba en boga, Dorothea había emergido como el patito feo metamorfoseado en un auténtico cisne. Su apariencia, según le confió Celestine a lady Merion en un aparte, no podía describirse adecuadamente como «bonita». Aquel epíteto había que reservarlo con mayor propiedad para Cecily. La nueva Dorothea era atractiva y asombrosamente bella y dejaba a su paso un nítido halo de sensualidad cuyo impacto iba dirigido sin error posible a hombres más maduros. Pensando en Hazelmere, lady Merion parpadeó y se apresuró a revisar sus expectativas.

A continuación, las hermanas fueron presentadas a su maestro de baile, contratado para darles clase una hora por las mañanas durante una semana a fin de asegurarse de que no metieran la pata en las danzas más convencionales, así como para enseñarles a bailar el vals. Las dos jóvenes tenían gracia natural, y los bailes rurales las habían familiarizado con las danzas de moda, a excepción del vals.

Por la tarde partieron en el carruaje de lady Merion para ver y ser vistas en el parque. El espectáculo de la alta sociedad tomando el aire, encontrándose con antiguos conocidos y trabando nuevas amistades, fascinó al instante a las dos jóvenes. Lady Merion, posando por enésima vez sus ojos en el delicioso espectáculo que se le ofrecía en el asiento de enfrente del carruaje, se sintió más feliz y admirada de lo que se había sentido en muchos años.

Apenas habían iniciado su primera vuelta cuando una dama alta y angulosa, ataviada a la última moda y sentada en un landó parado a un lado del paso de carruajes, saludó a lady Merion, quien inmediatamente ordenó al cochero detenerse.

—¡Sally, qué maravilla! ¿Ha vuelto ya Maria? —sin aguardar respuesta, lady Merion agregó—: Permíteme presentarte a mis nietas. Dorothea, Cecily, esta es lady Jersey.

Tras intercambiar saludos con las dos jóvenes, Sally Jersey fijó en lady Merion una mirada penetrante.

—Hermione, vas a causar un motín con estas niñas. ¡Tienes que dejar que te mande invitaciones para Almack's inmediatamente! Querida mía, tenía el espantoso presentimiento de que la temporada iba a ser aburridísima, pero, con estas dos bellezas, estoy segura de que tendremos fuegos artificiales.

Dorothea y Cecily se sonrojaron. Lady Merion siguió charlando con lady Jersey unos minutos, intercambiando información sobre quién había vuelto a la capital y quién no. Las dos muchachas comprendieron que estaban llamando considerablemente la atención, no solo por las miradas lascivas de los soldados y los jovenzuelos a los que lady Merion les había ordenado ignorar, sino por el escrutinio, más desconcertante, de las madres que pasaban en sus carruajes con sus jóvenes y esperanzadas hijas. Bajo el efecto soporífero del zumbido de la conversación de su abuela, Cecily dejó que su mirada vagara hasta un grupo de elegantes caballeros que conversaban con dos jóvenes y bellas damas en la pradera cercana. Dorothea, igualmente abstraída, fue sacada bruscamente de sus cavilaciones por lady Jersey.

—Tengo entendido, querida, que ya conoces a lord Hazelmere.

Consciente de que mostrar la más mínima vacilación sería fatal, Dorothea infundió en sus grandes ojos verdes una expresión perfectamente indiferente.

—Sí. Tuve la suerte de encontrarme con él por segunda vez recientemente. Fue muy amable al prestarme su ayuda en una posada de camino a Londres.

Los ojos saltones de lady Jersey no vacilaron.

—Entonces, ¿ya lo conocías?

Dorothea mantuvo el aplomo. Sus cejas se alzaron levemente, como si su respuesta a aquella pregunta fuera bastante obvia.

—Lady Moreton, su tía-abuela, nos lo presentó a mi madre y a mí hace algún tiempo. Lady Moreton era vecina nuestra en Hampshire.

—Ah, ya comprendo —lady Jersey, aparentemente decepcionada por aquella explicación inofensiva del encuentro de Dorothea con uno de los solteros más libertinos de la aristocracia, fijó de nuevo su atención en lady Merion.

Tras cinco minutos de ácida charla, el cochero recibió la orden de proseguir. Cuando dejaron atrás a lady Jersey, lady Merion dejó escapar un profundo suspiro y miró complacida a la mayor de sus nietas.

—Bien hecho, querida mía. Ahora solo tenemos que seguir así.

Dorothea comprendió lo que quería decir su abuela cuando fueron trabando conversación tras conversación con viudas y matronas y, ocasionalmente, con madres acompañadas de hijas casaderas. El incidente en la posada salía a relucir sin falta en una u otra versión. Tras su éxito con lady Jersey, sin duda alguna la más formidable inquisidora de la alta sociedad londinense, lady Merion dejó que Dorothea afrontara aquellos pequeños interrogatorios, interviniendo únicamente cuando alguna de las damas más jóvenes se mostraba ansiosa por llevar la descripción de los hechos hacia terrenos excesivamente espinosos para su sentido de la propiedad. Cecily, absorta en el parque y sus paseantes y demasiado joven para que las señoras perdieran el tiempo con ella, ignoraba ostensiblemente estas conversaciones.

Casi una hora después, se detuvieron a hablar con la princesa Esterhazy. Tras las presentaciones, la princesa, una mujer de expresión dulce y oronda figura, sonrió soñadoramente a las dos jóvenes.

—Os he visto hablando antes con Sally, así que estoy segura de que ya os habrá prometido pases.

Lady Merion asintió.

—Sally piensa que mis niñas estarán a la altura de las circunstancias.

—Oh, sin duda alguna, diría yo —convino la princesa Esterhazy.

En ese instante, dos elegantes caballeros jóvenes se apartaron de un grupo que había estado observando el carruaje de lady Merion y se acercaron.

—A sus pies, lady Merion —dijo el primero, alzándose el sombrero y ejecutando una elegante reverencia, que su compañero imitó.

Lady Merion se giró para ver quién se dirigía a ella y exclamó:

—¡Oh, Ferdie! ¿Aún no ha vuelto tu madre?

Tras cerciorarse de que la señora Acheson-Smythe estaría en la ciudad a fines de esa semana, lady Merion les presentó a sus nietas.

Dorothea y Cecily miraron a los dos atildados jóvenes, ninguno de ellos merecedor de una segunda mirada. No eran altos, ni de espalda ancha y, sin embargo, ambos se las ingeniaban para dar la impresión de estar bien formados, adaptándose a la perfección al nicho que ocupaban en la buena sociedad, fuera cual fuese este. El señor Acheson-Smythe era delgado y rubio y poseía una tez pálida en la que destacaban los ojos azules, francos e inocentes. El señor Dermont, de complexión parecida y más tímido que su amigo, dejó que este dirigiera la conversación. Sabiendo que Ferdie Acheson-Smythe era de fiar, lady Merion volvió a su cháchara con la princesa.

Advirtiendo que los jóvenes intentaban llamar la atención de las hermanas, la princesa Esterhazy aprovechó la oportunidad para satisfacer su curiosidad.

—Pero dime, Hermione, ¿es cierto eso que dicen de que Hazelmere rescató a una de esas dos muchachas de un tumulto en cierta posada donde se celebraba un concurso de lucha?

A aquellas alturas, Lady Merion ya se conocía la respuesta al dedillo.

—Suerte que lord Hazelmere se encontraba allí, querida. Dorothea había bajado en busca de su cochero, sin saber que los caballeros ya habían llegado.

—Ignoraba que tus nietas conocieran a Hazelmere.

—Por fortuna, Dorothea le había sido presentada por su tía-abuela, lady Moreton. Recordarás que murió el año pasado y que Hazelmere era su heredero. La Grange linda con Moreton Park y Cynthia, mi nuera, y Etta Moreton eran buenas amigas. Dorothea, ¿dónde conociste a Hazelmere?

Dorothea, que había intentado prestar atención a ambas conversaciones al mismo tiempo, se giró al oír la pregunta de su abuela y respondió con calma:

—Oh, un día, paseando en coche. Él llevaba a lady Moreton a dar un paseo en su calesa —se volvió hacia Ferdie Acheson-Smythe, como si los pormenores de su primer encuentro con el marqués carecieran por completo de interés.

Su naturalidad convenció a la princesa Esterhazy de que la historia era cierta. En su opinión, ninguna joven que hubiera conocido a Hazelmere en circunstancias sospechosas aparentaría la despreocupación que mostraba Dorothea Darent.

Poco después, a su regreso a Merion House, lady Merion subió delante de sus sobrinas a su saloncito privado. Tirando el elegante sombrero sobre una silla, se sentó entre una nube de elegante terciopelo y exhaló un profundo suspiro.

—¡Bien! Lo hemos hecho muy bien, queridas. Ha sido un comienzo excelente para vuestra temporada —se acomodó en el diván y, aceptando el té que había servido Dorothea, se avino a contestar las preguntas de sus nietas—. ¿Ferdie Acheson-Smythe? —contestó en respuesta a una de ellas—. Ferdie es el único hijo de los Acheson-Smythe de Hertfordshire. De muy buena familia, primo hermano de Hazelmere. Tendrá que casarse algún día, supongo, pero lo que es seguro es que no muestra mucha inclinación por el matrimonio. Sin embargo, es una autoridad reconocida en materia de etiqueta, de modo que, si deja caer alguna insinuación acerca de vuestro comportamiento o vuestro atuendo, conviene que le prestéis atención. También es completamente de fiar. Nunca traspasa los límites de la buena educación. Ferdie es una compañía irreprochable para cualquier joven dama, y un caballero muy útil. No os haría ningún mal que os vieran con él.

—¿Y el señor Dermont? —preguntó Cecily.

—Cualquiera a quien Ferdie os presente como a un amigo será más o menos del mismo estilo, aunque el propio Ferdie es incuestionablemente el mejor de su clase.

Lady Merion había aceptado una invitación a una pequeña fiesta esa noche y sus nietas la acompañaron. Completamente satisfecha con la apariencia de las dos muchachas, le complació ver que se mezclaban con facilidad con los demás jóvenes presentes, a pesar de que, por su asombrosa belleza y su aire de sereno aplomo, las debutantes trataban a Dorothea como a una persona mayor y de distinta categoría. Lo cual era cierto. En una reunión más numerosa, con caballeros de más edad como Hazelmere que reclamaran su atención, a su nieta mayor no le habrían faltado acompañantes con los que departir.

Mientras miraba a Dorothea, lady Merion sonrió, recordando lo que le había dicho su nieta esa tarde. Cuando llegaron los demás vestidos de Celestine, Cecily estaba descansando. Dorothea y ella estaban solas en el salón.

—¡Qué preciosidad! —había exclamado Dorothea, sosteniendo un vestido de noche para Cecily confeccionado en tafetán de Florencia.

—El tuyo es igual de bonito —había comentado ella.

Dorothea se había echado a reír, fijando su atención en otro vestido para Cecily.

—Pero es Cecily quien necesita marido, no yo.

El comentario había hecho enmudecer a lady Merion. A pesar de su sentido común y su dominio de sí misma, habiendo vivido en relativa soledad hasta ese momento, su nieta tenía escasa idea del aspecto que presentaba ante los demás en el mundo. Particularmente, ante los hombres. Y, sobre todo, ante hombres como Hazelmere. Ello no era señal de ingenuidad, sino más bien de falta de conciencia de sí misma. A fin de cuentas, nunca antes se había visto expuesta a la mirada de semejantes caballeros. Intrigada, lady Merion había cruzado las manos sobre el regazo y había preguntado calmosamente:

—Querida, si piensas convertirte en una solterona, me temo que vas a llevarte una desilusión.

Su nieta había levantado los ojos hacia ella con genuina sorpresa.

—¿Qué quiere usted decir, abuela? Sé que soy demasiado mayor para casarme y que no puedo considerarme precisamente una belleza. Pero le aseguro que no me inquieta.

Ella había resoplado, incrédula.

—¡Pero, niña, solo tienes veintidós años! Aún no estás para vestir santos. Y, si piensas convertirte en una solterona, allá tú. Yo solo digo que pronto cambiarás de idea.

Pero su testaruda nieta se había limitado a sonreír.

Ahora, mientras veía formarse alrededor de Dorothea un pequeño pero creciente grupo de caballeros, una sonrisa divertida iluminó sus desvaídos ojos azules. ¿Cuánto tiempo tardaría Dorothea en despertar y darse cuenta de que los hombres iban a perseguirla aun con mayor ardor que a la vivaz Cecily?

La mañana siguiente trajo la primera invitación a una de las grandes reuniones sociales. Al principio, las invitaciones llegaron en un goteo constante, pero al final de la semana, a medida que las nietas de lady Merion se daban a conocer, el flujo de tarjetas de borde dorado que llegaba a Merion House adquirió las proporciones de una inundación. Dado que Dorothea y Cecily se mostraban encantadas de compartir protagonismo con las muchachas de su edad menos agraciadas, ni siquiera las madres más celosas veían razón alguna para excluirlas de sus listas de invitados. Además, si las hermanas Darent asistían a una fiesta, la mitad de los solteros interesantes iban tras ellas.

Lady Merion insistía en que, dentro de lo posible, asistieran a las fiestas más modestas que se celebraran durante esas primeras semanas de la temporada. Tenía demasiada experiencia como para no desestimar las considerables ventajas sociales que podía proporcionar el dominio de uno mismo. Así pues, Dorothea y Cecily se paseaban obedientemente cada tarde, y, cada noche, asistían a una soirée, a una fiesta o a una velada musical, puliendo sus maneras y atrayendo no poco interés. Al cabo de poco tiempo, ambas habían reunido a su alrededor un círculo de fervientes admiradores. A pesar de que lady Merion no esperaba menos, el grupo que rodeaba a Dorothea le proporcionaba infinita diversión. Estos enamorados galanes, que por lo general no superaban a Dorothea en edad, competían constantemente los unos con los otros por la atención de su diosa, haciendo alarde de poses byronianas a cada paso, cosa que resultaba extraordinariamente cómica. Aun así, cavilaba la muy experimentada lady Merion, todo ello había de ser de provecho. Dorothea se las veía y se las deseaba para refrenar la exasperación y el aburrimiento que le causaban sus torpes galanteadores, lo cual era excelente si, gracias a ellos, su terca nieta aprendía a mostrar una actitud benevolente, e incluso receptiva, antes de verse expuesta a las persuasiones infinitamente más sutiles de Hazelmere y compañía. Por fortuna, estos caballeros, sumamente convenientes pero mucho más peligrosos, rara vez se dejaban ver en las fiestas que inauguraban la temporada.

Ferdie Acheson-Smythe, el más constante admirador de Dorothea, adquirió rápidamente la condición de galanteador oficial de aquella belleza de pelo oscuro. Su primer acercamiento a las nietas de lady Merion había surgido de un encuentro casual con Hazelmere. Su famoso primo había solicitado sutilmente su ayuda para acallar cualquier rumor concerniente a él mismo y a la encantadora Dorothea. Aquella era la clase de cosa que divertía a Ferdie, gran aficionado a las intrigas de sociedad. Y, dado que era Hazelmere quien le pedía aquel favor, Ferdie habría aceptado de buena gana aunque Dorothea hubiera sido el más horripilante adefesio. Viendo que la señorita Darent era mucho más atractiva de lo que Hazelmere le había confesado, Ferdie se había lanzado a la tarea con particular ardor. El resultado fue que, al cabo de una semana y para sorpresa de ambos, Dorothea y él habían entablado una amistad cercana al cariño fraterno, pero carente de las tensiones propias de este.

Fue en una velada musical en casa de lady Bressington donde hizo su aparición el señor Edward Buchanan, un respetable caballero rural de treinta y tantos años, medianamente apuesto y un tanto grueso, cuya cara sonrosada embellecían unos expresivos ojos marrones que contrastaban vivamente con el resto de su robusta figura. Por razones que Dorothea no alcanzaba a adivinar, el señor Buchanan se acercó directamente a ella, ahuyentando a un romeo de sombría belleza simplemente sugiriendo que la señorita Darent ya había tenido suficientes merodeadores por una noche.

La señorita Darent se mostró ligeramente sorprendida. El romeo, azorado, se alejó mascullando por lo bajo contra los carcamales faltos de romanticismo. El señor Buchanan ocupó su lugar.

—Mi querida señorita Darent, espero que me disculpe por acercarme a usted así. Me doy cuenta de que no hemos sido convenientemente presentados. Me llamo Edward Buchanan. Mi padre era amigo de sir Hugo Clere, a quien hice una visita de camino a la ciudad. Él me mencionó su nombre y me pidió que le presentara sus respetos.

Dorothea permaneció callada durante este discurso, pronunciado con solemne voz de barítono. La excusa era casi insustancial; sir Hugo Clere era un vecino lejano, y Dorothea podía imaginarse los saludos estrictamente formales que le habría enviado. Sin embargo, la señorita Julia Bressington, una vivaracha morena gran amiga de Cecily, se disponía a empezar a cantar, acompañada al pianoforte por la propia Cecily, de modo que no era momento para hacer una escena, aunque fuera insignificante. Dorothea inclinó la cabeza y fijó ostensiblemente su atención en las ejecutantes.

El señor Buchanan tuvo la sensatez de guardar silencio durante la actuación, pero cuando se apagaron los aplausos tomó las riendas de la conversación, hablándole resueltamente a Dorothea de asuntos agrarios. Ello dejó pasmados a los galanteadores de Dorothea, que en su mayoría nada sabían de cosechas y rebaños. Dorothea, por su parte, quedó desconcertada ante la porfiada elocuencia del señor Buchanan sobre aquellos asuntos. Pero, en cuanto su último admirador desapareció, derrotado por su persistente verborrea, el señor Buchanan se detuvo.

—¡Ajá! ¡Sabía que funcionaría! —aparentemente muy complacido consigo mismo, explicó—: Quería librarme de ellos. Sabía que no entenderían nada. Sir Hugo me habló mucho de usted, señorita Darent, pero ni por asomo le hizo justicia a su belleza. Eclipsa usted claramente a todas estas señoritas, aunque he de decir que personalmente encuentro el modo de vestir que se estila hoy día para las jóvenes un poco, digamos, excesivamente revelador para el gusto de un hombre de mi edad —sus ojos se habían posado en la parte de los pechos de Dorothea que sobresalía por encima del escote de su sencillo y elegante vestido de seda—. Me atrevería a decir que, dadas las circunstancias, y puesto que vive usted con su abuela, quien, según tengo entendido, es una dama extremadamente elegante, sin duda tiene usted la impresión de que también ha de hacer su papel. Sin embargo, estoy seguro de que podemos pasar por alto esos asuntos. Sin duda se sentirá usted muy distinta en los círculos rurales, donde estoy seguro de que estará mucho más a gusto.

Este monólogo, que había empezado con un cumplido sin ambages para acabar en el insulto en apenas dos minutos, dejó a Dorothea sin habla. Atónita, incapaz de proferir palabra, se vio obligada a escuchar las opiniones del señor Buchanan sobre las costumbres mundanas, opiniones que culminaron con la exposición de la creencia de su madre viuda, según la cual, si su único hijo se exponía a las perversiones de la sociedad londinense, regresaría a casa corrompido en cuerpo y alma. El señor Buchanan le aseguró a la señorita Darent con jocosa familiaridad que semejante resultado era altamente improbable. Dorothea, sofocada y a punto de perder los nervios, tuvo que morderse la lengua para no decirle que, si la sociedad londinense lograba enseñarle modales, habría conseguido una hazaña digna de alabanza. En cambio, le dijo en tono gélido:

—Señor Buchanan, debo agradecerle su conversación. Si me disculpa, he de hablar con unos amigos —lo cual, pensó, era tanto como dejarlo con la palabra en la boca. Pero, mientras se levantaba y, tras dedicarle una fría inclinación de cabeza, se acercaba a lady Merion, advirtió que, lejos de hacer mella en él, su rechazo no había zaherido el ego del señor Buchanan en lo más mínimo.

Cuando llegó la noche del primer baile en Almack's, lady Merion sabía ya que tenía un rotundo éxito en sus manos. Tenían comprometida al menos toda la semana, y las invitaciones seguían llegando.

Lady Merion había iniciado los preparativos para el baile de presentación de sus nietas, con ocasión del cual se abriría el salón de baile de Merion House por primera vez en muchos años. Escuadrones de limpiadoras habían hecho su aparición, y pronto comenzaría la redecoración del salón. Las invitaciones, con las letras doradas en relieve, habían llegado esa tarde, y al día siguiente empezarían a enviarlas. Lady Merion había fijado la fecha para cuatro semanas después, a principios de abril, justo antes del apogeo de la temporada. Para entonces, todos sus conocidos habrían regresado ya a la ciudad y lady Merion tendría el lleno asegurado.

Mientras observaba a sus nietas bajar las escaleras vestidas para su primer baile, ambas aparentemente ajenas al asombroso espectáculo que ofrecían, lady Merion se dijo que era una vieja estúpida. El baile en Merion House sería, por descontado, la mayor sensación de la temporada, pero su éxito se debería mucho más a aquellas dos encantadoras jóvenes que a los esfuerzos de su anciana abuela.

Dorothea, bellísima con su vestido verdiazul de seda, ligeramente recamado de filigrana plateada, se acercó para darle un beso en la mejilla.

—¡Abuela, estás guapísima!

Hermione se alisó distraídamente el satén púrpura de su vestido.

—Bueno, queridas, vosotras hacéis que me sienta orgullosa. Estoy segura de que esta noche vais a causar un considerable revuelo.

Cecily, resplandeciente con su vestido de satén azul recubierto de brillante gasa azul pálido, la abrazó impulsivamente.

—¡Sí, pero vámonos ya!

Riendo, lady Merion pidió sus capas y se dirigió a la carroza delante de sus nietas.

En cuanto entraron en el diáfano y sencillo salón de baile que era Almack's, se hizo evidente que la llegada de las hermanas Darent era esperada con ansiedad. Al cabo de unos minutos, sus libretas de bailes estuvieron repletas, a excepción de los dos valses. Lady Merion les había indicado que les estaba prohibido bailar el vals hasta que una de las patronas de Almack's las invitara a ello y les presentara a una pareja conveniente.

La temporada había llegado a su apogeo y los salones estaban llenos a rebosar de madres y sus hijas casaderas y de caballeros ansiosos por ver a las debutantes de aquel año. Dorothea estaba disfrutando a lo grande, acompañada primero por Ferdie, a quien ya tuteaba, y más tarde por una cohorte de caballeros atentos y corteses. Su abuela, que vigilaba desde una de las sillas con respaldo dorado dispuesta junto a las paredes para acomodar a las carabinas, advirtió que Dorothea había atraído mucha atención, pero que ninguno de los caballeros de mayor rango había buscado aún su compañía. Mientras hablaba con lady Maria Sefton, observó que la mayor de sus nietas se deslizaba por el salón de baile al ritmo de la danza y luego la perdió de vista cuando cesó la música y los bailarines se dispersaron.

Al otro lado del salón, del brazo del joven encantador con el que había bailado, Dorothea se dio la vuelta para regresar al lado de su abuela, sabiendo que el siguiente baile era uno de los valses prohibidos, cuando una voz que recordaba bien la detuvo.

—Señorita Darent.

Girándose para mirar al marqués de Hazelmere, Dorothea le hizo la reverencia que, conforme le habían enseñado, se debía a los hombres de su rango y, alzándose, descubrió que él le había tomado la mano y se la llevaba a los labios. Sus ojos de color avellana parecían desafiarla a provocar una escena, pero Dorothea aceptó el saludo con la misma indiferencia que en anteriores ocasiones. Luego miró a los ojos a Hazelmere y le sostuvo la mirada.

Se produjo entonces un curioso momento en el cual el tiempo pareció detenerse. Después, Hazelmere, reparando en el azorado acompañante de Dorothea, inclinó la cabeza hacia él secamente.

—Yo llevaré a la señorita Darent a reunirse con lady Merion —enfrentado al león, el ratón se retiró apresuradamente. Mirando de nuevo a Dorothea, Hazelmere agregó—: Hay alguien a quien desearía que conociera, señorita Darent —puso la mano de Dorothea sobre su brazo y la condujo hábilmente a través de la multitud.

Dorothea lo había visto entre los invitados esa noche. Como de costumbre, el marqués iba vestido con sencilla elegancia. La levita azul oscuro, las calzas negras hasta la rodilla, como era de rigor para las ocasiones formales, y un alfiler de diamantes que relumbraba entre los pliegues de su corbata perfectamente atada. A Dorothea le había parecido atractivo con sus calzas de ante y su chaqueta de caza, y más aún con sus ropas de mañana. Pero en traje de gala estaba sencillamente magnífico. No le costaba ningún trabajo comprender por qué el marqués ponía tan nerviosas a las madres cautelosas.

Caminando tranquilamente a su lado, con la mano apoyada sobre su brazo, Dorothea intentó ignorar el aturdimiento que sentía y que no se debía al bullicio de la multitud, ni al ajetreo del baile, sino a la expresión de los ojos castaños del marqués. ¡Cielo santo, cuán peligroso era aquel hombre!

Su paseo acabó junto a una señora de pelo oscuro que, volviéndose hacia ellos, exclamó con voz fría y hastiada:

—¡Ah, ahí está, milord!

Hazelmere miró a Dorothea.

—Señorita Darent, permítame presentarle a la señora Drummond-Burrell.

Al encontrarse sin previo aviso ante la más exigente patrona de Almack's, Dorothea se apresuró a hacer una reverencia. La señora Drummond-Burrell, a quien no le pasó desapercibida su sorpresa, sonrió complacida.

—Espero que lord Hazelmere le haya dicho que quería conocerla. Es una pena que una joven tan encantadora no baile siquiera un vals esta noche. Así que, querida, tal y como él me ha pedido, le concedo a usted permiso para bailar el vals en Almack's y le presento a lord Hazelmere como su más adecuado acompañante.

A pesar de que el alcance de las maquinaciones del marqués no dejó de causarle asombro, Dorothea esperaba algo así desde que lo había visto en la fiesta. Tuvo la suficiente presencia de ánimo para darle las gracias cortésmente a la señora Drummond-Burrell, quien la obsequió con una sonrisa inusualmente benigna, y dejó que el marqués la condujera a la pista de baile mientras los primeros acordes del vals inundaban el salón.

Dado que era aquel el primer vals de la temporada y muchas debutantes aún no habían recibido permiso para bailar, la pista estaba relativamente despejada y el público reunido en torno veía sin dificultad a los bailarines. La aparición de la hermosa señorita Darent en brazos de lord Hazelmere causó cierto revuelo, y, mientras giraba suavemente por el salón, Dorothea advirtió que numerosas miradas seguían sus movimientos, pero procuró no distraerse, temiendo que, en cualquier momento, el marqués le hiciera alguna pregunta comprometida.

Pronto comprendió que no debía preocuparse. Hazelmere se mostraba extrañamente lacónico. Dorothea le había parecido encantadora con un viejo vestido y el pelo suelto. Ahora, ataviada a la perfección con una de las más elegantes creaciones de Celestine, estaba realmente arrebatadora.

Segundos después de pisar la pista de baile, Dorothea comprendió que estaba en manos de un experto, y al instante dejó de intentar llevar el ritmo. Le extrañó no sentirse en modo alguno incómoda al verse de nuevo en brazos de Hazelmere, y siguió los pasos del baile con una seguridad tan evidente que esto atrajo más miradas sobre ella que su notable belleza.

Mientras se movían elegantemente alrededor del salón, Hazelmere preguntó al fin:

—¿No le molesta ser el centro de tantas miradas, señorita Darent?

Considerando su inesperada pregunta, ella alzó la mirada hacia sus ojos castaños y con perfecto dominio de sí misma respondió:

—En absoluto, milord. ¿Debería molestarme?

Él sonrió y dijo:

—Desde luego que no, querida. Pero permítame decirle que, en eso, es usted poco corriente.

Dorothea, a quien no gustaba el rumbo que estaba tomando la conversación, buscó apresuradamente una alternativa. Vio que su hermana también estaba bailando en brazos de un hombre casi tan atractivo como Hazelmere.

—¿Quién es el caballero que está bailando con mi hermana?

Sin mirar a la otra pareja, él contestó:

—Lord Anthony Fanshawe.

Sorprendida por un fugaz recuerdo, Dorothea reconoció al fin al hombre al que había entrevisto en el patio de la posada. Sus ojos volvieron a posarse en Hazelmere.

—¿Lo conoce usted?

Él sonrió.

—Oh, sí —tras una pausa, añadió maliciosamente—: La verdad es que crecimos juntos.

De nuevo, su expresión delató a Dorothea antes de que pudiera evitarlo. Al mirar los ojos divertidos de Hazelmere, comprendió que el marqués había adivinado sus pensamientos, cosa que él se apresuró a constatar diciendo:

—No, señorita Darent, no nos parecemos tanto —Dorothea se sonrojó solo levemente, lo cual le produjo cierto alivio. Intentando sacarle partido a su ventaja, él preguntó—: ¿A usted no hay nada que la turbe como a las demás jóvenes, señorita Darent? ¿O es que a los veintidós años ya no siente la necesidad de adoptar esos aspavientos virginales?

Desafortunadamente, Dorothea pasó por alto aquella acertada interpretación de su comportamiento y, sometiendo a Hazelmere al escrutinio de sus ojos verdes, preguntó con viveza:

—¿Cómo sabe mi edad?

Reprendiéndose para sus adentros por su falta de precaución, Hazelmere estuvo a punto de atribuirle aquella información a su difunta tía-abuela. Sin embargo, bajo la influencia de aquella mirada verde, se oyó a sí mismo contestar:

—Me la dijo el señor Matthews.

—¿El párroco? —la incredulidad de Dorothea era patente.

Divertido, Hazelmere no pudo resistirse a continuar.

—Ya sabe usted que le encanta hablar. Y sabe casi todo lo que pasa en su parroquia. He adoptado la costumbre de invitarlo a cenar cada vez que voy a Moreton Park.

Dorothea, que conocía bien los defectos del párroco, comprendió de inmediato las implicaciones del comentario de lord Hazelmere. Sus sospechas se vieron inmediatamente confirmadas.

—Lo sé todo sobre sus visitas a Newbury, sobre el reumatismo de la tía Agnes y sobre los problemas de la señora Warburton con el mercadillo de la parroquia. Por cierto, eso me recuerda que su tía Agnes le manda recuerdos.

La expresión de perplejidad de Dorothea al imaginar el encuentro del marqués con su lánguida y tímida tía soltera, enemiga acérrima de los hombres, hizo que Hazelmere estuviera a punto de cambiar de tema. Finalmente, añadió:

—A través del párroco, por supuesto.

Comprendiendo que él había adivinado de nuevo sus pensamientos, Dorothea se descubrió devolviéndole la sonrisa. Todavía sonreía cuando el vals concluyó con un giro no lejos de donde se hallaba su abuela. Hazelmere la tomó del brazo y la condujo de nuevo al lado de lady Merion.

Esta se había llevado una sorpresa al ver a Dorothea en brazos de Hazelmere, pero al distinguir a Cecily conversando amigablemente con lord Fanshawe mientras los dos jóvenes rodeaban el salón, casi dudó de sus sentidos. Pero lo más importante era que aquello solo podía ser obra de los habilidosos tejemanejes de los dos caballeros implicados con las patronas del salón. Lady Merion no estaba segura de aprobar un abordaje tan directo y apresurado. No era, sin embargo, inmune a los deleites de aquel incuestionable triunfo. Sally Jersey se había detenido en seco en su deambular por el salón e, indicando con la cabeza a Hazelmere y Dorothea, le había susurrado al oído:

—Será suya, ¿sabes? Hazelmere nunca antes había pedido un primer vals.

Lady Merion, viendo girar por la pista a la elegante pareja, que parecía ajena a quienes la rodeaban, pensó que, por una vez, Sally tenía razón.

Las dos radiantes muchachas fueron cortésmente devueltas a su lado, donde fueron reclamadas por sus parejas para el baile siguiente. Hazelmere y Fanshawe, que conocían a lady Merion desde siempre, no intentaron escapar sin presentarle sus respetos. Pero, como la risueña lady Maria Sefton estaba sentada al lado de lady Merion, la conversación versó sobre generalidades hasta que lady Sefton reclamó el brazo de lord Fanshawe para ir en busca de su nuera. Lady Merion aprovechó de inmediato la ocasión para decirle a Hazelmere:

—Veo que ciertamente no deja usted que la hierba crezca bajo sus pies.

Él sonrió seductoramente y dijo:

—Espero que no le moleste mi interés.

—¡No sea absurdo! Sabe perfectamente bien que es usted uno de los solteros más codiciados de Londres —la pregunta de Hazelmere le había inquietado. ¡Aquello era ir demasiado aprisa!—. Pero supongo que a estas alturas ya sabrá que es muy probable que mi nieta no me pregunte mi opinión al respecto.

—Cierto. Pero yo sí tendría en cuenta vuestra opinión, aunque ella no lo hiciera.

—Muy bien dicho, sí, señor —respondió lady Merion, no del todo molesta.

Viendo que Fanshawe volvía, los despachó a ambos añadiendo con sorna mientras se inclinaban elegantemente ante ella:

—Estoy segura de que se les ocurren muchas maneras más excitantes de pasar la velada.

Hacia el final del baile, el señor Edward Buchanan apareció junto a Dorothea. Esta compuso una sonrisa mientras él se inclinaba sobre su mano.

—¡Mi querida señorita Darent, qué delicioso placer! Me temo, querida, que no soy un buen bailarín. Quizá no le importe a usted pasear por los salones conmigo.

Ferdie, que estaba junto a Dorothea, se quedó pasmado. Profundamente aliviada, ella dijo en tono fríamente compungido:

—Me temo, señor Buchanan, que esta noche tengo comprometidos todos los bailes.

—¿Ah, sí? —él parecía auténticamente sorprendido.

Por fortuna, el joven lord Davidson se acercó en ese momento para sacarla de aquel atolladero. Inclinando ligeramente la cabeza hacia el señor Buchanan, Dorothea apoyó la mano en el brazo de lord Davidson y se alejó.

Ferdie se quedó mirando fijamente al extraño señor Buchanan. Notando su escrutinio, este se sonrojó ligeramente.

—Es amiga de un amigo, ¿sabe usted? Del campo. Me atrevería a decir que a la señorita Darent le vendrían bien algunos consejos acerca de cómo conducirse en Londres. Hay demasiados merodeadores a su alrededor, ¿me comprende usted? Pero ahora que yo estoy aquí para vigilarla, no hay nada que temer.

—¿No me diga? —dijo el elegante Ferdie Acheson-Smythe en tono gélido. E, inclinando levemente la cabeza, se apartó de él.

CAPÍTULO 5

Tras bailar el vals con Dorothea, Hazelmere, indiferente a las miradas posadas sobre él, bailó con otras tres jóvenes recién presentadas en sociedad. De estas, dos eran diamantes de primera calidad, pero ambas carecían del ímpetu y el ingenio que lo atraía en la encantadora Dorothea. Sintiendo que el consabido aburrimiento empezaba a apoderarse de él, y dado que las normas sociales le impedían bailar de nuevo con la señorita Darent, Hazelmere fue en busca de Fanshawe. Mientras escuchaba iniciarse la música del segundo y último vals de la noche, escrutó a los danzantes y de inmediato descubrió a la señorita Darent en brazos de lord Robert Markham. Era, definitivamente, hora de irse. Viendo a su amigo entre un grupo, junto a la puerta, se abrió paso hasta él y juntos salieron hacia White's.

Las primeras horas de la mañana los encontraron de camino a casa por las calles desiertas de la ciudad. Habían jugado a las cartas y Hazelmere había hecho saltar la banca. Así pues, se había levantado de la mesa quinientas guineas más rico. Sus pensamientos, sin embargo, no giraban en torno a su acostumbrada suerte en el juego, sino a su posible fortuna con cierta joven de ojos verdes. Fanshawe, por su parte, se preguntaba cuál de sus numerosas virtudes hacían a Cecily Darent tan atractiva. Cruzaron juntos Piccadilly y enfilaron la calle Bond en un amigable silencio que al fin rompió Hazelmere diciendo:

—Bueno, parece que la señorita Darent ha conseguido silenciar todos los rumores.

Fanshawe miró a su amigo de soslayo.

—¿Piensas hacerla tuya?

Hazelmere se detuvo un instante. Los ojos de ambos amigos se encontraron fugazmente. Luego, el marqués rompió a reír.

—¿Tan evidente resulta?

—Francamente, sí.

—Supongo que, puesto que es prácticamente obligatorio jugar conforme a las normas, y dado que la temporada acaba de empezar, mi interés difícilmente pasará desapercibido mucho tiempo.

—No. Tienes razón. Tendremos que jugar conforme a las normas.

—¿Tendremos? —Hazelmere no había pasado por alto el desasosiego de su amigo tras conocer a Cecily Darent—. En la posada mencioné a la hermana de la señorita Darent más en broma que a propósito.

—Lo sé, pero aun así Cecily Darent es una jovencita deliciosa. Distinta a tu Dorothea, pero no por ello menos atractiva.

—Desde luego. En ausencia de Dorothea, Cecily se llevaría la palma. Pero satisface mi curiosidad, por favor. ¿La forma de hablar de Cecily raya, como la de su hermana, la impertinencia?

—¡Cielo santo, sí! Primero me preguntó sin rodeos cómo me las había ingeniado para convencer a la condesa Lieven de que le diera permiso para bailar el vals, y luego me dejó perplejo preguntándome el porqué.

Sorprendido por aquella evidencia de que la predilección por las conversaciones audaces fuera un rasgo de las Darent, Hazelmere preguntó:

—¿Y qué le contestaste?

—Le dije que por sus bellos ojos, naturalmente.

—¿Y ella se echó a reír?

—Exactamente. Con una risa encantadora, por cierto —tras

una pausa, Fanshawe agregó—: ¿Sabes, Marc?, no comprendo por qué las madres convierten a sus hijas en unas tontainas con las que no se pueden intercambiar dos palabras sensatas. A todos nos aburren mortalmente y ellas se preguntan por qué. Mira, por ejemplo, a la chica de los Tremlett. Una muchacha guapísima. Pero, en cuanto abre la boca, me duermo. O piensa en nuestros amigos. Aparte de nosotros, están Peterborough y Markham, Alvanley, Harcourt, Bassington, Aylsham, Walsingham, Desborough... ¡y muchos otros! Y no hablemos de los más jóvenes. Todos tenemos título y gozamos de buenas relaciones, nuestra riqueza nos permite vivir con independencia y tarde o temprano tendremos que casarnos. Y, sin embargo, aquí estamos, con más de treinta años y todavía solteros y sin compromiso, por la única razón de que hay muy pocas jóvenes que tengan en la cabeza algo más que pelo.

—Lo cual explica —concluyó Hazelmere, tomando a su errante amigo para conducirlo hacia Hanover Square— por qué esta temporada vamos a tener que asistir a todas las fiestas.

—¡Dios mío! —exclamó Fanshawe, asombrado por la lógica de Hazelmere—. ¿Quieres decir que todos van a ir detrás de las Darent?

—Tú lo has dicho. Todos andamos buscando una esposa conveniente y todos somos un buen partido. Las hermanas Darent son candidatas predilectas para cualquiera. Tú y yo, querido amigo, solo vamos un paso por delante del resto. Y me sorprendería mucho que los demás no intentaran recuperar terreno rápidamente. Me inclino a pensar que Markham ya se ha puesto manos a la obra.

—Sí, yo también lo he notado. Y Walsingham también estaba allí.

—Tengo el presentimiento de que mañana por la noche se les habrán unido todos. Por lo cual, si hablas en serio de la joven señorita Darent, tendremos que mantenernos en guardia.

Habían llegado a la esquina de Cavendish Square y se detuvieron.

—¿Qué pasa mañana por la noche? —preguntó Fanshawe, soñoliento.

—Es la fiesta de los Bedlington. ¿Por qué no vienes a cenar y vamos juntos?

—Buena idea —Fanshawe bostezó—. Hasta mañana, entonces —e, inclinando la cabeza y agitando la mano, partió hacia su casa en la calle Wigmore, dejando que Hazelmere recorriera solo el corto trayecto hasta la suya.

Hazelmere abrió con su llave y subió al piso de arriba, donde lo aguardaba su ayuda de cámara, un hombre sumamente correcto que respondía al inadecuado nombre de Murgatroyd. Hazelmere nunca había logrado convencer a Murgatroyd, individuo aseado y orgulloso donde los hubiera, de que no tenía que esperarlo levantado y de que él era perfectamente capaz de meterse solo en la cama. Tras varias sugerencias veladas a este respecto, Murgatroyd había dejado claro que, en su opinión, la ropa del marqués requería cuidados mucho más atentos de los que probablemente su señoría podía dispensarle, y, dado que Murgatroyd le servía a la perfección en todos los demás asuntos, Hazelmere había capitulado al fin.

El marqués apagó la vela y escuchó los pasos que se alejaban por el pasillo alfombrado, cruzó los brazos tras la cabeza y se estiró cómodamente, sonriendo al recordar dos centelleantes ojos verdes. Tony Fanshawe había dado voz a sus propios pensamientos de camino a casa. Iba a haber mucha competencia por lograr los favores de aquellas dos jóvenes damas, y en su mayor parte de galanteadores sumamente experimentados. Según estaban las cosas, Hazelmere no podía estar seguro de conquistar el corazón de la dama. Y hubo de reconocer para sí que, por razones que se les escapaban, y ciertamente por primera vez en su vida, deseaba conquistarlo con todas sus fuerzas.

La fiesta de lady Bedlington era un acontecimiento de gala al que asistía todo aquel que contaba. La excéntrica anfitriona recibió entusiasmada a lord Hazelmere y lord Fanshawe, así como a un número asombroso de sus amigos. Y estos caballeros no solo asistieron en gran número, sino que además llegaron temprano.

En el salón de baile, Hazelmere estaba observando las escaleras. Cuando Dorothea y Cecily aparecieron, puso fin a la conversación que había estado manteniendo y, sin apresurarse, se abrió paso hacia la escalera, coincidiendo su llegada con la de la señorita Darent.

Al verlo acercarse, Dorothea sonrió, hizo una reverencia mientras Hazelmere se inclinaba ante ella, y procuró ignorar el cosquilleo de nerviosismo que le dificultaba extrañamente la respiración.

Llevándose su mano a los labios, él depositó un leve beso en sus dedos, convirtiendo aquella cortesía en una caricia. En lugar de soltarle la mano, le dio la vuelta para ver la libretita de baile que colgaba de su muñeca. Aquellas libretitas, con la lista ordenada de los bailes y un hueco para que cada solicitante inscribiera su nombre, estaban muy en boga, y las mejores anfitrionas proporcionaban invariablemente a cada debutante un ejemplar colgado de una cinta y provisto de un diminuto lápiz plateado.

—¡Señorita Darent!, parece que, misteriosamente, esta noche tiene usted todos los bailes libres. Sin embargo, supongo que tendré que contentarme solo con un vals. ¿El primero, tal vez? —mientras ella asentía, sonriendo, Hazelmere anotó su nombre en el lugar apropiado y, luego, soltándole la mano, se giró para observar a las huestes de sus admiradores, que iban aproximándose, y continuó bajando la voz para que solo ella pudiera oírlo—. Y, en recompensa por ser tan madrugador, creo que debería usted permitirme que la acompañe a cenar, ¿no le parece? —Dorothea no contestó, pero, divertida, lo miró a los ojos inquisitivamente. Interpretando correctamente su mirada, él añadió—: Es perfectamente apropiado, se lo aseguro —con una sonrisa, se apartó para dejar paso a las hordas de caballeros ansiosos por asegurarse un baile con la encantadora señorita Darent.

Al hacerlo, advirtió que, como había predicho, Markham, Peterborough, Alvanley y Desborough se encontraban entre ellos. Entre el grupo que rodeaba a Cecily Darent, distinguió a lord Harcourt y lord Bassington, así como a Fanshawe, quien había puesto en práctica una estratagema similar a la suya, lo cual no era de extrañar, pues se habían puesto de acuerdo durante la cena. Satisfechos con su éxito, ambos se alejaron para ir en busca de sus parejas para el primer baile.

Solicitada para todos y cada uno de los bailes y siempre rodeada por una cohorte de admiradores, Dorothea no tuvo ocasión de sopesar la treta del marqués. Se lo estaba pasando en grande y, por consiguiente, presentaba un aspecto radiante con su vestido de seda de color bronce cubierta de una finísima gasa transparente que brillaba cada vez que se movía. La marcada cintura del vestido resaltaba su esbelta figura, haciéndola parecer más bella que nunca. Más de una madre se preguntó, furiosa, por qué Celestine nunca sugería semejantes diseños para sus hijas.

Ajena a las envidias que despertaba, Dorothea advirtió un cambio notorio y perturbador en la calidad de sus acompañantes. En Almack's, con excepción del marqués y de lord Markham, sus acompañantes habían sido encantadores jóvenes no mucho mayores que ella misma, que, impresionados por su belleza y su aplomo, permitían que ella manejara por completo la conversación y tomara la iniciativa. Esa noche, en cambio, sus parejas de baile eran en su mayoría hombres de más edad, de la misma que Hazelmere, y, por consiguiente, mucho más difíciles de tratar. Algunos, como el amable Alvanley, no planteaban problema alguno, y Dorothea pudo pronto considerarlos buenos amigos. Otros, como el audaz lord Peterborough y el perverso Walsingham, le producían mayores recelos. Cuando, transcurrida ya la mitad de la velada, Hazelmere fue a reclamarla para el primer vals, rescatándola de la compañía de Walsingham, Dorothea se aferró a sus brazos con una sensación muy parecida al alivio.

Consciente de su situación, Hazelmere no pudo resistirse a comentar:

—Esta noche no parece estar pasándolo bien, ¿verdad, señorita Darent?

Sus ojos se encontraron un instante. Luego, Dorothea contestó con la misma sorna que había empleado él:

—¿Por qué lo dice, milord? Encuentro todo esto sumamente entretenido.

—Miente muy mal, querida niña —murmuró él.

Dorothea echó la cabeza hacia atrás y lo miró con los ojos abiertos de par en par y expresión inocente.

—¡Milord, qué impertinencia!

Hazelmere se echó a reír y de inmediato volvió al ataque.

—Ya que hablamos de impertinencias, querida, ¿cómo es que, por más que lo intento, no logro recordar una sola conversación con usted que no haya sido impropia?

Ella murmuró con perfecto aplomo:

—Yo pensaba que la explicación de ese misterio era obvia, lord Hazelmere.

Al encontrarse sus miradas, Hazelmere advirtió una expresión de regocijo en los ojos de ella. Aquella era la segunda vez que se metía en una trampa con la señorita Darent. Debía de estar perdiendo facultades. Sin embargo, aún había mucha tela que cortar. Poniendo un tono más severo, añadió:

—Sepa usted, mi querida señorita Darent, que no tengo costumbre de mantener conversaciones impropias con señoritas bien educadas.

Ignorando adónde conducía todo aquello, ella no pudo hacer más que poner cara de educada sorpresa.

—¿De veras?

Mientras los últimos acordes del vals recorrían el salón de baile, Hazelmere la hizo girar y se detuvo. Miró sonriendo sus hermosos ojos verdes y contestó:

—Solo con usted.

Ella no pudo mantener la seriedad y, divertida, lo miró con

fingida indignación. Echándose a reír, permitió que la tomara del brazo y la condujera de nuevo junto a lady Merion.

—Como decía, lord Hazelmere, es usted sumamente impertinente.

Él se llevó su mano a los labios y, mirándola fijamente, agregó:

—Lo somos ambos, señorita Darent.

Más tarde, Hazelmere acompañó a Dorothea al comedor, rescatándola de las garras de lord Peterborough. Gracias a que estaba acostumbrado a alejar a las mujeres de las atenciones de sus amigos, cumplió esta tarea, por lo demás sumamente dificultosa, con un mínimo esfuerzo. Dorothea y él compartieron mesa con Cecily, lord Fanshawe y Julia Bressington, quien iba acompañada del puntilloso lord Harcourt. Fanshawe, asistido por las observaciones que ocasionalmente hacía Cecily, les describió la singular escena que acababan de presenciar entre la anciana lady Melchett y lord Walsingham, cuando la irascible señora había increpado a aquel joven caballero por no bailar con su sobrina. Comprendiendo que, dada su limitada experiencia en el mundo, Dorothea no podía apreciar por entero aquella anécdota, Hazelmere pasó cinco agradables minutos instruyéndola, con la cabeza pegada a la de ella para no molestar al resto de los comensales.

Para Dorothea y Cecily, la fiesta de los Bedlington iba a marcar el tenor de la conducta del marqués y lord Fanshawe. Sus señorías asistían a casi todas las grandes reuniones sociales y siempre eran de los primeros en anotar sus nombres, normalmente para un vals, en las libretas de baile de las hermanas Darent, a las que con frecuencia acompañaban a cenar.

A pesar de que al principio casi todas las miradas se fijaron en ellos, a medida que los días se transformaban en semanas, la alta sociedad se acostumbró a ver a la señorita Darent en los brazos de lord Hazelmere y a Cecily Darent en los de lord Fanshawe.

Ambos tuvieron que soportar gran cantidad de chanzas por su costumbre de hacerlo todo a la par. Ellos las aguantaban con ecuanimidad, lo cual sorprendió a sus amigos y acabó convenciéndolos de que la cosa iba muy en serio. La primera semana de abril, tres semanas después del inicio de la temporada y una antes del baile de presentación de las dos jóvenes, los más informados miembros de la alta sociedad hablaban ya del entendimiento que existía entre las hermanas Darent y los señores Hazelmere y Fanshawe. Una vez alcanzado este punto, ambos caballeros comprendieron que, a partir de entonces, se les permitiría un grado mucho mayor de atrevimiento en sus tratos con las damas de su elección.

Durante aquellas primeras semanas, los dos tuvieron gran cuidado de no pasarse de la raya en ningún sentido. Hazelmere era consciente de que Dorothea, a pesar de su preciada independencia, se refugiaba en sus brazos como si fueran un puerto seguro, sabiendo que allí estaría a salvo de los señores Peterborough, Walsingham y otros parecidos. Reconociendo el impagable servicio que estos caballeros le estaban prestando sin ellos saberlo, Hazelmere no intentó ahuyentarlos. Le parecía irónico que, al intentar eludir las peligrosas atenciones de aquellos hombres, Dorothea buscara cobijo en sus brazos, donde, sin que ella lo supiera, corría mayor peligro.

Hazelmere observó cuidadosamente a Dorothea durante las semanas de bailes y celebraciones y no advirtió en ella signo alguno de inclinación hacia la compañía de ningún otro caballero. Sabía que Dorothea disfrutaba estando con él; lo veía en sus ojos cada vez que los miraba fijamente, cosa que hacía a menudo. Lo que no sabía era si estaba enamorada de él. Dorothea tenía una personalidad tan evasiva que, a pesar de su amplia experiencia, Hazelmere nunca se había topado con algo semejante.

Aun con todo, quedaba mucho tiempo. El ajetreo de los bailes de presentación de las debutantes comenzaría en las semanas siguientes. Después, las actividades de la alta sociedad solían adquirir un ritmo más sosegado, y asuntos como el matrimonio podían concluirse en medio de una atmósfera más apacible.

A medida que avanzaba la temporada, Dorothea iba encontrándose en un curioso estado de perplejidad. Lord Hazelmere era el hombre más fascinante que había conocido. Era siempre atento de un modo sutil que ella apreciaba mucho más que el sofocante agasajo de sus admiradores más jóvenes. Era, francamente, el único hombre con el que, en los rincones más remotos de su mente, durante las horas más oscuras de la noche, había llegado alguna vez a pensar en casarse.

No le habían hecho falta las poco disimuladas insinuaciones de lady Merion para darse cuenta de que el marqués sentía predilección por ella, pues sus continuas atenciones dejaban claro que la estaba cortejando seriamente. Hazelmere, no obstante, no había dado ningún paso para llevar su interés más allá de la fase de flirteo. Dorothea albergaba la insidiosa sospecha de que, dado que ella no parecía haber sucumbido a sus muy considerables encantos, el marqués había asediado sus recelos, manteniéndola a una distancia prudencial hasta que ella admitiera su atracción por él. Ella representaba un desafío y, como tal, había de ser conquistada. Dorothea tenía la impresión de que, después, el orgullo arrogante y las despóticas maneras de Hazelmere resultarían casi insoportables.

Incluso circulaban rumores de apuestas acerca del resultado de su lucha de voluntades. Desconocedora de semejantes manejos, Dorothea no sabía si el rumor podía ser cierto, pero tenía la sensación de que daba buena cuenta de la personalidad escandalosa del marqués.

Con todo, las dudas que ocupaban cada vez con mayor frecuencia su pensamiento se referían a los motivos por los cuales la había escogido el marqués. Aquellas preguntas comenzaban a turbar su sueño. Hazelmere tenía que casarse tarde o temprano, eso era evidente. Pero ¿por qué con ella? ¿Estaba enamorado o pensaba únicamente en las conveniencias? ¿Cómo la veía él? ¿Como un desafío que superar, como un vínculo ventajoso, como la nieta de una de las mejores amigas de su madre, como una mujer sensata y no lo bastante bella como para requerir constante vigilancia? ¿O veía en ella algo más? Aquello debería importarle un comino. Pero a ella le importaba, y mucho. Se hallaba en la envidiable situación de no tener que casarse si no quería. Sin embargo, si su relación con el marqués continuaba por el mismo camino, rechazarlo cuando se le declarara, si es que llegaba a hacerlo, tal vez fuera imposible. Y en cuanto a dilucidar los verdaderos motivos del marqués, se enfrentaba a un problema de difícil solución: ¿cómo podía estar segura? Él era hombre seductor y de considerable experiencia. Si únicamente buscaba una mujer dócil, una mujer que apenas interfiriera en sus amoríos, sería muy propio de su arrogante carácter buscar un atajo haciendo que una señorita de campo se enamorara de él y admitiera con presteza sus galanteos.

Su incapacidad para discernir los motivos de Hazelmere llenaba a Dorothea de frustración. Sin embargo, tal y como estaban las cosas, había poco que pudiera hacer. De momento, era él quien llevaba las riendas. Sin apenas posibilidad de maniobra, lo mejor que podía hacer ella era disfrutar de su compañía y postergar las preguntas difíciles hasta que exigieran respuesta.

CAPÍTULO 6

El sábado anterior al debut de las hermanas Darent las encontró paseando a caballo por el parque, actividad que organizaba diariamente el muy emprendedor Ferdie. Este, que se había establecido firmemente como su principal mentor y guía entre los escollos de la temporada londinense, había alcanzado una posición tal que Dorothea, Cecily e incluso lady Merion lo consideraban ya parte de la familia.

La semana anterior, Ferdie había decidido que las señoritas Darent harían una bonita estampa a caballo y se había presentado en Merion House con monturas especialmente pensadas para ellas. A Dorothea le encantaba cabalgar y hasta Cecily disfrutaba de un tranquilo paseo a caballo, de modo que su reacción ante la idea de Ferdie no decepcionó a este. Diez minutos después, ambas jóvenes se habían puesto los elegantes trajes de montar confeccionados por Celestine e iban camino del parque, escoltadas por el orgulloso Ferdie y su sombra, el señor Dermont.

Ataviada con un severo traje de color verde salvia que realzaba admirablemente su figura, con los lustrosos rizos de su pelo coronados por un casquete de fieltro con una hermosa pluma de pavo real que se enroscaba alrededor de su cabeza, Dorothea se había hecho fácilmente con su vivaz yegua baya. Cecily, satisfecha con su manso palafrén, estaba soberbia con una túnica azul pálido con el borde de piel sobre una falda de un azul más oscuro y un sombrero de piel a juego. Su primera excursión había sido un sonado éxito.

Esa tarde, mientras trotaba apaciblemente junto a Ferdie, Dorothea oyó que se dirigía a ella una voz conocida y suavemente burlona.

—¡Qué magnífica dama es usted, señorita Darent!

Girándose, Dorothea se encontró con la mirada admirativa del marqués de Hazelmere y sintió que se sonrojaba. Pero, posando su mirada en el hermoso potro negro que montaba él, exclamó involuntariamente:

—¡Qué espléndido animal!

El espléndido animal se sintió ofendido por su tono, pero logró controlarse sin esfuerzo.

—¿Por qué no galopa usted conmigo, señorita Darent? —ella buscó titubeando a su mentor y descubrió que Ferdie había desaparecido misteriosamente—. ¿Acaso le da miedo? —preguntó de nuevo aquella voz burlona.

Dorothea dio al traste con sus recelos.

—Está bien. Pero ¿hacia dónde vamos?

—Sígame.

El potro negro echó a correr por un ancho camino que se adentraba en el parque. A pesar de que su montura era superior, Hazelmere era un jinete mucho más pesado que Dorothea. Esta, una consumada amazona, siguió sin esfuerzo a Hazelmere hasta que el marqués se detuvo describiendo un amplio arco en un claro, al final del camino. Menos fuerte que él, Dorothea tuvo que trazar un arco más amplio para detener su montura más cerca de los árboles. Una rama baja le quitó el sombrero de la cabeza.

Ambos reían cuando él se acercó al lugar donde yacía el sombrero de Dorothea y desmontó para recogerlo. Ella retrocedió y aguardó mientras Hazelmere tomaba el sombrero y le sacudía el polvo. Acariciando la pluma, el marqués se acercó a ella, pero, en lugar de darle el sombrero, puso las manos sobre su cintura.

—Desmonte, señorita Darent.

Ella pensó en la posibilidad de negarse, pero no vio modo de hacerlo sin parecer remilgada o, peor aún, coqueta. Notando la fortaleza de las manos de Hazelmere en su cintura y advirtiendo la mirada burlona del marqués, decidió que solo podía responder con audacia. Quitó los pies de los estribos y dejó que él la bajara sin esfuerzo.

—Estese quieta —le ordenó Hazelmere y, quitando el largo alfiler del sombrero, lo insertó hábilmente entre el pelo recogido de Dorothea y pasó la mano por la pluma para volver a colocarla.

Dorothea se encontró mirando sus ojos, que ya no reían, sino que brillaban extrañamente. Hipnotizada, sintió que sus pensamientos se hacían añicos y volaban a los cuatro vientos. Era agudamente consciente del hombre que tenía ante ella y de poco más. Por un instante se preguntó si iba a besarla. Pero al instante siguiente él recuperó su mirada burlona y volvió a subirla en la yegua.

—Al menos la devolveré a Ferdie tan impecable como cuando la embauqué para apartarla de su lado —su tono cínico sonó extraño a oídos de Dorothea.

Confundida y decepcionada, sintió un arrebato de cólera porque Hazelmere la hubiera provocado para luego retirarse en el último momento. Frunció el ceño y estuvo a punto de dejar escapar un gemido de asombro al darse cuenta de la audacia de sus pensamientos. Horrorizada ante la posibilidad de que Hazelmere la viera sonrojarse y adivinara la causa, hizo dar la vuelta a su montura.

Hazelmere volvió a montar y ambos emprendieron en silencio el camino de regreso con un suave trote. Él había visto fruncirse las delicadas cejas de Dorothea, pero lo achacó a la exasperación que sin duda le había producido su osadía, en vez de a la frustración que había despertado en ella su reticencia.

Salieron de entre los árboles y de tácito acuerdo remontaron una suave loma y se detuvieron, buscando a los otros. El resto de la comitiva no estaba muy lejos. Lord Fanshawe se había unido al grupo y parecía enfrascado en una conversación con Cecily. Incluso desde aquella distancia, Dorothea pudo observar que su hermana estaba enteramente cautivada. Ferdie y el señor Dermont se habían reunido con dos amigos y los cuatro vagaban sin rumbo, alejándose cada vez más de la pareja. De pronto, Dorothea cayó en la cuenta de que tal vez el juicio de Ferdie no fuera infalible.

Asaltada por una súbita duda, comprendió que ella también había cometido un descuido. No resultaría fácil explicar por qué se había aventurado sola con el marqués de Hazelmere por una camino desierto. Por suerte, no creía que sus amigos la hubieran visto. ¡Pero dejar a Cecily prácticamente sola con Fanshawe en medio del parque! ¡Era inconcebible! ¿En qué estaba pensando Ferdie?

Una risa profunda a su lado hizo que sus ojos verdes volvieran a posarse en el rostro de Hazelmere. Este la miró fijamente con expresión burlona.

—En realidad, no puede culpar a Ferdie, ¿sabe? Él se mostraría todo lo protector que usted pudiera desear si se tratara de otros. Pero a Fanshawe y a mí jamás nos vería como una potencial amenaza.

Ella le lanzó una mirada exasperada y se dirigió hacia su hermana. Mientras se acercaba, Fanshawe alzó la mirada, sorprendido, y miró inquisitivamente a Hazelmere, que iba tras ella. Dorothea no tuvo que ver la sonrisa del marqués para darse cuenta de que, en lo que a su hermana y ella concernía, estando presentes lord Hazelmere y lord Fanshawe, era improbable que se cumpliera la máxima de que en el número se encuentra la seguridad.

Viendo que su hermana fruncía el ceño, Cecily sonrió radiante sin mostrar turbación alguna, pero se acercó dócilmente a Dorothea al ver que esta enfilaba hacia las puertas del parque.

En ese momento se les unió Edward Buchanan a lomos de un ostentoso caballo. Habiendo llegado a sus oídos la noticia de que las hermanas Darent paseaban a caballo todos los días por el parque, había concebido la feliz idea de que, aunque no brillara en los salones de baile, la señorita Darent no podía dejar de mostrarse impresionada al verlo encaramado sobre un soberbio caballo. Por desgracia para él, su soberbio caballo, alquilado en una cuadra comercial, demasiado largo de lomo y con notable tendencia a desmandarse, estaba muy lejos de ser elegante.

Deteniéndose junto al grupo, el señor Buchanan se inclinó ante Dorothea.

—Me alegra verla, señorita Darent.

Dorothea inclinó la cabeza con frialdad.

—Señor Buchanan. Me temo que estábamos a punto de regresar a Cavendish Square.

Los labios de Hazelmere esbozaron una sonrisa.

—No importa, querida señorita —dijo Edward Buchanan, haciendo aspavientos—. Será un placer acompañarlas.

Dorothea estuvo a punto de atragantarse, pero no podía hacer nada, salvo rehusar su ofrecimiento sin ambages. Con semblante inexpresivo, presentó al señor Buchanan a sus acompañantes. El marqués se limitó a alzar una ceja a modo de saludo. Lord Fanshawe, por su parte, se mostró igualmente reticente. Ninguno de los dos mostró el menor interés por cederle su puesto al lado de las hermanas Darent al señor Buchanan. Dorothea casi suspiró de alivio, pero al instante se crispó al ver el destello de la mirada de Edward Buchanan. Mientras conducían sus caballos hacia las puertas del parque, este emprendió una perorata sobre la recogida de cosechas y sus técnicas. Pero esta vez había juzgado mal a sus oponentes. Hazelmere, acostumbrado desde niño a la administración de las grandes fincas patrimoniales de los Henry, y Fanshawe, quien a pesar de que aún no había accedido a su herencia participaba activamente en la administración del señorío de Eglemont, sabían más sobre aquella cuestión que el propio Buchanan. Entre los dos agotaron el tema y a continuación procedieron a interrogar al señor Buchanan. Sometido a aquella sutil presión contra la que no tenía modo de defenderse, este hubo de admitir que poseía una finca arrendada en Dorset. No, no muy grande. ¿Cómo de grande? Bueno, en realidad, bastante pequeña. ¿Ganado? No mucho. No, aún no se había aventurado en la cría de reses.

Intentando contener la risa, Dorothea miró a Ferdie, que iba tras ella, y sorprendió una expresión beatífica en su inocente semblante. El señor Dermont parecía también extrañamente entretenido. Y Cecily, que no conocía al señor Buchanan, parecía en estado de éxtasis. Su sonrisa no dejaba duda de que comprendía las tácticas de los caballeros. Dorothea volvió a observar con semblante de esfinge los apuros del señor Buchanan y su mirada se posó en el rostro de Hazelmere, quien, como si sintiera sus ojos fijos en él, bajó la mirada hacia ella. Su expresión de regocijo a punto estuvo de hacer que Dorothea perdiera la compostura.

En ese momento, intentando cambiar de tema a la desesperada, y consciente al fin de que su ostentosa cabalgadura no podía compararse ni de lejos con las de los demás, dijo Buchanan:

—Estoy sumamente impresionado por la calidad de sus caballos, señorita Darent. Supongo que son alquilados.

—Pues sí. Ferdie los ha alquilado para nosotras —ella se giró hacia Ferdie mientras hablaba y vio sorprendida que su rostro tenía una expresión particularmente indiferente, por no decir envarada.

—Ah. ¿Y de qué cuadra proceden, señor Acheson-Smythe, si puedo atreverme a preguntárselo? —preguntó Edward Buchanan.

—Sueles ir a las cuadras de la calle Titchfield, ¿no, Ferdie? —dijo Hazelmere.

Ferdie pareció sorprendido.

—Ah, sí. Sí. A las de la calle Titchfield.

Dorothea se preguntó qué demonios le pasaba. Hazelmere, que sabía que no había cuadras en la calle Titchfield, dado que no había ninguna calle Titchfield en la metrópolis, sonrió amablemente al señor Buchanan al tiempo que llegaban a la puerta.

Al ver su sonrisa, el señor Buchanan decidió que ya había hecho bastante por sus futuros intereses por un día. Recordando de pronto que tenía un compromiso urgente, se despidió de ellos con pesadumbre. Su partida los sumió en un asombrado silencio, que duró hasta que el señor Buchanan se perdió de vista. Entonces, todos se partieron de risa.

Finalmente, flanqueadas todavía por Hazelmere y Fanshawe y con Ferdie y el señor Dermont a la zaga, las señoritas Darent regresaron a Cavendish Square. De camino, los señores mantuvieron viva la conversación hablando de generalidades, incluyendo en la charla a las dos señoritas por igual. Dorothea sospechaba que aquella prueba de impecable conducta era una treta para convencerla de que no había impropiedad alguna en lo sucedido en el parque. Haciéndose una idea de lo que su hermana y ella podían esperar de futuros paseos a caballo, comprendió que tendrían que procurar en la medida de lo posible no dar ocasión a aquellas maniobras. Sin embargo, no confiaba mucho en su capacidad para rehuirlas por completo, pues los señores tenían mucha más experiencia en tales lides.

Al llegar a Cavendish Square, Dorothea se disponía a desmontar cuando Hazelmere se adelantó y la ayudó a apearse. Sujetándola un instante entre sus brazos, miró el hermoso rostro de la joven, serio por un momento. Sus ojos de color avellana brillaron, pero entonces Cecily se echó a reír y aquel instante pasó. Soltando a Dorothea, hizo una reverencia y con su habitual sorna dijo:

—*Au revoir*, señorita Darent. Me atrevo a decir que nos encontraremos de nuevo esta noche.

De vuelta a la realidad, Dorothea sonrió a modo de despedida y, tomando a Cecily del brazo, entró en Merion House. Una vez dentro, Mellow las informó de que lady Merion estaba descansando antes del baile y había insistido en que sus nietas hicieran lo mismo. La duquesa de Richmond recibía esa noche, y su baile era una de las sensaciones de la temporada. Celebrado el primer sábado de abril, era seguido de los bailes de debut. Tradicionalmente, los más importantes de estos tenían lugar los miércoles y los sábados durante el resto de abril, extendiéndose a veces a mayo. Aunque había cierto número de festejos de menor importancia previstos para el domingo, el lunes y el martes de la semana siguiente, el miércoles por la noche solo había un baile: el de Merion House. Unas cuantas madres habían previsto en principio celebrar los bailes de debut de sus hijas esa noche, pero, conociendo a las hermanas Darent, aquellas señoras habían decidido sabiamente cambiar la fecha. Mejor tener menos invitados que ninguno en absoluto.

Su incidente con Hazelmere había dado que pensar a Dorothea, de modo que, considerando el consejo de su abuela muy oportuno, Cecily y ella se retiraron a sus respectivas habitaciones, supuestamente para descansar.

Trimmer, su nueva doncella, la estaba esperando para ayudarla a cambiarse. Lady Merion y Witchett habían decidido que Betsy permaneciera con Cecily, ya que conocía bien las indisposiciones ocasionales de la joven. Las circunstancias de Dorothea exigían en mayor medida las atenciones de una doncella de primera clase. Cuando le preguntaron si conocía a alguna candidata conveniente, Witchett propuso a Trimmer, su sobrina. Por suerte, Dorothea y ella se entendían bien, y Trimmer, al igual que su tía antes que ella, había caído bajo el hechizo de su encantadora y joven señora.

Deteniéndose en medio de la habitación para quitarse el alfiler del sombrero que el marqués le había prendido en el pelo, Dorothea deseó que Trimmer se fuera, pero no tuvo valor para despedirla sin más. Aguardó pacientemente mientras la atenta muchacha la despojaba de sus ropas de salir y la envolvía en una bata de seda verde y luego cerró su mente al resto del mundo y se concentró en la cuestión de qué iba a hacer respecto al marqués de Hazelmere.

Se sentó ante el tocador, se soltó el pelo y se cepilló distraídamente la lustrosa melena, mirando su reflejo sin verlo. Desde su primer encuentro, Hazelmere había hecho serias incursiones contra las defensas que rodeaban su corazón. Eso, al menos, era un hecho incontrovertible. Pero hasta ese momento ella había rehusado pensar en el resultado natural de aquella situación.

Mientras miraba fijamente sus ojos verdes, reflejados en la superficie finamente pulida del espejo, suspiró. Le había costado algún tiempo comprender las novedosas emociones que Hazelmere despertaba en ella. Pero, después de aquel día, ya no podía engañarse. Sola con él en aquel claro del bosque, había estado segura de que iba a besarla. Y lo había deseado con todas sus fuerzas. Había deseado que la besara como aquella vez, junto a la zarza. Aquello habría sido un atrevimiento, claro está, pero lo cierto era que llevaba semanas deseando que Hazelmere repitiera aquella hazaña.

Dejó el cepillo y volvió a recogerse cuidadosamente el pelo. Sabía que siempre ansiaba encontrarse con él allá a donde fueran, y que extraía gran placer de su compañía, a pesar de su talante despótico, que en ocasiones llegaba a enfurecerla. Su desconcertante habilidad para leerle el pensamiento únicamente añadía sabor a sus encuentros, y Dorothea disfrutaba enormemente de sus caprichosas conversaciones. Cuando Hazelmere no estaba con ella, bien provocándola, bien burlándose de ella con aquella expresión irónica en sus ojos castaños, se sentía triste y apática y había pocas cosas que despertaran su interés. Admitido lo cual, ¿qué iba a hacer exactamente respecto a su situación?

Poniéndose en pie, cruzó la habitación, se echó en la cama y jugueteó distraídamente con las borlas del cordón de la cortina del dosel. Estaba ya segura de sus propios sentimientos, pero ¿qué sabía de los de él? Hazelmere, ciertamente, parecía sentirse atraído por ella. Pero, a su edad, todo el mundo esperaba que se casase. Tal vez, sencillamente, había decidido con su habitual arrogancia que ella le servía para tal fin. Pero, si así era y su interés por ella era ilusorio, ¿cómo saberlo? Él dominaba a la perfección aquel juego y ella era una aprendiz. Parecía seguro que, en algún momento, el marqués le pediría su mano. Y que, por el mismo tácito código de conducta, ella aceptaría. El problema era que ella lo amaba. Pero ¿la amaba él?

Dorothea ponderó aquella cuestión durante media hora. A pesar de la habilidad de lord Hazelmere para adivinarle el pensamiento, estaba convencida de que no había descubierto cuán profundos eran sus sentimientos hacia él. Parecía lo más prudente proteger su corazón hasta que él le diera alguna indicación de lo que sentía por ella.

Sin embargo, aquella situación de inocente coqueteo no podía durar. Los acontecimientos de aquella tarde lo probaban. Quizá, durante uno de sus numerosos encuentros, ella pudiera encontrar un modo de incitar en él una declaración. La idea de incitar a un hombre como Hazelmere la hizo sonreír. Eso, al menos, no sería difícil. Sintiéndose sin saber por qué más segura de sí misma, apoyó la cabeza en la almohada y, agotada de tanto cavilar, durmió hasta que Trimmer fue a vestirla para el baile de la duquesa de Richmond.

De haber mirado por la ventana, en lugar de mirar el espejo, Dorothea habría visto entre los árboles de Hazelmere House a Hazelmere, Fanshawe y Ferdie. Estos habían dejado sus monturas en los prados de detrás de la mansión y regresaban a la puerta principal hablando animadamente de caballos. Hazelmere abrió la puerta con su llave y cruzó el umbral, pero se detuvo en seco. Ferdie, que iba detrás, se tropezó con él y, mirando por encima de su hombro, exclamó asombrado:

—¡Cielo santo!

Hazelmere fijó una mirada inquisitiva en los montones de cajas y baúles esparcidos por el vestíbulo. Viendo que su mayordomo intentaba sortear aquel desbarajuste, preguntó en tono engañosamente suave:

—Mytton, ¿qué es exactamente todo esto?

Mytton, que conocía aquel retintín, contestó con presteza:

—La señora ha llegado, milord.

—¿Qué señora? —preguntó Hazelmere, asaltado por una repentina y desagradable inquietud.

—Pues su señora madre, milord —respondió Mytton, perplejo ante tan extraña pregunta.

—¡Ah, claro! —dijo Hazelmere, aliviado—. Por un instante me ha horrorizado pensar que Maria y Susan habían vuelto.

Aquella explicación sacó de dudas a sus acompañantes. De todos era conocida la antipatía de Hazelmere por sus hermanas mayores, antipatía que tenía sus raíces en el interés que aquellas envaradas señoras habían mostrado años antes por manejar sus asuntos matrimoniales. La ignominiosa e inevitable derrota de sus pretensiones había culminado con la declaración de personas non gratas en las diversas casas del marqués. Dado que ambas estaban casadas con hombres perfectamente capaces de mantenerlas, Hazelmere no veía razón para que invadieran sus casas con sus maneras puritanas y entrometidas.

Absorto en sus asuntos, había olvidado por completo que su madre, Anthea Henry, marquesa viuda de Hazelmere, siempre pasaba en la ciudad unas semanas durante la temporada y que, invariablemente, asistía al baile de la duquesa de Richmond. Mirando de nuevo a su alrededor, preguntó:

—¿Qué tal está la señora, Mytton?

—Se ha retirado a descansar, señor, pero ha dicho que se reuniría con usted para cenar.

Hazelmere asintió distraídamente y, sorteando cajas y baúles, recorrió el corredor y traspasó las puertas dobles que daban a la biblioteca, abundantemente surtida. Ferdie lo siguió con Fanshawe a la zaga. Cerrando las puertas tras ellos, Fanshawe se dio la vuelta y sonrió.

—Siempre se trasladan con montañas de equipaje, ¿no os parece? Supongo que tu madre no necesitará ni la mitad de todo eso. La mía es exactamente igual.

Hazelmere asintió con desgana. Comprendiendo que cenar a solas bajo la mirada penetrante de su madre tal vez no fuera muy tranquilizador para su ánimo, ya de por sí crispado, decidió pedir refuerzos.

—Tony, ¿te apetece venir a cenar? ¿Y a ti, Ferdie?

Fanshawe asintió, pero Ferdie dijo:

—Vendré encantado, pero recuerda que tengo que acompañar a las Merion al baile, así que tendré que irme a las siete.

—Pues, si tú te vas a las siete, nosotros tendremos que irnos antes —dijo Fanshawe—. Ni se te ocurra salir de Merion House hasta que nuestro carruaje se haya ido.

Hazelmere tocó la campanilla y, al presentarse Mytton, le dio instrucciones.

—Con todo el respeto hacia la señora marquesa, cenaremos a las cinco y nos marcharemos al baile a las siete en punto. Procura que el carruaje esté listo antes de esa hora.

Mytton se retiró para trasladar aquella noticia inesperada al mago culinario del piso de abajo. Hazelmere sirvió vino y, tras repartir las copas, se dejó caer en uno de los sillones orejeros reunidos alrededor de la chimenea de mármol. Fanshawe había tomado asiento frente a él y Ferdie estaba elegantemente arrellanado en el diván. Una vez acomodados, un agradable silencio cayó sobre ellos. Fue Fanshawe quien lo rompió.

—¿Qué demonios te hizo volver tan pronto de tu cabalgada con Dorothea?

Sin alzar la mirada del fuego, Hazelmere le contestó:

—La tentación.

—¿Qué?

Dando un suspiro, el marqués explicó:

—¿Recuerdas que convinimos jugar conforme a las reglas? —Fanshawe asintió—. Pues, si me hubiera quedado un minuto más, habría mandado las reglas al infierno. Por eso volvimos.

Fanshawe asintió comprensivo.

—Todo esto está resultando ser mucho más complicado de lo que imaginaba.

Hazelmere lo miró, pero fue Ferdie, quien, desconcertado, habló primero.

—Pero ¿por qué es tan complicado? Yo creía que sería coser y cantar, sobre todo para vosotros dos. No tenéis más que decidiros y pedirle al tutor de las chicas, a ese espantoso Herbert, su mano. Es muy sencillo. No veo dónde está el problema.

Viendo la expresión de irónica condescendencia que suscitaban sus palabras, Ferdie comprendió que se había perdido algún punto esencial y aguardó pacientemente una explicación. Hazelmere, con los ojos fijos en su delicada copa de vino, dijo al fin:

—El problema, Ferdie, reside en adivinar cuáles son los auténticos sentimientos de las señoritas Darent. Te aseguro que no podría asegurar si la señorita Darent solo se está divirtiendo o si su corazón le pertenece a este humilde servidor.

Ferdie lo miró con perplejidad. Recuperando al fin el habla, exclamó:

—¡No! ¡Aguarda un momento, Marc! ¡No puede ser cierto! Tú, mejor que nadie, debería saberlo.

—¿Y cómo?

Ferdie abrió la boca para responder, volvió a cerrarla y se giró hacia Fanshawe.

—¿Tú estás igual?

Fanshawe se limitó a asentir con la cabeza gacha. Tras una pausa, durante la cual procuró digerir aquella asombrosa información, Ferdie dijo:

—Pero las dos parecen disfrutar de vuestra compañía.

—Oh, eso lo sabemos —convino Hazelmere desdeñosamente—. Pero, aparte de eso, yo, por lo menos, no estoy seguro de nada.

—Así es —dijo Fanshawe—. No hace falta más que mirarlas a los ojos para saber que les gusta estar con nosotros, hablar con nosotros, bailar con nosotros. ¿Y por qué no habría de gustarles, pensándolo bien? Pero Ferdie, mi querido amigo, de ahí al amor hay un buen trecho.

Ferdie comprendió al fin el dilema en que se encontraban. Estaba considerando la posibilidad de echarles una mano cuando, de pronto, se encontró con la mirada fija del marqués.

—Ferdie —dijo Hazelmere suavemente—, si se te ocurre repetir una sola palabra de esta conversación fuera de aquí...

—Te haremos la vida completamente imposible —concluyó Fanshawe. Aquella era una amenaza que los tres usaban con frecuencia entre ellos, y Ferdie se apresuró a asegurarles que semejante idea ni siquiera se le había pasado por la cabeza.

Un silencio lleno de desaliento cayó sobre ellos, hasta que Fanshawe miró el reloj de la repisa de la chimenea y se removió.

—Será mejor que vaya a cambiarme. ¿Vienes, Ferdie?

Los tres se levantaron. Tras acompañarlos a la puerta, Hazelmere subió al piso de arriba, donde ya lo aguardaba Murgatroyd. Tal y como había dicho Tony, todo aquello estaba resultando mucho más complicado de lo que había imaginado.

Durante la cena frugal que tomaron antes del baile en Richmond House, Dorothea, intrigada por los comentarios de Hazelmere en el parque, preguntó a lady Merion por la relación entre el marqués, lord Fanshawe y Ferdie Acheson-Smythe.

Lady Merion, pensando que la pregunta era muy oportuna dadas las circunstancias, se apresuró a explicarles la situación lo mejor posible.

—Bueno, las mayores propiedades de los señoríos de Hazelmere y Eglemont se encuentran en Surrey y lindan la una con la otra. Ambas familias han sido siempre aliadas y amigas. Hazelmere y Fanshawe nacieron con apenas unas semanas de diferencia. Hazelmere es el mayor de los dos. Ambos tienen dos hermanas mayores y Hazelmere tiene además una hermana menor, pero ninguno de los dos cuenta con hermanos varones. Por consiguiente, y como es natural, los chicos crecieron juntos. Juntos fueron a Eton y Oxford y juntos están en la ciudad desde... oh, desde hace más de diez años. El vínculo existente entre ellos es muy fuerte. En mi opinión, mucho más fuerte que si fueran hermanos.

—¿Y Ferdie? —preguntó Cecily.

—Ferdie es hijo de la hermana de la madre de Hazelmere y, por lo tanto, primo hermano del marqués. Es unos cinco años más joven que Marc, pero durante su infancia lo mandaban casi todos los veranos a Hazelmere. No comprendo muy bien por qué, ya que parecen tener un temperamento muy distinto, y está por otra parte la diferencia de edad, pero el caso es que Ferdie, Hazelmere y Tony Fanshawe son realmente muy amigos. Siempre se ayudan los unos a los otros y, cuando eran pequeños y hacían alguna travesura, siempre se encubrían mutuamente. Ferdie siente un sincero afecto por el marqués y por lord Fanshawe, y ellos a su vez se han mostrado siempre muy protectores y tolerantes con él.

Para entonces habían acabado ya la comida y lady Merion, mirando el reloj, les ordenó dar los últimos retoques a su atuendo, diciendo:

—Ya sabéis que Ferdie no tardará en llegar y odia que lo hagan esperar.

Lady Merion tenía mucha razón cuando les decía a sus nietas que el vínculo entre Ferdie y sus dos amigos tenía profundas raíces. Dicho vínculo databa de su primera visita a Hazelmere House, cuando, durante la primera mañana de su estancia, el tímido niño de once años vio a su espléndido primo, cinco años mayor, y a su amigo, salir de la cuadra para dar un paseo matutino a caballo. Hallándose en aquel momento en su habitación, se vistió atropelladamente y bajó a las cuadras, pensando en hacerse con un caballo y alcanzarlos. Cayó, sin embargo, víctima de dos jóvenes mozos de cuadra que, por gastarle una broma, le dieron un semental árabe a medio domar. El caballo, muy fresco, echó a correr con Ferdie aferrado a su lomo con todas sus fuerzas. Por suerte, el caballo tomó el mismo camino que habían seguido los dos muchachos mayores. Marc y Tony Fanshawe salieron en su persecución, dándole instrucciones a Ferdie para salvarlo a él y al caballo. Por pura suerte y no poco valor por parte de todos, la cosa terminó bien. Desde aquel día en adelante, los tres se hicieron inseparables en tanto lo permitía la diferencia de edad e intereses. Cuando algún chico intentaba intimidar a Ferdie, recibía al punto la noticia de que tendría que vérselas con Tony o incluso con el formidable Marc.

Los hábitos forjados en la infancia tienen hondas raíces, y en Oxford, cuando se metía en algún lío de faldas, era a Marc en vez de a su padre, hombre un tanto excéntrico y erudito, a quien acudía. Y Marc siempre lograba sacarlo del apuro. A su llegada a la ciudad, quienes pertenecían a los mejores clubes masculinos pronto comprendieron que lord Fanshawe y el marqués de Hazelmere tenían por costumbre materializarse no bien Ferdie Acheson-Smythe se veía amenazado por una u otra razón. Cuando Ferdie se metía en controversias acerca de los esfuerzos de tal o cual caballero por hacer trampa con los naipes y era retado en duelo, a pesar de que ello constituía una práctica ilegal, era Hazelmere quien intervenía para poner punto final al asunto.

Conviene decir que, a cambio, Fanshawe y Hazelmere habían descubierto que Ferdie poseía un raro talento: era tan de fiar que las mujeres se mostraban inclinadas a confesarle todos sus secretos. De este modo, Ferdie les había prestado múltiples servicios durante los cinco años anteriores. Sin embargo, tal y como Hazelmere le había dicho a Dorothea, era prácticamente imposible que Ferdie lo viera a él o a Fanshawe como una posible amenaza.

La marquesa viuda de Hazelmere bajó las escaleras de Hazelmere House pensando en lo agradable que sería que una nueva lady Hazelmere les sacara partido a aquellos salones de tan bellas proporciones. Acababa de llegar de Surrey, como era su costumbre, pero ese año esperaba mucho más de la temporada londinense.

Con cincuenta años cumplidos, era todavía una mujer de

rara belleza, alta y esbelta, cuyo abundante cabello castaño conservaba aún mucho de su antiguo esplendor, y a cuyo rostro los años no habían robado vivacidad. Unos años antes, había contraído una dolencia bronquial que los humos de la ciudad agravaban, por lo que habitualmente pasaba solo una semana o poco más en Londres. Las extraordinarias noticias que le llevaban las cartas de sus amigos londinenses habían alimentado sus expectativas. Aparte de una misiva de Hermione Merion escrita con todo cuidado, en la que le hablaba de la relación de su hijo con Dorothea Darent, había recibido no menos de seis cartas de otras amigas íntimas, todas ellas describiendo con todo lujo de detalles el aparente enamoramiento de lord Hazelmere por la señorita Darent. De estas, la más reveladora había sido la última, enviada por la condesa de Eglemont. Los padres de Tony habían regresado a Londres una semana antes, y Amelia Fanshawe la informaba minuciosamente de la situación en la que se encontraban las relaciones entre su hijo y Cecily Darent y Hazelmere y la mayor de las hermanas. Lady Hazelmere juzgaba a Amelia más capaz que cualquier otra persona para interpretar correctamente el comportamiento de Marc. Y lo que Amelia le decía en aquella carta le había dejado intrigada. Así pues, en lugar de sorprenderse, le había hecho gracia que su hijo, por lo general tan frío, hubiera adelantado la cena para poder llegar al baile antes que su enamorada.

Al entrar en el salón, le sorprendió hallar allí a Tony Fanshawe y a Ferdie. Cuando su apuesto hijo cruzó la habitación para darle un afectuoso beso en la mejilla, lady Hazelmere lo miró inquisitivamente sin ningún disimulo. Él presentaba un aspecto tan impecable como de costumbre, con una levita negra perfectamente cortada que parecía hecha para amoldarse a su ancha espalda y unas calzas hasta la rodilla que se ceñían a sus recios muslos. Unos diamantes titilaban entre los blanquísimos pliegues de su corbata.

—Bienvenida a la ciudad, mamá. Estás preciosa, como siempre.

Los ojos de Hazelmere le devolvieron la mirada con expresión suave e inocente, lo cual no logró engañar a la marquesa. Mientras Tony y Ferdie le presentaban sus respetos, Mytton entró para anunciar la cena.

Durante la comida, Hazelmere, hábilmente secundado por su primo y Tony Fanshawe, logró entretenerla contándole cuanto había ocurrido hasta entonces en la temporada, con dos notables omisiones. Divertida por su estrategia, lady Hazelmere se entretuvo incluso más de lo que ellos pretendían.

Después de que los criados se retiraran, la marquesa decidió pasar a la ofensiva. Fijó en su hijo y en Fanshawe una mirada que, como ambos sabían por experiencia, significaba que deseaba llegar al fondo de aquello que hubiera llamado su atención.

—Sí, todo eso está muy bien —dijo ella, interrumpiendo otra anécdota que estaba contando Ferdie—, pero lo que realmente quiero saber es por qué ninguno ha mencionado aún a las nietas de Hermione Merion. Por lo que he oído, los tres mostráis mucho interés por ellas, ¿no es cierto?

La marquesa escudriñó los ojos castaños de su hijo mientras este explicaba suavemente:

—Pero, mamá, si ya lo sabrás todo de ellas por las cartas que te han mandado. No queríamos aburrirte.

Ella, no sabiendo qué decir, alzó la copa con expresión burlona.

—Espero que asistan al baile esta noche.

—Desde luego que sí. Ferdie va a escoltarlas hasta allí.

—Entonces, tenéis que prometerme que me las presentaréis. A cambio, os prometo no decir nada sobre el tema camino del baile.

—¿Y a la vuelta? —preguntó Fanshawe, acostumbrado a la forma de hablar de los Hazelmere.

Ella se echó a reír.

—Está bien. Tampoco diré nada a la vuelta.

—Bajo esas condiciones, te lo prometo —respondió Hazelmere con una sonrisa.

—Y yo —repitió Fanshawe.

—¡Cielo santo! —exclamó Ferdie, sorprendiéndolos a todos—. Tengo que irme o llegaré tarde. ¡No puedo hacerlas esperar!

Ferdie partió entre risas hacia el otro lado de Cavendish Square, urgiéndolos a darse prisa si querían llegar a Richmond primero.

Ferdie llegó a la puerta de Merion House justo cuando el carruaje de lady Merion doblaba la esquina y tuvo la previsora idea de pedirle a Mellow que no anunciara su llegada hasta que el carruaje de los Hazelmere, que ya aguardaba frente a Hazelmere House y se veía claramente al otro lado de la plaza, hubiera partido. Mellow aceptó la moneda de oro que Ferdie le dio a hurtadillas y comprendió perfectamente la situación.

Al entrar en el salón, Ferdie contuvo el aliento al ver la hermosa visión que se desplegaba ante sus ojos. Incluso él había empezado a preguntarse cuánto tiempo más podrían las hermanas Darent asombrar a todo el mundo con la elegancia de sus vestidos.

Dorothea, de pie junto a la chimenea de mármol, estaba arrebatadora con un vestido de satén de color marfil, bordeado de encaje alrededor del escote y a lo largo de una amplia banda que recorría un lado de la falda. Las perlas de su cuello brillaban suavemente a la luz del fuego, y su cabello parecía esmaltado por las llamas. La sencillez del vestido era asombrosa. Pensando en el efecto que tendría sobre Hazelmere en su actual estado de ánimo, Ferdie casi sintió lástima por el marqués.

Cecily iba toda engalanada de blanco, con ribetes de cinta de color aguamarina y diminutas incrustaciones de perlas cruzadas sobre el corpiño y salpicadas alrededor de la falda. El efecto era asimismo único y encantador.

Lady Merion, complacida por el efecto que el atuendo de sus nietas había causado en Ferdie, anunció que estaban listas para partir. Ferdie tragó saliva y preguntó en tono inocente:

—Eh, ¿ha anunciado Mellow el carruaje?

—No, Ferdie, no lo ha hecho —dijo Dorothea, sospechando de repente.

—Pues no sé por qué no lo hace —masculló lady Merion—. Hace mucho rato que mandamos por él.

—Eh... sí —Ferdie decidió que era preferible dirigirse a lady Merion—. He estado cenando en Hazelmere House. Lady Hazelmere estaba presente, señora, y le manda recuerdos. Me ha dicho que se verían en el baile.

En ese momento, mientras Ferdie buscaba desesperadamente un modo de distraerlas, Mellow entró y lo sacó del apuro anunciando el carruaje.

CAPÍTULO 7

Tras un viaje sin incidentes, el carruaje de lady Merion se sumó a la larga fila de coches que aguardaban para descargar su encopetada carga junto a la escalinata iluminada con antorchas de Richmond House. Habían hablado poco durante el trayecto, y Ferdie había tenido tiempo de preguntarse qué estaba ocurriendo entre las hermanas Darent y sus amigos.

Recordaba la mirada de Dorothea esa tarde, al marcharse del parque tras el paseo a caballo. En aquel instante había sido incapaz de interpretarla, creyendo que no se habían separado ni un momento. Pero ahora, por lo que Marc y Tony habían dicho, estaba claro que no había sido así. La cabeza le daba vueltas cuando intentaba imaginar qué había ocurrido exactamente entre Dorothea y Marc. ¡Y ello mientras las señoritas Darent se hallaban bajo su cuidado, como mandaba la costumbre! Si tal cosa llegaba a trascender, su reputación como acompañante de fiar se vería arruinada.

El carruaje se detuvo y Ferdie ayudó a apearse a las damas. Pronto se hallaron subiendo la magnífica escalinata iluminada por la que hacían su aparición los invitados. Al llegar arriba fueron recibidos por la duquesa y entraron en el salón de baile en el momento en que sus nombres eran anunciados con estentóreo acento por los corpulentos lacayos que flanqueaban la puerta.

Dorothea había dado solo unos pasos cuando descubrió a Hazelmere a su lado. Le sonrió y notó que sus ojos tenían una expresión seria, pero que aun así brillaban de un modo que hizo que se le parara el corazón. Los demás síntomas que ahora asociaba con su presencia, la falta de aire, la confusión y un cierto nerviosismo, aparecieron de inmediato. Entonces él sonrió y su mirada intensa se disolvió en la expresión afectuosamente irónica que adoptaba de costumbre, ahuyentando así la inquietud de Dorothea. Antes de posar la mano de ella en su brazo, sus labios le rozaron apenas los dedos enguantados.

—Venga conmigo, señorita Darent. Hay alguien a quien quiero que conozca.

—¿Ah, sí? Y, dígame, ¿a quién?

—A mí.

Ella se echó a reír. Hazelmere la apartó del flujo de invitados recién llegados, táctica que confundió al pequeño ejército de admiradores que esperaban pacientemente para saludarla cuando se adentrara en el salón de baile, y la condujo hacia un rincón, camuflándola entre los invitados llegados hacía rato. Él se movía automáticamente entre la multitud, sin ver ni oír a nadie. Su mente giraba produciéndole una sensación de embriaguez que nunca antes había experimentado. Fuera lo que fuera aquello, era excitante e incómodo al mismo tiempo, y su causa era la bella criatura que caminaba pausadamente a su lado. Al verla con aquel precioso vestido, había sentido que le faltaba el aliento. Luego ella le había sonreído con tan evidente afecto que Hazelmere había tenido que refrenar el impulso de besarla en medio del salón de baile de la duquesa de Richmond.

La tentación de proseguir su deambular por los salones adyacentes era fuerte. Hazelmere conocía muy bien Richmond House. Estaba seguro de poder encontrar una antecámara desierta donde la señorita Darent y él pudieran analizar con más profundidad la extraña reacción que provocaba en él su presencia. Hazelmere suspiró para sus adentros. Por desgracia, las conversaciones de tan íntimo carácter no se contaban entre los modos aceptables de cortejar a una joven dama durante la temporada.

Hazelmere se detuvo de mala gana y miró de nuevo a Dorothea, embelesándose con la perfecta simetría de su rostro y ahogándose en sus ojos de color esmeralda. Notó que aquellos ojos se abrían de par en par, divertidos e inquisitivos primero y luego, al permanecer él en silencio, cada vez más confundidos.

—Sepa usted, señorita Darent, que me estoy quedando sin ideas sobre cómo raptarla antes de que sus devotos admiradores la rodeen.

Dorothea sonrió y pensó que ojalá no pudiera oír él el latido enloquecido de su corazón. Ya no estaba segura de su capacidad para evitar que adivinara sus sentimientos. Teniéndolo delante, el hechizo que ejercía sobre ella era demasiado poderoso. Él había desarrollado cierto modo de mirarla que, haciéndola sentirse deliciosamente abrigada y temblorosa, llevaba a sus ingobernables pensamientos a terrenos en los que ninguno de los dos se podía adentrar. Las señoritas de buena crianza no debían saber tales cosas, y mucho menos alentar fantasías semejantes. Pensando que podría calentarse al sol de aquella mirada el resto de sus días, Dorothea procuró adoptar su habitual tono de conversación.

—Pues, al parecer, esta noche ha tenido éxito. ¡Me siento completamente abandonada!

—¿De veras? —murmuró él provocativamente—. Ojalá fuera así, querida.

A pesar de sus intenciones, a ella le costaba cada vez más mirarlo a los ojos con su acostumbrada impasibilidad. Hazelmere bajó finalmente la mirada para examinar su libreta de baile.

—Supongo que no debería decirle que, en este momento, lord Markham está hecho un manojo de nervios, buscándola por todo el salón. ¡No, no mire o la verá! Y la única razón por la que Alvanley, Peterborough y Walsingham no están haciendo lo mismo es porque saben que Robert la está buscando y no le quitan ojo. Noto, señorita Darent, que hay un vals justo antes de la cena, lo cual es una novedad muy bien pensada. He de recordar felicitar a la duquesa por su buen gusto. ¿Me concederá el honor, señorita Darent, de bailar conmigo el vals y permitirme luego que la acompañe a cenar?

Dorothea había conseguido recobrar la compostura durante el discurso de Hazelmere y fue capaz de contestar con serenidad.

—Será un placer, lord Hazelmere.

Él levantó una ceja.

—¿De veras?

Pero Dorothea renunció a contestar tan difícil pregunta y se limitó a sonreírle. Hazelmere se echó a reír y le acarició con un dedo la mejilla.

—Prométame que nunca refrenará su lengua, querida. La vida sería mucho más aburrida si lo hiciera.

Su caricia produjo un destello en los ojos de Dorothea.

—¡Ah, señorita Darent! ¡Lord Hazelmere! A sus pies, señor —sir Barnaby Ruscombe acababa de aparecer junto a Hazelmere. Este inclinó levemente la cabeza y Dorothea compuso su mejor sonrisa formal para saludar al más célebre charlatán de Londres. Sir Barnaby, sonriendo como si aquellos tibios saludos lo llenaran de satisfacción, agitó la mano señalando a la persona que llevaba del brazo, una mujer de edad indeterminada y rasgos afilados, vestida de la cabeza a los pies en un espantoso tono de marrón rojizo que contrastaba fatalmente con sus rizos pelirrojos.

—Permítanme que los presente. Señorita Darent, lord Hazelmere, la señora Dimchurch.

El intercambio de saludos y reverencias fue puramente superficial.

—Estoy segura de que la señorita Darent me recordará de las reuniones de Newbury —exclamó la señora Dimchurch. Hazelmere sintió que Dorothea se ponía rígida—. ¡Qué pena lo de su madre! Lady Cynthia y yo siempre manteníamos una agradable charla mientras vigilábamos a nuestras hijas —sus ojos penetrantes estaban fijos en el marqués—. Debo decir que me sorprendió saber que lady Cynthia lo conocía a usted, milord. Nunca me lo mencionó. Es extraño, ¿no le parece?

Aquella insinuación era un intento tan burdo de sorprender en falta al marqués, que Dorothea apenas logró mantener la compostura. Hazelmere, acostumbrado a las zancadillas de la buena sociedad, le concedió escasa importancia. Mirando a la insidiosa señora Dimchurch con una fría sonrisa, dijo suavemente:

—Dudo mucho, mi querida señora, de que lady Darent fuera de esas damas que presumen de conocer a alguien a quien solo han visto una vez, y de pasada. ¿No cree usted?

La señora Dimchurch se puso colorada como un pimiento, haciendo que su atuendo fuera aún más espantoso. Sin esperar respuesta, Hazelmere inclinó la cabeza mirando a sir Barnaby y, dirigiéndole una malévola sonrisa a la infortunada señora Dimchurch, se alejó hacia el centro del salón, lleno de gente. Una vez fuera del alcance de la importuna pareja, bajó la mirada hacia Dorothea.

—Mi querida señorita Darent, ¿a cuántos pelmazos como esos ha tenido usted que soportar? —dijo en tono compungido.

Ella se echó a reír y contestó alegremente:

—Oh, a casi ninguno —alzó la mirada, confiando en que Hazelmere también se riera, pero vio sorprendida que sus ojos castaños reflejaban auténtica preocupación. Antes de que pudiera meditar sobre aquel hecho, los acompañantes de ambos los localizaron.

Los salones estaban llenos a rebosar y seguían llegando invitados. Encontrar a una dama entre la multitud era extremadamente difícil. Habiendo perdido por completo a la señorita Darent, un invitado que la buscaba había preguntado si alguien había visto a Hazelmere, ya que, conociendo al marqués, probablemente la señorita Darent estaría con él. Mientras algunos arrojaban contra él diversos comentarios en su mayoría poco halagüeños, Hazelmere dejó cortésmente a Dorothea con sus galanteadores y desapareció entre la multitud.

Dorothea apenas podía creer que pudiera encontrarse a alguien entre el gentío que llenaba el salón de baile y se desparramaba entre los salones adyacentes. Ignoraba dónde estaban Cecily y su abuela, pero, conociendo a tanta gente, no se sintió perdida. Sus parejas de baile lograron de algún modo dar con ella llegado el momento del baile, cuando el salón se despejó como por milagro al iniciarse la música. Al acabar cada pieza, la pista se llenaba de nuevo con un bullicioso mar de damas primorosamente vestidas y de caballeros cuyos sobrios ropajes ofrecían un fuerte contraste. La velada transcurrió en un torbellino de conversaciones y bailes, y Dorothea no tuvo tiempo de sopesar la sutil transformación que había advertido en el marqués.

El único nubarrón que ensombrecía el horizonte era el persistente señor Buchanan. Este parecía rastrear como un sabueso sus erráticos pasos y continuamente aparecía a su lado como por arte de magia cada vez que ella decidía hacer una pausa. Por fin, Dorothea decidió pedirle consejo a Ferdie.

—¿Qué podría hacer para librarme de él? —gimió mientras bailaban una contradanza.

A pesar de que se apiadaba profundamente de ella, Ferdie, que ya había soportado la compañía del señor Buchanan más de la cuenta y a quien le faltaba la habilidad de Hazelmere para hacerlo callar a voluntad, no logró encontrar una fórmula mágica para librar a su protegida de tan inesperada carga.

—Lamento decirlo, pero es de esos que nunca se dan por aludidos. Tendrás que tener paciencia y esperar a que se esfume —entonces tuvo una idea—. ¿Por qué no le pides a Hazelmere que hable con él?

—Lord Hazelmere probablemente se partirá de risa si se entera de que el señor Buchanan anda persiguiéndome. Lo más seguro es que hasta le dé ánimos —contestó Dorothea.

Estaban separados por el movimiento del baile, de modo que ella no pudo ver el efecto que su respuesta surtía en Ferdie. Este procuró cerrar la boca y sacudió la cabeza. Personalmente, no podía imaginarse a Hazelmere alentando a nadie a perseguir a Dorothea, y mucho menos al importuno señor Buchanan, quien, a menos que se equivocara, era un cazafortunas de la variedad más inepta.

Hazelmere, que ya no se sentía en la necesidad de bailar con otras damas jóvenes para encubrir su interés por Dorothea, se pasó casi toda la velada departiendo con amigos, conocidos y buen número de parientes. Experimentó una sensación desagradable cuando, sintiendo que le tocaban el brazo, se dio la vuelta y vio el semblante severo de su hermana mayor, lady Maria Setford. Comprendiendo que su interés por Dorothea había llegado a oídos de su hermana, prefirió ignorar tenazmente los inquisitivos comentarios que ella hizo al respecto. Exasperada, lady Setford le recomendó finalmente que buscara a su otra hermana mayor, lady Susan Wilmot, quien también se hallaba en el baile y, al igual que ella, ardía en deseos de mantener una charla con él. Su hermano se limitó a mirarla con una expresión que, por suerte, ella era incapaz de interpretar, y se excusó con el pretexto de ir a ver a su madre, con quien debía hablar.

En realidad, pasó junto a lady Hazelmere, que se hallaba enfrascada en una conversación con Sally Jersey, y se detuvo un instante para susurrarle al oído:

—Mamá, sé que siempre has jurado que le fuiste fiel a mi padre, pero ¿cómo demonios explicas lo de Maria y Susan?

Lady Jersey, que lo oyó, rompió a reír con una risa entrecortada. Lady Hazelmere le hizo una mueca antes de preguntar:

—¿No habrán empezado ya a sermonearte?

—Estoy seguro de que les encantaría, solo que aún no han decidido si merece la pena —contestó su hijo, guiñándole un ojo mientras se alejaba.

Al igual que Ferdie, Hazelmere había recorrido el trayecto hasta Richmond House sumido en sus pensamientos. Un profundo desánimo lo había embargado esa mañana cuando había tenido que rehusar el placer de besar a Dorothea en el parque y había comprendido que tendría que hacerlo muchas otras veces durante algún tiempo. Dado que era por naturaleza autoritario y, tal y como suponía Dorothea, estaba acostumbrado a hacer su voluntad en casi todo, la necesidad de refrenar rigurosamente sus pasiones no lo atraía lo más mínimo. Había decidido ya que no podía pedirla en matrimonio hasta que la temporada estuviera mucho más avanzada. Ello no se debía a que creyera necesario más tiempo para conquistarla, ni a que temiera probar suerte. Se debía, más bien, a que, a diferencia de Dorothea, era muy versado en las costumbres de la alta sociedad. No podía estar completamente seguro de la respuesta de Dorothea, de modo que debía considerar la posibilidad de que lo rechazara. Y, dado que su galanteo se había desarrollado a plena vista de cotillas y correveidiles, semejante resultado en el apogeo de la temporada los colocaría a ambos en una situación bochornosa. Además, de ser así, lady Merion, Fanshawe, Cecily y Ferdie también se sentirían sumamente incómodos.

Su humor se había aligerado al enterarse de que Fanshawe se hallaba en una situación muy semejante. Siendo como era mucho más despreocupado que él, sin duda a Tony no le resultaría tan difícil soportar aquellas restricciones forzosas. Cecily, por otra parte, era todavía demasiado joven para hacer otra cosa que disfrutar cada momento como se presentaba. Pero Dorothea era harina de otro costal. Aunque jamás lo alentaba en modo alguno, aceptaba con perfecto dominio de sí misma las atenciones que le brindaba. Hazelmere suponía acertadamente que, siendo mayor, más madura y definitivamente mucho más independiente que la mayor parte de las debutantes, estaba más preparada y era más capaz de saborear las delicias de un galanteo sofisticado, en las que él estaba deseando introducirla. Su naturaleza apasionada, que Hazelmere sospechaba aún no había descubierto, no aliviaría precisamente la situación. Fue en este punto de sus cavilaciones cuando su sentido del humor salió en su rescate. ¡Qué irónico era todo aquello! Hazelmere se había apeado del carruaje con ánimo mucho más alegre que al montar en él, y los últimos vestigios de su melancolía se habían disipado por completo al ver entrar a Dorothea en el salón de baile.

Mientras paseaba por los salones, vio a lady Merion sentada en un rincón, charlando amigablemente con lady Bressington. Se detuvo para alabar audazmente los atuendos de ambas e intercambió con ellas las galanterías de rigor.

Advirtiendo de pronto que otros se les habían unido, se dio la vuelta para mirar a los recién llegados y, al hacerlo, sorprendió en lady Merion una mirada de fastidio. La causa se hizo evidente un instante después: la pareja que se había acercado no era otra que la formada por Herbert y Marjorie, lord y lady Darent.

Hazelmere había conocido a Herbert Darent años atrás, cuando aquel sobrio joven llegó por vez primera a la ciudad. Dos años más joven que el marqués, Herbert era también una cabeza más bajo y, ataviado con una chaqueta mal cortada, componía a su lado un figura penosa.

Tras dos minutos de conversación, Hazelmere comprendió plenamente la decisión de lady Merion de acoger bajo sus alas a las hermanas Darent. La idea de que dos perlas semejantes hubieran podido debutar en sociedad bajo los auspicios de lord y lady Darent era demasiado espantosa para tenerla en cuenta. ¡Cómo lo habrían embrollado todo! Para su mirada experimentada, Marjorie Darent carecía por completo de gracia o encanto, y sus comentarios solemnes acerca de las modernas costumbres sociales, proferidos a beneficio de sus acompañantes sin que mediara invitación previa, le producían sencillamente horror.

Lady Merion estaba tan horrorizada que se había quedado sin habla. Cuando Herbert intentó trabar conversación con Hazelmere acerca de los productos agrícolas, lady Merion pareció sulfurarse aún más. Sin embargo, mientras escuchaba a Herbert, quien en realidad apenas sabía nada de lo que estaba hablando, sermonear a Hazelmere, que por ser uno de los mayores terratenientes del país, tenía un interés algo más que académico en semejantes asuntos, le entraron ganas de reír y escondió rápidamente la cara tras el abanico.

Alzando la mirada, se topó con los ojos de Hazelmere, quien, astutamente, se llevó a lady Bressington con el pretexto de ir a buscar a su hija. Mientras se alejaban del brazo, Augusta Bressington exhaló un profundo suspiro de alivio.

—Gracias, Marc. Si no me hubieras rescatado, no sé qué habría hecho. ¡Pobre Hermione! ¡Qué pareja tan espantosa!

—Desde luego, no serán una de las sensaciones de la temporada —comentó él.

—Y pensar que Herbert procede de la misma cuna que esas dos encantadoras muchachas —continuó ella, olvidando momentáneamente el interés de Hazelmere en Dorothea. Al darse cuenta, se sonrojó, pero, al alzar la mirada hacia él, vio que se estaba riendo.

—¡Oh, no! Estoy seguro de que la madre de Herbert debió de echar alguna canita al aire, ¿no le parece?

Lady Bressington se quedó boquiabierta y luego rompió a reír. Apartando la mano de su brazo, le indicó agitando la mano que se fuera, y añadió que ahora comprendía por qué todas las chicas se encaprichaban con él.

Al oír procedentes del salón de baile unos acordes de Roger de Clovely que sabía que precedían al vals anterior a la cena, Hazelmere aceptó la despedida de lady Bressington de buena gana y regresó al salón en busca de Dorothea. Le costó poco esfuerzo encontrarla girando en la pista de baile con Peterborough. Deteniéndose un momento para captar la melodía y calcular dónde acabarían, se colocó junto a un extremo del salón. Cuando la música cesó, Peterborough hizo girar a Dorothea por última vez y se detuvo a unos pasos de distancia. Hazelmere se acercó a ellos.

—¡Qué considerado por tu parte, Gerry, traerme a la señorita Darent!

Peterborough se dio la vuelta, mascullando una maldición completamente inaceptable.

—¡Hazelmere! —gruñó—. Debería haberlo imaginado —mientras el marqués tomaba a Dorothea de la mano, añadió—: Supongo que le habrá concedido el baile de la cena.

—Exactamente —dijo Hazelmere, mirando con sorna a su amigo.

Lord Peterborough se giró hacia Dorothea y, con una seriedad que desmentía la expresión de su cara, dijo:

—Si yo fuera usted, señorita Darent, no querría cuentas con Hazelmere. No sé si se lo habrá dicho alguien, pero es demasiado peligroso como para que las señoritas tengan trato con él. Será mejor que se venga usted conmigo.

Dorothea se echó a reír ante aquel desmañado discurso. Pero la voz de Hazelmere llamó de nuevo la atención de Peterborough.

—La señorita Darent sabe cuán peligroso soy, Gerry —al oír sus palabras, los ojos de Dorothea centellearon. Alzando la mirada, se topó con los ojos inquisitivos de Hazelmere mientras este continuaba suavemente—. Pero ha decidido pasar por alto las peligrosas tendencias de mi carácter. ¿No es cierto, señorita Darent?

Consciente de que contestar a aquella provocación era sumamente impropio, Dorothea le lanzó una mirada fulminante. Él se volvió sonriendo hacia Peterborough y dijo tranquilamente:

—Adiós, Gerry.

—Oh, ya me voy, no temas. ¡Tenga cuidado, señorita Darent! —añadió con indiferencia y, esbozando una reverencia, desapareció entre la multitud.

Hazelmere se volvió hacia Dorothea y vio que esta había abierto su abanico.

—Se ha sonrojado usted, señorita Darent. Me pregunto si será por el gentío, por el baile, por los comentarios de Peterborough o por los míos.

Ella le sonrió y contestó con aplomo:

—Pues supongo que por una combinación de esas cuatro cosas.

—Entonces, ¿qué le parece si, en lugar de esperar el próximo baile, salimos a la terraza, donde veo que algunos invitados ya han salido a disfrutar del fresco de la noche?

Dorothea miró hacia donde le indicaba y vio que las amplias puertas del otro extremo del salón de baile que daban a la terraza estaban abiertas de par en par. Unas cuantas parejas paseaban a la luz de la luna. Dudaba de la sensatez de aventurarse en un escenario tan idílico acompañada de Hazelmere, pero se sentía, en efecto, extremadamente sofocada y el aire fresco de la noche parecía invitarla a salir.

Adivinando sus pensamientos, Hazelmere decidió por ella tomándola del brazo. Juntos cruzaron tranquilamente las puertas de la terraza. Dorothea dejó escapar una exclamación de sorpresa al ver los cuidados jardines bañados por la luz de la luna. Algunas parejas osadas habían bajado al jardín de más abajo, en el cual parecían como duendecillos a la suave luz de la noche. Hazelmere paseó junto a Dorothea sin romper el hechizo hasta el otro extremo de la terraza. Tenía muy buena memoria. Al otro lado de la casa, en un nivel inferior al del salón de baile, había un invernadero al que solo podía accederse desde la terraza. Sabiendo que la duquesa de Richmond era una anfitriona considerada, supuso que el invernadero estaría abierto. Al llegar al extremo de la terraza y doblar la esquina, vio que no se había equivocado.

—Bajando las escaleras hay un invernadero, que, si mal no recuerdo, da a un patio con una fuente. ¿Quiere que vayamos a investigar?

Aquella pregunta era una mera formalidad. Dorothea, extasiada por la belleza que la rodeaba, bajó sin pensarlo las escaleras junto a Hazelmere. En el interior del invernadero desierto, hallaron abiertas de par en par las puertas que daban al patio de la fuente. Al oír la música de los surtidores, Dorothea retiró la mano del brazo del marqués y se acercó a la puerta abierta para mirar aquella mágica escena. Los tres surtidores del patio estaban en funcionamiento, y la luz de la luna rielaba en cada gota de agua arrojada al aire quedo de la noche, para caer de nuevo con argénteo tintineo en las grandes cavidades de mármol. Dorothea permaneció ante la puerta, embelesada por la belleza de la escena.

Hazelmere cerró silenciosamente las puertas de la terraza y, acercándose a ella por la espalda, la echó hacia atrás para que se apoyara en él. Sintiendo sus manos en la cintura, Dorothea descansó la cabeza en su pecho. Por un instante permanecieron tan inmóviles como las estatuas de la fuente. Luego, impulsada por su propio demonio interior, Dorothea giró la cabeza y le sonrió. Había, a fin de cuentas, un modo de precipitar los acontecimientos.

Él reaccionó tal y como Dorothea esperaba. Haciéndola girarse delicadamente, inclinó la cabeza y depositó en sus labios un beso suavísimo. Al alzar la cabeza, ella tenía los ojos muy abiertos. Por un momento permanecieron perfectamente quietos, fundiendo sus miradas a la luz de la luna. Luego, muy despacio, él la hizo girarse por completo y la estrechó entre sus brazos. Dorothea alzó la cara y sus labios se encontraron en un beso que se apoderó de sus sentidos con suave certeza. Hazelmere emprendió su educación sensual con infinito cuidado, aumentando la audacia de sus caricias casi imperceptiblemente, de modo que Dorothea no se sintiera en exceso abrumada, pero mostrándole, paso a paso, cómo saborear el placer exquisito que él mismo creaba. Su control era absoluto y Dorothea, envuelta en su caricia, cedió por primera vez en su vida las riendas. Perdida la noción del tiempo, se dejó conducir por caminos en los que el gozo, tan exquisito como el rocío sobre una flor, aguardaba para recibirla. El paisaje sensual que conjuraban los besos de Hazelmere era para ella una nueva frontera en la cual cada descubrimiento despertaba una nueva clase de emoción. Cuando, finalmente, él la devolvió a la realidad, Dorothea se sentía aturdida, jadeante y exquisitamente feliz.

De pronto se hallaron bailando un vals en el invernadero iluminado por la luna, al son de la música que entraba por las ventanas abiertas desde el salón de baile, allá arriba. Dorothea decidió entregarse al placer de aquel instante. Hazelmere, mirando sus encantadoras facciones, serenas y sosegadas al fulgor de las estrellas, hizo lo mismo.

Al sonar el último acorde y detenerse, él apoyó firmemente la mano de Dorothea sobre su brazo y se dirigió a la puerta y la escalera de la terraza.

—¿Tenemos que irnos? —preguntó ella, remoloneando—. Esto es tan bonito...

—Sí —contestó él con firmeza.

Hazelmere sabía perfectamente lo que ocurriría si permanecían un instante más en aquel lugar apartado. Sería sin duda algo muy agradable, de no ser porque el marqués no ignoraba qué ocurriría después. Tras aquel pequeño interludio, no confiaba ya en sí mismo estando con ella, y sospechaba que, por muy inocente que fuera Dorothea, sentía tan poco aprecio como él por las normas que restringían su conducta. Ya suponía un gran esfuerzo refrenarse por los dos, como estaba haciendo en ese instante, pero, si además ella empezaba a tirar en la dirección contraria, la tentación de capitular sería demasiado grande. Lamentándose para sus adentros, Hazelmere cerró los ojos para intentar librarse de las embriagadoras imágenes que conjuraba su fantasía. Al abrirlos de nuevo, apretó con más fuerza el brazo de Dorothea y la condujo con resolución hacia la escalera de la terraza.

—Si nos perdemos la cena, su abuela verá confirmados los temores que le inspiro y probablemente me prohibirá volver a hablar con usted.

Mientras intentaba evaluar la probabilidad de que Hazelmere prestara atención a las reconvenciones de lady Merion, una leve sonrisa de felicidad curvó los labios de Dorothea, quien se dejó llevar por el marqués al interior del salón de baile. Casi inmediatamente después se toparon con Edward Buchanan.

—¡Señorita Darent, está usted sofocada! Quizá yo podría acompañarla a dar un paseo por el jardín. Estoy seguro de que lord Hazelmere la excusará —Dorothea estuvo a punto de echarse a reír al ver la mirada de reproche que el señor Buchanan lanzó al marqués.

Este, que conocía bien la causa del delicado rubor aún visible en la tez de alabastro de Dorothea, sonrió de modo tan malévolo que no pudo menos que traer a la memoria de Edward Buchanan su mala reputación y dijo:

—Muy al contrario. Lord Hazelmere se dispone en este momento a acompañar a la señorita Darent a cenar. Si nos disculpa...

Tras recibir una expeditiva inclinación de cabeza, Edward Buchanan descubrió que su presa lo había eludido de algún modo y había logrado escapar. El primer atisbo inquietante de la posibilidad de que la señorita Darent cayera cautiva de las perversas seducciones del gran mundo se despertó en su intelecto falto de imaginación.

Ya fuera del alcance de su oído, Dorothea preguntó:

—¿De veras estoy sofocada? —se sentía de maravilla, nada incómoda en absoluto, pero no pudo interpretar la lenta sonrisa que se extendió por la cara del marqués.

—Sí, deliciosamente —obtuvo por toda respuesta.

Tras pararse a hablar con diversos conocidos por el camino, llegaron por fin al comedor. Fanshawe y Cecily les habían guardado sitio en una mesa situada en un rincón y bien provista de manjares. Hazelmere ayudó a Dorothea a sentarse y, mientras, Fanshawe, tras mirar un instante a Dorothea, miró fijamente a su amigo, dándole a entender claramente que adivinaba lo sucedido entre ellos. Hazelmere le contestó con una sonrisa.

Aliviado al comprender que su amigo ya no estaba en la cuerda floja, Fanshawe se volvió hacia una excitada e insistente Cecily para asegurarle que la llevaría a ver el patio de los surtidores. Cuando se levantaron de la mesa, Fanshawe le dijo a Hazelmere:

—No olvides la promesa que le hicimos a tu madre. Yo ya he cumplido. No podría soportar que se pasara todo el camino de vuelta a Cavendish Square haciéndonos preguntas.

—¡Cielo santo, lo había olvidado! —Hazelmere le dirigió a Dorothea su más encantadora sonrisa—. Señorita Darent, mi madre está aquí, en alguna parte, y me ha hecho prometerle que se la presentaría. ¿Me permite que la lleve hasta ella?

Ella alzó las finas cejas mostrando perplejidad, pero consintió que la condujera en busca de la marquesa. Mientras atravesaba la multitud del brazo de Hazelmere, no pudo evitar comentar:

—Estoy tentada de preguntarle por qué lord Fanshawe tiene tanto interés en que cumpla su promesa.

Él se echó a reír y contestó:

—Yo no lo haría, si fuera usted. La respuesta no le haría ningún bien a su compostura.

La caricia de sus ojos hizo que Dorothea se sintiera extraña. Él al fin divisó a su madre sentada en un diván, en un rincón de uno de los salones, charlando animadamente con un conocido. Al verlos acercarse, la marquesa se retiró discretamente y Hazelmere hizo las presentaciones, tal y como había prometido.

Las cartas de sus amigas habían preparado a lady Hazelmere para encontrar en Dorothea Darent a una muchacha particularmente bonita. Pero la asombrosa beldad a la que su hijo le presentó era considerablemente más atractiva de lo que esperaba. La marquesa sonrió entusiasmada al ver a aquel ángel ataviado de satén de color marfil.

Indicándole a Dorothea que tomara asiento a su lado, lady Hazelmere miró a su hijo abriendo mucho los ojos, indicándole lo mucho que le había impresionado su buen gusto. Hazelmere, interpretando correctamente aquella mirada, le devolvió una sonrisa que parecía decir claramente: «Bueno, ¿y qué esperabas?». Advirtiendo signos inequívocos de que su madre deseaba quedarse a solas con Dorothea, no le quedó más remedio que obedecer. Tras despedirse de Dorothea, recordó otra cosa y partió en busca de lady Merion.

Liberada de la presencia de su hijo, lady Hazelmere descubrió que los enormes ojos verdes de Dorothea la observaban con atención. Dando muestra de una desenvoltura nacida de la experiencia, dirigió la conversación hacia temas de lo más corriente, evitando cuidadosamente cualquier referencia a su hijo. Pronto descubrió que la joven que tenía ante ella poseía temple y dominio de sí misma, además de una refrescante franqueza.

No resultaba difícil comprender el interés de su hijo por la encantadora señorita Darent. Lady Hazelmere no albergaba ninguna duda acerca de su intención de casarse con ella. De no ser así, jamás habría accedido a presentársela. A medida que la conversación progresaba, lady Hazelmere descubrió que a los encantos de la señorita Darent había que unir el sentido del humor y la rapidez de ingenio, y se sintió sumamente complacida por la elección de su hijo.

Para cuando lord Alvanley fue a solicitar la compañía de Dorothea para el último baile de la velada, lady Hazelmere se estaba preguntando cuánto tiempo más podría esperar su hijo. Mientras Dorothea se alejaba del brazo de Alvanley, se preguntó si la conquista de aquella distinguida joven sería tan fácil como su hijo sin duda anticipaba. Dejándose llevar por un arrebato de emociones muy poco maternales, deseó que, por el bien de Dorothea, no fuera tan fácil. Hazelmere estaba demasiado acostumbrado a hacer cuanto quería. No le iría mal una cura de humildad.

CAPÍTULO 8

La tarde siguiente halló al marqués revisando varios documentos referentes a la administración de sus propiedades, que su madre le había llevado desde Hazelmere. Con los años, había adoptado la costumbre de hacer fugaces visitas a sus dominios mientras pasaba la temporada en Londres, acomodando las salidas a sus numerosos compromisos sociales. Ese año, sin embargo, había descuidado los negocios mientras cortejaba a la señorita Darent. Pero, siendo como era un propietario responsable, sabía que no podía seguir posponiendo su visita a Hazelmere.

Al mirar el reloj de la chimenea, vio que faltaba un cuarto de hora para las tres. El tiempo era propicio. Una leve brisa mecía los brotes de los cerezos de la plaza. Llamó a Mytton y dio orden de que llevaran de inmediato a la puerta la calesa enganchada con las dos yeguas grises. Luego subió al piso de arriba y dio instrucciones a Murgatroyd. Diez minutos después, impecable como siempre con sus botas de caña alta y su refinada levita de Bath, bajó la escalinata de Hazelmere House, montó en su calesa encapotada, le indicó a Jim Hitchin que se apartara y añadió:

—Prepárate para partir hacia Hazelmere en cuanto vuelva.

Guió la calesa hasta el otro lado de la plaza y se detuvo frente a Merion House. Le lanzó las riendas a un mozo y subió tranquilamente los escalones de la entrada. Fue Mellow quien le abrió la puerta.

—¿Está la señora en casa, Mellow?

—Lamento decirle que su señoría no está disponible en este momento, milord.

Hazelmere frunció el ceño.

—En ese caso, tal vez pueda preguntar si la señorita Darent podría dedicarme unos minutos.

—Desde luego, milord.

Mellow lo acompañó al salón y marchó en busca de la señorita Darent. Mientras subía las escaleras, el mayordomo se preguntó si debía arriesgarse a despertar a su señora. Tras sopesar la idea, la desechó finalmente. El marqués había llevado su calesa y dado órdenes de que se la tuvieran preparada. Viendo que la señorita Darent estaba sola en el salón del piso de arriba, le transmitió el mensaje de lord Hazelmere.

Dorothea, recordando lo sucedido en el invernadero de Richmond House, dudaba de la conveniencia de encontrarse con Hazelmere a solas. Pero Cecily había salido a pasear en coche con lord Fanshawe y lady Merion aún no había salido de su habitación. Así pues, bajó al salón, pero tuvo cuidado de dejar la puerta abierta al entrar. Hazelmere, a quien no le pasaban desapercibidas tales sutilezas, sonrió afectuosamente mientras la tomaba de la mano y se la besaba, como se había convertido en costumbre.

—Señorita Darent, ¿quiere venir conmigo a pasear en coche por el parque?

Ferdie le había dicho a Dorothea que Hazelmere rara vez llevaba a una señorita a pasear en coche por el parque. Así pues, Dorothea era consciente del honor que se le ofrecía. Pensando que no podía rehusar semejante invitación, contestó con presteza:

—Sí, desde luego, si no le importa esperar a que recoja mi capa.

Hazelmere le soltó la mano y, conociendo el sentido femenino del tiempo, se sintió impelido a añadir:

—Diez minutos, ni uno más.

Dorothea se echó a reír y salió de la habitación. Para sorpresa del marqués, regresó antes de transcurridos los diez minutos y, al abandonar la casa, profirió una exclamación que revelaba cuánto sabía ya acerca de sus costumbres.

—¡Dios mío, ha traído sus yeguas grises!

Hazelmere tomó las riendas, le dio una propina al mozo y se montó en el asiento. Al inclinarse para ayudarla a subir, dijo:

—Así es, señorita Darent. Pero ¿qué sabe usted de mis yeguas?

Aquel dardo erró el tiro, sin embargo, pues Dorothea contestó con perfecta compostura:

—Ferdie me ha dicho que rara vez lleva usted sus yeguas al parque.

Ferdie le había dicho mucho más que eso. Las yeguas grises de Hazelmere eran consideradas las más veloces y mejor ayuntadas de todo el país. A decir de Ferdie, al marqués le habían ofrecido grandes sumas por ellas, pero, puesto que las había criado en los dominios de los Henry, no quería separarse de ellas por precio alguno.

—Ah, Ferdie —dijo Hazelmere, comprendiendo de pronto que la labor de espionaje de Ferdie podía actuar en un doble sentido.

La conversación quedó por fuerza interrumpida cuando el marqués hubo de concentrarse en las calles atestadas, cuyas imágenes y sonidos atraían la atención de las fogosas yeguas. Dorothea no pudo menos que admirar la habilidad con que el marqués alcanzó las puertas del parque. Una vez dentro, la calesa adquirió un paso más sosegado y Hazelmere fijó su atención en ella.

Por suerte para él, Dorothea no llevaba sombrero, de modo que su cara, rodeada de rizos oscuros, quedaba por completo visible. Mientras la observaba, ella giró la cabeza y le sonrió, alzando las cejas inquisitivamente.

Tras considerarlo cuidadosamente a la luz desapasionada de

la mañana, Dorothea había llegado a la conclusión de que lo ocurrido en el invernadero no significaba nada decisivo. Ella misma había provocado aquella situación en la esperanza de que la actitud de Hazelmere le ofreciera algún indicio acerca de sus sentimientos. Pero, pese a haber sido deliciosamente excitante, el resultado le había aclarado bien poco. Nunca había dudado de la capacidad de Hazelmere para instruirla en placeres prohibidos. Y aunque deseaba ardientemente que él dijera algo, cualquier cosa, que explicara su actitud hacia ella, estaba segura de que no elegiría el parque para hacerlo. Sin embargo, era de esperar que la hubiera llevado allí para decirle algo.

—Señorita Darent, acabo de saber que he de ausentarme de Londres unos días. La administración de los negocios exige mi presencia en Hazelmere.

—Comprendo.

A Dorothea no le extrañó la noticia. De haberse parado a pensar en ello, habría dado por descontado que el marqués debía visitar sus dominios con frecuencia. Entonces recordó su baile de debut. El cielo pareció ensombrecerse. Se volvió hacia él con expresión pensativa, preguntándose cómo le haría aquella pregunta. Hazelmere, adivinando sus pensamientos, resolvió el dilema por ella.

—Regresaré el martes por la tarde, de modo que la veré el miércoles por la noche.

Advirtiendo que su cara volvía a iluminarse, Hazelmere sintió la repentina necesidad de sondear nuevamente sus sentimientos hacia él. Su respuesta en el invernadero había sido muy reveladora. Hazelmere sintió la tentación de pedirle allí mismo que se casara con él, pero el desagrado que le producía intentar conversar con una dama al tiempo que intentaba controlar a un par de fogosos caballos le hizo refrenar su impulso. Habría tiempo de sobra más adelante, en circunstancias más apropiadas. «¡Dios mío!», pensó, asombrado. «Imagínate, ¡declararte en medio del parque!».

Siguieron paseando, deteniéndose de vez en cuando para saludar a algún conocido. Hazelmere, que no deseaba hacer esperar a sus caballos, procuraba reducir al mínimo aquellas interrupciones. Al completar la vuelta, dirigió la calesa hacia las puertas.

—Está cambiando el tiempo, señorita Darent, así que confío en que no le importe que la lleve de vuelta a Cavendish Square de inmediato.

—En absoluto —contestó ella—. Sé que debo sentirme honrada por haber paseado con sus yeguas.

Al alzar la mirada, se encontró con la cálida mirada de Hazelmere.

—Así es, niña mía —murmuró él—. Y recuerde portarse bien en mi ausencia.

Enojada por su tono paternalista, Dorothea se giró hacia él con intención de dedicarle algún comentario sarcástico, pero, al ver la mirada inquisitiva de sus ojos extrañamente brillantes, recordó que Hazelmere la había salvado de más de una situación comprometida. Al salir a la calle e incorporarse al tráfico, los caballos reclamaron de nuevo la intervención de Hazelmere y Dorothea se libró de responder. Cuando llegaron a Cavendish Square, estaba convencida de haber hecho bien ignorando el último comentario del marqués.

Hazelmere se detuvo ante Merion House, bajó de la calesa y la ayudó a apearse. La escoltó escaleras arriba y, al tiempo que Mellow abría la puerta, se llevó su mano a los labios y dijo con una sonrisa:

—*Au revoir*, señorita Darent. Hasta el miércoles.

El domingo y el lunes, las hermanas Darent asistieron a cierto número de pequeñas reuniones sociales que habían de preceder a su baile de debut. Cecily coqueteaba entusiásticamente con sus jóvenes admiradores, en su mayoría tan inocentes como ella, mientras que Dorothea se abstenía cuidadosamente de alentar las esperanzas de los jóvenes inexpertos que se rendían a sus pies. Sin embargo, su gélida condescendencia no parecía arredrar a Edward Buchanan. Por desgracia para ella, hasta la propia lady Merion era de la opinión de que el tiempo era la única cura para aquella peste en particular. De modo que, para su profunda irritación, Dorothea se halló en compañía del señor Buchanan con más frecuencia de la que hubiese querido. Su forma de hablar le aburría, mientras que sus constantes y cada vez más insistentes conatos de galanteo despertaban en ella un sentimiento bien distinto. Solo lograba mantener la cordura gracias a las atenciones de lord Peterborough, Alvanley, Desborough y compañía, quienes, para su regocijo, parecían casi tan duchos como Hazelmere en el sutil arte de desinflar las pretensiones de otros.

Lady Merion miraba desconcertada la lista que tenía en la mano. ¿Era aquel realmente el mejor arreglo posible? Llevaba desde primera hora de la mañana de aquel martes gris enfrascada en la ardua tarea de decidir los puestos de la mesa para la cena del miércoles por la noche. La casa estaba patas arriba, el personal de cocina y las floristas habían empezado a montar los caballetes y mesas donde al día siguiente habían de mostrar sus creaciones. Los criados estaban por todas partes, limpiando y sacando lustre a cada pieza de bronce, plata y cobre de la casa, bruñendo cada candelabro. La noche siguiente sería el punto culminante de la temporada en lo que a ellas concernía, y ni uno solo de los encopetados invitados de lady Merion debía encontrar el mínimo defecto.

Mirando el reloj dorado de la repisa de la chimenea, lady Merion vio que era casi la hora de comer. En una última búsqueda de errores en la organización del baile, volvió a fijar su atención en la lista. Dándose por satisfecha, la dejó a un lado y bajó al saloncito de día, donde se servían esa semana todas las comidas, en tanto el comedor y el salón eran redecorados. Con ayuda de Ferdie Acheson-Smythe, versado en todo cuanto estaba de moda, lady Merion había decidido que las habitaciones principales de la casa quedarían bien en un azul pálido muy claro, con ligeros toques de blanco y plata, mucho más efectivos que el habitual blanco y oro. La misma combinación de colores se repetía en las zonas principales de la casa y se extendía al salón de baile. Las flores que decoraran este debían ser jacintos azules y blancos, anémonas blancas y jazmines del mismo color.

La mezcla de azul pálido, blanco y plata debía procurar el trasfondo perfecto para los trajes de baile de sus nietas. Estos, culminación de un esfuerzo prodigioso, estaban considerados, según Celestine, como las mejores piezas que había dado su genio. El vestido de Dorothea había resultado al mismo tiempo difícil e inmensamente satisfactorio. La propia Celestine había recorrido los almacenes de tejidos buscando la seda adecuada, de un color verde que se conjugaba a la perfección con los ojos de Dorothea. El vestido era impresionante en su simplicidad. De corte tan bajo que una debutante más joven no habría podido ponérselo, su escote corría en paralelo a las pequeñas mangas abullonadas, dejando los hombros casi desnudos. El corpiño era singularmente ceñido. Desde la alta línea de la cintura, la falda caía con suavidad sobre las caderas y a continuación se precipitaba pesadamente hasta el suelo.

El vestido de Cecily, aunque menos impactante, era también una brillante muestra de sencillez. Confeccionado en seda de un claro y cristalino color aguamarina, con escote redondeado y cintura alta, recamado con pequeñas perlas, realzaba la juvenil figura de Cecily sacándole su máximo partido.

A pesar de que el cielo estaba nublado, esa mañana, como de costumbre, las hermanas habían salido a pasear por el parque y desde su regreso habían estado ocupadas con el correo. Al reunirse con su abuela alrededor de la mesa del almuerzo, siguieron charlando con su acostumbrada naturalidad, contándole lo que habían visto y a quién habían saludado. Pero, al mirar sus rostros felices, lady Merion sintió una punzada de tristeza. Pronto, muy pronto, aquellas dos alegres muchachas se habrían ido y su casa recuperaría su existencia rutinaria. Y a lady Merion no le apetecía en absoluto la perspectiva de un porvenir tan sosegado.

Lady Merion decretó que el día del baile no habría paseo a caballo. Las chicas debían quedarse en la cama hasta las diez, hora a la que podrían reunirse con ella en el salón de día para desayunar y abrir los regalos de debut que habían enviado sus numerosos amigos. Podían pasear a pie por la plaza si querían, pero después de la comida se retirarían a descansar hasta que llegara la hora de vestirse. Le causaba horror que Cecily enfermara por culpa de la excitación o, peor aún, que Dorothea sucumbiera a una migraña.

Al oír los planes para el día, Dorothea declaró sarcástica que lo más probable era que ella cayera en estado de coma por culpa del aburrimiento. Sin embargo, agradecida por los muchos esfuerzos de su abuela, aceptó plegarse a sus requerimientos.

Cuando las hermanas se presentaron ante la mesa del desayuno, esta estaba cubierta de ramos de flores, cajas y paquetitos de todas clases. Llamaron a Trimmer, a Betsy y a Witchett para que les echaran una mano, y ambas jóvenes, haciendo caso omiso de la comida, se pusieron a rebuscar entre el montón de regalos. Lady Merion, que acertó a entrar en medio de esta escena, se detuvo en seco, llena de asombro.

—¡Cielo santo! Creo que nunca he visto una cosa semejante —añadió dos cajas al montón, una enfrente de cada una de sus nietas—. ¡Bueno, queridas! No creo que ninguna abuela tenga dos nietas que le hayan dado tantas alegrías.

Las hermanas se levantaron, e impulsivamente abrazaron y besaron a su abuela antes de abrir los regalos. Cecily recibió un delicado broche de perlas hecho expresamente para adornar el escote de su vestido de baile. Al abrir el estuche de cuero rojo que halló bajo el envoltorio de su paquete, Dorothea dejó escapar una exclamación de asombro al ver la sarta de esmeraldas perfectas que contenía.

—¡Oh! ¡Abuela! ¡Son preciosas!

Después de que se probaran y admiraran los regalos, lady Merion las apremió a seguir abriendo los presentes y, entusiasmada, se unió al juego de exclamaciones y risas que proferían sus nietas al descubrir quién había mandado tal o cual cosa. Aunque los regalos de ese día eran mucho más espectaculares, ambas jóvenes habían recibido a lo largo de la temporada gran cantidad de ramos de flores, poemas y cosas parecidas. Sin embargo, y a pesar de que con frecuencia recibía flores de lord Alvanley y los demás miembros del círculo de amigos de Hazelmere, todos los cuales, de un modo u otro, se habían rendido a sus pies, del marqués Dorothea no había obtenido ni tan siquiera una rosa. Ignoraba que Hazelmere, experto en tales materias y conocedor de las estrategias de sus adversarios, había decidido deliberadamente no enviarle tales presentes. Así pues, cuando encontró un pequeño paquete entre el montón y, al desenvolverlo, descubrió un estuche de Astley's, no lo relacionó con él.

Era habitual mandarles joyas a las debutantes. Apartó los envoltorios que había alrededor y despejó una parte de la mesa para poder examinar con mayor atención aquel regalo.

—Me pregunto quién habrá mandado esto —murmuró para sí misma.

Lady Merion la oyó y se acercó a ella.

—¡Qué extraño! Ábrelo, querida, y veamos qué es. Seguramente habrá una tarjeta dentro.

Al abrir el estuche, sin embargo, no hallaron tarjeta alguna. Dentro había un broche extraordinariamente delicado, compuesto de esmeraldas y rubíes engarzados en oro, con forma de mora silvestre. Una lenta sonrisa apareció en el rostro de Dorothea. ¡Qué audacia!

Lady Merion, viéndola sonreír, quedó desconcertada. Fue Cecily quien, al apartar un momento la mirada de sus regalos y ver el broche, comprendió de inmediato.

—¡Vaya! ¿Es de lord Hazelmere? —fijando sus ojos castaños en la cara ruborizada de su hermana, Cecily se echó a reír.

Lady Merion advirtió todas estas cosas, aunque no atinaba a adivinar qué demonios tenían que ver las moras con Hazelmere. Sin embargo, conociendo al caballero en cuestión, adivinó que el regalo estaba muy lejos de ser inocente, y dijo con firmeza:

—Dorothea, te prohíbo que lleves eso esta noche.

—¡Oh, no! No hagas eso, abuela. Mira, esta nota del señor Astley dice que se ha tomado la libertad de diseñar el broche de modo que pueda usarse como colgante, prendiéndolo de la sarta de esmeraldas. ¡Qué considerado!

Dorothea examinó el broche y la sarta de esmeraldas, descubrió cómo encajaban y miró atentamente la joya. Era esta de un equilibrio perfecto, y parecía cara y absolutamente única.

—Dorothea, no sé qué significará ese broche, ni estoy segura de querer saberlo —declaró lady Merion en su tono más autoritario—. Pero, sea lo que sea lo que pretende Hazelmere, no puedes ponértelo esta noche. Piensa en cómo llamaría la atención. ¿Cómo pretendes mirar a la cara a lord Hazelmere llevándolo puesto?

—Pues espero que con mi aplomo de costumbre —contestó su nieta—. No puedo rehusar este desafío, abuela, lo sabes perfectamente.

Lady Merion pensó que ella no sabía nada en absoluto y comenzó a sospechar que Hazelmere estaba arrastrando a Dorothea hacia aguas profundas. Pero, en aquellas circunstancias, había en realidad muy poco que ella pudiera hacer.

El único cambio en los rígidos planes de lady Merion fue culpa de Edward Buchanan. Este se presentó sin previo aviso en la puerta y se negó en redondo a aceptar la fría acogida de Mellow, quien lo informó de que las señoras de la casa no podían recibirlo. Por fin, gracias a que atinó a mencionar a Herbert Darent, logró que el mayordomo le permitiera pasar al salón de día mientras iba a trasladarle su mensaje a la señora.

Lady Merion bajó sofocada de indignación y entró apresuradamente en el salón. Cinco minutos después, salió con aire de asombro de la habitación y fue en busca de la mayor de sus nietas.

Aquello fue peor de lo que Dorothea había imaginado. Lady Merion había mencionado un ramo de margaritas, ¡nada menos que de margaritas!, que ya empezaba a marchitarse. Pero lo que no acertaba a describir era la inusitada fatuidad del hombre que sostenía dicho ramo.

—¡Ah, señorita Darent! —de pronto, el señor Buchanan pareció quedarse sin palabras. Luego, recuperando la peculiar desenvoltura de su lengua, dijo—: Sospecho, querida mía, que sabe usted muy bien por qué estoy aquí —su tono hizo que Dorothea empezara a sentirse mal. Por fortuna, él estaba al otro lado de una mesita redonda, y allí quería Dorothea que se quedara. Él no pareció encontrar nada extraño en su silencio y prosiguió con obstinada alegría—. ¡Sí, querida mía! He venido a solicitar el honor de su mano. Dudo de que esperara usted una declaración tan pronto, antes incluso de su baile de debut. No hay muchas jóvenes que puedan presumir de establecerse ventajosamente antes de ser presentadas en sociedad, ¿no le parece?

Ella no pudo soportarlo más.

—Señor Buchanan, le agradezco su oferta, pero me temo que no puedo consentir en casarme con usted.

—Oh, eso no es ningún problema, querida. Edward Buchanan sabe cómo se hacen estas cosas. Lord Herbert ya me ha dado su consentimiento. Lo único que hace falta es que diga usted que sí y podremos anunciarlo esta noche, en el baile.

Hazelmere, siendo como era mucho más perspicaz que el señor Buchanan, podría haberle dicho que eso era justamente lo que no debía decírsele a una señorita tan independiente como Dorothea Darent. Sofocada, no hizo ningún esfuerzo por disimular la repugnancia que sentía.

—Señor Buchanan, me temo que sus esfuerzos van desencaminados. Herbert Darent tal vez sea mi tutor, pero no tiene autoridad para obligarme a casarme. No aceptaré su proposición. No albergo ningún deseo de casarme con usted. Confío en haber sido suficientemente clara. Y ahora, si me disculpa, estoy muy ocupada. Mellow le enseñará la salida.

Salió de la habitación con la cabeza muy alta y, tras detenerse un momento para indicarle a Mellow que acompañara a su inesperado visitante, subió resueltamente al piso de arriba.

Más tarde, esa misma noche, justo antes de que comenzaran a llegar los invitados a la cena, lady Merion, de pie en el pasillo, observó a sus nietas bajar las escaleras. El pecho se le hinchó de orgullo y de merecida satisfacción. ¡Estaban soberbias!

Cecily, que iba delante, y el destello de cuyos grandes ojos marrones desmentía cualquier intento de seriedad por su parte, parecía la viva imagen de la inocencia infantil. ¡Pero Dorothea...! Asombrosamente bella, Dorothea, cuyo temple innato realzaba el impresionante efecto del vestido, bajó con elegancia las escaleras. Así vestida, componía una visión que hubiera hecho detenerse el corazón de cualquier hombre. Sobre todo, el de Hazelmere, pensó su abuela con regodeo cuando sus ojos se posaron sobre el colgante con forma de mora. Dorothea había hecho bien al ponérselo, pues el fulgor verde y rojo de las gemas sobre la piel de alabastro de su nieta dotaban al conjunto de una inigualable belleza.

Unos minutos después, Mellow anunció a Ferdie, que había prometido llegar temprano para prestarles su apoyo y que, al entrar en el salón, se quedó parado, con los ojos clavados en ellas.

—¡Madre mía! —fue cuanto logró decir el elegante señor Acheson-Smythe. Las tres damas se echaron a reír, y una atmósfera mucho menos formal recibió al resto de los invitados, que empezaron a llegar poco después.

El murmullo de las conversaciones invadió pronto el salón. Lady Jersey y la princesa Esterhazy elogiaron a las dos muchachas con evidente sinceridad. Cuando Dorothea se alejó para hablar con la señorita Bressington, Sally Jersey se volvió hacia lady Merion.

—Querida, estoy deseando ver la cara que pone Hazelmere cuando cruce la puerta y vea a esa preciosidad.

—¡Qué cosas dices, Sally! Yo estoy temiendo que él o Dorothea se olviden de dónde están y hagan algo impropio esta noche.

—Pues, por una vez, no creo que nadie pudiera reprochárselo a lord Hazelmere.

Justo en ese momento, Mellow anunció al marqués y la marquesa viuda de Hazelmere. A pesar de que nadie se atrevió a mirarlos fijamente, Hazelmere advirtió que todas las miradas, salvo la de ciertos ojos verdes, estaban posadas en él. Resistió la tentación de mirar a Dorothea y con su habitual desenvoltura condujo a su madre a presentar sus respetos a lady Merion.

Lady Hazelmere, por su parte, buscó a Dorothea con la mirada y, en voz baja, le dijo a su hijo:

—¡Querido, estás perdido! Esa chica es la cosa más bonita que he visto nunca.

Hazelmere contestó con mirada divertida:

—Gracias, mamá. Ya me lo había figurado, por cómo me miran todas esas arpías.

Lady Hazelmere se echó a reír y, dándose la vuelta, fue a felicitar a lady Merion. Dejando a su madre con el grupo de viejos amigos que rodeaba a su anfitriona, Hazelmere se confundió hábilmente entre la gente.

Poco después de los Hazelmere llegaron los Eglemont. Aprovechando el revuelo que causó su llegada, y mientras lord Fanshawe saludaba a Cecily Darent, Hazelmere se acercó a Dorothea, la cual se hallaba en ese momento conversando con la hermana menor del marqués, lady Alison Gisborne, una mujer rubia y vivaz que, sabiendo sin duda quién era la enamorada de su hermano, se había presentado personalmente a Dorothea. Al verlo, sonrió ampliamente y exclamó:

—¡Hola, Marc! Sí, ya me voy a ver a mamá, que seguro que

se está muriendo de ganas de decirme algo —se echó a reír y se alejó.

—Qué bien me entiende mi hermana pequeña —murmuró él, llevándose la mano de Dorothea a los labios, como de costumbre. Se sentía aliviado por haber dispuesto de unos minutos para acostumbrarse a la belleza que irradiaba Dorothea esa noche.

Ella se aventuró a mirarlo y notó que sus ojos castaños brillaban y que, al sonreírle él, el resto de la estancia desaparecía. Devolviéndole la sonrisa, dijo:

—He de darle las gracias por su regalo, lord Hazelmere.

—Ah, sí. Confiaba en que sirviera de símbolo de agradables recuerdos —contestó él, alzando un dedo para tocar el colgante y resistiendo a duras penas la tentación de acariciar la piel de Dorothea.

Ella había esperado un comentario osado.

—Sí, los bosques de Moreton Park siempre me han parecido sumamente apacibles —su serenidad era tan perfecta que, de no haberla conocido mejor, Hazelmere habría pensado que ya no recordaba su primer encuentro.

Sonriendo, él la dejó sin aliento al murmurar provocativamente:

—Se ha convertido usted en tan experta duelista, querida mía, que me temo que tendré que recurrir a métodos más... directos.

Los ojos esmeralda volaron a los suyos, pero Hazelmere no pudo saber qué iba a contestarle, pues en ese preciso instante se acercó a ellos Marjorie Darent. El resto de los invitados había tenido el buen sentido de no interrumpir la conversación entre la señorita Darent y lord Hazelmere, pero lady Darent no parecía sentir los mismos escrúpulos. Viendo a Dorothea monopolizada por un hombre al que consideraba poco menos que un canalla, consideró su deber intervenir. Acababa de llegar, aún no había hablado con Dorothea y, como era corta de vista, no distinguió por completo el vestido de Dorothea hasta que estuvo a unos pasos de esta.

Dedicándole al marqués lo que, en su opinión, era una discreta sonrisa, se dirigió inmediatamente a Dorothea.

—¡Querida! ¿No crees que un chal quedaría muy bien encima de ese vestido?

Hazelmere sintió que Dorothea se envaraba y, casi imperceptiblemente, se acercaron el uno al otro.

—Creo que no, prima —contestó ella, refrenando con esfuerzo su enojo—. No tengo frío. Y además —continuó apresuradamente, viendo que su prima se disponía a continuar—, no quisiera avergonzar a la abuela adoptando una forma de vestir tan provinciana.

Lady Darent se puso tan tiesa como un palo. Conteniendo las ganas de aplaudir, dijo Hazelmere:

—Señorita Darent, creo que mi madre está intentando atraer nuestra atención. Si lady Darent nos disculpa... —saludando a la enojada dama con una leve inclinación de cabeza, se llevó a Dorothea resueltamente fuera de la órbita de su prima. Mientras se alejaban, volvió a admirar su belleza—. Buena chica. Si no le hubiera dado usted esa contestación, me temo que a mí se me habría ocurrido algo mucho peor. Recuérdeme que, en las... habilidades que aún tengo que enseñarle, no incluya la de insultar a alguien.

Dorothea dejó escapar una risita ahogada y fijó sus ojos brillantes en el rostro de Hazelmere. La madre del marqués, hacia la que se encaminaban, contempló aquel intercambio de miradas con una peculiar sonrisa. Nunca había confiado en ver a su hijo tan obviamente enamorado.

El zumbido de las voces continuó y el calor del salón siguió aumentando hasta que Mellow, resplandeciente con una librea nueva de cola muy larga, anunció la cena. A Hazelmere, por ser el caballero de mayor rango entre los presentes, le correspondía acompañar a lady Merion, pero Herbert Darent decidió arrogarse aquel honor, dejando que el marqués acompañara a la señorita Darent. Lord Fanshawe escoltó a Cecily, y los otros se ocuparon dócilmente de sí mismos.

La cena fue un éxito y ni un solo incidente amargó el placer de lady Merion. La conversación fluía por todos lados. Hasta Marjorie parecía haber encontrado alguien afín en el almirante medio sordo sentado a su lado. Tal y como esperaban todos, Hazelmere y Dorothea parecían ajenos a cuanto los rodeaba, al igual que Cecily y Fanshawe al otro lado de la mesa. Gracias a la estrategia de lady Merion, nadie se sintió ofendido por la actitud de las dos parejas, salvo lord y lady Darent. Pero, por suerte, aquellas dos figuras ceñudas estaban lo bastante apartadas como para no ensombrecer la chispeante escena que tenía lugar en el centro de la mesa.

Al ser retirado el último plato, las señoras se levantaron y se dirigieron al salón, dejando a los caballeros con su oporto. En una cena previa a un baile, aquella separación ritual se reducía por lo general al mínimo. Pero lady Merion no quería arriesgarse. Había recabado la ayuda del conde de Eglemont para asegurarse de que Herbert no empezaba a discursear como tenía por costumbre, aburriendo a todo el mundo.

Para cumplir tal servicio, lord Eglemont resultó una elección muy acertada. Eglemont sabía que ninguno de los caballeros más jóvenes sentía la menor inclinación por matar el rato bebiendo oporto. ¿Y quién podía reprochárselo? En su opinión, un baile era para divertirse, y hasta él hubiera preferido regresar al salón y observar cómo se las ingeniaban Marc y Tony, y hasta lord Harcourt y Ferdie, en vez de quedarse escuchando al pomposo charlatán de Herbert Darent.

Así pues, Herbert vio cómo lord Eglemont acababa con la conversación que había iniciado acerca de las más novedosas ideas sobre la rotación de cultivos y, dándole la vuelta, volvía a usurparle su papel protagonista mientras conducía a los caballeros de regreso al salón.

Lady Merion suspiró aliviada al verlos regresar. La estancia vibraba agradablemente con el zumbido de las conversaciones de los grupos de jóvenes y mayores dispersos por ella. Al entrar en el salón, Hazelmere y Fanshawe hallaron a las señoritas Darent charlando alegremente con un grupo de amigos y, comprendiendo que su sentido de la discreción les impedía apartarlas de ellos, procuraron pasar desapercibidos. Hazelmere se acercó a su madre.

—¡Ah, mamá! Quería preguntártelo antes. ¿Sabes si mis queridísimas hermanas mayores nos honrarán con su presencia esta noche?

Las estiradas hijas mayores de lady Hazelmere eran una carga tan pesada para esta como para su hijo.

—Espero fervientemente que no, querido —se dio la vuelta e, inclinándose hacia Sally Jersey, le dijo a lady Merion—: Hermione, no habrás invitado a Maria y a Susan, ¿verdad?

Para descontento de madre e hijo, lady Merion asintió.

—Sí. Y ambas han aceptado.

Lady Hazelmere se volvió hacia su hijo, haciendo una mueca. Él se inclinó y le susurró al oído:

—En ese caso, convendría que les aconsejaras a mis queridas hermanas que esta noche nos dejen en paz a la señorita Darent y a mí.

Lady Hazelmere lo miró con sorpresa. Él le lanzó una de sus malévolas sonrisas y se alejó. La marquesa pasó varios minutos intentando resolver el enigma y al fin decidió que su hijo debía de estar planeando algo que sin duda enojaría a sus hermanas mayores. Ignoraba qué podía ser, pero, al volverse hacia Sally Jersey, que estaba sentada a su lado, descubrió que no era ella sola quien sospechaba que su hijo estaba tramando algo.

—Anthea, ¿qué demonios está tramando tu chico? Tony Fanshawe y él se comportan de modo muy extraño.

—No tengo ni idea, Sally. Ya sabes que las madres siempre somos las últimas en enterarnos de todo. Pero creo —continuó— que tienes mucha razón. Salta a la vista que están planeando algo.

Al acercarse la hora del baile, lady Merion instó a sus invitados a entrar en el salón de baile. Los floristas y decoradores habían hecho un trabajo excelente, pero las exclamaciones y felicitaciones de las señoras pronto quedaron ahogadas por la llegada de los invitados al baile. El fragor de la charla a medida que la alta sociedad llegaba al baile de lady Merion y los invitados se saludaban, recorrió el salón como una ola. Dorothea y Cecily permanecían en lo alto de la escalinata de entrada junto a su abuela para recibir a los invitados. Durante la siguiente media hora estuvieron completamente absortas saludando y siendo presentadas a los miembros de la alta sociedad. Cuando el flujo de invitados comenzó a remitir y se redujo luego a un espaciado goteo, el salón de baile estaba ya casi a rebosar y la flor y nata de la élite londinense se hallaba presente. El salón presentaba un aspecto magnífico, y lady Merion tenía la sensación de haber alcanzado el punto culminante de su éxito. Mirando a Mellow, le indicó que comenzara el baile. Mientras el mayordomo cruzaba majestuosamente el salón, los invitados se apartaron a fin de despejar el centro de la estancia para el primer vals.

Tradicionalmente, la primera parte del primer vals la bailaba únicamente la joven dama en cuyo honor se celebraba el baile. Esa noche, Dorothea debía abrir el baile, seguida por Cecily, antes de que el resto de los invitados se les unieran. De haber seguido estrictamente el protocolo, Dorothea habría tenido como pareja a Herbert y Cecily a lord Wigmore, el primo de lady Merion. Lord Wigmore, sin embargo, había cedido de buena gana aquel honor después de que su prima se le acercara y se había echado a reír al saber quién iba a sustituirlo. A Herbert lo informaron lisa y llanamente de que, dado que él no bailaba el vals, sería reemplazado por un acompañante más conveniente. Se sintió ultrajado, pero no tuvo valor para hacer una escena. Su abuela juzgó sensato no decirle quién iba a tomar su puesto.

Lady Merion había decidido, asimismo, no informar a sus nietas de quiénes iban a ser sus parejas en el primer baile. Para ello no había tenido que forzar su inventiva, pues a ninguna de las dos muchachas se le había ocurrido preguntar, dando por sentado que irremediablemente tendrían que conformarse con

Herbert y lord Wigmore. Así pues, presa de cierto nerviosismo, lady Merion, colocada entre las dos jóvenes en lo alto de los breves escalones que bajaban al salón de baile, viendo que los músicos se disponían a atacar los primeros acordes, dijo:

—¡Adelante, queridas! Vuestras parejas están listas y os esperan al pie de las escaleras. Deseo que paséis el baile más maravilloso de todos.

Las hermanas bajaron las escaleras. Dorothea, ligeramente adelantada, se conducía con aquel temple que atraía hacia ella todas las miradas. En el fondo, temía aquel baile. Herbert, bien lo sabía, era muy torpe bailando el vals. Los siguientes minutos podían ser terriblemente embarazosos. Pero, al pisar el suelo del salón, sus ojos se abrieron de par en par al ver que el marqués de Hazelmere se adelantaba hacia ella, más apuesto y sonriente que nunca.

Hazelmere inclinó la cabeza y ella respondió al instante con una elegante reverencia. El marqués la hizo incorporarse y Dorothea se dejó llevar por sus brazos con su abandono habitual, el rostro radiante y los ojos chispeantes de placer. Al darse la vuelta para empezar a bailar, Dorothea vio que Fanshawe se había acercado a Cecily. Suspiró, aliviada, y exclamó vivamente:

—¡No sabe cuánto agradezco que sea usted!

Hazelmere sonrió mientras se deslizaban lentamente por el salón.

—Ni su abuela ni yo creíamos que ese espanto de Herbert fuera pareja digna de usted, ni que el no tan espantoso aunque aburrido lord Wigmore lo fuera para Cecily.

Atenta al silencio que los rodeaba, Dorothea preguntó sin apartar sus ojos risueños del rostro de Hazelmere:

—¿Estamos ofreciendo un espectáculo indecoroso?

Sin dejar de sonreír, Hazelmere contestó en un susurro:

—Sospecho que sí. Pero dudo que sea por la razón que sospecha usted —ella lo miró inquisitivamente. Los ojos de Hazelmere brillaron un instante—. A pesar de que el hecho de que baile usted el primer vals conmigo y Cecily con Tony no es precisamente correcto, tampoco es inaceptable dadas las circunstancias, pues no tiene usted más parientes varones cercanos que Herbert, de quien todo el mundo sabe que no es un gran bailarín.

—Así que ¿puede que lo desaprueben, pero no pueden condenarlo?

—Exactamente.

Habían llegado al otro extremo del salón y Hazelmere ejecutó hábilmente un giro difícil, de modo que, dando la vuelta, volvieron sobre sus pasos, mezclándose con las demás parejas que habían invadido la pista de baile.

—Por otra parte —continuó él—, de este modo por una vez podré bailar con usted impunemente dos veces. Este vals es especial y no está anotado en la lista del programa. Por lo tanto, no cuenta. Así pues, mi querida señorita Darent, ¿me concede usted el doble placer de bailar conmigo el segundo vals y permitirme que después la acompañe a tomar un refrigerio?

Pensando que aquello le proporcionaría una velada deliciosa, ella aceptó jovialmente. Cuando las últimas notas recorrieron el salón, se detuvieron y Hazelmere la condujo de nuevo junto a lady Merion. Separándose con desgana de ella, le besó la mano y, con aquella peculiar sonrisa que sobresaltaba el corazón de Dorothea, desapareció entre la muchedumbre de invitados.

Lady Hazelmere reaccionó ante aquel primer vals como la mayoría de los invitados. Cuando Hazelmere tomó a Dorothea en sus brazos, la concurrencia pareció contener el aliento al mismo tiempo, cosa que por lo general solía preceder a un estallido de murmullos acusadores. Sin embargo, aquellas mentes cargadas de reproches parecieron comprender todas a una que, a fin de cuentas, no había nada particularmente indecoroso en aquel baile. Un minuto de reflexión convenció a las principales señoras de que lady Merion había llevado a cabo un gran golpe de efecto. Los caballeros, casi simultáneamente, hallaron el incidente sumamente entretenido.

Lo que excitaba particularmente el peculiar sentido del humor de lady Hazelmere era el enojo que había suscitado en el pecho de gran número de damas respetables el modo de bailar de su hijo y la encantadora Dorothea. Todos creían haberse acostumbrado a ver a la señorita Darent en brazos de lord Hazelmere. Pero únicamente los habían visto bailar en medio de otros, no solos en un salón de baile despejado. Esa noche, la primera conmoción se produjo cuando Dorothea se lanzó prontamente en brazos de Hazelmere. Pero fue su modo de moverse a la par lo que pareció soltar al zorro en el gallinero. Bailaban con tal elegancia, tan perfectamente conjuntados, que la intimidad que obviamente existía entre ellos quedó expuesta a ojos de todos. Su modo de bailar bordeaba lo indecente. Pero lo mejor de todo, pensaba la sagaz lady Hazelmere, era que nadie podía decir una palabra al respecto. Ni un solo movimiento, ni un solo parpadeo, había sido en modo alguno impropio. Ni siquiera los invitados más estrictos se atrevían a susurrar una palabra por miedo a ser acusados con toda justicia de poseer una imaginación de cuestionable gusto. Era sumamente improbable que su hijo, siendo tan perspicaz, no supiera que así sería. Pero también estaba segura de que la encantadora Dorothea era del todo inocente a ese respecto. Bueno, tal vez no del todo inocente, se corrigió lady Hazelmere, pero aun así no cabía duda de que Dorothea ignoraba lo revelador que había sido aquel baile.

«Por lo menos, ya sé por qué Marc quería que mantuviera alejadas a Maria y a Susan», pensó. Y, al imaginar lo escandalizadas que estarían sus hijas mayores, se echó a reír y fue a cumplir el encargo de su hijo.

Para las hermanas Darent, la de su baile de debut fue la noche más hermosa de la temporada. Fueron elogiadas y felicitadas a cada paso. Dorothea bailó con todos los amigos íntimos de Hazelmere, con quienes disfrutaba ya de una afable confianza. Bailó asimismo con Herbert un minué, danza que su primo bailaba con corrección, si no con elegancia. Había pasado ya el ecuador de la fiesta cuando se halló de nuevo en brazos del marqués, deslizándose por el salón de baile al son del vals que precedía al refrigerio.

Adivinando que Dorothea no había parado de hablar, Hazelmere, que no quería forzarla a decir nada, se limitó a susurrar:

—¿Cansada, mi encantadora Dorothea?

Ella no advirtió al principio que había usado su nombre de pila. Luego alzó la mirada y su deseo de cuestionar el derecho de Hazelmere a tutearla se evaporó de inmediato. Al mirarlo a los ojos, sintió que un delicioso calor se apoderaba de ella. De modo que asintió con una sonrisa y sus largas pestañas ocultaron sus grandes ojos verdes de la mirada de Hazelmere de un modo que este conocía muy bien.

Sonriendo, el marqués se preguntó si osaría decirle qué aspecto tenía cuando hacía aquello, o qué sentimientos delataba aquel gesto, pero decidió que, tras semejante explicación, lo más probable sería que ella no volviera a hablarle en una semana.

El refrigerio fue muy alegre. Dorothea y Cecily fueron el centro de atención y, precisamente por ello, no pudieron sentarse juntas. Dorothea y Hazelmere se vieron rodeados por el bullicioso grupo que formaban los amigos del marqués. Sentado junto a ella, Hazelmere hacía comentarios únicamente cuando temía que la conversación se volviera demasiado ruda para los oídos de Dorothea, a la que sus amigos entretenían con un sinfín de anécdotas, muchas de las cuales incluían a Hazelmere. Todos sabían que este podía poner punto final a la conversación en cualquier instante, pero, al ver que no hacía intento alguno de aguarles la diversión, su hilaridad alcanzó nuevas cotas. De este modo, la media hora dedicada al refrigerio pasó volando, y Dorothea se halló de pronto solicitada por lord Desborough para el primero de los tres últimos bailes de la velada.

Al finalizar la pieza, se vio reclamada por un pequeño grupo de amigas de su abuela, damas de edad madura con las que aún no había tenido ocasión de hablar. Despachando jovialmente a Desborough, fue a pasar unos minutos en compañía de aquellas señoras. Al cabo de un rato se excusó y cruzó lentamente entre la multitud de invitados, deteniéndose aquí y allá para charlar y dispensando el mismo grado de atención a cada pausa. Al concluir una de aquellas conversaciones, la señorita Buntton, una joven rubia de aspecto glacial y dos años menor que ella, reclamó su atención.

—Mi querida señorita Darent —dijo la señorita Buntton con su frío acento de costumbre—. Su vestido es realmente soberbio. ¡Verdaderamente original! Aunque me temo que mi madre jamás me permitiría ponerme semejante prenda. Ella siempre dice que no está bien hacerse notar.

Dorothea, acostumbrada desde hacía tiempo a los insidiosos celos de la señorita Buntton, pensó que, en realidad, la joven se lo ponía muy fácil.

—Estoy segura, mi querida señorita Buntton, de que no corre usted riesgo alguno de disgustar a su madre —se disponía a alejarse con una suave sonrisa malévola cuando otra mujer de mayor edad, cuyo nombre no recordaba y que había permanecido junto a la joven rubia, intervino en la conversación.

—¡Señorita Darent! Estaba deseando verla. Soy lady Susan Wilmot, la hermana de Hazelmere.

Dorothea tocó la mano que le tendía graciosamente lady Wilmot y murmuró un cumplido. Pero lady Susan ya estaba hablando.

—Sí, querida. Como estaba diciéndole a la señorita Buntton, me ha alegrado mucho ver que Hazelmere cumplía con su deber para con usted esta noche con el primer vals. Mi hermano es tan descuidado con ciertas responsabilidades que, a pesar de que lady Merion le haya pedido como un favor que sustituyera a Herbert, me sorprendió agradablemente ver que se comportaba de modo tan correcto. Tal vez sea señal de que piensa sentar la cabeza. La dama que se case con él ha de poseer, naturalmente, todas las cualidades. Y mandará en Hazelmere House. Por descontado, tendrá que ser de una de las familias más distinguidas. Y forzosamente rica, desde luego. A fin de cuentas, Hazelmere es uno de los hombres más ricos del reino —lady Wilmot sonrió mirando fijamente a Dorothea—. Me atrevo a afirmar que no desvelo ningún secreto si digo que toda la familia tiene grandes esperanzas puestas en nuestra querida señorita Buntton.

—¿Ah, sí? —incapaz de escapar a la red tendida por la elocuencia de lady Wilmot, Dorothea se sintió extrañamente abatida y no pudo evitar mirar a la señorita Buntton. ¡Cielo santo! ¡La muchacha estaba sonriendo, satisfecha!

En ese instante, una mano le tocó el brazo.

—¡Dorothea! Aquí estás. Ven a conocer a mi cuñado. Le he prometido que te lo presentaría —los ojos de lady Alison Gisborne se encontraron con los de su hermana mayor, al otro lado del grupo. Lady Susan se sonrojó.

Dorothea, ajena a aquel intercambio de miradas, se despidió con alivio de lady Susan y la señorita Buntton y se alejó elegantemente para ser presentada a Andrew Gisborne.

Cuando las notas finales del último vals se apagaron en el salón de baile, mientras las parejas cansadas se dispersaban en busca de sus acompañantes, Dorothea se halló en un lateral del salón, del brazo de lord Alvanley. Este escudriñaba la habitación como si buscara a alguien.

—¡Ah, ahí está! —mirando a Dorothea, explicó—: Marc me ha pedido que la lleve con él después del baile.

Mientras cruzaban lentamente el amplio salón, deteniéndose para despedirse de los invitados que se aprestaban a marcharse, Dorothea vio que lady Alison se paraba junto a su hermano y le tiraba del brazo para llamar su atención. Hazelmere la escuchó un momento con atención. Luego, lady Alison le hizo bajar la cabeza, le plantó un beso cariñoso en la mejilla y, agitando alegremente la mano, corrió a reunirse con su marido junto a la escalera.

Para entonces Dorothea y Alvanley habían llegado ya junto

al marqués, que estaba conversando con lady Helen Walford, una opulenta belleza que a Dorothea le habían presentado poco antes. Los cuatro permanecieron charlando unos minutos mientras los invitados se dispersaban. Luego, lord Alvanley le ofreció cortésmente a lady Walford su brazo y, tras despedirse de Dorothea, se marcharon. Hazelmere, viendo una sonrisa admirativa en el rostro de Dorothea, dijo:

—Sí, Alvanley y yo somos muy buenos amigos —la sonrisa de ella se hizo más amplia. Tras una pausa, el marqués añadió—: Mi querida Dorothea, ¿piensa ir a pasear por el parque mañana?

Esta pregunta logró captar la atención de Dorothea, que estaba despidiéndose desde lejos de un grupo de invitados.

—Pues sí, creo que sí —contestó ella.

—En ese caso, Ferdie y yo, y probablemente también Tony, pasaremos a recogerlas a las diez. ¡No se retrasen! —le besó la mano y, advirtiendo el destello portentoso de sus ojos verdes, la apoyó sobre su brazo; antes de que ella tuviera ocasión de decirle lo que opinaba de que se atreviera a organizarle la mañana, Hazelmere comenzó a subir la escalinata yendo al encuentro de lady Merion.

Esta se encontraba exhausta. La velada había sido un éxito indescriptible, aunque en su opinión habría resultado menos enervante si Dorothea y Hazelmere no hubieran sido tan consumados bailarines. Sin embargo, no pensaba ponerse puntillosa por tan poca cosa y se hallaba en perfecta sintonía con el mundo. Al verlos salir del salón de baile ya desierto, sonrió radiante.

—¡Queridos míos! ¡Qué gran éxito ha sido el baile!

—Y todo gracias a ti, abuela —contestó Dorothea, abrazando impulsivamente a la anciana señora.

—Y, ahora, ¡a dormir, niña! —dijo rezongona lady Merion—. Cecily ya se ha retirado. Estoy segura de que lord Hazelmere sabrá disculparte.

Hazelmere soltó la mano de Dorothea y, besándole elegantemente la muñeca, dijo:

—Buenas noches, Dorothea. Nos veremos mañana por la mañana.

Ella se marchó tras dedicarle otra encendida mirada. Lady Merion advirtió aquel intercambio de miradas y, cuando su nieta se alejó lo bastante como para no oírlos, dijo:

—Es usted muy osado, lord Hazelmere.

—Solo con su nieta —contestó él tranquilamente y, viendo que ella se quedaba boquiabierta, añadió—: ¿Me equivoco al pensar que el pelmazo de Herbert es el tutor de esa bella criatura?

Lady Merion, consciente de que intentaba distraerla de su principal tribulación, se vio forzada a contestar:

—Desafortunadamente, sí.

—No importa —él se encogió de hombros y se giró dispuesto a marcharse.

Pero ella no tenía intención de dejarlo escapar tan fácilmente. Traspasándolo con una mirada que le recordó forzosamente a su madre, lady Merion preguntó:

—¿Cuándo va a pedir su mano?

—A su debido tiempo —contestó él sin dejarse arredrar por la franqueza de la pregunta.

—De modo que piensa pedirla en matrimonio.

Él sonrió.

—¿Acaso lo duda usted?

—Después del primer vals, no creo que nadie lo dude —replicó ella con aspereza.

—Que es justamente lo que pretendía —sonriendo con calma, Hazelmere hizo una reverencia y bajó la escalinata.

Lady Merion lo observó mientras se alejaba. Tenía la sensación de que, a pesar de la desenvoltura con que Hazelmere parecía manejar aquel asunto, desenvoltura que ella no podía dejar de aplaudir por el buen sentido que demostraba, hasta ese momento el marqués había obtenido un éxito tan fácil que resultaba antinatural. Su larga experiencia le había enseñado que una joven tan testaruda como Dorothea difícilmente podía tener en alta estima la tranquilidad con que Hazelmere se tomaba su relación. «No, señor», pensó, «preveo nubarrones».

CAPÍTULO 9

A la mañana siguiente, el paseo a caballo transcurrió apaciblemente. De Cavendish Square llegaron las hermanas Darent y los señores Hazelmere, Fanshawe, Ferdie y Dermont. Junto a las puertas del parque se encontraron con lord Harcourt y la señorita Bressington. A esa hora había pocos paseantes, a pesar de la mansedumbre del tiempo. Al poco rato las tres parejas se separaron para deambular por prados y caminos, completamente absortas, mientras Ferdie y el señor Dermont se enfrascaban en una discusión acerca de las últimas tendencias de la moda.

Como solía hacer cuando se hallaba a solas con Hazelmere, Dorothea daba muestras de un aplomo más aparente que real. Cada vez le costaba más mantener la fría desenvoltura que, según creía, constituía su única defensa contra aquellos ojos castaños que parecían verlo todo. La presencia de Hazelmere la perturbaba físicamente hasta el punto de que su intelecto dejaba de funcionar con su habitual claridad. En medio de otros, en bailes y fiestas, donde las formas sociales ponían coto al proceder de Hazelmere, ella lograba mantener el suficiente dominio de sí misma como para atajar los sutiles abordajes del marqués. Pero, cuando se hallaban a solas, sin nada que impidiera a Hazelmere conducir los pensamientos de Dorothea por caminos que ella sabía peligrosos aunque excitantes, la joven no se sentía capaz de impedir que el marqués adivinara hasta qué punto la turbaba.

En realidad, ya no sabía si le estaba ocultando algo. Ignoraba qué conclusiones había sacado él de su conducta en el invernadero de la duquesa de Richmond. Por otro lado, Hazelmere no había variado ni un ápice su modales imperiosos. Y aún tenía que hablarle, aunque fuera indirectamente, de amor.

Mientras paseaban a caballo el uno junto al otro por el corazón del parque, lejos de las miradas de sus amigos, Dorothea se hizo consciente de una creciente inquietud que le alteraba los nervios, particularmente porque su acompañante parecía desconocer el significado de la incertidumbre. El marqués se mostraba en todo punto seguro de sí mismo. Dorothea tenía la extraña sensación de hallarse atrapada inexorablemente en algo que no acertaba a comprender, en una especie de trampa de cuyo cebo, de un irresistible atractivo, resultaba imposible escapar. Y Hazelmere se hallaba en el centro, arrastrándola cada vez más hacia él.

El marqués aprovechó la ocasión para anunciarle que debía volver a ausentarse hasta fines de la semana siguiente. Su breve estancia en Hazelmere le había revelado más muestras de su negligencia de las que su conciencia podía soportar. Habiendo hecho cuanto podía para convencer a su círculo social de lo serias que eran sus intenciones respecto a Dorothea y de cuál sería con toda probabilidad la respuesta de esta a su proposición de matrimonio, estaba decidido a enmendar los problemas surgidos en sus dominios sin más tardanza. Aparte de la dama que cabalgaba a su lado, poco más lo retenía en Londres. Los bailes de debutantes no solían contarse entre sus diversiones favoritas.

Dorothea, a pesar de aceptar estoicamente la noticia de su inminente viaje, se vio sorprendida por el comentario final del marqués.

—En mi ausencia, si necesitara ayuda de alguna clase, puede confiar en Ferdie y en Tony, o en Alvanley, Peterborough o, lo que es lo mismo, en cualquiera de los amigos del grupo. Siempre nos ayudamos mutuamente y ninguno de ellos dudaría en ocupar mi puesto si fuera necesario.

Ella se volvió a mirarlo con los ojos muy abiertos, pero, aparte de un melancólico destello en sus ojos, no logró advertir en su semblante nada que le diera algún indicio de a qué se refería exactamente.

La causa de aquel destello fue darse cuenta de que le había revelado a Dorothea mucho más de lo que pretendía. Estaba metiendo la pata otra vez. Si se paraba a pensar, Dorothea podía preguntarse por qué sus poderosos amigos debían extender su protección a la señorita Darent. Tal vez se le pasara por la cabeza que sin duda lo harían tratándose de la futura marquesa de Hazelmere. El marqués estaba seguro de que Dorothea ignoraba hasta qué punto se había aceptado públicamente su relación, y sospechaba que aquella idea sería recibida, al menos inicialmente, con desconfianza, si no con enojo, por parte de la joven. No formaba parte de sus planes verse forzado a pedir su mano cuando hacía tan poco que había empezado la temporada.

Hazelmere pasó una hora deliciosa intentando ver hasta qué punto podía arrastrar a Dorothea por el camino de la osadía, y descubrió que mucho más allá de lo que convenía a su dominio de sí mismo, que parecía disminuir rápidamente. Así pues, con una habilidad nacida de la práctica, se zafó diestramente, dejando a Dorothea confusa, pero sin idea alguna de hacia dónde se habían dirigido sus pasos.

Fueron los últimos en reunirse con el grupo, y la expresión de Hazelmere le recordó a Ferdie que tenía razones para enojarse con el marqués y, pensándolo bien, también con Fanshawe. Hallándose, por lo demás, en perfecta armonía, el grupo salió del parque y regresó a Cavendish Square, donde Julia Bressington iba a pasar el día.

El jueves siguiente iba a celebrarse en casa de los Bressington un selecto baile de máscaras. Las debutantes de la temporada llevaban tiempo reclamando una mascarada. Tales celebraciones, muy comunes unos años antes, habían caído en desgracia debido al libertinaje que provocaban y a la dificultad de hacer cumplir normas de conducta aceptables. Unas cuantas madres, sin embargo, cediendo a la continua insistencia de sus hijas, habían unido sus intelectos para llegar a un compromiso. El baile sería de disfraces, pero estaría sujeto a normas estrictas. Solo se permitiría entrar con invitación y todo el mundo habría de llevar un sencillo dominó negro sobre el traje de noche. Las máscaras se entregarían en la puerta, de forma que la anfitriona reconociera las caras de todos los invitados antes de franquearles la entrada.

Dorothea se llevó una decepción al darse cuenta de que Hazelmere no llegaría a tiempo para asistir al baile de máscaras. Consideró la posibilidad de no ir, pero, dado que en el salón de baile no se admitían carabinas, lady Merion iba a tomarse un merecido descanso y, puesto que Cecily no quería faltar, no tenía opción. Por otro lado, lady Merion hizo algunos comentarios un tanto oscuros acerca de la necedad de mostrarse abatida y languidecer únicamente porque cierto noble se hubiera ausentado de la ciudad. No siendo tonta, Dorothea entendió la indirecta y acompañó a Cecily al baile de buena gana.

Al entrar en el vestíbulo de Bressington House, entregaron sus invitaciones y, recibiendo la aprobación de la anfitriona, se unieron a la fila que llevaba a una mesa en la que la señorita Bressington estaba repartiendo máscaras. Al ver a Dorothea, Julia Bressington se mostró extrañamente turbada. La joven vaciló un instante y luego, con aire conspirativo, le entregó subrepticiamente una nota.

Dorothea, que esperaba en la fila, abrió la misiva. Esta contenía una sola frase: *Encuéntrese conmigo en la terraza a medianoche*. Enseguida comprendió que solo había una persona capaz de mandarle una nota con una orden tan perentoria. Así pues, Hazelmere asistía al baile después de todo. Seguramente pensaba llegar tarde y de aquel modo se ahorraría tener que buscarla entre la multitud.

Julia le ató riendo la máscara y le colocó la capucha del dominó, cubriéndole por completo el pelo. En cuanto Cecily y ella cruzaron el umbral, dos altas figuras ataviadas con sendos dominós negros solicitaron su compañía. Notando un brazo conocido alrededor de su cintura, Dorothea alzó la mirada y, al ver unos ojos castaños que parecían sonreírle, se relajó al instante y se echó a reír.

—¡Ya está usted aquí!

—¿Ya? ¿Cómo sabía que iba a venir? —preguntó él, sorprendido.

—Por la nota que me ha dejado —mientras decía aquellas palabras, se apoderó de ella un terrible presentimiento.

—¿Qué nota? No, espere —la llevó hacia el hueco de un ventanal—. Enséñemela —le ordenó, extendiendo la mano.

Dorothea, que había guardado la nota en el bolsillo interior de su manto, la sacó y se la entregó. Hazelmere leyó el único reglón de la misiva y la expresión de su boca pareció endurecerse. La idea de que Dorothea asistiera a la mascarada y cayera víctima de los manejos de un caballero tan experimentado como él había bastado para impulsarlo a concluir sus asuntos de negocios el día anterior. Pero ¿qué demonios significaba aquella nota?

Advirtiendo que Dorothea palidecía bajo la máscara, deslizó el brazo alrededor de su talle, se guardó la nota en el bolsillo y la condujo hacia el centro del salón.

—Recuérdeme, querida, que alguna vez le enseñe mi firma. Así, si le envío una nota, sabrá que es mía.

Dorothea prefirió no distraerse pensando en el extraño epíteto con que la había obsequiado el marqués, y le preguntó sin ambages:

—Pero ¿de quién es, si no es suya?

Hazelmere consideró la posibilidad de contarle alguna patraña, cualquier cosa que le hiciera olvidar el incidente, pero al mirar la expresión resuelta de su rostro comprendió que aquella treta tenía escasas probabilidades de éxito y respondió tranquilamente:

—Yo sé tan poco como usted, querida.

En ese momento comenzó a sonar un vals y Dorothea se halló girando por el salón de baile en sus brazos. Cuando el baile concluyó, Hazelmere había logrado convencerla de que se olvidara de la misteriosa nota y le dedicara a él toda su atención. Dorothea comprendió entonces que el principal aliciente de un baile de máscaras era que una dama podía pasarse la noche entera en brazos de un solo hombre sin causar un escándalo. Hazelmere, por su parte, no tenía intención de dejarla marchar. Por fortuna, la mayoría de las parejas del salón de baile tampoco variaron y Dorothea no opuso ninguna objeción a este arreglo, de modo que el empeño de Hazelmere por permanecer a su lado pasó desapercibido.

Tras su segundo baile, Hazelmere la condujo a un rincón en sombras. Allí, mientras Dorothea permanecía de pie, abandonada casi sin darse cuenta en el círculo confortador de los brazos de Hazelmere, hablaron de lo que les había ocurrido durante aquellos días.

—Y Lord Peterborough ha sido tan atento... —suspiró Dorothea con ojos brillantes.

—¿Ah, sí? —dijo Hazelmere, frunciendo el ceño.

—Umm —murmuró ella, añadiendo inocentemente—: Me pidió que se lo dijera.

La risa que provocaron en Hazelmere sus palabras la hizo estremecerse. Los ojos castaños del marqués estaban dando al traste con su compostura.

—Me acordaré de darle las gracias a Gerry la próxima vez que lo vea. Mientras tanto, dulce tormento, vamos a bailar.

Durante el resto de la velada, Hazelmere se esforzó en hacerle olvidar la existencia de la nota. Puso en práctica todos los trucos que conocía para entretenerla, confiando en distraerla lo suficiente como para poder dejarla sin que se diera cuenta al cuidado de Fanshawe mientras él iba a cumplir con su cita de medianoche. Pero, a pesar de que prestaba atención a cuanto él decía y se sonrojaba deliciosamente ante sus más provocativas sugerencias, estaba claro que Dorothea poseía un inquietante dominio de sí misma y un intelecto imperturbable. Hazelmere sospechaba que había adivinado la razón de su conducta y, aparte de besarla en medio del salón de baile, no se le ocurría otro modo de distraerla. Al acercarse la medianoche, desistió de su empeño.

Las normas del baile exigían el desenmascaramiento de todos los invitados al tocar la medianoche. Cuando en el reloj de encima de la puerta faltaban cinco minutos para las doce, Hazelmere, consciente de que Dorothea también estaba pendiente de la hora, la arrastró hacia las puertas que conducían a la terraza.

—¿Está segura de que quiere seguir adelante con esto? —preguntó él.

—¡Por supuesto que sí! —Dorothea estaba convencida de que el evidente deseo de Hazelmere de que renunciara a su cita a medianoche tenía su origen en la creencia de que sucumbiría a algún tipo de femenino sentimentalismo, y se sentía ligeramente agraviada porque no la conociera mejor.

—Antes de que la deje salir a la terraza, quiero que me prometa que hará exactamente lo que le diga.

Ella estuvo a punto a decirle que la nota era suya y, por lo tanto, la aventura también. Y que, ciertamente, no necesitaba su permiso para salir a la terraza. Pero no había tiempo para discutir, y el brillo divertido de los ojos de Hazelmere sugería que había adivinado sus pensamientos de todos modos. Al fin, Dorothea refrenó su enojo y asintió.

—Muy bien. Se lo prometo. ¿Qué debo hacer?

—Abra la puerta y salga, pero no la cierre detrás de sí. Yo me quedaré aquí detrás, entre las sombras. Avance por la terraza pero, haga lo que haga, no vaya más allá de la mitad de la terraza, ni se aleje más que unos pasos a ambos lados de la puerta. ¿Entendido?

Ella asintió. Satisfecho, Hazelmere apartó la pesada cortina para que Dorothea saliera y se deslizó tras ella en el hueco en penumbra entre la cortina y la puerta. Abrió esta y Dorothea salió a la terraza iluminada por la luna.

Justo delante de ella había un tramo de escalones de piedra que conducía a un camino de grava, más allá del cual los prados y setos se hallaban envueltos en la oscuridad. Atenta a las instrucciones de Hazelmere, se movió a la izquierda sin alejarse de la casa. Solo había dado un par de pasos cuando le llegó una voz de algún lugar cercano a los escalones.

—¡Señorita Darent! ¡Por aquí!

En ese preciso instante, desde el interior del salón de baile alguien corrió una cortina y abrió una ventana, pero, al oírse la orden de quitarse las máscaras, volvió a cerrarla.

Dorothea y Hazelmere oyeron claramente un ruido de pasos que se alejaba por el sendero de grava, todavía en sombras. Hazelmere salió a la terraza y susurró:

—Quédese aquí —pasó junto a ella y bajó aprisa los escalones.

El último eco de aquellos pasos se perdió en la distancia. Los setos de rododendros que bordeaban la terraza eran muy tupidos y más altos que el propio Hazelmere. El lugar perfecto para un secuestro, pensó inquietantemente Hazelmere. Sabía que no era sensato adentrarse en el jardín a oscuras, dejando a Dorothea desvalida en la terraza, a pesar de que pareciera que el misterioso autor de aquella nota había desaparecido. Quitándose la máscara y echándose hacia atrás la capucha del dominó, regresó a la terraza.

—No hay rastro de nadie —dijo—. Es una lástima, pero no importa.

—Pero ¿quién será? ¿A quién se le ocurre gastar una broma tan absurda? —preguntó ella, tirando de los nudos con que Julia Bressington le había atado los lazos de la máscara.

—Espere, déjeme a mí.

Él pasó los brazos por encima de ella, le desató la máscara, se la quitó y le apartó la caperuza del pelo. Luego, tomando su cara entre las manos, la besó. Al cabo de un momento, deslizó las manos bajo el dominó y sin poder resistirse la estrechó entre sus brazos. Dorothea perdió de nuevo la noción del tiempo. Hazelmere no hizo más que reforzar lo que le había enseñado en el invernadero; no había tiempo para más. Su boca reclamó la de Dorothea, persuadiéndola suavemente, mientras, bajo el dominó, sus manos se deslizaban acariciadoras sobre sus pechos, su cintura, sus caderas. Luego, de mala gana, la soltó. Antes de que ella pudiera recobrarse, posó la mano de Dorothea sobre su brazo y se encaminó hacia la puerta, diciendo con su habitual desenvoltura:

—Será mejor que volvamos al salón de baile, antes de que sea demasiado difícil explicar nuestra ausencia.

De vuelta en el salón de baile antes de haber recobrado el dominio de sí misma, Dorothea no tuvo ocasión de decir nada. Al instante se vieron rodeados por sus amigos, que hablaban y reían al mismo tiempo. Pero, durante el resto de la velada, fue consciente de que los ojos del marqués se posaban a menudo en ella, lo cual no contribuyó a serenarla.

Más tarde, cuando salían juntos del salón de baile, Hazelmere recordó la nota.

—Por cierto, querida, si recibiera alguna otra nota presuntamente mía incitándola a hacer algo impropio, ha de recordar que yo ese tipo de insinuaciones suelo hacerlas en persona.

Resultaba imposible contestar a aquellas palabras de manera decorosa. Dorothea prefirió no decir nada.

Al marcharse de Bressington House poco después, Hazelmere y Fanshawe insistieron en acompañar a las hermanas Darent hasta su carruaje. Dándose cuenta demasiado tarde de que había permitido que Hazelmere monopolizara su compañía durante toda la velada, Dorothea le lanzó una mirada que esperaba transmitiera la desaprobación que le inspiraba su despótica conducta. No lo consiguió, sin embargo, pues, echándose a reír, él le susurró al oído que, si continuaba dirigiéndole aquellas miradas provocativas, sería incapaz de resistir la tentación de besarla otra vez. En la salida de carruajes, en medio de la penumbra, hizo efectivas sus palabras antes de ayudar a subir a una sofocada Dorothea al coche de su abuela.

La nota misteriosa y el incidente de la terraza habían alterado a Hazelmere mucho más de lo que suponía Dorothea. Mientras regresaba caminando a Cavendish Square en compañía de Fanshawe, sopesaba las posibles explicaciones.

Algunas jóvenes herederas habían sido raptadas y retenidas con exigencia de rescate; ese era uno de los motivos plausibles. Sin embargo, las víctimas de aquellos secuestros habían sido siempre muchachas muy ricas. Dorothea, aunque disponía según la opinión general de una buena dote, no era inmensamente rica. De modo que, si se trataba de un intento de secuestro, probablemente el objetivo fueran las arcas del propio Hazelmere. Nunca se le había ocurrido pensar que, al hacer tan patente su interés en ella, pudiera convertirse en objetivo de semejantes agresiones.

Observó la figura que caminaba a su lado. Fanshawe no parecía encontrarse bien y, suponiendo por su silencio que la causa era la joven señorita Darent, no quiso añadir mayor pesadumbre a su ya atribulado amigo.

La relación entre Fanshawe y Cecily no avanzaba como aquel deseaba. Fanshawe había descubierto que su amada tenía ideas propias y que, cuando se le metía una en la cabeza, se aferraba a ella contra viento y marea. Cecily le había reprochado durante el baile lo que llamaba su «actitud posesiva», lo cual había hecho que Fanshawe se sintiera decididamente rechazado. A pesar de que ella parecía haberse aplacado más tarde, permitiéndole que la acompañara hasta el carruaje, se había mantenido fría y distante.

Los dos amigos prosiguieron su camino sumidos en un silencio absorto. Se separaron en la esquina de Cavendish Square para retirarse a sus respectivas casas, angustiados, por motivos bien distintos, por lo que les deparara el futuro.

CAPÍTULO 10

El viernes, el sábado y el domingo siguientes al baile de máscaras, Hazelmere bailó con Dorothea de un modo que habría hecho maravillarse a cualquiera del poder del amor, en caso de que todavía quedara alguien interesado en observarlos. Lady Merion se sintió obligada a hacerle a Hazelmere diversos comentarios desabridos cuando nadie los oía, relativos a lo inadmisible de su modo de proceder. Hazelmere la escuchaba cortésmente y dejaba que sus dardos pasaran sin rozarlo. Se alegraba de que su madre hubiera regresado a Hazelmere el viernes por la mañana.

Vigilar a Dorothea en las fiestas y bailes nocturnos no resultaba difícil. Podía dejarla tranquilamente en compañía de gran número de amigos de ambos. Pero desde el momento en que ella regresaba de su paseo a caballo por el parque hasta que, tarde ya, abandonaba Merion House para acudir a alguna reunión social, la forma en que invertía sus días era un misterio para él.

El viernes resolvió aquel problema invitándola a pasear con él por el parque esa tarde y estuvo a punto de cometer la estupidez de invitarla de nuevo a salir el sábado, pero, vislumbrando cierta expresión de su cara, comprendió que ella empezaba a sospechar algo. Dorothea era muy capaz de relacionar su repentina solicitud con lo sucedido en el baile de máscaras. El marqués regresó a Hazelmere House y pasó el resto de la tarde intentando diseñar una estrategia para vigilarla sin levantar sospechas.

La única persona a la que podía pedirle consejo era Fanshawe, pero este tenía sus propios problemas. Ansiaba conocer todos los movimientos de Dorothea, pero no hallaba la forma de hacerlo. Fue solo cuando un lacayo entró a encender el fuego cuando tuvo una idea. Llamando a su mayordomo, preguntó:

—Mytton, ¿existe alguna conexión entre esta casa y Merion House?

Mytton, no sabiendo a qué respondía aquella extraña pregunta, no vio razón alguna para andarse por las ramas.

—El joven Charles, el lacayo, milord, está en relaciones con la nueva doncella de la señorita Darent.

—¿De veras? —preguntó Hazelmere suavemente, y alzó la mirada hacia su estricto y sagaz mayordomo—. Mytton, ¿podrías decirle a Charles que deseo que averigüe, si puede, qué planes tiene la señorita Darent para mañana? Puede tomarse el tiempo que necesite. Pero debo tener esa información antes de mañana. ¿Crees que podrá cumplir semejante tarea?

—Si me permite decirlo, señor, Charles es un joven muy capaz —respondió gravemente Mytton.

—Muy bien —dijo Hazelmere, refrenando una sonrisa.

Al regresar a casa a primera hora de la mañana del sábado, Hazelmere descubrió que Charles era, en efecto, tan capaz como aseguraba Mytton. Enterado de los planes de Dorothea para los dos días siguientes, pudo guardar las apariencias acudiendo al habitual paseo a caballo de Dorothea por el parque, a un baile el sábado por la noche y a la fiesta a la que ella asistía la noche del domingo. En dicha fiesta, se halló de nuevo bajo sospecha.

—¿Se puede saber que está tramando ahora? —preguntó Dorothea mientras giraban por la pista de baile en el único vals de la velada.

—Creía que estaba bailando un vals —repuso Hazelmere

con afectada inocencia—. Se me tiene en general por un buen bailarín.

Dorothea lo miró como miraría a un chiquillo travieso.

—Y supongo que siempre ha tenido por costumbre acudir a fiestas tan aburridas como esta.

—Ah, pero olvida usted, querida mía, que mi corazón está postrado a sus pies. ¿No lo sabía?

A pesar de que aquellas palabras eran las que Dorothea deseaba oír, su tono no dejaba duda acerca de cómo debía tomarlas, y se echó a reír.

—¡Oh, no! No le será tan fácil distraerme. Tendrá que pensar un modo mucho más plausible de justificar su presencia nada menos que aquí.

—¿Tan desagradable le resulta mi presencia? —preguntó él aparentando seriedad.

Advirtiendo el brillo malicioso de su mirada, Dorothea no sintió remordimientos al contestar:

—¡Claro que no! Creo que, con una compañía como esta, hasta me alegraría de ver a lord Peterborough.

Él se echó a reír.

—Muy ingenioso, querida mía. Pero, si esta fiesta le resulta tan aburrida, ¿por qué la honra con su encantadora presencia?

—Ignoro por qué se ha empeñado mi abuela en venir —admitió ella—. Ni siquiera ella se está divirtiendo, porque Herbert y Marjorie están aquí. Menos mal que mañana se van a Darent House. ¡Y Cecily! Lleva unos días que parece un alma en pena —fijando en él una mirada directa, añadió—: Por cierto, y por si le interesa, podría decirle a lord Fanshawe que deje de animarla a creer que es capaz de todo, porque no lo es. Eso es lo que ha estado haciendo lord Fanshawe, y ahora mi hermana está enfadada porque él no le permite hacer su santa voluntad. Si él le dijera claramente que no puede ser, Cecily dejaría de insistir. Ella siempre ha necesitado que la dirijan con mano firme.

—No como su hermana mayor —murmuró él provocativamente.

—Exactamente —contestó Dorothea.

Hazelmere tuvo ocasión de trasmitirle a Fanshawe el mensaje de Dorothea al día siguiente. Gracias a los buenos oficios de Charles, supo que Dorothea y Cecily pensaban asistir a una selecta comida campestre que iba a celebrarse en casa de lady Oswey en compañía de Ferdie Acheson-Smythe. Pensando que podía dejar el bienestar de Dorothea en las manos capaces de Ferdie por un día, marchó en busca de Fanshawe y fueron juntos a Clapham Common a presenciar un combate de boxeo. Como esa noche las hermanas iban al teatro en compañía de lord y lady Eglemont, Hazelmere tampoco sintió la necesidad de asistir a la función. No fue hasta las primeras horas de la mañana siguiente cuando, algo desastrados y muy complacidos por haberse librado por un día de los rigores de la temporada, ambos señores regresaron a Cavendish Square y a sus camas.

Ferdie y Dorothea salieron de Merion House el lunes por la mañana, confiando en pasar un día agradable en casa de los Oswey en Twickenham, a orillas del Támesis. Cecily se mostraba quejosa y malhumorada, debatiéndose entre los aguijonazos que le causaba, por un lado, el convencimiento de haber tratado injustamente a lord Fanshawe y, por otro, el deseo de no permitirle manejar su vida.

Observando a su hermana mayor, se preguntaba por qué Dorothea, siendo como era mucho más resuelta que ella, se plegaba tan dócilmente a las sugerencias del marqués. Al advertir la sonrisa absorta que se insinuaba en los labios de su hermana mientras miraba distraídamente por la ventana del carruaje, Cecily concluyó que Dorothea estaba enamorada de Hazelmere. Ella, en cambio, había malinterpretado sus sentimientos. Porque, sin duda, si estuviera enamorada de Fanshawe, se sentiría perfectamente feliz de consentir que prevaleciera el juicio de este. Sin embargo, él se había mostrado horriblemente estricto y anticuado al reprocharle la desenvoltura con que trataba a algunos de los caballeros más apuestos presentes en el baile de máscaras. La insidiosa sospecha de que tenía razón al decirle que su familiaridad con esos caballeros en particular no le sería de provecho alguno no contribuía a mejorar su estado de ánimo. De modo que, al apearse en Oswey Hall, se hallaba de pésimo humor.

Con todo, el sol radiante, el cielo azul y la suave brisa, condiciones perfectas para una comida campestre junto al río, en el bosque poblado de narcisos silvestres, levantaron incluso el ánimo de Cecily. Pronto se unió a un grupo de jóvenes parlanchinas que intercambiaban anécdotas acerca de sus encuentros con los solteros más codiciados de la alta sociedad. Demasiado mayor para aquellas chiquilladas, Dorothea se sentó junto a una prima de los Oswey, que había llegado a la ciudad desde su casa al oeste de Hampshire para pasar la temporada con sus parientes. Tímida y retraída, la señorita Delamere se mostró agradecida con la hermosa señorita Darent, que parecía feliz de hablar con ella de pasatiempos campestres. A Dorothea, que hacía semanas que no pensaba en La Grange, le alegró hablar de asuntos que, en años precedentes, habían sido su única preocupación.

No había carabinas presentes, salvo la indolente lady Margaret Oswey que, arrellanada sobre un montón de cojines en el claro donde se celebraba el almuerzo, no sentía deseo alguno de moverse, de ahí que solo se hubiera invitado a aquellos caballeros en quienes podía confiarse plenamente, incluso estando fuera de la vista de lady Oswey. Ferdie se contaba entre aquel selecto grupo. Lord Hazelmere, Fanshawe y sus amigos estaban, naturalmente, ausentes.

Tras el almuerzo, Ferdie acompañó a dos de las señoritas más jóvenes a ver la Cañada de las Hadas, así llamada por la mezcla de jacintos silvestres, flores de azafrán y tulipanes que allí crecía.

La cañada se encontraba en la arboleda que habían atravesado de camino al río, y se llegaba a ella por un sendero que se separaba del camino principal que conducía a la casa. Habiéndose deleitado en la contemplación de la colorida alfombra de flores, las dos jóvenes consintieron de mala gana en regresar junto a los demás. Al salir Ferdie al camino principal con una joven de cada brazo, se les acercó un lacayo que iba en busca de la señorita Darent.

—Creo que está con la señora, junto al río —dijo Ferdie. Viendo la carta que llevaba el criado en una bandeja, preguntó—: ¿Eso es para la señorita Darent? —tras enterarse de que, en efecto, la carta que acababa de entregar un mozo era para Dorothea, Ferdie añadió—: Yo se la llevaré, si quiere. Soy muy amigo de la señorita Darent.

El lacayo, que había visto llegar a Ferdie con las hermanas Darent, no halló inconveniente en dejar la misiva en sus manos. Ferdie necesitaba ambos brazos para escoltar a las jóvenes damas de vuelta a la orilla del río, de modo que se guardó la carta en el bolsillo interior de su chaqueta. Al llegar al claro, descubrió que Dorothea había ido a dar un paseo con la señorita Delamere. Ferdie pasó el resto de la tarde en un *tête-à-tête* con Cecily, pero, como esta había llegado a un punto en que necesitaba un hombro sobre el que llorar, la experiencia no resultó divertida. Sin embargo, al final de una larga discusión en la cual sopesaron todos los defectos reales e imaginarios de cierto caballero anónimo al que él conocía muy bien, Ferdie sintió que había hecho algún progreso al convencer a Cecily de que considerara las cosas desde el punto de vista de dicho caballero y no solo desde el suyo propio.

A pesar de que había disfrutado del día, Ferdie exhaló un suspiro de alivio cuando el carruaje de lady Merion partió de Oswey Hall a última hora de la tarde. Tras su comprometida conversación con Cecily, había olvidado por completo la carta.

Esta reapareció al día siguiente. Dorothea y Cecily habían mandado recado de que esa mañana no irían a montar a caballo.

Ferdie dio por sentado que Cecily debía de haber pasado una mala noche. Así pues, Ferdie se hallaba desayunando tranquilamente cuando Higgins, su ayuda de cámara, se acercó a él.

—He encontrado esto en el bolsillo de su chaqueta, señor.

Como no era raro que olvidara cartas y notas en los bolsillos de su ropa, Ferdie no se extrañó y abrió el sobre sin señas. Al leer su contenido, frunció el ceño. Le dio la vuelta a la hoja y luego, volviéndola otra vez, la leyó de nuevo. Apoyándola contra el salero, la miró fijamente mientras acababa de tomarse el café. Después la dobló y llamó a su ayuda de cámara.

—Higgins, ¿en cuál de mis chaquetas has encontrado esto?

—En la azul que llevó ayer a la comida campestre de lady Oswey, señor.

—Ah. Eso me parecía.

Ferdie se vistió rápidamente y partió hacia Hazelmere House, confiando en que su primo no hubiera salido ya a dar un paseo por la ciudad. La suerte se le mostró favorable. El marqués bajaba las escaleras de Hazelmere House en compañía de Fanshawe cuando Ferdie entró en Cavendish Square. Casi sin aliento, les hizo señas con la mano. Perplejos al ver al impecable señor Acheson-Smythe tan apresurado, Hazelmere y Fanshawe se detuvieron y aguardaron a que llegara.

—¡Ferdie! —exclamó Hazelmere—. ¿Qué demonios te pasa?

—No te había visto correr en toda mi vida —dijo Fanshawe.

—Tengo que hablar contigo, Marc. ¡Ahora mismo! —jadeó Ferdie.

Hazelmere notó que su primo parecía extrañamente preocupado.

—Entremos en casa.

Los tres volvieron a entrar en Hazelmere House y se dirigieron a la biblioteca. Hazelmere tomó asiento tras el escritorio. Fanshawe se apoyó en una esquina del mismo y ambos miraron expectantes a Ferdie, que se había dejado caer en un sillón, frente a ellos. Luchando todavía por recobrar el aliento, sacó la carta y la tiró encima del escritorio, delante de su primo.

—Lee esto.

Hazelmere, poniéndose de pronto muy serio, hizo lo que le pedía. Luego miró a Ferdie con expresión impasible.

—¿De dónde has sacado esta carta?

—Iban a entregársela a Dorothea en el almuerzo campestre de lady Oswey. Me encontré al lacayo en el camino y me ofrecí a llevarla. Me la guardé en el bolsillo y se me olvidó por completo. Higgins la ha encontrado esta mañana y, sin saber qué era, la he abierto. He pensado que querrías echarle un vistazo.

—Así que, ¿Dorothea no la recibió?

Ferdie sacudió la cabeza. Fanshawe estaba totalmente desconcertado.

—¿Podría alguien explicarme qué está pasando? —suplicó.

Sin hacer comentario alguno, Hazelmere le tendió la carta. En ella se leía:

Mi querida señorita Darent:

No acierto a imaginar que la compañía de los invitados al picnic de lady Oswey le resulte tan chispeante como aquella a la que se ha acostumbrado. Así pues, ¿por qué no se reúne conmigo en el portillo blanco que hay al final del camino, cruzando la arboleda? Llevaré a mis yeguas grises y podremos dar un paseo por los caminos sin que nadie nos interrumpa. No tarde. Ya sabe que odio hacer esperar a mis caballos. La espero a las dos.

Hazelmere

Al igual que Ferdie, Fanshawe, que conocía perfectamente la letra y la firma de Hazelmere, comprendió al instante que la carta que tenía en la mano era un engaño. Mirando a su amigo con expresión preocupada, preguntó lisa y llanamente:

—¿Quién ha escrito esto?

—Ojalá lo supiera —dijo Hazelmere—. Ya es la segunda.

—¿Qué? —exclamaron Ferdie y Fanshawe al mismo tiempo.

Hazelmere dejó frente a él la carta que Ferdie le había llevado, abrió un cajón y sacó la nota que Dorothea había recibido en el baile de máscaras de los Bressington. Puestas una al lado de la otra, saltaba a la vista que habían sido escritas por la misma mano. Fanshawe y Ferdie rodearon el escritorio y las observaron atentamente.

—¿Cuándo mandaron la primera? —preguntó Fanshawe.

—En el baile de máscaras. Ese intento habría tenido éxito de no ser porque yo regresé a Londres un día antes de lo previsto. La nota se la dieron a Dorothea en el vestíbulo de Bressington House. A ella le sorprendió que yo ya estuviera allí. Se había creído la nota. Lo cual no es de extrañar, porque eso es exactamente lo que se esperaría de mí.

—Debiste decírmelo. Podríamos haber tendido una trampa —dijo Fanshawe.

—Y lo hicimos —contestó Hazelmere con una sonrisa fugaz—. Dorothea salió a la terraza y yo me quedé escondido entre las sombras, tras ella. Una voz que ninguno de los dos reconoció la llamó desde la escalera que baja al camino. Pero en ese momento alguien abrió una puerta de la terraza desde dentro del salón de baile y quien fuera se asustó. No quise salir tras él y dejar a Dorothea sola en la terraza.

—¿Y no visteis a nadie? —preguntó Ferdie. Hazelmere sacudió la cabeza mientras estudiaba de nuevo la segunda nota.

—Es muy probable que Dorothea hubiera ido a ese portillo si Ferdie se hubiera acordado de darle la nota —dijo Fanshawe.

—No. No hubiera caído de nuevo en la trampa —dijo Hazelmere—. No tengo ni idea de quién puede ser el autor de estas notas.

—Tiene que ser algún conocido tuyo —dijo Ferdie.

—Sí —convino Hazelmere—. Y eso es lo más preocupante. Al principio, pensé que podía tratarse de un intento de secuestro.

—Las hermanas Darent no son lo bastante ricas como para atraer la atención de los secuestradores —dijo Fanshawe.

—Ellas no, pero yo sí —contestó el marqués.

—Ah. No lo había pensado.

Los tres continuaron observando las cartas, confiando en que se les hubiera escapado algún indicio acerca de la identidad de su autor. Fanshawe rompió el silencio para preguntarle a Ferdie:

—¿Por qué dices que quien haya escrito estas notas tiene que conocer a Marc?

—La letra no es la suya, pero sí el estilo. Esto es justo lo que diría Marc —contestó Ferdie con sagacidad.

—Pero no puede conocerte tan bien. Tú nunca sales a pasear en coche con jovencitas, y menos aún con tus yeguas grises —señaló Fanshawe.

—Con una notable excepción —dijo Hazelmere—. O sea, con la señorita Darent.

—Ah —dijo Fanshawe, convencido por fin.

—Exactamente —continuó el marqués—. Tiene que ser alguien que me conoce lo bastante bien como para escribir una carta con un estilo que pueda pasar por mío. Alguien que además sabe que he salido a pasear en coche con la señorita Darent con las yeguas grises, que no soporto hacer esperar a mis caballos y que estaba al tanto de que iba a ausentarme de la ciudad y no esperaba que asistiera al baile de los Bressington.

—Así pues —concluyó Ferdie—, uno de nosotros. De nuestro círculo social, quiero decir. Por lo menos, en calidad de cómplice.

—Esa parece ser la conclusión ineludible —dijo Hazelmere sin dejar de mirar las cartas.

—¿Qué vamos a hacer? —preguntó Fanshawe.

—No podemos recurrir a Bow Street —dijo Ferdie con decisión—. Son muy indiscretos. Ocasionan toda clase de estropicios. A lady Merion no le haría ninguna gracia. Ni a Dorothea tampoco.

—Ni a mí —añadió Hazelmere.

—Por supuesto —dijo Ferdie, satisfecho de haber dejado aquel punto claro.

—En mi opinión, lo único que podemos hacer es vigilar cuidadosamente a Dorothea —dijo Hazelmere—. Ella no volverá a dejarse engañar por una de estas notas, pero, mientras no sepamos quién está detrás de todo esto, tenemos que asegurarnos de que nadie que pueda estar implicado pueda acercarse a ella estando sola.

—¿Nosotros tres solos? —preguntó Fanshawe.

Hazelmere consideró la pregunta.

—De momento, sí —contestó al fin—. Pero podemos buscar refuerzos, si fuera necesario.

—¿Qué están haciendo ahora? —preguntó Fanshawe.

—Descansar —contestó Ferdie. Al advertir su sorpresa, añadió—: Anoche fueron al teatro con tus padres, querido amigo. El resultado: Cecily está exhausta.

—Ah —dijo Hazelmere con una sonrisa comprensiva. Fanshawe frunció el ceño.

—Esta tarde voy a salir a dar un paseo a caballo con ellas —continuó Ferdie—. Luego, esta noche, van al Baile de las Embajadas de Carlton House. Eso será fácil. Estaremos los tres.

—Bueno, Ferdie, querido muchacho —dijo Fanshawe mientras se levantaba para irse—, tendrás que mantenernos informados de adónde va la señorita Darent para que al menos uno de nosotros esté allí. No creo que sea muy difícil. Todavía no pueden andar por ahí recorriendo la ciudad a su antojo, ¿no?

Ferdie pensó que sus amigos, siempre enfrascados en sus galanteos, ignoraban lo ocupada que podía estar la agenda de una dama. Esperaba sinceramente no tener que mantener la vigilancia mucho tiempo.

Un momento después, cuando bajaban los tres los escalones de la casa, dio voz a una idea que llevaba rondándole la cabeza algún tiempo.

—La verdad es que, a mi modo de ver, el modo más sencillo de solucionar todos estos problemas sería que os dierais prisa y os casarais con ellas de una vez. Así Marc podría pasarse el día entero con Dorothea, si hiciera falta, Cecily no se deprimiría y yo podría volver a disfrutar de una vida tranquila —viendo que su consejo no era bien recibido, les hizo un gesto apresurado con la mano—. ¿No? Bueno, pues me voy. Nos veremos esta noche, en el baile.

El Baile de las Embajadas de Carlton House se llamaba así porque a él asistían todas las legaciones diplomáticas con sede en Londres. Auspiciado por el Príncipe Regente, la asistencia de todos aquellos que habían sido invitados era prácticamente obligatoria. Ello incluía a todas las debutantes del año, a la mayoría de los nobles presentes en Londres y a la élite social. Al príncipe le divertía pensar que, por una noche durante la temporada, todos bailaban al son que él marcaba. A pesar de que la flor y nata de la alta sociedad consideraba este festejo sumamente aburrido, la obligación de estar presente cuando llegara el príncipe aseguraba el que todos llegaran temprano.

Conociendo al príncipe, Hazelmere era consciente de que, aunque era extremadamente improbable que Dorothea fuera secuestrada en el transcurso del baile, tanto ella como Cecily tendrían que enfrentarse a una amenaza de muy distinta procedencia. Tras sopesar sus alternativas, Fanshawe y él decidieron visitar Merion House mientras las hermanas estaban paseando a caballo con Ferdie. Encontraron a lady Merion en casa y, tras explicarle a grandes rasgos la razón de sus inquietudes, se convino que ellos las acompañarían a Carlton House, utilizando para ello el carruaje grande de Hazelmere.

Ferdie se extrañó de encontrarlos allí cuando llegó a Merion House esa noche. Una concisa explicación de Hazelmere le hizo comprender la situación.

—¡Cielo santo! ¡No se me había ocurrido!

—¿Qué no se te había ocurrido, Ferdie? —preguntó Dorothea, que lo había oído y, llena de curiosidad, se había acercado a ver si podía sonsacarle alguna explicación que justificara la aparición de Hazelmere y Fanshawe.

Ferdie nunca reaccionaba con suficiente presencia en tales situaciones. No se le ocurrió qué contestar a Dorothea. Esta sabía que, si esperaba lo suficiente, Ferdie acabaría diciéndole algo de provecho. Pero no había contado con Hazelmere, que interpuso tranquilamente una mentira flagrante.

—Ferdie, creo que lady Merion lleva unos minutos intentando llamar tu atención.

—¿Qué? ¡Ah, sí! Tengo que ir a ver a tu abuela —diciéndole esto a Dorothea, cruzó la habitación en dirección a lady Merion con la presteza de un conejo que escapara de una trampa. Dorothea miró disgustada a Hazelmere.

—Aguafiestas —dijo.

—No es justo intentar sonsacar a Ferdie. Él no está a su altura. Si quiere, puede usted intentar sonsacarme a mí.

—Dado que es evidente que no tiene usted intención de decirme nada, me temo que sería una pérdida de tiempo —contestó ella, añadiendo—: En estos casos, yo, a fin de cuentas, tampoco estoy a su altura.

—Cierto —contestó Hazelmere, desanimándola.

La mirada esmeralda que recibió de Dorothea hablaba por sí sola.

Una vez que Ferdie estaba allí, no había nada más que retrasara su partida y pronto se hallaron acomodados en el carruaje de camino al baile. En el carruaje de Hazelmere, sumamente lujoso, cabían fácilmente seis personas, pese a los voluminosos vestidos que solían llevar las damas para aquel baile. El Baile de las Embajadas había reemplazado temporalmente y en cierto sentido a las audiencias de gala de antaño. Estas se habían suspendido a causa de los problemas que asediaban a la familia real. Sin embargo, la costumbre de que las debutantes lucieran vestidos blancos y entallados de amplia falda y plumas de avestruz en el pelo se había transmitido al Baile de las Embajadas del Príncipe Regente.

El vestido completamente blanco le daba a Cecily un aire etéreo. Dorothea, cuyo pelo oscuro y ojos verdes contrastaba con el blanco del vestido, parecía una diosa. Celestine había, como de costumbre, sacado el máximo provecho a la edad y la figura de Dorothea. El corpiño era de corte bajo, mientras que la cintura había sido sutilmente alterada para enfatizar el esbelto talle y las redondeadas caderas de la joven. Al entrar en el salón de Merion House y posar sus ojos en ella, Hazelmere había comprendido que no se equivocaba al prever problemas en Carlton House.

No se tardaba más de diez minutos en recorrer la corta distancia que había hasta la residencia londinense del Príncipe Regente, pero, debido a la aglomeración de gente, tardaron casi una hora en alcanzar la escalinata y oír sus nombres anunciados a la entrada del salón de baile. Dado que Su Alteza estaba convencido de ser particularmente proclive a catarros y enfriamientos, las estancias habían sido calentadas en exceso. Dorothea se alegró de no haber llevado chal. Hazelmere, mirándola mientras caminaba a su lado, deseó que lo hubiera llevado.

Recorrieron lentamente el salón de baile, Cecily del brazo de Fanshawe y lady Merion del de Ferdie, deteniéndose aquí y allá a conversar con amigos y conocidos. Todos habían convenido en que el lugar más seguro para que las señoritas Darent presentaran sus respetos al Príncipe Regente era allí donde solía congregarse la flor y nata de la aristocracia. Lady Jersey y las demás patronas de Almack's estarían allí, así como la mayor parte de los conocidos de los señores. En tan augusta compañía, las posibilidades de que Su Alteza expidiera una de sus temidas órdenes quedaban reducidas al mínimo.

Habían llegado a aquel lugar y estaban entretenidos saludando a sus amigos cuando un estremecimiento general que recorrió la multitud anunció la llegada del Príncipe Regente. Mientras la figura oronda del príncipe, acompañado de dos de sus hombres de confianza, cruzaba lentamente el salón de baile, los caballeros alineados en fila se inclinaban y las señoras ejecutaban sus más enfáticas reverencias. Aquel movimiento recorrió el largo salón como una ola, deteniéndose aquí y allá cuando Su Alteza se paraba a intercambiar unas palabras con alguno de sus favoritos o, con mayor frecuencia, a admirar a una bella mujer. Observando al príncipe mientras se acercaba, Dorothea pensó que su conducta resultaba indecorosa en un hombre de su edad y posición. En esto, la mayoría de quienes la rodeaban estaban de acuerdo.

Cuando la ola de reverencias la alcanzó y la debutante de su izquierda se inclinó, Dorothea hizo lo propio, inclinando la cabeza como le habían enseñado. Supuestamente debía mantener aquella pose hasta que pasara Su Alteza. Pero mientras aguardaba, inmóvil, reparó en que los pies del príncipe, la única parte de su cuerpo que veía en aquella postura, calzados con extravagantes mocasines de baile de un rojo brillante y enormes hebillas doradas, se habían detenido a escasa distancia de ella. Aventurándose a alzar la mirada, descubrió que los ojos saltones del príncipe, de un azul pálido, estaban fijos en ella. Él sonrió maliciosamente y, tomándola de la mano, la hizo levantarse.

Mientras los que la rodeaban abandonaban sus posturas obsequiosas, Dorothea notó que Hazelmere estaba detrás de ella, muy cerca entre la gente, algo a su izquierda, y que había posado levemente una mano en su cintura. La señora Drummond-Burrell se movió un poco hacia su izquierda. Este movimiento, casi imperceptible, distrajo al príncipe, quien de pronto pareció reparar en quienes rodeaban a Dorothea. Esta advirtió que su mirada lasciva se disipaba y desaparecía del todo cuando Su Alteza se topó con la mirada fija de Hazelmere.

El príncipe maldijo para sus adentros. Había sido informado de que la debutante más atractiva de ese año era la señorita Darent, pero también de que sería inapropiado sugerir que esta lo entretuviera en privado, pues se la consideraba prácticamente comprometida con el marqués de Hazelmere. Aunque había algunos nobles a los que podía ignorar, Hazelmere no se contaba entre ellos. Sin embargo, al ver a la deliciosa joven postrándose ante él, había olvidado por completo aquella advertencia hasta que se la recordaron la mirada de reprobación de la señora Drummond-Burrell y los fríos ojos de Hazelmere. Así pues, en lugar de decir lo que tenía pensado, sonrió con afectación y dijo casi con simpatía:

—Es usted realmente bonita, querida —e, inclinando la cabeza, le soltó la mano y, sin dejar de sonreír, se alejó.

Dorothea percibió un alivio casi palpable a su alrededor. Mientras el príncipe seguía avanzando por el salón de baile y las filas de sus súbditos se rompían, ella se volvió a mirar a Hazelmere y, no sabiendo cómo formular la pregunta, lo miró alzando inquisitivamente una ceja.

—Sí, de eso se trataba —dijo él, sonriendo mientras posaba la mano de Dorothea sobre su brazo—. Lo ha hecho usted muy bien, querida mía.

Ella preguntó:

—¿Por qué no me dijo que podía ser tan...? Bueno, así.

—Porque nunca se sabe cómo va a reaccionar.

—¿Por eso tenía que estar con usted y no con mi abuela?

—A veces, Su Alteza se deja confundir hasta el punto de hacer... sugerencias que en el caso de usted serían completamente inapropiadas.

—Comprendo. Y no haría tales sugerencias mientras me acompañara usted, pero podía hacerlas si me hubiera encontrado sola con mi abuela.

Hazelmere, que hubiera preferido que no se diera cuenta, se limitó a asentir. Sabía que ella no tardaría mucho en deducir la razón por la que su presencia la había protegido de las pretensiones del príncipe. Tras lanzar una mirada al rostro pensativo de Dorothea, se dirigió hacia la zona del salón reservada para el baile.

Las normas sociales que imperaban en todos los sitios no se aplicaban en Carlton House con el mismo rigor. Las principales damas de la aristocracia deploraban la relajación de costumbres que imponía la influencia del príncipe. En anteriores ocasiones, Hazelmere había hallado muy conveniente aquella laxitud. Ahora le preocupaba que la ignorancia de Dorothea respecto a lo que ocurría en Carlton House la condujera sin ella saberlo a algún atolladero.

Al llegar a la zona de baile, oyendo que los músicos comenzaban a tocar, la tomó en sus brazos sin decir palabra y empezó a bailar el vals. En Carlton House no se estilaban las libretitas de baile, y el vals era el único baile permitido. Ella no había dicho nada aún. Hazelmere, deseando que Carlton House tuviera un invernadero desierto, notó lo rígida y distante que estaba Dorothea mientras se deslizaban por el salón de baile. Pero, a medida que avanzaban, a pesar de sí misma, ella fue relajándose en sus brazos. Hazelmere advirtió que habían atraído la atención de ciertos caballeros que no solían asistir a las reuniones de la alta sociedad, y decidió devolver a Dorothea a lady Merion en cuanto acabara aquella pieza. Al mirar el rostro sereno de ella, se dio cuenta con sobresalto de que ignoraba por completo lo que estaba pensando. Era habitualmente tan franca con él que, hasta ese momento, no se le había ocurrido pensar que pudiera replegarse sobre sí misma tan completamente. Sin saber qué hacer por primera vez en su vida, permaneció en silencio.

Al acabar la pieza, se llevó la mano de Dorothea a los labios y advirtió un destello conocido en sus ojos verdes. Sonriendo, le ofreció el brazo y la condujo en busca de lady Merion. Al dejarla apesadumbrado junto a su abuela, vio con alivio que Alvanley le solicitaba el siguiente baile. Mostrarse excesivamente solícito solo conseguiría empeorar el humor de Dorothea, de modo que se resignó a no volver a bailar con ella y se alejó en busca de sus amigos.

Dorothea se hallaba en un estado de franca confusión que la necesidad de mantener una conversación cortés solo lograba empeorar. A medida que pasaban las semanas, había llegado a aceptar que tal vez con el tiempo Hazelmere y ella llegaran a un compromiso. A un compromiso de mutuo acuerdo. Pero ahora parecía que ella no tenía nada que decir al respecto. Todo el mundo sabía ya que se casaría con lord Hazelmere. ¡Hasta el príncipe lo sabía!

La sensación de ser una marioneta cuyos hilos manejaba Hazelmere avivaba su ira. Mientras ella, perdidamente enamorada, se había estado preguntando si él la quería o no, Hazelmere había logrado convencer a todo el mundo de que era suya. ¿Cómo se atrevía a darlo por descontado hasta tal punto?

Sofocada y enfurecida, se veía privada de la posibilidad de enfrentarse a él cara a cara. Pasó tres valses absorta, tramando lo que haría al día siguiente. Hazelmere debía enterarse de que ella no era una pobre ilusa a la que podía manipular a su antojo.

Bailar con los amigos de Hazelmere, todos los cuales parecían tratarla como a la esposa de un amigo, no contribuyó a mejorar su humor. Ninguno de sus acompañantes adivinó, sin embargo, su verdadero estado de ánimo. Su compostura era impecable; su serenidad, convincente. Fue así como, sintiendo un extraño desasosiego, vio que un distinguido caballero francés se inclinaba ante ella y le solicitaba el honor del siguiente vals. Lord Desborough acababa de dejarla junto a su abuela y se había alejado entre la todavía nutrida concurrencia.

Tras solicitar el permiso de lady Merion, dejó que el conde de Vanée la condujera a la pista de baile. Él, según la informó, acababa de llegar de París. Mientras la guiaba hábilmente entre las parejas de baile, el conde comenzó a charlar de generalidades a las que Dorothea prestaba escasa atención. Hasta que oyó mencionar el nombre de Hazelmere y, sin vacilar, interrumpió el discurso de su acompañante.

—Lo siento, señor conde, pero me temo que no he entendido lo que acaba de decir.

—Ah, *mademoiselle*, solo estaba diciendo que es muy propio del marqués buscar a sus amantes entre las mujeres más bellas. La encantadora lady Walford, por ejemplo, a la que podéis ver allí, hablando con su señoría.

Dorothea miró hacia donde le indicaba y vislumbró a Hazelmere enfrascado en una conversación con lady Walford, hacia cuyo bello rostro inclinaba la cabeza como si la escuchara con toda atención. Hasta para su mirada inexperta, su actitud evidenciaba cierto grado de familiaridad. Sintiendo que se le caía el alma a los pies, hizo acopio de su bien probada entereza para volver a mirar a los ojos del conde con su acostumbrada calma. El joven, sin embargo, notó que se crispaba al ver a Hazelmere y lady Walford y se sintió más que satisfecho con su éxito. Demasiado astuto como para insistir sobre el caso, continuó desgranando alegremente anécdotas acerca de la buena sociedad.

Sus palabras, sin embargo, afectaron a Dorothea mucho más de lo que él creía. Si antes se hallaba confusa, ahora se sentía completamente desolada. Una única imagen atormentaba su imaginación: la de Hazelmere conversando íntimamente con lady Walford. Todo lo demás parecía haberse hundido bajo las miasmas del dolor.

El domingo anterior, antes de partir hacia Darent Hall, Marjorie Darent había solicitado una entrevista en privado con Dorothea a fin de, según decía ella, cumplir con su deber.

—Dado que Herbert es tu tutor y yo su esposa —había comenzado cautelosamente—, siento el deber de decirte que todo el mundo sabe que lord Hazelmere está jugando con tus afectos. Me han dicho que ha actuado exactamente del mismo modo con muchas otras jóvenes impresionables. Lamento decir que tu resistencia a sus encantos es con toda probabilidad lo que lo atrae a tu lado. Ni Herbert ni yo querríamos criticar a tu abuela, pero nos duele profundamente verte en manos de un hombre semejante.

Dorothea la había escuchado pacientemente, convencida de que todo aquello no era cierto. Marjorie ignoraba cómo se conducía Hazelmere con ella. Y era de todo punto impensable que lady Merion consintiera sus atenciones de no ser estas honorables.

Marjorie había proseguido enumerando los numerosos defectos del marqués: su afición por el juego, las carreras de caballos y el boxeo, así como por otros deportes de baja estofa, y al fin había llegado al objeto de su visita.

—Es mi deber, por más que me disguste, hablarte claramente, querida. Lady Merion cree que estas cosas no deben herir los oídos de una joven inocente, pero, dadas las circunstancias, es necesario que lo sepas. A fin de cuentas, quien avisa no es traidor.

Llegadas a este punto, la vívida imaginación de Dorothea se había desbocado. Ardía en deseos de saber qué vida secreta le había inventado Marjorie al marqués. La explicación, cuando llegó, era tan insustancial que estuvo a punto de hacerla reír.

—Querida mía, ese hombre es un libertino. Un libertino de muy alta alcurnia, sí, pero libertino a fin de cuentas. ¡Dios mío, las historias que he oído contar de sus amantes, muchas de ellas tan bien nacidas como tú y como yo...! Y, además, todas bellísimas. Igual que tú, querida mía.

La insinuación que Marjorie había logrado infundirle a sus últimas palabras casi había dado al traste con la compostura de Dorothea. La idea de que Hazelmere le propusiera que fuera su amante era tan ridícula que había tenido que respirar hondo para no echarse a reír y arruinar su pose de cortés atención. En realidad, Marjorie se había tomado su inspiración como señal de la profunda impresión que le había causado la perfidia del marqués.

Su prima había concluido afirmando que ni Herbert ni ella consentirían mayores confianzas con el marqués. Dorothea había logrado refrenar su enojo recordándose que, en Londres, se hallaba a cargo de su abuela, no de ella.

Después de que esta se marchara, Dorothea había echado en olvido sus advertencias por considerarlas fantasías ridículas. Pero ahora que parecía que al menos una de las cosas que le había dicho su prima era cierta, se veía obligada a cuestionarse si de veras conocía a Hazelmere.

Imaginaba que había habido muchas mujeres en la vida del marqués. Difícilmente podía haber alcanzado un conocimiento tan profundo de las mujeres como el que ostentaba sin mucha práctica. Pero siempre había pensado que aquellas mujeres eran de condición inferior y, más aún, que pertenecían al pasado. Lady Walford, sin embargo, pertenecía a la aristocracia, y obviamente formaba parte del presente de Hazelmere.

Dorothea no oyó ni una sola palabra del resto de la conversación del conde. Justo antes de que acabara la pieza, reparó en que Cecily estaba bailando con Fanshawe. Por el brillo de los ojos de su hermana, Dorothea adivinó que habían solventado sus diferencias. Fanshawe, vislumbrándola entre la multitud, pareció sorprendido, pero el movimiento de la danza los separó de inmediato y Dorothea no logró ver qué había suscitado la atención del joven. Al acabar el baile, el conde la condujo ceremoniosamente junto a su abuela y se retiró de inmediato, desapareciendo entre los invitados. La prontitud de su partida se debía a que él también había advertido la mirada de sorpresa de Fanshawe y, a diferencia de Dorothea, sabía cuál era la causa.

Tal y como el conde había predicho, unos minutos después Hazelmere se presentó junto a Dorothea. Notando al instante la expresión de disgusto de esta, decidió no preguntarle qué le ocurría y se apresuró a sugerirle a lady Merion que podían abandonar el baile con toda impunidad, pues el príncipe se había retirado. Lady Merion, a quien disgustaba el cariz del festejo, accedió de buena gana. Fanshawe y Cecily aparecieron en ese instante, de modo que solo quedaba encontrar a Ferdie para poder marcharse. Lograron esto último fácilmente, y el grupo al completo abandonó Carlton House.

Sentado frente a Dorothea en el carruaje, Hazelmere buscó desesperadamente un indicio que explicara su agitación. Sabía por Tony que había bailado con un diplomático francés, hombre de reputación dudosa. Pero parecía improbable que pudiera haberle dicho nada capaz de turbarle hasta aquel punto. Notaba que bajo su apariencia de serenidad se hallaba al borde de las lágrimas, pero ignoraba el porqué, y el saber que preguntárselo francamente sería inútil y que, por tanto, no podía reconfortarla, solo contribuía a aumentar su frustración.

El carruaje se detuvo frente a Merion House y las señoras fueron acompañadas hasta su interior. Ferdie se marchó a pie y, después de mandar por delante el carruaje, Fanshawe y Hazelmere cruzaron caminando la plaza. Durante más de la mitad del camino Fanshawe mantuvo un fervoroso monólogo acerca de las delicias del amor. Había hecho buen uso del consejo de Dorothea y, añadiéndole un poco de una arrogancia que había tomado prestada de Hazelmere, había obtenido un éxito completo.

Al darse cuenta de que Hazelmere no respondía, Fanshawe observó la cara larga de su amigo y exclamó:

—No me digas que ahora os habéis enfadado vosotros.

Hazelmere sonrió.

—A decir verdad, no lo sé.

—¡Cielo santo! ¡Sois peores que nosotros!

—Desgraciadamente, sí.

—Bueno —continuó Fanshawe—, ¿y por qué no le aplicas a Dorothea su propio consejo?

—Porque he sido informado por una fuente de toda confianza de que la mano dura no funciona con la mayor de las hermanas Darent —contestó Hazelmere esbozando una sonrisa.

—O sea que, muy probablemente, sí funcione —dijo Fanshawe, todavía jovial.

—En realidad, puede que tengas más razón de la que crees —contestó Hazelmere mientras se separaban ante las escaleras de Hazelmere House.

Ni lady Merion ni Cecily, menos observadoras que Hazelmere, advirtieron la mirada angustiada de Dorothea. Lady Merion se fue a la cama con jaqueca y Cecily se sentía tan feliz que, por una vez, la palidez de su hermana escapó a su mirada penetrante. Dorothea pudo retirarse a su alcoba sin tener que responder a preguntas difíciles.

Permaneció tumbada, mirando hacia la ventana, durante lo que le parecieron horas. Su corazón no aceptaba lo que su mente sabía cierto. Hazelmere se había deshecho en atenciones con ella, le había robado el corazón su desenvoltura, sus suaves caricias y aquellos malévolos ojos castaños, mientras disfrutaba al mismo tiempo de una relación ilícita con la hermosa lady Walford. Y, lo que era peor aún, pensó sintiendo compasión por sí misma, ello significaba que no estaba enamorado de ella en absoluto.

Había tardado en descubrirlo, pero ahora, al fin, estaba segura: Hazelmere tenía que casarse y había decidido que ella le servía. No la gélida y desabrida señorita Buntton, sino una joven ingenua y provinciana que no se sintiera a sus anchas en los círculos de la alta sociedad, que fuera una esposa cariñosa, servicial, conveniente y manejable, que le diera herederos y dirigiera su hogar mientras él seguía haciendo su vida, disfrutando de los placeres prohibidos que le proporcionaban las mujeres como lady Walford. Con toda probabilidad, era la aparente indiferencia de ella lo que le había llamado la atención. Ella suponía para él al mismo tiempo un desafío y una conquista ventajosa.

Por primera vez desde su llegada a Londres, Dorothea pensó con nostalgia en La Grange, donde la vida era mucho más simple. Allí no tenía que enfrentarse a caballeros despóticos con bellas amantes que por razones enteramente egoístas, conseguían que una se enamorara de ellos.

Casi amanecía cuando al fin cayó en un inquieto duermevela.

Al volver a su casa, Hazelmere entró en la biblioteca y, tras servirse un buen vaso de brandy, se sentó a contemplar el fuego moribundo. Cuando había decidido aguardar hasta que la temporada estuviera más avanzada para pedir la mano de Dorothea, no había previsto que su relación llegaría a complicarse tanto. Ignoraba aún qué había salido mal esa noche y no tenía derecho a pedir una explicación. Y aunque quizá antes de aquel día ella se la hubiera dado, esa noche se había dado cuenta de hasta qué punto era pública su relación gracias a él. Y eso no le había hecho ninguna gracia. Solo Dios sabía qué diría Dorothea si llegaba a enterarse de que todo el mundo consideraba inminente el anuncio de su boda. Hazelmere sonrió al imaginar su furia. No lamentaba, pese a todo, el haber hecho uso de sus artimañas. Después de la conducta que había demostrado en Moreton Park y en aquella condenada posada, sabía que no era dócil ni maleable. Si le hubiera dejado elegir marido a voluntad, la señorita Darent sin duda habría acabado con un petimetre aburrido demasiado bobalicón para ejercer control alguno sobre ella. Y Dorothea necesitaba que alguien la controlara, velara por ella, la cuidara y la mimara. Le estremecía pensar en qué atolladeros se habría visto metida de no haber estado él allí, una y otra vez, para rescatarla. La mitad de las veces, ella ni siquiera se daba cuenta del peligro cuando lo tenía delante. Como le pasaba con él.

Ello no dejaba de sorprenderle. Dorothea desconfiaba claramente de Peterborough y de Walsingham. Pero nunca, desde su primer encuentro en el bosque de Moreton Park, cuando la había besado y abrazado como nadie lo había hecho antes, había mostrado el más leve recelo en su compañía. Otra más de sus extrañas peculiaridades de carácter, aunque por esta en particular sentía él una profunda gratitud.

Sospechaba que el desagrado que causaban en Dorothea sus modales autoritarios se debía a que estaba acostumbrada a hacer y deshacer a su antojo y a manejar a personas como Cecily, lady Merion y Ferdie para que hicieran cuanto deseaba. El hecho de que hubiera renunciado a intentar sonsacarle el motivo de su presencia en Merion House esa tarde sugería que era consciente de que a él sería inútil intentar embaucarlo o manipularlo. Cosa que le convenía. No tenía intención alguna de permitir tal cosa. Sin embargo, pensó esbozando una sonrisa, no tenía nada que objetar a que ella lo intentara.

Dando un suspiro, se obligó a pensar en sus problemas presentes. Dorothea parecía haberse alejado de él y, aunque en circunstancias normales no habría dudado de su capacidad para atraerla de nuevo, había demasiados incidentes sin explicar como para que se sintiera a gusto. Miró su mesa, en uno de cuyos cajones guardaba las dos misteriosas notas. Había alguien más jugando aquella mano, y él no sabía aún quién era.

Solo cabía hacer una cosa. El administrador de sus propiedades en el condado de Leicester le había rogado su presencia. De camino hacia allá, atravesaría el condado de Northampton, no muy lejos de Darent Hall. Al revisar mentalmente sus compromisos, recordó que al día siguiente tenía un almuerzo. Muy bien, partiría hacia Leicester más tarde y le haría una visita al odioso Herbert en el camino de regreso. Suponía que después tendría que avisar a su madre, lo cual significaba pasar una noche en Hazelmere. Siete días en total. Estaría de regreso en Londres el martes siguiente.

Le disgustaba separarse de Dorothea, pero dado que ignoraba si alguien volvería a molestarla, lo más sensato era solventar futuros problemas casándose con ella lo antes posible. Raptar a la marquesa de Hazelmere sería tarea mucho más difícil que raptar a la señorita Darent. De hecho, él se encargaría de que fuera enteramente imposible.

Apuró el resto del brandy y se fue a la cama. Cómodamente tendido entre sus sábanas de seda, oyó cómo se extinguían los pasos de Murgatroyd por el pasillo. Su encuentro con Dorothea en el invernadero de Richmond House no dejaba dudas acerca de los sentimientos que albergaba hacia él. Y su conducta posterior había, aun sin saberlo ella, confirmado las esperanzas de Hazelmere. Dorothea estaba enamorada de él. A pesar de la inquietud que sentía, aquel convencimiento se apoderaba de él como una oleada de ebriedad, fuente constante de alegría y asombro. De ese sentimiento había surgido la paciencia necesaria para ver concluir el juego, para permitir que Dorothea disfrutara a su antojo de la temporada antes de reclamarla como suya. Dejando aparte otras consideraciones, él había disfrutado de su enérgica resistencia, de sus intentos, cada vez menos fructíferos, de ocultar lo que sentía por él. Hazelmere suspiró. Para bien o para mal, a Dorothea se le había acabado el tiempo. El martes siguiente se acabaría el juego. Y empezaría algo completamente distinto.

Se estiró, notando la crispación que se ocultaba bajo su aparente tranquilidad. Jamás debería haberla besado. Ahora, cada vez que la veía, se apoderaba de él un intenso deseo de besarla de nuevo. Y cada vez que cedía a aquel impulso, se daba cuenta de que su deseo de llevarla a la cama crecía un poco más. La suavidad del cabello de Dorothea, su piel tersa, la dulzura de sus labios y, más que cualquier otra cosa, aquellos bellísimos ojos verdes habían llegado a serle tan evocadores que, por primera vez en su vida, parecía haber perdido el control sobre sus propios deseos. Dejando a un lado todo lo demás, al casarse con ella pondría fin a aquel suplicio.

Se deslizó en una postura más cómoda y, pensando en unos ojos de color esmeralda, perdió la noción de la realidad.

CAPÍTULO 11

A la mañana siguiente, lady Merion, indispuesta a causa de la atmósfera enrarecida de Carlton House, se quedó en la cama. Dorothea, cansada después de una noche de inquieto sueño, fue a interesarse por su salud. Su abuela advirtió de inmediato las ojeras que circundaban sus ojos e insistió en que se quedara en la cama el resto de la mañana. Segura de que, si iba a pasear a caballo por el parque, se encontraría a Hazelmere, y sabiendo que le sería imposible hablar con él con normalidad, Dorothea aceptó.

Cecily no se mostró contrariada por el cambio de planes, pues había acordado salir a pasear en coche con Fanshawe esa tarde. Escribió a Ferdie para cancelar su cita matutina y, a instancias de Dorothea, le pidió que acompañara a su hermana a pasear a caballo por la tarde.

Ferdie se presentó a media tarde y partió con Dorothea en dirección al parque. A pesar de que era por lo común poco observador, advirtió que Dorothea estaba cambiada. Pensando en distraerla, comenzó a charlar sobre el baile en Carlton House, los amigos del Príncipe Regente, y sobre lo primero que se le venía a la cabeza. Dorothea, que comprendió enseguida sus bienintencionados esfuerzos, intentó alegrar la cara e ignorar el hecho de que él también parecía considerarla prácticamente comprometida con Hazelmere.

Se habían adentrado en el parque y estaban recorriendo el reborde de hierba del camino de carruajes cuando, al mirar hacia delante, Dorothea se detuvo de pronto y atajó, alterada, la descripción de Ferdie acerca de la nueva peluca de lady Hanover.

—Ferdie, quiero galopar hasta esos árboles. Creo que allí crecen fresas.

De pronto, hizo girar a la yegua baya y partió al galope hacia un robledal que había a su izquierda. Sorprendido, Ferdie volvió grupas y se dispuso a seguirla. Al hacerlo, su mirada se posó un instante en un carruaje que se acercaba. Era la calesa del marqués en la que, tirada por las yeguas grises, iban el propio Hazelmere y Helen Walford. Una fugaz mirada a su primo bastó para convencerlo de que Hazelmere había observado la precipitada marcha de Dorothea. De repente, Ferdie comprendió horrorizado que Dorothea acababa de dejar plantado a su primo en mitad del parque.

—¿Se puede saber qué te pasa? —le preguntó al reunirse con ella junto a los árboles—. ¡Ese era Hazelmere!

—Sí, lo sé, Ferdie —contestó Dorothea, compungida al advertir la inquietud de su amigo.

—Pues que me cuelguen si entiendo qué te pasa —continuó él—, pero te aseguro que dejar plantado en medio del parque a un hombre como Hazelmere no es muy conveniente.

—Sí, Ferdie. Ahora quisiera irme a casa, si no te importa.

—¿No me digas? —dijo él ásperamente, sabiendo que Hazelmere iría pronto tras ellos.

De camino a Cavendish Square, Ferdie intentó hacer que Dorothea comprendiera la magnitud de su error. A pesar de no saber qué había causado tan extraña conducta, estaba convencido de que, si podía inducirla a mostrarse contrita cuando volviera a encontrarse con su primo, tendría mayores oportunidades de reparar su error. Ferdie sabía mejor que la mayoría que el temperamento frívolo que aparentaba Hazelmere no era más que una ficción. El marqués tenía mucho genio; lo que ocurría era sencillamente que no perdía a menudo los nervios.

Ferdie ignoraba que Dorothea ya conocía el temperamento de Hazelmere. Al verlo paseando con sus yeguas junto a lady Walford, la joven no había podido soportar la idea de quedarse e intercambiar con ellos trivialidades llenas de cortesía. Aunque sabía que se había portado mal y que Hazelmere tenía todo el derecho a enojarse, ella también se sentía agraviada y casi deseaba ansiosamente una entrevista con el marqués. Ferdie, por suerte, desconocía sus sentimientos: que alguien pudiera desear entrevistarse con Hazelmere hallándose este furioso era algo que escapaba a su comprensión.

Al llegar a Merion House, Ferdie acompañó a Dorothea al interior de la casa, pasó junto a Mellow y entró en el salón. Allí logró entrever lo que sucedía. Dorothea, que se paseaba por la habitación como un tigre enjaulado, le pareció más enojada que contrita.

—¿Cómo se atreve a acercarse a mí yendo con esa mujer? —estalló ella finalmente.

Ferdie la miró extrañado.

—¿Qué hay de malo en ir con Helen Walford? —preguntó, temiendo que se le escapara algo.

—¿Es que no lo sabes? ¡Es su amante!

—¿Qué? —Ferdie quedó pasmado—. ¡No! ¡Te equivocas! Claro que no es la amante de Marc.

Recordando su parentesco con Hazelmere, Dorothea se convenció de que se pondría de parte de su primo y prefirió ignorarlo. En ese momento, sintieron que alguien llamaba imperiosamente a la puerta. Ferdie miró por la ventana y vio fuera la calesa de Hazelmere.

Ver a Dorothea alejarse deliberadamente de su camino había dejado a Hazelmere sumamente asombrado. ¿Qué demonios pretendía tratándolo de aquel modo? Demasiado consciente de lo que lo rodeaba para dar rienda suelta a su ira, tardó sin embargo varios minutos en sentirse lo bastante dueño de su voz como para decirle a Helen Walford:

—Mi querida Helen, ¿te importa si te llevo ya con tus amigos? Parto para Leicester dentro de poco y creo que aún tengo un asunto que resolver.

Lady Walford conocía bien el temperamento de Hazelmere por haber provocado ella su ira más de una vez durante su niñez. Al observar sus ojos castaños, normalmente cálidos y divertidos, y descubrirlos fríos y neblinosos como ágatas, se limitó a sonreír, asintiendo. Confiaba en que la señorita Darent tuviera más temple que la mayoría de las debutantes, pues sin duda la esperaba una entrevista desagradable y, en contra de lo que pudiera suponerse, el hecho de que Hazelmere estuviera loco por ella no le serviría de gran ayuda. Como todos los Henry, el marqués poseía una sorprendente vena conservadora que sin duda lo llevaría a exigir en su futura esposa una conducta mucho más estricta de la que consentía en damas menos afortunadas. Lady Walford temía, pues, que Dorothea estuviera a punto de enfrentarse a un encuentro particularmente violento.

Tras dejar a lady Walford en compañía de sus amigos, Hazelmere se dirigió de inmediato a Merion House. Al llegar, le tiró las riendas de la calesa a un mozo sin mediar palabra y subió corriendo los escalones de la entrada. Le abrió la puerta un intrigado Mellow, al que se limitó a preguntarle con voz engañosamente suave:

—¿Dónde está la señorita Darent, Mellow?

—En el salón, milord.

—Gracias. No se moleste en anunciarme.

Cruzó el vestíbulo y abrió la puerta del salón. Al posar sus ojos en Ferdie, sonrió de tal modo que este se aprestó a hacer su voluntad. Hazelmere mantuvo la puerta abierta y dijo:

—Creo que ya te ibas, Ferdie.

No había duda respecto a la orden, pero Ferdie, advirtiendo la dureza de la mirada de su primo, dudaba de la conveniencia de dejarlos solos. Sin embargo, al mirar a Dorothea, se halló de pronto sin capacidad de elección.

—Adiós, Ferdie —dijo ella.

De modo que Ferdie se fue, descartando la idea de decirle a su primo que Dorothea parecía creer que Helen Walford era su amante. A su modo de ver, sería preferible que fuera la propia Dorothea quien hablara a Hazelmere de sus amantes.

Al oír que la puerta se cerraba suavemente a su espalda, Ferdie decidió conveniente informar a lady Merion de la razón y el probable resultado de la entrevista que iba a tener lugar en su salón. Cinco minutos después, al regresar al vestíbulo tras explicarle la situación a lady Merion en el piso de arriba, encontró la puerta del salón todavía cerrada y, observando aquello con recelo, optó por dejar la casa.

Después de que la puerta se cerrara tras Ferdie, Hazelmere se adentró en la habitación.

—Muy sensato por su parte, querida mía. No hay necesidad de que Ferdie se entere de esto.

Se detuvo para quitarse los guantes de montar y los arrojó sobre una mesita. Al mirar a Dorothea, que estaba de pie junto a uno de los sillones situados al pie de la chimenea, con la mano aferrada a su respaldo, comprendió que ella estaba tan enfadada como él. Ignoraba el porqué, pero ello bastó para que refrenara su ira y le preguntara con voz relativamente serena:

—¿Cree que podría explicarme por qué me ha dejado plantado en el parque?

A pesar de su aparente calma, el tono de su voz logró avivar la ira de Dorothea.

—¿Cómo se atreve a acercarse a mí yendo con esa mujer?

Mirando sus ojos enfurecidos, Hazelmere sintió, como Ferdie antes, que había perdido el hilo de la conversación.

—¿Con Helen? —preguntó, desconcertado.

—¡Con su amante! —contestó ella con desprecio.

—¿Mi qué? —sus palabras restallaron como un látigo, sobresaltando a Dorothea. Hazelmere, más enfurecido aún, se acercó hasta quedar a dos pasos de ella, intentando contener su rabia. Con los ojos entornados, preguntó con voz engañosamente suave—: ¿Quién le ha dicho que Helen Walford era mi amante?

—No creo que eso le importe...

—Se equivoca —la atajó él—. Me importa, y mucho, porque Helen Walford no ha sido nunca, no es ni será mi amante. Así pues, ¿quién le ha dicho tal cosa, mi crédula señorita Darent?

Dorothea observó sus tormentosos ojos castaños y comprendió que le estaba diciendo la verdad.

—El conde de Vandée —contestó finalmente.

—Un hombre de baja condición —dijo él con desdén—. Puede que le interese saber que conozco a Helen Walford desde que ella tenía tres años. Sin embargo —continuó, adelantándose hasta quedar justo frente a ella, lo cual la obligó a apartarse del sillón que hasta ese momento se había interpuesto entre ellos—, dejando eso a un lado, aún no me ha explicado por qué, fuera lo que fuese lo que pensaba, se le ha ocurrido hacerme un desplante tan notorio.

Aunque su voz era baja y firme, Dorothea notaba que apenas lograba controlar su ira. Sabía que se había equivocado, pero las siguientes palabras del marqués disiparon su intención de disculparse.

—Ya le había dicho que esos modales provincianos no se estilaban en Londres —continuó él, pero se detuvo ahí, pues ella se apartó de él con una expresión de cólera tan evidente que Hazelmere se quedó asombrado.

—¿Cómo se atreve a hablarme a mí de modales? Explique los suyos, si puede. Sé que ha estado haciéndome la corte únicamente para ver si podía hacer que me enamorara de usted, solo porque no sucumbí a sus legendarios encantos. Oh, la prima Marjorie me lo explicó todo...

Dorothea no pasó de ahí. Hazelmere palideció al comprender cuanto acababa de decirle. Pero, al tiempo que identificaba el motivo de aquella discusión, sintió que las riendas de su pasión se soltaban de golpe. Con un movimiento rápido y ágil, tomó a Dorothea en sus brazos y la besó casi con brutal intensidad. Atemorizada, ella se resistió, pero, al igual que en anteriores ocasiones, él hundió los dedos en su cabello y, sujetándole la cabeza, la apretó con fuerza y la estrechó contra sí. Luego, en un abrir y cerrar de ojos, su beso adquirió una infinita dulzura. Intrigada, ella abrió los labios y se halló flotando en un mar de sensaciones. Notó, aturdida, que el deseo la embargaba, haciéndose más fuerte con cada segundo, hasta adquirir una fuerza que, en su inexperiencia, no lograba refrenar. Comprendió que estaba respondiendo del modo más indecoroso al ardiente beso de Hazelmere, pero ya no le importaba. Solo deseaba que él no se detuviera.

Hazelmere apartó los labios de su boca y comenzó a besarle suavemente la cara, la frente, los párpados, la barbilla y la delicada y blanca garganta. Después, apoderándose de nuevo de los labios enrojecidos de Dorothea, sondeó la dulce suavidad de su boca. Ella dejó escapar un gemido semejante a una caricia y, deslizando los brazos alrededor de su cuello, hundió los dedos en su cabello negro y se apretó contra él. Hazelmere sonrió para sus adentros y dejó que el beso se hiciera más profundo y avivara las llamas del deseo de Dorothea hasta producir un fuego que amenazó con consumirlos a ambos. Luego, alcanzando la hondura de una naturaleza tan apasionada como la suya, exigió y recibió una rendición tan completa e inequívoca que comprendió sin sombra de duda que Dorothea sería suya en cuerpo y alma siempre que él lo deseara. Enteramente satisfecho, la apretó contra sí y, apoderándose de su boca, dejó que notara hasta qué punto la deseaba.

Dorothea estaba casi desfallecida. Una pequeña parte de su conciencia conservaba la lucidez suficiente como para hallarse horrorizada e impotente mientras las manos expertas de Hazelmere recorrían su cuerpo y sus hábiles caricias provocaban en ella oleadas de deseo que la recorrían de la cabeza a los pies. El resto de ella no estaba dispuesto a escuchar. Suponía que él tendría que parar en algún momento... pero ella quería disfrutar de aquel placer mientras durara. Aun así, imaginaba que Hazelmere no pretendería seducirla en el salón de su abuela. ¿O tal vez sí?

El estremecimiento que recorrió a Dorothea hizo que Hazelmere recobrara el sentido, sobresaltándose. Tenía que soltarla, y cuanto antes. Debía hacerlo, puesto que estaban en Merion House, no en su casa. Si la miraba a los ojos, no sería capaz de irse. Y en aquel momento no estaba de humor para hablar con ella. Necesitaba alejarse para pensar sobre lo ocurrido, pues en ese instante no estaba seguro de nada, salvo del deseo físico que sentía por ella. Y eso no requería palabras para explicarse. Era consciente de que habían llegado a tal extremo que ya no era posible separarse con suavidad. Así pues, interrumpiendo bruscamente aquel beso, soltó a Dorothea, alejó las manos de su pelo y, apartándola de sí con rudeza, dio media vuelta, se fue derecho a la puerta recogiendo sus guantes de camino y salió de la habitación. En el vestíbulo encontró a Mellow. Como su rostro había recobrado ya la expresión habitual y llevaba el pelo cortado de tal modo que no podía adivinarse el desorden que habían causado en él las manos de Dorothea, Mellow presumió que no había llegado la sangre al río y se apresuró a abrirle la puerta.

Al abandonar la casa, Hazelmere cruzó la plaza en dirección a su casa. A pesar de que quien no lo conociera no habría advertido nada raro en él, en ese momento el marqués se hallaba tan aturdido que no acertaba a pensar con claridad. Rabia, frustración, orgullo herido y una extraña sensación de euforia eran solo algunas de las emociones que se agolpaban en su cabeza. Tenía que marcharse, salir de Londres, hasta que su cerebro enfebrecido se enfriara lo bastante como para esclarecer en qué situación se hallaban desde ese momento. Entró en Hazelmere House y, viendo que Mytton salía de detrás de la puerta, se detuvo al pie de las escaleras.

—He decidido salir hacia Leicester inmediatamente. Confío en estar de vuelta el martes próximo. Mándeme a Murgatroyd y dígale a Jim que enganche los bayos y tenga el carruaje listo dentro de diez minutos.

—Sí, señor —contestó Mytton y regresó de inmediato a la cocina para transmitir al servicio las órdenes del marqués, añadiendo que este se hallaba de un humor de perros. Sin añadir comentario alguno, todos corrieron a sus tareas, y Murgatroyd subió casi al trote las escaleras.

Hazelmere, que se hallaba delante del espejo con intención de quitarse el alfiler de la corbata, se giró bruscamente hacia su ayuda de cámara, que había comenzado ya a hacer la maleta.

—Murgatroyd, mira si puedes alcanzar a Jim antes de que salga. Dile que he dejado la calesa frente a Merion House. Si ya se ha ido a las cuadras, manda a un criado por él y dile que venga.

Tras un momento de asombro, Murgatroyd salió de la habitación y bajó las escaleras tan rápidamente como se lo permitía el decoro. Hazelmere observó con fastidio su reflejo. Si sus sirvientes no habían adivinado ya la causa de su estado ánimo, el hecho de que se hubiera marchado de Merion House dejando sus yeguas grises frente a la casa acabaría de aclararles el caso.

Murgatroyd llegó a la cocina al mismo tiempo que Jim, quien, ataviado con la librea de los Hazelmere, se disponía a salir. Al oír su mensaje, todos los sirvientes de la casa enmudecieron de asombro. Luego, todos aquellos que tenían acceso a la parte delantera de la casa, se dirigieron a la puerta de la calle, la abrieron y miraron hacia Merion House, al otro lado de la plaza. Mytton, Jim, Murgatroyd y Charles contemplaron atónitos la calesa.

—¡Cielo santo! Si no lo veo, no lo creo —dijo Jim.

Todos ellos regresaron a sus quehaceres sacudiendo la cabeza. Jim cruzó la plaza para recuperar las preciadas yeguas del marqués y Murgatroyd subió al piso de arriba para informar a su señor de que estaban preparando el carruaje.

Al final, Jim tuvo que pasear a los caballos cinco minutos antes de que apareciera Hazelmere. Mientras bajaba las escaleras,

Hazelmere recordó que había un jugador en aquella partida que no sabía adónde se dirigía y debía saberlo. Regresó a la biblioteca. Sus ojos se posaron en un montón de correspondencia entregada esa misma tarde. Revisó los sobres, dejándolos casi todos sin abrir. Un sobre sencillo, de escasa calidad, dirigido con mano firme al señor M. Henry, atrajo su atención. Lo abrió y leyó apresuradamente las páginas que contenía. Cuando alzó los ojos, permaneció quieto, con la mirada perdida, tamborileando distraídamente con los dedos sobre la superficie del escritorio. Luego, frunciendo el ceño, se guardó la carta en el bolsillo de la chaqueta y se sentó para escribirle una nota apresurada a Ferdie. Ello no le resultó fácil. Todavía le costaba concentrarse, particularmente cuando recordaba su entrevista con Dorothea en Merion House. Por fin escribió un par de renglones notificándole a Ferdie que tenía que marcharse al condado de Leicester por asuntos de negocios, que regresaría a Londres el martes siguiente, que Tony estaba al corriente, que tanto Tony como él mismo habían informado a sus amigos íntimos de las misteriosas notas que había recibido Dorothea y les habían pedido que la vigilaran. Acabó pidiéndole con sencillez que cuidara a Dorothea por él.

Firmó la carta, pero en el último momento recordó algo. Empuñó la pluma y añadió una posdata. Preferiría que Ferdie le ocultara a Dorothea los miedos que albergaban respecto a su seguridad. Sonriendo con desgana, selló la carta y llamó a un lacayo. No confiaba mucho en la capacidad de Ferdie para distraer a Dorothea si esta empezaba a sospechar, y era probable que lo hiciera antes de que él volviera. Entregó la nota ordenando que la llevaran de inmediato a las habitaciones del señor Acheson-Smythe y salió a la calle, donde lo aguardaba el carruaje.

Liberada de aquel abrazo apasionado, Dorothea permaneció junto al sillón, demasiado aturdida para moverse. Al oír que se cerraba la puerta de la calle, se llevó los dedos a los labios levemente hinchados. Sus ojos enfocaron lentamente. Luego, exhalando un suspiro tembloroso, se acercó a la puerta, la abrió y sin ver siquiera a Mellow subió las escaleras en dirección a su alcoba.

Lady Merion salió del salón de día al oír los pasos de su nieta. Cinco minutos después de que Ferdie se despidiera de ella, había bajado al piso inferior. No podía dejar eternamente a Dorothea a solas con Hazelmere. No se oía ni un ruido procedente del salón principal. Lady Merion había respirado hondo y, despachando a Mellow con un gesto, había abierto la puerta. Al ver a Dorothea en brazos de Hazelmere, la había cerrado de nuevo inmediatamente. Con expresión pensativa, le había dicho a Mellow que iría a sentarse al salón y que, si llegaba alguna visita, la condujera allí. Ahora, al ver la figura de su nieta en lo alto de la escalera, suspiró y con aire resignado llamó para que le sirvieran el té.

A pesar de ignorar los detalles de la entrevista que acababa de desarrollarse en su salón, estaba segura de que Dorothea necesitaría al menos media hora para llorar. Demasiado inteligente para intentar hacer entrar en razón a una joven deshecha en lágrimas, revisó con calma lo que sabía sobre lo sucedido esa tarde. Pero en su mayor parte carecía de sentido. Tendría que sonsacarle a su nieta detalles suficientes antes de poder dilucidar qué estaba sucediendo. Era demasiado vieja para llegar a conclusiones precipitadas.

Después de acabarse el té, subió con decisión las escaleras.

Al llegar a su alcoba, Dorothea cerró la puerta y se arrojó en la cama, deshecha en llanto. Por primera vez en años lloró desconsoladamente, vertiendo una mezcla de alivio, desconcierto y agitación al tiempo que la desilusión y una frustración apenas reconocida le prestaban su sabor amargo a la tristeza que se había apoderado de ella. La tormenta prosiguió sin amainar diez largos minutos. Finalmente, por puro agotamiento, el caleidoscopio enloquecido en que se había convertido su mente dejó de girar lentamente y sus sollozos se extinguieron. Estaba recostada en las almohadas, intentando infructuosamente enjugarse los ojos con un pañuelo empapado cuando su abuela llamó a la puerta y entró.

Al ver a su nieta, siempre serena y apacible, entre las sombras de la cama, con los ojos llenos de lágrimas, Hermione se acercó y se sentó al borde del lecho. Dorothea tragó saliva y murmuró:

—Oh, abuela, ¿qué voy a hacer?

Lady Merion respondió secamente:

—Lo primero que has de hacer, querida, es lavarte la cara y procurarte un pañuelo limpio. Vamos. Te sentirás mucho mejor —mientras Dorothea se levantaba, continuó—: Y, después, creo que tendremos una larga charla. Es hora de que me expliques qué está pasando entre Hazelmere y tú.

Dorothea volvió los ojos hacia su abuela, pero no hizo comentario alguno. Mientras se lavaba y secaba la cara y buscaba un pañuelo limpio en su tocador, fue recuperando la capacidad de raciocinio. Su abuela se merecía sin duda una explicación. Pero había tantas preguntas aún por resolver... Pensativa, volvió a sentarse en la cama. Lady Merion comenzó la conversación pidiéndole lisa y llanamente que se lo contara todo. Dorothea hizo una mueca, exhaló un profundo suspiro y comenzó a hablar.

—Anoche, en el baile, el príncipe... bueno, es obvio que creyó... que sabía que... hay un... un vínculo entre lord Hazelmere y yo. Ahora me doy cuenta de que la mayoría de la gente piensa que existe una especie de... compromiso entre nosotros.

—No me extraña, después del vals de tu baile de debut —dijo lady Merion dando un soplido.

—¿El vals? —repitió Dorothea, desconcertada—. ¿Qué quieres decir?

Lady Merion suspiró.

—Imaginaba que no lo sabías —fijó en su nieta una mirada

penetrante y luego añadió—: Durante las últimas semanas, tus sentimientos hacia Marc Henry se han vuelto cada día más visibles. Oh, no quiero decir que muestres completamente tus emociones. Nada de eso. Pero nadie, al veros juntos, dudaría de que estás interesada en él. Y, teniendo en cuenta las atenciones que te ha prodigado desde el inicio de la temporada, las intenciones de Hazelmere están bastante claras. Después de tu baile de debut, me dijo que iba a pedir tu mano. «A su debido tiempo», añadió. Lo cual es muy propio de él, desde luego.

Dorothea escuchó la explicación de su abuela y al fin pareció comprender. De pronto pensó que a nadie mejor que a su abuela podía recurrir en busca de consejo.

—La verdad —dijo— es que me preguntaba si estaba... bueno, si solo estaba buscando una novia que le conviniera. Tiene que casarse. Supongo que su familia lleva años presionándolo —respiró hondo con decisión y le expuso a su abuela su miedo más escondido—. Cuando nos conocimos en los bosques de Moreton Park, creo que, por algo que dije, lord Hazelmere concibió la idea de que no tenía esperanzas de casarme. Después, he llegado a la conclusión de que, viendo que no me comportaba como las otras, el marqués ha decidido que yo le serviría —se detuvo para recobrar fuerzas y prosiguió—. Me preguntaba si él creía que, dado que yo no tenía muchas posibilidades de casarme, aceptaría encantada un... Supongo que la expresión adecuada es un «matrimonio de conveniencia», que a él le permitiera seguir viendo a sus amantes, como antes.

El semblante de lady Merion adquirió una expresión desconcertada. Luego, echando la cabeza hacia atrás, rompió a reír. Cuando logró controlar su voz, dijo:

—¡Vaya, vaya! Me alegro de que el galanteo cuidadosamente orquestado de Hazelmere haya obtenido el resultado que merecía —confundida, Dorothea la miró con expectación, pero su abuela desdeñó con un gesto su pregunta implícita—. Mi querida Dorothea, un hombre que busca un matrimonio de conveniencia no se empeña en seducir a su futura esposa antes de pedirla en matrimonio —una sonrisa traviesa iluminaba aún la expresión sagaz de lady Merion—. Después de cómo se ha comportado contigo, querida, no pensaba que fueras la última persona en darse cuenta de que está enamorado de ti.

—Oh —la esperanza y la insidiosa sospecha de que aquello era demasiado bueno para ser cierto inundaron el pecho de Dorothea. Venció la esperanza, pero la sospecha no se disipó del todo.

Lady Merion interrumpió sus pensamientos.

—Ferdie mencionó cierto malentendido relacionado con Helen Walford.

—El conde de Vandée me dijo que era la amante de Hazelmere. Él lo negó.

Lady Merion estuvo a punto de lanzar un exabrupto. Cerró los ojos. Cuando al fin volvió a abrirlos, preguntó en tono resignado:

—Se lo preguntaste, supongo.

—Bueno, él quería saber por qué le había vuelto la espalda en el parque —dijo Dorothea, recuperando rápidamente su entereza habitual—. Dijo que conocía a Helen desde que era una niña.

—Y es cierto. El padre de Helen Walford es un pariente lejano de lady Hazelmere y, de niña, Helen pasaba a menudo los veranos en Hazelmere House. Ella es unos años menor que Ferdie. Era una especie de marimacho y siempre andaba detrás de Marc y de Tony, que la trataban como trataban a Alison. Que yo recuerde, siempre la estaban sacando de algún lío, y no precisamente con delicadeza, te lo aseguro. Por desgracia, Helen hizo un matrimonio sumamente desafortunado. Arthur Walford era un hombre libertino y aficionado al juego. Se mató, para alivio de todos. Nadie sabe qué paso exactamente, pero Hazelmere estuvo implicado. Helen le preguntó una vez cómo había muerto su marido. Él le dijo que no le hacía falta saberlo, pero que se contentara con que así fuera.

—Eso parece muy propio de él —dijo Dorothea, sollozando.

—En cualquier caso, Hazelmere siempre ha tratado a Helen exactamente igual que a Alison. Supongo que le sorprendió que pensaras que era su amante.

Recordando la expresión de Hazelmere, Dorothea asintió.

—Pero ¿por qué me diría el conde de Vandée que lo era?

—Querida mía, me temo que tendrás que acostumbrarte a la lengua maliciosa de ciertas personas con las que habrás de cruzarte. Hay más de uno que querría causarle problemas a Hazelmere y estaría dispuesto a utilizarte a ti para lograrlo —lady Merion hizo una pausa, observando el elegante perfil de su nieta—. Por cierto, yo, si fuera tú, no volvería a sacar a relucir a las amantes de Hazelmere. Te aseguro que ha tenido unas cuantas. Bueno —se corrigió, dándose cuenta de que sus palabras eran inadecuadas—, más que unas cuantas. Un montón, en realidad, y todas ellas bellísimas. Pero, querida mía, las amantes de Hazelmere a ti no te conciernen. Si Marc sigue los pasos de su padre, todas esas mujeres quedarán relegadas a su pasado. Es sumamente improbable que, estando tan enamorado de ti como lo está, tengas que preocuparte en el futuro de tales relaciones, no como les sucede a muchas otras señoras.

Dorothea inclinó la cabeza, agradecida por aquel excelente consejo. Al mirarla, lady Merion advirtió que el cansancio se apoderaba de sus pálidos rasgos. Se inclinó hacia delante y palmeó la mano de Dorothea para tranquilizarla.

—Querida, estás agotada. Haré que te suban algo de comer. Deberías irte a la cama temprano. Tendremos que pensar cómo proceder de ahora en adelante, pero creo que deberíamos dejar esa discusión para mañana.

Sintiéndose extrañamente cansada y feliz al mismo tiempo, asintió y besó a lady Merion en la mejilla antes de que esta, notando repentinamente los achaques de su edad, abandonara la habitación.

Cuando Trimmer le llevó la bandeja con la cena, Dorothea, en contra de lo que creía, tenía bastante apetito. Mientras masticaba el pollo tierno, reconsideró su situación. Nada de lo ocurrido debía sorprenderla. Pero el caso era que las cosas habían cambiado. De algún modo, mano a mano con el marqués de Hazelmere, se había deslizado de las aguas seguras del galanteo mundano a un terreno en el que fuerzas mucho más poderosas que cuanto había conocido parecían haberse aliado para robarle el alma. Cuando pensaba en cómo se había sentido en brazos de Hazelmere, se estremecía. Él nunca le permitiría olvidar cuánto lo deseaba; esa apuesta la había ganado sin sombra de duda. Una parte de su intelecto sugería débilmente que debería sentirse ofendida por las sutiles maquinaciones del marqués, que podían haberle hecho olvidar todas sus objeciones. Pero lo cierto era que... Lo cierto era que no tenía objeciones. Ninguna en absoluto.

Distraída, levantó la taza de tisana preparada especialmente por Witchett. Mientras se la bebía, se relajó en su sillón, sintiendo el agradable calor del fuego a medida que caía la noche. Al echar la vista atrás, no lograba recordar ni un solo incidente en que Hazelmere le hubiera declarado seriamente su devoción. Ese había sido uno de los factores que la habían atraído hacia él. Al lado de sus demás admiradores y de sus declaraciones de amor eterno, la serena firmeza de Hazelmere había sido un alivio bienhechor. Pero, de haber sido capaz de pensar con claridad en lo que a él concernía, se habría dado cuenta del verdadero significado de la peculiar calidez que brillaba en sus ojos castaños, de las atenciones que continuamente le había prodigado, hasta el punto de pagar a un centinela para que vigilara las escaleras durante la noche en aquella posada, como ella había sabido al día siguiente. No resultaba difícil creer a su abuela. Pero ¡ah! ¡Qué no daría por oírlo con claridad y sin ambages de los labios de Hazelmere!

Contempló el fuego como si pudiera encontrar el rostro del marqués entre las llamas. Ignoraba qué sucedería a continuación y, mientras bostezaba otra vez, se dio cuenta de que estaba demasiado cansada para sopesar las posibilidades. Tendrían que esperar hasta el día siguiente.

Trimmer entró y apartó hábilmente la bandeja. Ayudó a Dorothea a cambiarse y se retiró sigilosamente. Tendida en su colchón de plumas, Dorothea dejó escapar un profundo suspiro y se acurrucó en la cama. Bajo la sutil influencia de la tisana de Witchett, se sumió en un profundo sueño.

A la mañana siguiente, se despertó temprano, sintiéndose reanimada pero extrañamente aturdida. Permaneció en su habitación, mirando por la ventana los cerezos del parque, ya florecidos. A las nueve salió de la alcoba y bajó al salón. Le dijeron que Cecily había ido a la calle Mount, a pasar la mañana con los Benson, y había cancelado su paseo a caballo con Ferdie. Aliviada de dos preocupaciones, Dorothea agradeció para sus adentros poder ahorrarse el sinsabor de satisfacer la curiosidad de su hermana. Tras beberse una taza de café y comer una rebanada de pan tostado, decidió que era aún demasiado pronto para subir a ver a su abuela. Dejándose llevar por un impulso, llamó a Trimmer y salió a dar un paseo por la plaza.

El sol brillaba y una brisa ligera empujaba jirones de nubes por el cielo. Caminó hasta el otro lado del parque, complaciéndose en el aire fresco, y luego regresó a toda prisa a Merion House. Lady Merion ya se habría levantado de la cama. Al subir las escaleras, le sorprendió encontrarse a Ferdie, que bajaba.

Tras recibir la nota de su primo, Ferdie había decidido que, ya que Dorothea no debía enterarse del peligro que la acechaba, era al menos hora de que alguien informara a lady Merion de las amenazas que se cernían sobre su nieta. Además, había logrado tranquilizar a lady Merion acerca de las inevitables habladurías que provocaría el incidente del parque. En la fiesta a la que había acudido la noche anterior, Ferdie había descubierto que dicho incidente había concitado escasa atención, y los pocos comentarios que había oído al respecto lo describían como una simple riña de enamorados.

La suerte había querido que lady Jersey fuera testigo del encuentro. Inmediatamente después, la buena señora había asistido a un té selecto en casa de la señora Drummond-Burrell y, naturalmente, había comentado con excitación el extraño comportamiento de la señorita Darent y la posible respuesta del marqués. Aunque se habían alzado no pocos comentarios desfavorables, la propia señora Drummond-Burrell había zanjado la conversación. Siendo como era amiga de Hazelmere, apreciaba a Dorothea y aprobaba de todo corazón la elección del marqués. En respuesta a un comentario desdeñoso según el cual la señorita Darent había desbaratado sus propios planes, pues Hazelmere jamás admitiría semejante comportamiento, lady Drummond-Burrell, una de las patronas más estrictas de Almack's, había comentado fríamente:

—Querida Sarah, creo que no aprecias en lo que vale a la señorita Darent. ¿Cuántas veces ha visto alguna de nosotras a Hazelmere tan desconcertado? —el silencio subsiguiente la había convencido de que disponía de la atención de todas las asistentes—. En mi opinión —continuó—, cualquier joven capaz de desafiar el aplomo del marqués merece nuestras felicitaciones. Si la señorita Darent consigue que el marqués se dé cuenta de que no lo puede controlar absolutamente todo, yo al menos estoy dispuesta a aplaudirla.

De este modo, la conducta de Dorothea había llegado a contemplarse como un intento triunfante de desafiar la soberbia de Hazelmere, cuyo resultado había sido una mera riña de enamorados.

Ferdie se detuvo para saludar a Dorothea y dijo:
—Vendré a buscarte a las tres.
—Oh, Ferdie, no sé si puedo.
—No se trata de que puedas o no puedas, es que debes —respondió él. Al ver que ella no comprendía, sugirió—:Ve a ver a tu abuela. Ella te lo explicará.

Inclinando la cabeza, bajó al vestíbulo y, tomando el sombrero que le tendía Mellow, abandonó la casa. Dorothea le entregó su capa a Trimmer y entró en la alcoba de su abuela.

Lady Merion llevaba dándole vueltas a la cabeza toda la mañana. La noticia de que Dorothea había sido objeto de dos intentos de secuestro le había causado una profunda impresión. Pero, sabiendo que ya se habían tomado las medidas necesarias para protegerla, no se le ocurría nada más que hacer al respecto. Había rechazado la sugerencia de Ferdie de que Dorothea fuera advertida, diciéndole que su primo ya le causaba suficientes quebraderos de cabeza sin necesidad de añadir aquel a la lista. La ausencia de Hazelmere no resultaba tranquilizadora. Aunque, por otro lado, le daría tiempo a Dorothea para acostumbrarse a la idea que Hazelmere se hacía de su futuro.

Lady Merion se había mostrado gratamente sorprendida y no poco aliviada al saber que la escena del parque apenas había despertado expectación, y agradecía sobremanera que Ferdie se hubiera ofrecido a acompañar a Dorothea a dar un paseo a caballo por el parque esa tarde.

—No le conviene ocultarse, ¿comprende? —había comentado sensatamente el joven caballero.

Cuando Dorothea entró en la habitación, lady Merion sonrió y le indicó que se acercara a su cómodo canapé.

—Tienes mucho mejor aspecto, querida mía.

—Me siento mucho mejor, abuela —contestó Dorothea, besándola dócilmente en la mejilla y sentándose a su lado.

Advirtiendo su serenidad y su dominio de sí misma, Hermione inclinó la cabeza.

—Creo que ya es hora de que hablemos sin tapujos —tras comenzar de manera tan prometedora, se detuvo para reordenar sus argumentos—. Para empezar, confío en que admitas que Hazelmere ha conseguido comprometer tus afectos.

Sonriendo al oír tan escrupulosa expresión, Dorothea respondió alegremente:

—Llevo algún tiempo enamorada de lord Hazelmere.

—Como te dije ayer, él me ha confesado que tiene intención de pedir tu mano. A su debido tiempo —continuó su abuela—. Pero lo que quiero saber es qué piensas contestarle.

Dorothea dejó escapar una risita.

—Oh, abuela, ¿de veras crees que tengo elección?

Lady Merion soltó un bufido.

—Para serte sincera, querida, lo dudo. Hazelmere es muy consciente de tus sentimientos. Y, por lo que vi ayer en el salón, tu acuerdo verbal no es más que una mera formalidad —observó que su nieta se ruborizaba suavemente—. La verdad —continuó— es que es una pena tener un marido que sabe demasiado, pero no se puede tener todo. Aun así, no me parece mal trato. Su padre era igual, y Anthea Henry fue la esposa más feliz de la ciudad.

Dorothea creyó más prudente aceptar la palabra de su abuela en silencio. Decidiendo que no podía hacer nada más por ayudar a Hazelmere, lady Merion añadió con decisión:

—Muy bien. Ahora, debemos decidir qué haremos. No debes darles a los chismosos razón alguna para suponer que lo sucedido entre vosotros es algo más que una riña sin importancia —Dorothea levantó las cejas con expresión desdeñosa—. Sí, ya —dijo lady Merion, asintiendo—. Pero en este asunto debes dejar que Ferdie y yo te guiemos. Ferdie es extremadamente útil en casos como este; él siempre sabe qué apariencia presentan las cosas y a qué hay que atenerse. Has de seguir cumpliendo con todos tus compromisos, como siempre, y mostrar una actitud perfectamente normal —mirando a su nieta, añadió ácidamente—: Lo cual no parece costarte ningún trabajo en este momento.

Dorothea posó sus enormes ojos verdes en su abuela y sonrió confiada, cosa que, dadas las circunstancias, a lady Merion le resultó extrañamente desconcertante.

—Abuela, te prometo que me comportaré de forma decorosa en todo momento. Pero no esperarás que sea la misma que antes del Baile de las Embajadas.

Lady Merion, que no estaba segura de su intuición, aceptó la aparente seguridad de su nieta.

—Una última cosa. Ferdie me ha dicho que Hazelmere ha

tenido que marcharse a una de sus propiedades y estará fuera de la ciudad hasta el martes. No ha sido —añadió en respuesta a la mirada inquisitiva de Dorothea— por culpa de vuestra pelea. Ya les había dicho a sus amigos que pensaba marcharse ayer por la tarde.

Dorothea procuró digerir la noticia y decidió que, de todos modos, no le vendrían mal unos días para pulir sin distracciones su nueva personalidad pública. Además, empezaba a sentir que le quedaban algunas bazas por jugar en la partida que mantenía con el arrogante marqués de Hazelmere. Cuando este volviera a aparecer, estaría bien preparada.

CAPÍTULO 12

Ferdie y Dorothea llegaron al parque y se unieron a los grupos de señoras y caballeros que pululaban por allí, intercambiando saludos y comentarios. Más de un par de ojos se volvieron a mirar a Dorothea. Esta charlaba animadamente, relajada y segura de sí misma. Para todo aquel interesado en ella, parecía completamente a sus anchas.

La señora Drummond-Burrell, sentada majestuosamente en su carroza, les indicó que se acercaran. Cuando llegaron a su lado, elogió el aspecto de Dorothea y a continuación se embarcó en una conversación con ambos. En ningún momento hizo referencia alguna al muy noble marqués de Hazelmere, ni al incidente del parque. Dorothea miró sus fríos ojos azules y sonrió calurosamente, comprendiendo el mensaje.

Nada más apartarse de la señora Drummond-Burrell, cayeron presa de lady Jersey. Esta intentó por todos los medios posibles sonsacarle a Dorothea algún comentario acerca de Hazelmere y lo ocurrido el día anterior después de que se marcharan del parque. Dorothea logró soslayar con divertida tolerancia las agudas preguntas de la señora, quien se mostró más intrigada que enojada por sus evasivas. Escapando por fin de sus garras, siguieron cabalgando.

—¡Uf! —exclamó Ferdie en cuanto estuvieron lo bastante

lejos—. ¡Nunca había visto a Sally tan empeñada en conseguir una respuesta!

Aunque se encontraron con cierto número de damas igualmente empeñadas en conocer los pormenores de su último encuentro con el marqués, el interrogatorio de lady Jersey fue con mucho el más agudo, y Dorothea se zafó fácilmente de las chismosas menos habilidosas.

Al regresar a Merion House tras separarse de lord Peterborough a las puertas del parque, Ferdie se declaró muy satisfecho con la actuación de Dorothea. A esta, que oyó este comentario dirigido a su abuela, le brillaron los ojos.

—Vaya, gracias, Ferdie —dijo suavemente.

Ferdie, que no sabía cómo tomarse aquello y al que la confianza en sí misma de Dorothea le resultaba levemente alarmante, prometió pasarse a las ocho para acompañarlas al festejo de aquella noche y escapó.

Durante los días siguientes, Dorothea notó que los amigos de Hazelmere la vigilaban constantemente, y le hizo gracia que se tomaran tantas molestias para disimularlo. Intrigada, le preguntó a Ferdie cuál era la razón y él tuvo que escudarse finalmente tras su primo ausente.

—Será mejor que se lo preguntes a Hazelmere si quieres saberlo.

Dorothea comprendió que aquello significaba que Hazelmere había dado orden de que no le contaran nada, y prefirió no presionar a Ferdie. Este, que había descubierto que las palabras «porque lo dice Hazelmere» actuaban como un talismán, las utilizaba cada vez con mayor frecuencia y confiaba fervientemente en que su primo no demorara más de lo debido su regreso a Londres.

Dado que tenía a los mejores amigos de Hazelmere danzando a su alrededor, Dorothea decidió aprovechar la ocasión para inducirlos a hablar de sus muchos intereses y diversiones. Al hacerlo, a menudo le proporcionaban también información acerca de Hazelmere, y Dorothea fue construyéndose poco a poco una imagen más completa de la compleja personalidad del marqués. Los amigos de este, por su parte, descubrieron que vigilar a Dorothea era un placer. Más de uno se descubrió hechizado por aquellos ojos verdes. El temple natural de Dorothea era mucho más evidente en ausencia de Hazelmere y, además, ella daba siempre la impresión de mantenerse elegantemente distante, como si esperara algo o a alguien. Sin embargo, ninguno de ellos descubrió indicio alguno que sugiriera que no estaba del todo satisfecha con el galanteo de Hazelmere. Así pues, maldiciendo para sus adentros la buena suerte del marqués, hasta el voluble Peterborough sucumbió a la sutil invitación de Dorothea para que fueran amigos y todos ellos se convirtieron en devotos esclavos de la joven.

Fanshawe, que observaba desde lejos cuanto sucedía mientras seguía cortejando a Cecily, solo discernía un motivo que pudiera explicar la serenidad de Dorothea. Pero, habiéndose enterado por Ferdie de su último encuentro con Hazelmere y adivinando por el silencio de Cecily que Hazelmere no se había declarado, se hallaba desconcertado. Por la conducta de sus amigos, adivinaba que Dorothea había logrado atraerlos al círculo de sus rendidos admiradores. Hazelmere se sorprendería cuando descubriera en qué había convertido a sus guardianes. Con suerte, la susceptibilidad de sus amigos le divertiría más de lo que le enojaría el triunfo de Dorothea. La vida sería muy interesante cuando el marqués regresara a la ciudad.

Para Dorothea, el tiempo pasaba en un torbellino informe que de buena gana hubiera cambiado por la posibilidad de contemplar los ojos castaños del marqués, sobre todo si estos le sonreían. Le inquietaba en cierto modo su siguiente entrevista a solas con él, pues presentía que tendría que explicarle por qué se había comportado como lo hacía, y ello le azoraba. Sin embargo, prefería afrontarlo cuanto antes. Por desgracia, no podía hacer nada, salvo esperar y, teniendo a tanta gente empeñada en complacerla, le parecía grosero quejarse, a pesar de que su entusiasmo por los galanteos se había disipado.

El único incidente preocupante tuvo lugar en el baile de los Melchett, la noche del sábado. De haber pensado en él lo más mínimo, Dorothea habría adivinado que Edward Buchanan volvería a perseguirla como un fantasma despechado. Buchanan se había enterado del incidente del parque y había escuchado con interés las especulaciones que se hacían respecto a su resultado. En su opinión, la señorita Darent se estaba quedando rápidamente sin alternativas.

Buchanan abordó a Dorothea cuando esta se hallaba de pie a un lado de la pista de baile, en compañía de lord Desborough. Los músicos habían sufrido un pequeño percance, y en el intervalo los invitados se paseaban por el salón, conversando en pequeños grupos. Desborough no conocía a Edward Buchanan, de modo que aceptó sin recelar la familiaridad con que este se dirigió a Dorothea. Sabiendo que los galanteos de Buchanan acabarían enojándola, Dorothea le pidió a Desborough que fuera a buscarle un vaso de limonada, confiando en poder librarse entretanto de su indeseado perseguidor. Pero sus planes fracasaron y se halló atrapada en una pequeña antecámara, con Edward Buchanan presionándola de nuevo.

—Dispongo, a fin de cuentas, de la bendición de su tutor. Y corren rumores acerca de su conducta con Hazelmere. Estoy convencido, querida mía, de que ninguno de sus elegantes admiradores querrá desposarla ahora —alzó una ceja y su voz solemne se hizo más densa—. Son todos unos arrogantes. Ha perdido usted su oportunidad. Le conviene rebajar sus miras, querida niña. Hazelmere y sus amigos están ahora fuera de su alcance. Debería reconsiderar mi proposición, ¡ya lo creo que sí!

Dorothea, rígida por la furia, intentó controlar su voz.

—Señor Buchanan, se lo diré por última vez: no deseo casarme con usted bajo ninguna circunstancia. Espero que esté lo bastante claro. No cambiaré de opinión. Herbert fue extremadamente insensato al animar sus pretensiones. Lo lamento, pero he de regresar al salón de baile.

Se movió para pasar al lado de Buchanan, que estaba de espaldas a la puerta. Al hacerlo, Desborough, que la había estado buscando por todas partes, apareció en la puerta. La expresión de Dorothea reflejó un profundo alivio. En ese mismo instante, Edward Buchanan la agarró por los hombros e intentó besarla. Ella se resistió, asustada, y apartó la cara.

Casi al instante, Buchanan se vio apartado bruscamente de ella y arrojado contra la pared. Aturdido, se deslizó hasta sentarse en el suelo con las piernas estiradas y expresión bobalicona. Desborough se ajustó la chaqueta y, ofreciéndole el brazo a Dorothea, se dio la vuelta y dijo:

—Dé gracias de que haya sido yo y no Peterborough, Walsingham o, que el cielo no lo permita, el propio Hazelmere. De haber sido cualquiera de ellos, tendría usted ahora unos cuantos moratones y un par de huesos rotos. Le sugiero, señor Buchanan, que deje de molestar a la señorita Darent —con esas, condujo de nuevo a Dorothea, profundamente agradecida, al salón de baile.

A consecuencia de este incidente, los amigos de Hazelmere no volvieron a dejarla sola ni un instante, ya fuera en un salón de baile, en el parque o en cualquier otra reunión de la alta sociedad.

Hazelmere se esforzaba en controlar a sus nerviosos caballos mientras avanzaban por las calles atestadas de la capital. Una vez pasado el villorrio de Hampstead y enfilado Finchley Common, aflojó las riendas y los caballos bayos salieron al galope. El carruaje comenzó a adelantar, traqueteando, a los coches que viajaban a velocidad normal. Jim Hitchin, que iba encaramado a la parte de atrás, mantenía la boca cerrada y rezaba por que la habitual destreza de su señor no lo abandonara en aquel momento. Jim confiaba en que aminorarían el paso cuando comenzara a caer la noche y las sombras se alargaran, salpicando los caminos de negras manchas que ocultaban agujeros y baches. Sin embargo, no advirtió cambio alguno cuando dejaron atrás Barnet y enfilaron Great North Road en dirección a la posada de George en Harpenden, donde solían pasar la noche en tales ocasiones.

Jim guardaba silencio, más por temor a distraer al marqués que por reticencia. Pero, cuando Hazelmere adelantó en una curva cerrada a la diligencia del norte justo antes de llegar a Saint Albans, Jim, aterrorizado, profirió un exabrupto.

—¿Qué pasa, Jim? —preguntó Hazelmere.

—Nada, señor —contestó Jim. Pero, incapaz de contenerse, añadió—: Que, si pretende que nos rompamos el cuello, se me ocurren modos más rápidos de hacerlo.

Silencio. Luego, Jim oyó que Hazelmere se reía suavemente.

—Perdona, Jim. Sé que no debería haber hecho eso —y el carruaje aflojó el paso hasta que comenzaron a avanzar a un ritmo más prudente.

Llegaron a última hora del jueves a Lauleigh, el dominio de Hazelmere en el condado de Leicester, entre Melton Mowbray y Oakham. El administrador, un hombre hosco llamado Walton, no se había equivocado al solicitar su presencia. Había una enorme cantidad de trabajo que hacer y empezaron esa misma noche, revisando las cuentas y planificando los quehaceres de los dos días siguientes.

Walton, que se había enterado por Jim del más que probable cambio en los asuntos de su señor, se aseguró de que no quedara pendiente nada que requiriera la autorización de este. No se hacía ilusiones de contar de nuevo con su presencia en el norte esa temporada.

El sábado por la tarde, Hazelmere decidió darse un descanso y se retiró a su despacho tras informar a Jim de que partirían a primera hora de la mañana. Los acontecimientos de los dos días anteriores, desvinculados por completo de la temporada londinense, habían logrado devolverle la calma. Al obligarse a abordar asuntos tan prosaicos, había conseguido olvidar el torbellino de emociones que había experimentado al separarse de Dorothea.

Aunque al sur del país el tiempo era cálido, en el condado de Leicester soplaba de noche un viento frío y el fuego se hallaba encendido. Sirviéndose una copa, se dejó caer en un cómodo sillón delante del hogar y estiró las largas piernas hacia la chimenea. Sujetó la copa entre las manos y se quedó contemplando las llamas saltarinas. Conjurando la imagen de unos ojos verde esmeralda, se preguntó qué estaría haciendo ella. Ah, sí. El baile de los Melchett. Alejado del interminable ajetreo de Londres durante la temporada, era aún más consciente de cuánto la deseaba a su lado. Su encuentro en el salón de Merion House había tenido cierto aire de fatalidad. Él había cruzado la puerta enfurecido con ella, más por orgullo herido que por legítima indignación. ¡Y qué furiosa se había mostrado ella! Afortunadamente, enseguida le había dicho el porqué. Hazelmere sonrió. En el espacio de unos pocos minutos, habían subvertido todos los dictados de conducta de una joven dama. Hazelmere no lograba imaginar a otra mujer, salvo a su madre quizá, que se hubiera atrevido a insinuar siquiera que sabía de sus amantes, y mucho menos a preguntarle por ellas.

Dado que toda la alta sociedad conocía la naturaleza de su relación con Helen Walford, jamás se le habría ocurrido pensar que alguien pudiera presentarle a Dorothea una versión distinta. Muy astuto, el conde. Hazelmere recordaba vagamente una disputa con monsieur de Vanée acerca de una muchacha que en otro tiempo se había hallado bajo su protección. ¿Cómo se llamaba? ¿Madeline? ¿Miriam? Hazelmere se encogió de hombros mentalmente. Las mentiras del conde, sumadas al incidente con el príncipe, habían causado sin duda el enfado de Dorothea la noche del baile. No era de extrañar que se hubiera sentido ultrajada al verlo con Helen en el parque.

Pero ¿por qué le había lanzado aquella absurda acusación de que ella no era para él más que un desafío? Aunque Marjorie Darent le hubiera sugerido aquella idea, ¿por qué la había creído? Hazelmere bebió un sorbo de coñac francés y sintió cómo se deslizaba cálido por su garganta. No, Dorothea no habría creído los cuentos de Marjorie. Los Darent se habían marchado de Londres el lunes, de modo que Marjorie y Dorothea tenían que haber hablado forzosamente antes. Pero Dorothea se había comportado como de costumbre en la horrenda fiesta del domingo por la noche. Y en el Baile de las Embajadas se había mostrado perfectamente despreocupada hasta que la conducta del príncipe le había abierto los ojos. Pero ni siquiera entonces le había parecido angustiada, sino únicamente molesta, tal y como esperaba. Solo después, tras hablar con el conde, se había mostrado dolida y casi al borde de las lágrimas. En fin, lo sucedido en el salón de su abuela tenía que haber solventado aquel asunto. Ella no podía haber malinterpretado el significado de aquel beso.

Hasta ese día, a Hazelmere no se le había ocurrido pensar que, al enamorarse de ella, le había otorgado el poder de hacerle daño. Dado su temperamento fuerte y seguro de sí mismo, había muy pocas personas cuya opinión le importara hasta el punto de hacer mella en él: su madre y Alison, Tony y Ferdie y, en menor grado, Helen. Nada más. Y Dorothea le importaba mucho más que todos ellos juntos. Pero, si debía soportar aquella vulnerabilidad, lo haría. Dorothea solo le había dado la espalda porque se sentía dolida por los ultrajes ficticios de él. Se aseguraría de que tales malentendidos no volvieran a producirse en el futuro.

Así pues, ¿en qué situación se hallaban ahora? En la misma que antes, salvo por el hecho de que, probablemente, Dorothea ya sabía que la amaba. Suponiendo que los acontecimientos se desarrollaran como pretendía, no había razón para que no estuvieran casados al cabo de un mes, más o menos. Entonces, sus frustraciones y las dudas de Dorothea serían cosa del pasado.

Hazelmere apartó la mirada del techo y la fijó de nuevo en las llamas. Se hallaba felizmente enfrascado en salaces fantasías en las que Dorothea tenía un papel destacado cuando su ama de llaves entró para comunicarle que la cena estaba servida.

Hazelmere llegó a Darent Hall, cerca de Corby y no muy lejos de su ruta, justo antes de las diez. Le tiró las riendas a Jim, que había corrido a colocarse junto a la cabeza de los caballos, y le ordenó mantenerlos en movimiento.

Cuando le franquearon el paso al vestíbulo, le dijo al mayordomo:

—Soy el marqués de Hazelmere. Me pregunto si lord Darent podría dedicarme unos minutos.

Reconociendo la calidad del visitante, el mayordomo lo condujo a la biblioteca y fue a informar a su señor. Herbert estaba desayunando tranquilamente cuando Millchin anunció que el muy noble marqués de Hazelmere requería unas palabras con él. Herbert se quedó boquiabierto. Al cabo de un momento se repuso y dijo:

—Muy bien, Millchin, ahora voy, por supuesto. ¿Adónde lo has llevado?

Millchin se lo dijo y se retiró. Herbert se quedó mirando fijamente la puerta. Apenas tenía dudas respecto a las intenciones de Hazelmere, pero Marjorie insistía en que no era de fiar y que, aunque lo fuera, no se le podía considerar conveniente. En este caso, le resultaba completamente imposible adherirse a los deseos de su esposa. Herbert ya se sentía molesto antes de entrar en la biblioteca para hablar con Hazelmere, quien de algún modo parecía más a sus anchas en aquella hermosa habitación que su propio dueño.

La entrevista fue breve y concisa, pues fue Hazelmere quien la dirigió. Tras escuchar la solicitud del marqués, Herbert se sintió obligado a confesarle que ya le había dado permiso a Edward Buchanan para dirigirse a Dorothea. Al oír mencionar al señor Buchanan, la mirada de Hazelmere se tornó tan intensa que resultaba incómoda.

—¿Quiere decir que le ha dado permiso a Buchanan para pedir la mano de su pupila sin hacer averiguaciones sobre él?

La precisa observación del marqués puso a Herbert aún más nervioso.

—Tengo entendido que el señor Buchanan dispone de una propiedad en Dorset —balbució Herbert—. Y, naturalmente, conoce a sir Hugo Clere.

—Y sin duda habrá sabido por sir Hugo que la señorita Darent ha heredado La Grange. Para su información, Edward Buchanan posee una granja ruinosa en Dorset. Está sin un penique. La única razón de que esté en Londres es que, tras un reciente e infructuoso intento de huir con una heredera local, Dorset es un lugar demasiado embarazoso para él. Me extraña, milord, que se tome usted tan poco interés por sus deberes como tutor de las señoritas Darent —Herbert, colorado de vergüenza, permaneció en silencio—. Supongo que, estando al corriente de mi procedencia y posición social, y dado que mi riqueza está fuera de toda duda, no tendrá objeción en concederme permiso para dirigirme a la señorita Darent.

Su tono sarcástico escoció a Herbert.

—Naturalmente, si desea dirigirse a Dorothea, tiene usted mi permiso —dijo con nerviosismo, y añadió atropelladamente—: Pero ¿y si ella ya ha aceptado a Buchanan?

—Mi querido señor, su pupila es mucho más sensata que usted.

Ya que había obtenido la aprobación de Herbert, lo único que le interesaba era saber el nombre de los notarios de la familia que se encargarían de las capitulaciones matrimoniales. Herbert se mostró extrañamente inseguro al respecto.

—Creo que Dorothea utiliza los servicios de Whitney e Hijos, en Chancery Lane.

El marqués tardó un momento en comprender. Luego preguntó, achicando los ojos:

—Así que los notarios de la señorita Darent, ¿no son los de usted?

—Una de las alocadas ideas de mi tía —dijo Herbert poniéndose a la defensiva—. Lady Darent tenía las ocurrencias más extrañas. Decidió que era preferible que las dos muchachas controlaran su propia fortuna.

—De modo que —continuó Hazelmere poniéndose los guantes—, cuando la señoritas Darent se casen, ¿el control de sus respectivas fortunas seguirá en sus manos?

—Pues sí —dijo Herbert, mirándolo fijamente—. Pero sin duda eso no le preocupará a usted, ¿no? Las propiedades de Dorothea no son nada comparadas con las suyas.

—Oh, desde luego —dijo Hazelmere—. Me estaba preguntando únicamente si le dio usted esa información al señor Buchanan. ¿Lo hizo?

Herbert se quedó pasmado.

—No. No me lo preguntó.

—Ya me parecía —dijo Hazelmere esbozando una cínica sonrisa.

Como no tenía ningún deseo de disfrutar de la compañía de sus futuros parientes, Hazelmere salió al vestíbulo y descubrió que no estaba destinado a escapar de un encuentro con Marjorie Darent. Esta, que presentaba un aspecto aún más severo que de costumbre, le lanzó a su marido tal mirada que Hazelmere casi sintió lástima por él.

—Lord Hazelmere... —comenzó ella.

Pero el marqués estaba decidido a mantener las riendas de la conversación.

—Lady Marjorie —dijo—, estoy seguro de que me perdonará por no poder prolongar mi visita. He concluido el asunto que me ha traído aquí y es sumamente urgente que regrese a Hazelmere de inmediato. Mi madre, ¿comprende usted?

—¿Lady Hazelmere está enferma? —preguntó Marjorie.

Hazelmere, que no deseaba que su madre recibiera cartas de condolencia deseándole una pronta recuperación, se limitó a adoptar una expresión muy seria.

—Me temo que no puedo hablar de este asunto. Estoy seguro de que lo entenderá usted.

El marqués inclinó elegantemente la cabeza sobre su mano, saludó a Herbert con una leve reverencia y se marchó.

Llegó a Hazelmere el lunes por la tarde. Su madre estaba descansando, de modo que, advirtiendo el destello de la mirada de su administrador, dedicó su atención a los pequeños asuntos que Liddiard le tenía reservados. Demoró su aparición en el salón hasta justo antes de la cena. Sin la presencia de los criados, su madre se apresuraría a preguntarle por el motivo de su visita, y prefería afrontar su interrogatorio después de la cena.

Entró en el salón delante de Penton, su mayordomo. Lady Hazelmere, que se había dado cuenta de su estrategia, le hizo una mueca cuando él se inclinó para besarla en la mejilla. Hazelmere se limitó a dedicarle una sonrisa que sabía le enfurecía, dándole a entender que era perfectamente consciente de lo que ella quería decirle pero que no tenía deseo alguno de escucharlo. Al menos, todavía no. Lady Hazelmere concluyó que su hijo se parecía cada vez más a su difunto marido.

Durante la cena, el marqués contó sin cesar triviales anécdotas sobre los acontecimientos sociales que se habían sucedido desde que lady Hazelmere abandonara Londres. Su madre, sabiendo que no diría nada de importancia delante de los criados, procuraba escuchar con interés. Por fin, después de que los sirvientes recogieran la mesa y se retiraran, lanzó un profundo suspiro.

—Y ahora ¿vas a decirme qué haces aquí?

—Sí, mamá —contestó él dócilmente—. Pero creo que estaríamos más cómodos en tu saloncito.

El saloncito de lady Hazelmere era un alegre apartamento situado en la primera planta de la enorme casa de campo. Las cortinas ya estaban echadas, cerrando el paso a la luz del atardecer, y un pequeño fuego ardía alegremente en la chimenea. Lady Hazelmere se sentó en su sillón favorito, junto al hogar, y su hijo acercó otro sillón al fuego y se sentó frente a ella. Luego le lanzó una sonrisa a su madre, que no podía disimular su impaciencia. Lady Hazelmere, acostumbrada a tales tácticas, preguntó bruscamente:

—¿Por qué has venido a verme?

—Como acertadamente supones, para decirte que tengo intención de pedir la mano de Dorothea Darent.

—Te encuentro muy puntilloso.

—Ya sabes que siempre lo soy. En tales asuntos, al menos.

Su madre, consciente de que aquello era cierto, ignoró su comentario.

—¿Cuándo será la boda?

—Como aún no se lo he preguntado a ella, no lo sé. Si fuera por mí, lo antes posible.

—Confieso que me extrañaba que tuvieras tanta paciencia.

Él se encogió de hombros.

—Me pareció buena idea esperar. Dorothea acababa de llegar a la ciudad y, si me rechazaba, ello habría causado inconvenientes a ciertas personas.

—Sí, ya lo imagino. Pero ¿por qué has cambiado de idea?

Él la miró con fijeza.

—¿No te ha escrito lady Merion esta semana?

—Pues sí —admitió ella—. Pero preferiría que me lo contaras tú mismo.

Hazelmere suspiró y resumió sucintamente los acontecimientos que habían precedido a su marcha de la capital. Habló también de los dos intentos de secuestro que había sufrido Dorothea, y supo que su madre ya estaba al corriente de ello a través de lady Merion. Cuando acabó, lady Hazelmere lo miró con perplejidad.

—Pero, si Dorothea está en peligro, ¿por qué andas por ahí, recorriendo el país?

—Porque los otros están cuidando de ella y me pareció más sensato casarme con ella cuanto antes y apartarla del peligro de una vez por todas —explicó él pacientemente—. Como tenía que ir a Lauleigh, en el camino de vuelta le hice una visita a Herbert Darent.

Su madre asintió finalmente.

—Sí, supongo que tienes razón, como siempre. Imagino que Herbert se puso loco de contento.

—Pues, en realidad, no —contestó él con una sonrisa—. Creo que esa espantosa mujercita suya lo ha convencido de que no soy más que un crápula al que no conviene admitir en la familia —lady Hazelmere se quedó sin habla. Al cabo de un momento, Hazelmere dijo—: Supongo que cuento con tu aprobación.

Su madre procuró dejar a un lado sus cavilaciones acerca de la estrechez de miras de lady Darent.

—¡Por supuesto! Dorothea es un gran partido. En realidad —dijo—, es un partido excelente, y entre sus numerosas cualidades se encuentra haber logrado la hazaña de atraer tu interés.

—Exactamente —contestó él, divertido—. Y, dado que me he tomado grandes molestias para que la relación que nos une quedara clara a ojos de todo el mundo, no creo que el anuncio sorprenda a nadie.

—¡Cuando pienso en el vals del baile en Merion House! —Anthea Henry cerró los ojos y continuó con voz suave—; ¡Qué conmoción viniendo de ti, querido!

Hazelmere contestó:

—Tenía que apostar fuerte, mamá.

Ella abrió los ojos con expresión divertida.

—¡Y lo conseguiste! Hiciste que a todas esas arpías se les pusiera el pelo de punta.

Madre e hijo dejaron que la conversación expirara mientras ambos revivían agradables recuerdos. Por fin, lady Hazelmere se removió, inquieta.

—¿Cuándo piensas hablar con ella?

—En cuanto pueda verla. El miércoles, seguramente. Si está de acuerdo, vendremos aquí a pasar unos días. Imagino que será conveniente que vea la casa.

Lady Hazelmere suspiró. La carta que había recibido de lady Merion era perfectamente ingenua. Estaba claro que, dejando a un lado pequeños malentendidos, su arrogante hijo había triunfado, como siempre, y todo se haría conforme a su deseo. Incluso la testaruda Dorothea había entrado aparentemente por el aro. Si las cosas continuaban así, Marc pronto se mostraría completamente insufrible. Ella había depositado tantas esperanzas en Dorothea... Pero por lo menos ahora tendría una nuera. Dorothea y ella podrían intercambiar anécdotas acerca de su indomable hijo, aunque solo fuera eso. Y, conociendo a Marc, era de esperar que le diera un nieto antes de transcurrido un año. Aquella idea le entusiasmaba. Así pues, resignada, se limitó a decir:

—Sí, sería muy oportuno. Habrá que redecorar las habitaciones contiguas a las tuyas.

CAPÍTULO 13

Hazelmere regresó a Londres con un nuevo tiro de caballos negros, dejando a los bayos en el campo para que recobraran fuerzas. El carruaje entró a toda prisa en los prados de la parte de atrás de Hazelmere House a última hora de la tarde. Salía del establo hablando con Jim de las monturas nuevas justo cuando Ferdie entraba en los prados llevando dos caballos.

Ferdie, que estaba harto de su papel de guardián y confidente, se alegró de ver a su primo. Desmontó y, al darle las riendas a Jim, pensó que la procedencia de los caballos que montaban las hermanas Darent era uno de los secretos mejor guardados de aquel asunto. Imaginaba qué diría Dorothea cuando supiera que su yegua baya pertenecía a Hazelmere. Esperaba que cuando se enterara ya estuvieran casados y ella pudiera discutir el asunto con Hazelmere y no con él. Se volvió hacia su primo.

—¡Cuánto me alegro de que hayas vuelto!

—¿Ah, sí? —Hazelmere frunció las cejas inquisitivamente.

—No es que haya pasado nada —se apresuró a decir Ferdie—. Pero Dorothea intuye que pasa algo y yo ya no sé qué decirle.

—¡Pobre Ferdie! Cualquiera diría que esto es demasiado para ti.

—Pues sí, lo es —replicó Ferdie, exasperado—. Dorothea ha

convertido a todos tus amigos en sus más devotos admiradores. ¡Oh, sí! No te lo esperabas, ¿eh? —tuvo la satisfacción de ver que los ojos castaños del marqués se agrandaban. Asintiendo con decisión continuó—: Me temo que en tu ausencia ha sido ella quien ha llevado las riendas, no nosotros.

Hazelmere suspiró.

—Ya veo que me equivoqué al pensar que podía dejar a la señorita Darent a vuestro cargo. Debí imaginar que sería al revés. ¿Por qué demonios le habéis permitido apoderarse del látigo? Está claro que tendré que intervenir y salvaros a todos.

—Te conviene hacerlo, porque es a ti a quien ama, no a nosotros. Nunca he visto a una mujer capaz de hacernos bailar a todos al son que ella marca. Será mejor que la hagas tu esposa cuanto antes.

Hazelmere se echó a reír.

—Créeme, Ferdie, eso pienso hacer... lo antes posible. Pero creo que esta noche no. Hoy es la cena de Alvanley. No recuerdo si hay algo más.

—No, nada de importancia. Yo voy a acompañar a Dorothea y a Cecily a una fiestecita en casa de lady Rothwell. Solo asistirán los más jóvenes, así que espero que sea una noche tranquila. Pero no te preocupes. Mañana será toda tuya.

—¡Oh, desde luego que sí! —mientras entraban en Cavendish Square, añadió—: En realidad, puedes contribuir a tu propia liberación informando a Dorothea de que iré a verla mañana por la mañana.

Ferdie miró a su primo con recelo y contestó:

—Está bien, se lo diré. Pero seguramente insistirá en ir a montar a caballo o se acordará de repente de algún compromiso importante.

—En ese caso —dijo Hazelmere con voz suave, esbozando una sonrisa—, será mejor que añadas en tu tono más persuasivo que le conviene que la próxima vez que nos encontremos sea en privado y no en público.

Ferdie, que dudaba de poder transmitir tal mensaje con la misma energía que Hazelmere, se limitó a asentir de mala gana.

—Sí, de acuerdo, supongo que con eso bastará.

—Te garantizo que sí —añadió Hazelmere, muy serio. Riéndose al ver la cara de fastidio de su primo, le dio una palmada en el hombro y entró en su casa, dejando que Ferdie regresara a pie a la suya.

Unas dos horas después, Fanshawe estaba intentando atarse la corbata a la última moda cuando tocaron a su puerta con inusual insistencia. Maldiciendo, abandonó su último intento y le dijo a su ayuda de cámara, que permanecía callado con un montón de corbatas limpias entre los brazos, que fuera a ver quién demonios era. Un minuto después, cuando se hallaba de nuevo enfrascado en su tarea, la puerta se abrió.

—Hartness, ¿quién ha planchado estas corbatas? Están tan lacias que no puede hacerse nada con ellas.

Una voz divertida contestó:

—El mal alfarero siempre le echa la culpa al torno.

Fanshawe se giró, arruinando cualquier posibilidad de anudarse correctamente la corbata.

—Ah, ¿ya has vuelto?

—Eso parece —dijo Hazelmere—. A fin de cuentas, dije que volvería.

—Contigo nunca se sabe. ¿Adónde has ido? ¿A Leicester?

—A Lauleigh, a Darent Hall y a Hazelmere —respondió el marqués.

Fanshawe se tomó un momento pare digerir la noticia.

—Ya me lo imaginaba —dijo con vivacidad—. ¿Has visto ya a Dorothea?

—No. Pensaba que, después de andar por ahí recorriendo el país, me merecía la cena de Alvanley. Y Ferdie dice que esta noche van a una fiesta aburridísima, así que no creo que pase nada hasta mañana.

—Mañana. Bien. ¿Y dónde dices que está Darent Hall?

—Ah, de modo que ¿el viento sopla en esa dirección?

—Tú no eres el único que puede decidir de repente y por razones desconocidas casarse con una mujer acostumbrada a hacer su santa voluntad —contestó Fanshawe divertido.

Riendo, Hazelmere dijo:

—Está en el condado de Northampton, no muy lejos de Corby. Es fácil de encontrar, si preguntas. Espera. Por el amor de Dios, deja que te ate esa corbata, o Jeremy empezará a preguntarse dónde nos hemos metido. ¡Estate quieto! —anudó rápidamente la corbata de su amigo—. Ya está. Ahora, vámonos.

Fanshawe admiró el resultado y dijo en tono pensativo:

—No está mal.

Hazelmere le tiró la chaqueta a la cabeza. Fanshawe se echó a reír y, poniéndosela, se reunió con su amigo en las escaleras.

Jeremy Alvanley tenía la costumbre de ofrecer una cena a sus amigos íntimos una vez al año desde hacía seis. Aquella cena se había convertido en un acontecimiento para sus invitados, en un festín solo para caballeros en el que se servían los mejores vinos para ayudar a bajar los manjares del menú. Todos sus amigos hacían lo posible por asistir, y la ocasión solía resultar extremadamente divertida. La cena de ese año no fue una excepción. La conversación fluyó tan libremente como el vino y consistió en su mayor parte en regalar a Hazelmere con el relato de las tribulaciones que habían afrontado para vigilar a la señorita Darent. Todos ellos estaban al corriente del incidente en el parque, pero ninguno podía imaginar lo sucedido después. Sin embargo, conocían bien a Hazelmere y por ello les había sorprendido sobremanera la conducta subsiguiente de Dorothea. Hallando a Hazelmere de tan buen humor, ninguno de ellos sabía qué pensar. Pero, como a él parecía divertirle sinceramente el relato de sus dificultades, aprovecharon todas las ocasiones que se les ofrecieron para convencerlo de lo ardua que había sido su labor.

Aunque ellos no lo supieran, sus historias confirmaron lo

que Ferdie y luego Fanshawe le habían dicho a Hazelmere: que Dorothea había tomado el mando al darse cuenta de que, hasta cierto punto, todos actuaban a las órdenes del marqués. Resultaba evidente que había logrado cautivarlos a todos. A Hazelmere le alegró saber que el único modo que habían encontrado sus amigos de escapar a los sutiles interrogatorios de Dorothea era invocar su nombre. El hecho de que aquella artimaña hubiera tenido éxito demostraba que Dorothea sabía perfectamente cómo tratar con aquel grupo de caballeros a quienes él consideraba de entre los más resistentes a los ardides femeninos.

En el transcurso de la velada, Desborough se acercó a su silla para hablarle de Edward Buchanan. Hazelmere frunció el ceño. Luego se encogió de hombros.

—Debí imaginarme que intentaría algo así. Afortunadamente, tú estabas allí.

Desborough esbozó una rápida sonrisa y se alejó.

Después de la cena, era su costumbre pasar en White's el resto de la velada o, mejor dicho, hasta las primeras horas del día siguiente. A las once, estaban ya enfrascados en una partida.

Ferdie, Dorothea y Cecily llegaron a casa de lady Rothwell a las ocho en punto y encontraron un carruaje esperando para llevarlos a una fiesta sorpresa en Vauxhall. Ni Dorothea ni Ferdie mostraron entusiasmo ante la idea; Cecily, en cambio, se mostró encantada. Dado que era prácticamente imposible excusarse, Dorothea y Ferdie se vieron forzados a aceptar el cambio de planes cortésmente.

Lady Rothwell había alquilado en los jardines de recreo un reservado que miraba a la zona de baile, alegremente iluminada por guirnaldas y faroles de colores. Los invitados más jóvenes se reunieron en la pista de baile, mientras Dorothea y Ferdie permanecían en el reservado, observando la escena. Lady Rothwell vigilaba maternalmente desde su asiento a las jóvenes a su cargo.

Dorothea había oído que ese día se esperaba el regreso de Hazelmere. Cada vez dedicaba más tiempo a pensar en su siguiente encuentro. Al ver su expresión pensativa, Ferdie recordó el recado de su primo. Pero no podía dárselo a Dorothea delante de lady Rothwell.

—¿Le apetecería ver la Fuente de las Hadas, señorita Darent?

Dorothea no tenía ganas de ver la Fuente de las Hadas, pero le pareció extraño que Ferdie pensara que podía apetecerle. Luego advirtió que él inclinaba levemente la cabeza e, intrigada, dijo que sí. Lady Rothwell no puso objeción alguna y Dorothea abandonó el reservado del brazo de Ferdie. Una vez fuera del alcance de la vista y el oído de lady Rothwell, Dorothea no perdió ni un instante.

—¿Qué querías decirme, Ferdie?

Pensando que Dorothea tenía la mala costumbre de hacer imposible que se llegara a las cosas paso a paso, Ferdie respondió llanamente:

—He visto a Hazelmere esta tarde. Me ha dado un mensaje para ti.

—¿Ah, sí? —dijo ella, alzando el mentón.

A Ferdie no le gustó su tono y, tras llegar a la conclusión de que debería haberle dicho a su primo que diera él sus propios mensajes, se vio obligado a continuar.

—Me ha pedido que te diga que irá a verte mañana por la mañana.

—Entiendo. ¡Qué lástima que no pueda verlo! Creo que mañana por la mañana tengo que visitar a unos amigos.

—Eso le dije yo —Ferdie asintió sagazmente. Al ver la mirada irónica de Dorothea, se apresuró a continuar—. Le dije que probablemente tendrías algún compromiso.

—¿Y?

Ferdie, a quien cada vez le gustaba menos su papel, respiró y añadió con firmeza:

—Me dijo que te dijera que te convenía que os vierais en privado y no en público.

Aquella amenaza apenas velada dejó a Dorothea sin habla. Observando sus ojos centelleantes, Ferdie decidió que era hora de regresar a un lugar más seguro y populoso que el camino desierto que habían tomado.

—Te llevaré de vuelta con lady Rothwell —dijo.

Sofocada, Dorothea dejó que la tomara del brazo y ambos volvieron sobre sus pasos. Ella estaba enfadada. Peor aún, ¡estaba furiosa! ¿Cómo se atrevía él a hacerle llegar una orden? Sin embargo, mientras regresaba al reservado al lado de Ferdie, fue recuperando el sentido común. Si debía fiarse de su último encuentro con Hazelmere, lo más sensato sería no provocarlo más de la cuenta. La idea de negarse a aceptar aquella entrevista solo para encontrarse con él en medio de un salón de baile bastaba para convencerla de la conveniencia de acceder a su petición.

Poco después de que Dorothea y Ferdie se marcharan, Cecily, que se lo estaba pasando en grande, se reunió con lady Rothwell acompañada por el hijo de esta, lord Rothwell. Notando que Cecily estaba sofocada, lady Rothwell mandó a su hijo a buscar hielo al pabellón. Cecily se sentó a su lado y estaba describiéndole vivamente las vistas cuando fueron interrumpidas por una llamada a la puerta.

A instancias de lady Rothwell, un criado pulcramente vestido entró en el palco.

—¿Lady Rothwell?

—¿Sí?

—Traigo un mensaje urgente para la señorita Cecily Darent —el hombre le mostró una carta sellada.

Lady Rothwell inclinó la cabeza, Cecily tomó la carta, rompió el sello y desdobló la única hoja que contenía. Al leerla, palideció. Se dejó caer, exangüe, en una silla, y dejó que lady Rothwell le quitara la carta de las manos temblorosas.

—¡Cielo santo! —exclamó lady Rothwell, leyendo rápidamente la misiva—. ¡Querida mía, cuánto lo siento!

—Debo ir con él —dijo Cecily—. ¿Dónde está mi capa?

—¿No crees que deberías esperar a Dorothea y Ferdie?

—¡Oh, no! Podrían tardar media hora o más. Seguramente no será indecoroso que vaya. No debo retrasarme. Oh, por favor, lady Rothwell, por favor, dígame que puedo ir.

Lady Rothwell no pudo resistirse a la mirada implorante de Cecily, pero, al verla desaparecer por el camino en dirección a la salida de carruajes en compañía del criado de Fanshawe, sintió un profundo desasosiego. Diez minutos después, Ferdie y Dorothea volvieron al palco. Lady Rothwell había despedido a su hijo y estaba intentando librarse de la inquietante sospecha de que se había equivocado al permitir que Cecily se fuera. Alzó la mirada con alivio.

—¡Oh, Ferdie! Cuánto me alegro de verte. Y a ti también, querida. Cecily ha recibido un mensaje de lo más inquietante y se ha ido con un hombre de lord Fanshawe.

Ni Ferdie ni Dorothea comprendieron nada, pero viendo la carta que lady Rothwell sostenía, Ferdie la tomó.

A la señorita Cecily Darent:

Le escribo de parte de lord Fanshawe, quien en este momento se encuentra en mi consulta tras haber sufrido graves heridas en un accidente reciente. Su excelencia se encuentra malherido y pregunta por usted. Le envío esta nota por medio de uno de sus sirvientes y confío en que, si la encuentra, permitirá usted que dicho hombre, a quien su excelencia considera de plena confianza, la conduzca junto a lord Fanshawe. No necesito añadir que el tiempo es esencial.

Suyo,
James Harten, cirujano

—¡Oh, Dios mío! —exclamó Dorothea.

—¡Embustero! —dijo Ferdie.

—¿Cómo has dicho? —preguntó Dorothea.

—Esta carta —explicó él—. Es falsa.

—Pero ¿cómo lo sabes? —gimió lady Rothwell.

—Porque sé que esta noche es la cena de Alvanley y que luego siempre van a White's. Todos los años hacen lo mismo. Así que, esté donde esté Tony, Marc está con él. Y Marc no hubiera permitido esto. Puede que ustedes no lo sepan, pero yo sí. Hazelmere es extremadamente quisquilloso para ciertas cosas.

Dorothea, que sabía que aquello era cierto, dio voz a sus pensamientos.

—Pero, si la carta es falsa, ¿qué se propone quien la haya enviado?

Ferdie se dio cuenta de que todos habían cometido un error al olvidar que había dos señoritas Darent. Dorothea y lady Rothwell aguardaban una respuesta.

—Lamento tener que decir esto, pero me temo que haya sido secuestrada.

—Sabía que había algo raro —gimió lady Rothwell—. ¡Oh, Dios mío! ¿Qué le voy a decir ahora a Hermione?

—Ferdie, ¿qué debemos hacer? —preguntó Dorothea sin perder el tiempo en histerismos.

Ferdie se detuvo a pensar un momento.

—¿Quién más sabe lo de esta carta?

—Nadie —respondió lady Rothwell—. William había ido por hielo en ese momento, y no quise enseñársela.

—Bien. Dorothea y yo volveremos a Merion House. Si envían algún mensaje o alguna exigencia, lo harán allí. Lady Rothwell, usted le dirá a todo el mundo que Dorothea no se encontraba bien y que Cecily y yo la llevamos a casa.

Lady Rothwell aprobó el plan.

—Sí, muy bien. Y Dorothea, dile a Hermione que no le diré nada a nadie. Me siento responsable por haber permitido que Cecily se fuera y me asusta pensar lo que tu abuela pueda pensar de mí, querida.

Dorothea asintió y murmuró unas palabras de agradecimiento para tranquilizarla antes de que Ferdie y ella se marcharan en busca de un carruaje. A pesar de los esfuerzos del cochero, el viaje a Cavendish Square les llevó veinte minutos. Mellow les abrió la puerta, sorprendido, y al entrar encontraron, como esperaban, una carta recién entregada y dirigida a Dorothea. Lady Merion había acudido a una partida de naipes en casa de la señorita Berry y tardaría horas en volver.

Ferdie llevó a Dorothea al salón, cerró la puerta y señaló la carta.

—Será mejor que la abras. Tenemos que saber qué quieren.

Dorothea rompió el sello y leyó el contenido de la única hoja mientras Ferdie miraba por encima de su hombro.

Mi querida señorita Darent:
Tengo a su hermana en mi poder. Si desea volver a verla, hará exactamente lo que le diga. Salga inmediatamente en su carruaje hacia la Posada del Castillo, en Tadworth, al sur de Banstead. No lleve a nadie consigo o no obtendrá nada de su visita y la reputación de su hermana quedará irreversiblemente dañada. Si no llega antes del amanecer, me veré forzado a concluir que ha informado usted a las autoridades y tendré que huir del país, llevándome a su hermana. Estoy seguro de poder confiar en su buen sentido común.
Su sincero servidor,
Edward Buchanan

—¡Dios mío! ¡El muy canalla! —exclamó Ferdie, asqueado—. No puedes ir a ese sitio de ninguna manera —tras una pausa, añadió—: Pero alguien tendrá que ir.

La mente de Dorothea trabajaba a toda prisa. En cierto modo, era culpa suya que Cecily hubiera sido secuestrada. ¡Ojalá hubiera estado más pendiente de su hermana y menos enfrascada en sus propios asuntos! Era a Cecily a quien habían ido a buscarle un marido en Londres. Tal vez debería haberse mostrado más firme con Edward Buchanan, aunque no veía cómo. Tras sopesar sus alternativas, le dijo a Ferdie:

—Sí, ¿pero quién? ¿Y cómo?

Ferdie no tenía dudas al respecto.

—Lo mejor que podemos hacer es buscar a Hazelmere. Tony estará con él y ellos sabrán qué hacer. A Marc se le dan bien estas cosas.

La mirada ausente de Dorothea se posó bruscamente en el rostro de Ferdie. No le costó comprender su comentario. Pero por dentro dejó escapar un gemido. El recuerdo de la situación en que se hallaba con el marqués volvió a ocupar su foco de atención. Después del modo en que se habían despedido, lo último que necesitaba era aquello. No soportaba la idea de volver a verlo para pedirle serenamente que rescatara a su hermana, que era responsabilidad suya, de las garras de uno de sus inoportunos admiradores.

—No, Ferdie —dijo con firmeza—. No hay necesidad de complicar en esto a Hazelmere, ni a Fanshawe, ni a nadie más.

Ferdie la miró perplejo. Luego, durante diez minutos, intentó disuadirla. Al fin Dorothea sugirió una solución de compromiso.

—Si vas a buscar a mi abuela, ella sabrá qué hacer.

Aliviado, Ferdie partió hacia el domicilio de la señorita Berry.

Algo más de una hora después, Mellow le abrió la puerta a su señora. Al llegar a la linda casita de las señoritas Berry, Ferdie le había hecho llegar una nota avisándola de que Dorothea estaba enferma y que, por consiguiente, se requería su presencia en Merion House. Pero, en lugar de salir ella, había hecho entrar a Ferdie. Lady Merion estaba enfrascada en una emocionante partida y quería saber cuán gravemente enferma se hallaba su nieta, a la que había visto por última vez sana como una manzana. Bajo la mirada divertida de lo que parecía la mitad de la alta sociedad londinense, Ferdie se había visto forzado a asegurarle a lady Merion que el estado de Dorothea no era crítico. Sonriendo, ella había terminado tranquilamente la partida.

Ahora, sin embargo, mientras le entregaban a Mellow su manto de pieles, lady Merion no parecía en absoluto complacida.

La preocupación había puesto un ceño sobre sus sagaces ojos azules cuando entró en el salón. Ferdie la siguió y cerró la puerta.

—¿Dónde está Dorothea? —preguntó lady Merion.

Ferdie miró perplejo la habitación, casi como si esperara encontrar a Dorothea escondida en un rincón. Sus ojos claros se detuvieron al ver un pedazo de papel prendido a una esquina del espejo del aparador.

Lady Merion, que había seguido su mirada, se acercó y recogió el sobre. Iba dirigido a ella. Extrajo la hoja que contenía. Luego, agitando nerviosamente una mano, se dejó caer en un sillón. Palideció bajo los polvos de arroz, pero al hablar su voz sonó firme.

—¡Condenada chiquilla! Se ha ido a buscar a Cecily.

—¿Qué?

—¡Como lo oyes! —lady Merion leyó la nota otra vez—. Un montón de tonterías acerca de que se siente responsable de este lío —soltó un bufido—. Dice que ella puede apañárselas con Buchanan.

Siguió un silencio prolongado que, por una vez, demasiado enfadado para decir nada, Ferdie no se apresuró a romper. Lady Merion habló de nuevo.

—No estoy segura de que pueda vérselas con ese hombre. Creo que deberíamos avisar a Hazelmere de todos modos. Dorothea parece oponerse a ello, pero, dadas las circunstancias, creo que debemos decírselo. Es hora de que mi nieta se dé cuenta de que, dado que está prácticamente comprometida con él, no puede marcharse así como así, y mucho menos ocultárselo a Hazelmere —sus agudos ojos azules se posaron en Ferdie—. Bueno, ¿dónde lo buscamos?

Ferdie pareció reanimarse.

—Esta noche es fácil. Escriba una nota y se la mandaremos a White's. Una noche al año, se puede estar seguro de que estará allí.

Lady Merion asintió y, acercándose al pequeño escritorio, garabateó una nota para Hazelmere. Ferdie, enfrascado en sus pensamientos, alzó la mirada mientras ella sellaba la carta.

—No ponga la dirección. Lo haré yo.

Lady Merion enarcó las cejas, pero se levantó del asiento sin decir nada. Ferdie tomó la pluma, frunció el ceño y escribió en la parte delantera del sobre el título completo de su primo. Luego llamó a Mellow, puso la nota en sus manos y le dio orden de que fuera llevada de inmediato a White's. No se esperaba respuesta. Junto a Lady Merion, se sentó a esperar.

Tal y como había predicho Ferdie, lord Hazelmere y lord Fanshawe se hallaban en sus sitios de costumbre en el salón de juegos. Hazelmere manejaba la banca, y el resto de la mesa, compuesta por sus amigos, se esforzaba en hacerla saltar. Llevaban algo más de una hora jugando y acababan de meterse de lleno en la partida.

Hazelmere, que estaba repartiendo la siguiente mano, se sorprendió al ver que un lacayo se acercaba a él llevando una bandeja con una carta. Acabó de repartir los naipes, recogió la carta y, tras mirar las señas, usó un abrecartas de plata para romper el sello. Dejó la misiva sobre la mesa y fijó de nuevo su atención en las cartas.

Había reconocido al instante la letra de Ferdie, pero no acababa de comprender por qué su primo empezaba de pronto a mandarle cartas utilizando su título completo. En realidad, no comprendía por qué Ferdie le mandaba una carta a aquellas horas de la noche. A pesar de que mantenía solo la mitad de su atención en el juego, logró completar la primera ronda y, mientras los otros jugadores se pensaban sus apuestas, abrió la carta.

Al instante comprendió el repentino cambio de comportamiento de Ferdie. Leyó rápidamente los renglones y procuró controlar la expresión de su rostro para que sus acompañantes no notaran nada. La carta decía:

Mi querido Hazelmere:
Cecily ha sido secuestrada por Edward Buchanan. En una nota, ha

exigido la presencia de Dorothea en cierta posada. Tras mandar a Ferdie en mi busca, Dorothea ha partido hacia la posada. Ferdie cree que tal vez tú puedas hacer algo. Estamos en Merion House.

Afectuosamente,
Hermione Merion

Hazelmere dobló de nuevo la carta y miró pensativo sus naipes. Luego, guardándose el sobre en el bolsillo de la chaqueta, fijó de nuevo su atención en el juego, al que puso fin rápidamente negándole a Markham la oportunidad de subir su apuesta. Echó la silla hacia atrás y le indicó a un lacayo que retirara su montón de fichas de encima de la mesa.

—Lo siento mucho, amigos míos, pero tendréis que continuar sin mí —dijo suavemente.

—¿Algún problema? —preguntó Peterborough.

—Espero que no. Pero, de todos modos, tengo que regresar a Cavendish Square. ¿Te encargas tú de la banca, Gerry?

Mientras Hazelmere y Peterborough concluían la transferencia de la banca, Fanshawe miró ceñudo la mesa. Él también había reconocido la letra de Ferdie. Por fin logró atraer la mirada de Hazelmere y enarcó las cejas inquisitivamente. Su amigo inclinó un poco la cabeza, y él también se retiró de la partida. Minutos después, ambos amigos bajaban las escaleras de White's. Una vez fuera, Fanshawe preguntó:

—¿Qué ocurre? ¿Es tu madre?

Hazelmere sacudió la cabeza.

—Te equivocas de lado de Cavendish Square —sin más comentarios, le tendió la carta. Se pararon bajo una farola para que Fanshawe la leyera.

—¡Dios mío! ¡Cecily!

—Me temo que hemos protegido tanto a Dorothea que ese tipo ha cambiado de planes —viendo que Fanshawe seguía mirando fijamente la carta, Hazelmere se la quitó de las manos con firmeza, diciendo—: Creo que deberíamos darnos prisa.

Recorrieron el camino a Merion House en menos de diez

minutos. Mellow, sumamente intrigado, les franqueó el paso, pero Hazelmere no aguardó a que los anunciara y entró directamente en el salón. Lady Merion se levantó de su asiento.

—¡Gracias a Dios que estáis aquí! —a pesar de sus esfuerzos por mantener la calma, aquel golpe inesperado estaba haciéndole mella.Ya no era una mujer joven.

Hazelmere esbozó una sonrisa tranquilizadora y, tras inclinarse sobre su mano, la hizo sentarse de nuevo. Notando que al otro lado de la habitación se levantaba un creciente revuelo mientras Fanshawe intentaba recomponer lo ocurrido, el marqués se apresuró a intervenir.

—Creo que deberíamos empezar por el principio.

Su voz cortó con eficacia el altercado. Fanshawe y Ferdie lo miraron; luego, Fanshawe abandonó su postura beligerante y Ferdie su postura defensiva. Se sentaron, Ferdie frente a lady Merion y Fanshawe en un sillón que llevó desde el otro lado de la habitación. Hazelmere asintió, complacido, y se sentó al borde del diván.

—Empieza tú, Ferdie.

—Como decía, llevé a Dorothea y a Cecily a casa de lady Rothwell.Todos creíamos que iba a ser una fiestecita tranquila, pero acabó convirtiéndose en una visita aVauxhall.

—¿No pudiste impedirlo? —lo interrumpió Fanshawe.

Ferdie miró a Hazelmere y respondió:

—Sabía que no iba a gustaros, pero no pude hacer nada. Dorothea y Cecily no lo habrían entendido. No podíamos poner una excusa y marcharnos.

Hazelmere asintió.

—Sí, comprendo.Y entonces ¿qué?

—Al principio, todo parecía ir bien. No ocurrió nada extraño. Solo había gente muy joven y ningún personaje importante. Llevé a Dorothea a dar un paseo —inclinando la cabeza hacia Hazelmere, le explicó—: Para darle tu recado. Cuando volvimos al reservado, lady Rothwell nos dijo que Cecily se había ido. Un criado le había llevado una carta —sacando del bolsillo de su chaqueta la carta, continuó—: El tipo le dijo a lady Rothwell que trabajaba para ti, Tony. Aquí está la carta.

Le entregó la nota arrugada a Fanshawe. A medida que la leía, la cara de este fue crispándose. Se la dio a Hazelmere y luego miró a Ferdie.

—¿Y Cecily se fue con ese hombre?

—Lady Rothwell intentó detenerla, pero ya sabes cómo es Cecily. Después, volvimos directamente aquí.

—Un momento. ¿Sabe alguien más, aparte de lady Rothwell, lo que ha ocurrido? —preguntó Hazelmere.

—No, afortunadamente —contestó Ferdie—. Y ella ha prometido guardar silencio. Dirá que Dorothea estaba indispuesta y que Cecily y yo la acompañamos a casa.

—Es una buena amiga —dijo lady Merion—. No dirá nada.

—¿Y luego? —preguntó Hazelmere con impaciencia.

—Encontramos la carta de Buchanan esperándonos cuando llegamos aquí.

—¿Dónde está la carta? —preguntó Fanshawe.

—Lady Merion y Ferdie intentaron recordar dónde la habían puesto. Entonces lady Merion cayó en la cuenta de que estaba sobre el escritorio. Hazelmere la recogió y permaneció de pie mientras leía la hoja y Fanshawe miraba por encima de su hombro.

—¿Es la misma letra que la de las otras? —preguntó Fanshawe.

Hazelmere asintió.

—Sí, es la misma. Así que era Edward Buchanan desde el principio —dobló la carta y regresó al diván—. ¿Qué ocurrió después?

—Sugerí que enviáramos a buscaros. Me parecía lo mejor. Dorothea no estaba de acuerdo. Insistía en que no hacía falta. Yo no lo entendía. Luego sugirió tranquilamente que avisáramos a lady Merion. ¡Y tan campante! A mí me pareció buena idea, así que fui en su busca. No sabía que ella se marcharía en cuanto me diera la vuelta. ¡No me dijo nada en absoluto! —Ferdie volvió a ponerse furioso.

Hazelmere sonrió. Lady Merion frunció el ceño.

—¿Y bien? ¿No vais a ir tras ella?

Hazelmere enarcó las cejas con cierta arrogancia.

—Por supuesto. Aunque me atrevo a decir que Dorothea puede apañárselas muy bien con Buchanan, me sentiría mucho mejor si supiera qué está pasando exactamente. Sin embargo —hizo una pausa y fijó su mirada en una aspidistra que había en un rincón—, estoy pensando que tal vez, si partimos precipitadamente, compliquemos más las cosas.

—¿Por qué? —preguntó Fanshawe, sentándose de nuevo.

—En este momento, es probable que Cecily se encuentre en la Posada del Castillo, en Tadworth, en compañía de Edward Buchanan y sus compinches. Dorothea debe de haberse ido antes de medianoche y tardará cerca de tres horas en hacer el viaje. Ahora son más de las doce y media. Seguramente podríamos recorrer esa distancia en dos horas, de modo que llegaríamos a la posada poco después que ella —se detuvo para recuperar el aliento—. Sin embargo, si nos marchamos apresuradamente, lo que ocurrirá será que las dos señoritas Darent desaparecen misteriosamente de Londres y, esa misma noche, tú y yo también desapareceremos misteriosamente. ¿Y qué haremos cuando las encontremos? ¿Traerlas de vuelta a Londres? No podríamos regresar antes de mañana por la mañana. Y las habladurías camparían a sus anchas.

Lady Merion comprendió que cuanto decía era cierto y torció el gesto. La cara pálida de Ferdie adoptó una expresión perpleja.

—Ah.

—Entonces, ¿qué vamos a hacer? —preguntó Fanshawe.

Hazelmere sonrió.

—El problema no es irresoluble —mirando a lady Merion, añadió con una sonrisa—: Es una pena que su nieta mayor, que es tan ocurrente, no esté aquí para ayudarnos, pero creo que podré inventar una historia convincente. Llama a Mellow, Ferdie.

Hazelmere pidió que mandaran llamar a su criado a Hazelmere House. Mientras esperaban permaneció en silencio, esbozando una extraña sonrisa. En cierto momento preguntó si Dorothea se había marchado sola. Lady Merion contestó:

—La nota dice que iba a llevarse a Betsy, su doncella, y por supuesto a Lang, su cochero, que conduciría el carruaje.

Hazelmere asintió, satisfecho, y volvió a guardar silencio. Jim entró en la habitación con su gorra en la mano. Hazelmere lo observó un momento y luego, sonriendo, comenzó a decir con una voz suave que Jim conocía muy bien:

—Jim, he de darte una serie de instrucciones que es vital que cumplas al pie de la letra y a la mayor brevedad posible. Lo primero que vas a hacer es enganchar las yeguas grises.

—¿Qué? —exclamaron Fanshawe y Ferdie al mismo tiempo.

—No, Marc, ni se te ocurra. ¡Las yeguas grises con lo mal que están las carreteras y de noche! —añadió Ferdie.

Jim, que seguía mirando a su señor, se limitó a parpadear. Fanshawe abrió la boca para protestar, pero, al ver la mirada de su amigo, prefirió callarse.

—Es absurdo tener el tiro de caballos más rápido del reino, si no se puede usar cuando hace falta —dijo Hazelmere y, volviéndose hacia Jim, continuó—: Cuando hayas mandado enganchar las yeguas, dile a algún mozo que las lleve a la plaza. Ensilla el caballo más rápido que haya en los establos. Relámpago, creo que es. Y luego vete primero a Eglemont —dirigiéndose a Fanshawe, preguntó—: Tus padres están en casa, ¿no?

—Sí —contestó Fanshawe, desconcertado.

—Bien. Tú, Jim, pide ver a lord Eglemont o, si no estuviera, a su esposa. Dile que lord Fanshawe llegará antes de que amanezca con Cecily Darent. Él se lo explicará todo cuando llegue. Después vete a Hazelmere y habla con la señora. Dile que llegaré antes de que amanezca con la señorita Darent. Y que se lo explicaré todo cuando llegue —sonriendo de pronto, añadió—: Como no conoces toda la historia, puedes decirle que no sabes nada con la conciencia limpia.

Jim, que conocía a la madre del marqués, le devolvió la sonrisa. Hazelmere le indicó que se retirara.

Fanshawe había adivinado el plan de su amigo y sonreía. Hazelmere prefirió no mirarlo y se volvió hacia lady Merion y Ferdie.

—Solo lo diré una vez. No tenemos tiempo para repetir las cosas. Escuchad con atención y, si veis que paso algo por alto, decídmelo. Tenemos que asegurarnos de que la historia sea creíble —comprobando que disponía de toda su atención, comenzó—. Hace algún tiempo, al principio de la temporada, le describí insensatamente a Dorothea lo hermoso que era contemplar el lago Hazelmere al amanecer. Dorothea se lo dijo a Cecily y entre las dos nos hicieron la vida imposible a Tony y a mí hasta que acordamos organizar una excursión para ver esa maravilla. Con la ayuda de nuestros respectivos padres, se organizó la visita. Es mejor contemplar ese espectáculo en una mañana clara, y como ninguno deseaba pasar una semana o más en el campo esperando una ocasión propicia, se acordó que, en la primera noche de luna y despejada, iríamos en el carruaje, veríamos el lago al amanecer, visitaríamos Hazelmere y Eglemont y regresaríamos a la ciudad después —mirando a lady Merion, añadió—: Usted, señora, iba a acompañarnos. Esta noche hay luna, el cielo está despejado y mañana promete hacer buen día. Una ocasión perfecta para nuestra excursión. ¿Has dicho algo, Tony?

Fanshawe alzando la mirada, dijo:

—Eso está muy bien para salvar la reputación de ellas, pero ¿y la nuestra?

Hazelmere sonrió.

—No espero que esta historia convenza a nuestros amigos. Es el resto de la gente quien debe preocuparnos —hizo una pausa—. Consuélate pensando en lo agradecida que te estará Cecily cuando le digas lo que has sacrificado para preservar su reputación.

Lady Merion lanzó un bufido. Se preguntaba si Hazelmere esperaba también la gratitud de Dorothea. Él volvió a hablar.

—Prosigamos. Convinimos que lady Merion y las señoritas Darent elegirían la noche más adecuada y mandarían a buscarnos. En la fiesta de los Rothwell, las chicas se dieron cuenta de que esta era una noche propicia. Así que se excusaron de la fiesta con el pretexto de que Dorothea se hallaba indispuesta, regresaron a Merion House y nos enviaron un mensaje a White's. Ferdie las ayudó. Todos nuestros amigos me vieron recoger la carta y, después, los dos nos marchamos para regresar a Cavendish Square. Hasta aquí, todo perfecto. Después, cuando llegamos y acordamos que esta noche era perfecta, Ferdie fue a buscar a lady Merion. ¿Qué excusa pusiste para llevarte a lady Merion, Ferdie?

—Que Dorothea estaba enferma.

—Eso también encaja. Sin embargo, al llegar a casa, fue usted, lady Merion, quien empezó a sentirse indispuesta. Lo suficiente, al menos, como para rehusar una excursión nocturna a Hazelmere. Pero, en lugar de posponer la salida, y viendo que, como esta misma tarde Dorothea y yo íbamos a comprometernos... —Hazelmere se interrumpió, advirtiendo la conmoción que había causado su anuncio—. No —continuó con fastidio—, aún no se lo he pedido, pero tengo la bendición de ese pelmazo de Herbert y ella no tendrá oportunidad de rechazarme, así que estaremos comprometidos para cuando regresemos a Londres —se detuvo, pero, viendo que nadie decía nada, prosiguió—: ¿Por dónde iba? ¡Ah, sí! Dadas las circunstancias, usted sugirió que Betsy ocupara su lugar. Partimos inmediatamente. Dorothea y yo fuimos en el carruaje con Jim y Tony, y Cecily y Betsy nos siguieron en la calesa. Habíamos decidido que, como ahora la temporada es un tanto aburrida, pasaríamos todos unos días en el campo. De modo que eso es exactamente lo que ha ocurrido y lo que va a ocurrir.

Siguió un silencio mientras sopesaban la historia. Lady Merion consideraba a toda prisa qué podía ocurrir cuando Hazelmere le comunicara tranquilamente a Dorothea que iba a casarse con él. Deseaba con vehemencia poder estar allí para verlo. Pero a Marc Henry le iría muy bien que, por una vez, alguien le llevara la contraria. Lady Merion apenas dudaba de que, al final, se saldría con la suya. De modo que permaneció en silencio en tanto una inesperada sonrisa curvaba sus labios. Entonces Hazelmere habló de nuevo.

—Ahora, veamos los cabos sueltos. Tú y yo, Tony, nos iremos dentro de un rato a Tadworth para rescatar a las damas de las garras de Buchanan y de allí nos dirigiremos a Hazelmere y Eglemont. Lady Merion, usted quédese aquí y asegúrese de que no haya más rumores. Ferdie, tú eres el último jugador y probablemente el que desempeña el papel más importante.

Ferdie lo miró receloso. Conocía bien a su primo y desconfiaba de tales pronunciamientos.

—¿Qué debo hacer?

—Primero, quiero que pongas una nota anunciando mi compromiso en la *Gazette* de mañana. Supongo que te dará tiempo. Luego, debes asegurarte de que la historia de nuestra escapada romántica se difunda entre los círculos de la alta sociedad.

—¡Vaya! —gruñó Fanshawe apesadumbrado—. Jamás podremos volver a asomar la cara en White's.

Hazelmere sonrió.

—Aunque así sea. Si a la gente le escandaliza nuestro estúpido comportamiento, es improbable que busquen otras razones que expliquen los acontecimientos de esta noche —volviéndose hacia Ferdie, preguntó—: ¿He olvidado alguna cosa de importancia?

Ferdie estaba repasando mentalmente toda la historia. Volvió a fijar la mirada en su primo y sus ojos se iluminaron.

—No está mal. No tiene resquicios. Creo que mañana le haré una visita a Ginger Gordon. Hace mil años que no lo veo.

Fanshawe gruñó otra vez. Sir Ginger Gordon, un inveterado chismoso, era el mayor rival de sir Barnaby Ruscombe. Siempre podía contarse con que unas simples palabras susurradas a su oído llegaran muy lejos.

—Bien. Entonces, todo arreglado —Hazelmere miró el reloj

y se levantó—. Vamos, Tony. Será mejor que nos vayamos —tomando la mano de lady Merion, le sonrió con confianza—. No tema. Las traeremos sanas y salvas —Hazelmere se volvió hacia Ferdie y advirtió en su expresión una sonrisa de gozosa expectación—. No te dejes llevar por tu imaginación, Ferdie. A fin de cuentas, quiero seguir viviendo en Londres.

Sorprendido, Ferdie se apresuró a asegurarle que todo se haría con la mayor discreción. Fanshawe ya había acabado de despedirse y Hazelmere se limitó a lanzarle una mirada escéptica mientras se acercaba a la puerta.

Los dos amigos cruzaron rápidamente Cavendish Square. Al llegar a Hazelmere House, dijo Fanshawe:

—Iré a cambiarme. Pasa a recogerme cuando estés listo.

Hazelmere asintió y entró en su casa. Momentos después, sus sirvientes corrían a cumplir sus órdenes y, al cabo de diez minutos, ataviado de manera más conveniente para viajar por el campo de noche, montó en su calesa tirada por las inquietas yeguas grises y salió de la plaza. Tras recoger a Fanshawe en su casa, ambos atravesaron aprisa las calles desiertas de la ciudad. Una vez lejos de los suburbios, Hazelmere aflojó las riendas y la calesa se precipitó camino adelante.

El plan maestro de Edward Buchanan empezó a renquear desde el principio. La primera fase consistía en el secuestro de Cecily Darent en los jardines de Vauxhall. Imaginando que Cecily no sería muy distinta a las demás debutantes, Buchanan no esperaba la enérgica resistencia que la joven presentó cuando la asaltó en uno de los caminos en sombras. Asistido por su ayuda de cámara, le había atado las manos y amordazado, pero ella había logrado darle una patada en la espinilla antes de que la metieran en el carruaje. La había mantenido atada y amordazada hasta que había podido soltarla en el saloncito, el único disponible en la Posada del Castillo, y había cerrado con llave la maciza puerta de roble, dejándola encerrada.

La Posada del Castillo era una pequeña hostería, no muy lejos de los caminos principales, pero suficientemente apartada como para que fuera improbable la irrupción de algún visitante inoportuno. La puerta principal daba directamente a la taberna. Edward Buchanan permanecía junto al fuego, en la habitación de techo bajo, bebiendo una jarra de cerveza mientras meditaba con fruición sobre su futuro. Al fin había comprendido que la deseable señorita Darent, de La Grange, Hampshire, esa hermosa propiedad, había madurado como una ciruela y estaba a punto de caer en manos del marqués de Hazelmere. Y este ni siquiera necesitaba su dinero. Lo cual era terriblemente injusto. Así pues, él había tomado cartas en el asunto para rectificar los errores del destino. Sin embargo, la señorita Darent parecía poseer una habilidad pasmosa para escapar de sus ardides. Sus intentos en el baile de máscaras y en la comida campestre habían fracasado estrepitosamente. Esta vez, en cambio, se vanagloriaba de haberle encontrado una debilidad. Estaba seguro de que, para salvar a su joven hermana, se entregaría a él, poniendo al mismo tiempo en sus manos su pequeña y apetecible fortuna. Su riña con Hazelmere y la ausencia de este habían despejado la única nube que se alzaba sobre el horizonte. Buchanan sonrió mirando las llamas. Luego, aburrido de su propia compañía, se levantó y se desperezó. La señorita Cecily llevaba sola casi una hora. Convenía aventurarse a entrar y hablar de las excelencias de su porvenir con su futura cuñada.

Abrió la puerta del saloncito y entró. Un jarrón de flores voló sobre su cabeza. Buchanan se agachó a tiempo y el jarrón se estrelló contra la puerta.

—¡Fuera! —gritó Cecily en un tono que recordaba al de lady Merion—. ¿Cómo se atreve a entrar aquí?

Él esperaba encontrarla llorando desconsoladamente, triste, atemorizada, sometida y completamente incapaz de lanzar objetos al otro lado de la habitación. Pero ella estaba de pie al otro lado de la pesada mesa cuadrada que ocupaba el centro de la estancia. Sobre la superficie de esta, junto a su mano, se hallaban alineadas todas las armas posibles que contenía la habitación. Al verlo, Buchanan adoptó una pose autoritaria. Señalando la munición de Cecily, dijo en tono confiado:

—Mi querida niña, no hay razón para comportarse así, se lo aseguro.

—¡Embustero! —gritó ella, agarrando un pequeño salero—. Creo que está usted loco.

Edward Buchanan frunció el ceño.

—No debería decirle esas cosas a su futuro cuñado, querida mía.

Cecily tardó un minuto en digerir sus palabras.

—Pero Dorothea no se casará con usted.

—Le aseguro que sí —contestó él con aplomo. Acercó una silla a la mesa y se sentó, mirando con recelo el salero—. ¿Y por qué no, después de todo? Hazelmere no querrá saber nada de ella después del desplante que le hizo en el parque. Y sus otros admiradores no querrán verla ni en pintura. Y después de que venga aquí a pasar la noche conmigo... Bueno, imagínese qué escándalo si no nos casamos.

—¡Cielo santo! ¡Está usted loco de veras! Yo no sé qué ocurrió entre Dorothea y Hazelmere en el parque, pero sí sé que el marqués solo se ha marchado de la ciudad porque tenía asuntos que resolver en sus tierras. Se espera que vuelva en cualquier momento. Si se entera de que está usted intentando... presionar a Dorothea para que se case con usted, él... —le faltaron las palabras al intentar imaginarse qué haría Hazelmere en tal situación.

Pero Edward Buchanan no se dejó impresionar.

—Para cuando el marqués se entere, será demasiado tarde. Su hermana será mi prometida y Hazelmere no se atreverá a formar un escándalo.

—¿Qué escándalo? Si lo mata a usted, le será muy fácil silenciar el asunto. Tony me ha dicho que hay pocas cosas que Hazelmere no sea capaz de hacer, si se le antoja.

Una insidiosa duda comenzó a formarse en el estólido cerebro de Edward Buchanan. El recuerdo de las historias que se contaban acerca de las proezas de Hazelmere en el salón de boxeo para caballeros de Jackson empezaron a reverberar en su cabeza. Y la advertencia de Desborough traspasó su conciencia. Pero apartó a un lado aquellos pensamientos sombríos.

—¡Tonterías!

Sin embargo, Edward Buchanan había de descubrir, como le había sucedido antes a Tony Fanshawe, que el intelecto de Cecily poseía una extraña tenacidad. La joven siguió hablando largo y tendido de lo que ocurriría cuando sus planes llegaran a oídos de Hazelmere. Nada podía persuadirla de que el marqués no se enteraría, y más pronto que tarde. A medida que su descripción de los posibles castigos que le infligiría el marqués pasaba de lo general a lo particular, Edward Buchanan se halló completamente incapaz de desviar la atención de la muchacha. Esta estaba intentando describir los sufrimientos que comportaba el descuartizamiento cuando llamaron a la puerta. Buchanan se levantó con enorme alivio.

—Esa debe de ser su hermana, querida.

Dorothea había pasado el viaje hasta Tadworth pensando más en el resultado de su encuentro con Hazelmere al día siguiente que en su entrevista inminente con Edward Buchanan. Ni siquiera se cuestionaba si sería capaz de enfrentarse a él, pues el infeliz señor Buchanan no le inspiraba ningún miedo. Pensaba entrar en la Posada del Castillo y volver a salir con Cecily sin mayores complicaciones. Si Edward Buchanan era tan insensato como para creer que podía obligarla a plegarse a su voluntad utilizando tácticas tan melodramáticas, pronto lo sacaría de su error. Su única preocupación era que su abuela accediera a las súplicas de Ferdie y acabara avisando a Hazelmere. Con un poco de suerte, lady Merion se mantendría firme. De ese modo, ella podría regresar a Londres con Cecily sana y salva y encontrarse con el marqués por la mañana sin haber perdido nada, salvo unas pocas horas de sueño.

Lang encontró fácilmente la posada. Al entrar, Dorothea advirtió al instante que aquella era una casa respetable. Más tranquila, dejó a Betsy y a Lang sentados en la taberna y llamó a la puerta del saloncito. Cuando esta se abrió, entró rápidamente, con la cabeza muy alta y sin dirigir una sola mirada al hombre que sostenía la puerta. Avanzó directamente hacia su hermana y le tendió los brazos.

—Aquí estás, cariño mío.

Las hermanas intercambiaron besos y Dorothea se quitó los guantes.

—¿Has tenido un buen viaje? —preguntó.

Edward Buchanan se acercó a la mesa tras cerrar la puerta y comenzó a sentir que las cosas no estaban saliendo como debían. Cecily le siguió la corriente a Dorothea. Ignorando a su captor, las dos se pusieron a charlar alegremente de trivialidades, como si no hubiera ocurrido nada fuera de lo común. Dorothea se acercó al fuego para calentarse las manos heladas. De pronto, Edward Buchanan no pudo soportarlo más.

—¡Señorita Darent!

Dorothea se volvió a mirarlo con expresión desdeñosa.

—Señor Buchanan. Confiaba, señor, en que a estas alturas hubiera entrado en razón y no me viera forzada a tener que hablar con usted.

A Buchanan le escoció su tono de desprecio, pero no había llegado tan lejos para rendirse a la primera de cambio.

—Mi querida señorita Darent, comprendo que los acontecimientos de esta noche le hayan causado una profunda impresión. Pero debe usted recapacitar, querida mía. Usted está aquí. Yo estoy aquí. Usted necesita casarse. Yo estoy dispuesto a ello. Si lo piensa bien, estoy seguro de que se dará cuenta de que Edward Buchanan no es tan mal partido.

Dorothea contestó desdeñosamente, con ojos centelleantes:

—Usted, señor, es a todas luces el personaje más despreciable que he tenido la desgracia de conocer. Supongo que pensará usted que ha sido muy listo. Yo, personalmente, lo dudo. No entiendo ni por asomo esa obsesión suya por casarse conmigo. Sin embargo, eso, aparte de causarme cierta irritación, no me preocupa lo más mínimo. Su conducta ha puesto en evidencia que dista usted mucho de ser un caballero, por más que se vanaglorie de ello. Ni mi hermana ni yo tenemos el más leve deseo de seguir conversando con usted.

Edward Buchanan enrojeció de manera alarmante al asimilar aquellas palabras.

Levantándose de pronto, le dio un puñetazo a su silla.

—Creo que cambiará usted de idea, querida. Imagino que no querrá que se sepa que esta noche he pasado algunas horas a solas con su encantadora hermana.

Dorothea y Cecily se giraron para mirarlo con el desprecio inscrito en sus caras. Pero, antes de que pudieran decir nada, Edward Buchanan continuó:

—Oh, sí. Creo que cambiará usted de idea. Ha echado usted a perder sus posibilidades con Hazelmere. No querrá que a su hermana también se le escape Fanshawe.

Cecily estuvo a punto de saltar de rabia.

—¡No lo escuches, Thea! ¡Espera a que Tony y Hazelmere se enteren de esto!

Dorothea apoyó la mano sobre el brazo de Cecily para sujetarla, pues su hermana parecía dispuesta a seguir insultando a Buchanan. Irguiéndose en toda su altura, dijo claramente, con una luz marcial en los ojos verdes:

—Señor Buchanan, no habrá ningún escándalo. Mi hermana y yo abandonaremos dentro de un momento esta encantadora posada y regresaremos a la ciudad en nuestro carruaje, acompañadas por nuestra doncella.

Edward Buchanan esbozó una sonrisa burlona.

—¿Y qué va a impedirme difundir la historia de lo ocurrido aquí esta noche?

Dorothea abrió los ojos de par en par.

—Hazelmere, por supuesto.

Habría dado cualquier cosa por no tener que recurrir al marqués, pero no veía mejor modo de disuadir a Buchanan. La felicidad de Cecily estaba en juego y ella haría cualquier cosa por proteger a su hermana pequeña.

Su referencia al marqués aturdió momentáneamente a Edward Buchanan. Pero luego se recuperó.

—Buen intento, querida, pero no servirá de nada. Aparte de que todo el mundo sabe que ha reñido usted con ese arrogante, da la casualidad de que Hazelmere está fuera de la ciudad. Para cuando vuelva, el mal ya estará hecho.

La mirada que Dorothea le lanzó habría dejado helados a hombres más enérgicos que el señor Buchanan.

—Mi querido señor, ya que está usted tan bien informado respecto a sus idas y venidas, supongo que sabrá que el marqués regresó a Londres ayer. En cuanto a nuestra relación, no tengo intención de concederle el beneficio de una explicación. Baste decir que lord Hazelmere me ha solicitado una entrevista para mañana por la mañana —hizo una pausa para que sus palabras hicieran efecto. Luego se volvió hacia Cecily—. Ven, querida. Debemos regresar. No quisiera llegar tarde a mi encuentro con Hazelmere.

Edward Buchanan, sin embargo, no se dio por vencido.

—Eso es fácil de decir, querida mía. Pero, aunque Hazelmere esté en la ciudad, ¿quién dice que se enterará de esto? No, me temo que no puedo dejarlas marchar.

Su terquedad inflamó la ira de Dorothea.

—¡Oh, qué hombre tan estúpido! Espero que Hazelmere no se entere de esto. Solo he venido hasta aquí para no implicarlo a él. Y si tuviera usted un poco de sentido común, nos ayudaría a partir con toda presteza.

—¡Ajá! Así que Hazelmere no lo sabe.

—No lo sabía cuando me fui, pero tal vez lo sepa ya.

—Aún hay tiempo para casarse —dijo el señor Buchanan—. Tengo una licencia especial y hay un párroco en la aldea.

Cecily se quedó boquiabierta.

—Usted está loco de atar —le dijo al señor Buchanan.

—Señor Buchanan —dijo Dorothea, apesadumbrada—, por

favor, escúcheme. No voy a casarme con usted. Ni ahora, ni nunca.

—¡Sí que lo hará!

Dorothea abrió la boca para llevarle la contraria, pero la dejó abierta y sus palabras se evaporaron cuando una voz tranquila sonó desde la puerta.

—Lamento mucho desilusionarlo, Buchanan, pero me temo que en este caso la señorita Darent tiene mucha razón.

Los tres se giraron y vieron al marqués de Hazelmere apoyado tranquilamente en el quicio de la puerta.

CAPÍTULO 14

Dorothea habría dado cualquier cosa por saber cuánto tiempo llevaba Hazelmere allí. Sus ojos se encontraron con los del marqués desde el otro lado de la habitación. Él sonrió levemente, se irguió y, acercándose a ella, le tomó la mano y se la besó, como era su costumbre. Dorothea procuró disimular su sorpresa al tiempo que el aturdimiento que siempre experimentaba al encontrarse a su lado se apoderaba de ella. Se sonrojó bajo la cálida mirada de los ojos castaños de Hazelmere. Este retuvo su mano y se volvió para mirar a Edward Buchanan.

Fanshawe, que había permanecido detrás de Hazelmere, entró a su vez en la habitación y cerró la puerta tras él. Cecily dejó escapar un grito sofocado y corrió a su lado.

La llegada de los dos caballeros dejó a Edward Buchanan sin habla y sin saber adónde ir, al menos de momento. Apenas podía creer lo que veían sus ojos, y todo rastro de inteligencia había abandonado su cara, dejando en ella una expresión aún más bovina de lo habitual. Sintiendo que el suelo vacilaba bajo sus pies, miró nerviosamente a Hazelmere, quien permanecía de pie, observándolo con calma, con una luz pensativa en sus extraños ojos castaños.

—Antes de que prosigamos esta conversación particularmente absurda, he de informarlo, señor Buchanan de que, tras su boda, las propiedades de la señorita Darent quedarán en manos de la propia señorita Darent.

Frías y precisas, las palabras de Hazelmere afectaron a Edward Buchanan como si le hubieran arrojado a la cara un cubo de agua helada. Durante unos segundos permaneció mudo de asombro. Luego dijo:

—Vaya, eso... eso es... ¡He sido vilmente engañado! —exclamó—. ¡Lord Darent me ha mentido! ¡Y sir Hugo también!

Cecily, Fanshawe y Dorothea recibieron aquella interesante revelación en un silencio fascinado. Hazelmere dijo:

—Exactamente. Y, siendo así, creo que necesita unas vacaciones para recobrarse de sus... esfuerzos, digámoslo así. Unas largas vacaciones, diría yo. ¿En sus propiedades en Dorset, quizá? No quiero volver a ver su cara, ni en Londres ni en ninguna otra parte. Si la veo, o si llega a mis oídos que ha vuelto a entregarse a la práctica del secuestro o que ha vuelto a molestar a alguien del modo que sea, enviaré cartas a las autoridades explicándoles detalladamente lo ocurrido. Dado que todas las notas están escritas de su puño y letra, y una de ellas convenientemente firmada, estoy seguro de que se interesarán mucho por usted.

Las palabras aceradas de Hazelmere redujeron el plan de Edward Buchanan a cenizas. Viendo que su gran oportunidad se iba al traste, miró nerviosamente a Fanshawe y a Cecily y luego a Hazelmere y a Dorothea, que seguían con las manos unidas.

—Pero el escándalo... —su voz se disipó cuando se topó con los ojos de Hazelmere.

—Me temo, señor Buchanan, que se halla usted en un error —su tono era tan gélido que Edward Buchanan sintió que se le helaba la sangre en las venas. De pronto, recordó las historias que se contaban sobre Hazelmere—. Las señoritas Darent van de camino a visitar a la familia de Fanshawe y a la mía en nuestras respectivas propiedades, acompañadas por su doncella y su cochero. Fanshawe y yo nos entretuvimos en la ciudad y acordamos encontrarnos con ellas aquí —hubo una breve pausa durante la cual los ojos de Hazelmere escudriñaron con calma a Buchanan—. ¿Sugiere usted acaso que haya algo indecoroso en ello?

Edward Buchanan palideció. Con los nervios deshechos, se apresuró a tranquilizar al marqués, tartamudeando.

—¡No, no! ¡Nada de eso! Jamás se me ocurriría sugerir tal cosa —se llevó un dedo al corbatín, como si de pronto le apretara—. Se me está haciendo tarde. Debo irme. A sus pies, señoritas, señores —esbozando una reverencia, se acercó a la puerta, pero aminoró el paso al darse cuenta de que Fanshawe seguía apoyado en ella. Fanshawe abrió la puerta a una seña de Hazelmere, dejando que Edward Buchanan escapara atemorizado.

Un instante después llegó a sus oídos el ajetreo de una partida precipitada. Luego la puerta principal se cerró de golpe y todo quedó en silencio. Cecily se arrojó en brazos de Fanshawe. Viéndolo, Dorothea deseó poder mostrarse tan desinhibida como su hermana. Pero, tal y como estaban las cosas, apenas lograba mantener la compostura.

—¡Oh, Dios! ¡Menudo cobarde! —exclamó Fanshawe—. ¿Por qué lo has dejado escapar tan fácilmente?

—No merece la pena el esfuerzo —contestó Hazelmere distraídamente, observando el semblante de Dorothea—. Además, como ha dicho, estaba engañado.

Dorothea, que intentaba infructuosamente aparentar que su mirada no lo afectaba, procuró conducir la conversación hacia terrenos menos espinosos.

—¡Engañado! Llevo semanas intentando librarme de él. ¡Ojalá lo hubiera sabido antes!

De pronto, le dio por pensar en cómo se habría enterado Hazelmere y se sintió extrañamente aturdida.

Hazelmere observó su mirada abstraída. Viendo los objetos alineados sobre la mesa, preguntó para distraerla:

—¿Has usado al abominable señor Buchanan para hacer prácticas de tiro?

Dorothea siguió su mirada y mordió el anzuelo.

—No. Ha sido Cecily. Pero solo le ha tirado un jarrón de flores.

Hazelmere miró donde ella indicaba y vio los fragmentos de un jarrón roto.

—¿Suele tirar cosas? —preguntó débilmente.

—Solo cuando se enfada.

Mientras consideraba su respuesta, Hazelmere recogió su capa y se la echó sobre los hombros.

—¿Y da en el blanco?

—Oh, sí —contestó Dorothea, extrañamente concentrada en los lazos del manto—. Lleva haciéndolo desde que era niña, así que tiene muy buena puntería.

Hazelmere miró a Fanshawe, que estaba absorto con Cecily, y no puedo reprimir una sonrisa malévola.

—Recuérdeme, querida, que alguna vez se lo cuente a Tony. Debo advertirle lo que le espera.

Dorothea sonrió con nerviosismo. Hazelmere recogió sus guantes y se los entregó. Ella se los puso y, al alzar la mirada, vio que sus ojos le sonreían cálidamente.

—Creo que deberíamos dejar esta posada de inmediato. Hay demasiada gente para mi gusto.

Ella le devolvió la sonrisa, ignorando el leve estremecimiento de expectación que las palabras y el tono de Hazelmere le produjeron. Estaba perfectamente dispuesta a hacer lo que él quisiera, con tal de que siguiera sonriéndole de aquel modo delicioso. Como de costumbre, él había asumido el mando. Pero Dorothea no tenía nada que objetar al modo en que se había librado de Edward Buchanan. En aquellas circunstancias, tenía la sensación de que podía dejar la discusión acerca de sus modales autoritarios hasta que regresaran a Londres. Todavía tenían una entrevista pendiente, después de la cual sin duda hablarían de las posibilidades que les deparaba el futuro. Dorothea se recordó que Hazelmere aún no le había dado pruebas inequívocas acerca de la naturaleza de sus sentimientos hacia ella.

Hazelmere acompañó a Dorothea a la taberna y Fanshawe y Cecily los siguieron. Al ver que sus niñas salían sanas y salvas, Betsy dejó escapar un profundo suspiro de alivio y se acercó con Lang para recibir instrucciones. Hazelmere consultó su reloj. Eran ya casi las cuatro. Con la calesa, podían llegar a Hazelmere en poco más de una hora. El carruaje tardaría casi dos. Amanecería antes de las seis. Se volvió hacia Fanshawe con una sonrisa.

—Te cedo el carruaje, por supuesto. Y a Betsy.

Dorothea, que se había acercado con Cecily para tranquilizar a Betsy, levantó la mirada. Hazelmere le sonrió.

—Sí, ya me lo imaginaba —gruñó Fanshawe, disgustado ante la idea de pasar dos horas de viaje con su amor y una doncella—. Iremos directamente a Eglemont. Cecily puede ver el lago Hazelmere en otro momento. Y, preferiblemente, no al amanecer. ¡Y pensar que tendré que aguantarme con esto y ni siquiera podré recoger la recompensa! —intentó mirar a su amigo con mala cara, pero no pudo resistir la mirada divertida de Hazelmere.

—No te enfades —contestó Hazelmere, consciente de que Dorothea había oído la conversación—. Creo que yo tengo más cosas que explicar que tú —se acercó a Dorothea y le comunicó que debían proseguir viaje hasta Hazelmere. Sin darle más explicaciones, se disponía a conducirla fuera cuando ella recuperó el habla.

—Pero no hay necesidad alguna de hacer esto. ¿No podríamos regresar a Londres sin más?

Un largo viaje a solas con Hazelmere no figuraba entre sus planes. Él se detuvo y suspiró.

—No.

Dorothea aguardó a que se explicara, pero, viendo que volvía a agarrarla del brazo, se mantuvo en sus trece.

—Comprendo que no debamos regresar todos juntos, pero no hay razón para que Cecily y yo no podamos volver en el carruaje con Betsy y ustedes vayan a sus propiedades y regresen a Londres más tarde.

Hazelmere advirtió que Fanshawe sonreía. Viendo que Dorothea alzaba el mentón tercamente y que en sus ojos había un destello de determinación, procedió a silenciarla del único modo efectivo que conocía. Bajo la asombrada mirada de la posadera, de Betsy, Lang, Cecily y Fanshawe, la atrajo hacia sí y la besó. No se detuvo hasta que la juzgó incapaz de encontrar palabras con que seguir discutiendo.

Cuando finalmente se recobró de la impresión, Dorothea se hallaba sentada en la calesa de Hazelmere con el marqués a su lado conduciendo hábilmente a las yeguas fuera del patio de la posada y hacia la carretera que llevaba al sur. Dorothea miró su perfil, claramente visible a la luz de la luna, y sintió que su determinación de forzarlo a hacer una declaración en toda regla aumentaba. Dejando a un lado todo lo demás, si lo que acababa de ocurrir era una muestra de la forma en que Hazelmere pensaba resolver sus futuros desacuerdos, ella nunca podría ganar una discusión. Decidida, comenzó a sopesar sus opciones.

El camino entre Tadworth y Dorking era estrecho, pero estaba en buenas condiciones, lo cual, pensaba Hazelmere, era una suerte. Los setos que lo bordeaban proyectaban sombras sobre la calzada y, pese a la luz plateada de la luna, Hazelmere apenas veía lo que tenía delante. Y su amada no permanecería en silencio mucho tiempo. Al salir de la posada la había mirado una vez y había bastado para convencerlo de que Dorothea estaba únicamente reagrupando fuerzas. Ahora la miró de nuevo y vio que lo estaba mirando pensativa. Ella enarcó las cejas inquisitivamente y Hazelmere le sonrió y volvió a fijar su atención en los caballos. No tenía intención de empezar una conversación. Quería que fuera ella quien diera el primer paso, lo cual no tardó en suceder.

—¿No va a decirme nunca qué está pasando?

Hazelmere pensó que contestarle «no» hubiera sido lo más prudente, pero finalmente decidió decir:

—Es una larga historia.

—¿Cuánto queda para llegar a Hazelmere?

—Cosa de una hora.

—Entonces hay tiempo de sobra. Aun cuando lleve las riendas de las yeguas.

—Pero tenemos que llegar al lago Hazelmere antes de que amanezca.

—¿Por qué?

Él observó su expresión de desconcierto y sonrió con confianza.

—Porque ese es supuestamente el motivo de esta escapada nocturna, de modo que conviene que al menos una de ustedes vea el lago, ya que tanto han insistido en ello. Solo por si acaso alguien como lady Jersey, que lo conoce, les pregunta cómo es.

Dorothea alzó los ojos hacia su cara y preguntó con cansina resignación:

—¿Se puede saber qué cuento han tejido? Será mejor que me lo cuente desde el principio, si quiere que convenza a lady Jersey y a los demás de que es cierto.

Contento de poder mantener la conversación en terreno relativamente seguro, Hazelmere decidió complacerla. Empezó por contarle qué había ocurrido tras su marcha de Merion House.

—Tendrá que hacer las paces con Ferdie.

—¿Estaba muy enfadado?

—Estaba furioso —él esbozó el relato a grandes rasgos, pero no le dijo que, supuestamente, ya estaban comprometidos. Invirtió más tiempo en explicarle la magnitud del sacrificio que habían aceptado Fanshawe y él para salvar la reputación de Cecily y la de ella. Al oírla reír cuando le contó que Ferdie tenía la misión de difundir el cuento a los cuatro vientos, confió en haber alejado su pensamiento de aquello que no le había explicado.

Cuando dejó de reírse, Dorothea revisó mentalmente lo que había oído, con los ojos fijos en el caballo de su lado. Aquella excursión en plena noche era posiblemente la mejor oportunidad que tendría de sonsacar a Hazelmere. En circunstancias normales, la presencia física del marqués la distraía hasta tal punto que entre su intelecto y su cuerpo se entablaba una batalla por formular preguntas sensatas y combatir las respuestas evasivas de él. Pero, dado que ahora él se hallaba encaramado en el pescante, a su lado, con las manos ocupadas por las riendas y la atención dividida entre las yeguas y ella, la situación era menos desigual. Ella sin duda tendría que animarlo a llevarla de excursión más a menudo en el futuro.

En silencio atravesaron Dorking y enfilaron el camino rural que llevaba a Hazelmere. Ella volvió a mirar el rostro del marqués y dijo en tono trivial:

—¿Qué otras notas había mandado el señor Buchanan?

Hazelmere recordó que Ferdie le había dicho que Dorothea tenía la costumbre de hacer preguntas imposibles de soslayar. Resignado a lo inevitable, respondió:

—Buchanan intentó secuestrarla otras dos veces. Eso es algo que yo no había previsto cuando decidí convencer a todo el mundo de mi interés por usted.

La luz de la luna se había difuminado del todo y la aurora se acercaba. Habían cruzado las lindes de Hazelmere y el mirador que daba sobre la laguna ornamental de Hazelmere no estaba lejos. Tras un largo silencio durante el cual procuró analizar la conducta de Hazelmere, Dorothea dijo:

—Supongo que la primera vez fue en el baile de máscaras de los Bressington.

—Sí. No hay nada que no sepa usted al respecto, salvo que yo no me lo tomé a broma. Por eso de pronto me volví tan ridículamente solícito, y hasta asistí a esa aburridísima fiesta el domingo. No sé qué habría hecho si no hubiera podido mantenerme al corriente de sus compromisos sociales. ¿Sabía que uno de mis lacayos está en relaciones con su doncella? —Dorothea lo miró perpleja. Él sonrió y añadió—: La segunda vez que intentó secuestrarla fue en la comida campestre a la que asistió con Ferdie. Mi primo olvidó darle una nota que le habían llevado mientras estaba de paseo. No llevaba señas, así que la abrió al día siguiente, cuando la encontró su criado. Estaba supuestamente firmada por mí, pero Ferdie conoce mi firma, así que me la llevó para que la viera. Tony estaba conmigo, así que los dos se enteraron al mismo tiempo.

—¿Cuándo lo descubrieron el resto de sus amigos?

Era imposible negarlo.

—El miércoles, en un almuerzo. Yo tenía que salir de viaje, y Tony y Ferdie no podían mantenerla vigilada todo el tiempo.

—¿En ningún momento pensó en decírmelo? —preguntó ella.

—Sí. Pero no creía que sirviera de nada —viendo que ella fruncía el ceño, suspiró—. ¿Quién podía saber si habría otro intento, y cuándo?

Siguió un silencio completo. Al cabo de un minuto, Hazelmere se aventuró a mirar a Dorothea y vio que ella lo estaba mirando inquisitivamente.

—Es usted increíblemente dominante, ¿sabe?

Él sonrió dulcemente y dijo:

—Sí, lo sé. Pero solo con las mejores intenciones.

La calesa alcanzó la cima de un pequeño otero y, nada más superar su cresta, Hazelmere hizo girar a los caballos hacia una pequeña explanada en la que la hierba había sido segada para formar un mirador.

—Y esto —anunció— es el lago Hazelmere.

Mientras el sol rompía en el horizonte lejano, la escena que se extendía a sus pies era de una belleza arrebatadora. Hazelmere se apeó de la calesa y ató firmemente las riendas a un arbusto. Ayudó a bajar a Dorothea y juntos se acercaron a un tramo de someros escalones excavados en la ladera. Estos llevaban a una pequeña planicie situada por debajo de la cresta de la colina, en la que había un banco de piedra junto a un viejo roble. A sus pies se desplegaba una vista ininterrumpida del valle. El lago Hazelmere era en realidad una laguna artificial bordeada de sauces. En su centro había una isla en la que se alzaban más sauces, entre cuyo lánguido follaje se vislumbraba una casita de verano. Los cisnes se dejaban llevar lentamente por la corriente que provocaba el riachuelo que nutría el lago por un lado y lo desaguaba por otro.

A medida que se alzaba el sol, los colores del paisaje cambiaban sin cesar, desde los primeros y fríos matices del sepia, a los cálidos tintes rosáceos de la aurora y el fulgor dorado de la luz creciente, para finalmente, a medida que el sol aclaraba las colinas que se alzaban tras el lago y brillaba sin estorbos, alcanzar el verde reluciente de la hierba y los sauces y el profundo azul del lago que refulgía clara e intensamente.

Sentada en el banco, Dorothea observaba todo aquello en asombrado silencio. Hazelmere, que permanecía a su lado, había contemplado aquella vista muchas veces. Todavía hallaba placer en ella, pero ese día solo tenía ojos para la mujer sentada junto a él. Al regresar a Londres dispuesto a aclarar su pasado y su futuro juntos, de una vez por todas, había descubierto que, en lugar de esperar pacientemente el momento propicio para una declaración, su impetuosa amada se había marchado en plena noche dispuesta a batallar con Edward Buchanan. En realidad, ello no debería haberle sorprendido. A pesar de que apenas dudaba de que Dorothea podría haberse encargado de aquel asunto a su manera, su empecinamiento en hacer las cosas a su modo le había ofrecido la irresistible oportunidad de conducir su frustrante cortejo a su clímax inevitable. Ahora, sin embargo, y a pesar de su aparente calma, Dorothea se mostraba recelosa. A Hazelmere le parecía extraño que, pese a su independencia de carácter, su amada pareciera intentar mantenerlo a distancia después de todo lo ocurrido entre ellos. La observaba atentamente. Su expresivo rostro refulgía de placer ante la escena que se desplegaba ante ella. Hazelmere suspiró para sus adentros. Iba a tener que averiguar qué era lo que le preocupaba. Las riendas de su aventura amorosa se habían enredado continuamente. Él no recordaba haber tenido nunca tantas complicaciones con una mujer. Y ahora tenía la insidiosa sospecha de que, aunque había creído tener las riendas bien sujetas, sin saber cómo habían vuelto a escapársele otra vez.

Mientras el sol remontaba el cielo, Dorothea se volvió hacia él con los ojos brillantes.

—Ha sido la vista más hermosa que he contemplado nunca. Creo que lord Fanshawe tendrá que traer a Cecily al amanecer, después de todo.

Hazelmere había perdido interés en Fanshawe y Cecily.

—Mientras sea usted quien se lo diga... Después de haberlo condenado a dos horas de viaje en ese carruaje con Cecily y Betsy, dudo de que a mí me tenga en gran estima.

Dorothea, sintiéndose de pronto sin aliento, bajó la mirada y descubrió que él la había tomado de la mano. Sintió que se movía para apretarla contra sí. Sabiendo que, si la besaba, no podría conservar el suficiente dominio de sí misma para obligarlo a hacer una confesión, ya fuera positiva o negativa, Dorothea se resistió. Él se detuvo inmediatamente. Por un instante, un profundo silencio los envolvió. Dorothea, que tenía la mirada baja, no vio que los labios de Hazelmere se curvaban en una sonrisa irónica. Al marqués solo se le ocurría un modo de precipitar las cosas, y lo aceptó.

—Dorothea —su voz carecía por completo de su habitual timbre burlón—, querida mía, ¿me harás el favor de convertirte en mi esposa?

A pesar de que ella esperaba la pregunta, por un momento sintió que el mundo dejaba de girar. Luego, con los ojos aún fijos en la mano de él, juntó las suyas y luchó por encontrar las palabras que la sacaran del atolladero en que la había metido aquella pregunta. ¡Cuán propio de él! Si se limitaba a decir que sí, nunca averiguaría la verdad.

—Señor mío, soy muy consciente... muy consciente del honor que me hace. Sin embargo, yo... yo no estoy convencida de que haya... razón alguna... de peso... para casarnos —dadas las circunstancias, Dorothea se sintió bastante complacida con el resultado. Era agradablemente difuso.

Aunque aquello no le sorprendió, Hazelmere se sintió desconcertado. ¿Cómo demonios había llegado ella a tan fantástica conclusión? Estaba claro que iba a tener que explicarle ciertas cosas a su amada. Dando por sentado que eran sus motivos lo que ella cuestionaba, fue directo al grano.

—¿Por qué imaginas que quiero casarme contigo?

Ella percibió la sinceridad que emanaba de su voz y se sintió forzada a contestar sinceramente. Aquel no era momento para melindres.

—Usted ha de casarse. Imagino que desea una mujer complaciente, que le dé herederos y dirija sus asuntos domésticos —hizo una pausa y añadió—: Alguien que no interfiera en su actual modo de vida.

Él no comprendió su alusión indirecta.

—No hay nada en mi actual modo de vida para lo que el matrimonio pueda ser un obstáculo —por alguna razón, lejos de tranquilizarla, aquella afirmación pareció causar el efecto contrario.

Dorothea tragó saliva. Por un instante, casi se convenció de que no quería saberlo. Luego sacudió la cabeza.

—En ese caso, no creo que... encajemos.

Hazelmere estaba perplejo. Ignoraba de qué estaba hablando Dorothea, pero notaba el temblor de su voz. Presintiendo que, de seguir así, pasarían un rato incómodo e infructuoso, decidió poner toda la carne en el asador. A fin de cuentas, cuando las riendas se enredaban, lo mejor era cortarlas. Siempre y cuando uno estuviera seguro de poder refrenar los caballos. Tomando a Dorothea de ambas manos, la hizo girarse para mirarlo.

—Si estás empeñada en que eso es así, naturalmente no insistiré más. Pero, si deseas convencerme de que es lo que sientes, tendrás que mirarme a la cara, amor mío, y decirme que no me amas.

Dorothea sintió que su corazón se hundía en su pecho como si fuera de plomo. ¿Cómo iba a hacer tal cosa? Durante el largo silencio que siguió, notó los ojos cálidos de Hazelmere clavados en ella. Si levantaba la vista, estaría perdida.

—¿Dorothea? —muda, ella no logró más que sacudir la cabeza—. Querida mía, tendrás que darme una explicación.

Su voz, insoportablemente suave y desprovista de su sorna habitual, la puso al borde de las lágrimas. Intentó alzar los ojos y fracasó. Desasiendo sus manos, se levantó y dio nerviosamente unos pasos, deteniéndose junto al tronco del roble. Su plan se estaba convirtiendo en una pesadilla. ¡Cielo santo! ¿Qué había iniciado?

Hazelmere la observaba. Estaba claro que ella luchaba con algún demonio imaginario, pero él no podía defenderse a menos que Dorothea le dijera qué le ocurría. Se levantó con calma y se acercó a ella por la espalda. Agarrándola de los hombros, la hizo girarse lentamente para mirarlo a la cara. Posó una mano en su talle y con la otra le alzó la cara. Ella mantuvo los ojos bajos.

—Dorothea, ¿por qué no quieres casarte conmigo?

Imposible no contestar. Al final, una vocecilla tan débil que ella apenas la reconoció como suya, dijo:

—Porque usted no me quiere.

Aturdido, Hazelmere permaneció un minuto en silencio. De pronto lo comprendió todo y sintió alivio. Dorothea, que también permanecía inmóvil, sintió que las manos de él empezaban de pronto a temblar. Sorprendida, alzó la mirada y vio, desconcertada, que se estaba riendo. ¡Se estaba riendo! Enfurecida, se apartó de él. O lo intentó, porque él, adivinando su intención en aquellos bellos ojos, la retuvo y, atrayéndola bruscamente hacia sí, la abrazó con todas sus fuerzas. La rabia embargó a Dorothea, dejándola extrañamente impotente. Luego la voz de Hazelmere, sofocada por su pelo y aún temblorosa por la risa, llegó a sus oídos.

—¡Ay, cariño! ¡Eres un tesoro! Ya ves, yo que me he tomado mil molestias para convencer a todo el mundo, o al menos a los que importaban, de que estaba perdidamente enamorado de ti, y resulta que la única que no lo ha notado eres tú.

Ella se quedó rígida y alzó la mirada.

—¡Tú no me quieres!

Él alzó las cejas. Sus ojos castaños, todavía rientes, la miraron inquisitivamente.

—¿Ah, no?

Ella apartó los ojos de su mirada hipnótica. Si quería obtener respuestas, tendría que formular las preguntas adecuadas.

—¿Qué hay de esa apuesta? —preguntó, intentando sin éxito mostrarse desdeñosa.

Él apoyó la espalda contra el roble, sin dejar de abrazarla.

—Los hombres jóvenes con dinero de sobra y poco seso siempre hacen apuestas sobre esas cosas. No es nada nuevo. También hay apuestas sobre Fanshawe y Cecily, Julia Bressington y Harcourt y unas cuantas parejas más.

Ella había vuelto a mirarlo a los ojos.

—¿De veras?

Él asintió, sonriendo. Ella bajó los ojos mientras consideraba su respuesta. Hazelmere contempló su rostro. Al ver que ella continuaba en silencio, añadió:

—Además, amor mío, me siento obligado a señalar que, si pretendiera únicamente buscarme una esposa dócil y conveniente, difícilmente habría elegido una mujer a la que he tenido que rescatar dos veces de situaciones comprometidas en posadas.

—¡Pero no por culpa mía en ninguno de los dos casos! —protestó Dorothea, indignada. Había mirado un momento los ojos suavemente burlones del marqués, pero rápidamente desvió de nuevo la mirada. Con voz débil agregó—: Creía que tal vez pensabas que casarte conmigo sería más... más cómodo que casarte con la señorita Buntton.

—¿La señorita Buntton? —dijo Hazelmere con incredulidad, y se estremeció—. Querida mía, casarse con un puercoespín sería más cómodo que casarse con la señorita Buntton —Dorothea dejó escapar una risita—. ¿Quién demonios te ha metido esa idea en...? ¡Ah, Susan, supongo!

Dorothea asintió. Entonces se le ocurrió otra idea.

—¿No querrás casarte conmigo por... por el posible escándalo que cause lo ocurrido esta noche?

—¿Después de las molestias que me he tomado para que no haya ningún escándalo? Claro que no —como ella insistía en mantener la mirada gacha, remachó—. Además, si así fuera, ¿por qué le habría pedido ya permiso a Herbert para solicitar tu mano?

Ella alzó la cabeza.

—¡Le has pedido permiso!

—Mi querida Dorothea, convendría que te deshicieras de esas desatinadas ideas que tienes sobre mí. No te pediría que te casaras conmigo si antes no le hubiera solicitado permiso a Herbert para dirigirme a ti.

Su tono piadoso enojó a Dorothea.

—¿Y qué hay de tus amantes?

Él la miró a los ojos.

—¿Qué pasa con ellas?

Ella quedó atónita.

—¿Cómo voy a saberlo yo? —dijo exasperada.

—¡Exacto! —su tono irónico dejó a Dorothea sin dudas respecto a lo que pretendía decir. Sus ojos se encontraron y él suspiró—. Si quieres saberlo, despedí a mi última amante cuando regresé a Londres en septiembre pasado, después de conocerte. He tenido amantes de sobra para llenar una vida entera. Ahora quiero una esposa —ella había posado la mirada en su corbata, cuyos pliegues parecían alisar sus manos. Hazelmere suspiró—. Mi querida, encantadora y tonta Dorothea, mírame de una vez. Estoy intentando, al parecer sin éxito, convencerte de que te quiero. Lo menos que puedes hacer es prestar atención —Dorothea, que se había quedado sin preguntas, alzó obedientemente la mirada. Cuando sus ojos volvieron a encontrarse, Hazelmere asintió, complacido—. Eso está mejor. Para tu información, amor mío, creo que estoy enamorado de ti desde el momento en que te vi recogiendo moras en los bosques de Moreton Park. Lo que es más, a pesar de mi reputación, no tengo costumbre de seducir a mozas de aldea, ni a debutantes.

Los ojos verdes de Dorothea se agrandaron. Casi sin aliento dijo ella:

—Pensaba que eso formaba parte de la apuesta.

Aguijoneado, él contestó:

—La única razón por la que he intentado seducirte, aunque fuera poco a poco, es que según parece no puedo mantener las manos apartadas de ti —viendo su sorpresa, añadió—: ¡Oh, sí! Si tú crees que tengo poder sobre ti, tú tienes el mismo sobre mí —la sonrisa femenina que se extendió por el rostro encantador de Dorothea animó a Hazelmere a estrecharla entre sus brazos—. Y ahora que he conseguido llamar tu atención, amor mío, ¿qué puedo hacer para convencerte de que te quiero?

Comprendiendo que aquella era una pregunta puramente retórica, Dorothea alzó la cara para recibir su beso. Los labios de Hazelmere rozaron los suyos en una serie de besos tiernos que no le satisficieron en absoluto. Ella desasió las manos y atrajo la cabeza de Hazelmere con firmeza hacia sí. Sintió, más que oír, la risa complacida de él, y luego sus labios se fundieron en un largo beso que, a pesar de las intenciones de Hazelmere, se hizo más apasionado con cada segundo. En cierto momento, él echó hacia atrás el manto de Dorothea, ganando acceso a su cuerpo, envuelto todavía en el vestido de fiesta de la noche anterior. Pronto alcanzaron el mismo punto en que se habían hallado en el salón de lady Merion. Hazelmere, todavía dueño de sí mismo a pesar de su deseo, maldijo para sus adentros. No debería haber permitido que las cosas llegaran tan lejos. No podía ni pensar en tomar a Dorothea allí mismo. Ella debía recordar su primera vez con alegría, no con desagrado. Pero él ya la había dejado en aquel estado una vez. No podía volver a hacerlo.

Alzó la cabeza para mirarla. Los ojos de Dorothea, enormes y fulgurantes, eran profundas esmeraldas bajo sus párpados pesados. Ella se movió, inconscientemente seductora, apretando su cuerpo contra él. Con un áspero suspiro, Hazelmere se giró con ella, de modo que la espalda de Dorothea quedó apoyada contra el árbol. Bajó la cabeza y sus labios trazaron una senda ardiente hasta el hueco de la garganta de Dorothea. Él desabrochó la hilera de pequeños botones que cerraban su corpiño y desató los lazos de debajo. Cuando con la mano tomó suavemente su pecho desnudo, ella dejó escapar un débil gemido. Él la besó de nuevo en los labios, dejando que la pasión de ambos se desbocara. Había otros modos de satisfacerla. Y él los conocía todos.

Mucho después, cuando ella se hallaba de nuevo envuelta en su manto, descansando cómodamente entre los brazos de Hazelmere, este la sintió respirar hondo y exhalar un alegre suspiro. Se echó a reír y depositó un beso en su coronilla.

—¿Significa eso que aceptas casarte conmigo?

Dorothea sonrió, soñolienta. Sin alzar la mirada, contestó:

—¿Acaso tengo elección?

—Lo cierto es que no. Si no consientes ahora, te llevaré a Hazelmere, te encerraré en mis aposentos y te mantendré allí hasta dejarte embarazada. Entonces no tendrás elección posible.

Ella alzó la mirada, riendo.

—¿Lo harías?

Los ojos de él brillaron.

—Sin dudar un instante.

Ella sonrió lentamente, satisfecha, y sintió que él la estrechaba entre sus brazos.

—En ese caso, será mejor que consienta.

Él asintió.

—Buena idea —escudriñó su rostro un momento, como si intentara adivinar su estado de ánimo. Luego suspiró—. Supongo que debería aprovechar que estás contenta para decir que el anuncio de nuestro compromiso aparecerá en la *Gazette* de hoy.

Ella, al principio, no lo entendió. Luego preguntó:

—¿Se puede saber cómo...?

—Le pedí a Ferdie que lo pusiera. Hay que procurar mantener contentos a los chismosos, siempre que se pueda —enlazándola, echó a andar hacia los escalones.

Dorothea se detuvo en seco, fingiéndose indignada.

—Así que por eso estás tan empeñado en que me case contigo.

Él la estrechó con más fuerza, atrayéndola hacia sí una vez más.

—No empieces otra vez con esas. Voy a casarme contigo, mujer incrédula, porque te quiero —la besó sonoramente y la subió sobre un escalón—. Además —continuó con desenfado—, si no te hago mía pronto, voy a volverme loco.

Hazelmere vio divertido cómo su amada se sonrojaba deliciosamente.

—La casa está al otro lado del siguiente otero. Conociendo a mi madre, seguro que están todos esperándonos.

Dorothea, que ansiaba con vehemencia ver a Hazelmere House, cuando la calesa alcanzó la cima del promontorio, bajó asombrada la mirada hacia la enorme mansión de piedra arenisca situada al otro lado del valle, teñida por el sol de color miel. Descendieron por la suave pendiente, cruzaron el puente sobre el río procedente del lago y la calesa cruzó las puertas del muro de piedra bajo que separaba los jardines de recreo del resto del parque. Hazelmere dejó trotar a las yeguas por el camino sinuoso que cruzaba los vastos jardines y praderas perfectamente cuidados, hasta que llegaron a la amplia plazoleta de gravilla que se extendía ante la entrada principal de la casa.

Jim Hitchin acudió corriendo a sujetar las riendas y sonrió satisfecho al ver a las yeguas de una pieza. No había dudado ni por un momento de que su señor regresaría sano y salvo con la dama a su lado, de modo que no había perdido el tiempo preocupándose por ellos.

Hazelmere se apeó de un salto y ayudó a bajar a Dorothea. Al sentir el ruido de las ruedas sobre la grava, lady Hazelmere, que esperaba desde las cinco en el saloncito de mañana, había salido a la puerta para darles la bienvenida. Ardía en deseos de saber por qué su hijo, de costumbre tan correcto, había decidido pasearse de noche en una calesa abierta y a solas con la señorita Darent. Pero, al mirar su rostro, comprendió que debía abstenerse de hacer preguntas.

Imaginando que habían pasado toda la noche despiertos, mandó de inmediato a Dorothea a la espaciosa alcoba que había preparado para ella en el piso superior. Fue entonces cuando Dorothea se quitó el manto y, al acercarse a la ventana, la luz cayó de lleno sobre ella. Lady Hazelmere se apresuró a corregir su juicio acerca de la conducta de su hijo y, volviéndose, despidió a la doncella que había acudido en su ayuda. Acompañó ella misma a la joven soñolienta a la cama y le prestó uno de sus camisones, absteniéndose de hacerle preguntas, ni siquiera relativas al paradero de la ropa que le faltaba. Los signos delatores de la pasión de su hijo, que la piel perfecta de Dorothea mostraba con toda claridad, se habrían difuminado cuando la joven se levantara. No hacía falta avergonzar a la chiquilla, ni exponerla a la estrechez de miras de una doncella observadora. Hazelmere la había informado de que la doncella de Dorothea, al igual que su ayuda de cámara, llegaría más tarde de Londres.

Lady Hazelmere dejó a Dorothea medio dormida y bajó en busca de su hijo. Hazelmere, consciente de la curiosidad de su madre, sabía que, si esta lo pillaba, no lo soltaría hasta saber toda la historia. Así pues, se había negado en redondo a atender a Liddiard, el administrador, y se había retirado a toda velocidad a sus aposentos antes de que su madre apareciera y empezara a hacer preguntas.

Así burlada, lady Hazelmere pasó el resto de la mañana especulando gozosamente sobre qué andaban tramando su hijo y la encantadora Dorothea.

Hazelmere se despertó al oír el correr de las cortinas. La luz del sol entró a raudales en la habitación espaciosa. Cerró los ojos de nuevo. Había dado orden de que lo despertaran a la una. Supuso que sería esa hora.

Entonces comenzó a recordar los acontecimientos de esa mañana que reclamaban su atención. Sus labios severos se curvaron en una sonrisa de pura felicidad. Un discreto carraspeo interrumpió sus pensamientos. Hazelmere abrió los ojos de mala gana y vio a Murgatroyd de pie junto a la cama, con la cara muy larga.

—Me estaba preguntando, señor, qué desea usted que haga con esto —de su índice y su pulgar colgaba una prenda que Hazelmere reconoció al fin tras unos instantes de perplejidad—. Las encontré en el bolsillo de su chaqueta de viaje, señor —nunca, en todos los años que llevaba sirviendo como ayuda de cámara, se había encontrado Murgatroyd en semejante aprieto. Estaba completamente descompuesto.

Hazelmere alzó la mirada hacia la cara de su criado, ahora desprovista de expresión, y procuró contener la risa. Cuando al fin se sintió dueño de su voz, dijo casi sin aliento:

—Supongo que será mejor que se las devuelva a su propietaria.

Algo muy parecido al pavor se apoderó del semblante de su imperturbable ayuda de cámara.

—¿Milord? —su incredulidad quedó suspendida en el aire.

—A la señorita Darent —explicó Hazelmere.

Murgatroyd asimiló aquella información con cara severa.

—Por supuesto, milord —hizo una reverencia y estaba casi en la puerta cuando Hazelmere dijo:

—Por cierto, Murgatroyd, la señorita Darent y yo vamos a casarnos dentro de unas semanas, así que imagino que tendrá que ir acostumbrándose a estas cosas.

—¿De veras, milord? —en el pecho de Murgatroyd comenzaron a bullir toda clase de emociones. Nunca antes había servido a un caballero casado, pues prefería las costumbres rutinarias de los solteros. Esa era la razón de que hubiera dejado su anterior empleo. Pero se había sentido muy cómodo trabajando al servicio de Hazelmere. Y la señorita Darent, que pronto sería su señora, era una mujer encantadora. Y el marqués era... en fin, Hazelmere. Sus rasgos rígidos se distendieron en algo semejante a una sonrisa—. Les deseo que sean muy felices, señor.

Hazelmere sonrió agradecido y volvió a recostarse en las almohadas mientras Murgatroyd salía de la habitación en busca de Trimmer.

Los cinco días siguientes transcurrieron en un torbellino de actividad. Hazelmere había dispuesto que se casaran en la iglesia de San Jorge, en Hanover Square, dos semanas después. Había muchos pormenores que aclarar y muchas decisiones que tomar. Un constante ir y venir de mensajeros conectaba Londres y Hazelmere, llevando órdenes e información. Aquella primera tarde, Tony Fanshawe y Cecily pasaron por allí de regreso a Londres. Al saber la noticia, Cecily se puso loca de contento y Betsy rompió a llorar.

Lady Merion les mandó noticias de que la ciudad entera bullía de expectación ante la historia de su viaje al lago Hazelmere y que, lejos de levantar indeseables habladurías, todo el mundo consideraba aquel acontecimiento el romance de la temporada. Mientras Dorothea volvía a doblar la carta de su abuela, Hazelmere sonrió malévolamente desde el otro lado de la mesa del desayuno.

—Menos mal que nunca sabrán lo que realmente ocurrió en el lago Hazelmere.

Dorothea dejó escapar un gemido de sorpresa y, enojada por la mirada traviesa de Hazelmere, le tiró una rosquilla. Él agachó la cabeza y exclamó:

—Creía que era Cecily la que tiraba cosas.

Decidieron regresar a Londres el lunes. Hazelmere pasó la tarde del domingo con Liddiard. No podría dedicar ni un solo día a los asuntos de negocios mientras preparaban la boda, de modo que Liddiard tendría que encargarse de todo hasta que regresaran de su viaje de novios a Italia.

Dorothea, a la que la espera se le hacía eterna, fue a sentarse a la rosaleda. Hacía cinco días que habían llegado; cinco días desde aquella mañana en el lago. Y en esos cinco días, Marc se había mostrado atento y cortés, pero extrañamente distante. No habían intercambiado más que castos besos. Nada de abrazos apasionados, ni deliciosas caricias. Aquello era ridículo. ¿Qué demonios le pasaba ahora?

El frufrú de una falda de seda anunció la llegada de lady Hazelmere. Las dos mujeres se habían hecho grandes amigas. La madre del marqués se sentó sonriendo sobre el banco de piedra, junto a su futura nuera, y, tal y como era su costumbre, tomó al toro por los cuernos.

—¿Qué ocurre?

Acostumbrada a sus maneras, Dorothea hizo una mueca.

—Nada, de veras.

Los ojos astutos de lady Hazelmere escudriñaron a la joven.

—¿Marc aún no se ha acostado contigo? —Dorothea se sonrojó. Lady Hazelmere dejó escapar una risa musical y se apresuró a tranquilizarla—. No te enfades, pequeña. No tuve más remedio que reparar en que te faltaba una prenda sumamente importante cuando llegaste aquí. Imagino que no saliste de Londres así.

Dorothea sonrió a pesar de sí misma.

—No.

—Bueno —dijo lady Hazelmere, mirando las puntas de sus escarpines, que sobresalían bajo el elegante vestido—. Marc parece haber salido a su padre en más de un sentido. Resulta un tanto sorprendente pensar que vas a casarte con un libertino y descubrir de repente que, al menos antes de la boda, te trata como lo haría el hijo del arzobispo —Dorothea soltó una risita—. Bueno, quizá no igual —se corrigió lady Hazelmere—. Pero todos los Henry son iguales: escandalosos por un lado y puritanos por el otro. Es muy desconcertante. Aunque, a decir verdad, dudo que de todos modos haya habido muchas novias vírgenes en la familia.

Dorothea se sentó más derecha.

—¿De veras?

—Permíteme que te dé un consejo, querida. Si no quieres verte forzada a esperar dos semanas enteras, hasta la boda, será mejor que hagas algo. Mañana os vais a Londres y, una vez allí, conociendo a Marc, no tendrás modo alguno de precipitar las cosas. Pero, por otro lado, si quebrantas ahora su resistencia, no creo que tengas problema en Londres.

—Pero él parece tan distante que me pregunto si tal vez...

—¿Distante? ¿Qué demonios pasó en el lago? —exclamó lady Hazelmere—. Esa clase de cosas, permíteme que te lo diga, no pasan si un hombre es distante. Marc procura mantenerse alejado de ti porque no se fía de sí mismo. Sabe que contigo podría perder el control, eso es todo. Si quieres que te haga el amor antes de la boda, tendrás que darle un pequeño empujoncito.

Dorothea miró a su futura suegra con ojos como platos. La idea de forzar a su terco y dominante prometido en semejante asunto poseía una peculiar atracción.

—¿Y cómo?

Lady Hazelmere le dio el brazo y sonrió alegremente.

—Vamos a echarle un vistazo a tu guardarropa, ¿quieres?

Esa noche, Hazelmere entró en el salón, como de costumbre, delante de Penton, para acompañar a su prometida y a su madre al comedor. Al cruzar el umbral, sus ojos se posaron en Dorothea. Parpadeó, volvió a mirar y luego se recobró poco a poco de la impresión.

Durante la cena, procuró mantener los ojos apartados de la beldad vestida de seda color marfil que permanecía sentada a su derecha. Pero, por una vez, su madre se mantenía extrañamente callada y dejaba que Dorothea y él llevaran el peso de la conversación. Al final, Hazelmere se vio obligado a mirar a Dorothea. ¿De dónde demonios había sacado ese vestido? Seguramente de Celestine, cuyo estilo era muy sencillo. El vestido, de color marfil, tenía un corpiño tan diminuto que era casi inexistente, con una túnica de muselina tan fina que era completamente transparente. Una sola hilera de diminutos botones de perla sujetaba por delante todo el vestido. Hazelmere nunca se había alegrado tanto de acabar una cena como esa noche.

Observó que Dorothea y su madre se retiraban al saloncito del piso de arriba. Dando un suspiro de alivio, entró en la biblioteca. Media hora después, mientras permanecía sentado en un gran sillón orejero, frente al fuego, con una copa de brandy a su lado, inmerso en la lectura de las últimas gacetas, oyó que la puerta se cerraba. Alzó la mirada y se levantó al ver que Dorothea se acercaba a él, tan plácida y serena como siempre, con un libro en las manos.

—Tu madre se ha retirado ya para poder despedirnos mañana temprano. Se me ha ocurrido bajar a sentarme contigo un rato. No te importa, ¿verdad?

Él le devolvió la sonrisa y le indicó que se sentara en el sillón que había frente al suyo. Dorothea abrió el libro y pareció enfrascarse plácidamente en la lectura. Él volvió a sus periódicos.

Durante un rato, solo se oyó el tictac del gran reloj de pared del rincón y de vez en cuando el crepitar del fuego. Alzando la mirada, Hazelmere vio que ella había dejado a un lado el libro y estaba contemplando serenamente las llamas. La luz del fuego rielaba en un fulgor rosado sobre su figura quieta, arrancando destellos cobrizos a su pelo oscuro. Hazelmere se obligó a fijar de nuevo su atención en los diarios.

Después de leer cuatro veces el mismo párrafo sin comprender qué decía, lo dejó por imposible. Dejó a un lado el periódico, se levantó ágilmente y, acercándose a ella, la tomó de las manos. Ella se alzó y Hazelmere la estrechó entre sus brazos, miró sus ojos esmeralda y luego inclinó la cabeza hasta que sus labios se encontraron. La habitación quedó en silencio; solo las llamas subían y bajaban, iluminando las figuras entrelazadas ante la chimenea. Cuando al fin concluyó el beso, los dos respiraban trabajosamente. Sus ojos se sostuvieron la mirada un momento y luego Hazelmere se inclinó y rozó levemente los labios de Dorothea con los suyos.

—Te quiero.

Ella, que apenas se atrevía a hablar por temor a que la magia que los rodeaba se hiciera añicos, musitó casi sin aliento:

—Yo también te quiero.

Los labios severamente esculpidos de Hazelmere se alzaron en una sonrisa malévola.

—Vámonos a la cama.

Muchas horas después, Dorothea, gozosamente saciada, se acurrucó junto a la larga figura de su futuro marido. Habían subido a la habitación de Hazelmere; la suya, contigua a aquella, aún no había sido redecorada. Sus ropas y las de él yacían esparcidas por el suelo, trazando una senda entre la puerta y la chimenea. Habían hecho el amor por primera vez, exquisitamente, en el amplio diván frente al fuego. Luego se habían trasladado a la gran cama de cuatro postes, donde ahora yacían. Con un suave suspiro de satisfacción, ella se dispuso a dormir con un brazo cruzado sobre el pecho de Hazelmere, quien a su vez la apretaba contra su cuerpo.

De pronto, en la oscuridad, Hazelmere se echó a reír.

—¡Ay, Dios! ¿Qué dirá esta vez Murgatroyd?

Dorothea murmuró algo, medio dormida, y depositó un beso sobre su clavícula. Ignoraba quién era Murgatroyd, y no le interesaba particularmente. Estaba demasiado absorta saboreando el inusitado placer de haber vencido un envite con su arrogante marqués. Aunque no ganara otro en mucho tiempo, dudaba de que ello le causara molestia alguna. Era demasiado feliz para que le importara.

ESCÁNDALO Y PASIÓN

CAPÍTULO 1

Martin Cambden Willesden, quinto conde de Merton, recorría decididamente el pasillo del Hermitage, su residencia principal. Cualquiera que lo conociera habría sabido, por el ceño fruncido que estropeaba sus maravillosos rasgos, que estaba de un humor espantoso. Era bien sabido entre los hombres del séptimo batallón de los húsares que, si el rostro del comandante Willesden mostraba alguna emoción, los presagios no eran buenos. «Y hoy», pensó el excomandante Willesden ferozmente, «tengo todo el derecho a estar furioso».

Lo habían hecho volver de su placentero exilio en las Bahamas y se había visto obligado a dejar atrás a la amante más satisfactoria que nunca hubiera tenido. Cuando había llegado al sombrío Londres, había tenido que librar una difícil batalla para sacar el patrimonio de la familia de la situación lamentable en que se encontraba, sin que, aparentemente, pudiera culparse a nadie por ello. Tanto Matthews, el mayor de Matthews & Sons, como el hombre de confianza de la familia le habían advertido que el Hermitage necesitaba atención y que no aprobaría el estado en que se encontraba. Él había pensado que aquello era un intento del viejo Matthews para convencerlo de que volviera a Inglaterra sin tardanza. Debería haber recordado la tendencia de Matthews al uso de eufemismos. Martin apretó los labios. La mirada de sus ojos era cada vez más lúgubre. El Hermitage estaba incluso en peor estado que las inversiones que había estado reorganizando durante tres semanas.

Mientras recorría el largo pasillo, el sonido de los tacones de sus botas penetró en sus pensamientos. Casi al borde de un síncope, Martin se detuvo. ¡No había alfombras! Pisaba directamente sobre el suelo de madera. Y, si su vista no lo engañaba, ni siquiera estaba bien encerado.

Lentamente, sus ojos grises se elevaron y se clavaron en el papel de la pared, roto y grisáceo, y en las cortinas de los ventanales, descoloridas y anticuadas. La casa estaba habitada por el frío y la penumbra.

Cada vez de peor humor, el conde de Merton dejó escapar un juramento, y añadió mentalmente otro asunto más a la lista de los que requerían su inmediata atención. Si alguna vez visitaba el Hermitage de nuevo, aquel lugar tendría que estar en perfectas condiciones. El piso de abajo estaba en mal estado, ¡pero aquello! No encontraba palabras para describirlo.

Dejó a un lado su irritación y volvió a encaminarse hacia las habitaciones de la condesa viuda. Desde que había llegado, ocho horas antes, había pospuesto el inevitable reencuentro con su madre, con la excusa de solucionar los problemas que afectaban a las posesiones de la familia. La excusa, en realidad, no había sido una exageración. Pero ya había decidido los cambios más importantes y había tomado las riendas del condado.

A pesar de aquel éxito, tenía pocas esperanzas puestas en la entrevista que se avecinaba. Sintió cierta curiosidad, y una cautela que no creía que siguiera conservando.

Su madre, lady Catherine Willesden, la condesa viuda de Merton, había atemorizado a los miembros de su familia desde que Martin tenía uso de razón. Los únicos aparentemente inmunes a su dominación habían sido su padre y él mismo. A su padre, ella lo había excusado. Martin no había tenido tanta suerte.

Se detuvo ante la puerta de las habitaciones de la viuda. Hubiera lo que hubiera entre ellos, la condesa era su madre. Una madre a la que hacía trece años que no veía, y a la que recordaba como una mujer fría y calculadora, que no tenía sitio para él en su corazón. ¿Hasta qué punto sería ella la responsable del deterioro de sus posesiones ancestrales? No lograba entender lo que había sucedido, porque conocía el orgullo de aquella mujer. De hecho, tenía unas cuantas preguntas más, incluyendo la de cómo iba a tratarlo en el presente. Las respuestas lo estaban esperando al otro lado de la puerta.

Irguió los hombros y apretó los labios. Sin más preámbulos, llamó con los nudillos. Oyó claramente la orden de que pasara y abrió la puerta. Se detuvo en el umbral, con la mano en el picaporte y, con una estudiada tranquilidad, paseó la mirada por la habitación. Lo que vio resolvió algunas de sus dudas.

La figura de su madre, alta y estirada, sentada en una silla al lado del ventanal, era casi como él la recordaba. Estaba más delgada y tenía el pelo gris, pero conservaba aquella expresión decidida que él tenía en la memoria. Fue la visión de sus manos retorcidas, que descansaban inútiles en su regazo, lo que le reveló la verdad. Le habían contado que se mantenía recluida en su alcoba, víctima del reumatismo, y él había creído que sería una reacción caprichosa ante una enfermedad sin importancia. Sin embargo, en aquel momento vio la realidad cara a cara. Su madre era una inválida que estaba encadenada a una silla.

Sintió una aguda punzada de pena. La recordaba como una mujer activa, que montaba a caballo y bailaba sin descanso. Entonces, sus miradas se cruzaron, y la de su madre, de un gris helado, altiva como siempre, le pareció más fría que nunca. Al instante, Martin supo que la lástima sería lo último que su madre aceptaría de él.

A pesar de la impresión que había sufrido, consiguió que su rostro se mantuviera impasible. Sin alterarse, cerró la puerta y entró en la habitación, tomándose un segundo para echar un vistazo a la otra persona que lo miraba, con los ojos abiertos de par en par. Era Melissa, la viuda de su hermano mayor.

Catherine Willesden observó cómo su tercer hijo se acercaba

con la expresión tan inalterada como la de ella. Apretó los labios al fijarse en su poderoso cuerpo y en la sutil elegancia que lo envolvía. La luz le iluminó los rasgos mientras se aproximaba, y entonces, la aguda mirada de la viuda detectó rápidamente que tras la elegancia había una determinación despiadada y un hedonismo bien disimulados.

Entonces, Martin se detuvo frente a ella y, para su horror, le tomó la mano. Lo habría evitado si hubiera sido capaz, pero las palabras se le quedaron en la garganta, atrapadas por el orgullo. Sintió cómo una mano cálida y fuerte se cerraba alrededor de sus dedos retorcidos. Su sorpresa se vio barrida por una repentina emoción cuando su hijo se inclinó y ella sintió sus labios en la piel. Suavemente, él volvió a dejarle la mano sobre el regazo y le besó la mejilla.

—Mamá.

Aquella palabra, pronunciada por una voz mucho más grave de lo que ella recordaba, devolvió a lady Catherine a la realidad. Parpadeó, y sintió que se le aceleraba el corazón. ¡Ridículo! Fijó la mirada en su hijo, frunciendo el ceño y luchando por que sus ojos grises siguieran transmitiendo frialdad. Por la ligera sonrisa que curvaba la boca de Martin, lady Catherine supo que él era consciente de que aquel gesto la había afectado. Sin embargo, tenía la determinación de meter en el redil a aquella oveja negra. Ella podía, y debía, asegurarse de que su hijo no arrojara nuevos escándalos sobre la familia.

—Creo, señor, que le hice llegar instrucciones para que se presentara aquí en cuanto llegara a Inglaterra.

Sin dejarse perturbar en absoluto por la mirada de su madre, Martin caminó hacia la chimenea, apagada, con una ceja arqueada que expresaba su sorpresa.

—¿No te escribió mi secretario?

La indignación se reflejó en el rostro de lady Catherine.

—Si te refieres a esa nota de un tal señor Wetherall, que me informaba de que el conde de Merton estaba ocupado tomando las riendas de su herencia y de que me visitaría cuando tuviera oportunidad, la recibí, sí. Lo que quiero saber es qué significa eso. Y por qué, una vez que has llegado, has tardado un día entero en recordar el camino hasta mis habitaciones.

Al percibir en la expresión de su madre las inequívocas señales de la ira, Martin tuvo la tentación de recordarle su título. Nunca habría creído que disfrutaría de aquella conversación, pero, de alguna manera, su madre ya no le parecía tan distante ni tan hostil como la recordaba. Quizá fuera su enfermedad lo que hacía que pareciera más humana.

—Debería ser suficiente con decir que los asuntos del condado estaban, por decirlo de alguna manera, mucho más enredados de lo que yo tenía entendido —apoyó el codo en la chimenea, y, sin alterarse, miró a su madre—. Sin embargo, ahora que he conseguido algo de tiempo para dedicarte, después de llevar a cabo la ímproba tarea de poner el patrimonio en orden, quizá pudieras decirme por qué querías verme.

Lady Catherine, haciendo un ejercicio de control, consiguió que la sorpresa no se le reflejara en el rostro. No fueron sus palabras lo que la asombraron, sino su voz. Ya no había ni rastro del tono ligero y encantador de la juventud. En su lugar, había una profundidad dura y áspera, con un trasfondo de autoridad que casi no podía ocultar.

Se dio ánimos mentalmente. La idea de que aquel rebelde la intimidara era absurda. Él siempre había sido un insolente, pero no un estúpido. Aquel cinismo contenido se quedaría en nada una vez que ella hubiera dejado las cosas claras. Se irguió, altivamente, y después se embarcó de nuevo en la «educación» de su hijo.

—Tengo mucho que decir sobre cómo has de proceder en el futuro.

Con una actitud atenta, Martin apoyó los hombros en la chimenea y cruzó con elegancia las piernas, al tiempo que miraba a su madre fijamente.

Lady Catherine frunció el ceño.

—Siéntate.

Martin sonrió lentamente.

—Estoy bastante cómodo. ¿Qué es eso de lo que tienes que informarme?

Lady Catherine decidió no dejarse llevar por la ira. Su tranquilidad la enfurecía, y era mejor no dejarlo traslucir. Se obligó a sí misma a mirarlo a los ojos.

—Lo primero, creo que es de importancia capital que te cases cuanto antes. Para ello, he arreglado el compromiso con la señorita Faith Wendover.

Martin arqueó una ceja.

Al verlo, la viuda se apresuró a continuar.

—Dado que el título ha recaído en el tercero de mis hijos, no puede sorprenderte que asegurar la sucesión sea para mí la mayor de las preocupaciones.

Su primogénito, George, se había casado para contentar a la familia, pero Melissa, la aburrida y simple Melissa, no había podido cumplir con las expectativas de darle un heredero. Su segundo hijo, Edward, había muerto unos años antes, cuando formaba parte del ejército que detuvo la invasión de Napoleón. George también había muerto, de unas fiebres, el año anterior. Hasta entonces, a la viuda nunca se le había ocurrido pensar que su imposible tercer hijo pudiera heredar el condado. Más bien, se temía que muriera en una de sus extravagantes aventuras. Entonces, su cuarto hijo, Damian, habría sido el conde de Merton.

Sin embargo, Martin era el conde, y ella tenía que asegurarse de que estuviera a la altura de las circunstancias. Completamente decidida a acabar con cualquier tipo de oposición, lady Catherine miró autoritariamente a su hijo.

—La señorita Wendover va a heredar, y es medianamente atractiva. Será una condesa de Merton excepcional. Su familia es muy respetada, y ella aportará muchas tierras con su dote. Ahora que estás aquí, y que puede firmarse el compromiso, la boda podrá celebrarse en tres meses.

Lady Catherine, preparada para defenderse de una tormenta

de protestas, alzó la barbilla y observó con impaciencia la fibrosa figura de su hijo, apoyado en la chimenea. Una vez más, se quedó sorprendida por el cambio, invadida por la exasperante sensación de estar tratando con un extraño que, sin embargo, no era un extraño. Él estaba mirando al suelo, sin decir nada. Con curiosidad, lady Catherine estudió a su hijo. Sus últimos recuerdos de Martin eran de un joven de veintidós años, ya versado en todo tipo de vicios, en la bebida, en el juego y, por supuesto, en asuntos de mujeres. Había sido su facilidad para atraer al sexo opuesto lo que había puesto fin, abruptamente, a su tempestuosa carrera. Serena Monckton. Aquella belleza había afirmado que Martin había intentado violarla. Él lo había negado, pero nadie, ni siquiera su propia familia, lo había creído. A pesar de ello, él había resistido todos los intentos de convencerlo de que se casara con la mocosa. Enfurecido, su padre le había pagado a la familia de la chica una considerable suma de dinero, y había enviado a Martin a vivir con un pariente lejano, a las colonias. John había lamentado aquello amargamente hasta el día de su muerte. Martin había sido siempre su favorito, y el conde había fallecido sin volverlo a ver.

Absorta en la tarea de encontrar pruebas de que el hijo al que recordaba no había cambiado en realidad, lady Catherine examinó sus anchos hombros y sus miembros largos y fibrosos con un bufido interior. Todavía tenía aquella figura de Adonis, musculosa y ágil debido a su afición por las actividades al aire libre. Sus manos de largos dedos estaban muy bien arregladas, y llevaba el sello de oro que su padre le había regalado por su vigésimo cumpleaños. Tenía el pelo rizado y negro como el ébano. Todo lo que ella recordaba. Lo que no recordaba era la fuerza grabada en sus rasgos, el aura de seguridad, que era mucho más que pura arrogancia, los movimientos felinos que transmitían la impresión de poder bajo control. De todo aquello, ella no se acordaba en absoluto. Cada vez más insegura, esperó a que él demostrara su resistencia. Sin embargo, aquello no ocurrió.

—¿No tienes nada que decir?

Él salió de su ensimismamiento con un sobresalto. Estaba rememorando la última vez que su madre había insistido en que él tenía que casarse. Martin levantó la cabeza y miró a la viuda a la cara. Arqueó las cejas.

—Todo lo contrario. Pero me gustaría escuchar todos tus planes primero. Estoy seguro de que no has terminado.

—Por supuesto que no —lady Catherine le clavó una mirada que hubiera hecho estremecerse a muchos hombres. Sin embargo, allí de pie, él parecía demasiado poderoso como para intimidarlo. Aun así, estaba decidida a cumplir con su deber—. También tengo que referirme al patrimonio y a los negocios de la familia. Dices que has estado poniéndote al corriente. Yo deseo que dejes todos esos asuntos en manos de los empleados que contrató George. Sin duda, ellos lo harán mucho mejor que tú. Después de todo, no tienes experiencia y no podrías hacerte cargo de unas posesiones de tales proporciones.

A Martin le temblaron los labios, pero consiguió contenerse.

Lady Catherine, embebida en exponer sus argumentos, no percibió la advertencia.

—Por último, una vez que tú y la señorita Wendover estéis casados, viviréis aquí durante todo el año —hizo una pausa y miró a Martin—. Puede que no te hayas dado cuenta todavía, pero es mi dinero lo que mantiene las propiedades de los Merton a flote. Recuerda que yo no era precisamente una don nadie antes de casarme con tu padre. Con lo que heredé cuando murió tu padre he tenido para los gastos básicos, pero las fincas no producen lo suficiente como para evitar la ruina.

Martin se mantuvo en silencio.

A pesar de la actitud impasible de su hijo, lady Catherine tenía una confianza total en su victoria, y sacó el as de la manga.

—A menos que aceptes mis condiciones, retiraré mi dinero de la hacienda, lo cual te dejará en la indigencia.

Al pronunciar aquella última palabra, sus ojos recorrieron el largo cuerpo que todavía estaba apoyado con indolencia en la chimenea. Iba vestido impecablemente, con una elegancia que le hizo recordar a la condesa que su hijo nunca había sido vulgar.

El objeto de su escrutinio estaba examinando la puntera de su bota.

Sin inmutarse, la viuda añadió un argumento decisivo.

—Además, te desheredaré, y Damian heredará mi fortuna.

Cuando hubo expresado su última amenaza, lady Catherine sonrió y se apoyó en el respaldo de la silla. A Martin siempre le había desagradado Damian, y había tenido celos debido al hecho de que el más pequeño fuera el favorito de su madre. Sabiendo que había ganado la batalla, la condesa miró a su hijo.

No estaba preparada para la lenta sonrisa que se le dibujó en los labios, confiriéndole una belleza demoníaca a sus rasgos. Aunque no tuviera nada que ver en aquel momento, la condesa pensó en que no era sorprendente que, de sus cuatro hijos, aquel nunca hubiera tenido ningún problema en ganarse el favor de las damas.

—Si eso es todo lo que tiene que decir, señora, yo también tengo unos cuantos comentarios que hacer.

Lady Catherine pestañeó, y después inclinó la cabeza majestuosamente, preparada para ser magnánima en la victoria.

Con aplomo, Martin se irguió y caminó hacia la ventana.

—Lo primero que tengo que decir es que, en lo que se refiere a mi matrimonio, me casaré con quien quiera, y cuando quiera. Y, a propósito, lo haré si quiero.

El asombrado silencio que notó a sus espaldas hablaba por sí solo. Martin siguió con la mirada las copas de los árboles del Home Wood. Las órdenes de su madre eran indignantes, pero de esperar. Sin embargo, aunque sus maquinaciones no fueran aceptables, él entendía y respetaba la devoción familiar que había motivado sus acciones. Y, aún más, aquello confirmaba su suposición de que ella no había tenido nada que ver en el declive de la fortuna de los Merton. Mientras estaba recluida en su habitación, el servicio y el resto de la familia se habían visto bajo el dominio de un gerente sin escrúpulos. Él mismo se había dado el lujo de increparlo, antes de despedirlo y echarlo de la casa sin contemplaciones. Así pues, dudaba que su madre tuviera la más ligera idea del estado en el que se encontraba el resto de la casa. Sus habitaciones estaban en buenas condiciones, mucho mejor que el resto. El gerente había conseguido intimidar al resto del servicio y, muy probablemente, había convencido a Melissa y a George de que aquella decadencia era irremediable. Y, si lo único que veía su madre desde las ventanas de su habitación era la única fracción de los jardines y el bosque que estaba cuidada, ¿cómo podría saber que el resto estaba en estado salvaje? Martin se detuvo al lado del ventanal, tamborileando con los dedos en el alféizar.

—A propósito de Damian, creo que no te estará muy agradecido por apresurarme hacia el altar. Después de todo, él es el segundo heredero hasta que yo tenga un hijo legítimo. Y teniendo en cuenta sus dificultades económicas, no es probable que aprecie tus motivos para casarme, y además, con tanta prisa.

Lady Catherine se quedó rígida. Martin le dirigió una mirada a su cuñada, acurrucada en su silla mientras escuchaba atentamente la conversación entre madre e hijo, con la mirada fija en el bordado. Con una ceja arqueada, y cierto cinismo, Martin volvió a mirar a su madre, que estaba furiosa.

—¡Cómo te atreves! —durante un momento, la ira dejó a la viuda sin palabras. Entonces, la presa se desbordó—. ¡Te casarás, tal y como te he dicho! Es imposible pensar que las cosas pueden ser de otra manera. Ya está todo planeado y convenido.

—Naturalmente —replicó Martin, en un tono de voz frío y preciso—, lamento cualquier molestia que tus actos puedan causarles a terceros. Sin embargo, no entiendo qué es lo que te ha dado la impresión de que podías hablar en mi nombre en lo relacionado con este asunto. Me resulta difícil de creer que los padres de la señorita Wendover hayan sido tan imprudentes como para creerlo. Si de verdad lo han hecho, su desconcierto será consecuencia de su propia estupidez. Te sugiero que los informes rápidamente de que no habrá ningún matrimonio entre la señorita Wendover y yo.

Estupefacta, lady Catherine protestó.

—¡Estás loco! ¡Sería mortificante tener que hacer eso! —se incorporó y se sentó muy erguida, con las manos retorcidas en el regazo, totalmente consternada.

Martin reprimió un súbito impulso de confortarla. Tenía que aprender que el joven que salió de la casa hacía trece años ya no existía.

—Tengo que decir que cualquier vergüenza que puedas sentir solo la ha causado tu forma de actuar. Es necesario que sepas que no dejaré que me manipules.

Incapaz de mirarlo a los ojos, lady Catherine bajó la mirada hacia sus dedos, sintiendo, por primera vez en varios años, una incontrolable necesidad de colocarse las faldas. De repente, Martin hablaba como su padre. Era exactamente igual que su padre.

Al ver que su madre permanecía en silencio, Martin continuó con calma, pero en tono seco:

—Y en cuanto al segundo punto, tengo que informarte de que, una vez que he tomado las riendas de mi herencia, he rescindido todos los contratos que había firmado George. Nuestros agentes, Matthews & Sons y los Bromleys, y nuestros banqueros, los Blanchards, continúan a nuestro servicio. A ellos los eligió mi padre, y siempre fueron leales. Pero personas de mi confianza se han hecho cargo de esta finca y de las de Dorset, Leicestershire y Northamptonshire. Los hombres a los que había contratado George estaban sangrando las fincas. Está más allá de mi comprensión, madre, por qué ni siquiera cuestionaste la afirmación de que las tierras de los Merton, de repente, habían dejado de tener la capacidad de sostener a la familia.

Martin hizo una pausa para reprimir la ira que sentía. Con solo pensar en el estado en que se había encontrado el condado se lo llevaban los demonios. Por la expresión de su madre, dedujo que necesitaba unos instantes para asimilar lo que le estaba revelando, así que dejó que su mirada vagara por la habitación.

En realidad, la mente de lady Catherine trabajaba febrilmente. De repente, recordó la extraña mirada que le había dedicado el viejo Matthews cuando ella, furiosa por que Martin hubiera heredado, había expresado su frustración y había enumerado un largo catálogo de los defectos de su hijo. Se había quedado asombrada cuando el hombre le había respondido, calmadamente, que el señor Martin era exactamente el tipo de hombre que necesitaban las fincas de los Merton. Ella nunca hubiera pensado que Matthews apoyaría a alguien como Martin, manirroto y libertino. Más tarde, había sabido que Martin había encargado a la misma firma que su familia la gestión de sus propios negocios. Había sido toda una impresión el darse cuenta de que su hijo tenía el tipo de negocios que requerían la asesoría y la gestión de Matthews & Sons. El comentario de Matthews le había resultado molesto. Y en aquel momento, había entendido lo que él quería decir. Demonios, ¿por qué no se habría explicado con más claridad? ¿Y por qué ella no le habría preguntado nada?

Después de observar la cabeza agachada de Melissa, rubia con algunas canas, y de confirmar la conclusión a la que había llegado hacía años, de que no había nada dentro, Martin se volvió hacia su madre. Como había supuesto lo que ella estaría pensando, apretó los labios.

—Tienes mucha razón al decir que no tengo experiencia en dirigir fincas del tamaño de esta. Las mías son mucho más grandes.

Aquellas palabras, al confirmar que su hijo había cambiado por completo, hicieron peligrar la compostura de la condesa. Y echaron por tierra sus planes.

Martin sonrió al ver su expresión.

—¿Es que creías que tu hijo pródigo iba a volver de una vida de privaciones para agarrarse a tus faldas?

La mirada que ella le dirigió fue respuesta suficiente. Martin se sentó en el alféizar de la ventana y estiró sus largas piernas.

—Siento muchísimo desilusionarte, pero no necesito tu dinero. Cuando vuelva a Londres, le diré a Matthews que venga para ayudarte a cambiar tu testamento. Espero que mantengas tu promesa de desheredarme. Damian nunca te perdonaría si no lo hicieras. Además —añadió con expresión candorosa—, él necesita el apoyo que le dará el saber que es tu heredero. Por lo menos, eso debería librarme de la necesidad de rescatarlo cada dos por tres de que sus acreedores lo tiren al río Tick. Por lo que a mí respecta, puede irse al infierno como y cuando quiera. Y si usa tu dinero para hacerlo, yo no pondré objeciones. Sin embargo, decidas lo que decidas finalmente, no se usará ni un penique más de tu dinero para mantener las fincas de la familia Merton.

Martin examinó el rostro de su madre, cuya belleza había sucumbido a los estragos de la edad. Después de la impresión inicial, había recuperado la compostura. Su mirada se había vuelto helada de nuevo y tenía los labios apretados, como si quisiera reprimir la incredulidad. A pesar de su enfermedad, todavía tenía el mismo carácter fuerte y decidido. Para sorpresa de Martin, se dio cuenta de que ya no sentía la necesidad de contraatacar, ni de devolverle los golpes, ni de impresionarla con sus éxitos para demostrarle lo mucho que se merecía su amor. Aquello también había muerto con los años.

—Y con respecto a tu última estipulación —dijo, levantándose del alféizar de la ventana y tirándose de las mangas para colocárselas a la perfección—, yo, por supuesto, viviré la mayor parte del tiempo en Londres. Aparte de eso, tengo intención de viajar por mis fincas y de visitar las de mis amigos, como es de esperar. También tengo la intención de traer invitados aquí. Según recuerdo, mientras mi padre vivió, el Hermitage era famoso por su hospitalidad —miró a su madre mientras terminaba de hablar. Ella tenía la mirada perdida, más allá de su hijo, luchando por enfocar aquella nueva imagen de él—. Por supuesto, esas visitas no ocurrirán hasta que la casa esté totalmente restaurada y amueblada.

—¿Qué? —la exclamación, poco apropiada de una dama, se

le escapó a lady Catherine de los labios. Asombrada, miró directamente a su hijo a la cara, con una pregunta en los ojos.

—No tienes que preocuparte por eso —le respondió Martin, frunciendo el ceño. No había necesidad de que ella supiera el estado en el que se encontraba la casa. Aquello la mortificaría—. Voy a enviar a mis decoradores, una vez que hayan terminado en Merton House —hizo una pausa, pero su madre tenía de nuevo la mirada perdida. Cuando vio que no hacía ningún comentario más, Martin se irguió—. Vuelvo a Londres en una hora, así que, si no tienes nada más que decirme, me despediré.

—¿He de suponer que tus decoradores, siguiendo tus instrucciones, van a cambiar también estas habitaciones? —el sarcasmo que impregnaba las palabras de su madre podría haber cortado el cristal.

Martin sonrió. Rápidamente, revisó mentalmente las opciones que tenía.

—Si quieres, les diré que consulten contigo. Lo referente a tus habitaciones, claro.

Él no podía, evidentemente, encargarle a su madre que supervisara las reformas y la decoración de toda la casa, y, a decir verdad, quería aprovechar aquella oportunidad para estampar su propio sello en la que había sido morada de todos sus antepasados.

La mirada de su madre le libró de toda preocupación de que ella respondiera a su rebeldía dejándose morir. Aliviado, arqueó una ceja con impaciencia.

De evidente mala gana, lady Catherine inclinó suavemente la cabeza a modo de despedida. Él le hizo una graciosa reverencia y saludó también a Melissa. Después, salió de la habitación.

Lady Catherine observó cómo se marchaba, y después reflexionó en silencio. Mucho después de que la puerta se hubiera cerrado, permanecía con la mirada fija en la chimenea, en el hogar apagado. Finalmente, deshaciéndose de sus recuerdos, no pudo evitar preguntarse si, en lo más profundo de su alma y a pesar de las dificultades, no estaba un poco aliviada de tener, de nuevo, a un hombre de verdad al mando de la situación.

Martin bajó las escaleras y salió por la puerta hacia el carruaje que lo esperaba, donde su par de purasangres preferidos piafaban con impaciencia. Una tos profunda lo saludó desde un costado del carruaje. Frunciendo el ceño, Martin acarició las narices aterciopeladas de los caballos y los rodeó para acercarse a su cochero, mozo de cuadra, mayordomo y exasistente, Joshua Carruthers, que tenía los ojos llorosos y media cara tapada por un enorme pañuelo blanco.

—¿Qué demonios te ocurre? —mientras Martin formulaba la pregunta, se dio cuenta de la respuesta.

—No es nada más que un catarro —murmuró Joshua, mientras sacudía una mano para quitarle importancia. Tragó saliva y se guardó el pañuelo en uno de los bolsillos, dejando la nariz, colorada y brillante, a la vista de su amo—. Vamos a ponernos en camino.

Martin no se movió.

—Tú no vas a ninguna parte.

—Pero yo le he oído decir, claramente, que nada en el mundo le obligaría a pasar una sola noche en este agujero destartalado.

—Como de costumbre, tu memoria es acertada, pero no tu oído. He dicho que tú no vas a ninguna parte. Yo sí.

—¡No! Sin mí, no.

Exasperado, con las manos en las caderas, Martin observó cómo el viejo soldado se iba tambaleándose hacia la parte de atrás del coche. Cuando vio cómo se apoyaba en una de las puertas, mientras otro acceso de tos le hacía estremecerse, Martin soltó un juramento. Después, vio a dos mozos del establo que estaban observando la escena, y los llamó:

—Sujetad a los caballos.

Una vez que los dos caballos estuvieron asegurados, Martin agarró a Joshua por el codo y lo llevó hacia la casa sin contemplaciones.

—Considera esto como una orden de permanecer en las barracas. Demonios, Joshua, ¿no te das cuenta de que no habríamos avanzado ni un kilómetro y ya te habrías desmayado?

Joshua intentó protestar, pero fue en vano.

—Pero...

—Sé que este lugar no está en buenas condiciones —replicó Martin, empujando a su reticente cochero hacia arriba, por las escaleras—, pero, ahora que nos hemos librado de ese maldito gerente, el resto del servicio recordará, sin duda, cómo se hacen las cosas. Al menos —añadió, deteniéndose en la puerta de la entrada—, eso espero.

Había dado órdenes para que el servicio se comportara tal y como lo había hecho mientras su padre vivía. La mayoría de los antiguos criados todavía estaban en la casa, así que esperaba que todo fuera razonablemente bien. Aquellos sirvientes, que habían trabajado con la familia Merton durante generaciones, se habían visto abrumados por el tirano al que George había contratado, y parecían, ya liberados, completamente decididos a conseguir que el Hermitage volviera a recuperar su antiguo esplendor.

—¿Y los caballos? —preguntó Joshua.

Martin arqueó las cejas.

—No estarás a punto de sugerir que no sé cómo manejar a mis propios caballos, ¿verdad?

Farfullando algo en voz baja, Joshua le dirigió una sombría mirada.

—Vete directamente a la cama, viejo cascarrabias. Cuando te hayas recuperado y puedas montar, toma un caballo del establo y ven a Londres.

Joshua soltó un bufido, pero sabía que no merecía la pena discutir. Se conformó con hacer una última advertencia:

—Va a haber lluvia, así que será mejor que se dé prisa.

Después, se dio la vuelta y entró por una de las puertas laterales del vestíbulo.

Sonriendo, Martin volvió al carruaje. Despidió a los mozos

y subió al coche. Agitó las riendas y se puso en marcha sin mirar atrás.

Cuando salía por la verja de hierro de la finca, dejó escapar un suspiro. Durante trece años, la casa había brillado en su recuerdo como un lugar lleno de encanto y de gracia, un paraíso que ansiaba recuperar. El destino le había concedido volver a su hogar, pero le había negado su sueño. El encanto y la gracia se habían desvanecido, privados de todo cuidado, cuando su padre había muerto.

Él lo recuperaría. Le devolvería la belleza, el sentimiento de paz. Estaba completamente decidido a conseguirlo. En realidad, estaba contento de dejar atrás la casa; permanecería en Londres hasta que el trabajo estuviera terminado. La próxima vez que viera su hogar, sería de nuevo el lugar que había llevado en su corazón durante todos aquellos años de exilio. Su paraíso particular.

El camino hacia Taunton se extendía ante él. Miró hacia el oeste; Joshua tenía razón al decir que habría lluvias. Martin pensó en las opciones que tenía: si se detenía en Taunton, le quedaría demasiado camino hasta Londres como para hacerlo al día siguiente; iría hacia Ilchester. Joshua y él habían pasado la noche en el Fox, razonablemente cómodos. Una vez decidido, Martin soltó un poco las riendas y dejó que los caballos estiraran las patas. Según su memoria, el camino hasta Ilchester no era demasiado largo, así que conseguiría llegar antes de que empezara la tormenta.

Dos horas después, el carruaje se inclinó peligrosamente cuando las ruedas se metieron, por enésima vez, en un surco. Martin soltó un juramento. Tiró de las riendas para detenerse y observar el cielo, cada vez más oscuro. El camino, que él recordaba como una buena carretera, no había estado a la altura de sus expectativas. Un ruido retumbó en la lejanía. Martin miró al horizonte, que casi no se veía, bajo una inmensa nube gris. No creía que fuera posible ni siquiera llegar a la carretera de Londres antes de que comenzara la tormenta.

Estaba hablándoles dulcemente a los caballos para que prosiguieran el camino cuando un grito rasgó el aire. Los animales se asustaron. Rápidamente, él bajó del coche y se acercó a ellos para tranquilizarlos, justo antes de oír un segundo grito. Sin duda alguna, era una mujer, y provenía del bosquecillo que había al lado del camino. Rápidamente, Martin ató a los caballos a un tronco y tomó un par de pistolas que llevaba en el asiento de atrás del carruaje. Silenciosamente, avanzó hacia el lugar de donde provenían los chillidos.

Unos instantes después, se quedó inmóvil. En el pequeño claro que se abría ante él había tres personas enzarzadas en una lucha.

—¡Estate quieta, pequeña…!

—¡Oh! ¡Dios! Me ha mordido el dedo, la muy…

Cuando una de las figuras se separó, Martin vio claramente que eran dos hombres y una mujer. Indudablemente, era una señora. Iba vestida con un traje de noche de seda que brillaba a la luz del atardecer. El más alto de los hombres se las arregló para agarrar a la mujer por detrás y le juntó las manos por la espalda. A pesar de los esfuerzos que ella hacía por patearlo, él consiguió sujetarla.

—Escuche, señora. Mi amo dijo que la retuviésemos aquí y que no le tocáramos un solo pelo de la cabeza. Pero... ¿cómo vamos a conseguirlo si usted no se está quieta?

La exasperación que transmitía la voz del hombre hizo que Martin sonriera comprensivamente. El claro era demasiado grande como para que él pudiera arrastrarse hasta ellos. Silenciosamente, se movió alrededor hasta colocarse a la espalda del hombre que estaba sujetando a la mujer.

—¡Idiotas! ¿Es que no saben cuál es el castigo por secuestro? Si me dejan marchar, les pagaré el doble de lo que les ha ofrecido su amo.

Martin arqueó ambas cejas. La voz de la mujer le pareció, inesperadamente, muy madura. Estaba claro que ella no había perdido el aplomo.

—Quizá sí, señora —respondió el otro hombre, doliéndose de su dedo—, pero el amo es un terrateniente, y ellos son muy malos cuando están enfadados. No. La verdad es que no sé cómo podríamos complacerla.

Sosteniendo las dos pistolas cargadas, Martin salió de entre los árboles.

—Pero bueno, ¿es que nadie les ha enseñado que siempre se debe complacer a una señora?

El hombre que sostenía a la mujer la liberó y se volvió para mirar a Martin.

En aquel momento, al ver cómo el otro sacaba un cuchillo, Martin disparó y le alcanzó en el codo. El hombre soltó el cuchillo y dejó escapar un aullido de dolor. Su compañero se volvió hacia él, y por eso no pudo ver la bonita escena del excomandante Martin Willesden, soldado de fortuna y experimentado hombre de armas, derribado por un puñetazo en la mandíbula, propinado por un pequeño puño. Martin, que tenía puesta su atención en el hombre al que había disparado, no vio el golpe que se avecinaba. Al echarse hacia atrás, se golpeó la cabeza con una rama, se quedó sin sentido y cayó al suelo.

Helen Walford observó la larga figura tendida a sus pies. ¡Dios Santo! ¡Debía de ser Hedley Swayne! El hombre todavía tenía la pistola descargada en la mano izquierda, y en la derecha tenía la otra, preparada para disparar. Como un rayo, Helen la tomó y se dio la vuelta para apuntar a su captor.

—¡No se acerque! Sé usar esto.

Al notar la firmeza con la que Helen le apuntaba al pecho, el hombre se tomó en serio la amenaza. Se volvió para mirar a su compañero, que estaba de rodillas quejándose de dolor. Después, le lanzó a Helen una mirada malévola.

—¡Maldita sea!

Después se agachó para ayudar a su amigo, gruñendo:

—Vámonos de aquí. El jefe va a llegar pronto. En mi opinión, él podrá hacerse cargo de esto.

Al oír lo que decía, Helen abrió los ojos de par en par.

—¿Quiere decir que este no es su jefe?

Y miró a la figura yacente que había a sus pies. ¡Cielos! ¿Qué había hecho?

El hombre lo miró también.

—¿Ese estúpido? No lo había visto nunca, señora.

—Sea quien sea, no va a estar muy contento con usted cuando se despierte —añadió el otro, con sarcasmo.

Helen tragó saliva y después les hizo un gesto a los delincuentes para que se movieran. Tambaleándose, se fueron hasta sus caballos, montaron y se marcharon.

Una vez sola en el claro, con su rescatador desmayado, Helen reflexionó sobre el desastroso día que había tenido.

La habían secuestrado la madrugada anterior, la habían envuelto en una manta maloliente y la habían pasado de un carruaje a otro, maniatada, sin contemplaciones. Todavía le dolía la cabeza. Y, cuando por fin la rescataban, ella derribaba a su salvador de un puñetazo.

Con un gruñido, Helen se apretó la sien.

El destino se estaba divirtiendo con ella.

CAPÍTULO 2

Le dolía la nuca. La primera sensación que tuvo Martin al despertar lo convenció de que todavía estaba vivo.

Sin embargo, cuando abrió los ojos, se dio cuenta de su error. Tenía que estar muerto. Había un ángel por encima de él, cuyo pelo dorado brillaba sobrenaturalmente. Una punzada de dolor hizo que cerrara de nuevo los ojos.

No podía estar muerto. Le dolía demasiado la cabeza, aunque estuviera apoyado en el regazo más suave del mundo. Una mano delicada le acariciaba la frente. La atrapó con una de las suyas. Aquel ángel no era un espectro, sino un ser de carne y hueso.

—¿Qué ha ocurrido? —dijo, haciendo un gesto de dolor.

Helen, inclinándose hacia delante, lo miró con otro gesto comprensivo.

—Me temo que lo he golpeado en la mandíbula. Usted se cayó hacia atrás y se golpeó con una rama.

Helen se sentía muy culpable. En cuanto se habían marchado los secuestradores, se había puesto de rodillas al lado de su víctima. Dejando a un lado todas las dudas propias de una doncella, ya que, al fin y al cabo, ella ya no era ninguna doncella, se había inclinado hacia él para examinar la gravedad de sus heridas. Aquel hombre tenía unos hombros muy pesados, pero finalmente, había conseguido levantarle la cabeza y colocársela en el regazo, y le había retirado de la frente los rizos negros y brillantes.

Martin le sujetó la mano, sin querer dejar que se le escapara lo único que lo anclaba a la realidad. Era una mano pequeña, de huesos delicados. Poco a poco, el dolor fue remitiendo en cierta medida, hasta hacerse soportable. Alzó la mano libre para palparse el golpe de la barbilla, y recordó, justo a tiempo, no intentar hacer lo mismo con el golpe de la nuca. Era evidente que estaba descansando sobre el regazo de una dama.

—¿Siempre ataca a los que la rescatan? —preguntó Martin, haciendo esfuerzos por levantarse.

—Debo disculparme —dijo Helen, mientras lo ayudaba, mirándolo con preocupación—. Pensé que era usted Hedley Swayne.

Con cuidado, Martin examinó su chichón. La voz de aquella mujer confirmaba su cualidad angelical. Era como la miel caliente.

—¿Quién es Hedley Swayne? —preguntó, con el ceño fruncido—. ¿El hombre que planeó su secuestro?

Helen asintió.

—Eso creo.

Debería haber supuesto que aquel hombre no era Hedley Swayne. Su voz era demasiado profunda y grave. Se sintió azorada por la desafortunada coyuntura en la que había ocurrido su encuentro y bajó la mirada para examinar sus propias manos, agarradas en el regazo, preguntándose qué estaría pensando su rescatador. Ella había tenido la oportunidad de admirar su cuerpo, más que impresionante, mientras estaba inconsciente. La mirada que había podido lanzarle antes de pegarle el puñetazo le había producido una impresión más que buena. A pesar de la situación en que se encontraba, Helen sonrió. No recordaba que algo la hubiera impresionado tan favorablemente en los últimos años. De repente, se dio cuenta de algo: lo había golpeado y lo había dejado sin sentido. Él, indudablemente, no estaba impresionado en absoluto.

Observando furtivamente a su dama en apuros, arrodillada a su lado, Martin entendía perfectamente por qué había pensado que era un ángel. Su espeso pelo, rizado y rubio, le caía desordenado por los hombros. Unos hombros muy bien torneados, por cierto. Llevaba un vestido de noche de color sepia que se ajustaba graciosamente a sus curvas. No podía saber si era muy alta, pero el resto de su cuerpo tenía líneas generosas. La miró a la cara, pero con aquella luz débil del atardecer, no distinguía sus rasgos a la perfección. Tuvo un súbito e inesperado deseo de ver más, a la luz del mediodía.

—¿He de suponer que el tal Hedley Swayne va a llegar en cualquier momento?

—Eso es lo que han dicho los dos hombres —respondió Helen, desdeñosamente. En realidad, su secuestrador no le suscitaba mucho interés. Aquel que la había rescatado era mucho más fascinante.

Lentamente, Martin se levantó con ayuda de su ángel. Se sentía un poco afectado por su cercanía.

—¿Por qué se han marchado? —él se dio cuenta de que era bastante alta. Sus rizos le habrían hecho cosquillas en la nariz si estuviera más cerca, y su frente habría quedado a la altura de sus labios. Era la estatura adecuada para un hombre tan alto como él. Tenía unas piernas gloriosas, deliciosamente largas. Él reprimió el deseo de examinarlas más de cerca.

—Les apunté con la segunda pistola —al notar la distracción de su rescatador, Helen se preguntó preocupada si no lo habría herido de gravedad en la cabeza. En aquel momento, recordó las pistolas, y se agachó para recogerlas, de manera que la falda del vestido dibujó su parte trasera con precisión.

Martin desvió la mirada, sacudiendo la cabeza para deshacerse de las fantasías que se agolpaban en su mente. ¡Demonios! ¡Estaban en una situación peligrosa! No era el momento de coquetear. Carraspeó, y dijo:

—Tal y como me encuentro, creo que lo mejor sería marcharnos de aquí antes de que llegue el señor Swayne. A menos que usted prefiera que nos quedemos y nos enfrentemos a él.

—¡Cielos, no! Él vendrá con sus hombres. Nunca viaja sin

ellos —el desprecio que sentía por su secuestrador teñía su tono de voz. De repente, le vino un pensamiento a la cabeza—. ¿Dónde estamos?

—Al sur de Taunton, en el camino hacia Ilchester.

—¿Taunton? Hedley mencionó una finca en Cornwall. Supongo que es allí donde pensaba llevarme.

Martin asintió. La explicación tenía sentido, dado el lugar en el que se encontraban. Miró a su alrededor para orientarse, y después tomó las pistolas que ella sostenía.

—Si ese hombre va a venir con amigos, sugiero que nos marchemos cuanto antes. Mi coche está en un camino al lado del bosque. Pasaba por allí cuando oí sus gritos.

—Gracias al cielo —dijo ella, sacudiéndose las faldas—. Tenía muy pocas esperanzas de que alguien pasara por la carretera principal.

Miró a su rescatador y se encontró con que él la estaba estudiando, aunque las sombras ocultaran la expresión de su rostro.

Martin estaba sonriendo con ironía. Su ángel todavía no había salido de aquel bosque.

—No me gusta tener que apartarla del alivio de ese pensamiento, pero estamos bastante lejos de cualquier carretera principal. Yo había tomado un atajo a través de varios caminos, con la esperanza de llegar a Londres antes de la tormenta.

—¿Va usted a Londres?

—Sí —respondió Martin. Las ramas de los árboles le impedían juzgar si la tormenta estaba demasiado cerca—. Pero, primero, tendremos que encontrar un refugio para la lluvia.

Con una última mirada a su alrededor, Martin le ofreció su brazo.

Reprimiendo una punzada de nerviosismo, Helen lo aceptó y se apoyó. No tenía más remedio que confiar en él, aunque su confianza en los hombres en aquel momento no fuera muy grande.

—¿La secuestraron a usted en Londres?

—Sí —aunque en un primer momento respondió sin ninguna sospecha, aquella pregunta le recordó a Helen que tenía que ser muy cautelosa hasta que averiguara más de su rescatador, a pesar de que fuera tan fascinante.

Mientras caminaban hacia el carruaje, la sutil deferencia con que él la ayudaba a sortear los obstáculos del camino hizo que sus miedos se desvanecieran y se sintiera protegida. Aliviada al constatar que era tan caballeroso como elegante, se relajó.

Martin esperó hasta que estuvieron a alguna distancia del claro para mitigar su curiosidad. Le ardía la lengua de ganas de preguntarle quién era, pero, indudablemente, era mejor dejar aquello para más tarde, así que se conformó con preguntarle por su secuestrador.

—¿Quién es Hedley Swayne?

—Un petimetre —dijo ella, sin dar más detalles.

—¿Me ha confundido usted con un petimetre? —a pesar de la gravedad de la situación en la que se encontraban, los impulsos de Martin eran demasiado fuertes como para reprimirlos. Cuando ella volvió la cabeza para mirarlo, con los ojos abiertos como platos y con una expresión confusa, él aprovechó para interrogarla diabólicamente con la mirada.

Helen se quedó sin respiración. Durante un instante, su mirada se quedó atrapada en la de aquel hombre, y tuvo que hacer un esfuerzo por recuperar el buen sentido y responder a la pregunta.

—Yo no lo había visto, recuerde.

Al oír su disculpa suave y ligeramente ronca, Martin se rio entre dientes.

—Ah, cierto.

El tronco de un árbol caído les bloqueaba el paso. Él la liberó para saltarlo, y después se volvió y le extendió las manos. Helen lo miró a la cara. Tenía una expresión misteriosa, los rasgos duros y la piel más bronceada de lo que uno solía ver. Ella se preguntó de qué color tendría los ojos. Con una calma que no estaba muy segura de sentir en realidad, le dio las manos. Cuando sintió sus dedos fuertes cerrarse alrededor de los suyos, notó una extraña presión en el pecho. Helen miró de nuevo hacia abajo para ocultar el ridículo nerviosismo que la había invadido. ¿No era ya demasiado mayor para aquellas reacciones de cría?

Cuando estuvo de nuevo a su lado, Martin observó su cabeza agachada, perfectamente seguro de que el temblor que había sentido en los dedos de ella no había sido fruto de su imaginación. Tenía demasiada experiencia en sutilidades de aquella clase, así que buscó algún tema de conversación para distraerla.

—Confío en que no haya sufrido ningún daño por parte de esos rufianes.

Decidida a no dejar que se transluciera su estúpido nerviosismo, Helen sacudió la cabeza.

—No, en absoluto. Ellos tenían órdenes de cuidarme.

—Eso es lo que oí. Sin embargo, me atrevería a decir que usted estaba un poco confundida y asustada.

Helen se rio.

—¡Oh, no! Le aseguro que no soy una pobre criatura —ella lo miró a la cara, y se dio cuenta de que no la creía por completo—. Está bien. Reconozco que tenía algunas dudas, pero, cuando vi que estaban siendo todo lo amables que podían ser, no sentí miedo por mi vida.

—Entonces, he rescatado a una heroína.

La afirmación hizo que Helen se riera suavemente y moviera la cabeza, pero no dejó que él la provocara más. Mientras avanzaban hacia el camino, se concentró en su situación. Una vez que la incertidumbre de su secuestro había terminado, se dio cuenta de lo extraña que había sido su reacción ante lo que estaba sucediendo. Estaba atardeciendo, y ella estaba andando por el bosque, a solas, con un desconocido. Aunque estaba bastante segura de que era un caballero, no estaba tan segura de que fuera seguro bajar la guardia con respecto a sus inclinaciones. Sin embargo, en aquel momento sentía un cosquilleo extraño. Una sonrisa curvó sus labios sin que pudiera remediarlo. Desde la niñez, no había vuelto a sentir aquel deseo de aventuras. No entendía la razón por la que aquel sentimiento salía a la superficie en aquel momento, pero estaba segura de que era en respuesta al efecto que tenía en ella aquel desconocido. En realidad, no tenía ningún deseo de reprimirlo. Su vida había sido demasiado seria y tediosa desde niña. Un poco de aventura aligeraría la triste perspectiva de su futuro solitario.

Salieron de entre los árboles. En el camino había un moderno carruaje con dos caballos que piafaban y se movían impacientes.

—¡Qué bellezas! —exclamó Helen.

El coche y los animales hablaban por sí solos. Su rescatador era un hombre rico. Sonriendo, él le soltó la mano y se acercó a los caballos para acariciarles la nariz.

Helen miró el asiento del coche y se preguntó cómo podría subir con el mínimo decoro, llevando aquel vestido de noche. Estaba a punto de hacerlo cuando un par de manos fuertes la tomaron por la cintura y la elevaron, sin ningún esfuerzo, hasta el asiento.

—¡Oh! —dijo, sorprendida, y reprimió un grito. Se ruborizó vivamente y dijo—: Eh… gracias.

La sonrisa de su rescatador era malévola. Helen observó cómo desataba las riendas y subía al coche, a su lado, con la elegancia y agilidad de un atleta. La afectaba de un modo deliciosamente excitante, pensó Helen. Entonces, él la miró.

—¿Está cómoda?

Ella asintió, y aquella simple pregunta le dio seguridad. En su opinión, ningún canalla le preguntaría a su víctima si estaba cómoda. Su rescatador la ponía nerviosa, pero no la asustaba.

A Martin le cayó una gota de agua en el hombro cuando agitó las riendas. Tenía que intentar no caer en la contemplación de la mujer que tenía al lado y concentrarse en asuntos más prácticos. Se estaba haciendo de noche y el tiempo era cada vez peor. Además, se dio cuenta de que su compañera no podría aguantar mucho el frío que se avecinaba. Solo llevaba un fino vestido de seda y, si aún no estaba tiritando, sería cuestión de poco tiempo.

—Si me perdona la impertinencia, ¿cómo es que no lleva ni siquiera un abrigo?

Helen frunció el ceño, reflexionando. ¿Hasta qué punto sería seguro revelar demasiado? Entonces, levantando inconscientemente la barbilla, respondió:

—Estaba en Chatam House, en el baile de cumpleaños de lady Chatam. Un criado me trajo una nota en la que se me pedía que fuera a ver a… un amigo, a la puerta.

Pensándolo bien en aquel momento, se dio cuenta de que debería haber sido más prudente.

—Había… circunstancias que hacían que aquella petición fuera algo razonable en aquel momento —explicó—. Pero no había nadie. Al menos, eso creía yo. Esperé unos instantes y, justo cuando iba a entrar de nuevo, alguien, seguramente uno de esos dos rufianes, me tapó la cabeza con una manta.

Helen se estremeció ligeramente.

—Me metieron en un coche que estaba esperando sin que nadie lo viera, porque era pronto y no había más carruajes esperando. Así que por eso no llevo abrigo.

—Ya entiendo —Martin pisó las riendas y se volvió al asiento de atrás para tomar el suyo. Después, se lo colocó a la dama por los hombros y volvió a tomar las riendas—. ¿Por qué piensa que fue Hedley Swayne el que ordenó su secuestro?

Helen frunció el ceño. En realidad, pensándolo con detenimiento, no había ninguna prueba concluyente que relacionara a Hedley con el secuestro.

Al observar su expresión pensativa, Martin le preguntó:

—No tiene pruebas, es solo un presentimiento, ¿verdad?

Al oír su voz, con un ligero tono de superioridad, Helen reaccionó rápidamente.

—Si supiera cómo se ha estado comportando Hedley últimamente, no lo dudaría.

—¿Cómo ha estado comportándose?

—Ha estado presionándome para que me casara con él, solo Dios sabe por qué.

—¿No ha sido por las razones obvias?

Absorta en sus pensamientos acerca de Hedley Swayne, Helen sacudió la cabeza.

—No, definitivamente no —de repente, recordó con quién estaba hablando y se ruborizó. Rezando por que la escasa luz del atardecer no la delatara, se apresuró a continuar—: Hedley no es del tipo de los que se casan, ¿sabe?

Martin sonrió, pero no hizo ningún comentario.

Helen pensó en el inicuo señor Swayne y frunció el ceño.

—Desgraciadamente, no tengo ni la más mínima idea de por qué quiere casarse conmigo.

Mientras continuaban en silencio por el camino que transcurría entre pastos verdes rodeados de setos, sin encontrar ni una sola granja, a Martin se le ocurrió pensar en un detalle importante.

—¿Dijo que estaba en un baile cuando la secuestraron? ¿Ha estado usted perdida desde anoche?

Helen asintió.

—Sí, pero yo había ido en mi propio coche; muchos de mis amigos no han regresado todavía a la ciudad, después del verano.

—¿Cree que su cochero habrá dado la alarma?

Lentamente, Helen negó con la cabeza.

—No inmediatamente. Habrá pensado que he vuelto a casa en el coche de algún amigo, y que no le ha llegado mi recado por alguna circunstancia. Eso nos ha ocurrido antes. Mis sirvientes no se habrán dado cuenta de que realmente he desaparecido hasta esta mañana. Me pregunto qué harán —terminó, pensativamente.

Martin también reflexionó sobre su propio papel en todo aquello. Cabía la posibilidad de que lo tomaran por el secuestrador, y aquello le acarrearía tener que dar explicaciones para negarlo. Aquello era un embrollo en el que no quería verse involucrado nada más aparecer en Inglaterra cuando todavía tenía que restablecer su reputación.

—Ciertamente, causará un buen revuelo cuando aparezca de nuevo.

—Umm —la mente de Helen había viajado rápidamente desde lo que podría estar ocurriendo en Londres hasta la preocupación que le causaba el hombre que estaba a su lado. Su rescatador no le había preguntado aún su nombre, ni se había identificado él mismo. Sin embargo, todavía sentía ganas de correr aventuras. Permanecer de incógnito le parecía perfectamente adecuado. Se sentía cómoda y segura. Estaba segura de que conocer sus nombres era innecesario.

Mientras se afanaba en controlar a los caballos por aquel camino, cada vez más difícil, Martin se estrujaba el cerebro en busca de un modo aceptable de preguntarle a su compañera cómo se llamaba. Aquella situación era extraña. No habían sido presentados formalmente, y él no tenía esperanzas de que ella le ofreciera aquella información. No quería preguntárselo directamente, porque no quería que ella se sintiera obligada a decírselo en gratitud por haberla rescatado. Sin embargo, sin saber el nombre, ¿cómo iba a encontrarla en Londres? Él tenía que presentarse también, por supuesto, pero no quería hacerlo hasta estar más seguro de ella.

Empezaron a oírse truenos lejanos. El cielo estaba cada vez más oscuro y a Martin le cayó otra gota de lluvia sobre el hombro. Miró a su acompañante, todavía pensativa, y le dijo:

—Mucho me temo, querida mía, que tenemos ante nosotros nuestro refugio para esta noche. Estamos a kilómetros de distancia de la posada más cercana, y los caballos no soportarán una tormenta.

Helen miró hacia delante. Al ver la estructura de madera, sopesó la proposición de pasar la noche en un pajar con aquel hombre, y le pareció una situación atractiva.

—No se preocupe por mí —respondió—. Si tengo que vivir una aventura, sería completa al tener que pasar la noche en un pajar. Parece que está abandonado, ¿no cree?

—¿En esta zona? No creo. Seguramente, estará lleno de paja fresca.

Y lo estaba. Mientras Martin les quitaba los arneses a los caballos, ella rodeó el pajar por el exterior y descubrió un pozo. Se apresuró a sacar agua para los caballos y a llenar todos los cubos que encontró. Después de dar de beber a los animales, se lavó la cara para quitarse el polvo del camino. Una vez que se hubo refrescado, recordó que no tenía pañuelo. Con los ojos cerrados, oyó una suave risa a su lado y sintió unos dedos fuertes que la tomaban de la mano y que le daban un pañuelo. Rápidamente, Helen se secó la cara y se volvió.

Él estaba a un metro de distancia, detrás de ella, con una sonrisa sutil en los labios. Había encontrado un farol y lo había colgado de las escaleras que subían al piso de arriba. La luz se le reflejaba en el pelo y hacía que le brillaran los rizos negros; tenía los ojos grises, y la miraba perezosamente. Era guapo. Demasiado guapo. ¡Demonios! Ningún hombre tenía derecho a ser tan guapo. Con un esfuerzo, disimuló su reacción e hizo una elegante reverencia.

—Gracias, señor, de todo corazón, por su pañuelo y por rescatarme.

La sonrisa sutil se hizo más profunda y le confirió a su rostro una expresión sensual.

—Ha sido un placer, bella Juno.

Aquella vez, su voz hizo que Helen se estremeciera. ¿Bella Juno? Helen le alargó el pañuelo con la esperanza de que no se le notara el temblor.

Mientras tomaba el pañuelo, Martin dejó que su mirada se recreara, pero consiguió dominarse rápidamente. Demonios, se suponía que era un caballero, y ella era, claramente, una señora. Si continuaba mirándola así, era probable que se le olvidaran todas aquellas consideraciones.

Con suavidad, se volvió hacia una enorme cesta que estaba apoyada contra una de las paredes.

—Aquí hay maíz. Si conseguimos moler un poco, podremos hacer tortas para cenar.

—Me temo que... —dijo ella, un poco nerviosa, obligada a admitir su ignorancia.

Su rescatador le dedicó una sonrisa deslumbrante.

—No se preocupe, yo sé cómo hacerlo. Ayúdeme.

Así pues, salieron del pajar y encontraron dos piedras, una bastante plana para la base y la otra redonda, para moler el grano. Mientras ella hacía un poco de harina, él encendió un pequeño fuego al lado de la puerta del pajar, justo bajo el alerón del tejado, que lo protegía de la lluvia.

De vez en cuando, un trueno asustaba a los caballos, pero después los animales se tranquilizaban. Dentro del pajar se estaba bien.

—Con esto será suficiente.

Helen, que estaba sentada en un montón de paja, miró a su mentor, de pie a su lado, con un cubo de agua en la mano.

Martin le enseñó a Helen cómo hacer la masa, y después ella la acercó al fuego, donde él había colocado, después de lavarla, una vieja pieza de hierro. Martin echó unas gotas de agua y observó cómo chisporroteaba en la superficie con ojo crítico.

—Perfecto —dijo, sonriendo—. El truco consiste en no dejar que se caliente demasiado.

Con facilidad, colocó dos trozos de masa en la improvisada sartén.

—¿Cómo sabe hacer todas estas cosas?

—Entre todas las cosas que he hecho en el pasado, también he sido soldado.

—¿En la Península?

Martin asintió. Mientras cocinaban y comían las tortas, él la entretuvo con una versión fascinante, aunque censurada, de aquellos días. Evidentemente, el relato culminó con la batalla de Waterloo.

—Después de eso, volví a mis... negocios.

Él se levantó y se estiró. La noche se cernía, oscura, sobre ellos. Eran las únicas almas en kilómetros a la redonda. Se le curvaron los labios en una sonrisa irónica. Perdido en un pajar, con la bella Juno. Qué oportunidad para sus inclinaciones. Desgraciadamente, la bella Juno era de buena cuna y estaba bajo su protección. Borró la sonrisa de su rostro antes de que ella la viera, se levantó y le ofreció su mano para ayudarla a levantarse.

—Es hora de acostarse —dijo, señalándole la escalera—. Hay muchas pilas de paja fresca en la parte de arriba. Estaremos cómodos para pasar la noche.

Martin subió y, una vez que estuvo arriba, se tragó unos cuantos juramentos. Había pensado que subir primero era lo mejor, para evitar la vista accidental de las pantorrillas y los tobillos de su compañera, y ahorrarle el azoramiento. Pero la vista que tenía en aquel momento, una notable extensión de pecho blanco bajo el escote de su vestido, era igualmente escandalosa y tentadora. ¿Y tendría que pasar la noche entera con ella a su alcance?

Apretó los dientes y adoptó una expresión tranquila.

Cuando estuvieron arriba, él apagó el farol y extendió por la paja el abrigo que ella había llevado puesto. Después le alcanzó la manta del carruaje, que había subido también.

—Usted puede dormir aquí. Tápese, o pasará frío.

Sin embargo, aunque llevaba un vestido muy fino, Helen no aceptó, al darse cuenta de que era la única manta.

—Pero... ¿y usted? ¿No tendrá frío, también?

Oculto en las sombras, Martin sonrió. Tenía la esperanza de que el aire frío de la noche le refrescase la imaginación febril. Para disimular la dirección de sus pensamientos, forzó el tono de voz para que fuera menos ronco.

—Dormir en un pajar lleno de paja fresca no es nada comparado con los rigores de una campaña militar —dijo, y después se tumbó sobre la paja, a buena distancia de su abrigo.

Casi a oscuras, Helen vio que le sonreía. Ella sonrió también y se envolvió en la manta antes de tumbarse sobre el abrigo.

—Buenas noches —dijo ella.

—Buenas noches.

Durante diez minutos reinó el silencio. Martin contempló

las nubes a través de la ventana del pajar, que dejaban entrever la luna. Después, sonó un trueno, y los caballos relincharon suavemente. Él oyó a su acompañante moverse intranquila.

—¿Qué pasa? ¿Le dan miedo los ratones?

—¿Los ratones? —al oírlo, Helen se incorporó de un salto.

En silencio, Martin se maldijo por tener la lengua tan larga.

—No se preocupe por ellos.

—Que no me preocupe... Debe de estar bromeando.

Martin vio claramente cómo ella se estremecía, iluminada por la luz de la luna que entraba por el ventanal. Dios Santo, era un hada.

Helen se envolvió bien en el abrigo mientras luchaba por controlar el pánico. Se sentó y respiró hondo, hasta que sonó otro trueno fortísimo.

—Para que lo sepa, les tengo terror a las tormentas —la confesión fue hecha con una voz muy aguda, tiritando—. Y estoy helada.

Martin notó que estaba realmente asustada. ¡Demonios! La tormenta todavía no había desatado su furia por completo. Si no hacía nada por calmarla, se pondría histérica. Se preguntó a sí mismo qué sería más seguro, si pasar una noche inocente con la bella Juno o si hacer la guerra en España. Suspirando, se puso en pie y se resignó a hacer algo que podría ser descrito como masoquismo. Aquello le haría imposible conciliar el sueño. Se acercó a ella, se sentó a su lado y le dio un rápido abrazo. Después, sin hacer caso de su reticencia y de su confusión, la obligó a tumbarse y a que apoyara la cabeza en su hombro. Los rizos rubios le hacían cosquillas en la barbilla.

—Y ahora, a dormir —dijo con seriedad—. Los ratones no van a atacarla, y está a salvo de la tormenta. Además, así no tendrá frío.

Helen no sabía qué le daba más miedo, si la tormenta o la marea de emociones que estaban echando por tierra su confianza. Nada, en su experiencia vital, la había preparado para pasar la noche en brazos de un extraño, pero, con la tormenta, prefería no salir de su refugio. Poco a poco, al notar que el hombre estaba silencioso y quieto, fue relajándose.

Cuando Martin notó que se derretía contra él, reprimió una maldición y obligó a sus músculos a mantenerse inmóviles.

—Buenas noches —dijo Helen, somnolienta.

—Buenas noches —respondió él con la voz entrecortada.

Sin embargo, Helen no pudo conciliar el sueño. Martin, consciente durante todo el tiempo del cuerpo cálido y tentador que estaba abrazando, notó cómo se estremecía con cada trueno. Después de uno especialmente violento, ella murmuró:

—Me acabo de dar cuenta de que no sé ni siquiera cómo se llama.

Helen excusó su mentira valiéndose de las sutilezas sociales; en realidad, llevaba horas pensando en cómo sacar el tema. Su inesperada intimidad le dio el motivo que esperaba. Era una parte de la aventura que él no supiera su nombre, pero ella quería saber el de aquel hombre.

—Martin Willesden, a su servicio —a pesar de la agonía que estaba pasando, Martin sonrió en la oscuridad. Estaba deseando servirla de muchas formas diferentes.

—Willesden —repitió Helen, bostezando. Entonces, abrió mucho los ojos—. ¡Oh, cielos! ¡No será ese Martin Willesden! ¿El nuevo conde de Merton? —Helen se separó un poco para mirarlo a la cara.

Martin estaba entretenido por su tono de voz.

—Eso me temo —respondió—. Deduzco que mi reputación me ha precedido.

—¿Su reputación? —Helen tomó aire—. Usted, mi querido señor, ha sido el único tema de conversación durante los últimos quince días. ¡Todo el mundo se muere por ver su cara! ¿La oveja negra, que ahora ostenta el título, va a unirse a la sociedad o va a dejarnos con el saludo en la boca?

Martin dejó escapar una suave risa.

Helen notó cómo le retumbaba el pecho. La tentación de

extender sus manos sobre los músculos duros era abrumadora. La reprimió y volvió a apoyar la cabeza sobre su hombro.

—Lo melodramático no es lo mío —dijo Martin—. Desde que he llegado he estado demasiado ocupado poniendo las cosas en orden como para presentarme en sociedad. En este momento, vuelvo de inspeccionar mi casa principal. Me uniré a las actividades sociales y a los entretenimientos corrientes cuando llegue a Londres.

—¿Los entretenimientos corrientes? —repitió Helen—. Sí, ya me imagino.

—¿De verdad? ¿Qué puede usted imaginarse de los entretenimientos de un vividor?

Helen reprimió la tentación de contestarle que había estado casada con uno.

—Demasiado —replicó. Entonces, lo extraño de aquella conversación la sorprendió, y soltó una risita—. Creo que debería decirle que esta conversación es impropia —dijo en tono alegre, tal y como se sentía. Era perfectamente consciente de que su situación en aquel momento era escandalosa, pero, sin embargo, le parecía que todo era correcto, y estaba contenta.

La opinión de Martin era mucho más mordaz. Primero, ella lo había golpeado en la mandíbula y había hecho que se golpeara la cabeza contra una rama. Después, aquello. ¿Qué otras torturas iba a infligirle?

Con un suave suspiro, Helen se acurrucó contra él.

Martin apretó la mandíbula e hizo un esfuerzo para mantenerse pasivo. Ella dejó escapar una risa que a él le pareció de sirena.

—Acaba de ocurrírseme que me he escapado de las garras de un petimetre para caer en brazos de uno de los más conocidos calaveras que nunca haya conocido Londres —soltó otra risita y, para asombro de Martin, se quedó dormida al instante.

Martin se quedó inmóvil, reflexionando en la oscuridad. Ella había admitido que conocía el modo de vida y las actividades de los vividores. Aquello era extraño. Antes de que su imaginación, demasiado propensa a desatarse, pudiera causarle problemas, apartó aquella afirmación de su mente. Ya averiguaría qué significaba en otro momento. Estaba claro que tomarse en serio aquella afirmación y actuar en consecuencia no era lo más inteligente.

Con un esfuerzo, se concentró en conciliar el sueño. Sin embargo, su imaginación le causó todo tipo de dificultades, al proponerle visiones de lo que podría haber bajo aquel vestido de fina seda. Era una tortura mental muy sutil.

Tomó la determinación de averiguar el nombre real de la bella Juno y, una vez que la hubiese devuelto a su familia y ya no estuviera bajo su protección, localizarla de nuevo. Después, se obligó a no pensar en nada más.

Una hora más tarde, se sumió en un sueño intranquilo.

CAPÍTULO 3

El sol del amanecer despertó a Martin. Afortunadamente, abrió los ojos antes de moverse, cosa que no siempre hacía. Lo que vio le impidió actuar siguiendo sus impulsos. Reprimiendo unas cuantas maldiciones, se liberó de los miembros suaves que lo aprisionaban y, sin despertar a la bella Juno, se levantó y bajó al piso de abajo.

Saludó a los caballos y salió. La tormenta había terminado y el sol lucía en el cielo azul. Era un buen día para viajar. Estaba a punto de volver a entrar a despertar a su compañera de aventuras cuando pensó en el estado en el que se encontrarían las carreteras.

El camino desde el pajar a la carretera principal se había vuelto un barrizal, y la carretera no estaba mucho mejor. Martin se dio cuenta de que deberían esperar unas cuantas horas hasta que estuvieran practicables.

Resignado a la espera, volvió al pajar.

Subió al piso de arriba y se encontró a Juno dormida. El sol de la mañana hacía que sus rizos rubios brillaran. Tenía los labios ligeramente entreabiertos y respiraba profundamente. Estaba ligeramente sonrosada. Él observó la visión durante largo rato, admirando la simetría de sus rasgos, los arcos de sus cejas y sus labios. El resto estaba cubierto por la manta, para su alivio.

¿Quién sería? Silenciosamente, Martin bajó las escaleras. La dejaría dormir. Después de la tormenta, seguramente necesitaba el descanso.

A él también le convendrían unas cuantas horas de sueño más, pero no creía que pudiera relajarse al lado de la bella Juno.

Cuando Helen se despertó, la mañana ya estaba bien avanzada. Se incorporó, confusa, y se dio cuenta de que estaba sola. Después oyó una voz en la distancia, y dedujo que él estaba fuera, hablándoles a los caballos.

Bajó con cuidado la escalera y encontró un cubo de agua fresca, con el pañuelo que había usado el día anterior al lado. Rápidamente, se lavó la cara y las manos. Estaba secándose cuando oyó unos pasos a su espalda.

—¡Ah! La bella Juno se ha despertado. Estaba a punto de avisarla yo mismo.

Helen se volvió. A la luz del día, su rescatador era incluso más guapo que a la luz del farol. Era muy alto, y tenía los hombros muy anchos. Sus rasgos eran aquilinos, y estaba bronceado. Helen parpadeó, y notó que él la estudiaba con la mirada. Rogó que no se notase demasiado que se ruborizaba.

—Lo siento muchísimo. Tendría que haberme despertado antes.

—No importa —Martin fue a buscar el arnés que había colgado al lado de la puerta del pajar.

Se había estado preguntando de qué color serían sus ojos a la luz del día. Eran dos lagos de ámbar, verde y dorado, los rasgos más impresionantes de un conjunto perfecto. Le dio gracias al destino por no haberla visto antes durante el día y después haber tenido que pasar la noche a su lado. Su rubor le daba a entender que ella pensaba lo mismo. Martin sabía con seguridad que relajarse al lado de un vividor era mucho más fácil por la noche, pero no quería que ella se escondiera tras una fachada de corrección. Sonrió, y se sintió aliviado cuando ella le devolvió la sonrisa.

—Las carreteras acaban de secarse lo suficiente como para que podamos continuar.

Helen lo siguió fuera del pajar y aspiró profundamente el aire fresco de la mañana. Vio que luchaba por ponerles el arnés a los caballos y se acercó a ayudar. Tomó las riendas de uno de los animales y empezó a susurrarle con dulzura y a acariciarle la nariz aterciopelada.

Martin asintió, agradablemente sorprendido por su ayuda. Juntos, consiguieron fácilmente uncir a los caballos al coche.

Entonces, él tomó las riendas y se acercó a ella con la intención de subirla al coche.

—Eh... Me he dejado la manta y el abrigo arriba —dijo, tartamudeando. Sentía pánico ante el mero pensamiento de que él la tocara de nuevo. Después de haber tenido la oportunidad de observarlo durante diez minutos, no comprendía cómo había tenido fuerzas para sobrevivir a aquella noche.

Él arqueó una ceja y la observó pensativamente. Después le tendió las riendas y le dijo:

—Voy a buscarlos. No intente mover a los animales.

Él volvió en dos minutos, pero ella ya había conseguido tranquilizarse para pasar la prueba. Él puso el abrigo y la manta tras los asientos, y se acercó a tomar las riendas que Helen le cedió. Un segundo después, la tomó por la cintura y la dejó, suavemente, en el asiento.

Mientras se colocaba las faldas, Helen pensó en que las nuevas experiencias siempre eran inquietantes. No tenía ninguna duda de que lo que sentía cada vez que él la tocaba era escandaloso. Y delicioso. Y adictivo, también. Sin duda, era uno de esos trucos que los vividores sabían hacer con los dedos, para conseguir que las mujeres susceptibles se convirtieran en sus esclavas. No era que su difunto marido hubiera tenido aquella facilidad; Arthur nunca había tenido demasiado tiempo para la adolescente de dieciséis años, desgarbada, con la que se había casado por su fortuna y a la que rápidamente suplantó por una mujer más experimentada. Sin embargo, ninguno de los innumerables admiradores que había tenido desde que había vuelto a presentarse en sociedad la había afectado de la misma forma en que la afectaba Martin Willesden. Fuera lo que fuera, aquel hombre era peligroso, y aquello era algo que debía recordar.

Sin embargo, aquella situación era toda una aventura, la primera que había tenido en muchos años. Habían tenido que dejar el decoro y las convenciones sociales aparte. ¿Por qué no disfrutar de la libertad de aquel momento?

Un poco más tarde, habiendo recorrido unos kilómetros, él comentó:

—Espero que lleguemos a Ilchester para desayunar.

Helen deseó que él no hubiera mencionado la comida. Decidida a olvidarse de que tenía el estómago vacío, buscó algún tema de conversación inofensivo.

—Me dijo usted que había estado visitando su casa. ¿Está cerca de aquí?

—Al otro lado de Taunton.

—Ha estado lejos durante mucho tiempo, ¿no? ¿La ha encontrado muy cambiada?

—Trece años de mala gestión han pasado factura, desgraciadamente —el silencio que siguió a aquella afirmación le dio a entender que la ira que sentía al acordarse había teñido su tono de voz, e intentó suavizar el efecto—. Mi madre vive allí, pero lleva inválida varios años. Mi cuñada es su dama de compañía, pero, por desgracia, no es muy avispada. No es de las que investigan si las alfombras desaparecen.

—¿Han desaparecido? —preguntó Helen con incredulidad.

Martin sonrió de mala gana.

—Me temo que la casa, aparte de las habitaciones de mi madre, está inhabitable. Por eso vuelvo a Londres rápidamente. Tengo un equipo de decoradores y restauradores en mi casa de la ciudad. Cuando hayan terminado allí, los enviaré al Hermitage.

Intrigada por su mirada distante, Helen le pidió suavemente:

—Cuénteme cómo es.

Martin sonrió y, con los ojos fijos en los caballos, recordó.

—Cuando vivía mi padre, era un lugar maravilloso. Siempre estaba lleno de invitados. Espero que, ahora que he vuelto, podré devolverle su gracia.

Helen lo escuchaba atentamente, asombrada por el fervor con que él hablaba.

—¿Es su casa favorita? —preguntó ella, intentando descubrir la razón.

—Supongo que es el lugar al que puedo llamar hogar. El lugar que más asocio con mi padre. Y con los recuerdos más felices.

El tono con el que pronunció la última frase no dio pie a formular más preguntas. Helen reflexionó sobre lo poco que conocía del conde de Merton. Sabía que había estado fuera del país, pero no sabía dónde. Había oído algo de un escándalo en su pasado, pero no tenía información específica. Y, dada la impaciencia con la que las damas de la alta sociedad lo esperaban, no era tan grave como para excluirlo de sus bailes y sus cenas.

Mientras tanto, Martin reflexionaba sobre los interrogantes que rodeaban a su acompañante. Juno no era muy joven, pero tampoco mayor. Más o menos, entre veinticinco y treinta años. Lo que no encajaba era la falta de alianza en su mano izquierda. Era muy bella, atractiva y sensual, y la clase de dama a la que invitaban a Chatham House. No era posible pensar que fuera una mujer de otro tipo, porque Juno era lo suficientemente distinguida como para reconocer su potencial de vividor y mujeriego, y ponerse en estado de alerta. Aquello no era un rasgo de una mujer que se dejaba arrastrar por las debilidades humanas. Juno era todo un enigma.

—Y ahora —dijo él, interrumpiendo el silencio—, deberíamos pensar en cuál es la mejor forma de devolverla a su casa —entonces, la miró a la cara—. Diga solo una palabra, y la dejaré en su puerta —sin querer, su voz había descendido varios tonos. Lo cual, pensó, solo indicaba hasta qué punto ella lo afectaba.

—No creo que sea inteligente dejar que nos vean solos —

respondió Helen, reprimiendo sus escandalosas inclinaciones. Él le estaba tomando el pelo, estaba segura.

—Quizá no. Tenía la esperanza de que Londres hubiera perdido toda su rigidez con el paso de los años, pero veo que no ha sido así —Martin sonrió y la miró a los ojos, confiriéndole a su expresión toda la inocencia de la que era capaz—. Entonces, ¿cómo?

Helen lo miró con los ojos entrecerrados.

—Yo creía, milord, que alguien con su reputación no tendría ninguna dificultad en superar ese obstáculo. Si reflexiona sobre ello, estoy segura de que se le ocurrirá algo.

Era, decididamente, una observación impertinente, y provocó una respuesta audaz. A él le brillaban los ojos al contestar:

—Me temo, querida mía, que si investiga sobre mi reputación, se dará cuenta de que yo nunca he sido de los que observan las reglas.

Al darse cuenta de su error táctico, Helen se quedó callada. Qué tonta había sido, al intentar bajarle los humos a un vividor valiéndose de la insolencia.

—¿De verdad no se le ocurre nada? Confieso que pensaba que sí sabría qué hacer.

Durante un instante, sus miradas se quedaron atrapadas. Entonces, Helen vio cómo se dibujaba en sus labios una sonrisa burlona y cómo retiraba la mirada.

—Como usted dice, Juno, mi experiencia es muy vasta. Supongo que lo mejor sería que alquilemos un coche en una de esas pequeñas posadas que hay cerca de Hounslow. Usted irá en él a Londres, y yo la escoltaré hasta las afueras. Allí, usted le dará la dirección al cochero.

—Sí —respondió Helen, todavía confusa, intentando conservar la calma ante el descubrimiento del poder que aquellos ojos grises tenían sobre ella. Durante unos instantes, había estado completamente hipnotizada, privada de voluntad, totalmente a su merced. Y le había parecido delicioso—. Supongo que eso será lo más conveniente.

El tono de mala gana con el que aceptó su proposición hizo que Martin sonriera. Aquella mujer era completamente receptiva y, sin embargo, al mismo tiempo, inocente. Su interés por ella crecía minuto a minuto.

—Llegaremos a Hounslow antes de que anochezca —le dijo, deseoso de dejar claro aquel punto. Acababan de decidir que se separarían aquella noche.

Viajaron en silencio. Martin iba preguntándose cómo abordar el tema de su nombre, y Helen iba pensando en él. Sin duda, era el hombre más atractivo que hubiera conocido nunca, no solo por su físico ni por sus maneras, sino por algo más profundo, algo que residía en lo grave de su voz y en el fuego que ardía en sus ojos.

—¿Pasa usted mucho tiempo en el campo, bella dama?

La pregunta sacó a Helen de sus cavilaciones.

—Visito frecuentemente... —se interrumpió, y después continuó suavemente— las casas de mis amigos.

—Ah —la mirada fugaz que le dirigió confirmó sus sospechas. Él estaba intentando averiguar algo más de ella—. Así que pasa la mayor parte del año en Londres.

—Aparte de mis visitas, sí.

—¿Va usted a la ópera?

—Durante la temporada.

—¿A los palcos de sus amigos?

Helen le lanzó una mirada altiva.

—Tengo mi propio palco.

—Entonces, la veré allí, sin duda.

Martin sonrió, satisfecho de haberse apuntado un tanto.

Al darse cuenta de que había cometido un error, Helen no tuvo más remedio que ser amable e inclinó la cabeza.

—La condesa de Lieven viene conmigo a menudo. Estoy segura de que estará encantada de conocerlo.

—Oh —frustrado por la mención de la matrona más censuradora de todo Almack's, Martin dejó traslucir cierto disgusto. Después, se relajó—. Una información muy interesante. Podré pedirle permiso para bailar el vals en Almack's. Con usted.

Ante aquella idea, Helen tuvo que reírse. La visión de Martin Willesden caminando por aquellos suelos reverenciados como el lobo entre las ovejas era más que atractiva.

Entonces fue Martin el que se volvió altivo.

—¿Cree que no lo haré?

—Yo... no creía que a usted le atrajeran los inofensivos entretenimientos que ofrece el Marriage Mart.

—Y no me atraen. Solo la promesa de todos los placeres terrenales podría hacer que yo asistiera.

Helen no intentó responder a aquello, y se concentró en observar el paisaje.

Martin sonrió. No recordaba haber disfrutado tanto de media hora de conversación con una mujer en su vida. En realidad, no recordaba haber hablado durante media hora con ninguna mujer. Juno era una novedad, tenía una mente muy rápida. Aunque la información que había conseguido con aquella charla era inocente, le había confirmado su sospecha de que ella ocupaba una posición en sociedad que estaba reservada normalmente a las viejas damas. O a las viudas.

Al pensarlo, dejó que sus ojos recorrieran las formas de la mujer que viajaba a su lado.

Helen vio el brillo de depredador en los ojos grises y leyó el mensaje. Aunque sabía que era peligroso conversar con un vividor fuera de unos límites estrictos, también le estaba resultando delicioso, y, en realidad, era seguro. Se había dado cuenta muchos kilómetros atrás. Ella estaba bajo su protección y sabía que él haría honor a su cargo. Mientras estuviera bajo su cuidado, estaba a salvo de él.

Que el cielo la ayudara después.

Pero, por supuesto, no habría un después. Helen reprimió un suspiro cuando la realidad se hizo notar. El futuro, para ellos dos, estaba decidido. Cuando llegaran a Londres, él sería el hombre más importante para todas las madres con hijas casaderas, por buenas razones. Tenía un título, era rico y asombrosamente guapo. Las niñas se matarían las unas a las otras por cazarlo como marido. Y, obviamente, él elegiría a una de ellas. Alguna con una buena dote y una reputación inmaculada. Una viuda sin propiedades y con un matrimonio desafortunado a sus espaldas, sin otra recomendación que sus amistades, no era ninguna ganga.

Sin embargo, por la conversación que acababan de tener, Helen no se imaginaba a aquel hombre adaptado a un matrimonio con una jovencita. Más bien, le parecía del tipo de los que tenían una o dos amantes. Al fin y al cabo, su propio marido había hecho aquello también, contando con sus bendiciones. Aunque, de haber sido Martin Willesden su marido, ella no habría bendecido aquella situación.

Con un esfuerzo, Helen dirigió sus pensamientos en otra dirección. Él quería saber su nombre. Ella podría decírselo, pero se sentía más cómoda en el anonimato. De aquella forma, cuando él llegara a Londres y se enterara de quién era, se daría cuenta de que tal amistad era inapropiada, porque nadie creería que había sido inocente. Si ella no le decía su nombre, él no se sentiría obligado a reconocerla cuando volvieran a verse. Además, muchos hombres pensaban que las viudas eran pan comido, y ella detestaría que él pensara que era una candidata para sus aventuras extramatrimoniales. Así que, decidió al fin, él no tenía por qué saber su nombre.

Martin se preguntaba qué sería lo que pensaba su diosa para estar tan callada. Sin embargo, la paz de la mañana los envolvía, y él no hizo ademán de interrumpirla. A pesar de que no sabía su nombre, estaba seguro de que la encontraría en Londres. Había aumentado el número de habitantes de la capital, pero las casas ricas solo las frecuentaban unos cuantos. Sería fácil encontrar a una diosa de oro y marfil.

El camino estaba en peores condiciones de lo que él había supuesto, así que los caballos y el coche no avanzaron tan rápidamente como habría sido de esperar. Al cabo de unas horas, con mucho retraso sobre el horario que él había planeado mentalmente, llegaron a la carretera de Londres y, pasadas las dos, Martin dirigió el coche hacia el patio de Frog & Duck, la posada de Wincanton.

Se volvió hacia Juno, que lo miraba sin entender, con una sonrisa en los labios.

—Es hora de comer. Yo estoy muerto de hambre. Seguro que usted, siendo una mujer a la moda, no tiene hambre.

Helen abrió mucho los ojos.

—No sigo tanto la moda.

Martin soltó una carcajada y bajó del coche. Después, lo rodeó para ayudar a bajar a Juno. Ruborizada, Helen aceptó el brazo que él le ofrecía, y juntos subieron los escalones que llevaban a la puerta. El mozo de la posada se acercó a Martin para escuchar sus órdenes y, mientras hablaban, Helen entró en la casa.

La puerta daba directamente al bar, y al oír que alguien entraba, el posadero se acercó desde el otro lado de la estancia. Al verla, se detuvo y se quedó mirándola asombrado. Helen se dio cuenta de que los demás ocupantes del bar, otros seis hombres, también se habían quedado atónitos. Entonces, para su incomodidad, el posadero le lanzó una mirada lujuriosa, parecida a las de los demás clientes.

En aquel momento, ella se dio cuenta también del aspecto que debía de tener, y de la conclusión a la que, probablemente, habían llegado aquellos hombres. Helen se irguió, preparada para defender su estatus.

No hubo necesidad. Martin entró y se detuvo a su lado. Con una sola mirada, entendió la situación. Miró despreciativamente al posadero.

—Una habitación privada, posadero, en la que mi esposa pueda descansar tranquilamente.

El tono hosco de la instrucción borró la mirada lujuriosa de la cara del hombre.

Helen no sabía si reírse o soltar una exclamación de asombro. ¿Esposa? Rápidamente, se tapó la mano izquierda con la derecha, y levantó la barbilla para mirar al posadero por encima de la nariz. El hombre se encogió y se volvió totalmente obsequioso.

—¡Sí, milord! Por supuesto, milord. ¿Le importaría a la dama seguirme por aquí?

Haciendo reverencias cada dos pasos, los condujo a un saloncito privado, y allí Martin le encargó una comida copiosa.

—Hemos tenido un accidente con nuestro coche. Nuestros sirvientes nos siguen un poco detrás, con el equipaje —le dijo al posadero. Después elevó un poco la voz para dirigirse a Helen, que se había sentado, cansada, en una silla—. ¿Quieres subir a arreglarte un poco arriba, querida?

Helen parpadeó. Después, aceptó rápidamente. Fue conducida hasta una pequeña habitación y allí se lavó las manos y la cara, y se acercó a un espejo para ver el daño que aquel viaje le habría infligido a su aspecto. No era tan grave como ella se temía. Tenía los ojos claros y brillantes, y el viento le había dado color a las mejillas. Era evidente que viajar por el campo con Martin Willesden le venía bien a su estado físico. Finalmente, se arregló el pelo, se sacudió la falda y volvió al salón.

La comida estaba servida en la mesa. Martin se levantó con una sonrisa y le ofreció una silla.

—¿Vino?

Ella asintió, y él le llenó el vaso. Después, los dos empezaron a comer con buen apetito.

Cuando terminaron, Martin se recostó en la silla y dejó a un lado sus problemas para disfrutar de una copa de vino mientras observaba a Juno, absorta en la tarea de pelar una ciruela. Dejó viajar la mirada por sus curvas generosas, mientras pensaba en los adjetivos adecuados para describirla, algunos de los cuales no eran demasiado aceptables. Escondió su sonrisa detrás de la copa de vino.

—No vamos a llegar a Londres esta noche, ¿verdad?

Aquella pregunta hizo que Martin le mirara los labios, manchados con el zumo de la ciruela. Tuvo un tremendo deseo de probarlos. Bruscamente, su mente volvió a los problemas. Miró a Juno a los ojos, y descubrió que ella estaba preocupada. Le sonrió para reconfortarla.

—No.

Helen hizo caso omiso de aquella sonrisa. ¿Es que acaso él no se daba cuenta de la inquietud por la que ella estaba pasando?

Aparentemente, sí, porque continuó:

—El mal estado de la carretera nos ha retrasado mucho, y no me parece aconsejable conducir de noche hasta Londres. Podríamos tener un accidente. Y además, tampoco creo que sea aconsejable llegar a Londres al amanecer.

Helen frunció el ceño, viéndose obligada a aceptar que aquello era cierto. Él no podría alquilarle un coche si pasaban por Hounslow a medianoche.

—Y, antes de que haga la sugerencia, no voy a alquilar ningún coche aquí para que usted viaje sola de noche.

Helen frunció aún más el ceño y abrió la boca para protestar.

—Ni siquiera con escoltas.

Helen cerró la boca y lo miró fijamente, pero, por su tono y la forma en que apretaba la mandíbula, supo que no conseguiría hacer que cambiara de opinión. Y, en realidad, ella tampoco quería pasar la noche en la carretera, expuesta a los bandoleros y a cosas peores.

—Y entonces, ¿qué podemos hacer? —preguntó, amablemente.

Obtuvo la recompensa de una sonrisa deslumbrante que casi le cortó la respiración. Tuvo la esperanza de no tener que hablar en aquel momento.

—Me estaba preguntando —empezó Martin, sin saber si su plan iba a ser aceptado o no—, si podríamos encontrar alguna posada donde no nos conozcan para pasar la noche.

Helen reflexionó sobre aquello. No veía otra alternativa. Se limpió los labios con la servilleta y lo miró.

—¿Y cómo vamos a explicar nuestro aspecto, y nuestra falta de sirvientes y equipaje?

En el mismo instante en que hizo la pregunta, supo la respuesta. Era deliciosamente malvado, pero, pensó ella, todo aquello era parte de su aventura, así que podía hacer la vista gorda.

Satisfecho por que ella hubiera aceptado tácitamente el único plan viable que tenían, Martin se quitó un sello de oro de la mano derecha.

—Podemos contar la misma historia que le hemos contado al posadero. Mejor será que se ponga esto —dijo, y le entregó el anillo.

Helen sintió que todavía estaba caliente de su mano. Era evidente, pensó, un poco nerviosa, que iban a hacerse pasar por un matrimonio. Se puso el sello, y, para su sorpresa, al sentirlo en el dedo anular, no experimentó el horror que se esperaba. En vez de aquello, le daba cierta confianza, se sentía protegida.

—Muy bien —dijo. Respiró hondo, y añadió—: Pero dormiremos en habitaciones separadas —dijo, decididamente.

—Por supuesto —respondió Martin. Sin duda, sería mucho más seguro de aquella manera. Y, aparte de todo lo demás, él necesitaba dormir.

Observó el rostro de Juno y notó que cada vez tenía más deseos de conocer su nombre real. Dado que iban a fingir que eran un matrimonio feliz, pensó que su intimidad justificaba que se lo preguntara.

—Creo, querida, que dada nuestra supuesta relación, sería conveniente que me dijera su nombre.

—Oh —exclamó Helen. De repente y, a pesar de todas las razones que tenía en contra, sintió el impulso de confiar en aquel hombre. Sin embargo, ¿qué pensaría él cuando escuchara su nombre? Sabría quién había sido su marido. ¿Qué sentiría? ¿Pena? O quizá repugnancia, aunque la disimulara. Y ella no quería que nada dañara la cercanía que se había establecido entre ellos—. Yo... en realidad... —se quedó sin palabras. No podía explicar lo que sentía.

Martin sonrió. No quería que ella se sintiera obligada ni inquieta.

—¿Piensa que no debería decírmelo?

—Es solo que esta aventura me parece más... completa. Y —añadió, para que él, al menos supiera algo de la verdad—, mi comportamiento me parece un poco más excusable si continúo de incógnito.

Martin sonrió aún más e inclinó la cabeza.

—Muy bien. Pero, entonces, ¿cómo debería llamarla?

Helen lo miró con agradecimiento, y le respondió con una sonrisa tímida y dulce:

—Elija usted. Estoy segura de que inventará algo apropiado.

—Juno —respondió él—. La bella Juno —Martin no podía controlar la sonrisa de su cara. Aquella mujer era la más grande tentación a la que nunca se hubiera enfrentado. Tenía la cabeza llena de pensamientos escandalosos.

Helen arqueó una ceja.

—Creo, señor, que esa alusión no es del todo apropiada.

Él sonrió aún con más intensidad.

—Todo lo contrario, querida. A mí me parece completamente apropiada.

Helen intentó fruncir el ceño. Juno, la reina de las diosas. ¿Cómo iba a intentar discutir aquello?

—Y ahora que hemos decidido nuestro futuro inmediato, sugiero que nos pongamos en marcha de nuevo.

Martin se levantó y se estiró. Si no salía rápidamente de allí, no podría responder de las consecuencias. La compañía de Juno estaba poniendo a prueba su resistencia. Y tenía que cenar con ella, también a solas. Tendría que recuperar todas las fuerzas posibles durante el camino.

—Vamos, milady. Su coche la espera.

CAPÍTULO 4

Eligieron la posada Bells, en Cholderton, para pasar la noche.

El pequeño pueblo estaba al sur de la carretera hacia Londres, y la mayor parte del tráfico no hacía parada allí. La posada era un edificio antiguo, pero cómodo.

Martin le había contado su historia al posadero con arrogancia: lord y lady Willesden necesitaban habitaciones para pasar la noche. El hombre no había encontrado nada raro en la petición. En realidad, estaba muy contento de ver huéspedes.

—Mi esposa les servirá la cena enseguida, milord. Hay pato y perdiz, cordero y vino.

Con superioridad, Martin asintió.

—Eso será admirable.

Cuando la puerta se cerró tras el hombrecillo, él se volvió a mirar a Helen con la risa asomándole en los ojos.

—Perfecto —dijo y, con su sonrisa, le dio a Helen tanto calor como el fuego de la chimenea.

Helen se sintió aún más nerviosa cuando él se acercó para ayudarla a quitarse el abrigo, que Martin había vuelto a ponerle por los hombros cuando se había hecho de noche por el camino. Sus dedos se rozaron.

—Deje que la ayude.

Y ella tuvo que aceptarlo, porque no habría podido moverse ni aunque se hubiera caído el techo. Su suave caricia la dejó anonadada. El efecto que aquel hombre tenía sobre ella se intensificaba por momentos. ¿Cómo demonios conseguiría sobrevivir a aquella noche?

En cuanto él se alejó para colgar el abrigo, Helen se sentó en una butaca que había junto al fuego. Respiró hondo, obligándose a mirarlo cuando él se volvió de nuevo hacia ella.

Martin observó la visión que tenía ante él, y notó que ella estaba insegura. Si las circunstancias hubieran sido diferentes, habría tenido motivos para sentirse amenazada, pero, tal y como estaban las cosas, ella estaba a salvo. O, al menos, lo suficientemente a salvo, se corrigió. Él se había dado cuenta de que ella notaba que lo atraía, y le entretenían mucho los esfuerzos que hacía por disimular lo consciente que era de él. Lo tenía entretenido e intrigado. Estaba claro que, si Juno era viuda, no era de las que dispensaban sus favores con facilidad.

Mientras él la observaba, Juno frunció el ceño.

—¿Por qué no viaja usted con un mozo o un cochero?

Martin sonrió, perfectamente dispuesto a mantener una conversación sobre temas inocentes.

—Mi cochero se quedó en el Hermitage con un tremendo enfriamiento.

—¿Tiene el Hermitage muchas granjas?

—Seis. Están todas ocupadas por granjeros que seguirán allí a largo plazo.

Aquellas preguntas dirigieron la conversación hacia temas de agricultura y el cuidado de las fincas. Él notó que Juno evitaba conversar sobre la ciudad, porque aquellos temas le proporcionarían a Martin más detalles sobre su identidad. Sin embargo, sus opiniones sobre la organización del trabajo en una granja y sobre los problemas a los que se enfrentaban los arrendatarios que las ocupaban eran igualmente reveladoras. Sus conocimientos sobre el tema no podían haber sido adquiridos más que a través de la experiencia. Todo lo cual contribuyó a completar la imagen mental de Juno. Ella había pasado gran parte de su vida en una hacienda grande y bien gestionada.

Alguien llamó a la puerta.

—La cena, milord.

El posadero entró en la habitación, dejó la bandeja sobre la mesa, hizo una reverencia y se retiró.

Martin se levantó y extendió el brazo.

—¿Vamos?

Ella le dio la mano, reprimiendo el escalofrío que le causó el contacto, y ambos fueron hacia la mesa. La sutil sonrisa dibujada en el rostro de Martin le dio a entender que su aire sofisticado no le había engañado.

Afortunadamente, la comida les proporcionó otro tema de conversación.

—Tengo que admitir que, después de trece años de ausencia, no sé nada de lo que se sirve en las mesas de los que están a la moda.

Animada por aquel comentario, Helen hizo caso omiso de la mirada burlona de sus ojos y enumeró un catálogo de las últimas delicias culinarias.

Cuando el posadero entró a retirar la mesa, Helen aprovechó la oportunidad para retirarse a la butaca junto al fuego. Oyó que la puerta se cerraba y se preguntó, un poco frenética, cómo iba a arreglárselas durante las dos horas siguientes.

—¿Brandy?

Ella negó con la cabeza, y observó cómo él se servía una buena dosis.

Indudablemente, pensaba él, iba a necesitarlo para conciliar el sueño, sabiendo que Juno dormía en la habitación de al lado. Martin se acercó a la chimenea y se apoyó en la embocadura.

—Su mayordomo no se va a poner muy contento cuando vea sus botas.

Martin siguió su mirada y sonrió.

—Tendré que confiárselas a los mozos de la posada. Seguramente, Joshua no me lo perdonará nunca.

Helen sonrió. Aparte de los nervios que sentía, debidos por completo a la compañía, se sentía en paz, y aquello era algo que no había experimentado demasiadas veces en su vida. Estaba contenta. En medio de una escapada escandalosa, y contenta. Qué extraño.

Al sorprender a Martin mirándola subrepticiamente, sonrió. Él le devolvió la sonrisa, una sonrisa lenta y pensativa, y ella notó algo cálido en su interior. Sus miradas se quedaron atrapadas la una en la otra, y Helen notó que su voluntad estaba empezando a flaquear.

De repente, empezaron a oír ruidos. Martin se volvió y miró la puerta. El ruido se concretó en varias voces. Una invasión había llegado a Bells.

Helen frunció el ceño.

—¿Qué ocurrirá?

Casi inmediatamente, el posadero llegó para satisfacer su curiosidad.

—Discúlpeme, milord, pero parece que esta es la noche de los accidentes. El coche nocturno de Plymouth ha perdido una rueda muy cerca de aquí. El herrero dice que no podrá arreglarlo hasta mañana, así que tendremos que dar habitaciones a los viajeros. Si usted y milady me lo permiten, los pondré en la habitación principal. No les decepcionará, milord. Tiene una cama enorme. Hay más huéspedes que camas, así que he pensado que no les importaría.

El hombre miró esperanzadamente a Martin. Este miró hacia atrás, preguntándose cómo se habría tomado Juno aquellas noticias. Desde su punto de vista, aquel accidente era una molestia, pero, si insistía en quedarse con las habitaciones separadas, probablemente tendrían que compartir habitación con alguna de las personas que viajaban en el coche nocturno, las cuales no solían ser de la nobleza. Y, al fin y al cabo, con tantos hombres en la casa, prefería que Juno se quedara a su lado, donde estaría más segura, aunque él no durmiera tampoco aquella noche.

—Muy bien —respondió él, y oyó cómo Juno tomaba aire—. En estas circunstancias, aceptaremos la habitación principal.

Con evidente alivio, el posadero hizo otra reverencia y se marchó.

Martin se volvió y se encontró con la mirada reprobadora de Juno.

—En realidad, querida, estará más segura conmigo que sola, en una noche como esta.

No había respuesta para aquello. Helen fijó la mirada en las llamas que crepitaban en la chimenea. La perspectiva de dormir en la misma habitación que Martin Willesden la había dejado impresionada. Había dormido en sus brazos en un pajar, pero un pajar no era lo mismo que una cama. Aquella aventura estaba tomando un cariz peligroso. No. Era imposible. Tenía que pensar en alguna alternativa.

Cuando subieron a la habitación y cerraron la puerta tras ellos, Helen le dijo:

—Milord, esto es imposible.

Él sonrió y se acercó a la ventana.

—Martin —respondió—. Será mejor que dejes de llamarme «milord», si queremos fingir que estamos casados, y también será mejor que nos tuteemos —Martin cerró las cortinas y después sonrió a Juno, que todavía estaba al lado de la puerta, nerviosa e insegura—. No es imposible. Ven aquí y déjame que te ayude a desabrocharte el vestido —dijo, sin prestarle atención a la mirada de alarma que ella le lanzó—. Después podrás envolverte en las sábanas y pasar la noche tan tapada como si fueras una monja.

Helen sopesó lo que él le había dicho, pero su mente no fue capaz de encontrar otra solución al problema. Empezó a andar de un lado al otro, con la mirada perdida.

Con una sonrisa, Martin la tomó de la mano y la acercó a la chimenea, donde ardía un buen fuego. Se colocó detrás de ella y encontró los cordones del vestido, que no se resistieron a sus hábiles dedos. Resistió la tentación de separar ambos lados del vestido y recorrer su espina dorsal con el dedo. Solo llevaba una fina combinación de seda.

—Espera aquí un momento. Voy a traerte la sábana.

Helen miraba fijamente las llamas, completamente ruborizada. Hasta aquel momento, el comportamiento del conde de Merton había sido tan poco amenazador como sus palabras. Eran sus propias inclinaciones las que estaban debilitando su confianza. Era perfectamente consciente de que estaba muy cerca de tener una aventura amorosa ilícita con uno de los vividores más famosos de Inglaterra. Todo lo que tenía que hacer era darle la más mínima indicación de que sus atenciones eran bien recibidas y aprendería por qué aquel tipo de hombres era tan apreciado como amante. Martin Willesden era la tentación personificada. Sin embargo, su sentido común se interpuso y le indicó que lo último que necesitaba era tener una aventura ocasional, basada solo en una atracción pasajera. Aquel nunca había sido su estilo.

Él volvió con la sábana y la sostuvo en el aire.

—Miraré hacia el otro lado. Te prometo que no te espiaré.

Helen no se atrevió a mirar adónde estaba él o si estaba cumpliendo lo que había prometido. Rápidamente, se bajó el vestido y se enrolló en la sábana.

—Y ahora, si te tumbas en la cama, yo te taparé con la manta.

—¿Y dónde va a dormir usted? —preguntó ella, mientras se dirigía hacia la cama.

—Tal y como ha dicho el posadero, es una cama muy grande —respondió él, y empezó a desabrocharse la chaqueta.

Helen se detuvo y lo miró fijamente.

—¿Qué va a hacer?

—Acostarme. No estoy dispuesto a dormir otra noche con esta ropa —al ver la cara de horror de Juno, totalmente escandalizada, gruñó—: ¡Por Dios, mujer! Acuéstate en la cama y vuélvete de espaldas. Tienes mi promesa de que no me aprovecharé de ti.

«¡No es eso lo que me preocupa!», pensó Helen mientras se acostaba. Estaba escandalizada, fascinada, aterrorizada por las posibilidades. Hacía mucho tiempo desde que había estado en la misma cama con un hombre. La noche anterior no contaba, porque habían dormido en un pajar. Sin embargo, aquello era una cama. Para su horror, continuó pensando en lo fácil que sería relajarse y dejarse llevar, deslizarse hasta el cuerpo duro que se había acostado a su lado y que hundía el colchón.

En la oscuridad, Martin apretó los dientes. Le dolían las ingles de deseo. El suave perfume que ella desprendía le cosquilleaba los sentidos. Su cuerpo respondía a la cercanía. Si la noche anterior había sido difícil, aquella iba a ser una tortura. Mientras la luz del fuego se fue apagando, dejándolos a oscuras, él se dio cuenta de que ella continuaba despierta y rígida a su lado.

—No tienes que preocuparte, no me muevo de noche. Duermo muy profundamente —«cuando lo consigo», pensó—. Creo que es debido a haber estado en el Ejército. Uno duerme cuando puede y, normalmente, no se duerme en sitios cómodos.

—¿Cuánto tiempo estuvo usted en la Península?

Aquella pregunta le recordó a Martin algo que le había dicho una de sus amantes sobre que no había nada más aburrido que oír historias militares de los hombres. Aprovechó la idea y, en diez minutos, lo astuto de aquella afirmación se hizo patente. Se interrumpió en medio de una descripción detallada de una batalla. No se oía nada aparte del crujido del tronco de la chimenea, prácticamente apagado, y la respiración profunda de Juno. Estaba dormida.

Él sonrió en la oscuridad, extrañamente contento, como si hubiera ganado otra batalla. Saber que ella estaba dormida le permitió relajarse. Finalmente, se rindió al sueño.

Se despertó y se dio cuenta de que había pasado la noche sin moverse en absoluto. Por desgracia, Juno sí lo había hecho. Se había metido entre sus brazos y tenía la cabeza apoyada en su pecho. Uno de sus brazos desnudos lo agarraba por la cintura.

La sábana se había echado hacia abajo, y él notaba los miembros de Juno, suaves como la seda, enredados en los suyos.

Martin apretó todos los músculos de su cuerpo para que le obedecieran, y con cuidado, fue liberándose de los brazos y de las piernas que lo abrazaban, intentando no mirar. Después volvió a taparla. Si se despertaba en aquel momento, se llevaría un disgusto.

Fue todo un alivio salir del calor de la cama. Se vistió rápidamente y bajó a la taberna. Allí encontró al posadero, atendiendo a algunos de los viajeros del coche nocturno. Había algunos otros dormidos en los bancos de la taberna. Después de saludar al hombre y de interesarse por el tiempo, le preguntó despreocupadamente:

—¿Por casualidad han aparecido nuestros criados?

El posadero sacudió la cabeza.

—No, milord. No ha llegado nadie esta mañana.

Martin frunció el ceño y soltó un juramento.

—En ese caso, alquilaré uno de sus carruajes. Mi mujer se irá a la ciudad mientras yo vuelvo hacia atrás para averiguar qué ha ocurrido.

El hombre fue de mucha ayuda, y le aseguró que el coche era muy bueno, que el cochero y los mozos eran de fiar y que dejarían a su esposa en Londres sana y salva.

—Muy bien —respondió Martin, mientras le pagaba al posadero—. Prepare el carruaje. Quiero que mi mujer salga inmediatamente después de desayunar. ¿Podría usted mandarnos una bandeja a la habitación?

—Por supuesto, milord.

Martin subió las escaleras y se detuvo en el rellano para reunir fuerzas antes de llamar a la puerta y entrar. Para alivio suyo, Juno, tan bella como siempre, estaba completamente vestida, arreglándose el pelo, sentada a la mesa.

Se volvió cuando entró Martin y le devolvió la sonrisa con tanta calma como pudo. Cuando se había despertado, se había dado cuenta de que él se había ido y de que ella estaba en mitad de la cama, con la sábana arrebujada a la altura de los muslos. No quería pensar dónde estaba cuando él se había despertado.

—Buenos días.

A ella se le aceleró el pulso.

—Hace una bonita mañana —Martin se acercó a ella y se apoyó en la pared de al lado.

Para los sentidos sensibilizados de Helen, era todo masculinidad y poder. Luchando por mantener el control, escuchó atentamente los planes que él había hecho.

—Con suerte, estarás en casa un poco más tarde del mediodía.

Aparte del hecho de que deseaba estar ya en su casa, a Helen se le encogió el estómago. Su aventura iba a terminar y, de repente, el día parecía menos luminoso.

Cuando llegó el desayuno y les fue servido en la mesita de al lado de la ventana, Helen intentó quitarse la tristeza de encima y responder a sus bromas tal y como debía. Él había sido su caballero andante, en realidad, y ella le debía mucho. Así que le plantó cara a su abatimiento y contestó alegremente a sus comentarios.

Se habría sentido mortificada de haber sabido la facilidad con la que él le leía el pensamiento. Claramente, Juno nunca había sido una maestra en el arte del engaño. Su expresión y sus ojos reflejaban su estado de ánimo. Él notó lo que estaba sintiendo, y su deseo de disimularlo. Sabiamente, no hizo comentario alguno, pero estaba extraordinariamente satisfecho de que a ella la entristeciera la separación. Sería mucho más fácil atraerla cuando se encontraran de nuevo.

Cuando terminaron de desayunar, él la siguió al piso de abajo. El coche que la iba a llevar a Londres la estaba esperando. Los mozos y el cochero estaban preparados.

—Les he dicho que te lleven a Londres, pero que, una vez allí, tú decidirás dónde quieres ir. Les he pagado por todo el servicio, así que no tienes que preocuparte por eso.

A Helen se le cortó la respiración.

—No sé cómo agradecérselo, milord —dijo ella, en voz baja, para que nadie pudiera oírlos—. Ha sido usted de una ayuda inestimable.

La sonrisa de Martin se hizo más ancha.

—El placer ha sido mío, bella Juno —él le tomó la mano y le dio un beso en los dedos temblorosos.

—Su anillo —dijo ella, susurrante.

Suavemente, de mala gana, Martin le quitó el sello y se lo puso. Después la miró a los ojos.

—Hasta la próxima vez que nos encontremos.

Helen sonrió, consciente del deseo que sentía de apoyarse en él y agarrarle la mano.

De repente, a Martin se le ocurrió que estaban fingiendo que eran marido y mujer, y ser su esposo le daba ciertos derechos. Además, al ser un vividor, estaría loco si no aprovechara una oportunidad como aquella. Sonrió malvadamente.

Helen vio la sonrisa y abrió mucho los ojos, pero no tuvo forma de evitarlo. Él la abrazó y la atrajo hacia su cuerpo, mientras le alzaba la cara. Sus labios se cerraron sobre los de Juno, confiadamente, posesivamente. Y el tiempo se detuvo.

Durante un instante, ella se resistió al beso, pero después no pudo resistir más. Abrió los labios, y él aprovechó automáticamente la oportunidad para saborearla, explorándola de una forma lánguida y burlona, y ella notó que la abrazaba con fuerza. Se derritió contra él. Era completamente delicioso, toda una invitación al placer. Su aroma embriagador la invadió, y no pudo ser consciente de otra cosa más que de él.

De mala gana, Martin terminó de besarla. Sabía que, por el momento, ir más allá era imposible, pero, al menos, le había dejado algo para que lo recordase en Londres, hasta que volvieran a encontrarse y él pudiera continuar seduciéndola.

Mirándola a los ojos, él sonrió y, demasiado sabio como para intentar conversar, la condujo hacia el carruaje. El mozo abrió la puerta, y Martin ayudó a su diosa a subir y a sentarse cómodamente. Después volvió a besarle la mano.

—Adiós, bella Juno. Hasta que volvamos a vernos.

Helen parpadeó. El mensaje que le había transmitido su mirada estaba claro. Entonces, la puerta se cerró, y el carruaje se puso en marcha. Ella tuvo que hacer un esfuerzo para no asomarse a la ventanilla para mirarlo. No había necesidad. «Hasta que volvamos a vernos», había dicho él. Y ella no tenía ninguna duda de que él tenía toda la intención de cumplirlo.

Todavía temblando, Helen tomó aire. Ojalá los sueños pudieran convertirse en realidad.

En el patio de la posada, Martin observó el carruaje hasta que desapareció por la carretera de Londres. Ella no podía escapar. La encontraría en Londres, de aquello estaba seguro.

Era una diosa a la que iba a adorar.

CAPÍTULO 5

Tres semanas más tarde, Helen estaba en su habitación, observando el contenido de su armario para decidir qué podía usar y qué no podría usar más, en aquella Little Season, cuando Janet, su doncella, asomó la cabeza por la puerta.

—Tiene visita, milady.

Antes de que Helen pudiera preguntar quién era, Janet se había ido.

Helen volvió a sentir el nerviosismo que había experimentado desde que había vuelto a la ciudad. Pero no podía ser él, pensó. No a las once de la mañana. Con un suspiro, se quitó la bata y se sentó ante el tocador para arreglarse.

Su reaparición en la capital había causado algo de revuelo entre sus amigos, pero, gracias a la discreción de sus sirvientes, la noticia no se había extendido. A pesar de las explicaciones que había tenido que dar, el episodio había sido superado sin una catástrofe. Durante su relato, había conseguido no tener que desvelar los nombres de su secuestrador, al que no quería mencionar porque no tenía pruebas concluyentes de que fuera Hedley Swayne, ni de su rescatador, cuya mención le resultaba demasiado escandalosa a ella misma. Además, había tenido suerte, porque las circunstancias habían hecho que su tutor, Marc Henry, marqués de Hazelmere, siguiera en Surrey, ya que había sido padre recientemente. Si Helen hubiera tenido que enfrentarse a sus agudos ojos de color avellana, estaba segura de que habría tenido que confesar toda la verdad. Afortunadamente, el destino le había prestado su ayuda.

Mientras bajaba las escaleras estaba impaciente, aunque sabía que los ojos grises que la habían hechizado no estarían esperándola abajo. Y, de todas formas, si la buscaba, sabría su nombre, y entonces lo sabría todo. Sus sueños tontos nunca se convertirían en realidad.

La persona que la estaba esperando abajo era Dorothea, la marquesa de Hazelmere.

—¡Helen! —Dorothea se puso de pie, tan elegantemente vestida como siempre, con la cara encendida con una felicidad radiante.

—Thea, ¿qué estás haciendo aquí? Yo creía que estarías en Hazelmere durante meses —Helen le devolvió a la joven un cariñoso abrazo. Se habían hecho muy amigas desde que Dorothea se había casado con Hazelmere, un año atrás. La amistad de Helen con Hazelmere se remontaba a la infancia. Ella era pariente lejana de los Henry, y había pasado muchos veranos con la hermana pequeña de Hazelmere, en Surrey.

Helen observó a Dorothea y sintió una punzada de envidia, al saber que ella nunca experimentaría la felicidad de su amiga.

—¿Qué tal está mi ahijado? —le preguntó.

—Darcy está perfectamente —respondió Dorothea mientras las dos salían al patio trasero de la casa, soleado y lleno de flores.

Se sentaron en el banco, y Dorothea empezó a contarle:

—Lo he instalado en el segundo piso. Mytton no sabe cómo reaccionar, y Murgatroyd está dividido entre el orgullo y las ganas de presentar su renuncia.

Helen sonrió. El mayordomo y el ayuda de cámara de Hazelmere eran muy familiares para ella.

—Pero... ¿cómo has conseguido convencer a Marc de que estabas lo suficientemente bien como para venir a la ciudad? Yo estaba segura de que te tendría recluida hasta que Darcy empezara a andar, como mínimo.

—Muy fácil —respondió Dorothea, con los ojos muy brillantes—. Le dije que, si estaba lo suficientemente bien como para acostarme con él, también lo estaba para aguantar los rigores de la temporada.

Helen soltó una carcajada.

—¡Oh, Dios mío! Lo que habría dado por ver su cara.

—Sí. Fue digna de verse —respondió Dorothea, y después estudió a Helen con atención—. Pero ya hemos hablado lo suficiente de mi marido. ¿Qué es eso que he oído de una desaparición?

Fingiendo despreocupación, Helen le contó la historia. Dorothea no la presionó para que le contara los detalles que omitió, y se limitó a comentar, al final del relato:

—Hazelmere no se ha enterado, y no veo ninguna razón para contárselo. Y, en realidad, para lo que he venido es para invitarte a una cena el jueves. Solo la familia, aquellos que están en la ciudad. Es demasiado pronto todavía para hacer algo formal, y ya tendremos suficiente de eso cuando empiece la temporada. Vendrás, ¿verdad?

—Por supuesto —dijo Helen. Después hizo un gesto burlón—. Pero... para entonces, Hazelmere habrá oído la historia de mi escapada. Podrías decirle que no hay ninguna razón para que se preocupe y que no me va a sentar nada bien que me haga un interrogatorio durante la cena.

Dorothea se rio y le estrechó una mano.

—Me aseguraré de que se comporte.

Helen tenía completa confianza en su amiga en aquel punto, y sonrió al pensar en el poderoso Hazelmere siendo manejado, en algunas cosas, por su elegante esposa.

Dorothea se levantó.

—Tengo que darme prisa si quiero ver a Cecily.

Helen acompañó a su invitada a la puerta.

—Ven pronto, si puedes —le pidió Dorothea—. Darcy siempre se porta muy bien cuando estás tú —le dio un abrazo afectuoso y bajó las escaleras hacia el coche que estaba esperándola en la calle.

Helen la vio marchar, y después, sonriendo, subió a su habitación a elegir un vestido para el jueves.

Martin caminaba por la calle de St. James, totalmente ajeno al ruido y al ajetreo que lo rodeaba. Todavía tenía que averiguar el nombre real de la bella Juno, un fallo que iba a rectificar en cuanto pudiera. Había creído que podría hacer las averiguaciones en cuanto llegara a Londres, pero se había encontrado con una crisis en su finca de Leicestershire, así que había estado en Londres el tiempo suficiente como para recoger los documentos que necesitaba y había tenido que partir de nuevo. Cuando, finalmente, había resuelto los problemas, habían pasado tres semanas.

Aquella mañana se había despertado con la determinación de recuperar el tiempo perdido. White's le había parecido el lugar obvio para empezar. Nunca había dejado de pagar las cuotas de socio, a pesar de todos los años de ausencia. Así pues, cuando fue preguntado por el portero, le dijo con toda naturalidad que mirase la lista de socios. Todo estaba en orden. Por el cambio de actitud del hombre, Martin dedujo que su título era ya del dominio público. Mientras atravesaba las salas, lo saludaban con respeto.

Cuando entró en el salón principal, observó los grupos en busca de caras familiares. Fueron ellos quienes lo reconocieron.

—¿Martin?

La pregunta hizo que se volviera, y vio un par de ojos marrones al mismo nivel que el suyo. Encantado, Martin sonrió.

—¡Marc!

Se estrecharon las manos afectuosamente. Después de haber intercambiado todas las noticias sobre su vida, Hazelmere le señaló hacia otras salas.

—Tony está por ahí, en alguna parte. Él también se ha casado. Con la hermana de Dorothea, casualmente.

Martin lo miró divertido.

—Eso debe de haber causado muchos comentarios. ¿Cómo se ha tomado Tony las tomaduras de pelo acerca de que siempre seguía tu ejemplo?

—Pues, esta vez, extrañamente, no le ha importado.

Encontraron a Anthony, lord Fanshawe, y a otros miembros de lo que había sido el grupo de Martin, en las salas del fondo. La entrada de Martin causó un revuelo. Lo bombardearon a preguntas, que él contestó de buen humor, volviendo a atar los cabos que unían viejas amistades y, para su sorpresa, fue relajándose poco a poco. Sin embargo, entre tanta gente, dejó aparte las preguntas sobre Juno. Podía admitir ante Hazelmere y Fanshawe, sus mejores amigos, cierto interés en una viuda, pero no iba a crear especulaciones entre tanta gente.

Unas horas más tarde, sus dos amigos y él abandonaron el club, y él reflexionó irónicamente que, al menos, había hecho su reaparición en sociedad.

Cuando estaban a punto de despedirse, Hazelmere lo retuvo.

—Acabo de recordar una cosa. Ven a cenar mañana a casa. Va a ser una reunión informal, solo la familia. Tony también va a venir, así que podrás conocer a nuestras dos esposas —y añadió, sonriendo con orgullo—, y a mi heredero.

—¡Claro! —exclamó Fanshawe—. Ven y contribuye al buen humor de la cena. Va a ser un caos, de todas formas.

Martin no pudo evitar soltar una carcajada.

—Muy bien. Tengo que confesar que estoy deseando conocer a vuestros dechados de virtudes.

—Entonces, a las seis. Todavía cenamos pronto, en esta época.

Después de despedirse, Martin caminó hacia su casa recién reformada y decorada, en Grosvenor Square, pensando en que la nueva lady Hazelmere podría ayudarle a descubrir la identidad de Juno.

Cuando llegó, le entregó los guantes y el bastón a su mayordomo, Hillthorpe, que había aparecido raudamente para recibirlo. Después se dirigió hacia la biblioteca, impresionado de nuevo por el silencio que reinaba en la enorme casa. En sus recuerdos, aquella casa siempre estaba llena de niños, de los amigos de sus hermanos, de sus padres, de los suyos. Todo había desaparecido. Solo quedaba su madre, recluida en sus habitaciones en Somerset, y su hermano pequeño, Damian, y solo Dios sabía dónde estaba en aquel momento. La expresión de Martin se endureció al pensar en su hermano, y apartó el pensamiento de su mente. Damian sabía cuidarse por sí mismo.

Se sentó en una butaca recién tapizada con una copa de brandy y pensó en su hogar. Estaba vacío, y necesitaba llenarlo de vida y de risa. Aquello era lo que seguía echando de menos. Había terminado con la decadencia, las humedades y los desperfectos causados por gente falta de escrúpulos. La casa estaba nueva. Había llegado la hora de poner todas sus energías y su inteligencia en la tarea de reconstruir su familia.

El orgullo con que Hazelmere había hablado de su mujer y de su hijo le había impresionado. Conocía a Marc, y solo le habían bastado unas horas para saber que los lazos que una vez existieron entre ellos dos habían pervivido.

¿Quizá fuera el destino el que había puesto a Juno en su camino?

Martin sonrió con cierta crítica hacia sí mismo. ¿Por qué no podía admitir, simplemente, que se había enamorado perdidamente de aquella mujer? No había necesidad de pensar en el destino, ni en nada sobrenatural. Juno era muy real y, para él, muy deseable. Y, por primera vez en su vida, no estaba pensando en una relación pasajera. Estaba seguro de que su interés por Juno no iba a desvanecerse nunca.

Con una sonrisa, Martin levantó su copa en un brindis silencioso. Por su diosa. Terminó el brandy y dejó la copa en la mesita. Después, salió de la biblioteca.

El jueves por la tarde hacía buen tiempo. Martin fue caminando hacia Cavendish Square. El mayordomo de Hazelmere, Mytton, lo recibió y, para su asombro, lo reconoció.

—Bienvenido, milord. Celebro su vuelta.

—Eh... gracias, Mytton.

Hazelmere salió al vestíbulo.

—Pensé que serías tú.

Martin le estrechó la mano, pero su mirada fue atraída por la mujer que había seguido a su amigo. Era muy esbelta y tenía la piel blanca y el pelo oscuro. Su cara tenía una belleza clásica. Martin miró de nuevo a Hazelmere, con las cejas arqueadas a modo de pregunta.

La sonrisa de la cara del marqués fue la respuesta.

—Permíteme que te presente a mi esposa. Dorothea, marquesa de Hazelmere. Martin Willesden, conde de Merton.

Martin le hizo una reverencia a la marquesa, y Dorothea le correspondió con otra.

—Bienvenido, milord. He oído hablar mucho de usted. Me siento muy honrada de ser la primera anfitriona que lo entretenga.

Martin sonrió.

—El placer es enteramente mío, milady —era una mujer encantadora, perfecta para Hazelmere.

—Por favor, entre y le presentaré a los demás —Dorothea lo tomó del brazo y lo condujo al salón.

Hazelmere se puso al otro lado.

—También tienes que conocer a mi heredero —le dijo, con los ojos brillantes.

Se detuvieron a la entrada del salón. Las conversaciones animadas se entremezclaban. Martin paseó la mirada por la gente y descubrió a Fanshawe, con una muchacha rubia muy bella a su lado, hablando con otra mujer a la que Martin reconoció. Era la madre de Marc, la marquesa viuda. Martin la recordaba con afecto. Fue una de las únicas que no lo condenó por el asunto Monckton.

Después dirigió la mirada hacia otro grupo que estaba al lado de la chimenea, y se quedó petrificado. Había una mujer al lado del hogar, con un bebé en los brazos. Tenía el pelo rubio, rizado y brillante, y llevaba un exquisito vestido de color ámbar. Era más alta que el elegante dandi con el que estaba conversando, su amigo Ferdie. La entrada de Martin interrumpió su charla. De repente, sus ojos verdes, abiertos como platos, se fijaron en él.

Con una sonrisa lenta y malvada, Martin se dirigió directamente a Juno.

Mientras cruzaba la habitación, Martin escuchó amablemente los comentarios de Dorothea, que pensaba que él estaba interesado en ver a su hijo. La sonrisa de Martin se hizo más amplia. Verla con un bebé en los brazos le afectó más de lo que él habría querido. Quería tenerla frente a su propia chimenea, con su propio hijo en los brazos. Era así de simple.

Helen no podía respirar. Ver a Martin entrando en el salón la había dejado aturdida. En medio de una frase de respuesta a una pregunta de su amigo Ferdie, su voz se había quedado suspendida, porque su mente solo podía atender al calavera que se acercaba a ella. Con un esfuerzo, tomó aire. Sentía pánico. Levantó la mirada hasta la de él y se vio atrapada en medio de nubes grises. Al percibir su sonrisa perversa, tuvo que reprimir un estremecimiento de impaciencia e intentó librarse de su hechizo. ¡Cielos! Tendría que manejar aquella situación de una forma más habilidosa. ¿Adónde habían ido todos sus años de experiencia?

Entonces, Dorothea se acercó para tomar a su hijo en brazos.

—Déjeme presentarle a lord Darcy Henry.

El conde de Merton apenas miró al bebé.

—Tiene casi dos meses —dijo Dorothea, pero cuando levantó la vista se dio cuenta de que el conde ni siquiera estaba mirando a su niño. Se dio cuenta de que estaba absorto mirando a Helen. Dorothea siguió su mirada y se encontró a su amiga hipnotizada por los ojos de lord Merton.

Fascinada, Dorothea miraba a Martin y a Helen, y de vuelta a Martin, hasta que su marido apareció en escena. Exvividor como era, Hazelmere comprendió lo que sucedía al instante.

—Martin, lord Merton, le presento a Helen, lady Walford, la madrina de Darcy —Hazelmere se volvió hacia su esposa—. Quizá, querida mía, deberías llevar al niño a su habitación —y con aire de inocencia, volvió a mirar a Helen—. Y quizá, Helen, tú podrías presentarle a los demás. Al menos, a aquellos a los que Martin no recuerde.

Después, Hazelmere se retiró.

Al verse en libertad de movimientos, Martin sonrió de nuevo. Se acercó a Helen, con una ceja arqueada socarronamente.

—Desvelada por el destino, bella Juno.

Las palabras, suavemente pronunciadas, le acariciaron el oído a Helen y le enviaron un delicioso escalofrío por la espalda.

—Helen —susurró ella, rápidamente.

—Tú siempre serás la bella Juno para mí —respondió él—. ¿Qué hombre de carne y hueso dejaría escapar esa imagen? Solo tienes que hacer memoria.

Helen pensó que sería mejor que no lo hiciera. Su compostura ya estaba lo suficientemente amenazada.

Calmadamente, Martin la tomó de la mano y le besó los dedos, sonriendo ante el temblor que aquella acción provocó en ella. Helen se dio cuenta de que su sonrisa era toda una malvada declaración de intenciones. La indignación llegó en su rescate.

—Veo que conoce a Hazelmere.

—Umm, sí, somos viejos amigos. Muy viejos.

De aquello, Helen no tenía ninguna duda. Durante años, Marc la había protegido severamente de los intentos de todos los calaveras de la alta sociedad. Sin embargo, en su propio salón, la había arrojado a los brazos de Martin Willesden. ¡Típico! Helen reprimió una carcajada desdeñosa.

Con sus buenas maneras de costumbre, Ferdie se había alejado ligeramente al ver que Martin se había acercado con tanta decisión. Con una mirada de advertencia para el réprobo que estaba a su lado, Helen elevó la voz.

—Ferdie, ¿conoces al conde de Merton?

Era evidente que no. Helen los presentó, y añadió para darle más información a Martin:

—Ferdie es el primo de Hazelmere.

Martin frunció ligeramente el ceño.

—¿El que se atrevió a cabalgar sobre el semental de su padre?

Helen observó divertida cómo Ferdie se sonrojaba.

—No creía que nadie se acordara de eso.

—Yo tengo una buena memoria—dijo Martin, buscando a Helen con la mirada. Y una vez que hubo atrapado la suya, añadió en voz baja—: Especialmente buena.

Entonces fue Helen la que se sonrojó, y se apresuró a preguntarle a Martin para desviar el tema:

—¿Conoce a la abuela de Dorothea, milord? —inclinó la cabeza a Ferdie y condujo a Martin en dirección de las viudas, con la esperanza de que en su presencia él no tuviera tanta facilidad para lanzar aquellas indirectas.

Para su alivio, mientras se movían entre los invitados de Hazelmere, Martin se comportó de una forma que solo pudo confirmar ante Helen lo experto que era en aquellas lides. Charló con facilidad con todo el mundo que le presentó, con el encanto que ella siempre les había atribuido a los vividores más peligrosos. Sin embargo, en ningún momento dio muestras de querer abandonar su compañía. De hecho, con su actitud declaró que, de haber sido posible, habría monopolizado todo el tiempo de Helen sin ninguna duda.

Dejó tan claras sus preferencias que ambas viudas, la madre de Marc y lady Merion, la abuela de Dorothea, se deleitaron tomándoles el pelo.

—Creo que ha estado varios años en las colonias, milord. ¿Podría decirse que lleva tiempo recordar nuestro modo de hacer las cosas?

La significativa mirada que lady Merion le lanzó a Martin debería haber hecho que se ruborizara incluso él. Sin embargo, Helen escuchó horrorizada su respuesta:

—Acabo de decir que tengo una memoria excepcional, así que ahora no puedo aducir mala memoria como excusa, señora.

Helen, por mucho que lo intentó, no pudo evitar mirarlo. Tenía los ojos grises muy brillantes y clavados en ella.

—Quizá, milord, debería buscar ayuda para llevar acabo su *rentrée* en sociedad —la mirada de la marquesa era incluso más inocente que la de su hijo—. Quizá lady Walford esté dispuesta a ayudarlo.

Helen se puso del color de la grana.

—Muy buena idea, señora —con una sonrisa para las encantadas viudas que libró a Helen de la necesidad de hablar, Martin la retiró de su más que cuestionable seguridad.

Su compostura estaba en peligro, pero Helen intentó actuar con calma, incluso cuando descubrió, mientras la velada avanzaba, que Martin se las había arreglado para ser su acompañante hasta el comedor y sentarse a su lado en la cena.

Con el telón de fondo de una tumultuosa conversación sobre los últimos deslices del Príncipe Regente, Martin se inclinó hacia ella y le preguntó:

—¿Me permitirás que te lleve a pasear por el parque en coche, Juno?

Helen le lanzó una mirada brillante, intentando mostrarle su desaprobación por usar aquel nombre continuamente. Él le respondió con una sonrisa impenitente.

—Bien. Iré a buscarte mañana, a las once en punto.

Antes de que ella pudiera reaccionar ante su desfachatez, él le ofreció la bandeja de la langosta. Helen respiró hondo, con determinación.

—Milord... —comenzó.

—¿Mi señora? —replicó él, enfatizando las palabras.

Buscando frenéticamente alguna forma de señalarle sus fallos en cuanto a las formas aceptables en sociedad, Helen lo miró a los ojos, y supo que no tenía ninguna oportunidad de hacer que cejara en su propósito. Él sostuvo su mirada, y el fuego que ardía en sus ojos grises brilló con fuerza. Arqueó una ceja. Bruscamente, Helen miró al plato.

Entonces, Martin se volvió hacia su otro compañero de mesa, con una sonrisa confiada en los labios.

Con los nervios a flor de piel, Helen tomó la decisión de que sería mucho mejor volver a su grupo de amigos en cuanto tuviera oportunidad, antes de tener que enfrentarse con un oponente del calibre de Martin Willesden.

Cuando todos volvieron al salón, fue la joven lady Fanshawe, Cecily, la que propició sin intención el próximo movimiento de lord Merton. La joven Cecily, con solo diecisiete años, había saludado a todo el mundo encantadoramente, como era usual, pero nadie le había presentado a Martin al principio. Helen hizo las presentaciones y se quedó asombrada por la reacción de Cecily. Los enormes ojos marrones de la chica se abrieron como platos. Lady Fanshawe se quedó absorta, mirándolo fijamente.

—Ooh —dijo, finalmente.

Tony Fanshawe se acercó a tiempo para presenciar la reacción de su mujer. Con un profundo suspiro, la tomó por el brazo.

—Vete, Martin —dijo y, con una mirada sufriente, se dio la vuelta con Cecily. Cuando estaban a punto de alejarse, se volvió de nuevo con un brillo perverso en los ojos—. Y, pensándolo bien, ¿por qué no te llevas también a Helen?

Helen lo miró asombrada. Eran insoportables, todos ellos. Un montón de vividores sin remordimientos.

La risa de Martin atrajo la mirada de Helen.

—Qué buena idea —dijo, y le tomó la mano.

Helen, hipnotizada por sus ojos grises, no pudo hacer más que observar cómo se llevaba la mano a los labios y le besaba los dedos con una emoción que ella estaba empezando a reconocer. El gesto fue simple, pero lleno de significado. Él alargó un momento aquella caricia, y ella sintió escalofríos de placer por la espalda.

Desesperada, Helen parpadeó, y lo miró a través de los ojos

de Cecily. Estaba acostumbrada a que los hombres tuvieran su misma altura, pero Martin era más alto, y tenía el poder de hipnotizarla con la mirada. Las arrugas de sus ojos sugerían que se reía a menudo. Tenía las mejillas tersas y bronceadas, y los labios finos y firmes. Su mandíbula cuadrada lanzaba una advertencia sobre su temperamento.

Con un suave suspiro, Helen se dio cuenta de que lo había estado mirando durante demasiado tiempo, y le preguntó, confusa:

—¿Ve usted a Ferdie por algún lado?

Martin percibió el pánico en su tono de voz. Sonrió y, complaciente, paseó la mirada por la habitación. La respuesta inconsciente de Juno le había dado ánimos, pero no iba a presionarla más.

—Está al lado de la chimenea —respondió, y se colocó su mano en el antebrazo. Después, caminaron hacia el grupo.

Agradecida por su comprensión, Helen aprovechó aquel corto paseo por el salón para recomponerse y poner los pies en el suelo de nuevo. Sintió alivio cuando Hazelmere se acercó a ellos y le dijo a Martin:

—Tony y yo vamos a White's. Gisborne también va a venir —dijo, señalando a su cuñado—. ¿Te apetece echar una partida?

—Por supuesto —respondió Martin, sonriendo.

Hazelmere se rio.

—No creía que hubieras cambiado —dijo, y después se despidió de Helen y se marchó.

Martin le sostenía la mano. Ella lo miró, y descubrió que su expresión estaba más allá de lo aceptable, su mirada era una caricia cálida e íntima. Volvió a besarle la mano.

—Hasta mañana, bella Juno.

Ella solo pudo asentir y despedirse.

Mucho después, en la intimidad de su habitación, Helen observó su reflejo en el espejo, mientras se preguntaba cuándo terminaría aquella locura.

CAPÍTULO 6

No iba a terminar pronto, pensó Helen cuando, al día siguiente, Martin apareció para llevarla a dar un paseo por el parque, tal y como había prometido. Mientras pasaban bajo los árboles, sentados en un coche que a ella le resultaba muy familiar, Helen descubrió que él no pensaba darle la oportunidad de que sopesara la inteligencia de dar aquel paseo. En vez de aquello, parecía que estaba totalmente decidido a seguir el consejo de la marquesa viuda de Hazelmere, y conseguir su ayuda.

—¿Quién es aquella que lleva el vestido de color rojo chillón?

Helen siguió su mirada.

—Aquella es lady Havelock. Es una arpía.

—Y lo parece. ¿Todavía ejerce su dominio sobre Melbourne House?

—No demasiado, ahora que lady Melbourne vive tan retirada —respondió Helen, al tiempo que levantaba la mano para saludar a un conocido.

—¿Y quién es ese hombre?

Al oír aquel gruñido posesivo, Helen apretó los labios.

—¿Shiffy? Es sir Lumley Sheffington.

—Oh —Martin observó de nuevo aquella cara empolvada y aquel horrible traje de color sepia—. Ahora lo recuerdo. Me había olvidado de él, cosa por completo comprensible.

Helen soltó una risita. Shiffy era uno de los individuos más conocidos de la alta sociedad.

Martin continuó haciendo preguntas sobre los otros paseantes, sobre las cosas que habían ocurrido en la ciudad, y sobre si ciertas personas eran tal y como él las recordaba. Absorta en responder, Helen no advirtió el paso del tiempo. La hora que pasaron juntos se le hizo muy corta.

Al descender las escaleras de la casa de Helen en Half Moon Street, después de haberla dejado sana y salva, Martin sorprendió a Joshua, que estaba sujetando las riendas de los caballos, con una sonrisa resplandeciente. Martin tomó las riendas y le señaló a Joshua su asiento.

—El día está precioso, mis proyectos progresan a buen ritmo, ¿qué más puedo pedir?

Mientras subía al asiento, Joshua puso los ojos en blanco.

—Lo que le pasa no es ningún misterio, desde luego —murmuró, tomando nota mental de averiguar algunas cosas sobre lady Walford.

Completamente satisfecho e ignorante de los pensamientos de su cochero, Martin ordenó a los caballos que se pusieran en marcha.

A medida que avanzaba la semana, tenía más motivos para sentirse contento. Su reaparición en sociedad fue mucho más fácil de lo que él había pensado. Una visita al teatro, para acompañar a Juno a ver la última obra de la señora Siddons, hizo que las damas más importantes se fijaran en él. El montón de cartas que se apilaba sobre su chimenea era cada vez mayor.

Evitando toda sutilidad, averiguó a cuáles de aquellos bailes y cenas iba a asistir su diosa simplemente preguntando. De aquella manera, decidió ir solo a los mismos eventos que ella.

Al llegar al baile de lady Burlington, Martin se tomó la molestia de observar cómo lo recibían. Las invitaciones eran una cosa, pero… ¿cómo tratarían a la oveja negra una vez que lo tuvieran delante? Si iba a casarse con Helen, la aprobación de la sociedad era algo que debía conseguir.

No hubiera tenido ninguna necesidad de preocuparse.

—¡Lord Merton! —lady Burlington saltó encima de él—. ¡Estoy tan entusiasmada por que haya encontrado tiempo para asistir a mi fiesta!

—Encantado de que haya venido —corroboró lord Burlington.

Después de saludar y cumplimentar a sus anfitriones, Martin entró en el salón de baile y se vio rodeado. De mujeres.

Una mezcla de perfumes lo inundó.

—¡Lord Merton! —era lo que salía de todos los labios. Las matronas, que trece años antes le habían cerrado sus puertas, estaban deseosas de mostrarle sus credenciales. Martin consiguió enmascarar su antipatía y, con cierto aire de superioridad, aceptó su admiración, al tiempo que averiguaba cómo había que jugar a aquel juego.

—Espero que encuentre tiempo para visitarme.

Martin arqueó una ceja al escuchar el tono de la voz que le había hecho aquella invitación. Provenía de una rubia con los ojos azules, brillantes y fríos. No podía dejar de notar las miradas ardientes que le estaban dedicando algunas de las damas presentes, y se preguntó con cinismo qué habría ocurrido si él no hubiera vuelto adornado con el título de conde y con grandes posesiones; seguramente, la atención que le prodigaban no habría sido la misma.

Debido a todos aquellos saludos, Martin no vio a Helen hasta más tarde. Al instante, él supo que ella también lo había visto, pero, insegura, no quería darse por enterada. Con una sonrisa perversa, se despidió de su cohorte de admiradoras y se acercó a su diosa.

Helen supo que se estaba acercando mucho antes de que llegara a su lado, pero continuó hablando con la señora Hitchin, hasta que la mujer se quedó callada con la mirada por encima del hombro de Helen. Entonces, ella se volvió.

—Milord —le dijo. Él le tomó la mano suave pero posesivamente. Decidida a no ruborizarse ni ponerse nerviosa, Helen le hizo una reverencia.

Martin hizo que se levantara, y después, lenta, deliberadamente, se llevó su mano a los labios. El brillo de sus ojos hizo que sintiera algo muy cálido y familiar en su interior. Para su alivio, pudo reaccionar gracias a la experiencia de todos los años de etiqueta que llegó en su rescate.

—Milord, permítame presentarle a la señora Hitchin.

Pero Martin no tenía ningún interés en la señora Hitchin. Le hizo una inclinación de cabeza educadamente, y sonrió. Sin embargo, no dejó escapar la mano de Juno. En vez de eso, se la puso en el antebrazo.

—Mi querida lady Walford, va a empezar un vals. Espero que a la señora Hitchin no le importe excusarnos…

Helen parpadeó. ¿Cómo se atrevía a, simplemente, acercarse y apropiarse de ella? De repente, asimiló por completo lo que significaba aquella frase. ¿Un vals? En sus brazos. Que Dios la ayudara, ¿cómo se las iba a arreglar? Solo con pensarlo se sentía débil.

Muerta de miedo, buscó ayuda con la mirada, pero no sirvió de nada. La señora Hitchin estaba hipnotizada mirando la sonrisa de Martin. Así pues, antes de que Helen pudiera evitarlo, Martin se dirigía a la pista de baile con ella.

—Te prometo que no muerdo.

Aquellas palabras, susurradas dulcemente en el oído, hicieron que Helen recuperara la compostura. Estaba siendo tonta, remilgada, ella, que no conocía el significado de aquella palabra. Él no iba a hacer nada poco aceptable en mitad del baile, ¿verdad?

Y entonces se encontró en sus brazos, sujetándola tan cerca como ella se había temido. Se unieron a las parejas que giraban en la pista. Estar tan cerca de Martin Willesden le produjo una marea de sensaciones que nunca había experimentado. Helen luchó por controlarse. No podía dejar que él la afectara de aquel modo, que dirigiera de tal forma sus sentidos.

—Milord —dijo ella firmemente, mirándolo a los ojos.

—Mi señora —respondió él, confiriéndole a la palabra, con

su tono de voz, un significado que iba mucho más allá de lo mundano, y confirmando su intención con la mirada.

Helen puso los ojos en blanco. ¡Santo cielo! ¡Estaba seduciéndola! En mitad del baile de lady Burlington, con la mitad del salón observándolos. Revisando rápidamente lo que ella había creído que él sería capaz de hacer, bajó los párpados y buscó un tema de conversación más ligero.

—¿Qué le parece la alta sociedad que ha conocido hasta ahora? ¿Da su aprobación?

—Todavía no lo sé. Tengo muy poca sabiduría acumulada durante los años pasados como para poder comparar. Pero, en realidad, tengo mis reservas.

—¿Sí? —agradecida por que él estuviera dispuesto a charlar razonablemente, Helen decidió pasar por alto que cada vez la estaba acercando más a él—. ¿Y por qué?

—Bueno —dijo Martin, fingiendo que reflexionaba—. Es con el elemento femenino con el que tengo más problemas.

Helen empezó a sospechar. ¿Qué sería lo que un vividor consideraba una conversación razonable? Se sintió obligada a concederle el beneficio de la duda y le preguntó:

—¿Qué es, en concreto, lo que le preocupa?

—Sus tendencias depredadoras —dijo y, cuando ella le lanzó una mirada desconfiada, él se apresuró a añadir—: Es muy frustrante para un calavera reconocido sentirse el perseguido, en vez de el perseguidor. Solo imagínatelo, si puedes.

—Es extraño —dijo Helen, con los ojos muy brillantes—. Creo que sé cómo se siente.

Al oír su respuesta, él esbozó una sonrisa que hizo que Helen perdiera el sentido de nuevo. Cuando se recuperó, la música había terminado.

—Quizá debería volver con... —en su confusión, Helen se mordió el labio inferior. Demonios, ella no era ninguna debutante como para volver corriendo al lado de su acompañante. ¿En qué estaba pensando? ¿Qué era lo que aquel hombre estaba consiguiendo que pensara?

Martin soltó una risa irónica, siguiendo con facilidad lo que ella estaba pensando.

—No tengas miedo, bella Juno. Tu reputación está a salvo conmigo —Martin hizo una pausa y siguió, en tono pensativo—. En lo que se refiere al resto, sin embargo...

La mirada de asombro que ella le lanzó hizo que él se riera de nuevo.

Cuando, unos minutos más tarde, él la llevó al lado de lord Alvanley, todavía algo aturdida, pero lo suficientemente recuperada como para lanzarle una mirada de advertencia, él pensó que no había dicho más que la verdad en aquella conversación. En realidad, él encontraba el interés de las mujeres solteras bastante repulsivo y sospechaba que aquello provenía de su deseo de ser él el que tomara la iniciativa. La respuesta de Juno hacia él, completamente natural, era mucho más gratificante; sus intentos de esconderlo, al creer, correctamente, que aquello le daba más influencia sobre ella de lo que a Helen le gustaría, la hacían irresistiblemente atractiva para un hombre como él. Dados sus planes de futuro para ella, no tenía ninguna intención de que su reputación sufriera en sus manos ni en las manos de ningún otro. Y se sentía con derecho, una vez que había llegado tan lejos, de hacerle una indicación de cuáles eran sus intenciones.

Mientras pensaba, anduvo por el salón, esperando a que avisaran para la cena.

Y, mientras bailaba con amigos, Helen tuvo tiempo de sopesar lo que le había dicho Martin Willesden. No lo había entendido exactamente. Estaba segura de que, si no hubiera sido porque él sabía que era amiga de Hazelmere, habría querido hacerla su amante. Pero conocía lo suficiente el peculiar código de honor de los vividores como para saber que la protección de Hazelmere no sería desafiada por su amigo. Entonces, si no era aquel su fin, sus palabras solo podían significar que estaba buscando una esposa y que creía que ella podría valer para el puesto.

En su interior, Helen suspiró y deseó que fuera cierto. Pero él estaba equivocado y, cuanto antes lo averiguara, mejor. Si no desistía de su persecución, él le iba a romper el corazón. Nadie mejor que ella sabía que, aunque su nacimiento era perfectamente aceptable y sus amistades estaban por encima de todo reproche, ser la viuda de un expulsado de la sociedad no era un pasado apropiado para la condesa de Merton. Aquella posición sería solo reservada a una de las damas más destacadas de la temporada, o, al menos, a una debutante con una buena dote. Ella nunca había sido una de las primeras, aunque, un mes antes de su matrimonio, sí había sido de las segundas.

El cotillón terminó, y lord Peterborough, a quien conocía de toda la vida, le hizo una elegante reverencia ante la mano que ella le extendía.

—Gracias, Gerry —le dijo con una sonrisa—. Eres siempre tan agradable...

Su señoría se rio y le ofreció el brazo. La cena iba a servirse en el piso de abajo. Helen levantó la mano para colocarla en el antebrazo de su amigo cuando sintió unos dedos fuertes que se cerraban alrededor de los suyos.

—Ah, Gerry, tenía que decirte que lady Birchfield te está buscando.

Lord Peterborough lo miró fijamente.

—¡Demonios, Martin! Que lady Birchfield busque todo lo que quiera. Tiene edad para ser mi madre.

—¿De verdad? No sabía que fueras tan joven —a Martin le centelleaban los ojos—. Entonces, es toda una suerte que haya venido para acompañar a lady Walford a la mesa. No estaría bien que todo el mundo pensara que es una corruptora de menores.

Una vez que hubo privado a lord Peterborough y a Helen de la palabra, Martin se puso suavemente la mano de su diosa en el antebrazo y la condujo en dirección a la sala de la cena.

Cuando Helen pudo hablar de nuevo, estaba sentada a una pequeña mesa en uno de los rincones de la sala, con un plato de ambrosías ante ella. Le dedicó al réprobo que se sentaba a su lado una mirada gélida, y se le hinchó el pecho.

—Lord Merton... —empezó a decir.

—Martin, ¿no te acuerdas? —cortó él, sonriendo—. Verdaderamente, no habrías pensado que iba a dejar que cenaras al lado de ninguna otra persona.

Helen se sintió completamente ofuscada. ¿Debía responder sí o no? Si decía que sí, él aprovecharía la oportunidad para decirle que tenía que haber sido más lista, lo cual era cierto. Y decir que no era impensable. Al final, lo miró.

—Es usted imposible.

—Toma una croqueta de langosta.

Helen se dio por vencida. Tenía que aprender cómo mantenerlo a distancia. Si no aprendía pronto, sería demasiado tarde. Ya había notado bastantes miradas curiosas clavadas en ellos, aunque todavía seguirían pensando que él solo buscaba una compañía amable hasta que la Little Season llegara a su esplendor y él se dedicara en serio a la tarea de buscar una esposa.

Satisfecho por su rendición, Martin se dedicó a distraerla, cosa que hizo tan bien que, cuando volvieron al salón, ella estaba completamente aturdida. En aquellas circunstancias, él no le pidió otro baile, sino que se contentó con darle un beso de lo más impropio en la palma de la mano antes de dejarla a merced de caballeros menos peligrosos.

El baile de los Burlington fue el pistoletazo de salida de la campaña de Martin. Asistía a todos los bailes a los que iba Helen, y se deleitaba en tomarle el pelo, sabiendo que ella no suponía su objetivo. Mucha gente había notado su predilección por su compañía, pero a él no le importaba en absoluto. Tenía toda la intención de seguir con algo más que mera predilección.

Todo lo que había averiguado sobre ella había confirmado su certidumbre de que era la mujer que quería como esposa.

Era aceptada y respetada por todos. Era una mujer madura, evidentemente, pero, aunque conocía las reglas del juego, no jugaba. Tanto hombres como mujeres la admiraban, lo cual no era una hazaña insignificante en aquellos días.

Había pasado una semana desde que empezara la Little Season cuando su persecución lo llevó a Almack's. El Marriage Mart nunca había sido de sus acontecimientos favoritos. Cuando era joven lo había llamado el Templo del Aburrimiento. Con una mueca, reunió decisión y subió las escaleras. Helen estaba dentro y él había decidido no solo conquistarla a ella, sino también aquel último bastión de la alta sociedad.

El portero lo dejó entrar al vestíbulo, pero, al no ser un asistente asiduo, necesitaba el beneplácito de alguna de las damas organizadoras del evento. Por suerte, fue Sally Jersey la que salió en respuesta a la llamada del portero. La mujer se quedó boquiabierta.

—¡Dios mío! ¡Eres tú!

Martin sonrió irónicamente e hizo una reverencia.

—Yo, en carne y hueso, y solo —dijo, y sonrió de una forma encantadora—. ¿Vas a dejarme pasar, Sally?

Lady Jersey conocía a Martin Willesden, y también conocía el escándalo que había en su pasado. Y además era una de las personas que nunca lo había creído. Lo miró y frunció el ceño.

—¿Me prometes que no vas a causar revuelo?

Martin echó la cabeza hacia atrás y soltó una carcajada.

—Sally, eso es imposible.

—Oh... Bueno, está bien. De todas formas, yo nunca creí ese cuento de la chica Monckton —murmuró.

Martin le tomó la mano y le hizo una reverencia.

—¡Oh, vamos! —refunfuñó lady Jersey—. Haces que me sienta vieja.

—Nunca, Sally —y con una última mirada perversa, Martin entró en el salón.

Para su horror, al instante se vio rodeado de madres casamenteras. Mientras había estado hablando con Sally, se había corrido la voz de su llegada, y madres e hijas insípidas se habían acercado a la entrada.

—Mi querido lord Merton, soy lady Dalgleish, una vieja amiga de su madre... por favor, permítame que le presente a...

—Ha tenido usted una vida muy interesante, milord. Tiene que visitar a mi hija Annabelle para contárselo. A ella le encantan las historias de países extranjeros.

En su vida, Martin nunca se había enfrentado a nada como aquello. Claramente, habían decidido que, ya que nadie podía apoyarse en que lo conocía para acercarse a él, debido a sus viajes, pasarían por alto aquellas sutilezas sociales y se presentarían directamente. La razón por la que había estado exiliado trece años había sido olvidada.

—Tiene que venir a mi velada de la semana que viene. Solo asistirán unos cuantos, gente selecta, y podrá charlar con mi Julia mucho más fácilmente sin esta horda rodeándolos.

Incluso Martin parpadeó al oír aquello. Eran unas desvergonzadas, todas ellas. Resistió la tentación de decírselo y de mandarlas al demonio, porque Sally nunca se lo perdonaría. Y quería ver a Helen que, indudablemente, estaba allí.

Al final, Martin hizo una reverencia a la matrona que tenía enfrente y se despidió.

—Les pido disculpas, señoras, pero me temo que tengo que dejarlas. Ha sido muy agradable conocer a sus hijas —con una sonrisa vaga, salió del grupo que lo rodeaba.

Helen había notado que una multitud se arremolinaba a las puertas, y había visto su cabeza morena en el centro. Era lo que ella se esperaba, su merecido, y nada más. Con un suspiro, hizo un esfuerzo por atender a la conversación de sus amigos. Lord Merton estaría ocupado con las debutantes desde aquel momento.

—Querida, queridísima lady Walford —Martin no intentó disimular el alivio que sentía—. Qué placer es verla, al fin.

Helen dio un respingo y se volvió, sabiendo a quién vería frente a ella. Nadie más podía afectar tanto a sus sentidos.

—Milord —dijo, haciendo una reverencia. Como de costumbre, él atrapó su mano y se la besó, cosa que ella había empezado a aceptar como inevitable. Sin embargo, todavía tenía que aprender a asimilar el calor de sus ojos cuando descansaban sobre ella, y la promesa que brillaba en sus pupilas.

Casi sin respiración, Helen le presentó a las tres señoras que estaban con ella. Para su sorpresa, él no intentó llevársela de allí, sino que se quedó a su lado charlando amablemente y, por supuesto, encandilando a sus amigas.

Cuando ellas se marcharon a charlar con otros conocidos, Martin dejó a un lado la reserva que usaba en aquellas situaciones sociales. Miró a Helen a los ojos.

—Vas a tener que ser mi mentora en esta batalla. ¿Dónde podemos ir para estar a salvo?

Helen lo miró asombrada.

—¿A salvo?

Martin sonrió con un poco de arrepentimiento.

—Estoy pidiéndote tu protección —y, al ver que ella continuaba confundida, él añadió—: En pago por mis esfuerzos anteriores en tu beneficio.

Ella se sonrojó, y después lo miró de pies a cabeza.

—¿Y cómo podría yo protegerlo? Usted quiere confundirme de alguna manera.

—En absoluto. Por mi honor de vividor —Martin se puso la mano en el corazón y sonrió—. Las madres casamenteras están intentando darme caza, te lo aseguro. Y además, salen a cazar en grupo. Si quiero conservar algo de libertad, necesitaré toda la ayuda posible.

Helen ahogó una risita.

—No puede ignorarlas. Algún día, tendrá que elegir esposa.

—No pensarás que yo voy a casarme con una de esas infantiles debutantes, ¿verdad?

—Pero... es lo que se espera de alguien en su posición —Helen lo miró ruborizada, y bruscamente, apartó la mirada. No solo era una conversación de lo más inapropiada, sino que además había estado a punto de revelarle que su propio matrimonio había sido convencional. Y tenía que admitir que aquello no era exactamente una buena recomendación.

Él clavó los ojos en su cara, como si quisiera obligarla a volver a mirarlo. Incapaz de resistirse a aquella presión, ella obedeció.

Martin sonrió con dulzura y volvió a besarle la mano.

—Yo nunca me casaría con una de las debutantes, querida mía. Mi gusto se inclina más por... los encantos voluptuosos.

Si Helen tenía alguna duda de lo que él le estaba dando a entender, la expresión de Martin la disipó. Además, cuando ella se ruborizó, él bajó la mirada hasta las curvas de los senos, que se le adivinaban bajo el escote del vestido de fiesta. Helen notó que le ardían las mejillas.

—¡Martin!

Él volvió a mirarla a la cara, con los ojos llenos de risa.

—¿Umm?

¿Qué podía decir ella? Debía hablarle de la realidad, de las razones por las que ella no era apropiada. Y aquel era el momento. Estaba convencida de que debía acabar con sus locuras antes de que llegaran más lejos, y antes de que a ella se le partiera en dos el corazón.

—Milord, usted no puede casarse conmigo. Mi marido era Arthur Walford... Usted debió de conocerlo. Se suicidó, pero después de haber sido expulsado de la alta sociedad, y de haberse gastado toda su fortuna y la mía en las mesas de juego. Con semejante pasado, no soy una esposa apropiada para usted.

Toda la ligereza de Martin había desaparecido. La expresión de su rostro, dulce y decidida al mismo tiempo, no temblaba, y le acariciaba el dorso de la mano con el dedo pulgar.

—Querida mía, ya sabía todo eso. ¿Es que te creías que me importaba?

Martin sonrió y comenzó a andar con ella de la mano. Si no se movían, había alguien que iba a dejar de hablar.

—Mi querida Helen, yo nunca he sido de los que actuaban

de acuerdo con los dictados de la sociedad. Siempre he sido un vividor, y te aseguro que nadie encontrará extraño que yo, de entre todos los hombres, elija casarme con una mujer madura, antes de tener que cargar con alguna cabeza hueca.

Una risita nerviosa le dio a entender que ella había aceptado la verdad que había en todo aquello.

—Y ahora, se terminaron tus objeciones. Si esto es un mero plan para negarme tu protección, tengo que decirte que es un truco muy visto.

—Como si usted necesitara mi protección —Helen siguió de buena gana aquella conversación que se alejaba del tema del matrimonio. Tenía la mente en un remolino. Lo que él le había sugerido estaba más allá de sus sueños más alocados; necesitaba tiempo para reflexionar, y no podía hacerlo con él a su lado—. Estoy segura de que podrá esquivar a las madres casamenteras sin mucho esfuerzo.

—Por supuesto —convino él—. Pero, si lo hago, me expulsarán de estos santos salones, y nunca podré volver, y nunca podré verte los miércoles por la noche. Y no es una perspectiva que me resulte agradable. Así que, por el propio interés de sus noches del miércoles, ¿quiere usted ser mi protectora, señora?

Helen tuvo que reírse.

—Muy bien. Pero solo si respeta unos límites estrictos.

Martin frunció el ceño.

—¿Qué límites?

—Debe guardar las buenas formas conmigo —le dijo, intentando parecer implacable—. No bailaremos más de dos valses en una velada, y nunca seguidos. De hecho —añadió ella, recordando su habilidad para pensar en nuevas formas de tratarla—, no podrá traspasar la línea de ninguna forma, nunca.

—¡Eso es injusto! ¿Cómo voy a poder controlar mis tendencias de vividor? Ten piedad, Juno. No puedo reformarme en un instante.

Pero Helen se mantuvo firme.

—Esa es mi mejor oferta, milord —y cuando vio que él arqueaba las cejas, las arqueó ella también—. ¿Es que cree que voy a poner en peligro mi propia situación aquí?

Martin suspiró, declarándose vencido.

—Eres una negociadora muy dura, cariño. Me rindo. Por mi propio interés, acepto tus condiciones.

Pasó un minuto antes de que Helen registrara aquel apelativo cariñoso, y entonces fue demasiado tarde para abrir la boca.

Para su alivio, Martin se comportó impecablemente durante el resto de la velada. Ella no se hacía ilusiones, porque sabía lo cabezota que podía ser si se lo proponía. Sus «tendencias de vividor», tal y como las había llamado, eran demasiado fuertes. Pero ni siquiera la persona más tenaz podría haber encontrado un fallo en su actuación, aparte de que se quedara anclado a su lado.

Después del entusiasmo de la noche en Almack's, Helen había previsto una noche de insomnio. Sin embargo, ebria de felicidad, había dormido perfectamente. Sin anunciarse, pero seguro de que sería bien recibido, Martin la había visitado para llevarla de paseo al parque a las once. Aquella noche, en el baile de Hatcham House, Helen se encontró en sus brazos de nuevo, bailando un vals.

—Dime, Juno, ¿es normal que en este baile no haya apenas gente joven?

—Bueno —respondió ella—, supongo que es porque los Hatcham están apartados del grupo de las debutantes. Sus hijos están casados. Y lord Pomeroy da un baile en honor de su hija esta noche, así que la mayoría de los jóvenes estarán allí.

Martin frunció el ceño.

—Supongo que no puedo convencerte para evitar los bailes más grandes, al menos por este año.

Helen le devolvió la mirada burlona que él le había dirigido.

—Después de haberse librado de las madres casamenteras durante trece años, lo menos que puede hacer es darles la oportunidad de intentarlo con usted.

—Pero tienes que pensar en que sus intentos serían inútiles —su expresión se hizo más seria—. ¿No debería, en interés de la sociedad y de esas madres, hacerme el distraído?

La música cesó, y ellos se detuvieron y después comenzaron a caminar.

—¡De ninguna manera! —ella no veía adónde los estaba llevando aquella conversación—. Es su deber dejarse ver en los mayores eventos.

—¿Estás absolutamente segura?

Cautelosamente, Helen asintió.

—Está bien —suspiró él—. En ese caso, siempre y cuando tú estés allí para protegerme, yo iré.

—Milord, yo no puedo estar siempre a su lado.

—¿Por qué no? —su mirada, totalmente cándida, sostuvo la de Helen.

—Porque...

Helen luchó por enumerar las razones, sus razones lógicas y sensatas. Sin embargo, no pudo, porque sus ojos la tenían atrapada.

—¡Martin! ¡Querido! ¡Qué emocionante es verte de nuevo, después de tantos años!

Helen dio un respingo, y Martin dirigió la mirada hacia la mujer que lo había saludado. No era de extrañar, pensó Helen, que huyera de las damas si el tratamiento que le dispensaban era así. Notó que se le tensaban los músculos del brazo, y se acercó más a él. De repente, vio a una mujer rubia, mayor que ella, pero no lo suficiente como para ser una madre casamentera. La mujer le lanzó una mirada gélida, antes de clavar sus ojos azul pálido en el conde de Merton.

Él se quedó silencioso.

Sin embargo, la señora continuó, sin inmutarse.

—Qué sorpresa, querido mío. Deberías haberme visitado. ¡Oh! Pero, por supuesto, tú no lo sabrás. Ahora soy lady Rochester.

Helen lo entendió todo al escuchar aquel nombre. Reprimió

el impulso de mirar a Martin para ver qué estaba pensando de la actuación de aquella dama. Lady Rochester era viuda desde hacía algunos años y, aunque el escándalo nunca había rozado su nombre, los constantes rumores sobre ella le restaban brillo.

El silencio de Martin estaba creando tensión. Sin embargo, la dama continuó:

—Mi querido Martin, tengo tanto que contarte... Quizá, siendo viejos amigos, deberíamos buscar un sitio más privado para hablar de nuestras vidas. Si lady Walford es tan amable de excusarnos...

Aquella última frase fue dicha en tono despreciativo. La dama le puso a Martin la mano en el otro antebrazo. Helen se quedó rígida, y hubiera retirado la suya si no hubiera sido porque Martin se la agarraba firmemente.

—Creo que no.

Helen parpadeó, y se sintió muy contenta de que Martin no usara aquel tono tan particular con ella. El hielo y el viento árticos habrían resultado menos fríos. Intrigada por aquel juego, porque era evidente que había mucho más en aquel intercambio de lo que ella sabía, Helen observó cómo la cara de lady Rochester palidecía.

—Pero...

—Da la casualidad —continuó Martin, con la misma frialdad— de que lady Walford y yo íbamos a dar un paseo por el jardín. ¿Nos permite, lady Rochester?

Con una distante inclinación de cabeza, Martin se dio la vuelta con Helen a su lado, dejando a la señora con la boca abierta, mirándoles las espaldas.

En pocos minutos, estaban dando un paseo por la terraza del jardín, relativamente tranquilo. Helen notó que Martin se relajaba poco a poco. ¿Quién sería lady Rochester, que era capaz de provocar una reacción tan violenta en Martin? De repente, supo la respuesta.

—¡Oh! ¿Es ella la que...? —empezó, pero se interrumpió bruscamente, azorada.

Martin dejó escapar un suspiro.

—Ella es la que inventó el pequeño drama que hizo que me exiliaran de Inglaterra.

¿Inventar? ¿Qué drama? Ojalá se atreviera a preguntar.

Sin embargo, no fue necesario, porque él continuó:

—Cuando yo tenía veintidós años, Serena, hoy lady Rochester, era una debutante. Literalmente, se me lanzó al cuello. Como ya te he dicho, tengo fobia de nacimiento a que me persigan. En este caso, sin embargo, subestimé al enemigo. Serena planeó una situación comprometida, y entonces gritó que estaba intentando violarla.

Helen arqueó las cejas, pero no hizo ningún comentario.

—Por desgracia, aquello ocurrió al mismo tiempo que mi padre descubría unas deudas de juego... No era nada escandaloso, muy parecido a lo que les ocurría a muchos otros jóvenes. Sin embargo, mi padre estaba decidido a mantenerme a raya. Me lanzó un ultimátum: o me casaba con la chica, o me mandaba a las colonias. Yo elegí las colonias —después se quedó pensativo, y añadió—: Quizá debería estarle agradecido a Serena. Sin sus esfuerzos, dudo que ahora yo mereciera tanto la pena.

Helen le dedicó una suave sonrisa. Vacilante, y solo porque estaba desesperada por saberlo, le preguntó:

—¿Llegó a saber su padre la verdad?

Hubo una pausa.

—No. Nunca volví a verlo. Murió dos años después de aquello, mientras yo estaba en Jamaica.

Helen no dudó de que había oído la verdad. Ningún hombre, por muy buen actor que fuera, podría manipular el vacío, la sensación de pérdida que transmitía su tono de voz. Había oído vagas murmuraciones de aquel escándalo en el pasado, y estaba contenta de que hubiera sido él quien se lo hubiera contado. De ese modo, podía despreciarlas en el presente.

Siguieron con su paseo, en silencio y, al cabo de unos minutos, Martin sonrió al observar la seriedad de Helen. Era tan fácil leer sus pensamientos... Se sintió curiosamente honrado de que ella mostrase preocupación por su pasado. Pero había llegado la hora de que ella volviera a sonreír.

—¿Puedo tentarte para que nos alejemos un poco de la terraza, Juno? Te prometo que no te secuestraré.

Helen lo miró, y sonrió ante lo que implicaban aquellas palabras. Estuvo a punto de responder que no se oponía a que él la secuestrara, pero, horrorizada, contuvo las palabras. Tenía que admitir que deseaba que la secuestrara, ¡un calavera, ni más ni menos! No podía confiar en su sentido común cuando estaba con él. Disimuló su confusión con una reverencia.

—Por supuesto, milord. Una vuelta a la fuente me ayudará a aclararme la cabeza.

Martin arqueó las cejas.

—¿Necesitas aclararte la cabeza? ¿De qué la tienes llena?

«De ti», pensó ella. Pero él la estaba hipnotizando de nuevo con la mirada, y ella no estaba dispuesta a hacer ninguna revelación. Así que elevó la barbilla y le puso la mano en el antebrazo.

—La fuente, milord.

Su suave risa hizo que ella sintiera un hormigueo en la piel.

—Como ordenéis, bella Juno.

CAPÍTULO 7

Según avanzaba la Little Season, avanzaba también la campaña de Martin. Estaba bastante claro para él que Helen Walford era suya. Y esperaba que, para entonces, también estuviera claro para el resto de la sociedad. Mientras observaba a su diosa, que conversaba con lady Winchester, con la espalda apoyada en la pared, pensó durante un momento, entre asombrado y divertido, que ella era la única que todavía estaba insegura de que el futuro que él había planeado se convertiría en realidad.

Ella estaba fascinada con él. Así pues, Martin sabía con certeza que su inseguridad solo podía provenir de un matrimonio infeliz. Arthur Walford debía de tener quince años más que ella cuando se casaron.

—Me pregunto si… ¿es posible tentarte para que vengas a la mesa de juego?

Al oír aquella voz familiar, Martin se dio la vuelta sonriendo, y se encontró con el marqués de Hazelmere.

—No es probable.

Hazelmere suspiró.

—Ya lo imaginaba. Tendré que ir por Tony —le dio unos golpecitos en el hombro a Martin y añadió—: Solo recuerda: cuanto antes resuelvas este asunto, antes podrás unirte a nosotros. No está bien olvidar a los amigos —y, con una sonrisa de entendimiento, Hazelmere se marchó.

Se volvió a tiempo para ver a Helen sonriendo a su compañero. Era lord Alvanley, y por lo tanto, inofensivo. Martin sonrió irónicamente. Acababa de llegar, pero el deseo de monopolizar todo el tiempo de lady Walford era más fuerte cada minuto. Tenía que resistirse, sin embargo, porque había un límite para todas las cosas, incluso para la indulgencia de la clase alta hacia una persona que, aquello ya era del dominio público, había sido injustamente acusada. La sonrisa de Martin se hizo más amplia. En realidad, el pasado ya no lo perseguía. Su única preocupación era el futuro. Pero la aprobación general sería importante para el futuro de la condesa de Merton, así que estaba satisfecho por haber podido asegurarse aquella escurridiza aceptación.

La música terminó, y los invitados comenzaron a andar por la pista de baile. Juno estaba con un grupo de jóvenes y, por encima de sus cabezas, Martin observó cómo sonreía. Llevaba un vestido dorado que intensificaba sus encantos hasta la admiración. Todavía no lo había visto. Mientras Martin esperaba a que ocurriera, un hombre con un abrigo verde se acercó a ella.

Martin empezó a andar en dirección a Helen, saludando y sonriendo a aquellas personas a las que conocía, con la atención fija en aquel hombrecillo. Ya se había fijado antes en él, y en el interés que demostraba hacia Helen. Haciendo discretas preguntas había obtenido la información sobre aquel individuo: era Hedley Swayne, dueño de una pequeña pero próspera finca en Cornwall. A pesar de la falta de pruebas, era enteramente posible que él fuera quien había organizado el rapto de Helen. Martin había visto a aquel hombre en numerosas fiestas, pero era la primera vez que cometía la temeridad de acercarse a Helen.

Antes de llegar a su lado, Martin notó que ella estaba nerviosa. El señor Swayne había elegido bien el momento, porque Helen solo contaba con la compañía de dos o tres caballeros muy jóvenes. Al detenerse para saludar a una amiga de su madre, Martin vio que Helen fruncía el ceño.

—Le aseguro, señor Swayne, que no soy tan débil como para tener que salir a la terraza a descansar nada más terminar un baile —dijo Helen, todo lo pacientemente que pudo.

—Simplemente quería explicarle...

—No deseo escuchar ninguna explicación, señor Swayne —respondió, y apretó los labios para reunir fuerzas y escuchar la siguiente proposición que él iba a hacerle. ¿Por qué no la dejaría en paz?

—¿El señor Hedley Swayne?

Aquel tono lánguido sorprendió al señor Swayne, haciendo que pareciera un conejo asustado. Miró hacia arriba para ver quién hablaba, totalmente agitado. Conteniendo las ganas de reír, Helen se volvió ligeramente, extendiéndole la mano a Martin. Él la tomó y se la colocó en el brazo, pero se limitó a pasarle los ojos por encima antes de clavarlos de nuevo en el perseguidor.

Bajo aquella mirada gris, Hedley Swayne parpadeaba nerviosamente.

—No... no creo que nos hayan presentado, milord.

Martin sonrió con frialdad.

—No, exactamente. Su reputación lo precede. Creo que estuvimos a punto de coincidir hace unas semanas, en Somerset.

Ante el significado que encerraban aquellas palabras, Hedley se quedó boquiabierto, y después pálido.

—Eh... ar...

—Más o menos.

Helen observó la escena, y dedujo por su reacción que debía de haber sido, después de todo, Hedley Swayne el que había intentado secuestrarla. Entonces, los músicos comenzaron a tocar un vals.

Martin desvió la mirada del individuo y se dirigió a Helen.

—Este baile es mío, según creo, lady Walford. Señor Swayne —con una simple inclinación de cabeza, Martin condujo a su futura esposa hacia la pista, un poco asombrado de lo posesivo que se sentía—. ¿Te ha estado molestando?

Helen miró hacia arriba y se encontró con que Martin la observaba con el ceño fruncido. ¡Hedley molestando! Se encogió de hombros.

—En realidad, es totalmente inofensivo.

—No tanto como para no haber intentado secuestrarte.

En aquella ocasión, Helen suspiró.

—No hay necesidad de preocuparse por él.

—Te aseguro que no es por él por quien me preocupo.

Ella notó que él la atrapaba con la mirada, y se le cortó la respiración.

—Se lo toma demasiado en serio, milord —susurró ella, apartando la mirada.

Al oír su tono de voz, estuvo tentado de ordenarle que evitara a Hedley Swayne, pero su influencia aún no llegaba tan lejos. Aplacó sus impulsos de asegurarse de que Helen no corriera ningún peligro diciéndose que pronto él podría hacer que no volviera a ver a aquel hombre.

A pesar de que no hubiera expresado su mandato, Helen entendió perfectamente el mensaje. Se sintió frustrada cuando terminó la música, porque la conversación sobre Hedley Swayne la había distraído, y el vals, su último vals de la noche, se había terminado.

Sin embargo, disfrutó del resto de la velada, y cenó al lado del conde de Merton. Había dejado de intentar convencerse a sí misma de que él no tenía intenciones serias; Martin se había encargado de dejar bien claro ante todo el mundo que asistía a las fiestas para bailar con una única mujer. Y ser aquella mujer era lo que más nerviosa la había puesto en su vida.

Era la primera vez que se enamoraba, y la primera vez que ella había sido objeto del amor, pero no podía creerse que todo aquello fuera cierto. Estaba mucho más allá de sus expectativas. Helen Walford no podía tener tanta suerte.

Cuando, aquella noche, se acostó en su cama solitaria, recitó una plegaria silenciosa. Dios quisiera que aquella vez fuera diferente, que aquella vez el destino fuera propicio. Que sus sueños no se convirtieran en nada, y que ella también pudiera disfrutar de una felicidad como la de Dorothea.

Con un estremecimiento, Helen cerró los ojos. Y deseó con todas sus fuerzas que fuera así.

Damian Willesden volvió a la capital al día siguiente. Después de pasar una temporada retirado en el campo, agobiado por las deudas, había abandonado la casa alquilada que compartía con un amigo justo el día de vencimiento del alquiler trimestral y había encaminado sus pasos a Londres. Entró en Manton's Shooting Gallery decidido a encontrar alguna compañía con la que matar el tiempo. En vez de aquello, se encontró a su hermano.

Los anchos hombros, que encajaban a la perfección en una levita de corte impecable, eran inconfundibles. Martin estaba tirando al blanco con sus amigos.

Aparte de informarlo de que Martin había regresado y se estaba ocupando de su herencia, su madre había sido reticente a la hora de darle más información sobre el nuevo conde. Damian había interpretado aquel detalle como otra muestra más de la indiferencia de su madre hacia Martin. Él también se esperaba, incluso más que ella, que su hermano mayor hubiera muerto y el título pasara a él. Sin embargo, saber que Martin seguía vivo había sido una impresión muy negativa. Para él, y para sus acreedores.

Y se había llevado otra sorpresa más al pedirle ayuda. La conversación que había tenido con el nuevo conde, a los pocos días de que este hubiera llegado, lo había convencido de que iba a ver muy poco de las rentas del condado mientras Martin viviera. Él no se acordaba mucho de su hermano, porque entre ellos había diez años de diferencia, y era muy pequeño cuando sus padres lo habían mandado a las colonias. Así pues, pensaba que, después de haber pasado tanto tiempo en lugares atrasados, sería fácil deshacerse de él directamente, pero, por el contrario, la entrevista había sido muy incómoda. Verse sometido a la fría mirada de Martin no era algo que quisiera experimentar de nuevo.

Se consoló a sí mismo diciéndose que un hombre con las tendencias de mujeriego de su hermano moriría joven. Sería solo una cuestión de tiempo.

Sin embargo, al ver cómo disparaba y cómo acertaba exactamente en el centro de la diana, supo que no tenía ninguna posibilidad de que Martin muriera a manos de un marido indignado.

Al volverse hacia Fanshawe y Desborough para dejarles disparar, Martin vio a Damian en la puerta. Este se acercó a él de mala gana. Martin lo observó críticamente y sonrió, sabiendo que habían pasado un par de días desde el día de pago del alquiler. Notó su actitud petulante, conjugada con esa expectativa de que su familia tenía que sufragar su gandulería. Estaba convencido de que su hermano todavía tenía mucho que madurar, aunque ya tuviera veinticuatro años.

Arqueó las cejas cuando Damian se detuvo frente a él.

—¿Ya has vuelto a las delicias de la ciudad?

—El campo es demasiado tranquilo para mi gusto —sopesó la idea de pedirle un adelanto de su asignación, pero no estaba tan desesperado todavía. Señaló la diana con la cabeza—. Buen disparo. ¿Aprendiste en las colonias?

Martin se rio.

—No. Es una habilidad que ya tenía antes de partir —hizo una pausa, y le sugirió—: ¿Por qué no pruebas?

Durante un instante, Damian dudó, atraído por la posibilidad de unirse a su magnífico hermano y su augusta compañía, pero entonces vio el sello de oro que Martin llevaba en la mano derecha y el resentimiento le nubló el sentido común.

—No. No es mi estilo. Yo no estoy en peligro de indignar a ningún marido.

Dicho esto, y un poco asombrado de su propio atrevimiento, Damian se dio la vuelta rápidamente y se marchó.

Fanshawe, al lado de Martin, comentó:

—Ese muchacho necesita que le enseñen. Uno no puede marcharse así después de una afrenta como esa.

Martin, con los ojos fijos en la espalda de su hermano, respondió distraídamente.

—Me temo —dijo— que los modales de mi hermano dejan bastante que desear. De hecho, están bastante por debajo de lo que debiera esperarse.

Tomó nota mental de que debía hacer algo con respecto a Damian y después se volvió para continuar el juego con sus amigos.

Él la quería.

Aquello resonaba en la cabeza de Helen mientras bailaba en los brazos de Martin en la fiesta de lady Broxford. No tenía ninguna duda. Le latía el corazón con fuerza cuando pensaba en que podría pasar la vida bajo la mirada de Martin. Veía un arcoíris al final del camino.

Miró hacia arriba y sintió el calor de su mirada, que la acariciaba.

—¿En qué estás pensando?

Reprimiendo un escalofrío de pura delicia, Helen entrecerró los ojos como si estuviera pensando.

—No sé si contarle lo que pienso sería inteligente, milord. En realidad, los preceptos dicen que debería callarme.

—¿Eh? No puede ser tan escandaloso.

—No es escandaloso. Usted lo es —replicó Helen—. Estoy segura de que está escrito en alguna parte... Quizá en el libro de aprendizaje para jovencitas, bajo el epígrafe de «Cómo tratar con los calaveras». Dice que es temerario hacer algo que anime a estos individuos.

Él abrió unos ojos como platos.

—¿Y el hecho de conocer tus pensamientos me animaría?

Helen intentó devolverle su mirada penetrante, pero él permaneció impasible.

—Mi querida Helen, sospecho que tu educación ha sido, de alguna forma, limitada. No parece que acabaras ese capítulo, porque no leíste que lo más temerario es estimular el apetito de un calavera.

Ante la promesa desmedida que encerraban aquellas palabras, Helen abrió mucho los ojos. Se sentía como un cordero a punto de ser devorado por el lobo y, sin embargo, la idea le parecía atractiva. Era evidente que su sentido común había desaparecido. Luchó por recuperarlo.

Martin observó su cara. El vestido que llevaba moldeaba sus curvas y se deslizaba por su cuerpo hasta el suelo. Con aquella tela sensual para distraerla aún más, dudaba que ella pudiera apartar su pensamiento de la dirección lujuriosa que él había señalado. Satisfecho con su estado, desistió de hacerle hablar, y se concentró en la cuestión de ¿cuándo? ¿Cuándo debería pedirle que se casara con él?

Había planeado pedírselo en cuanto estuviera seguro de que ella había superado su aparente nerviosismo por la idea de un segundo matrimonio, y por su experiencia sabía que aquellas dudas habían pasado. Por lo tanto, no había ninguna razón para esperar más. Aquel era el momento.

Sin embargo, aquel salón estaba abarrotado, así que tendría que buscar otro lugar.

La música cesó, y ellos se detuvieron en mitad de la pista. Sin respiración, preguntándose qué sería lo siguiente, lo miró a los ojos. Sus miradas se cruzaron, pero, antes de que él pudiera decir nada, lord Peterborough apareció de entre la multitud.

—Por fin te encuentro, Helen. Tengo que prevenirte contra este nuevo hábito tuyo de dejar que este réprobo monopolice tu tiempo. No está bien, querida.

—Gerry, ¿cuánto tiempo hace que nadie te dice que hablas demasiado? —Martin liberó a Helen para que pudiera saludar a su viejo amigo.

Peterborough lanzó una mirada al rostro radiante de Helen.

—Pues no parece que tenga mucho efecto en este caso —

después se dirigió a ella—. Aparte de otros muchos peligros, estoy seguro de que te ha pisado bailando. Ha estado en las colonias demasiado tiempo. Ven a bailar un vals con alguien que sabe cómo hacerlo.

Con una reverencia, le ofreció su brazo a Helen, y ella, riéndose, aceptó. Le dedicó una sonrisa a Martin y se fue a bailar de nuevo.

Ya solo, Martin anduvo deambulando por las salas, buscando un lugar adecuado para declararse.

Helen estaba contenta de poder bailar con sus amigos para recuperar el sentido común y calmar los latidos de su corazón. Había esperado la declaración de Martin durante toda la semana anterior; y en aquel momento, tenía un presentimiento muy agudo. Se rio y sonrió, balanceándose en el borde de la mayor felicidad que hubiera experimentado en toda su vida.

Después de Peterborough, bailó con Alvanley y después con Hazelmere, cedido por una radiante Dorothea. Más tarde observó que la anciana señora Berry estaba sola en un sofá, y se sentó a su lado para responderle a todas las preguntas que tuviera que hacer, ya que la dama se había quedado algo sorda, y parecía que se estaba perdiendo algunas cosas.

Desde el otro lado del salón, Damian Willesden la estaba observando. Había ido al baile sin invitación, sabiendo que ninguna anfitriona lo echaría a la calle. Y había ido por lo que su amigo Percy Witherspoon había dejado caer sobre la inminente boda de su hermano.

No había querido creerlo, pero, después de lo que había visto, era innegable. Miró a lady Walford; el desastre se cernía sobre él. Había estado completamente convencido de que heredaría finalmente el condado de Merton y toda su riqueza, seguro de que Martin no cambiaría su existencia de mujeriego por la de un marido en un matrimonio aburrido. Así que había pedido dinero prestado hasta que ya no sabía lo que debía. Tragó saliva. Era un misterio que todos sus acreedores no le estuvieran dando caza ya.

No. Todavía no. Esperarían a que él ya no fuera el heredero de Martin para hacer un movimiento. Incluso entonces, empezarían lentamente, con la esperanza de que sería capaz de persuadir a su hermano para que lo rescatara del río Tick. Pero, cuando averiguaran que Martin no tenía ninguna intención de hacerlo... Damian no quiso llegar a imaginar el final.

Pensó en cómo escapar de su destino. Siempre fértil en lo relativo al engaño, su cerebro se apresuró a identificar el objeto de su incomodidad. Era muy simple. Solo tendría que hacer lo que pudiera para evitar aquel matrimonio.

Cuando Helen hubo contestado a todas las preguntas de la señora Berry, se levantó, dejando contenta a la anciana, y buscó la cabeza morena de Martin entre la gente. Sabiendo que él la buscaría con los Hazelmere y los Fanswahe, con los que había acudido al baile, se encaminó en dirección a la silla donde había visto por última vez a Dorothea.

Había dado unos cuantos pasos cuando notó que alguien la tomaba por el brazo.

—¿Lady Walford?

Helen se volvió y vio a un joven. Sus ojos eran de un azul muy claro, y había en él algo vagamente familiar, aunque sabía que no lo conocía.

—¿Señor?

Damian sonrió.

—Soy Damian Willesden, el hermano de Martin.

—Oh —Helen le devolvió la sonrisa—. ¿Qué tal está? ¿Sabe Martin que usted está aquí?

Damian le hizo una reverencia.

—No lo he visto todavía. ¿Está aquí? —preguntó interesado. Sabía que era muy importante que no mostrara ninguna indicación del distanciamiento entre Martin y él.

—Lo he visto al principio del baile. Estoy segura de que todavía está por ahí, en algún sitio, pero es un poco difícil encontrar a nadie en esta muchedumbre.

Damian aprovechó aquel comentario rápidamente.

—Quizá deberíamos entrar en aquella sala —le sugirió—. Tengo mucha curiosidad por cómo le ha ido a Martin al reencontrarse con todo.

Helen aceptó el brazo que él le ofrecía, preguntándose por qué no le hacía aquellas preguntas directamente a su hermano.

—Acabo de volver del campo y todavía no he tenido oportunidad de hablar con Martin. Pero... he oído ciertos rumores que relacionaban el nombre de mi hermano con el de cierta dama...

Helen se ruborizó.

—Señor Willesden, tengo que decirle que ese rumor es insustancial, y que sería inteligente por su parte confirmarlo antes de sacar ninguna conclusión.

Damian puso el semblante muy serio.

—Aprecio sus sentimientos, lady Walford, y si el caso fuera fácil yo compartiría sus reservas. Sin embargo —hizo una pausa, frunciendo el ceño—, tengo cierto aprecio por Martin, y sentiría verlo en dificultades una vez más.

—¿Dificultades? —Helen estaba completamente perdida. ¿A qué dificultades se refería el hermano de Martin? ¿Y por qué se lo estaba contando a ella?—. Señor, me temo que tendrá que ser más claro, porque no lo entiendo.

—Como sin duda sabe, Martin ha vuelto de las colonias para hacerse cargo de su herencia. Naturalmente, la riqueza que él posee ahora deriva por completo del condado de Merton. Y, debido a la mala gestión en el pasado, las propiedades se mantienen a flote gracias al dinero de mi madre.

Hizo una pausa para permitir que Helen asimilara el significado de todo aquello, y agradeció la incompetencia de su hermano George. Gracias a él, iba a tener el motivo perfecto para apartar a lady Walford de Martin. ¿Qué mujer se casaría con un hombre que dependía de su madre? Y de una madre hostil, además. Y, una vez que lady Walford se hubiera retirado de aquella relación tan bien conocida por todos, las demás señoras que pudieran estar interesadas se retirarían también.

—Por desgracia —continuó él—, Martin y la condesa viuda nunca se han llevado bien. Mi madre, lógicamente, espera que Martin se case siguiendo sus dictados. De lo contrario, retirará los fondos y el condado se derrumbará. Martin será un indigente, poco más o menos, incapaz de sufragarse el estilo de vida al que está acostumbrado, el estilo de vida que se espera del conde de Merton.

Y perdería todas las oportunidades de reformar su casa. Helen recordó la cara de Martin, encendida de entusiasmo al describirle el Hermitage y contarle cómo sería una vez que hubiera terminado la reforma. Sería como cuando vivía su padre, le había dicho. Durante las últimas semanas, había oído más de sus sueños, y se había dado cuenta de lo importantes que eran para él. Eran como un puente que lo uniría con su padre muerto. La destrucción de aquellos sueños sería un golpe terrible y cruel que él sufriría si se casaba en contra de los deseos de su madre.

Si se casaba con ella.

Nadie mejor que ella sabía que pocas madres aprobarían que un hijo se casara con la viuda de un expulsado de la clase alta, de un réprobo que había traspasado la línea y que después se había quitado la vida. Sabía que ella no era adecuada.

Nunca se le había ocurrido cuestionar el derecho de Martin a elegir a su propia esposa. Le había parecido que tenía el control de su vida, y nunca le había dado la impresión de que estuviera bajo el dominio de otro. Sin embargo, lo que le había dicho su hermano parecía verdad.

Sintió un vacío y el frío sabor de la desesperación en la garganta. No oía el ruido que había alrededor de ella.

—Gracias por decírmelo —aquella voz no parecía la suya, era fría y distante, como si estuviera hablando desde muy lejos—. Puede estar seguro de que no haré nada para animar a Martin para que destroce su futuro.

Parecía que se iba a quedar sin voz. No podía hablar más. Se despidió con una inclinación de cabeza y se dio la vuelta, andando entre la multitud, sin darse cuenta de las extrañas miradas que le dirigía la gente.

Cuando encontró a Dorothea, había conseguido recuperar la compostura. Si aparecía ante Hazelmere o su esposa con aquella cara, no podría librarse de dar explicaciones. Sin embargo, con solo pensar en Martin, en su esperanza de felicidad, que ahora se había hundido, casi se le escapaban las lágrimas. Decididamente, apartó de su mente aquel dolor y se obligó a actuar con normalidad.

—¿Ocurre algo? —le preguntó Dorothea en cuanto la vio.

Helen sonrió débilmente.

—Solo es una jaqueca, sin duda por el ruido —respondió, y se dejó caer en una silla al lado de su amiga.

—Bueno —dijo Dorothea—. Yo había pensado en marcharme pronto, así que podemos irnos juntas.

—Sí, eso será lo mejor —dijo Helen, después de un segundo de duda.

Martin esperaría verla de nuevo, pero, si se escapaba con Dorothea, alegando un dolor de cabeza, él no se preocuparía. Podría visitarla al día siguiente en su casa, y allí, ella tendría que explicarse. Pero, para entonces, se habría tranquilizado lo suficiente como para hacerle frente. Porque para Helen había una cosa que estaba completamente clara: no podía casarse con Martin Willesden. No podía enfrentarse a la perspectiva de la pérdida de sus sueños. Su interés en ella era real, aquello no lo dudaba. No tenía ninguna inclinación hacia cualquier otra mujer de su círculo. Si ella estaba fuera de su alcance, entonces le permitiría a su madre encontrarle una novia, y así podría lograr su ambición.

Helen reprimió un sollozo y esbozó una sonrisa forzada. Se quedaría sentada con Dorothea hasta que llegara la hora de irse.

Por desgracia para sus bienintencionados planes, Martin apareció a su lado unos minutos después. A Helen le dio un vuelco el corazón al verlo. No pudo evitar sonreírle. Sin embargo, él notó al instante que aquella era una sonrisa temblorosa. Le tomó la mano para que se levantara y se inclinó para preguntarle:

—¿Qué ocurre?

Con una calma que Helen no sentía, repitió la historia del dolor de cabeza.

Martin frunció el ceño al sentir los empujones de toda la gente que los rodeaba.

—No me extraña. Ven a dar un paseo. Te vendrá bien un poco de aire fresco.

Antes de que tuviera tiempo de protestar, aunque en realidad tampoco habría servido de mucho, Helen se encontró caminando por un pasillo sospechosamente vacío al lado de Martin. El corazón empezó a latirle muy rápido.

Sus sospechas se vieron confirmadas cuando llegaron a una puerta, al final del pasillo, y Martin la abrió. Había un pequeño jardín privado, completamente vacío.

Él condujo a Helen hacia un banco de hierro entre plantas de tomillo e hizo que se sentara a su lado. Ella se volvió para mirarlo. La luz de la luna le plateaba los rasgos. Tenía los ojos verdes muy abiertos, y los labios ligeramente separados. Como le parecía que era lo mejor que podía hacer, y además hacía mucho tiempo que había dejado de contenerse a la hora de hacer lo que quería hacer, la atrajo hacia sí y la besó.

Helen intentó de veras mantenerse firme contra aquel beso, contra la invitación de derretirse entre sus brazos. Había estado reuniendo fuerzas para hablar e impedir una declaración. Sin embargo, fue imposible, y se rindió ante lo inevitable. Se dejó besar, y notó que él la abrazaba firmemente.

Era escandaloso estar allí sentada, besándose con un hombre con el que no iba a casarse. Especialmente, si el beso era como aquel. El roce de sus labios era pura alegría. Ella le colocó las manos en los hombros y disfrutó de las deliciosas sensaciones que se despertaban en ella.

Tendría que hablar más tarde con él. Era improbable que aquello fuera a terminar muy rápido y, mientras él estuviera ocupado de aquel modo, no se declararía. Además, quizá ni siquiera fuera a declararse, quizá solo estuviera permitiéndose un pequeño coqueteo para cautivarla. Mientras la presión de los labios de Martin se intensificaba, Helen dejó de intentar pensar.

Cuando, finalmente, él levantó la cabeza, la miró a los ojos, muy abiertos, ligeramente confundidos. Ella no podía hablar, y, si la experiencia no le engañaba, probablemente tendría problemas a la hora de pensar con claridad. Sonrió. En realidad, aquello no importaba. No necesitaba pensar para responderle a aquella pregunta.

—¿Te casarás conmigo, querida?

Helen recuperó el sentido común en un instante. Luchó para pronunciar las palabras correctas, pero no pudo. Cuando vio aquellos ojos grises entrecerrarse y mirarla fijamente, tragó saliva.

—No.

Fue un sonido tan débil, que Martin pensó que había oído mal. Pero la expresión de sus ojos, el dolor sin palabras, lo convencieron de que no se había confundido. Cuando ella le retiró las manos de los hombros, él sonrió e intentó aligerar su problema, confiando en que podría averiguar cuál era.

—Mi querida Helen, tengo que decirte que no es apropiado besar a un hombre y después rehusar su proposición de matrimonio.

Ella agachó la cabeza.

—Lo sé.

Helen se retorció las manos en el regazo, algo que no había hecho nunca en su vida.

—En realidad, milord, me siento muy honrada por su proposición, pero… —cielos, no sabía qué decir—. No había pensado en volver a casarme.

—Bueno, pues intenta pensarlo de nuevo —Martin luchó para que su voz no sonara enfadada. Él no había esperado que aquello transcurriera de aquella forma. De hecho, todo aquello era muy extraño. ¿Qué habría ocurrido?

—Milord, debo hacer que entienda...

—No. Soy yo quien debe explicarte algo. Yo te quiero, y tú me quieres, Helen. ¿Qué otra cosa tiene importancia?

Helen tragó saliva y lo miró.

—Milord, sabe tan bien como yo que hay otras cosas importantes.

Martin se quedó rígido al oír aquello, pero de repente recordó que era inmensamente rico. Debía de estar refiriéndose a su pasado, pero él ya le había explicado aquello. ¿Acaso ella no lo había creído?

—Creo, querida mía, que tienes que ser más específica. No te entiendo.

Helen estaba perdiendo el coraje. ¿Cómo iba a decirle a un hombre orgulloso y arrogante que sabía que vivía de su madre? Con una vocecita muy baja, le dijo:

—Estaba pensando en qué diría su madre.

La reacción fue exactamente como ella había esperado.

—¿Mi madre? —exclamó Martin, estupefacto—. ¿Y qué demonios tiene que ver mi madre en todo esto? —se le habían olvidado los planes de su madre. ¿Habrían podido llegar noticias de sus maquinaciones a la ciudad?—. Yo me casaré con quien me plazca. Mi madre no tiene nada que decir al respecto —la idea de que Helen pensara que él era el tipo de hombre que permitía que los demás se inmiscuyeran en sus asuntos le irritaba.

Cuando terminó de hablar, Helen estaba alterada y nerviosa. No podía pensar. Por supuesto que él lo negaba. ¿Qué otra cosa podía hacer ella? ¿Cómo podía suavizar las cosas y hacer que la entendiera?

Martin notó su agitación, e inmediatamente intentó tranquilizarla.

—Helen, querida, yo te quiero. Aunque todo mi condado estuviera en juego, querría casarme contigo.

Se lo dijo con sencillez, con el corazón en la mano. No estaba preparado para su reacción. Ella apartó la mirada y se quedó sin respiración. Entonces le temblaron los labios y se le cayeron las lágrimas.

—¡Oh, Martin!

Las palabras salieron con un sollozo.

Helen agachó la cabeza de nuevo. Nunca había querido tanto a nadie como lo quería a él, y no podía permitir que hiciera aquel sacrificio por ella.

Cada vez más preocupado y confuso, Martin observó la cabeza agachada de Helen y le tomó una mano.

De repente, se abrió la puerta de la casa.

—Por aquí, querida mía.

Helen dio un respingo. Se hubiera levantado, pero Martin la detuvo. Se movió ligeramente para que su cuerpo la protegiera de las miradas de los intrusos. Al ver que los dos invitados salían al jardín, Martin se levantó y ayudó a Helen a hacerlo también.

—¡Oh! —exclamó Hedley Swayne—. ¡Dios mío! No nos habíamos dado cuenta de que esta parte estaba ocupada.

Martin arqueó una ceja, y observó a la joven que iba temblando del brazo del señor Swayne.

—No importa, estaba a punto de acompañar a lady Walford adentro.

Le ofreció el brazo a Helen, y ella lo aceptó, intentando parecer tranquila.

—Oh, lady Walford —dijo la jovencita, nerviosamente—. ¿Le importaría que entrara con usted? —y, sin esperar a una respuesta afirmativa, la chica se volvió hacia Hedley Swayne—. Realmente, no me apetece ver los jardines ahora, señor Swayne.

Le hizo una reverencia y corrió al lado de Helen.

Tragándose su frustración, Martin se vio obligado a acompañar a Helen y a su inesperada acompañante de vuelta al salón. Bajo la luz de las lámparas de araña, Martin se dio cuenta de lo afectada que estaba Helen. Él mismo se sentía como si el mundo se hubiera detenido, obligado a esperar una oportunidad mejor para hablar con ella en privado. La dejó con Dorothea, levantándole la mano para besarla, y murmuró:

—Te visitaré mañana —dijo, antes de marcharse.

Dorothea le echó un vistazo a la cara de Helen y, sin ningún comentario, avisó para que llevaran su carruaje a la puerta.

Helen no pudo conciliar el sueño hasta la madrugada. Tenía los párpados hinchados, pero finalmente había conseguido tomar todas las decisiones que tenía que tomar. No tenía ninguna esperanza de explicarle las cosas a Martin, porque no aceptaría su negativa. No le quedaba más remedio que evitarlo, dejar claro que su amistad había terminado. Causaría rumores, pero nada serio. La gente se preguntaría en qué estaba pensando ella, pero había demasiadas mujeres esperando para llamar su atención como para que los murmuradores se entretuvieran en sus caprichos durante demasiado tiempo.

Tendría que abandonarlo, aunque se le partiera el corazón en dos. Tendría que vivir con ello para siempre. A él le haría daño su retirada, y más aún su falta de explicaciones, pero, si ella intentaba dárselas, él no aceptaría su negativa. No sabía adónde podría llegar aquel hombre con tal de conseguir sus objetivos. No. Solo había un camino.

Mientras hundía la mejilla en la almohada, suspiró. Debería haber imaginado cómo terminaría todo aquello. Una felicidad de aquel tipo no era para ella. Nunca lo sería.

Estaba más allá de su alcance.

CAPÍTULO 8

—¿Qué te apetece tomar?

—Si la memoria no me falla —dijo Hazelmere mientras se sentaba en una butaca de cuero de la biblioteca de Martin—, tu padre tenía un buen vino de Madeira.

—No te falla. George no tenía el buen gusto como para apreciarlo. Me parece que quedan tres barriles llenos en el sótano.

Sirvió dos copas y le dio una a su invitado, antes de sentarse en la butaca de al lado. Ambos se quedaron en silencio. Hazelmere sabía que Martin lo había invitado con algún propósito, así que esperó a que su amigo confiara en él. Martin, sabiendo que su amigo lo comprendía, no tenía prisa por hacerlo.

El asunto era delicado. Había visitado a Helen la mañana del día siguiente de su primera declaración, hacía ya dos noches. No había conseguido, después de reflexionar mucho, saber el motivo de su negativa. Sin embargo, había ido a su pequeña casa de Half Moon Street, confiado en que podría salvar cualquier obstáculo. Entonces se dio cuenta de que el problema, fuera cual fuera, era grave.

Ella se había negado a recibirlo, y había enviado a su doncella a contarle una historia sobre que estaba indispuesta. Por primera vez en su vida, se sentía desconcertado. ¿Por qué?

Tenía que haber una razón. Helen no era ninguna cabeza

hueca. Finalmente, había llegado a la conclusión de que había algo oculto en su pasado que su declaración había hecho salir a la superficie.

Y la única persona que sabía lo suficiente del pasado de Helen como para ser útil estaba sentada a su lado, con una mirada engañosamente perezosa en los ojos.

Martin hizo una mueca.

—Es acerca de Helen Walford.

—¿Oh? —Hazelmere le miró con sus ojos agudos llenos de reserva.

—Sí —respondió Martin, haciendo caso omiso—. Quiero casarme con ella.

Los rasgos de su amigo se relajaron y reflejaron alegría.

—Enhorabuena —Hazelmere levantó su copa a modo de brindis.

—Me temo que tu felicitación es prematura. No me ha aceptado —Martin soltó aquellas palabras y le dio un trago a su coñac.

Hazelmere lo miró con asombro.

—¿Por qué demonios no?

—Eso es lo que quiero que me expliques —Martin se apoyó en el respaldo de su butaca y observó a su amigo con atención.

—A ella le gustas, lo sé.

—Y yo también. No es eso.

—¿Qué es, entonces?

—Cuando le dije lo mucho que la quería, casi se puso a llorar.

Hazelmere no entendía nada. Frunció aún más el ceño, y dijo:

—Eso no es buena señal. Helen nunca llora. Sería más probable que discutiera, pero no que llorara.

—Pues sí. Me pregunto si habrá algo en su anterior matrimonio que pueda explicarlo.

Hazelmere arqueó las cejas. Reflexionó sobre aquel punto, haciendo girar la copa entre sus largos dedos. Entonces, de repente, miró a Martin.

—Como parece que estás decidido a casarte con ella, y eso, aunque ella no lo sepa, significa que será la próxima condesa de Merton, te diré lo que sé. Pero te advierto que no es mucho.

Martin esperó pacientemente a que su amigo ordenara las ideas y se reconfortara con el vino.

—Supongo que lo mejor es empezar por el principio. Los padres de Helen la presentaron en sociedad a los dieciséis años, en mi opinión, un error. Ella todavía era una niña, pero sus padres ya tenían su vida arreglada. Habían acordado un matrimonio con el hijo de un viejo amigo, lord Alfred Walford. ¿Tú conocías al hijo, Arthur Walford?

—Nos vimos una o dos veces antes de que yo saliera para las Indias. No era exactamente la clase de hombre que unos padres cuidadosos elegirían para una adolescente guapa y rica.

Una sonrisa encendió la cara de Hazelmere.

—Ah, tú no conocías a Helen entonces. Sé que es difícil de creer, viéndola ahora, pero a los dieciséis años era un marimacho y, además, estaba esquelética. Pero, de todas formas, la cosa no habría sido diferente aunque ella hubiera sido la reencarnación de Cleopatra. El matrimonio había sido convenido hacía muchos años. Los padres de Helen querían casarla con una de las familias más antiguas del país y, aunque mucha gente quiso disuadirlos, entre ellos, mis padres, estaban completamente decididos. El viejo Walford también quería el matrimonio, por la dote de Helen, y Arthur, por la misma razón. Así que Helen se había casado con Arthur al cabo de un mes de su presentación.

—¿Un mes? —repitió Martin, incrédulo.

—Exactamente. Los recién casados vivieron en Walford Hall durante un mes. Después, Arthur reapareció en la ciudad. Helen se quedó en Oxfordshire. La situación continuó así, aparentemente sin cambios, durante casi tres años. En ese tiempo, todos los actores mayores del drama murieron: lord Alfred Walford y los padres de Helen. La hora de la verdad llegó cuando Walford liquidó todo su patrimonio y el de Helen. Solo quedó Walford Hall. Él volvió allí, no para quedarse a vivir, sino para ver qué podría sacar de la casa. Para entonces, Helen tenía diecinueve años. Todavía no era la belleza que es ahora, pero había mejorado considerablemente.

Hazelmere hizo una pausa, estudiando el contenido de su copa.

—Todavía no sé lo que ocurrió, pero el resultado de todo ello fue que Walford golpeó a Helen, durante una discusión, según ella. Por su parte, ella le rompió una tetera en la cabeza y se marchó. Vino a mi casa. Ella ha crecido con mi hermana Allison, y siempre la hemos considerado una más de la familia. La envié a mi finca de Cumbria, bien apartada del camino de Walford, por si acaso intentaba encontrarla. La historia de lo que le había hecho a Helen se hizo pública y, como resultado, Walford fue expulsado del círculo social y se arruinó. Se quitó la vida, antes que tener que entrar en la cárcel de Newgate.

Hazelmere hizo una pausa, reflexionando sobre el pasado, y después se encogió de hombros.

—Más tarde, muchos de los que le habían ganado apuestas a Walford donaron dinero para reunir un fondo para Helen. Yo se lo gestiono. Da para pagar la renta de su casa en Half Moon Street, y para que lleve su estilo de vida actual. Y poco más. No se salvó ni una de sus fincas.

Martin frunció el ceño. Después, eligiendo cuidadosamente las palabras, preguntó:

—¿Hay algo que sepas de ella que te haga suponer que Helen siente alguna aversión por el aspecto físico del matrimonio?

Hazelmere apretó los labios. Con los ojos en la copa, sacudió la cabeza.

—No podría decirlo con seguridad, pero… no me sorprendería mucho. Ya sabes cómo era Walford.

Lentamente, Martin asintió.

—¿Podría haberle causado algún daño, hacer que ella encuentre difícil pensar en el matrimonio de nuevo?

Hazelmere se encogió de hombros.

—Solo Helen puede decirlo, pero… no me parece improbable.

La expresión de Martin se relajó un poco. Entrecerró los ojos como si estuviera pensando algo.

—¿Qué se te ha ocurrido? —le preguntó su amigo.

La respuesta fue una sonrisa perversa.

—Estaba pensando… ¿Quién mejor que yo para curar esa enfermedad? Soy el candidato perfecto para convencer a Helen Walford de las bondades del matrimonio. Si, con mi extensa experiencia, no supero ese obstáculo, es que no merezco a la dama.

Durante un momento, los ojos marrones de Hazelmere permanecieron serios, mientras él sopesaba lo que era, después de todo, la amenaza de un escándalo hacia una mujer que estaba bajo su protección. Pero, si lo pensaba bien, la felicidad de Helen estaba en juego, y él confiaba en Martin Willesden como si fuera su hermano. No le haría ningún daño a Helen. Lentamente, sonrió e inclinó la cabeza para demostrar que aprobaba las intenciones de Martin.

—Ni un calavera lo habría pensado mejor.

Helen se arregló la falda del vestido y esperó a que Martin se sentara a su lado en el coche. Después se pusieron en marcha.

Era curioso, reflexionó, que hubieran sido capaces de seguir juntos de aquel modo después del doloroso momento de la declaración de Martin, una semana antes. Él le había pedido un vals en el baile de los Havelock, y Helen había comprobado que su comportamiento no se había alterado en absoluto; Martin se había comportado apropiadamente en todo momento. Se había limitado a susurrarle:

—Confía en mí. Tan solo relájate, no hay nada de lo que preocuparse.

Parecía que él entendía la situación y había aceptado que,

dadas sus circunstancias, no podían casarse. Y, siendo un caballero como era, estaba decidido a ocultarle su situación a la gente. Solo tenía que seguir sus pasos y actuar como si no se hubiese producido ninguna ruptura entre ellos y, a medida que pasara el tiempo, podrían ir separándose sin llamar la atención de los murmuradores.

Mientras paseaban por el parque lentamente, saludando a los conocidos desde el coche, se encontraron con Ferdie Acheson-Smythe, el primo de Hazelmere, que se acercó a hablar con Helen. Ella lo conocía desde siempre, y ambos se tenían mucho cariño.

—Ya sé que esto se ha convertido en un hábito —le dijo su amigo, frunciendo el ceño—, pero... ¿realmente crees que es inteligente?

—No te preocupes —le dijo, en voz muy baja, sonriendo ante su preocupación fraternal—. Estoy perfectamente segura.

Ferdie arqueó una ceja con la mirada fija en el perfil de Martin.

—Eso es lo que yo pensaba de Dorothea y mira. La cuestión es que los vividores nunca cambian. Son peligrosos en todas las circunstancias.

Helen se rio.

—Te aseguro que este está domesticado.

Ferdie no añadió nada más. Le hizo una elegante reverencia y se dio la vuelta, lanzándole a Helen una mirada de advertencia.

Martin lo vio y, cuando Ferdie se había alejado, le preguntó a Helen:

—Dime, bella Juno, ¿todavía se me considera «peligroso» a pesar de mi comportamiento ejemplar de los últimos tiempos?

—Creo, milord, que hay algunos que piensan que su «comportamiento ejemplar» puede ser como el de un lobo con piel de cordero.

Martin dejó escapar un suspiro.

—Y yo que pensaba que nadie se daría cuenta...

Helen abrió mucho los ojos. No supo discernir si le estaba advirtiendo que Ferdie tenía razón, o si simplemente estaba bromeando para aligerar la conversación. Con inseguridad, Helen estuvo pensándolo durante el cuarto de hora en el que estuvieron haciendo el circuito social por el parque. Cuando estuvieron solos, Martin la sacó de sus pensamientos.

—Todavía no he decidido por completo los muebles que voy a poner en la sala.

—¿No? —Helen había hablado con él sobre la decoración de su casa de Londres, ya casi terminada, en muchas ocasiones. Él solía pedirle su opinión con frecuencia.

—Me gustaría que me dieras tu opinión, en concreto, sobre uno de los muebles. ¿Te importaría concederme unos momentos de tu tiempo, querida?

Helen se tragó la respuesta de que eso debería preguntárselo a su prometida y sonrió. No tenía ninguna intención de mencionar el tema del matrimonio.

—Podría concederle unos minutos.

Martin inclinó la cabeza cortésmente para agradecérselo y dirigió el coche hacia las puertas del parque. Estaban de camino hacia la casa, cuando Helen le preguntó:

—¿Qué mueble es?

—Un sofá.

Al poco tiempo, Martin detuvo los caballos ante una imponente mansión en Grosvenor Square, para sorpresa de Helen. Se volvió y le sonrió.

—Es aquí.

Se bajó del coche y le dio las riendas a Joshua, que había ido corriendo desde la parte de atrás. Después rodeó el coche para ayudar a bajar a Helen.

El mayordomo les abrió la puerta con una reverencia.

—Milord —dijo, y después se volvió hacia ella—. Milady —y se acercó a tomar su abrigo. Insegura, Helen miró a Martin. Él asintió, y entonces ella le entregó su abrigo al mayordomo.

—Vamos a la habitación que está al final del vestíbulo.

Al acercarse a la puerta de la habitación, Helen vio una luz extraña que procedía del interior. Parecía como si las cortinas estuvieran echadas y el fuego de la chimenea encendido. Asombrada, Helen traspasó el umbral y entró.

—Que nadie nos moleste, Hillthorpe.

A Helen se le quedó la exclamación de asombro en la garganta. Acababa de confirmar su sospecha. Aquello era la prueba de que, en el caso de Martin Willesden, vividor declarado, Ferdie tenía razón. Las cortinas de terciopelo estaban echadas, el fuego devoraba los troncos con voracidad en la chimenea y había un cubo de hielo con una botella de vino descorchada en una de las mesitas. Automáticamente, Helen buscó con la mirada el sofá que habían ido a ver. Al principio, no lo vio. Después se le abrieron unos ojos como platos, al fijarse en que el enorme mueble que había frente al fuego era un sofá cama.

Huir fue su primer pensamiento. ¿Cómo? Martin estaba tras ella. Si se volvía e intentaba salir, él le cortaría el paso.

Respiró hondo y dio unos pasos hacia atrás, pero él la tomó por la cintura y la metió de nuevo en la habitación.

—¡Martin! —Helen se volvió para encararlo y vio cómo cerraba la puerta con llave. Solo se sintió algo aliviada al ver que dejaba la llave puesta en la cerradura. Era de él de quien tendría que escapar. Al fin y al cabo, escapar de la habitación sería un juego de niños. En busca de defensas, tomó refugio en la indignación. Se irguió todo lo que pudo, pero, desafortunadamente, aquello no era suficiente para intimidar al réprobo que tenía delante. Lo miró fijamente y rogó para que no la traicionara la voz—. ¡Me has engañado!

—Eso me temo —dijo Martin, sonriendo. Su mirada ardiente descansaba, atenta, en el rostro de Helen. Lentamente, se acercó a ella.

No parecía arrepentido en absoluto.

Helen intentó controlar su nerviosismo y dejó que su enfado se intensificara.

—Tu comportamiento de esta semana era una actuación,

¿verdad? —intentó decir, pero, para su horror, la voz le salió tan aguda como un grito. ¿Qué se propondría aquel hombre?

Martin se detuvo exactamente delante de ella.

—Me has desenmascarado —con los ojos brillantes, extendió las manos en un gesto suplicante—. ¿Qué podría decir para defenderme?

Completamente absorta en su mirada, Helen intentó poner a funcionar el cerebro para hilar una frase.

Suave, confiadamente, Martin alargó la mano y le soltó el moño, dejando que el pelo le cayera por los hombros y la espalda. Helen dejó escapar un gritito y se llevó instintivamente las manos a la cabeza para intentar detener la cascada. Pero él se las tomó entre las suyas. Tenía los ojos brillantes.

—No sabes cuántas veces he pensado en hacer esto.

Entonces le soltó las manos y le acarició los rizos rubios. Después le tomó la cara e hizo que lo mirara a los ojos.

Demasiado tarde, el instinto de conservación hizo que Helen volviera a la realidad. Le puso las manos a Martin en el pecho.

—Milord, ¡Martin! —se corrigió—. Esto es escandaloso, o peor. Si quieres remediar tu comportamiento, tu engaño, acompáñame al coche ahora mismo.

Intentó que la voz le sonara firme, pero su tono fue débil y tembloroso. La sonrisa de Martin era cada vez más amplia. La tomó por la cintura y la abrazó firmemente.

—Tengo una idea mucho mejor para reparar mis pecados.

Entonces la besó, y continuó besándola hasta que cualquier vestigio de resistencia hubo desaparecido. Invadida por un dulce deseo que nunca había experimentado, Helen se rindió ante la lucha. Notó que la abrazaba más fuerte y le pasaba las manos por la espalda para adaptarla a su cuerpo.

Entonces, la parte racional de Helen luchó contra la insidiosa invitación de su beso, contra la tentación de perder la cabeza y sumergirse en un mar de sensaciones, intentando conservar el sentido común.

Martin levantó la cabeza para mirarla con los ojos muy brillantes.

—Relájate —le susurró, rozándole la frente con los labios—. No te preocupes, vamos a hacerlo muy despacio.

Entonces volvió a besarla.

Helen sabía que Martin había preparado todo aquello para comprometerla más allá de toda duda, para obligarla a aceptar su proposición de matrimonio. Pero ella estaba decidida a permitirle que llevara a cabo su sueño, y nada, ni siquiera él mismo, podría hacer que cambiara de opinión.

Sin embargo, tuvo que admitir, al sentir cómo le desabrochaba los botones del vestido suavemente, que no habría manera de escapar de aquel maestro de la seducción. Lo que él tenía en mente era innegablemente escandaloso, pero, para ella, demasiado atractivo. Si seguía lo que le dictaba su corazón, tendría que dejarse llevar y relajarse, tal y como él le había pedido.

Nunca había experimentado un momento como aquel. Aquella era su única oportunidad de saber lo que se sentía envuelta en la felicidad y el amor. Martin le acarició los hombros para bajarle el vestido, y ella, con un suave suspiro, dejó que las mangas se le deslizaran por los brazos. Mirándolo con timidez, le abrazó el cuello, aceptando tácitamente lo que estaba por llegar.

Martin respiró hondo y luchó por controlar su deseo. Sabía que tenía que seducirla lentamente, con ternura, como si fuera una virgen tímida y nerviosa. Se dedicó a la tarea con devoción, y pronto, Helen se vio perdida en un remolino de placer. Martin le llenó la mente y le abrumó los sentidos. Tomó las riendas por completo.

Ella supo, en aquel momento, que él iba a enfadarse mucho, cuando, confiado en que estuviera completamente convencida después de hacer el amor, le pidiera que se casara con él. Ella lo rechazaría de nuevo, y él no iba a estar muy interesado en las razones. Debía tenerlo en cuenta. Pero, en aquel momento, se concentró en los besos y las caricias del hombre que la tenía entre sus brazos.

—Cierra los ojos.

Helen notó que él estaba a punto de desvestirse, y quería observarlo.

—Pero...

—Nada de peros —dijo él, con la voz más grave de lo normal—. Haz lo que te pido. Túmbate, relájate, y todo será maravilloso.

La tierna persuasión de su tono de voz tuvo el efecto que él deseaba. Helen se tumbó, sintiendo en su piel el calor del fuego y la suavidad del satén y de la seda de las sábanas. Sus labios se curvaron ligeramente al pensar en lo escandaloso del gusto de Martin en cuanto al mobiliario. Abrió los ojos un poco, y una espalda musculosa llenó su visión. Lo miró todo cuanto pudo, hasta que él se dio la vuelta y ella volvió a cerrar los ojos inocentemente.

—Buena chica —murmuró él. No encontraba en su expresión ni rastro de pánico. Se acercó a ella y la besó con todo cuidado, atento por si acaso percibía algún síntoma de retirada, o de que la estuviera presionando.

Después retiró los labios de su boca y se concentró en el resto de su cuerpo, susurrándole palabras para reconfortarla y darle seguridad. Ella no podía concentrarse en su significado, y se dejó llevar por aquel ronroneo sensual. Hubiera deseado que dejara de hablar y satisficiera sus necesidades. Casi le dolían las manos de la necesidad de acariciarlo y, finalmente, impulsada por el deseo, intentó extenderlas por su espalda. Martin se las tomó y se las colocó por encima de la cabeza.

—Todavía no, cariño. No apresuremos las cosas.

«¿Por qué no?», se preguntó ella. Se sentía como si quisiera devorarlo, y todo lo que él le decía era «todavía no». Notaba que le ardía el cuerpo, y solo quería quemarse más y más.

—Martin...

—Shhh —él la acalló con un beso—. Confía en mí. Vas a disfrutar. Esta vez será diferente, te lo prometo.

Helen se quedó extrañada. Por supuesto que aquella vez sería diferente que con su marido. Aquella vez estaba enamorada. Nunca había querido a nadie antes. Tenía la sensación de que, en todo aquello, había algo que no entendía.

—No hay nada de lo que asustarse. Lo haremos despacio, suavemente. No habrá dolor, solo placer. Confía en mí, y te enseñaré lo maravilloso que puede ser.

La ternura de su voz, por encima del deseo, fue lo que le dio a Helen la pista de lo que ocurría. Abrió unos ojos como platos, pero Martin, sin darse cuenta, siguió besándola. Rápidamente, al darse cuenta del error, cerró los ojos de nuevo, intentando que su cuerpo permaneciera inmerso en el deseo que él había creado.

Pensaba que ella tenía algún trauma sexual, o al menos, una aversión a hacer el amor. Si él no la hubiera estado besando, habría sacudido la cabeza. ¿Cómo habría llegado a aquella conclusión tan descabellada? Arthur nunca le había hecho el menor daño, simplemente, había fracasado por completo a la hora de alimentar sus pasiones. Sin embargo, en aquel momento estaba averiguando lo que era la pasión entre un hombre y una mujer, estaba averiguando la verdad. No tenía ninguna aversión a hacer el amor con Martin Willesden, pero... ¿por qué habría pensado él aquello?

Sin embargo, no era momento de hacerse preguntas.

Martin hizo más y más profundos los besos, y ella notó que huía de ella el sentido común. Con alegría, con abandono, se rindió a la cálida marea que la invadía.

Para satisfacción de Martin, no notó ni la más mínima señal de pánico, ni siquiera un temblor, nada que estropeara la respuesta de la belleza que tenía en sus brazos. Sin embargo, mantuvo tensas las riendas de su pasión, imponiéndose una disciplina despiadada ante aquella provocación extrema. Era un trabajo muy duro seducir a una diosa. Intensificó minuciosamente la fiebre entre los dos, derramando deseo sobre sus cuerpos hasta que supo que había ganado la batalla. Cuando, finalmente, la llevó a lo más alto y la mantuvo allí durante un instante fugaz, sintió la alegría más intensa, justo antes de dejarse llevar por su propio gozo.

Las campanadas del reloj penetraron en la niebla de placer que anegaba el cerebro de Helen. Las cuatro en punto.

¡Las cuatro! Abrió los ojos, y se encontró con un pecho masculino. Después, sus sentidos detectaron un brazo pesado y musculoso rodeándola, relajado.

Reprimiendo un gemido, Helen cerró los ojos. ¿Qué podía hacer? Sería fácil quedarse allí, drogada por la felicidad, pero entonces Martin despertaría y le pediría que se casara con él, y tendría que rechazarlo mientras estaba desnuda entre sus brazos.

Abrió los ojos de nuevo y empezó a liberarse de él con sumo cuidado para no despertarlo. Una vez que estuvo de pie al lado de la cama, empezó a vestirse rápidamente. Mientras lo hacía, reprimió un suspiro. Martin la había transportado al final del arcoíris, le había dado un momento de placer más allá de lo que ella nunca hubiera imaginado. Atesoraría el recuerdo de aquella tarde en su corazón, durante todos los años solitarios que tenía por delante.

Y cuando le pidiera su mano de nuevo, ¿qué iba a contestarle? No podía explicarle sus razones, porque Martin no aceptaría su sacrificio. Discutiría, la amenazaría, usaría todo tipo de trucos para conseguir su objetivo. Sin embargo, ella no cedería. Lo amaba, y estaba completamente decidida a que él hiciera realidad sus sueños.

No. Con calma, decidió que no le daría explicaciones. Él se enfurecería, pero no podría convencerla.

No iba a gustarle, pero era por su propio bien.

Empezó a abrocharse con dificultad los diminutos botones del vestido y, sin querer, se quedó absorta observando aquella maravillosa cara. Helen sonrió al recordar sus esfuerzos para ayudarla a superar su supuesto trauma, pero, de repente, su sonrisa se desvaneció. Al rechazarlo, le iba a causar más dolor que furia. Le iba a propinar un fuerte golpe. Además, su rechazo a sucumbir al amor de un calavera sería un duro golpe para su orgullo.

Helen palideció y, de repente, tuvo frío. No entendía por qué el destino le deparaba de continuo aquel tratamiento tan duro. ¿Por qué a ella?

Decididamente, alejó aquellos pensamientos deprimentes de su mente y siguió con los botones. Se le resbalaban de los dedos y, murmurando unas cuantas maldiciones, intentó abrocharlos. Exasperada, miró hacia arriba, y se encontró con unos ojos grises que la observaban con calidez, llenos de risa. Cuando ella lo miró, la sonrisa de Martin se hizo más amplia.

—Tenías que haberme despertado —su voz era profunda, burlona, una invitación a los placeres ilícitos.

Helen parpadeó, intentando concentrarse. Tenía que conservar la calma. Tratando de usar un tono enérgico, le dijo:

—Es muy tarde, y tengo que marcharme a casa. Pensé que si te despertaba antes de vestirme no lo conseguiría.

Completamente relajado, Martin se rio.

—Me conoces bien, bella Juno. Ven aquí.

Ella lo miró desconfiadamente.

—Martin, de verdad tengo que marcharme.

Martin miró el reloj, y suspiró resignado.

—Supongo que sí. En ese caso, mejor será que me permitas ayudarte con el vestido —se sentó en el borde de la cama, con la sábana por la cintura, y le hizo una señal para que se acercara. De mala gana, Helen obedeció, y él le tomó la cintura con ambas manos. Durante un segundo, sus miradas se cruzaron. Helen, hipnotizada, vio la sonrisa que se dibujó en sus labios. Después, él hizo que se diera la vuelta.

Le abrochó los botones rápidamente, pero, antes de que ella pudiera moverse, volvió a tomarla por la cintura e hizo que se sentara en una de sus rodillas.

Al sentir el calor de su cuerpo, Martin deseó de nuevo que

ella lo hubiera despertado antes. Sopesó seriamente la posibilidad de tumbarla en la cama y quitarle el vestido de nuevo. ¿A quién le importaba lo que pensara la gente? Con una sonrisa irónica, reconoció que sí tenía que importarle si quería asumir su posición social como conde de Merton con la condesa a su lado. Hablando de lo cual...

Hizo que Juno se volviera para poder mirarla a la cara. Sonrió con perversidad de calavera.

—¿Te ha gustado?

Helen se puso del color de la grana.

Martin soltó una carcajada y le acarició la mejilla.

—Di que te vas a casar conmigo y podrás disfrutar de estas delicias todos los días. O, al menos, todas las noches —sonrió con confianza y esperó a que Juno aceptara su proposición.

Helen no pudo mirarlo a los ojos. Se produjo un silencio, y ella notó que Martin se ponía tenso. Notó frío, e intentó liberarse de sus manos. Él dejó que se levantara, y ella se acercó a la chimenea. Sacó fuerzas de flaqueza y lo miró. El granito, sin duda, habría sido más cálido que la expresión de su cara. Tenía las manos apretadas sobre los muslos. Parecía un ser poderoso, completamente iracundo.

—Martin, no puedo casarme contigo —Helen se obligó a sí misma a pronunciar aquellas palabras con calma y claridad. Por dentro se sentía muerta.

—Entiendo. No te importa acostarte conmigo, pero no quieres casarte conmigo —dijo él. Helen bajó la cabeza. No quería ver su desilusión—. ¿Por qué?

—Lo siento. No puedo explicártelo.

—¿Cómo? —Martin se puso en pie bruscamente—. Aclárame una cosa. Antes estabas dispuesta, ¿verdad?

—Sí. Pero eso no cambia nada. Simplemente, ya no es posible que me case contigo.

—¿Por qué?

Aquella vez, la pregunta era más inquisitiva. Martin caminó

de un lado a otro, como una fiera herida. Helen tuvo que reprimir el impulso de acercarse a él para consolarlo.

—Lo siento, pero no puedo explicártelo.

—¿No puedes explicarme por qué prefieres ser una prostituta de alta sociedad antes que casarte conmigo?

Temblando por dentro, Helen mantuvo una apariencia impasible. No quería vacilar bajo su mirada chispeante. Se sentía enferma. Él había dado rienda suelta a su orgullo. Sin embargo, Helen no podía sentir arrepentimiento por aquella tarde de placer. No quería sentirse culpable por la mayor alegría que había tenido en su vida.

Martin sostuvo su mirada, deseando hacer que ella se doblegara. Cuando vio que mantenía la mirada fija, dejó escapar un gruñido. Se sentía violento, tenía ganas de tomarla por los brazos y llevarla a la cama para reducirla a un estado en el que hiciera lo que él quería. Pero aquella no era una solución real. Le lanzó una mirada furiosa. Helen todavía estaba allí de pie, fingiendo calma, delante de la chimenea. Podría presionarla para que fuera su amante, pero la quería como su esposa.

Con otro gruñido de frustración, Martin se volvió y anduvo hacia ella.

—Si mi proposición honrada es tan repugnante para usted, señora, le sugeriría que se fuera antes de que mi instinto más básico me empuje a hacerle un ofrecimiento insultante.

La tomó por un brazo y la llevó hasta la puerta. Helen no ofreció resistencia. Era mejor así. Si se marchaba sin darle ninguna explicación y lo dejaba herido y confuso, era posible que ella se debilitara y fracasara. Sin embargo, su reacción furiosa, aunque le había roto el corazón, también la había salvado de él.

Completamente iracundo, Martin llamó al mayordomo.

—¡Hillthorpe!

Al instante, el hombre apareció por una puerta. Al verlos, su actitud sufrió un sutil cambio.

Martin hizo caso omiso de su sorpresa.

—Lady Walford se marcha. Pídele un coche de alquiler —le

soltó el brazo a Helen y, con el más seco de los saludos, se marchó.

Cuando la puerta se cerró de un portazo tras él, Helen estuvo a punto de ponerse a llorar, pero se contuvo. Tenía que llegar a su casa cuanto antes.

Con una mirada al mayordomo de Martin, supo que estaba tan asombrado como ella ante la falta de cortesía de su amo, pero él no tenía ni idea de qué podía haber sucedido.

—Por favor, ¿podría traerme mi abrigo y mi sombrero?

—Por supuesto, señora —respondió Hillthorpe, saliendo de su estupefacción. Nunca había visto al señor de tan mal humor. Lo cual, pensó haciéndole una reverencia a lady Walford, era una pena. Todos los sirvientes de su casa, la mayoría heredados de sus padres, se habían alegrado cuando habían sabido que el señor había elegido a lady Walford como condesa de Merton. Una dama conocida por su bondad y su amabilidad, una verdadera señora.

Mientras iba a buscar su abrigo, Hillthorpe frunció el ceño. ¿Un coche der alquiler? ¿En qué estaba pensando el amo? Lo mejor que podía hacer era mandarla en un carruaje cerrado de su amo, pero sin emblema en las puertas. Cuando le llevó el abrigo, le hizo una reverencia y le dijo amablemente:

—Si quiere sentarse un momento en el vestíbulo, señora, haré que traigan un carruaje ahora mismo.

Agradecida por cómo estaba manejando la situación aquel hombre, Helen lo siguió, intentando controlar sus emociones hasta que se viera libre para dejarlas fluir.

Desde la escalera, dos pisos más arriba, Damian Willesden, el otro ocupante de la casa, observó cómo desaparecían en el vestíbulo. Estaba completamente sorprendido. Lentamente, bajó las escaleras, mientras reflexionaba sobre las implicaciones de lo que acababa de ver.

Así que Martin había vuelto a ser el de siempre. Había seducido a la bella lady Walford. Aquel pensamiento fue una gran satisfacción para Damian. Bendijo las inclinaciones de mujeriego de su hermano. Lady Walford sería su amante, pero no su mujer. Aquella dama sería borrada de la lista de candidatas a condesa de Merton.

¿O no?

Damian lo pensó con detenimiento. No podía imaginarse por qué un hombre como su hermano se casaría con una mujer a la que podía tener como amante, pero la verdad era que aquellas cosas podían ocurrir. De hecho, ocurrían a menudo.

La puerta principal se cerró. Lady Walford se había marchado.

Pero él todavía no estaba a salvo. Damian frunció el ceño. No creía que Martin fuera a casarse con aquella mujer, sobre todo, después de aquella despedida, pero no tenía modo de saber si ella intentaría cazarlo más tarde. Lo único que aseguraba que el matrimonio fuera imposible era poner a lady Walford en una posición en la que no pudiera casarse con él.

Tenía que destrozar su reputación.

Aparte de todo lo demás, la condesa viuda de Merton no lo toleraría. Damian tenía una inmensa confianza en su madre, y en su dinero.

Con una sonrisa arrogante, bajó las escaleras hasta el piso de abajo. Le iba a resultar muy fácil conseguir que aquella casa, la casa de sus padres, pasara a ser suya. Pidió el sombrero y el bastón, salió a la calle y se dirigió hacia St. James.

CAPÍTULO 9

Aquella noche se celebraba el baile de Barham House. Helen reconoció, cansada, que era imposible faltar a la cita. Los Barham eran amigos suyos desde hacía años. Tuvo la esperanza de que Martin, que no tenía tanta relación con ellos, no fuera.

Janet tendría que llevarle unas rodajas de pepino para bajar la hinchazón de los párpados. Todas las lágrimas que había derramado durante la noche la ayudarían a aliviar su dolor inmediato. Sin embargo, el dolor más profundo permanecería mucho más, sin posibilidad de alivio. Haciendo un esfuerzo, Helen se puso de pie y cruzó la habitación para tocar la campanilla. Entonces, fue hacia su armario.

Aunque lo que le apetecía era vestir de negro, tendría que conformarse con el azul oscuro. Con suerte, aquel color disimularía su palidez. Después se dio un baño y, a duras penas y obligada por Janet, comió algo.

En el carruaje, pensó qué haría si Martin asistía al baile. Helen tomó aire y se apartó aquella idea de la cabeza. En su estado, aquello era demasiado inquietante como para pensarlo.

Los Barham la saludaron cariñosamente. En el salón de baile se unió a Dorothea y a lady Merion, que ya habían llegado. Así pues, rodeada de su círculo de amigos, se relajó y disimuló con una expresión calmada la depresión que sentía.

A medianoche, aquella máscara se le resquebrajó. Estaba bailando con el vizconde Alvanley cuando vio a Martin en un lado del salón, apoyado en una pared. Tenía la mirada clavada en ella.

Incluso Alvanley, buen conversador como era, se dio cuenta de aquello.

—¿Qué ocurre?

—Eh... Nada. ¿Qué estaba contándome de lady Havelock?

Alvanley frunció el ceño.

—No de lady Havelock, sino de Hatcham —respondió él, algo molesto.

—Oh, sí —dijo Helen. Después clavó sus ojos en la cara del vizconde, y él retomó su historia de buen humor.

Intentó evitar la mirada de Martin. En su estado de debilidad, él podría aprovecharse y obligarla a explicarse o, peor aún, a aceptar su petición de mano. En aquel momento, Helen recordó la advertencia de Ferdie. Su viejo amigo tenía razón, los calaveras eran peligrosos siempre.

A pesar del mar de personas que los separaban, Martin percibió la inseguridad de Helen. Todavía sentía furia, así que sabía que no sería inteligente acercarse a ella. Estuvo tentado de hacer caso omiso de sus deseos y pedirle un vals. Solo su propia incertidumbre ante lo que podría ocurrir se lo impidió. Ni siquiera sabía por qué estaba allí, aparte de porque no había otra cosa que quisiera hacer. Ver a Helen todas las noches era un hábito que no estaba dispuesto a romper. Lo que había ocurrido la tarde anterior lo había dejado confuso y furioso, y sabía por experiencia que no le funcionaría la mente con claridad. Tampoco sabía cómo salir de aquel estado emocional.

Lo que sí sabía era que, si continuaba mirando de aquel modo a Helen, la gente empezaría a murmurar. Sin embargo, no podía evitarlo.

—¡Martin! Qué agradable es volverte a ver.

Martin miró hacia abajo y sintió que una mano le tocaba el brazo. Era Serena Monckton, sonriéndole. Él reprimió el deseo de sacudirse la mano y le hizo una leve inclinación con la cabeza.

—Serena.

Lady Rochester se pavoneó. Era la primera vez, desde que él había reaparecido como conde de Merton, en la que había conseguido que la llamara por su nombre. ¿Quizá todavía hubiera alguna esperanza para ella?

Martin vio su reacción y maldijo por dentro. Se había esforzado en mantener a lady Rochester a distancia, sabiendo lo empalagosas que podían ser sus atenciones. No confiaba en ella en absoluto, lo cual era bastante comprensible, pero, absorto en Helen, sus defensas estaban bajas. Tendría que reparar el daño causado.

—Me encanta bailar el vals —dijo ella con coquetería—. Hay muy pocos hombres que sepan bailarlo. Pero tú has estado en Waterloo con Wellington, ¿verdad?

Tragándose otra maldición, Martin pensó que Serena Monckton no había cambiado. Era una desvergonzada. No tenía ningún reparo en ofrecérsele de aquella manera, a él, precisamente. Abrió la boca para ponerla en su sitio, pero de repente se le ocurrió que quizá fuera una buena oportunidad para demostrarle a otra desvergonzada cómo se sentía uno cuando lo rechazaban. A la misma mujer que había pasado la tarde en su cama y después no lo había aceptado.

Echó un vistazo por la habitación y localizó a Helen sentada junto a Dorothea. Después miró el rostro de Serena, que sonreía falsamente.

—Creo que en este momento comienza un vals. ¿Te apetece bailar?

No tuvo que pedírselo dos veces. Sin embargo, en cuanto hubo dado dos pasos se arrepintió. Serena no era la mujer a la que quería tener en sus brazos. Con un mal presentimiento, alzó la cabeza para mirar a Helen. Ella todavía no los había visto, pero muchos otros sí. Él había hecho un hábito de bailar solo con Helen Walford. Su repentina aparición en el baile con otra mujer, Serena Monckton, además, mientras Helen estaba sentada sin bailar, era un insulto evidente. Pero Martin se dio cuenta de todo aquello con retraso. La magnitud de su error se hizo patente cuando miró de nuevo a Helen. Ella ya los había visto, y la expresión de sus ojos verdes le dolió a Martin en el alma. Bruscamente, ella bajó la vista y le dijo algo a Dorothea, que lo estaba mirando también, con una furia que no podía disimular.

Martin sintió un escalofrío. Bailaba automáticamente, sin prestarle atención al parloteo de Serena. Cuando pasaron cerca de la silla donde había estado Helen, él vio que estaba vacía. La siguiente vez, Dorothea había vuelto, sola, y le estaba lanzando puñales con la mirada.

Helen se había marchado.

Por él. Le había hecho daño y había huido. Aquello era algo que ella nunca habría hecho, sobre todo teniendo en cuenta que no le gustaba nada aparecer en los murmullos de la gente.

En cuanto terminó el baile, con el corazón dolorido, Martin le hizo una reverencia a Serena, dejándola a un lado de la pista, se despidió de sus anfitriones y se marchó.

Damian lo vio todo desde su rincón, y se alegró. Aquello iba cada vez mejor. Tras aquella escenita, no había ninguna posibilidad de que las cosas se arreglaran entre su hermano y lady Walford. Sobre todo, después de que, aquella noche, él sembrara su historia en suelo fértil.

Todo el salón de baile se había dado cuenta del incidente. Lady Rochester estaba todavía intentando aparentar que Martin había mostrado un interés real en ella. Nadie la creía, por supuesto. Damian se acercó y esperó a que terminase de hablar con un libertino de edad avanzada. Después, la saludó.

—Ha sido muy amable por su parte echarle una mano a Martin.

Serena lo miró desdeñosamente.

—¿Qué quiere decir, señor?

Aquel tono desagradable sacó lo peor de Damian a la superficie.

—Oh, creía que usted lo sabía —vio cómo lady Rochester se congestionaba—. ¿Quién sabe? —continuó, antes de que ella explotara—. Quizá Martin se lo agradezca de una forma que usted aprecie, ahora que ha terminado su relación con lady Walford y ya no puede disfrutar de sus encantos.

Serena abrió mucho los ojos ante lo que significaban aquellas palabras.

—¿Quiere decir que...? —su voz era un susurro incrédulo.

Damian fingió sorprenderse.

—¿No lo sabía? Yo creía que todo el mundo lo sabía —se encogió de hombros—. Bueno, más tarde o más temprano se enterarían.

Y con aquello, se marchó, seguro de haber advertido a lady Rochester, también. Porque, si Martin era capaz de seducir y dañar la reputación de una mujer como lady Walford, con ella lo tendría mucho más fácil.

Serena sonrió con frialdad. Tenía la oportunidad de hacerle daño a un hombre que había preferido irse a las colonias antes que casarse con ella. Aunque el tiempo había curado su furia y su orgullo herido, no veía ninguna razón para no extender aquel delicioso rumor.

Animada por un agradable sentimiento de maldad, se mezcló con la multitud pensando en cómo podría hacerlo.

Martin entró en la biblioteca, se sirvió una buena copa de coñac y se sentó ante el fuego.

¿Por qué? ¿Cómo había podido cometer semejante error? Había permitido que sus emociones tomaran el control, y había perdido el equilibrio. Si aquello era lo que el amor le hacía a un hombre, no estaba seguro de si quería continuar.

Con un gruñido de frustración, dejó la copa en la mesita y se cubrió la cara con las manos. Había herido a Helen, demonios, cuando todo lo que quería era hacerla feliz. En vez de eso, solo había conseguido ponerlos tristes a los dos. Cada vez sentía un deseo más fuerte de ir a su casa y llamar a la puerta hasta que ella lo dejara pasar.

Sin embargo, Martin reprimió aquel impulso de mala gana. Sabía perfectamente que aquello solo empeoraría las cosas.

Lo mejor que podía hacer, hasta que superara la furia y la confusión, era alejarse unos días. Su agente de Merton le había escrito pidiéndole que acudiera, y los decoradores estaban allí, haciendo realidad su sueño; debería ir a ver cómo estaban progresando las obras. Quizá la paz del Hermitage le ayudara a resolver las cosas, a decidir cómo actuar.

Una vez que hubo tomado la decisión, se levantó de la butaca y terminó el contenido de la copa. Después, con la mandíbula apretada, salió de la estancia.

Dos días después, en su primera salida al parque con Cecily Fanshawe, Helen tuvo por primera vez la sensación de que algo no marchaba bien. Afortunadamente, Cecily no había asistido a aquel baile porque se encontraba mal. Como siempre, cotorreaba con entusiasmo, dándole a Helen la posibilidad de descansar su mente agotada.

Estaba exhausta, deprimida y hundida. Ver a Martin bailando con lady Rochester le había causado más dolor del que estaba preparada para soportar. Había pensado que sería capaz de sobrellevar una visión como aquella, aunque le costara tiempo. Sin embargo, aquella noche sus nervios no se lo habían permitido. La acción de Martin y su propia reacción habían provocado comentarios, ella lo sabía. Como consecuencia, cuando detectó los primeros susurros, no le dio demasiada importancia.

Pero para cuando Cecily y ella habían recorrido la mitad del circuito, Helen ya sabía que había algo más grave. Se notaba la frialdad en el ambiente. Algunas de las damas con hijas casaderas le retiraron la sonrisa.

Fue Ferdie quien confirmó sus sospechas. Las saludó desde un lado del camino de coches, en el punto más concurrido del parque. Cuando el carruaje se detuvo, él abrió la puerta.

—Tengo que hablar contigo —le dijo a Helen. Saludó a Cecily y subió al coche—. Creo que es mejor llevar a Helen a casa. Necesito hablar con ella a solas.

Cecily frunció el ceño.

—Pero... acabamos de llegar.

—No importa —dijo Ferdie, en tono firme.

—Está bien —Cecily se rindió, y le dio al cochero instrucciones para volver.

Durante el camino, Ferdie sacó un tema de conversación ligero, pero, sin embargo, Helen se sentía cada vez peor. Tenía una opresión en el pecho que intentó aliviar hasta, por lo menos, saber qué tenía que decirle Ferdie.

Cecily los dejó en Half Moon Street y se despidieron.

Cuando entraron en la casa, Helen encontró otra visita que esperaba. Dorothea estaba caminando por la sala.

—Menos mal que ya has llegado. Esperaba que no tardaras mucho.

Ferdie entró detrás de Helen, y Dorothea lo saludó con alivio.

—Tú eres la persona que necesitamos.

Helen, hundiéndose en una butaca, preguntó con un suspiro:

—¿Os importaría decirme qué pasa? —tenía un presentimiento muy desagradable, pero quería oírlo claramente.

Ambos visitantes se quedaron callados, mirándola. Después, se miraron el uno al otro.

—¿Es acerca de Martin Willesden?

Dorothea se dejó caer en una silla.

—Sí —respondió, y esperó a que Ferdie se sentara también—. Hay rumores. Quizá es lógico, después del baile de los Barham. Pero lo que he oído esta mañana parece más de lo que se puede excusar —dijo, y miró a su amiga con una pregunta en los ojos.

Helen la miró también durante unos instantes, y después se dirigió a Ferdie.

—¿Tú también has oído cosas?

Ferdie, extrañamente serio, asintió.

—En White's.

Helen cerró los ojos. White's. Aquello significaba que lo sabía toda la ciudad.

—La historia sugiere que... has sido amante de Martin Willesden —ella esperó, pero Helen no abrió los ojos—. ¿Es cierto? —preguntó con suavidad.

—¿Es que tendría alguna importancia si fuera cierto o no? —respondió Helen, en un tono de voz cansado. Abrió los ojos y arqueó las cejas desdeñosamente.

Fue Ferdie el que respondió.

—Me temo que no. Lo que necesitamos hacer ahora es decidir cómo acallarlo.

—Sí —convino Dorothea—. Helen, vas a tener que enfrentarte a ello. Marc está furioso. Después de todo, conociste a Martin en nuestra casa. He tenido que persuadirlo para que no hiciera nada antes de que yo hubiera hablado contigo.

Helen se quedó asombrada. ¿Hazelmere contra Martin? En realidad, no sabía quién ganaría semejante enfrentamiento. Los dos eran hombres muy poderosos, pero Hazelmere tenía una posición social afianzada, y a Dorothea a su lado. Helen le puso una mano en el brazo a su amiga y le suplicó:

—Tienes que prometerme que convencerás a Marc para que no haga nada hasta que me escuche. ¿Me lo prometes?

Con una mirada de preocupación en los ojos, Dorothea sonrió.

—Te prometo que lo intentaré. Pero tú sabes tan bien como yo que hay ciertas cosas en las que Marc no se deja guiar.

Aquello era indiscutiblemente cierto. Helen asintió para aceptar el ofrecimiento de Dorothea.

—Necesito pensar.

—Lo mejor será comportarse con normalidad —dijo Ferdie—. Merton tendrá que hacer su papel. Si ninguno de los dos se altera, el rumor se desvanecerá.

Débilmente, Helen asintió.

—Sí. Supongo que es cierto —con un esfuerzo evidente, sonrió a sus invitados—. Con amigos como vosotros, estoy segura de que lo conseguiré.

Dorothea se levantó, sacudiéndose la falda para colocársela.

—Te dejo que reflexiones. Si necesitas algo más, avísame para cualquier cosa. Mientras, nosotros haremos todo lo posible para mitigar el interés.

Helen les dio las gracias, y Ferdie se levantó también.

—Yo voy contigo —le dijo a Dorothea—. Quizá sea de ayuda que hable con Hazelmere.

Cuando sus dos invitados se hubieron marchado, Helen se quedó pensando, intentando descubrir qué había ocurrido. ¿Cómo era posible que el relato de su tarde con Martin hubiera trascendido? Nadie la había visto salir de casa de Martin, gracias a su cuidadoso mayordomo. Y, contra las órdenes de su amo, Hillthorpe la había enviado a casa en uno de los coches de Merton, pero sin emblema en las puertas, de modo que nadie podía haber supuesto nada.

¿Sería posible que Martin hubiera extendido el rumor para hacerle daño? Dado que había hecho trizas sus sentimientos públicamente bailando con lady Rochester ante sus propias narices, Helen pensó que sería capaz de todo. ¿Acaso, sabiendo que lo único que ella tenía era su posición en la sociedad, habría querido despojarla de aquello? Helen se mordió el labio inferior. Experimentó un sentimiento de traición que amenazaba con engullirla, pero, con la determinación de ver las cosas claramente, reflexionó durante largo rato. Finalmente, no pudo creer que él hubiera hecho aquello. Era posible que él estuviera furioso, pero no creía que quisiera destrozarla haciendo público lo que habían compartido en su casa aquella tarde. Aquello no era propio de un señor y, a pesar de su apariencia de calavera, Martin Willesden era todo un caballero.

La única prueba de aquello que necesitaba era recordar. Él la había ayudado mucho, entre otras cosas, en su poco ortodoxo viaje a Londres. Un mujeriego sin escrúpulos habría aprovechado la oportunidad; Helen se sonrojó al recordar su noche en Cholderton. Ciertamente, él había tenido toda clase de oportunidades.

No. Él no había extendido aquel rumor. Sin embargo, la incertidumbre le añadió otra herida a su corazón lacerado.

Después de pensar durante una hora, se convenció a sí misma de que tenía que ver a Martin para hablar sobre lo que podían hacer. Él también debía de haber oído los rumores.

De mala gana, Helen se levantó y se dirigió hacia su escritorio. Rápidamente, le escribió una nota al conde de Merton.

La respuesta le llegó dos horas más tarde.

El conde, escribía su secretario, estaba en aquel momento en el campo. No sabía cuándo regresaría, pero no recibiría la carta hasta el momento de su regreso.

Helen se quedó absorta leyendo la nota una y otra vez. Finalmente, la arrugó y la tiró a la chimenea. Después, lentamente, subió a su habitación.

Se tumbó en la cama con los ojos clavados en el techo. Estaba sola. Aquello no era algo inusual en su vida, pero aquella vez era mucho peor. Sin darse cuenta, se había acostumbrado a que Martin estuviera a su lado desde el primer encuentro en el bosque. Sin embargo, se había retirado en el momento en el que ella más necesitaba de su fuerza.

¿Qué podía hacer? En ausencia de Martin, no sería capaz de enfrentarse a los rumores, no podría acallarlos por el mero hecho de negarlos. Sin Martin, no podría mantener la cabeza alta. ¿Y quién sabía cuándo iba a volver?

¿Cuáles eran las opciones? Si se retiraba de la ciudad durante el resto de la temporada de actos sociales, era muy probable que cualquier otro escándalo eclipsara el suyo. Sabía que Hazelmere no lo aprobaría, porque sería admitir tácitamente que el rumor tenía algún tipo de fundamento. Pero ella no era ninguna niña. Era una viuda de veintiséis años. Su círculo social se inclinaba a hacer la vista gorda ante aquellos asuntos, siempre y cuando se manejaran con discreción. Así pues, lo mejor que podía hacer para asegurar que volvieran a aceptarla en el futuro era marcharse al campo. No tenía ninguna duda de que, al año siguiente, podría volver a la ciudad y unirse a la temporada como si nada hubiera sucedido.

Así que se marcharía al campo. El mejor lugar era Heliotrope Cottage, la única tierra que le quedaba, en el oeste de Cornwall. La casa era muy pequeña, pero más que suficiente para ella y para Janet. Hazelmere siempre había estado en contra de que se quedara allí, alegando que no tenía protección masculina. Pero Cornwall estaba bastante alejado de Londres. Además, quizá aislada, en el campo, su corazón se curaría más rápidamente.

Con un suspiro, Helen se levantó de la cama y llamó a la campana. Si Janet hacía las maletas aquella noche, podrían salir a la mañana siguiente y alejarse de los ojos grises que la habían hechizado. Decidió no contarle a nadie lo que había pensado, para no tener que discutir. Nadie se preocuparía al saber que se había marchado con Janet, había cerrado la casa y había retirado el llamador. Sus mejores amigos respetarían su deseo de intimidad. Después de Navidad, seguramente, podría hacerle una visita a Dorothea, cuando su amiga hubiera dejado la capital y se hubiera marchado a celebrar las fiestas a la finca de Hazelmere.

Respirando hondo, Helen intentó relajarse, a la espera de que el sueño la reclamara y preguntándose cuánto tiempo tendría que pasar para que aquellos ojos se le borraran del pensamiento.

CAPÍTULO 10

En el Hermitage, Martin paseaba por el nuevo invernadero que había mandado construir detrás del salón de baile, admirando sus nuevos dominios. Todo estaba saliendo tal y como lo había planeado.

Los decoradores todavía tardarían una semana más en terminar su trabajo. Los carpinteros se marcharían al día siguiente. Un ejército de jardineros había transformado la espesura salvaje en un paraíso al que se accedía por el camino clareado, a través de las viejas puertas de hierro forjado, limpias y pintadas de negro brillante. Ante aquella vista, Joshua, que no había dejado de gruñir desde Londres, se quedó boquiabierto.

Martin apoyó las manos en el alféizar de la ventana y aspiró profundamente el olor de la madera nueva y la hierba recién cortada. El Hermitage había vuelto a ser un lugar apropiado para recibir invitados y ser ocupado por él y su familia.

Ante aquel pensamiento, su estado de ánimo se derrumbó.

Su éxito no había sido completo. Antes de conocer a Helen Walford, reformar el Hermitage había sido su principal objetivo. Sin embargo, en aquel momento tenía puestas sus miras mucho más allá de poseer una casa. Necesitaba una familia.

Y solo había una mujer a la que pudiera imaginar ante su chimenea. No podía quitarse de la cabeza la imagen de Helen, con las llamas reflejadas en su maravilloso pelo, con su hijo en brazos.

De ser solamente una meta, casarse con Helen Walford había pasado a ser una obsesión. Sabía que, si no se casaba con ella, no se casaría con nadie. No podría conseguir su sueño de tener una familia que habitara su hogar.

Helen se iba a llevar una buena sorpresa.

Él no iba a rendirse.

Martin sonrió. La vida de un calavera rico y de buena familia no enseñaba precisamente a hacer sacrificios. No estaba dispuesto a abandonar su sueño. Pero, por muy decidido que estuviera, todavía tenía que averiguar cómo convencer a Helen.

De repente, se dio cuenta de que estaba empezando a atardecer y se dirigió hacia la habitación de su madre. Subió los escalones de dos en dos y llamó a la puerta de sus habitaciones. Cuando ella le dijo que entrara, sonrió con una impaciencia perversa y obedeció.

Catherine Willesden se había quedado sorprendida aquella tarde cuando Martin había pasado por su cuarto, pero no para discutir, sino solamente para charlar. Al principio, estaba asombrada, y después se había quedado desarmada. Tenía un ingenio agudo, muy parecido al de su padre. Ella había disfrutado de aquella charla mucho más de lo que estaba dispuesta a admitir.

—Tengo una sorpresa para ti —le dijo Martin, sonriendo.

—¿Eh? ¿Qué? —preguntó lady Catherine, haciendo un esfuerzo por mantenerse impasible.

—No puedo decírtelo, o no sería una sorpresa —respondió Martin.

—Mi querido señor, si piensa que voy a jugar a las adivinanzas con usted, está confundido.

—Por supuesto que no —dijo él, considerando que la mordacidad de su madre era una buena señal, y disfrutando de la posibilidad de tomarle el pelo—. Yo nunca me atrevería a jugar con usted, señora.

—¡Pff! —fue la respuesta instantánea de su madre.

—Pero me estás distrayendo de la sorpresa. Tienes que bajar las escaleras conmigo.

Lady Catherine le frunció el ceño a su hijo.

—Hace diez años que no bajo las escaleras, como tú bien sabes.

—Yo no sé nada de eso. Si estabas bien como para bajar hace seis semanas, debes de estar bien ahora, para ver lo que quiero enseñarte —Martin observó cómo su madre agarraba a duras penas el borde de su chal con los dedos.

—Oh —dijo la condesa viuda—. Te lo han contado.

—Sí —repuso Martin, en un tono mucho más amable—. Pero no había necesidad de que lo vieras todo en aquel estado —él había sabido que, después de su primera visita, ella había insistido en que la bajaran al piso de abajo, para comprobar el estado en que, según ella misma había supuesto, se encontraba la casa.

—Fue horrible —dijo lady Catherine, estremeciéndose—. Ni siquiera pude reconocer algunas de las habitaciones.

Su pena por la pérdida de sus sueños y de los recuerdos que habían permanecido con ella durante tantos años afectó a su tono de voz.

—Pero todo eso ya ha pasado —Martin se acercó y la tomó en sus brazos. Lady Catherine dejó escapar un gritito y se agarró a él, y lo miró fijamente cuando él sonrió.

Pensando en que Helen pesaba al menos el doble que su madre, se dirigió hacia la puerta. Después miró la cabeza agachada de Melissa.

—Melissa, ¿quieres venir? Hoy cenaremos abajo. Puedes venir con nosotros ahora, si quieres ver los trabajos, o puedes bajar después, a las seis, al comedor.

Melissa se quedó mirándolo boquiabierta. Martin echó a caminar de nuevo.

—¿Abajo? —lady Catherine recuperó, por fin, el habla—. Yo siempre ceno aquí arriba, en una bandeja.

—Pues se acabó. Ahora que tenemos un comedor estupendo.

Mientras yo esté en la casa, al menos, tendrás que ocupar tu lugar en la mesa —hizo que su voz sonara severa, como si le estuviera dando una orden.

Después miró de reojo a su madre. Ella no sabía qué decir. Por una parte, no le gustaba aceptar lo que podría solamente ser su caridad. Por otra, deseaba cenar en su mesa de nuevo. Martin sonrió y siguió caminando por el largo pasillo hacia las escaleras.

Catherine Willesden casi no pudo ver el nuevo mobiliario, porque tenía los ojos llenos de lágrimas. Nunca había valorado a Martin como se merecía. Sabía muy bien que nunca había sido tan dócil como sus hermanos. Pero George había arruinado la casa, y Martin, sin embargo, le había devuelto todo su esplendor. Se le había roto el corazón cuando, finalmente, se había enterado de todo lo que había pasado en realidad. El señor Matthews había sido completamente franco al responderle cuando ella le había preguntado. Su hijo había agitado su varita mágica y la casa estaba casi mejor que al principio.

Aunque no podía decírselo, porque el muy bribón se pondría insoportable. Cuando llegaron al final de las escaleras, ella parpadeó rápidamente. Martin la dejó en una silla, y ella aprovechó para colocarse las faldas mientras él la rodeaba. De repente, la silla empezó a moverse.

—¡Martin! —la condesa viuda se agarró como pudo a la silla.

El réprobo de su hijo se rio. Realmente, se reía.

—Está bien, madre —Martin empujó la silla suavemente—. Es una silla de ruedas. Tiene ruedas para que puedas moverte, ¿ves? —se detuvo y se las enseñó—. La vi en Londres, y pensé que podría serte útil.

—Es posible —respondió su madre, intentando, en vano, que su tono de voz fuera tan adusto como siempre.

Pero fracasó. Martin la llevó hasta el comedor, con una gran sonrisa de satisfacción.

La paseó por las habitaciones, explicándole cómo iban a ser

aquellas que todavía estaban sin terminar. Para su sorpresa, ella no puso ninguna objeción ante lo que él había decidido, y añadió algunas sugerencias. A las cinco, completamente satisfechos el uno con el otro, se fueron a sus habitaciones para vestirse.

Aquella cena fue la primera que compartían en trece años y, sin embargo, no hubo ninguna tensión, aparte de la que creó Melissa, que permaneció callada durante toda la velada. Martin intentó incluirla en la conversación, pero, finalmente, su madre le hizo un gesto y sacudió la cabeza.

Al final de la cena, lady Catherine le pidió a su hijo que la llevara a la biblioteca.

—Tengo que hablar contigo.

Cuando llegaron a la habitación de la casa donde siempre se había sentado su padre después de cenar, Martin puso la silla de su madre cerca de la chimenea. Ella suspiró suavemente, y empezó a hablarle.

—Como ya sabes, mis amigos de la ciudad siempre me han informado de las últimas noticias por carta.

Martin reprimió el impulso de terminar rápidamente aquella conversación. En vez de aquello, arqueó una ceja con frialdad.

—¿De veras?

La condesa viuda se puso rígida.

—No tienes por qué ponerte a la defensiva —le dijo—. Solamente quería decirte que me he enterado de que tienes gran interés en Helen Walford. Todo el mundo está esperando a que le pidas que se case contigo. Como nunca has sido tonto, supongo que eso significa que quieres casarte con ella de veras. No te he mencionado el asunto para hacerte ninguna objeción, aunque sé que, si te la hiciera, no me prestarías atención. Recuerdo la historia de lady Walford y conocí un poco a sus padres. Por todo lo que he oído, es apropiada para ser tu condesa.

Para asombro de Martin, lady Catherine hizo una pausa, con el ceño fruncido, y añadió:

—Debo decir que no te imagino casándote con una debutante. Probablemente, la estrangularías en la luna de miel. O, más probablemente, me la echarías encima a mí —la condesa viuda miró a su hijo y vio en sus ojos que se estaba divirtiendo. Entrecerró los ojos y continuó—: Lo cual me lleva a lo que quería decirte. No sé en qué estado está Dower House, pero te estaría muy agradecida si lo arreglaras todo para que la firma que ha reformado el Hermitage arreglara también aquella casa.

Al ver que Martin no hacía ningún comentario, añadió:

—Yo correría con los gastos, naturalmente.

—Naturalmente, un cuerno —Martin dejó su copa de Oporto en la mesita y se inclinó hacia delante para que su madre pudiera verle la cara con claridad—. Tú llevas viviendo en esta casa unos cincuenta años. Ni yo ni mi esposa desearíamos que te marcharas.

Durante un momento, su madre se lo quedó mirando fijamente, deseando aceptar su ofrecimiento, pero demasiado orgullosa para aceptarlo por compasión.

—No seas tonto. Tu mujer no querrá que Melissa y yo estemos pululando por la casa.

Martin se rio y se apoyó en la butaca.

—Se me había olvidado Melissa —admitió él, con los ojos brillantes—. ¿Quién sabe? Quizá Juno pueda conseguir que hable.

—¿Quién?

Con una rápida sonrisa ante la confusión de su madre, dejó la pregunta a un lado.

—Te aseguro que Helen querrá que te quedes. Sospecho que os llevaréis estupendamente, y seguro que tendré que aguantar una alianza vuestra cada vez que quiera hacer algo poco convencional. Nunca se sabe, puede que ella necesite tu apoyo —al ver que la condesa viuda todavía no estaba convencida, añadió pensativamente—: Y siempre habrá niños a los que cuidar.

—¿Niños? —la expresión asombrada de su madre le sugirió a Martin que su imaginación había ido más lejos de lo que él quería.

—Todavía no. Aunque yo sea un calavera, creo que esperaremos hasta después de la boda.

Su madre se quedó muy aliviada.

—Y ahora, si ya he resuelto todas tus preocupaciones, te llevaré a tu habitación —Martin se levantó y tomó a su madre en brazos. Ya estaban subiendo las escaleras cuando ella le preguntó:

—Entonces, ¿vas a casarte con Helen Walford?

—Por supuesto. Puedes estar segura.

Más tarde, cuando ya estaba en la biblioteca con su Oporto, sus palabras se le repetían en la mente. Él había dicho la verdad. La única cuestión que quedaba por resolver era cómo hacer que su novia accediera.

Se acomodó en la butaca y estiró las piernas. Era todo un misterio el porqué ella había rechazado su proposición. Al menos, ya sabía que la razón no era física. Debía de ser algo mucho más sencillo, probablemente, desconfianza en los hombres. Después de su primer matrimonio, cosa bien comprensible. Cualquiera que fuera el problema, él lo resolvería. Cada día que pasaba la echaba más de menos, porque no había nada más importante para él que Helen Walford.

Al día siguiente volvería a la ciudad a hablar con ella. La cortejaría, la conquistaría. Y después, la llevaría a casa.

Dos días después, al mediodía, Martin paraba el coche delante de la casa de Half Moon Street. Joshua se bajó de la parte de atrás y tomó las riendas mientras él caminaba hacia la puerta.

—No sé cuánto tardaré. Dales un paseo si es necesario.

Martin subió decididamente los escalones. Ella le iba a decir que sí en aquella ocasión. No iba a marcharse hasta que lo hiciera. Levantó la mano para tomar el llamador, y se quedó petrificado.

El llamador no estaba.

Helen se había marchado de la ciudad.

Bruscamente, Martin se dio la vuelta y caminó hacia el

coche de nuevo. Sorprendido por el rápido regreso de su amo, Joshua abrió la boca para hablar, pero volvió a cerrarla. En silencio, le entregó las riendas de los caballos y se fue hacia atrás. Por la experiencia que tenía, sabía que era mejor no preguntarle nada al conde cuando estaba furioso.

Martin dirigió los caballos hacia casa y, cuando llegó, se encerró en la biblioteca.

¿Por qué? ¿Por qué se había marchado?

Los cotilleos después del baile de los Barham no podían haber sido tan malos. Era posible que él hubiera cometido un gran error, pero sabía que en Londres los rumores sobre aquello durarían uno o dos días a lo sumo.

Entonces, ¿por qué se habría marchado?

¿Para evitarlo a él?

¿Habría pensado que iba a repetir su actuación con Serena, o con cualquier otra mujer, y hacer que su vida fuera desgraciada? Con un gruñido de frustración, sacudió la cabeza. No. Ella no podía creer que le fuera a hacer daño de nuevo. Dado el grado de entendimiento al que habían llegado durante todas las horas que habían estado juntos, ella sabría que se calmaría después de aquello, después de haber visto su disgusto. Demonios, él quería casarse con aquella mujer, ella no podía creer que quería hacerle daño. ¿O sí?

Hundido en el sentimiento de culpabilidad, Martin paseó por la habitación, pensando.

No. No podía haberse ido para escapar de él, porque él mismo se había marchado de la ciudad. Ella lo habría sabido uno o dos días después, y dudaba que sus amigos le hubieran permitido marcharse. Así que...

¿Por qué se había marchado? Quizá la razón no tuviera nada que ver con su relación. Ella no tenía familia directa, y sus amigos vivían en Londres. Quizá Dorothea se hubiese puesto enferma y se hubieran retirado al campo. Sin embargo, al recordar a la encantadora mujer de Hazelmere la última vez que la había visto, aquello no le pareció probable.

¿Se habría visto Helen obligada a marcharse por alguna otra razón? Aquel pensamiento hizo que Martin se pusiera aún más nervioso. Después de unos instantes, llamó a la campana. Cuando Hillthorpe apareció, pidió que llamaran a Joshua.

Unos momentos después, una voz sacó a Martin de sus pensamientos.

—¿Quería verme, señor?

Martin se levantó y se acercó a Joshua.

—¿Te acuerdas de ese hombre al que te pedí que vigilaras, Hedley Swayne? Una vez mencionaste que habías entablado cierta amistad con su cochero, ¿no?

Joshua se encogió de hombros.

—Bueno, una amistad de beber en las tabernas, si entiende lo que quiero decir...

Martin lo entendía. Sonrió.

—Eso es estupendo. Quiero que vayas a verlo, y averigües lo que puedas sobre las últimas hazañas del señor Hedley. Sobre todo, si ha tenido visitas, o si ha ido a alguna reunión muy arreglado... Su cochero puede haberse fijado en esas cosas.

—Muy bien.

—Quiero saber lo que ha estado haciendo Hedley Swayne durante esta semana, y quiero saberlo tan pronto como sea posible.

—Muy bien, señor.

Con un saludo, Joshua se marchó.

Y volvió antes de lo que Martin se esperaba.

—Se ha ido. Ha salido corriendo.

—¿Qué? —Martin saltó de la butaca en la que se había hundido—. ¿Cuándo?

—Parece que el caballero se ha marchado con sus hombres a su finca, según me ha dicho su ama de llaves. Se marcharon hace dos días.

—Dos días. ¿Y te ha dicho por qué?

Joshua sacudió la cabeza, mientras su amo recorría la habitación frenéticamente.

—¿Quiere que vigile por si vuelve?

Martin se detuvo. Miró a Joshua y negó con la cabeza.

—Tengo el desagradable presentimiento de que, si esperamos a que vuelva, será demasiado tarde —se despidió de Joshua y echó a andar de nuevo. Le ayudaba a pensar.

No tenía por qué haber ninguna relación entre la marcha de Helen y la de Hedley Swayne. Pero tampoco tenía por qué no haberla. Martin se maldijo por no haber investigado el intento de secuestro del señor Swayne. Su preocupación por conseguir que Helen se convirtiera en su esposa había relegado aquel pequeño incidente en su cabeza. El recuerdo de aquello había sido eclipsado por los demás recuerdos de Helen durante su viaje de vuelta.

De repente, Martin se dio cuenta de que la única solución para resolver todas sus dudas era ir a preguntar a Hazelmere. Rápidamente, fue a casa de su amigo.

Para su sorpresa, aunque Mytton fue tan amable como siempre, y fue inmediatamente a informar a su amo a la biblioteca, tuvo que esperar bastante tiempo en el vestíbulo. Finalmente, la puerta de la biblioteca se abrió.

Salió Dorothea, con el niño en brazos.

Si le había lanzado puñales en el baile de los Barham, aquella tarde le añadió flechas y lanzas. Confuso, Martin pensó que debería estar muerto.

Con un gesto frío de saludo, Dorothea se dio la vuelta y empezó a subir las escaleras. Lo rígido de su espalda ilustraba su desaprobación.

Martin no estaba totalmente sorprendido por su enfado. Al fin y al cabo, era muy amiga de Helen. Sin embargo, se sintió como cuando las damas lo habían mirado igual trece años atrás.

Mytton se acercó.

—Su Señoría lo recibirá ahora, milord.

Cuando entró en la biblioteca, encontró a Hazelmere de pie junto a la ventana, abierta a la brisa fresca de la mañana. Su postura, rígida y severa, le advirtió a Martin que ocurría algo grave.

Martin se detuvo al lado de una butaca y apoyó una mano en el respaldo. Le lanzó a su amigo una mirada lánguida y suspiró.

—¿Qué se supone que he hecho ahora?

Hubo una pausa brevísima, durante la cual Hazelmere procesó la información que encerraban aquellas palabras. Entonces, sus rasgos se relajaron.

—¿No lo sabes? —le preguntó.

—Aparte de perder la cabeza en el baile de los Barham la otra noche, no creo haber transgredido ninguna de las leyes más sagradas.

—¿Ni siquiera antes del baile de los Barham?

Martin rodeó la butaca y se dejó caer en ella.

—Oh.

—Precisamente —despacio, Hazelmere se sentó enfrente de él—. Ya veo que es cierto.

—Te dije que iba a curarla, ¿no?

Hazelmere reconoció aquello con un gesto de resignación.

—Sin embargo, no había imaginado que dejarías que fuera del dominio público.

—¿Del dominio público? —Martin se levantó de un salto—. ¡Maldita sea! —rugió—. ¿Cómo es posible que se haya sabido?

Hazelmere fue testigo de la agitación de su amigo con satisfacción evidente.

—No creía que tú supieras nada del asunto.

Él lo dijo suavemente, pero Martin lo asimiló a la primera.

—¡Por supuesto que no! ¿Qué demonios...? —entonces se detuvo, estupefacto, pálido. Lentamente, volvió a hundirse en la butaca—. ¿Dorothea y todos los demás piensan que yo lo he contado?

Hazelmere asintió.

—A lady Rochester —añadió—. Ella fue la que hizo circular el rumor después de bailar contigo en casa de los Barham.

Martin gruñó y hundió la cabeza entre las manos. ¿Cómo era posible que Serena se hubiera enterado? Entonces, se le ocurrió algo mucho más preocupante.

—¿Y Helen también lo cree?

Entonces, Hazelmere frunció el ceño.

—Para ser sinceros, no sé lo que piensa Helen. No he tenido la oportunidad de hablar con ella. Ha desaparecido, se ha ido de la ciudad. Yo tenía la esperanza de que tú supieras dónde está, pero es evidente que no lo sabes.

—Había venido a preguntarte si tú lo sabías. Yo me marché de la ciudad a la mañana siguiente del baile. ¿Qué ha ocurrido, exactamente?

Hazelmere se lo contó brevemente.

—Así que Dorothea y Ferdie la dejaron para que pensara con claridad. A la mañana siguiente, se había marchado.

—¡Maldita sea! —Martin se puso de pie otra vez y comenzó a caminar frente a la chimenea. Se obligó a sí mismo a evaluar la situación con frialdad—. Con suerte, la situación no será irreversible. Una vez que nos casemos, dejará de haber murmuraciones.

—Cierto —convino Hazelmere—. Pero, si no te molesta mi curiosidad, ¿cuándo es la boda, exactamente?

La mirada que le lanzó Martin era de exasperación y frustración.

—Esa desvergonzada me dijo que no.

Por una vez, los ojos marrones de su amigo se abrieron en franca sorpresa.

—Pero... ¿qué pretende? —preguntó, finalmente.

—No tengo ni la más mínima idea —murmuró Martin—. Pero cuando le ponga las manos encima, voy a sujetarla hasta que consiga meterle algo de sentido común en la cabeza —cansado de pasear, volvió a sentarse—. ¿Se te ocurre algún sitio al que haya podido ir?

—He estado pensando. No creo que haya ido a ninguna posada, y sé que no ha ido a ninguna de mis fincas. Creo que está en Heliotrope Cottage.

Martin lo miró confundido.

—Creo que te expliqué que ninguna de sus fincas se había

salvado de las manos de su marido, pero Heliotrope Cottage se consideró algo sagrado. Así que es la única parte del patrimonio de Helen que sigue siendo suya. Es una parcela muy pequeña, en Cornwall.

—¿Cornwall?

Ante la incrédula exclamación de Martin, Hazelmere parpadeó.

—Sí. Cornwall. Ya sabes, esa región al lado de Devon.

—Ya sé dónde demonios está Cornwall. Pero lo peor es que también lo sabe Hedley Swayne. Su finca también está allí.

Hazelmere estaba confundido.

—Bastante gente tiene fincas en Cornwall.

—Pero nadie ha intentado secuestrar a Helen, excepto él.

—¿Cómo dices?

—La primera vez que vi a Helen —le explicó Martin—, no fue en tu casa, sino en un bosque en Somerset. Dos rufianes la tenían agarrada, y estaban esperando a que apareciera su cliente. Por lo que he sabido, ese cliente era Hedley Swayne. Helen también lo creía.

Hazelmere no lo entendía.

—No tiene sentido.

—Ya sé que no tiene sentido —gruñó Martin.

—Todos hemos visto a Swayne revolotear alrededor de Helen, pero nunca hubiera creído que realmente tenía intenciones de ese tipo.

Martin sacudió la cabeza.

—Es evidente que tiene que haber algún motivo oculto, algo que no vemos. Pero sea lo que sea, prefiero que Helen esté a salvo antes de sacudir a Hedley Swayne para sonsacarle la respuesta.

Hazelmere estaba completamente de acuerdo con aquello.

—¿Vas tú o voy yo?

—Oh, yo iré, si me das su dirección. Estoy decidido a tener una larga charla con la amiga de tu esposa. Después de eso, creo que iremos a Merton —ante la idea de llevar a Helen al Hermitage, Martin se relajó un poco por primera vez en toda la jornada.

Hazelmere se puso de pie.

—Te dibujaré la ruta. No es fácil.

Con las indicaciones, Martin se puso en camino, después de rogarle a su amigo que hablara con Dorothea con respecto a las miradas asesinas.

En cuanto entró en su casa, Martin repartió instrucciones y órdenes para que se preparara todo mientras él metía unas cuantas cosas en una bolsa de viaje. No sabía qué situación iba a encontrarse en Cornwall, ni qué cosas tendría que hacer para convencer a Helen para que dijera sí. Lo mejor sería casarse rápidamente en cuanto ella accediera.

Una sonrisa irónica se dibujó en los labios de Martin. Terminó de hacer la maleta y ensayó mentalmente su petición al obispo de Winchester, un amigo de su padre que sin duda estaría encantado de enredar a un vividor en las redes del sagrado matrimonio.

La cama de Four Swans no era precisamente cómoda. Martin se estiró y cerró los ojos. Aquel día había sido de lo más ajetreado.

Primero, su llegada a Londres, lleno de planes para Juno, que se habían venido abajo por su ausencia. Después su entrevista con Hazelmere, y los preparativos del viaje. Como era el día libre de su secretario, él mismo se había encargado de la correspondencia, y entre las cartas había encontrado la nota de Helen con la sucinta respuesta de su secretario. Al principio, se había quedado abatido al pensar que ella le había pedido ayuda y no estaba allí. Después, había pensado algo más.

A pesar de que él hubiera herido sus sentimientos, no había dudado en llamarlo. Claramente, había pensado que los dos juntos podrían ocultar su relación. En realidad, no habría sido difícil. Simplemente, habrían continuado como si nada hubiera sucedido entre ellos, y nadie habría seguido murmurando.

Pero lo más importante era que, si ella le había pedido ayuda, era porque estaba preparada para verlo de nuevo, para hablar de nuevo con él. Y aquello era muy alentador.

Suspiró y estiró los hombros. Parecía que las cosas iban mejor, aunque todavía tardaría dos días más en llegar a Heliotrope Cottage. Tenía dos días para preparar sus disculpas y pulir su nueva petición de matrimonio mientras conducía a los caballos.

Aún no había podido entender cómo había trascendido el hecho de que los dos hubieran pasado la tarde juntos, cómo se había enterado todo el mundo. Sin embargo, reconocía que el escándalo le proporcionaba un arma adicional. Tendría que manejarla con cuidado, por supuesto, y solo si Helen aún se mostraba reticente. A ninguna mujer le gustaba que la obligasen a decidirse, y nadie lo sabía mejor que él pero, de alguna manera, tendría que transmitirle a su amor la idea de que el matrimonio era la mejor solución, la más aceptable por la sociedad.

Todavía no sabía, tampoco, por qué lo habría rechazado. Si era simplemente porque estaba recelosa hacia la idea de casarse de nuevo, el único modo de convencerla que se le ocurría era casarse con ella para demostrarle lo equivocada que estaba. Y un poco de persuasión, seguramente, sería excusable en aquellas circunstancias.

Quería casarse con Helen Walford y, por lo tanto, ella se casaría con él. Después de todo, también era lo mejor para ella.

La luz de la luna entraba por la ventana abierta, y una suave brisa refrescaba la habitación. Por fin, Martin notó que el sueño se apoderaba de él. Sus sueños serían, sin duda, sobre la última cama de una posada en la que había dormido, y sobre su acompañante.

CAPÍTULO **11**

Helen estaba amasando pan mientras Janet volvía del mercado del pueblo, a un kilómetro de la casa.

Nunca había cocinado, aparte de las tortas que había hecho con ayuda de Martin en un pajar, unos meses atrás.

Al pensar en él, los ojos se le llenaron de lágrimas. Molesta, parpadeó rápidamente. Desde que había llegado de Londres, se pasaba el día a punto de llorar. Había intentado controlar sus emociones, pero no lo había conseguido.

Apretó los dientes y hundió las dos manos en la masa. No entendía por qué estaba tan pegajosa; seguramente, le habría añadido demasiada agua.

Estaba poniendo un poco más de harina cuando oyó ruido de caballos. Se quedó petrificada, y se le aceleró el corazón.

La casita estaba al final de un camino. Por allí no pasaban carruajes. ¿Quién habría ido a visitarla? Entonces oyó una voz dando órdenes, y supo que no era el conde de Merton.

La desilusión intensificó su desesperanza.

Cuando alguien llamó a la puerta, ni siquiera separó las manos de la masa, sino que dijo «pase» en el tono más agradable que pudo.

Para su sorpresa, era Hedley Swayne la persona que traspasó el umbral de la puerta principal.

—¿Lady Walford?

Helen reprimió un suspiro. La hospitalidad del campo le exigía que, al menos, le ofreciera un refresco.

—Pase, señor Hedley. No me esperaba ver a nadie de Londres por aquí. ¿A qué debo el placer de su visita?

—Querida señora —Hedley Swayne hizo una efusiva reverencia—. Es solo una visita de vecinos —y, cuando Helen lo miró confusa, él añadió—: Soy el dueño de Creachley Manor.

¿Creachley Manor? Helen parpadeó. Si aquello era cierto, en realidad aquel hombre era su vecino más cercano. Sus tierras casi englobaban las de Heliotrope Cottage.

—Ya —respondió ella—. Qué detalle por su parte —le señaló una silla con las manos manchadas de masa y observó cómo Hedley se sentaba, con mucho cuidado de no arrugar la cola de su levita. Ella estaba consternada por aquella visita, y no se fiaba ni un ápice de la excusa que le había dado—. Pero… ¿cómo ha sabido que yo estaba aquí?

Durante un instante, Hedley se quedó sin saber qué decir.

—Eh… eh… Lo he oído decir en el pueblo. Ya sabe a qué me refiero.

Helen inclinó la cabeza con cortesía. Ella había vivido en un pueblo durante toda su vida y sabía perfectamente lo que él quería decir, pero, aunque a menudo las noticias corrían muy rápido, en aquella ocasión era demasiado. Janet y ella habían llegado tarde, la noche anterior. Los mozos y el cochero habían vuelto a Londres inmediatamente. Aquel día era el primero que pasaban allí, así que nadie podía haberlo sabido en el pueblo, solo a través de la aparición de Janet en el mercado. Hedley Swayne estaba mintiendo, pero… ¿con qué propósito?

—¿Le apetecería un té, señor?

Hedley pareció un poco incómodo por su ofrecimiento. Dejó caer la mirada en una pequeña garrafa que había en el mostrador de la cocina. Helen lo notó y se dio cuenta de que el señor Hedley no quería compartir un té.

—Quizá prefiera un poco de vino fresco.

Swayne aceptó de buena gana. Dándole las gracias en silencio a su cocinera de Londres, que había metido una botella de vino en las provisiones, Helen levantó las manos del cuenco donde estaba trabajando la masa, y se las miró consternada.

—Eh... ¿quiere decirme dónde están las copas?

Asombrada por aquella muestra de buena disposición, Helen le indicó a Swayne un armario. Mientras observaba a su visitante, luchaba por entender qué habría ido a hacer allí. ¿Cuál sería su objetivo? Su atuendo era tan recargado como siempre. O quizá más, como si hubiera querido impresionarla, reflexionó Helen. Por desgracia, en aquel escenario campestre, lo único que conseguía era estar fuera de lugar.

Él se sirvió una generosa cantidad de vino y volvió a su silla.

—Tengo que decir, lady Walford, que es un placer ver a una mujer como usted encargándose de tareas tan femeninas.

Helen lo miró cautelosamente. Su actitud era la de un hombre satisfecho de sí mismo, engreído, como si hubiera resuelto algún problema insalvable, y estuviera deseando cobrar el precio. La inseguridad de Helen se intensificó, pero se limitó a asentir sin saber qué decir. Por suerte, Hedley tenía una verborrea interminable. Al principio, ella pensó que su charla no tenía un fin, pero, según proseguía con sus chismorreos sobre el círculo social, empezó a percibir cierto esquema. Todos los comentarios estaban relacionados con algún escándalo reciente, y en cómo habían afectado negativamente a las posibilidades de casarse de las mujeres que se habían visto envueltas en ellos. Ella hizo los comentarios oportunos en el momento oportuno, que era todo lo que Hedley Swayne necesitaba para seguir, mientras Helen se preguntaba si estaría adivinando el punto al que él quería llegar.

Era lo que sospechaba.

—En realidad —dijo él, e hizo una pausa para tomar un sorbo de vino—, me marché de la capital hace seis días. Es muy cansada la Little Season, ¿no cree?

Helen murmuró algo apropiado.

—Y además —dijo Hedley, examinándose las uñas—, corría un rumor muy penoso.

Y aquello, pensó Helen, era suficiente.

—¿De veras? —le confirió a la palabra toda la frialdad que pudo, pero, para su disgusto, tuvo el efecto contrario.

—Mi querida, querida lady Walford —Hedley Swayne se levantó y se aproximó a ella.

Helen abrió unos ojos como platos cuando vio que dejaba su vaso sobre la mesa. Se quedó de piedra al ver que se acercaba con los brazos abiertos, como si quisiera abrazarla. Cuando notó que la rozaba, Helen volvió en sí.

—¡Señor Swayne! —exclamó, y levantó las manos para apartarlo.

Para su sorpresa, él dio un salto hacia atrás, como si estuviera amenazándolo con una antorcha encendida. Entonces se dio cuenta de que tenía las manos cubiertas de masa. Al ver cómo miraba Swayne aquella amenaza para su pulcro traje, Helen tuvo que reprimir una risita. Con determinación, volvió a hundirlas en la masa. Siempre y cuando sus dedos constituyeran aquellas armas mortales, podía considerarse a salvo.

—Señor Swayne —le dijo ella, intentando calmarse—. No tengo idea de los rumores que haya podido oír usted, pero le aseguro que no tengo intención de hablar sobre ellos.

Hedley Swayne frunció el ceño, claramente picado al ver que su ensayado intento se venía abajo.

—Me parece muy bien, querida señora —respondió con irritación—. Pero la gente sí hablará.

—Supongo —respondió ella, desanimándolo—. Pero, digan lo que digan, a mí no me concierne. Los rumores solo son rumores.

—Oh, sí. Pero este rumor es más concreto que los demás —continuó Hedley, y miró a su anfitriona. Al ver la ira reflejada en sus ojos, se apresuró a explicar—: Pero eso no es lo que he venido a decirle, querida mía.

—Señor Swayne —dijo Helen, cansada de su compañía—, no creo que quiera oír nada de lo que tenga que decirme sobre ese asunto o sobre cualquier otro.

—No se precipite, querida señora. Le sugiero que escuche mi razonamiento antes de hacer juicios poco afortunados.

Helen apretó los labios y se preparó para escucharlo.

Animado por su silencio, Hedley Swayne tomó aire.

—Lamento tener que hablar con claridad, señora, pero su reciente indiscreción con un noble es del dominio público en Londres. Todos entendemos, por supuesto, que esa relación ha terminado —dio unos cuantos pasos hacia la puerta de la cocina, y después volvió, mirando severamente a Helen—. Naturalmente, el suceso y su publicidad la han dejado a usted en una situación nada envidiable. Así pues, debe estar contenta por cualquier oferta que la reintegre en sociedad.

Helen, reprimiendo la risa, no tuvo dificultad para entender hacia dónde iban dirigidos sus razonamientos.

—Así, mi querida lady Walford, aquí me ve, convertido en su caballero andante. Vengo a ofrecerle la protección de mi nombre.

No tenía otro remedio que rechazar su ofrecimiento todo lo amablemente que pudiera. Helen sospechaba que sus motivaciones no eran tan puras como él pretendía, pero no tenía ganas de enfrentarse a él innecesariamente. Al fin y al cabo, era su vecino.

—Señor Swayne, valoro muy sinceramente su ofrecimiento, pero me temo que no tengo intención de volver a casarme.

—Oh, no tiene que temer que yo hiciera valer mis derechos matrimoniales, querida señora. Lo que yo le ofrezco es un matrimonio de conveniencia. Usted es una viuda, y yo... yo soy un hombre de ciudad. Estoy seguro de que nos llevaremos estupendamente. No tiene que preocuparse en ese sentido.

Sin saberlo, su declaración no había hecho más que añadir tristeza al estado de ánimo de Helen. Martin le había ofrecido muchísimo más que aquello, y había tenido que rechazarlo. Qué cruel era el destino, que le enviaba al señor Hedley Swayne con su horrible proposición, en vez de al conde de Merton.

—Señor Swayne, de verdad...

—¡No, no! No se apresure. Solo piense en las ventajas. Nuestro matrimonio pondría fin a todos los rumores, y usted podrá volver a Londres inmediatamente, antes de languidecer en este lugar.

—A mí me gusta el campo.

—Ah, bien. En ese caso, puede fijar su residencia en Creachley. No hay ningún problema. Yo no soporto este lugar, pero no hay ninguna necesidad de que venga usted a la ciudad si no lo desea.

Helen se irguió altivamente.

—Señor Swayne, no puedo ni quiero aceptar su proposición. Por favor —dijo, preparada para alzar las manos y protegerse de su posible reacción—, no diga nada más. No tengo intención de volver a casarme. Mi decisión es definitiva.

El malhumor se reflejó en el rostro de Swayne.

—Pero... tiene que casarse conmigo. Es una cuestión de sentido común. Merton no se casará con usted. Ha arruinado su reputación, y no le ha dejado otra opción que casarse. Debería casarse conmigo, debería hacerlo.

Lo que le quedaba de contención a Helen se evaporó al oír su tono petulante.

—¡Señor Swayne, no estoy obligada a casarme con nadie!

Swayne le devolvió la mirada que ella le había lanzado de una forma beligerante.

De repente, se oyeron ruidos de otro carruaje. A Helen se le cortó la respiración y se quedó con los ojos fijos en la puerta.

Cuando vio una figura alta, de hombros anchos, no supo si sentirse aliviada o asustada. Debería haber sabido que Martin iría a buscarla.

Al pasear la mirada por la habitación, Martin se dio cuenta al instante de que había interrumpido un enfrentamiento. Helen lo estaba mirando fijamente desde el otro lado de la mesa de trabajo, con las manos hundidas en un cuenco y con los rizos desordenados cayéndole por la frente. Con solo mirarla, se dio cuenta de que estaba cansada y no se estaba cuidando como debería. Volvió a sentir la irritación que le había causado su huida precipitada de Londres. Pero su preocupación más inmediata era librarla de la presencia de Hedley Swayne.

Martin saludó inclinando la cabeza con frialdad a Helen, y entró en la cocina. Después se volvió hacia Hedley Swayne.

—Swayne —dijo, y respondió con un saludo seco a la reverencia nerviosa que le hizo el hombre. Martin percibió en la expresión de su cara que había oído el rumor. ¿Habría tenido la temeridad de mencionárselo a Helen? Martin pensó que, cuanto antes se marchara Hedley Swayne, mejor sería. Sobre todo para Hedley Swayne—. Estaba a punto de marcharse, ¿verdad, señor Swayne?

Swayne tragó saliva y miró nerviosamente a Helen.

Helen notó que la miraba, pero no le devolvió la mirada. Estaba demasiado atareada en abarcar toda la imagen que creía que nunca más vería. Significaba que tendría que discutir con él de nuevo, pero, en aquel preciso instante, no le importaba. Solo el sonido de su voz profunda y grave hacía que se estremeciera. Siguió con los ojos la alta figura, los hombros y las piernas. Por la frente le caía un rizo negro. A Helen se le había olvidado la excitación que le producía su mera presencia. Aunque solo fuera por un momento, disfrutaría de su calor.

—Realmente, no.

Aquella respuesta concentró toda la atención de Martin en el lechuguino aturullado que tenía enfrente.

—¿Qué quiere decir con que no?

El tono de voz de Martin, su gruñido, prometía una agresión, y Helen se dio cuenta del peligro. Dios Santo, lo último que necesitaba era tener que evitar que Hedley Swayne pereciera. Conociendo a Martin, aquello sería lo que ocurriría, si empezaba una pelea.

—Lo que quiero decir, milord, es que antes de que usted llegara, la señora y yo estábamos en mitad de una delicada negociación, y no creo que sea considerado por mi parte marcharme antes de que hayamos llegado a un acuerdo.

Martin hizo un gesto de desprecio y caminó hacia el otro lado de la mesa.

—¿Qué tipo de «delicada negociación»?

Helen deseó poder darle una patada a Swayne, pero estaba demasiado lejos. Como era de prever, el tonto elevó la barbilla y dijo:

—De hecho, estábamos hablando sobre un tema que no es de su interés, señor. Sobre el matrimonio.

Martin arqueó ambas cejas.

—Entiendo. ¿El de quién?

Helen cerró los ojos.

—Pues... el nuestro, por supuesto —dijo, infinitamente molesto. Pero, antes de que pudiera continuar, Martin, con la voz controlada, lo cortó.

—Contrariamente a lo que usted supone, yo soy todo un experto en proposiciones matrimoniales. Ya le he pedido a lady Walford que se case conmigo, y vengo a pedírselo de nuevo, y a pedirle a la señora su... respuesta definitiva.

Hedley Swayne se quedó boquiabierto.

Helen reprimió el impulso de cerrar los ojos y de fingir que se desmayaba. El énfasis sutil de aquellas dos palabras no se le escapó. Martin le estaba diciendo que aquella era la última vez, la última oportunidad para alcanzar la felicidad. Él la estaba mirando con atención. Y, cuando ella lo miró a él, él sonrió.

—¿Y bien, querida? —la mirada gris se volvió burlona—. Ahora que nuestra relación es del dominio público, parece que la única solución respetable para ti es el matrimonio. Tú eliges. O la condesa de Merton, o la señora Swayne.

Helen se tragó su exclamación. Aquello era indignante. La había puesto en situación de aceptar a uno de los dos, o convertirse en una desvergonzada y una temeraria que estaba dispuesta a transgredir todas las reglas de la sociedad. Su respuesta instintiva ante su manipulación fue rechazarlos a los dos en aquel mismo momento. Martin, al menos, sabía que ella no tenía por qué casarse. Simplemente, estaba manipulando la situación para conseguir su objetivo. Abrió la boca para hablar, pero otra voz más grave se le adelantó.

—Antes de elegir, querida, piensa con detenimiento.

La mirada que le dirigió le dio a entender que no aceptaría que los rechazara a los dos. Helen tomó aire y luchó por pensar. Hedley Swayne la estaba mirando fascinado. El hecho de que no hubiera aceptado al instante la proposición de Merton le daba esperanzas. Si ella los rechazaba a los dos, tendría que seguir aguantando la presión, no solo de uno, sino de ambos. Martin había dicho que aquella era su última oportunidad, pero ella no lo creía. Él estaba decidido a conseguirla. Por otra parte, Hedley se vería reforzado si ella rechazaba a Martin, y continuaría persistiendo, tal y como lo había hecho durante el último año.

—Necesito un momento para pensar —les pidió.

Su tono de voz atravesó a Martin. Frunció el ceño. ¿Qué demonios tenía que pensar? Él la quería, ella lo quería, no había ninguna razón para pensar. Parecía tan cansada, que estuvo tentado de tomarla en brazos y llevarla a la cama, a dormir. Lo cual decía bastante sobre lo que le estaba haciendo el amor. Ella solo tenía que decir que sí, y él pasaría el resto de su vida asegurándose de que disfrutara tanto de su segundo matrimonio como había sufrido con el primero. Esperó su respuesta, convencido de que sería la correcta.

Helen deseó que la tierra se abriera y la tragara, o que Janet llegara del mercado y rompiera aquel punto muerto, cualquier cosa para no tener que elegir. No quería casarse con Hedley Swayne, pero, con cada minuto que pasaba, el destino parecía más firme.

No tenía la esperanza de ver de nuevo a Martin, sobre todo, después de su brutal despedida en su casa y la bofetada que significó lo que hizo en el baile de los Barham. Aquello habían sido reacciones normales en un hombre de su temperamento. Pero ella había creído que sería el fin. ¿Por qué había ido allí, entonces? Él le acababa de dar aquella respuesta, con sus palabras. A Helen se le encogió el corazón. Había ido allí a causa del escándalo.

¿Cómo se le podía haber olvidado? Angustiada al imaginarse cuáles eran sus sentimientos, al verse obligado a renovar su oferta por la presión del círculo social, apretó con fuerza las manos en la masa. Él era el conde de Merton, y se esperaba que actuara de acuerdo con las reglas de la sociedad. Así pues, se esperaba que le pidiera que se casara con él. Pero, si ella aceptaba, su madre lo desheredaría, y él perdería su sueño. Ella podía salvarlo de las dos cosas, tanto de la ignominia social como del castigo de su madre, simplemente, casándose con Hedley Swayne. Si ya estuviera comprometida con él, Martin no se vería obligado a ofrecerle su nombre para salvaguardar su reputación. Sería libre de casarse con una dama a la cual su madre aprobara, y por lo tanto, conseguiría su objetivo más preciado.

Martin se movió, y Helen se dio cuenta de que se le estaba acabando el tiempo. Algo de su decisión debió de reflejársele en los ojos, porque, cuando lo miró, vio que fruncía el ceño y su mirada se volvía tormentosa.

—Ya he tomado la decisión —dijo. Mantuvo los ojos en el rostro de Martin un instante, y después miró al señor Swayne—. Señor Swayne, acepto su proposición.

Hedley Swayne la miró asombrado.

—Oh. Quiero decir... sí, por supuesto. Encantado, querida.

El silencio desde el otro lado de la mesa era horrible. Helen se obligó a mirarlo. Martin estaba estupefacto e inmóvil. Durante un segundo, el dolor cruzó su rostro, y después, una máscara de impasibilidad puso fin a todas las revelaciones. Con una cortesía terrible, se inclinó.

—Has hecho tu elección. Te deseo felicidad, querida mía —la miró, y continuó—: Espero que no te arrepientas de lo que has hecho hoy.

Después, se volvió y se marchó.

Helen se quedó al lado de la mesa, librándose lentamente de la masa que tenía pegada a los dedos. No oía las parrafadas de enhorabuena que estaba lanzando Swayne, porque sus oídos estaban concentrados en escuchar los últimos ruidos del carruaje de Martin mientras se marchaba. Cuando el sonido murió definitivamente en la distancia, se sentó lentamente en una silla de la cocina. Entonces, cuando lo que acababa de perder fue totalmente patente, apoyó los brazos en la mesa, dejó caer la cabeza y empezó a llorar.

El crujido de las llamas le llegaba desde detrás, pero, aunque estaba helado, Martin no hizo ademán de volver la butaca hacia el fuego. Si lo hacía, vería la chimenea, y le recordaría a la mujer a la que había dejado en Cornwall.

No podía creer que hubiera aceptado a Hedley Swayne en vez de a él. Y el pensamiento que más daño le hacía era saber que la había empujado a hacerlo con su ultimátum. Aquello lo torturaba. Quería gritar de rabia. En vez de ello, se sirvió otra copa de brandy.

La había perdido irremediablemente. Nada más le importaba en el mundo.

Las puertas de la biblioteca se abrieron. Martin miró a través de la oscuridad, preparando un comentario mordaz para aquel que se hubiera atrevido a molestarlo en su desesperación. Sus ojos, acostumbrados a la oscuridad, no detectaron a nadie hasta el cabo de unos momentos, cuando, torpemente, una silla de ruedas entró en la habitación. Se detuvo justo después de las puertas, se volvió a cerrarlas, y después avanzó hacia él.

Reprimiendo un juramento, Martin se levantó. Su madre había bajado a verlo. ¿Quién demonios le habría dicho que había llegado?

Gracias a su considerable experiencia, recurrió a su habilidad y cruzó la habitación hasta ella. Le dio un beso en la mano, y después en la mejilla.

—Mamá. No tenías que haber bajado. Yo te habría visitado mañana, a una hora más prudente.

—Sí, seguro que hubieras preferido que te dejara beber tranquilamente hasta quedar inconsciente. Pero, antes de que lo hagas, tengo que decirte algo.

En la oscuridad, Martin frunció el ceño.

—Mamá, no estoy de humor para sermones de ningún tipo.

Catherine Willesden apretó los labios.

—Lo que tengo que decirte es mejor que lo escuches cuanto antes —respondió. Cuando vio que su insoportable hijo no hacía ademán de moverse, le dijo—: ¡Ven ahora mismo, Martin! No es posible que seas tan tonto. Y enciende una vela, por Dios. No me gusta la oscuridad. Y, si no te molesta, acércame a la chimenea.

Con un profundo suspiro, Martin aceptó lo inevitable y obedeció. No tenía ni idea de lo que querría decirle, pero, en su estado, no quería discutir con ella. Encendió la vela, y empujó la silla de su madre hasta que estuvo cerca de la chimenea.

Después, mientras volvía a sentarse en la butaca, notó que su madre tenía la cara demacrada.

—¿Estás bien?

Con un pequeño respingo, ella lo miró.

—Oh, sí. Bien. Pero... tengo muchas cosas en la cabeza últimamente.

—¿Como por ejemplo?

—Para empezar, supongo que debería decirte que, en lo que se refiere al asunto de Serena Monckton, sé desde hace mucho que su acusación era falsa.

Hubo un silencio.

—¿Lo sabía mi padre?

Catherine Willesden sacudió la cabeza.

—No, yo solo supe la verdad porque Damian me lo contó, después de que John muriera. Pero supongo que la mayoría de la gente ya sabe la verdad.

Durante un largo momento, ella mantuvo la mirada fija en sus dedos entrecruzados y, entonces, cuando vio que no hacía ningún comentario, dejó que sus ojos se perdieran entre las sombras.

Martin se encogió de hombros.

—Ya no importa. Es historia.

Lentamente, su madre asintió.

—Pensé en mandarte a buscar, pero, por todo lo que oía de ti, parecía que estabas disfrutando de la vida, y era probable que hicieras caso omiso de la llamada, de todas formas.

Una risa sardónica fue la respuesta.

—Sí, muy cierto —dijo Martin, y volvió a tomar su copa.

La condesa viuda observó las llamas, y decidió continuar.

—Desde que has vuelto y te has reintegrado a la sociedad, mis amigos me han contado cosas de ti, por carta. Lo que me preocupa es que, a pesar de que Damian lleva viviendo en Grosvenor cuatro años, nunca me han contado nada de él. Eso me ha hecho preguntarles ciertas cosas a mis amigos más cercanos. Las respuestas no han sido exactamente tranquilizadoras para una madre —se detuvo, y observó a su hijo entre las sombras—. ¿Es cierto que Damian es uno de los patanes que frecuenta sitios poco recomendables, bebiendo y uniéndose a todo tipo de hazañas estúpidas que le propongan?

Hubo una pausa muy larga antes de que Martin contestara:

—Por lo que yo sé, es cierto.

Catherine Willesden volvió a mirarse las manos y suspiró.

—Supongo que eso explica algo de lo que ha ocurrido. No podía creer que un hijo mío se estuviera comportando como lo ha hecho, pero claramente lleva haciéndolo durante bastante tiempo.

—En defensa de mi estimado hermano, me siento obligado a decir que no ha tenido ningún ejemplo por el que guiarse. Pero... ¿qué es lo que ha hecho ahora?

La pregunta hizo que la condesa viuda se cohibiese un poco.

—Me... me temo que algo que yo le dije fue lo que le dio la idea. No debes culparlo a él enteramente.

Lentamente, Martin se incorporó un poco en el asiento.

—¿Culparlo por qué?

La condesa viuda parpadeó al oír su tono de voz, pero se

dispuso a explicárselo todo de la mejor forma posible. Si Martin quería renegar de todos ellos, que lo hiciera.

—Como ya sabes —comenzó—, Damian siempre fue mi favorito de los cuatro, debido principalmente a que era el más pequeño de todos. Y también —añadió, decidida a ser sincera—, porque era más halagador que el resto de vosotros. Que tú, sobre todo.

—Ya sé todo esto.

—Sí, pero lo que seguramente no sabes es que Damian ha pensado durante mucho tiempo que heredaría el título. Si no de George, de ti. El catálogo de tus aventuras pasadas es como una provocación a la muerte. Además, no habías demostrado el menor deseo de casarte. Naturalmente, Damian pensó que, pasado el tiempo, el Hermitage sería suyo. Pero hay algo más importante. Damian ha tenido siempre la costumbre de hacerme visitas muy breves, y cada vez que hace algo que considera muy inteligente me lo cuenta.

—Se vanagloria, supongo.

—Sí. Y yo debo confesar que, cuando estaba haciendo los planes para ti, antes de que llegaras, se los mencioné a Damian —hizo una pausa, y lo miró fijamente—. ¿Recuerdas esos planes?

—Querías casarme con alguna niñata aburrida, según creo.

—Sí. Y obligarte a que lo hicieras con la amenaza de desheredarte.

Martin asintió.

—Sí. ¿Y?

La condesa viuda tomó aire.

—Que, cuando Damian vio que te acercabas demasiado a Helen Walford, le repitió la amenaza que yo te había hecho. Él no sabía que no era cierto —lo miró y tragó saliva. Martin ya no estaba hundido en la butaca. Su figura estaba tensa y atenta.

—¿Me estás diciendo que Damian ha hecho creer a Helen que si se casaba conmigo yo perdería toda mi fortuna?

La energía que vibraba bajo aquellas palabras hizo que la condesa viuda se quedara inmóvil. Solo pudo asentir.

—¡Aggggg! —Martin saltó de la butaca y caminó frenético por la habitación, notando cómo se desvanecía toda su indolencia. A medio camino, se volvió y se acercó a su madre—. ¿Y también fue Damian el que extendió el rumor de que Helen había pasado la tarde en Merton House?

Lady Willesden vio cómo le ardían los ojos. Asintió, haciendo una débil defensa de su cuarto hijo.

—Sí, también lo admitió. Sin embargo, creo que él pensaba que te estaba haciendo un favor.

Martin le lanzó una mirada incrédula.

—¿Un favor?

—Supongo que creyó que era cierto que habías roto con lady Walford, y quiso protegerte, destrozando su reputación para que no pudiera acercarse más a ti.

Al ver que Martin, simplemente, se quedaba mirándola absorto, su madre asintió.

—Sí, lo sé. No es muy listo. Además, no parece que sepa cómo tiene que comportarse la gente.

Martin gruñó.

—¿Dónde está?

—En casa de los Bascombe, cerca de Dunster. Dijo que volvería en unos cuantos días.

Martin asintió.

—Ya me las veré con él más tarde.

Durante cinco minutos, recorrió la habitación con el ceño fruncido, mientras intentaba recomponer el puzle de las negativas de Helen. La endemoniada mujer le había hecho pasar un infierno, creyendo que lo estaba salvando de la ruina. Con un gruñido, recordó que le había dicho que no le importaba nada su fortuna, sino solo ella. Era él mismo el que se había puesto la zancadilla al confesárselo con tanta pasión. Pero, finalmente, había conseguido aclararlo todo. Tendría que meter a Damian en cintura, por supuesto, pero primero tenía que liberar a Helen del lío en que se había metido por sacrificarse. En aquel momento, Martin entendía perfectamente sus negativas obcecadas.

Había decidido salvarlo, y nada de lo que él le había dicho había conseguido hacer que cambiara de opinión. Era gratificante, aunque había sido de lo más frustrante.

Exasperado, Martin se detuvo frente a la chimenea. Sus desvaríos sobre el Hermitage y Merton House también habían tenido algo que ver. Él había querido compartir sus sueños con ella para que se diera cuenta de que también formaba parte de su vida. ¿Es que no se había dado cuenta de que todos aquellos sueños no estarían completos sin ella, allí, donde estaba su lugar, delante de su chimenea? ¿Cómo podía haber pensado que le daba más valor a una casa que a ella? Claramente, la bella Juno necesitaba una lección acerca de lo que significaba el amor.

Martin miró a los ojos grises de su madre, que lo observaba con preocupación. Él sonrió por primera vez en aquel día.

—Gracias por tu información, mamá. Te llevaré a tu habitación.

—¿Y después?

—Y después me iré a la cama. En cuanto amanezca me pondré en camino hacia Cornwall.

—¿Cornwall?

—Sí. Tengo que salvar a una diosa de un destino peor que la muerte.

Su madre lo miró, sin entenderlo, y Martin añadió:

—Casarse con un lechuguino.

CAPÍTULO **12**

Aquella madrugada, la niebla se arremolinaba al lado de las ventanas de la habitación de Helen. Ella estaba de pie frente a los cristales, cepillándose el pelo desganadamente. Si hubiera sido razonable, se habría vuelto a la cama, pero no podía dormir. No tendría sentido estar allí tumbada, imaginándose cómo podrían haber sido las cosas. Intentando detener el futuro.

No había escapatoria. Por propia elección, había lanzado los dados; pero no se había esperado que se le pidieran cuentas tan rápidamente.

Hedley era un compendio de contradicciones, pero aparentemente, se organizaba bien cuando se lo proponía. Y, ciertamente, la noche anterior se lo había propuesto.

Helen se mordió el labio inferior con los ojos fijos en la oscuridad que reinaba fuera de la casa. Se había permitido una extraña demostración de llanto después de que Martin se hubiera marchado. Había sollozado durante horas, hasta que Janet había vuelto y la había abrazado, consolándola y ayudándola hasta que, por fin, se había tranquilizado. Solo entonces se había dado cuenta de que Hedley Swayne estaba allí.

Cuando le había explicado todos los planes que había hecho, se había dado cuenta de que él se había ido, pero después había vuelto para contarle los detalles de su boda. Se celebraría al día siguiente.

Aquel mismo día. Aquella mañana, de hecho.

Con un profundo suspiro, Helen se acercó al alféizar de la ventana y se dejó caer en el asiento. Se había pasado media hora discutiendo con Hedley, pero no recordaba el motivo. Martin ya se había marchado. Realmente, no tenía mucha importancia cuándo se casara con Hedley. En realidad, para sus propósitos, quizá fuera lo mejor hacerlo cuanto antes, tal y como él había dicho. Una vez que casada, Martin estaría seguro para siempre.

De nuevo, Helen suspiró. Casi no tenía energía para mantenerse de pie, y mucho menos para pensar. Pensar era demasiado doloroso, porque su mente mostraba una deprimente tendencia a comparar lo que hubiera podido tener con Martin, en contraste con lo que le había ofrecido Hedley. Él le había dejado claro, con una muestra de sinceridad notable, que consideraba el suyo un matrimonio de conveniencia y nada más. Helen había comprendido que solo sentía indiferencia por ella, pero que, por alguna razón que no acertaba a comprender, estaba igualmente empeñado en casarse.

Sin embargo, comprendía perfectamente que en pocas horas tendría que pronunciar las palabras que la condenarían al purgatorio por segunda vez en la vida. Como una gran capa gris, sintió la desesperación pesándole en los hombros. Tendría que ser valiente en la iglesia, aunque dudaba que hubiera mucha gente. Janet, por supuesto, y los sirvientes de Hedley, pero ella no conocía a nadie más en el pueblo. Ni siquiera conocía al pastor.

Se le llenaron los ojos de lágrimas, que lentamente se le derramaron por las mejillas y le cayeron en el regazo.

Mientras pasaban los minutos y se levantaba la niebla, la nube de tristeza que le rodeaba el corazón se hacía cada vez más densa.

Finalmente, Janet acudió en su rescate. La doncella la animó y la ayudó hasta que estuvo preparada. Solo había llevado un vestido, no del todo adecuado para la ocasión, de seda dorada, con el escote un poco bajo, más apropiado para las fiestas que para una boda. Tampoco tenía ramo, así que decidió que llevaría un pequeño bolso para tener algo en las manos.

Hedley había enviado un carruaje. Resignada a su destino, Helen dejó que la ayudaran a subir. El viaje hasta el pueblo fue muy rápido. Al descender del coche frente a la puerta de hierro, se quedó sorprendida de encontrar una pequeña multitud de gente del campo, ansiosa de ver eventos inesperados. Ella se obligó a sonreír. Tal y como se presentaban las cosas, aquella gente podría ser su vecina durante el resto de su vida.

De repente, una niña pecosa salió del grupo y se acercó a ella con los ojos brillantes para ofrecerle un pequeño ramo de margaritas y lilas. Durante un instante, la determinación de Helen se vino abajo. Se tambaleó ligeramente, pero la necesidad de aceptar el ramo y darle las gracias a la niña hicieron que superara el peligroso momento. No pensaría más en lo que podría haber sido. No podía permitirse sus sueños.

Se sintió aliviada cuando entró en la fresca penumbra de la iglesia. Tomó aire, y se dio cuenta de que el diminuto templo estaba lleno de gente, probablemente los sirvientes de Hedley de Creachley Manor, porque no tenían aspecto de gente de pueblo, como los de fuera. Todo el mundo se había dado cuenta de que había entrado, y se volvieron lentamente para mirarla.

Con un suspiro, Helen levantó la cabeza y caminó hacia el altar.

Martin hizo restallar el látigo por encima de las cabezas de los caballos, más para aliviar su frustración que para obligar a los animales a correr más deprisa. Ya iban a todo galope, y el coche se tambaleaba peligrosamente. Joshua se había mantenido en silencio desde que habían atravesado las puertas del Hermitage, antes de que saliera el sol.

Entrecerrando los ojos para protegerse del sol, Martin tomó una curva a toda velocidad. Había dormido seis horas y se le había despejado bastante la mente; el coñac que había consumido la noche anterior le había permitido dormirse libre de preocupaciones. Sin embargo, al despertarse aquel día, se había dado cuenta de que podía ocurrir un desastre. Saber las razones que tenía Helen para rechazarlo no significaba que pudiera sentarse cómodamente y planear la forma de asegurarle que era muy rico y que su sacrificio no era necesario. Si no tuviera tanta experiencia en la vida, creería que, teniendo la palabra de Helen de que se casaría con él, Hedley Swayne no la llevaría corriendo al altar. Sin embargo, Martin Willesden no había construido su fortuna corriendo riesgos innecesarios. ¿Por qué iba a arriesgarse entonces en lo que concernía a su futuro?

Aparte de todo aquello, sentía terror. ¿Qué ocurriría si había subestimado a Hedley Swayne? ¿Qué pasaría si aquel individuo deseaba de verdad a Helen? ¿Qué sucedería si la obligaba a casarse rápidamente? ¿Y si, aprovechando que ella estaba comprometida a él, le exigía el pago de sus deberes matrimoniales?

El látigo restalló de nuevo. Martin apretó los dientes. Tenía que conseguir a Helen cuanto antes. Mientras dirigía el coche hacia el pueblo de St. Agnes, Martin repasó las posibilidades de deshacerse del señor Swayne. Si era necesario, le pagaría. Al pensarlo, Martin torció los labios con una sonrisa de desaprobación. Su padre había pagado una pequeña fortuna para librarlo de Serena Monckton. Y él estaba pensando en pagar una fortuna aún mayor para librar a Helen de su promesa equivocada al señor Swayne. Sin duda, había una moraleja en todo aquello.

Era día de mercado en St. Agnes, lo cual fue toda una prueba para los nervios de Martin. Con cuidado, condujo el coche entre la gente, farfullando maldiciones por el retraso. Cuando, por fin, salieron del pueblo, se pusieron en camino hacia el pueblecito de Kelporth, justo antes de la pequeña casita de Helen.

Joshua no había creído que se alegraría de volver a ver aquel pueblo de nuevo. Y aun así, cuando llegaron al camino de entrada, dejó escapar un suspiro de alivio. Miró las casitas que había a ambos lados de la carretera, con los jardines teñidos de los colores del otoño, ante ellos. Un poco más allá, a la izquierda, había un grupo de niños jugando al lado de un carruaje aparcado a las puertas de lo que parecía ser una iglesia. Se quedó pálido y avisó a su amo.

—Señor, no sé si esto será importante, pero mejor será que eche un vistazo a la izquierda.

—¿Qué ocurre? —preguntó Martin. Entonces, miró.

Tiró de las riendas y detuvo a los caballos al instante. Joshua casi se cayó de su asiento. En cuanto recuperó el equilibrio, saltó y rodeó el carruaje hacia las cabezas de los caballos. Su amo le lanzó las riendas, pero, al ver a los niños jugando al lado del carruaje adornado con cintas blancas, se le heló la sangre y se quedó petrificado.

¿Y si Helen ya se había casado?

Aquel pensamiento hizo que echara a correr y entrara en la iglesia. Se detuvo en la puerta, y unas cuantas personas se volvieron para mirarlo.

¿Habría llegado demasiado tarde? El corazón le latía con tanta fuerza que no oía. Apretó los puños y se obligó a calmarse. Poco a poco recuperó el oído y frunció el ceño. Como no estaba familiarizado con el lenguaje de las ceremonias matrimoniales, pasó tres minutos desesperados hasta que se dio cuenta de que todavía tenía una oportunidad, al oír las palabras del pastor:

—Por lo tanto, si alguien conoce algún impedimento para la celebración de este matrimonio, que hable ahora o que calle para siempre.

Martin no esperó más.

—¡Yo conozco un impedimento! —dijo, en voz alta, y después empezó a andar por la nave central, con los ojos fijos en el objeto de su deseo.

Al oír el sonido de su voz, totalmente inesperado, Helen se quedó helada. Bruscamente, perdió el sentido del espacio y del tiempo. Se le cortó la respiración, incluso antes de darse la vuelta y ver a Martin, con los ojos brillantes y ardientes de decisión.

Para su asombro, le agarró el brazo con la fuerza de un cepo.

—Quiero hablar contigo.

La habría sacado a rastras de la iglesia, de no ser por las objeciones del pastor y del supuesto novio.

—Merton, ¡ella ha accedido a casarse conmigo, ya lo sabe!

—¿Qué significa esto, señor?

Martin miró al pastor, frunciendo el ceño.

Pero el pastor no se dejó intimidar.

—Esto es una ceremonia matrimonial. ¿Cómo se atreve a interrumpir?

Observando la maravillosa cara de Martin, Helen vio un brillo de cinismo en sus ojos. Se le encogió el corazón. ¡Oh, Dios Santo! Se iba a comportar de una forma horrible.

—Pero usted ha dicho que si alguien tenía impedimentos, debía hablar. Simplemente, estoy obedeciendo.

Al instante, el pastor asimiló la verdad de aquello y se quedó estupefacto.

—¿Tiene algún impedimento? —le preguntó, con la severa mirada clavada en su rostro. Entonces, se volvió hacia Hedley Swayne—. Sabía que no tenía que haber accedido a llevar a cabo algo tan precipitado —dijo, cerrando de un golpe su pequeña biblia.

—¡No es precipitado! —Hedley se había puesto de color morado, y estaba completamente agitado—. Pregúntele cuál es el impedimento. ¡No es más que una payasada, porque él sabe que ella accedió a casarse conmigo!

Hedley miró a Martin fijamente. Helen creyó que se desmayaba, pero la garra que le aprisionaba el brazo no cedió ni un ápice.

El pastor miró con inseguridad a Hedley, y después a Martin.

—¿Podría decirme cuáles son sus objeciones?

Sin dudarlo, Martin respondió:

—Lady Walford aceptó mi proposición de matrimonio.

Hedley se quedó boquiabierto ante lo que era una mentira desvergonzada. Helen decidió que era el momento de hacer algo, porque no podía permitir que Martin abandonara sus sueños, y mucho menos, después de la agonía mental por la que ella había pasado para salvarlo.

—Yo nunca he accedido a casarme con usted, milord.

Martin la miró, y ella pudo ver el brillo del amor en sus ojos, pero, al segundo siguiente, su expresión cambió en otra que solo podía ser descrita como profana.

—Sí lo hiciste, y lo sabes —dijo, con una lenta sonrisa—. Cuando estabas en la cama conmigo, aquella tarde.

Helen notó que se le caía la mandíbula. Tenía las mejillas ardiendo. ¿Cómo se había atrevido a decir aquello, en la iglesia, con toda la congregación de testigos?

El pastor se echó las manos a la cabeza horrorizado.

—Debería haber sabido que es mejor no tener nada que ver con la gente de Londres —y añadió furioso, mirando a Hedley—: En estas circunstancias, debo pedirles a los tres que abandonen la iglesia inmediatamente. Y debo advertirles con toda seriedad que cuiden de sus almas —y con una mirada asesina, se dio la vuelta y entró en la sacristía.

La congregación entró en erupción. Bajo la tormenta de conversaciones y murmullos, Martin arrastró a Helen por una de las puertas laterales y se la llevó al pequeño cementerio. Cuando estuvieron fuera, en el césped, Helen tuvo fuerzas para tirar de él y hacer que se detuvieran.

—¡Milord! Esto es ridí...

El resto de las palabras se desvanecieron bajo la fuerza del beso. Ella luchó, intentando escapar de la pasión, intentando negar el hambre que le abrumaba el sentido común. Como respuesta a su lucha inútil, Martin la abrazó más fuerte, apretándola contra su pecho hasta que, finalmente, ella admitió la derrota y se derritió contra él.

Solo cuando Martin notó que se había acabado la resistencia dejó de besarla. Era una diosa obstinada, como él bien sabía.

—No hables —le dijo, cerrándole los labios con un dedo—. Escúchame. Mi fortuna es mía. No dependo de mi madre, ni de sus caprichos. Soy desmesuradamente rico, y tengo la intención de elegir a mi propia esposa. ¿Lo entiendes?

Helen estaba boquiabierta. Casi no podía respirar.

—Pero tu hermano me dijo…

—Lamentablemente —dijo Martin, apretando la mandíbula—, Damian estaba confundido.

Helen detectó su ira, pero supo que no estaba dirigida hacia ella.

—Oh —dijo, intentando entenderlo todo.

—Lo cual significa que voy a casarme contigo.

Aquella afirmación hizo que Helen levantase la vista hasta los ojos grises de Martin. Su expresión severa hizo que ella se limitase a repetir:

—Oh.

—Sí, «oh». Te lo he pedido ya tres veces, lo cual es más que suficiente. He abandonado las proposiciones. Vas a casarte conmigo de todas formas.

Helen se lo quedó mirando, y contemplando a la vez la luz al final del camino.

Al ver que ella no decía nada, Martin continuó, muy serio:

—Si es necesario, te encerraré en mis habitaciones del Hermitage hasta que aceptes —hizo una pausa y arqueó las cejas—. De hecho, es una idea estupenda. Mucho más apetecible que volverte a pedir que te cases conmigo.

Helen se ruborizó y miró hacia abajo. Las cosas iban muy rápido. Le daba vueltas la cabeza y le latía el corazón desenfrenadamente. Casi no podía pensar, porque su mente estaba ocupada por la promesa de felicidad que significaban aquellas palabras. ¿Podría ser cierto?

Martin examinó su rostro ruborizado, consciente de la marea de emociones. El alivio de tenerla de nuevo en sus brazos fue dejando paso al orgullo de saber que ella lo quería tanto como para aceptar casarse con otro para salvar sus sueños. Sentía una terrible impaciencia por asegurarla a su lado, más allá de toda posible pérdida. Estaba a punto de decirle que entendía su extraño comportamiento y que lo apreciaba, cuando, por el rabillo del ojo, vio a Hedley Swayne saliendo por la puerta lateral de la iglesia. El lechuguino los vio también y se dio la vuelta, con el descontento reflejado en la cara mientras caminaba entre las lápidas.

De mala gana, Martin liberó a Helen.

—Espera aquí. Y no te muevas —reforzó su orden con una mirada, y después se fue tras Hedley Swayne.

Aquel hombre había intentado casarse con Helen por todos los medios, pero... ¿por qué? Martin no albergaba ningún miedo sobre su futura esposa, porque pensaba mantenerla alejada de cualquier peligro, pero aquel interés de Hedley Swayne era demasiado intrigante como para no investigar.

Hedley lo oyó acercarse y se detuvo, malhumorado y decepcionado.

—¿Qué quiere ahora? —le preguntó.

—Una simple respuesta. ¿Por qué quería casarse con lady Walford?

Hedley puso mala cara, y después de una pausa, se encogió de hombros.

—Oh, muy bien. Con sus relaciones en el mundo de los negocios, se enterará más tarde o más temprano —dijo, y miró a Martin con resignación—. Esa casita suya y el terreno están en los límites de mi finca. Yo soy el dueño de la mayoría de minas de estaño que hay por esta región, pero el depósito más puro que mi gente ha encontrado está justo debajo de su terreno, y no hay otra forma de llegar hasta él.

Durante un momento, Martin estudió al lechuguino. De repente, se le ocurrió una idea.

—Tenga —dijo, sacando una tarjeta de su bolsillo—. Venga a verme cuando volvamos a la ciudad. Podremos hablar sobre un alquiler de la finca.

—¿Un alquiler? —Hedley tomó la tarjeta con los ojos brillantes de especulación.

Martin se encogió de hombros y sonrió perversamente.

—Le advierto que tendrá que esperar unos meses, pero, para entonces, creo que es muy probable que Helen y yo tengamos una deuda con usted.

Se despidió con una inclinación de cabeza y se dio la vuelta.

Helen estaba sentada en una lápida de mármol, intentando atisbar su futuro. ¿Podría aceptar todo lo que le había dicho Martin, o él lo estaría pintando todo mejor de lo que era en realidad? Quería casarse con ella, aquello estaba fuera de toda duda. Era despiadado y decidido, y estaba acostumbrado a conseguir lo que quería. ¿Sería realmente beneficioso para él casarse con ella? Y, lo más importante, ¿cómo podría averiguarlo?

Miró hacia arriba cuando él se acercó, con el ceño fruncido.

Martin no le hizo caso. Extendió las manos hacia ella y la ayudó a ponerse en pie.

—Y ahora, bella Juno, es hora de que nos marchemos.

—Pero, Martin...

—Voy a dejar a Joshua aquí para que recoja a tu doncella y el equipaje. Les mandaremos un carruaje desde el Hermitage —Martin se interrumpió al ver su vestido—. ¿Dónde está tu abrigo?

—En el coche. Pero, Martin...

—Bien. Si salimos ahora mismo, podemos estar en casa antes de que anochezca —la guió hasta la verja de la iglesia y tomó su abrigo del coche de Swayne.

Después la tomó del brazo y la guió hacia su propio coche. A su lado, Helen se dijo que, si él iba a comportarse así, nunca conseguiría averiguar nada. Cada vez más decidida a saberlo todo, le puso las manos en los brazos cuando él la tomó por la cintura para subirla al asiento.

—Milord, no puedo irme con usted de esta forma.

Martin suspiró.

—Sí puedes. Es muy sencillo. Pero, si a ti te da igual, querida, aunque estoy dispuesto a hablar sobre nuestro futuro juntos con todos los detalles, preferiría no hacerlo delante de tanta gente.

Entonces se echó ligeramente hacia atrás para dejar que

Helen viera el patio de la iglesia, lleno de caras curiosas. Se le abrieron unos ojos como platos.

—Oh —dijo.

Entonces se quedó callada mientras Martin la subía al asiento y después se deslizó para hacerle sitio. Él le dio instrucciones a su cochero y, después de dos minutos, ya habían salido de Kelporth y habían dejado el pasado atrás.

Helen se permitió un momento para tomar el aire fresco, para disfrutar del sentimiento de haber escapado a un futuro de tristeza. Ante ella tenía un futuro excitante y seductor, pero también desconocido. Tomó aire y miró al hombre que iba a su lado con las fuertes manos en las riendas, y el ceño ligeramente fruncido, quizás por la concentración.

—Milord... —empezó a decir.

—Martin —respondió él automáticamente.

A pesar de lo decidida que estaba, cedió.

—Martin, entonces. ¿Es verdad que casarte conmigo no alterará tu estado?

Él le lanzó una sonrisa maravillosa.

—Espero que sí altere mi estado —respondió él y, ante su confusión, sonrió aún más—. Si te refieres a mi estado financiero, no. Aparte de llegar a un acuerdo adecuado y beneficioso para ti, no erosionará mi fortuna gravemente —y, al ver que ella se quedaba callada, añadió—: Ya te lo había dicho, lo sabes.

—¡Pero también dijiste que había aceptado casarme contigo! —replicó Helen, un poco indignada.

Él sonrió sin asomo de arrepentimiento.

—Ah, bueno. Lo hice guiado por la necesidad.

Helen se tragó una risa socarrona y miró hacia otro lado. Aquel era un hombre imposible, y estaba segura de que seguiría siéndolo. Se comportaría horriblemente siempre que le conviniera, reparando el daño con una sonrisa perversa, seguro de que lo perdonarían. Durante unos cuantos kilómetros, ella dejó que el rítmico balanceo del coche calmara sus agitados sentimientos.

—No quería que perdieras tu casa —dijo finalmente, en voz muy baja. Sin aquella información, no estaba segura de que él entendiera su comportamiento.

—¿Mi casa, y mis sueños de restaurarla? —le preguntó Martin suavemente.

Helen asintió.

—Finalmente, a pesar de la venda que tú y el destino me habíais puesto en los ojos, lo he averiguado. Te alegrará saber que mis sueños se han cumplido en cuanto al Hermitage. Sin embargo, tengo un sueño mucho más importante que quiero convertir en realidad. Uno en el cual tú puedes ayudarme.

—¿Sí? —Helen lo miró, sin saber si estaba hablando en serio o estaba intentando animarla. Sin embargo, sus ojos grises tenían una mirada clara y atenta, y la expresión de su cara le cortaba la respiración.

—Sí —dijo Martin, sonriendo antes de volver su atención a la carretera—. Me llevará cierto tiempo conseguirlo, pero estoy más que preparado para dedicarme por completo a él.

—¿Y cuál es ese sueño?

Martin reflexionó unos instantes y después sacudió la cabeza.

—No creo que debiera decírtelo todavía. No hasta que estemos casados. De hecho, posiblemente no te lo diga ni entonces.

—Pero... ¿cómo voy a ayudarte a conseguirlo si no sé lo que es?

—Si te lo explico, con lo propensa que eres a darme lo que quiero sin tener en cuenta tus propios sentimientos, ¿cómo sabré si me estás ayudando porque realmente tú lo deseas también, o solo por un sacrificio?

Helen lo miró totalmente confusa. ¿Qué demonios sería su sueño?

Martin se rio.

—Te prometo que te lo diré si necesito tu... er... tu ayuda activa —con un esfuerzo, mantuvo la expresión seria, a pesar de las imágenes que su propia imaginación le estaba proporcionando. Afortunadamente, los caballos le dieron la excusa para mantener los ojos en la carretera.

Mientras avanzaban, Helen pensó en lo que le había contado Martin, pero no pudo averiguar nada. Lo que le había dicho sobre su casa la había librado de su preocupación más persistente, pero todavía le quedaba una nube en el horizonte.

—Háblame de tu madre —le pidió—. Vive en el Hermitage, ¿verdad?

Martin le contó muchas cosas sobre ella, haciendo que Helen sintiera simpatía por la condesa viuda.

—Y, a pesar de lo que haya dicho Damian sobre el asunto, ella aprueba firmemente mi matrimonio contigo. De hecho, fue ella la que me contó la interferencia de Damian. Aunque no me lo dijo, creo que se quedó decepcionada cuando vio que yo no salía corriendo a buscarte en el mismo momento en que me lo explicó.

Privadamente, Helen consideró aquella una reacción razonable. Sus pensamientos debieron de reflejársele en los ojos, porque, cuando miró a Martin, él sonrió y añadió:

—No lo hice porque, aparte del estado de las carreteras, estaba un poco... bebido. Por tu culpa, podría añadir.

Al entender que había estado bebiendo más de lo normal por su causa, Helen sintió un calor dentro del alma.

Aunque Martin llevó a los caballos a buen paso, y pararon solo lo estrictamente necesario para descansar y tomar algo de comer, al llegar a South Molton se estaba poniendo el sol, y Martin se dio cuenta de que no llegarían al Hermitage hasta la noche. Martin pensó que había algo sobre lo que tenía que informar a su diosa.

—Nos casaremos mañana.

Aquella afirmación hizo que Helen diera un respingo. ¿Al día siguiente? Al mirar a Martin, lo vio completamente serio, con una ceja arqueada de arrogancia.

—Tengo un permiso especial, del obispo de Winchester.

Helen se irguió en el asiento.

—¿No crees que...?

—No —respondió él—. Quiero casarme contigo tan pronto como sea posible, y eso es mañana.

Al ver su mandíbula firme y la línea de sus labios, Helen se resignó a que tendría que caminar hacia el altar a primera hora de la mañana. Pero estaba empezando a sentir que su pretendiente se estaba saliendo con la suya en todo, así que intentó aparentar calma y dijo:

—Quizá. Sin embargo, a pesar de lo escandaloso que puedas llegar a ser para conseguirlo, yo todavía no he aceptado casarme contigo, Martin.

Durante un momento, él no dijo nada.

—Todo lo que tienes que decir es «sí».

—Estaría mucho más tranquila si esperáramos hasta que conociera a tu madre.

—Te la presentaré esta noche y, si quieres, puedes estar mañana por la mañana con ella. Podemos casarnos por la tarde.

—Pero no tengo traje de novia —dijo Helen, asombrada al darse cuenta de que era cierto. Para casarse con Hedley Swayne, no le había dado importancia, pero para ser la condesa de Merton no iba a ponerse un vestido usado—. No, Martin —dijo, en un tono de voz firme—. Me temo que tendrás que esperar, al menos, a que tenga un traje decente. No me casaré contigo, de lo contrario.

Entonces, oyó un gruñido de frustración. Los caballos frenaron de repente, y él la tomó en brazos y la besó sin piedad.

—¡Mujer! —gruñó de nuevo, cuando levantó la cabeza—. ¿Qué otras torturas tienes planeadas para mí?

Con un esfuerzo enorme, Helen recuperó sus facultades. Que el cielo la ayudara, si cada vez que la besaba iba a perder la inteligencia. Tendría graves problemas.

—¿Es una tortura? —preguntó, fascinada.

Aquella pregunta hizo que él la besara de nuevo.

—Maldita sea, te deseo, ¿es que no te das cuenta?

Sí lo sabía, pero Helen también quería recordar su boda. Había pasado muchos años intentando olvidar la primera. Y, aparte de todo, una boda apresurada daría lugar a murmuraciones. Así pues, se tomó el trabajo de convencerlo con un encanto irresistible.

—Solo serán unos días. Una semana, como máximo —le ofreció.

Martin resopló disgustado y la soltó. Helen observó cómo retomaba las riendas y ponía a los caballos en marcha. Entonces, al ver su cara de desilusión, pensó en algo que pudiera hacer la espera más atractiva para él. Recordó su casa, y sus esperanzas de reabrirla.

—Dijiste que tu padre recibía muchos invitados en el Hermitage, y que a ti te gustaría hacer lo mismo.

Martin la miró con el ceño fruncido.

—¿Y?

—Entonces, ¿por qué no hacemos que nuestro matrimonio sea la primera ocasión para abrir tu casa a los amigos?

Durante un rato, Helen observó cómo él pensaba con los labios apretados. Cuando respondió, se sintió alegre.

—No es mala idea —admitió él, al final, y la miró—. Podemos invitar a los Hazelmere, los Fanshawe y a Acheson-Smythe, y a algunos otros.

Helen sonrió resplandeciente, y le tomó el brazo.

—Estoy segura de que vendrán.

Los ojos grises brillaron al mirarla. Entonces Martin resopló de nuevo y devolvió su atención a la carretera.

—Siempre y cuando digas «sí» en el momento apropiado...

CAPÍTULO 13

El Hermitage era mucho más grande de lo que Helen se esperaba. Se acercaron a la casa por la parte de atrás, y Martin dejó el coche en las caballerizas. La impresionante fachada principal, de grandes ventanales, estaba rodeada de macizos de césped y flores y castaños centenarios a un lado. La parte trasera era aún más tentadora, con el invernadero al final del salón de baile, cuyos escalones conducían a una pequeña fuente y a un jardín formal. Más allá había un bosque.

Se dirigieron hacia una de las puertas laterales.

—Supongo que debería llevarte por la puerta principal, pero es un buen paseo —dijo, agarrándola del brazo. Observando su cara, Martin se había dado cuenta de que ella parecía cansada, cosa nada sorprendente, después del día que había tenido. Pero al menos estaba sonriendo y tenía los ojos brillantes.

Le dio unos golpecitos en la mano.

—Querrás descansar y arreglarte para la cena.

Helen se detuvo de repente, al darse cuenta de algo. Se miró el vestido, completamente arrugado.

—¡Oh, Martin! —dijo con voz lastimera.

Rápidamente, Martin la atrajo hacia sí y la besó.

—Mi madre te daría la bienvenida aunque fueras vestida de harapos. Tranquilízate —y sonrió—. Te llevaré con Bender, mi ama de llaves. Estoy seguro de que te ayudará.

Veinte minutos después, Helen le dio las gracias a Bender. La mujer, alta y con la cara redonda, había entendido inmediatamente su petición silenciosa. Mientras ella se lavaba la cara y las manos, y se cepillaba el pelo para quitarse el polvo del camino, su vestido fue sacudido sin piedad y planchado. Nunca sería el mismo de nuevo, por supuesto, pero al menos parecía respetable. Cuando Martin llamó a la puerta de la agradable habitación donde Bender la había llevado, Helen estaba lista para enfrentarse a lo que en su interior consideraba el obstáculo final para alcanzar la felicidad.

La presencia de Martin a su lado, infinitamente reconfortante, la ayudó a mantener la cabeza alta mientras traspasaban el umbral de la habitación. Al darse cuenta de que, si el destino lo disponía así finalmente, sería pronto la señora de todo aquello, su confianza se tambaleó un poco. Pero, entonces, Martin ya estaba hablando, presentándola. Helen observó los ojos grises que la miraban, sorprendida.

Su primer pensamiento fue cómo se parecían madre e hijo, pero rápidamente se dio cuenta de que también había sutiles diferencias. Las cejas de la madre de Martin eran mucho más finas, aunque su rasgos eran igualmente arrogantes. Tenía la barbilla y los labios mucho más suaves, y sus ojos grises, tan asombrosamente parecidos, carecían del brillo perverso que lucía en los de su hijo. Helen se dio cuenta de que la estaba mirando fijamente. Con un pequeño respingo, hizo una reverencia.

—Es un honor conocerla, señora.

Catherine Willesden miró a la belleza de cabello dorado y no le desagradó lo que vio. Era una mujer más alta de lo normal, de cuerpo proporcionado, y la condesa viuda se dio cuenta de qué era lo que había suscitado el interés de su hijo en Helen Walford. Además, parecía de las que criarían bien a sus hijos, y disfrutarían haciéndolo, lo cual era incluso más importante. Pero lo que decidió a la condesa viuda a favor de Helen, más allá de todas las dudas, fue el orgullo con que su hijo la miraba. Aquello, pensó lady Willesden, era lo que contaba sobre todo lo demás.

—Créeme cuando digo que el honor es mío, querida —la condesa viuda le lanzó una mirada significativa a su hijo antes de, con un esfuerzo, levantar las manos para tomar los dedos fríos de Helen.

Al darse cuenta de la dificultad de la condesa viuda, Helen le agarró con suavidad las manos y se inclinó para darle un beso en la mejilla.

Desde entonces, habría buen entendimiento entre la próxima condesa de Merton y la condesa viuda. Satisfecho con su aceptación mutua y también muy entretenido, Martin se retiró, dejando a las dos mujeres que se conocieran. Pero después de haber cenado y hablado sobre los detalles de la boda y de la fiesta durante la sobremesa, ya había tenido suficiente.

—Mamá, es tarde. Te llevaré arriba.

Su madre abrió unos ojos como platos. Abrió la boca para protestar, pero, cuando vio a su hijo, la cerró de nuevo.

—Muy bien —accedió, y se volvió hacia Helen—. Duerme bien, hija mía.

Martin se llevó a su madre y, cuando volvió de la habitación de la condesa viuda, se encontró a Helen paseando por el vestíbulo, examinando los paisajes que había colgados en las paredes.

—Vamos a dar un paseo. Todavía hay luz.

Helen sonrió, y lo tomó del brazo. Por dentro, solo sentía calma. La condesa viuda no era ningún monstruo, y claramente tenía buen carácter. La casa de Martin estaba más allá de todos sus sueños. Ya se sentía arrastrada a él, al hogar con su hechizo, aunque no sabría decir si aquel sentimiento lo provocaba la casa o era un reflejo de su amor por Martin.

Mientras bajaban de la terraza hacia el camino de gravilla, hacia el jardín, se sentía tan feliz como nunca.

—Podemos enviarles las cartas a los Hazelmere y a los demás mañana.

El murmullo de Martin le movió los rizos de al lado de la oreja. Helen se volvió a sonreírle y, suavemente, apoyó la mejilla en su hombro. Sin necesidad de palabras, ambos se quedaron al lado de la fuente. Suavemente, Martin hizo que se diera la vuelta, de modo que Helen apoyara los hombros en su pecho. Él inclinó la cabeza y le besó un hombro. Helen sintió que se le escapaba la risa. Solo un vividor muy experimentado, estaba segura, elegiría un jardín laberíntico para una seducción. Sin embargo, no estaba de humor para rechazarlo, así que dejó caer la cabeza hacia atrás, ofreciéndole el cuello. Ni siquiera intentó reprimir el escalofrío de puro placer que la recorrió provocado por aquellas caricias.

Un crujido hizo que Martin levantara la cabeza. Traspasó los arbustos con la mirada y, en la oscuridad, distinguió la figura inmóvil de un hombre. Con un juramento, Martin soltó a Helen y salió corriendo hacia los arbustos, detrás del individuo.

Las largas piernas de Martin le dieron ventaja. Alcanzó a Damian antes de que llegara al bosque. Lo agarró por un hombro y su hermano cayó al suelo.

Durante un instante, Damian se quedó inmóvil, con los ojos cerrados. Después gruñó. Completamente seguro de que no le había hecho daño, Martin se quedó de pie sobre él, con las manos en las caderas, y esperó a que se levantara. Cuando tuvo claro que Damian no se iba a levantar sin ayuda, Martin apretó la mandíbula. Estaba inclinándose cuando Helen llegó corriendo de entre la oscuridad y lo tomó por el brazo.

Una sola mirada a Damian confirmó las sospechas de Helen.

—¡No lo mates! —le rogó.

Cuando, de repente, se había quedado sola en la fuente, no había podido reaccionar durante unos momentos, pero después los había seguido, agarrándose las faldas para saltar los arbustos y los setos. Finalmente, había encontrado a Martin como si fuera a darle una paliza a su hermano, y lo único que había pensado era que tenía que detenerlo.

Para su alivio, Martin se retiró y le tomó las manos, observándola con una mirada de curiosidad.

—No iba a hacerlo —respondió suavemente—. Pero no habría pensado que, dadas las circunstancias, te hubiera importado.

Casi sin respiración, Helen sacudió la cabeza. Había sabido de la maldad de Damian por su propia madre.

—Si fuera tan sencillo, te daría mi visto bueno. Pero, si lo matas, te juzgarían por asesinato, y, ¿dónde quedaría mi arcoíris?

—¿Qué? —preguntó Martin, sonriendo.

Ella se ruborizó.

—Bueno, no importa. Luego me lo explicarás —le dijo, todavía sonriente. Después se volvió hacia su hermano—. ¡Por Dios, levántate! No te voy a golpear de nuevo, aunque te mereces una buena paliza.

Damian se incorporó a la mitad.

Martin lo miró, exasperado.

—Puedes darle las gracias a la que va a ser tu cuñada, por librarte del castigo que yo quiero imponerte —y, al ver que Damian no decía nada, simplemente los observaba fijamente, le dijo—: Ve a tu habitación. Nos veremos mañana.

Acercó a Helen a su lado y empezó a andar hacia la casa. Sin embargo, se dio la vuelta para hacerle una última advertencia:

—Si estás planeando una partida repentina, tengo que decirte que he dado órdenes para que no te dejen salir. No hasta mañana, cuando partirás para Plymouth.

—¿Plymouth? —preguntó Damian, estremeciéndose—. No iré —dijo, pero Helen notó que su tono de voz era débil.

—Creo que sí —el tono de Martin, por el contrario, era firme—. Mamá y yo hemos decidido que un viaje a las Indias te vendría tan bien como a mí —hizo una pausa, y siguió en un tono mucho más pensativo—. Creo que te resultaría difícil vivir en Londres, una vez que se sepa que te hemos retirado la asignación.

Incluso en la oscuridad, Helen vio cómo Damian palidecía. Era evidente que la amenaza de Martin iba bien dirigida. Martin no esperó a ver cómo reaccionaba su hermano. Se colocó la mano de Helen en el antebrazo y ambos se pusieron en camino hacia la casa.

Algunos truenos en la lejanía los avisaron de que se estaba acercando una tormenta. Después de unos minutos, Helen observó que la expresión severa de Martin había cambiado por otra más pensativa, de la que no supo si debía desconfiar.

—Y ahora, ¿dónde estábamos? —murmuró, antes de sonreír con picardía—. Fuera donde fuera, creo que deberíamos continuar dentro de casa. Está empezando a hacer frío y no puedes seguir fuera sin un chal.

Pasando por alto el detalle de que la falta de chal era culpa de él, Helen le permitió encantada que la escoltase dentro. Subieron las escaleras con un candelabro, y él le fue enseñando los cuadros de sus antepasados, colgados en los pasillos del piso de arriba.

Eligió los episodios más escandalosos de la familia, los más útiles para su propósito de mantener a Helen en ascuas mientras recorrían el largo pasillo que llevaba al ala oeste. Añadiendo algunos detalles, se aseguró de que ella no se diera cuenta de que llegaban a la puerta que había al final del pasillo.

Solo entonces, Helen, avisada por el brillo de los ojos de Martin, miró a su alrededor y se dio cuenta de que estaba perdida, y en compañía de un calavera en el que no se podía confiar. Sin embargo, lejos de sentirse amenazada, disfrutó de la deliciosa impaciencia que aquello le provocó. Observó la puerta que había frente a ella, y después miró a Martin, con una ceja arqueada a modo de pregunta.

Todo lo que él hizo fue sonreír y abrir la puerta. Ella dio un paso adelante y cruzó el umbral. La habitación era muy grande, y había una cama con dosel. Las ventanas estaban abiertas y la brisa de la noche refrescaba la habitación. Helen observó cómo él cerraba las contraventanas. La única luz que quedó en la habitación fue la de los candelabros.

Martin se acercó a ella y la abrazó. Antes de que pudiera besarla y dejarla embobada de nuevo, Helen le puso las manos en los hombros y le preguntó sonriendo:

—¿Aquí es donde tengo que decir «sí»?

Martin sonrió lentamente.

—De hecho, dada la dificultad que tienes para pronunciar esa palabra, he decidido que no te vendría mal un poco de práctica.

—¿Práctica? —preguntó Helen, en un tono de voz tan ingenuo como pudo.

—Umm —murmuró Martin, inclinando la cabeza para rozarle los labios—. Creo que voy a hacer que lo digas muchas veces —dijo, y la besó suavemente.

—¿Y cómo vas a conseguir que lo diga?

Martin no respondió.

Se lo enseñó.

Mucho después, Martin extendió un brazo para apagar las velas de la mesilla de noche. El otro brazo lo tenía ocupado abrazando a Helen, que estaba dormida a su lado, completamente exhausta después de haber dicho muchas veces la palabra que él quería oír. Martin sonrió. Ella todavía necesitaba más práctica, pero estaba seguro de que podría convencerla de aquello más tarde. Con su cabeza en el hombro y sus rizos haciéndole cosquillas en la garganta, oyó pasar la tormenta. Helen ni siquiera se había dado cuenta de que estaba tronando, demasiado absorta en la tormenta que ellos mismos habían creado en la habitación.

Con un profundo suspiro, Martin cerró los ojos. La satisfacción le recorría las venas como una droga, proporcionándole paz. Su casa estaba en orden, Juno estaba a su lado sana y salva. Aquella noche, con suerte, podría dormir. Cerró una mano sobre el pecho de Helen y se quedó dormido.

Helen se despertó para rascarse la nariz, y se dio cuenta de que lo que le hacía cosquillas era el vello del pecho de Martin. Dejó escapar una risita y miró hacia arriba. Se encontró con que la estaba observando con un brillo sospechoso en la mirada.

Con una sonrisa, Helen se estiró como un gato, y notó que él la abrazaba con más fuerza. Le puso las manos en el pecho. ¡Cielos! Al menos, necesitaba dos minutos para pensar.

—¿Cuál es su sueño, milord? —ronroneó, con la esperanza de distraerlo y satisfacer su curiosidad de una vez.

Martin se relajó y se rio, dejando que el calor de su mirada se extendiera por el cuerpo de Helen como una lengua de fuego.

—¿Debería decírtelo? —preguntó, retóricamente—. Bueno, quizá sí —dijo, con sorna—. No creo que sea demasiado difícil para ti —su sonrisa se hizo más amplia—. Con tus capacidades, me refiero.

Y al sentir que su pecho retumbaba de risa, Helen exclamó:
—¡Martin!

—Ah, sí. Bueno, una vez que he tenido la oportunidad de comprobar tus habilidades, mi amor, y habiendo confirmado que realmente disfrutas con nuestras actividades conjuntas por lo que tienen de placenteras, me siento seguro de que, una vez que averigües cuál es mi sueño, no te verás obligada a sacrificar ningún sentimiento para ayudarme a conseguirlo.

Helen lo miró fijamente.

—¡Martin! ¿Qué es?

Martin la observó con cierta cautela.

—¿Me prometes que no te vas a reír?

—¿Por qué iba a reírme? —le preguntó asombrada. Al ver que él no decía nada, prometió—: Está bien, no me reiré. ¿Cuál es tu sueño?

—Tengo una visión de ti, delante de la chimenea de la biblioteca de Merton House... —Martin se interrumpió, y después siguió apresuradamente—: Con mi hijo en tus brazos.

Helen parpadeó.

—Oh —dijo, como si no le diera importancia. Pero no pudo evitar la sonrisa que se le dibujó en los labios, y después le alcanzó los ojos.

Mirando fijamente a los ojos grises que le correspondían, al ver la expresión dubitativa de su rostro, Helen supo que ella también había alcanzado sus sueños. Pestañeó para aclararse los ojos de las lágrimas de felicidad que amenazaban con derramársele, tragó saliva y dijo:

—¡Oh, Martin! —antes de rodearle el cuello con los brazos y esconder la cara en su cuello.

Él le devolvió el abrazo.

—Entonces, ¿esto quiere decir que estás de acuerdo?

Un murmullo, que era claramente de asentimiento, fue todo lo que obtuvo como respuesta. Martin sonrió y la abrazó aún más fuerte al notar las lágrimas en su hombro.

Una vez que ella recuperó la compostura, no pudo evitar preguntarle:

—¿Ese es el típico sueño de un calavera?

—Te aseguro que es el sueño de este calavera —Martin la miró y sonrió—. Ahora, ven aquí y pon de tu parte para hacerlo real.

Helen sonrió también.

—Con placer, milord.

Ella alzó la cabeza para besarlo. En realidad, no tenía más sueños en la cabeza que ayudarle a realizar los suyos.

CUATRO BODAS POR AMOR

CAPÍTULO 1

El ruido de las anillas de la cortina se asemejó al de un trueno. A pesar de que el cabecero de la cama con dosel seguía envuelto en sombras, Max era consciente de que, por alguna misteriosa razón, Masterton estaba intentando despertarlo cuando ni siquiera sería mediodía.

Tumbado boca abajo entre las cálidas sábanas y con la mejilla descansando sobre una almohada del más suave plumón, Max pensó en hacerse el dormido. Pero Masterton sabía que estaba despierto; a veces, aquel demonio de hombre parecía conocer sus pensamientos mejor que él mismo.

Max levantó la cabeza, abrió un ojo de un azul intenso y vio a su extremadamente correcto mayordomo de pie, inmóvil y con el rostro impasible.

Frunció el ceño y, como respuesta a aquella señal de la ira que se avecinaba, Masterton se apresuró a exponer su asunto. Aunque no era que se tratase de algo suyo en particular. Solamente el voto conjunto de la servidumbre que ocupaba puestos de responsabilidad en Delmere House le había inducido a estorbar a Su Excelencia a la insólita hora de las nueve de la mañana. Sabía muy bien lo peligroso que aquella empresa podía resultar. Llevaba nueve años al servicio de Max Rotherbridge, vizconde Delmere. No parecía muy posible que el reciente ascenso de su señor al grado de Su Excelencia el duque de

Twyford hubiera alterado su humor en absoluto. En realidad y, por lo que Masterton había visto, con el asunto de su inesperada herencia su señor había puesto a prueba sus nervios más de lo que lo había hecho en sus treinta y cuatro años de existencia.

—Hillshaw me ordenó que le comunicara que hay una joven que desea verlo, Su Excelencia.

Incluso al mismo Max le sorprendía escuchar su nuevo título en boca de su sirviente y, sin darse cuenta, miró a su alrededor sin saber a quién se estaba dirigiendo. Una dama, pensaba mientras fruncía el ceño.

—No.

—¿Ha dicho no, Su Excelencia?

La confusión en el timbre de voz de su mayordomo quedó clara. A Max le dolía la cabeza pues había estado levantado hasta el amanecer. La tarde empezó mal cuando se vio obligado a asistir a una de las fiestas celebradas por su tía materna, lady Maxwell. Aquellas resultaban demasiado insulsas para su gusto y los lánguidos suspiros que su presencia provocaba entre las jóvenes y dulces muchachas eran suficientes para hacerle perder el control al vividor más empedernido. Y aunque tenía todo el derecho a reivindicar aquel título, lo de seducir debutantes no era su estilo. Al menos no a los treinta y cuatro.

Había abandonado la fiesta tan pronto como le había sido posible, retirándose a la discreta casa de campo donde residía su última amante; pero la bella Carmelita estaba de mal humor. ¿Por qué esa clase de mujeres era siempre tan avariciosa? ¿Y por qué imaginaban que iba a tolerar aquel comportamiento? Habían tenido una pelea tremenda que terminó mal, dándole a la seductora muchacha las vacaciones indefinidas.

Tras eso, había estado en White's y luego en Boodles, en donde se encontró con un grupo de amigotes con los que pasó la velada y parte de la mañana también. En ese momento, la punzada de dolor que sintió en la cabeza le recordó que había bebido demasiado.

Lanzó una especie de gruñido y se incorporó, contemplando

a Masterton con la mirada completamente lúcida, algo extraño dado su estado.

—Si hay una mujer que ha venido a verme, no puede ser una dama. Ninguna dama que se precie vendría aquí —Max frunció el ceño de nuevo, arrugando su bello rostro y suspiró largamente mientras hundía la cabeza entre las manos—. ¿La ha visto usted, Masterton?

—Alcancé a ver a la joven dama cuando Hillshaw la hizo pasar a la biblioteca, Su Excelencia.

El hecho de que Masterton hubiera llamado a aquella mujer «joven dama» lo decía todo. Sus criados tenían la experiencia suficiente para saber distinguir entre una dama y el tipo de mujer que podría visitar la residencia de un soltero. Lo que resultaba inconcebible era que una dama llegara a las nueve de la mañana para hacerle una visita al calavera más conocido de todo Londres.

Tomando el silencio de su amo como una señal de aceptación de lo que le había deparado el día, Masterton cruzó el amplio dormitorio hasta el ropero.

—Hillshaw mencionó que la joven dama, una tal señorita Twinning, Su Excelencia, estaba casi segura de tener una cita con usted.

Max tuvo la convicción repentina de que todo aquello se trataba de una pesadilla. Raramente se citaba con nadie y menos aún con jóvenes damas a las nueve de la mañana.

—¿La señorita Twinning? —el nombre no le sonaba de nada.

—Eso es, Su Excelencia —Masterton volvió a la cama con varias prendas colgadas del brazo, entre las cuales había elegido una chaqueta azul—. Si me permite, creo que esta sería la más apropiada.

Cediendo ante lo que parecía inevitable, Max se sentó en la cama dando un largo bostezo.

En el piso de abajo, sentada en un sillón junto a la chimenea de la biblioteca, Caroline Twinning leía tranquilamente la copia del diario de la mañana de Su Excelencia el duque de Twyford. Si sentía algún reparo por lo correcto de su maniobra, lo disimulaba muy bien.

Su encantador y cándido semblante no mostraba señales de nerviosismo y, mientras ojeaba un artículo abiertamente difamatorio sobre una recepción al aire libre animada por las escandalosas propensiones del ya maduro duque de Cumberland, una atractiva sonrisa se dibujó en sus generosos labios.

La verdad era que tenía ganas de conocer al duque. Ella y sus hermanas habían pasado los dieciocho meses más divertidos de su vida; la libertad de la que habían gozado actuó como un mareante tónico tras su casi monástica existencia. Pero a ellas en especial les había llegado la hora de embarcarse en el serio negocio de asegurar sus respectivos futuros. Para hacerlo necesitaban saltar a la palestra, cosa que hasta ese momento les había sido negada. Para ellas, el duque de Twyford indudablemente tenía la llave para abrir aquella puerta en particular.

Al escuchar unos pasos de hombre aproximándose a la biblioteca, Caroline levantó la cabeza y sonrió confiada.

Para cuando llegó al piso bajo, Max se había quedado sin ideas posibles que pudieran explicar la presencia de la misteriosa señorita Twinning. Había empleado muy poco tiempo en vestirse, pues no tenía la necesidad de colocarse adornos extravagantes para embellecer su ya de por sí fornido y esbelto cuerpo. El cabello, corto y negro como el ébano, enmarcaba un rostro moreno en el cual el paso de los años no había dejado más que un rastro de mundano cinismo. Despreciando las tendencias a la ornamentación de la época, Su Excelencia el duque de Twyford no llevaba más anillo que un sello de oro. Pero, a pesar de ello, nadie se imaginaría al verlo que no fuera lo que era, es decir, uno de los hombres más elegantes y ricos de la alta sociedad.

Entró en la biblioteca arrugando el entrecejo entre unos ojos de color azul intenso. Se paró, su mirada súbitamente penetrante, desapareciendo cualquier rastro de disgusto mientras contemplaba a su inesperada visitante. Su pesadilla se había transformado en un sueño. Durante unos segundos se quedó inmóvil, contemplándola embelesado, pero poco a poco entró en razón. Desde los cobrizos rizos que le rodeaban el rostro, hasta las puntas de sus diminutas zapatillas, que se asomaban provocativamente por debajo del sencillo aunque elegante vestido, no había nada que le pareciera mal. Tenía una figura bien formada, de generosos pechos y amplias caderas, todo dentro de las proporciones más perfectas.

Cuando su mirada pasó al rostro de la joven, se tomó su tiempo para asimilar la nariz recta, los labios carnosos y el hoyuelo que se asomaba naturalmente en una mejilla, antes de pasar a contemplar el elegante arco de las cejas y las largas pestañas que enmarcaban sus grandes ojos. Finalmente, al fijar su mirada directamente en los iris verde grisáceos fue cuando vislumbró en ella un brillo burlón. Desacostumbrado a suscitar tales reacciones, frunció el ceño.

—¿Quién es usted exactamente? —dijo.

La sonrisa que había estado rondando las comisuras de aquellos invitantes labios finalmente apareció, dejando ver una fila de pequeños y blancos dientes.

—Estoy esperando al duque de Twyford —replicó la aparición en vez de contestar a la pregunta.

Tenía la voz suave y musical. Max, deseando prescindir de las formalidades, contestó con rapidez.

—Yo soy el Duque.

—¿Usted? —durante unos minutos, la expresión de su rostro no fue sino de total confusión.

Caroline no era capaz de ocultar su sorpresa. ¿Cómo podría aquel, de todos los hombres, ser el Duque? Aparte de que era demasiado joven como para haber sido uno de los amigotes de su padre, el caballero que tenía delante era sin duda un calavera de primer orden. No sabía si a definir su carácter le habían ayudado aquel rostro de duros rasgos, de nariz aguileña y boca y mentón firmes o bien la indolente seguridad con la que había entrado en la habitación. Pero la manera en que sus ojos de mirada azul intensa la habían recorrido desde los bucles hasta los pies la dejaron pocas dudas sobre el tipo de hombre que tenía delante.

Con una creciente sensación de incomodidad, instó a su visita a que se sentara frente a la mesa de caoba mientras él tomó la silla tras de la mesa.

Mostrándose tranquilo por fuera, Max observó su natural y gracioso paso y el seductor bamboleo de las caderas al sentarse. Su mirada descansó especulativamente sobre la belleza que tenía delante. Hillshaw tenía razón, aquella era indudablemente una dama. Pero aquello nunca había logrado echarle para atrás. Y en ese momento en que la miraba más de cerca, observó que no era tan joven.

—¿Quién demonios es usted?

El hoyuelo se dibujó de nuevo.

—Me llamo Caroline Twinning y, si en verdad es usted el duque de Twyford, entonces mucho me temo que sea su pupila.

Su anuncio fue recibido en silencio, seguido de una larga pausa durante la cual Max, inmóvil, miraba fijamente a su visita. Soportó aquel escrutinio durante diez segundos antes de arquear las cejas en cortés y divertido interrogante.

Max cerró los ojos y lanzó un gemido.

—¡Oh, no!

Le había llevado tan solo un segundo darse cuenta de que la única mujer a la que no podría seducir era a su pupila; sin embargo, estaba completamente seguro de que deseaba seducir a Caroline Twinning. Abrió los ojos esperando que ella achacase aquella reacción a la sorpresa y, al encontrarse con sus ojos verde grisáceos mirándolo divertida, ya no estuvo tan seguro.

—Explíquese por favor con un lenguaje simple; no estoy como para averiguar misterios en este momento.

Caroline había notado en sus ojos lo que pensaba que eran punzadas de dolor.

—Si le duele tanto la cabeza, ¿por qué no se coloca una bolsa de hielo? Le aseguro que no me importará.

Max la miró con odio. Parecía que la cabeza le iba a estallar pero ¿cómo se atrevía a notarlo, y aún peor, a mencionarlo? Aun así, tenía toda la razón. Con mirada sombría alcanzó el tirador de la campanilla.

Hillshaw se presentó y recibió la orden de llevarle una bolsa de hielo.

—¿Ahora, Su Excelencia?

—Por supuesto que ahora; ¿para qué la quiero más tarde? —Max hizo una mueca al escuchar su voz.

—Como mande Su Excelencia —aquel tono de voz sepulcral confirmó a Max la total desaprobación de su mayordomo.

—Puede empezar —dijo Max mientras se cerraba la puerta tras Hillshaw.

—Mi padre era sir Thomas Twinning, un viejo amigo del duque de Twyford, anterior me imagino.

Max asintió.

—Era mi tío. Yo heredé el título de él cuando murió en un accidente hace tres meses junto con sus dos hijos. No esperaba heredar el patrimonio de mi tío, por lo que no estoy familiarizado con cualquiera de los compromisos que su padre pudiera haber hecho con el fallecido duque.

Caroline asintió y esperó a que Hillshaw se marchara, después de haberle llevado a su señor la bolsa de hielo que le había pedido.

—Ya veo. Cuando mi padre murió hace dieciocho meses, mis hermanas y yo fuimos informadas de que nuestro padre nos había dejado bajo la tutela del duque de Twyford.

—¿Hace dieciocho meses? ¿Qué han estado haciendo desde entonces?

—Permanecimos en la finca durante algún tiempo. La heredó un primo lejano y, aunque él estaba dispuesto a que nos quedáramos allí, nos pareció inútil quedarnos enterradas de esa manera. El Duque deseaba que nos trasladáramos a su casa inmediatamente, pero yo lo persuadí para que nos diera permiso para visitar a la familia de nuestra difunta madrastra en Nueva York. Le escribí una carta desde Nueva York diciéndole que le visitaríamos cuando volviéramos a Inglaterra. Él me respondió sugiriéndome que lo visitara hoy y aquí estoy.

De pronto, Max lo vio todo claro. Caroline Twinning era una parte más de su extraña herencia. Por llevar una vida de hedonismo sin límites desde su juventud, Max pronto comprendió que su estilo de vida necesitaba de un capital en que apoyarse. Por ello se aseguró de que sus fincas fuesen administradas eficazmente y con orden. Las fincas de Delmere que había heredado de su padre constituían un moderno modelo de administración de fincas.

Pero su tío Henry nunca había mostrado mucho interés en sus propiedades. Tras el trágico accidente de barco que inesperadamente había hecho que recayeran sobre él las responsabilidades del ducado de Twyford, Max consideró que una puesta al día de las numerosas fincas era totalmente esencial si no quería que le minasen toda la fuerza a las propiedades más prósperas de Delmere.

Los últimos tres meses habían sido problemáticos, con los antiguos criados del difunto duque intentando hacerse con aquel estilo tan distinto del nuevo duque de Twyford. Para Max habían sido tres meses de trabajo interminable. Solo aquella semana había creído terminar con lo peor. Envió a su sufrido secretario Joshua Cummings a casa para que se tomase unas vacaciones bien merecidas. Pero, en ese momento, parecía que el siguiente capítulo en la saga de los Twyford estaba a punto de empezar.

—Ha mencionado hermanas. ¿Cuántas son?

—Son hermanastras mías, en realidad, y en total somos cuatro.

Max sospechó inmediatamente.

—¿De qué edades?

Caroline vaciló antes de contestar.

—De veinte, diecinueve y dieciocho.

—¡Santo Dios! No han venido con usted, ¿verdad?

—No, las dejé en el hotel —contestó Caroline, confundida.

—Menos mal —dijo Max—. Si alguien las hubiera visto entrar, se hubiera corrido la noticia por toda la ciudad y me acusarían de estar organizando un harén.

La sonrisa de Max hizo a Caroline pestañear y, al ver aquella luz en sus azules ojos, se sintió contenta de ser su pupila.

Pero lo que ella no sospechaba era que Max había resuelto despojarse de aquella última responsabilidad heredada lo más rápidamente posible. Aparte de no tener el menor deseo de hacer de guardián de cuatro jóvenes casaderas, necesitaba limpiar de obstáculos el camino que lo llevaría hasta Caroline Twinning.

—Comience por el principio. ¿Quién era su madre y cuándo murió?

—Mi madre fue Caroline Farningham, de los Farningham de Stattfordshire.

Max asintió. Se trataba de una antigua, conocida y bien conectada familia.

La mirada de Caroline recorrió las filas de libros que forraban las estanterías situadas detrás del duque.

—Murió poco después de nacer yo, por lo que nunca la conocí. Tras unos años, mi padre se volvió a casar, esa vez con la hija de una familia del lugar a punto de partir hacia las colonias. Eleanor fue muy buena conmigo y cuidó de todas nosotras muy bien, hasta su muerte hace ahora seis años.

—¿Por qué ninguna de ustedes ha sido presentada en sociedad? Si a su padre le preocupaba el asunto lo suficiente como para asegurarles un guardián, me parece que la solución más fácil hubiera sido entregarlas a los cuidados de un marido.

Caroline no vio razón alguna para no satisfacer una curiosidad que parecía totalmente comprensible.

—Nunca nos presentó en sociedad porque... mi padre no estaba de acuerdo con tales frívolos pasatiempos. Para serle totalmente sincera, a veces creo que le tenía manía a las mujeres en general.

Max pestañeó.

—En cuanto al matrimonio, lo había organizado a su manera. Se suponía que tenía que casarme con Edgar Mulhall, nuestro vecino —involuntariamente su expresión se tornó de disgusto.

Max se estaba empezando a divertir.

—¿Y no era el adecuado?

—Si lo conociera no diría eso, es... —arrugó la nariz mientras pensaba en la descripción más adecuada— recto —pronunció finalmente.

Ante ese comentario, Max se echó a reír.

—Está claramente fuera de cuestión.

Ignorando la provocación en sus ojos, Caroline continuó.

—Papá tenía planes similares para el resto de sus hijas, pero, como nunca se fijó si estaban o no en edad casadera y yo tampoco se lo recordé, al final se le pasó.

Al percibir la evidente satisfacción de la señorita Twinning, Max pensó en cuidarse muy bien de su tendencia a mostrarse manipuladora.

—Muy bien. Una vez aclarado el pasado, vayamos al futuro. ¿Cuál fue el trato que hicieron con mi tío?

—Bueno, en realidad fue idea suya, pero a mí me pareció bastante sensata. Sugirió que fuéramos presentadas a la gente distinguida, por lo que sospecho que tenía la intención de encontrarnos un marido adecuado para cada una y así poder terminar con su tutela —hizo una pausa pensativa—. No estoy muy segura de los detalles del testamento de mi padre pero me imagino que los tratos terminarían si nos casáramos, ¿no?

—Es lo más probable —asintió Max.

El constante dolor de cabeza había cedido considerablemente. El plan de su tío era loable, pero personalmente prefería no tener a ninguna mujer como pupila y menos a la señorita Twinning.

Sabía que ella lo estaba observando, pero no hizo más comentarios mientras consideraba el paso siguiente.

—Hasta la fecha no sabía nada de este asunto; tendré que pedirle a mis abogados que arreglen todo esto. ¿Qué compañía se ocupa de sus asuntos?

—Whitney & White, de la calle Chancery.

—Bien, al menos eso facilita la cosa puesto que también llevan las fincas de Twyford y las otras mías —dejó la bolsa de hielo a un lado y miró a Caroline—. ¿Dónde se hospedan?

—En Grillon's; llegamos ayer.

A Max se le ocurrió otra idea.

—Oh, ¿de qué han estado viviendo durante los últimos dieciocho meses?

—Ah, pues todas teníamos dinero que nos habían dejado nuestras madres. Decidimos tirar de eso y dejar nuestro patrimonio sin tocar.

Se hizo una pausa durante la cual Max no dejó de mirar a Caroline.

—Iré a ver a Whitney esta misma mañana y arreglaré el asunto; pasaré por su hotel a las dos para informarla de cómo ha salido todo.

Se imaginó a sí mismo encontrándose con la bella y joven dama y conversando con ella en la entrada del exquisito Grillon's, ante la mirada fascinada de los demás clientes.

—Aunque, pensándolo mejor, la llevaré a dar una vuelta por el parque. Así quizá podamos charlar un poco.

Tiró del llamador y apareció Hillshaw.

—Prepare el carruaje; la señorita Twinning regresa a Grillon's.

—Oh, no. No quisiera causarle tantas molestias —dijo Caroline.

—Mi querida niña —dijo Max lentamente—, no voy a permitir que una de mis pupilas atraviese Londres montada en un coche de alquiler. Prepare todo, Hillshaw.

—Sí, Su Excelencia —y por una vez Hillshaw se retiró, totalmente de acuerdo con su señor.

Caroline se topó con aquellos ojos azules que seguían contemplándola con cierto trasfondo de burla. Pero ella no era una dama de poco coraje y le devolvió la sonrisa con serenidad, sin saber que en ese momento estaba sellando su destino.

Jamás, pensaba Max, había conocido a una mujer tan atractiva. De una forma u otra rompería las obligaciones del tutelaje. Max aprovechó para contemplarla de nuevo con detenimiento cuando ella se puso a examinar las filas de libros forrados en piel. Tenía un rostro joven, lleno de humor y serenidad al mismo tiempo lo cual, según su experiencia, era algo raro de encontrar en las mujeres de entonces. Indudablemente, era una mujer de carácter.

Su fino oído captó el sonido de unas ruedas en la calzada. Se levantó y ella hizo lo mismo.

—Venga, señorita Twinning; su carruaje espera.

La acompañó hasta la puerta de entrada, pero se abstuvo de continuar y dejó que Hillshaw la llevase hasta el coche de caballos. Cuantas menos personas lo vieran con ella, mejor, al menos hasta que hubiera resuelto aquel lío de la tutela.

Tan pronto como el majestuoso Hillshaw cerró la portezuela del coche, Caroline se recostó sobre el respaldo y se distrajo mirando por la ventanilla, mientras el carruaje atravesaba la ciudad.

En vez de la figura serena y paternal, tendría que tratar con un hombre que, si uno podía fiarse de las primeras impresiones, era inteligente, ingenioso y demasiado perspicaz para su gusto. Era absurdo pensar que el nuevo duque de Twyford no sabría cómo manejar a cuatro jóvenes mujeres. Si alguien le pidiera su opinión, Caroline diría que el nuevo duque de Twyford era un especialista en manejar mujeres. De pronto, frunció el ceño y se le nublaron los ojos. No estaba muy segura de si le agradaba mucho aquel giro que habían tomado sus destinos. Pero, al rememorar la reciente entrevista con el duque, sonrió: él tampoco se había mostrado demasiado encantado con la idea.

Si existía una manera de hacer variar las condiciones de la tutela, Su Excelencia la encontraría. Inexplicablemente, sintió que la invadía una tremenda desilusión.

Aun así, se dijo a sí misma que no era corriente que pudiera cambiar nada de lo que se había acordado y se inclinó a pensar que estaban totalmente seguras con el nuevo duque de Twyford mientras fueran sus pupilas. Se permitió a sí misma formularse la pregunta de si deseaba o no estar a salvo del duque de Twyford, para, tras unos minutos, reprocharse por aquellos pensamientos.

Acomodándose en el asiento del lujoso carruaje, se dispuso a ensayar la descripción de lo ocurrido, anticipándose a las ávidas preguntas de sus hermanas.

A los pocos minutos de su marcha de Delmere House, Max había dado una serie de órdenes, una de las cuales urgía al señor Hubert Whitney, hijo de Josiah Whitney, de Whitney & White Abogados, a presentarse en Delmere House poco antes de las once.

El señor Whitney era un hombre seco de edad indefinida y muy correctamente ataviado. Era igual que su padre en muchos aspectos y atendía a todos los clientes más ricos de aquel, que estaba postrado en cama.

Mientras Hillshaw le acompañaba hasta la biblioteca, respiró aliviado por haber sido Max Rotherbridge el heredero de las propiedades Twyford. Sin saberlo Max, el abogado le tenía en particular estima y deseaba con frecuencia que otros de sus clientes fueran tan directos y decididos como él.

Nada más encontrarse con el duque de Twyford se enteró de que este no estaba muy contento después de recibir la noticia de que aparentemente tenía la tutela de cuatro señoritas casaderas. De momento, el señor Whitney se vio perdido, aunque afortunadamente se había llevado consigo todos los documentos de la propiedad Twyford, entre los que se encontraban los del caso Twinning. Viendo que su cliente no tenía intención de reprenderle por no haberle informado de un asunto del que, sabía de más, debería haberle hablado mucho antes, se dispuso a evaluar los términos del testamento del difunto sir Thomas Twinning. Una vez refrescada la memoria en ese tema, empezó a repasar el del difunto duque de Twyford.

Max estaba de pie junto al fuego, despreocupado. Whitney le caía bien porque no se ponía nervioso y hacía bien su trabajo.

—Sir Thomas Twinning falleció antes que su tío y, según las condiciones del testamento de su tío, queda claro que usted hereda toda sus responsabilidades.

Max frunció el ceño.

—Entonces, ¿tengo que hacerme responsable de este asunto de la tutela?

El señor Whitney apretó los labios.

—Yo no diría tanto. La tutela puede ser desestimada, me imagino, pues queda claro que sir Thomas no le tenía en mente a usted personalmente como guardián de sus hijas.

—No creo que nadie pudiera tener dudas al respecto —Max sonrió irónicamente.

—De todas formas, si consiguiera disolver la cláusula tutelar, entonces las jóvenes se quedarían sin protector. ¿Le he entendido bien al pensar que están ahora en Londres y planean permanecer durante toda la temporada?

No hacía falta ser muy inteligente para adivinar adónde iban dirigidas las palabras de Whitney. Exasperado, Max se dirigió a grandes zancadas al ventanal, desde donde se quedó contemplando el patio con las manos agarradas a la espalda.

—¡Santo Dios, hombre! No puedo creer que piense que soy adecuado para ser el protector de cuatro dulces jovencitas.

—Entonces queda el dilema de quién, en su lugar, podría actuar en su nombre —dijo Whitney, sabiendo que el duque era muy capaz de hacer cualquier cosa si se lo proponía.

La idea de lo que podría pasar si dejaba a cuatro damas criadas con tantos cuidados en el ambiente londinense, a merced de las fauces de los lobos que merodeaban por las calles, le horrorizó. Y sobre todo porque él era considerado como el líder de aquella manada. Haciendo un gran esfuerzo para desterrar de su mente la imagen de un par de grandes ojos verdes, se volvió al señor Whitney enfurecido.

—¡Muy bien, maldita sea! Dígame lo que necesito saber.

El señor Whitney sonrió con benignidad y comenzó a relatar la historia de la familia Twinning, tal y como Caroline había hecho aquella misma mañana.

—¡Ya conozco todos esos detalles! Limítese a decirme la renta de cada una en números redondos.

El señor Whitney le dio una cifra que hizo que Max arqueara las cejas y se quedara momentáneamente sin habla.

—¿Cada una?

El otro asintió.

—Sir Thomas era un hombre de negocios muy competente, Su Excelencia.

—¿Entonces cada una de esas chicas es heredera de pleno derecho?

El señor Whitney volvió a asentir.

—Claro que —empezó, consultando los documentos que tenía sobre las rodillas— usted solo será responsable de las tres pequeñas.

Instantáneamente, consiguió llamar la atención de su cliente.

—Oh, ¿y cómo es eso?

—Bajo los términos del testamento de su padre, las chicas Twinning estarán bajo los cuidados del duque de Twyford hasta que cumplan veinticinco años o se casen. De acuerdo con la información que yo tengo, la señorita Twinning va a cumplir veintiséis, por lo que podría, si así lo deseara, asumir sus propias responsabilidades.

El alivio que sintió Max se hizo palpable, pero enseguida le golpeó el reconocimiento de que Caroline había notado su interés por ella. Si se enterase de que ella no era su pupila, le mantendría a raya. Pero, de todas maneras, Caroline Twinning no iba a ser una conquista fácil. Por ello, sería preferible que continuara pensando que el hecho de ser su pupila la protegía de él. De esa manera, no tendría dificultad en acercarse a ella. De hecho, cuanto más pensaba en ello, más ventajosa le parecía la situación.

—La señorita Twinning no sabe nada de los términos del testamento de su padre. Por el momento cree que es, junto con sus hermanastras, mi pupila. ¿Existe alguna necesidad tan imperiosa por la que tengamos que informarla de su cambio de estatus?

El señor Whitney lo miraba con cara de sabiondo, mientras intentaba desvelar los motivos del duque para querer que la señorita Twinning continuara bajo su tutela; sobre todo, después de haber querido anularla del todo.

—Lo digo por el simple hecho de que, bien tenga veinticuatro o veintiséis, sigue necesitando tanta protección como sus hermanas —se apresuró a decir como excusa—. Además, no resultaría apropiado si fuese vista en mi compañía sin ser mi pupila y, como todavía soy el tutor de las otras tres y estas residirán en una de mis casas, la situación podría convertirse en sumamente delicada, ¿no le parece?

El señor Whitney veía claramente la dificultad de la situación.

—Lo que dice es muy cierto. Por el momento no se me ocurre nada que necesite la aprobación de la señorita Twinning, por lo que supongo que no pasará nada si no la informamos de su posición hasta que no se case. Por cierto, ¿cómo piensa hacerse cargo del asunto, si me permite el atrevimiento?

Max ya había estado pensando en cómo introducir a las cuatro jóvenes en la alta sociedad sin que se desatara ninguna tormenta.

—Me propongo abrir Twyford House inmediatamente para que se hospeden allí. Tengo la intención de pedirle a mi tía, lady Benborough, que sea la madrina de las chicas. Estoy seguro de que le encantará y ello la mantendrá ocupada durante toda la temporada.

El duque se puso en pie, dando así la entrevista por terminada.

Antes de que el abogado partiera, el duque, perro viejo en temas de intriga social, se dispuso a atar un cabo que había dejado suelto.

—Si hay algún asunto que desee discutir con la señorita Twinning, le sugiero que lo haga a través de mí, como si yo fuera en realidad su tutor. Ya que es usted el que lleva los asuntos de nuestras respectivas propiedades, no veo impropio que mantengamos las apariencias, por el bien de la señorita Twinning.

—No veo ningún problema en ello, Su Excelencia —dijo el señor Whitney, haciendo una pequeña reverencia.

CAPÍTULO 2

Cuando el señor Whitney se hubo marchado, Max le dio unas cuantas órdenes a su mayordomo Wilson. Uno de sus lacayos llevó una nota a la calle Half Moon en la que rogaba a su tía paterna, lady Benborough, el favor de concederle una entrevista privada.

Tal y como Max había previsto, la misiva intrigó a su tía. Llegó a su casa después del mediodía y se encontró a su tía vestida con un vestido morado y una nueva peluca a la moda colocada sobre su autoritario rostro.

Max entró y la besó en la mejilla, mirando la peluca con recelo.

Mientras esperaba a que se acomodase en una silla frente a la butaca donde ella estaba sentada, su tía contempló con mirada crítica la elegante figura de su sobrino.

—Espero que estés dispuesto a satisfacer mi curiosidad sin demasiados rodeos.

—Querida tía ¿recuerdas alguna vez que no haya ido directamente al grano?

—Quieres que te haga un favor, ¿no? —le dijo con mirada astuta.

Max sonrió pues, de entre sus numerosos parientes, la hermana pequeña de su padre era su favorita.

Ya viuda hacía muchos años, no se podía por menos que tenerla en cuenta. Continuaba completamente metida en el ambiente de la alta sociedad y todavía se la veía en todas las fiestas y galas que se celebraban. Max sabía que era muy inteligente y que tenía un excelente sentido del humor. En realidad, era lo que necesitaba.

—He venido a informarte de que, entre todas las cargas que he heredado del tío Henry, parece que también me han tocado cuatro pupilas.

—¿A ti? —repitió lady Benborough con los ojos como platos.

Max asintió.

—Sí, a mí; y son cuatro jóvenes damas. Una de ellas, la única que he visto hasta ahora, es la criatura más encantadora que pudiera presentarse esta temporada.

—Dios mío. ¿Quién ha sido el cretino que ha dejado a cuatro muchachas a tu cuidado? —la señora estaba sobre todo escandalizada con la idea, pero de pronto se dio cuenta de la verdadera situación—. ¡Oh, Dios Santo! —se dejó caer sobre los cojines de la butaca muerta de la risa.

Sabiendo que aquella respuesta se iba a repetir en las semanas siguientes, Max suspiró.

—No las dejaron a mi cuidado, sino al de mi difunto tío; aunque, la verdad, no sé de qué les hubiera servido él.

Secándose las lágrimas, lady Benborough consideró aquel comentario.

—Yo tampoco —reconoció—, Henry siempre fue un poco corto de entendederas. ¿Quiénes son?

—Las señoritas Twinning, de Hertfordshire.

Max procedió a hacer un resumen de la historia de los Twinning y terminó por informar a su tía del hecho de que las cuatro chicas eran ricas herederas.

Augusta Benborough estaba impresionada.

—¿Y dices que son tan bellas?

—La que yo conozco, Caroline, que es la mayor, desde luego que lo es.

—Bueno, entonces, ¿qué quieres que haga por ti?

—Lo que me gustaría que hicieras, querida tía, es que seas la acompañante de las muchachas y que las presentes en sociedad —Max hizo una pausa durante la que su tía se quedó callada, con sus azules ojos fijos en la cara de su sobrino—. Mañana voy a abrir Twyford House para ellas; tengo intención de continuar con esto. ¿Lo harás?

No había nada que a Augusta Benborough le gustase más que formar parte del bullicio del juego del matrimonio de nuevo. ¿Pero de cuatro a la vez? Bueno, tenía el apoyo de Max y eso contaba mucho. Pero se planteaban problemas. Su asignación no era demasiado grande y, a pesar de que nunca le había pedido ayuda a Max, mantener el estilo que él esperaría en la acompañante de sus pupilas estaba más allá de sus escasos medios.

—Mi propio ropero... —empezó vacilante.

—Naturalmente, cargarás a mi cuenta todos los gastos que tengas con este asunto.

—¿Puedo llevarme a Miriam a Twyford House? —Miriam Alford era una solterona, prima lejana de lady Benborough, que vivía con ella.

—Claro, puede incluso resultarnos útil con cuatro muchachas a nuestro cargo.

—¿Cuándo podré conocerlas?

—Se hospedan en Grillon's. Esta tarde he invitado a la señorita Twinning a dar un paseo para contarle lo que he decidido hacer. Voy a enviar a Wilson para que os ayude a ti y a la señora Alford a trasladaros a Mount Street. Supongo que será preferible que os mudéis por la mañana para que podáis familiarizaros con el servicio y todo eso. Sugiero que tú y yo recibamos a las Twinning cuando lleguen, digamos... ¿a eso de las tres?

Lady Benborough estaba encantada con la facilidad con la que su sobrino organizaba el servicio de una mansión de un día para otro. Aun así, sabía que teniendo al eficiente Wilson todo iría sobre ruedas. De pronto, la embargó una tremenda emoción al pensar que iba a empezar la temporada con un propósito definido en la vida.

—Muy bien, lo haré.

—Estupendo —Max se puso en pie—. Te enviaré a Wilson esta tarde.

Su tía, ensimismada ya en la tarea de encontrarles marido a las Twinning, añadió:

—¿Has visto a las otras tres?

Max movió la cabeza.

—¡Y espero no verlas en el vestíbulo de Grillon's esta tarde!

Augusta Benborough se echó a reír.

A las dos de la tarde se personó puntualmente en Grillon's y tuvo la agradable sorpresa de encontrar a la señorita Twinning sola en el vestíbulo, sentada en una butaca frente a la puerta. No se enteraría jamás del esfuerzo que le había costado conseguir aquello, aunque le había sido imposible impedir a sus hermanas que vigilaran desde las ventanas de los dormitorios. Ni que decir tiene que les tuvo que describir al duque de Twyford al detalle. Y lo que le había resultado más difícil fue ese aire indefinido que lo rodeaba, persuasivo y apasionante, que nada más verlo le hizo sentir una serie de emociones que una muchacha no tenía por qué comprender, y menos aún sentir.

Al tomarle la mano un instante, sonrió y ella decidió que había valorado poco el atractivo de aquella sonrisa soñolienta.

En menos de un minuto, Caroline se vio en el asiento de un elegante coche de caballos tirado por dos bellos aunque inquietos corceles castaños. Luego partieron, virando en medio del tráfico hacia Hide Park.

—Espero que Grillon's le agrade hasta el momento.

—Oh, sí. Han sido muy amables —contestó Caroline—. ¿Consiguió aclarar el asunto de nuestra tutela?

Max no pudo por menos que reprimir una sonrisa ante su forma tan directa de hablar.

—El señor Whitney me ha asegurado que, ya que yo soy el duque de Twyford, me corresponde a mí ser su tutor —dijo, dejando que su reticencia se escuchase en su tono de voz—. Por ello me gustaría saber cómo ha conseguido hacerse con la moda de París.

Su conocimiento de la moda femenina le dijo que la elegancia de la señorita Twinning se debía en gran parte a los franceses. Pero Francia e Inglaterra estaban en guerra y París ya no era el lugar de diversión de los ricos.

—Le aseguro —comenzó a decir Caroline—, que no nos escapamos a Bruselas en vez de ir a Nueva York.

—Oh, no era eso lo que yo temía —dijo Max—. Si hubieran estado en Bruselas, me habría enterado.

—¿Ah sí? —Caroline lo miró fascinada.

Max le sonrió.

—Tiene razón respecto a la ropa, es parisina. En el barco que nos llevó a Nueva York, conocimos a dos modistas de París que se ofrecieron a vestirnos.

—¿Qué le pareció la sociedad americana?

—La verdad es que nos divertimos mucho allí. Por supuesto, nuestros parientes estuvieron contentos de vernos y organizaron muchas salidas —no hacía falta decir que se lo pasaron de lo lindo—. No es lo mismo que aquí. Hay muchos comerciantes ricos, pero nada que ver con la aristocracia londinense.

Su respuesta alivió de alguna manera a Max. Lejos de imaginar que sus nuevas pupilas se lo habían estado pasando en grande, más bien se preguntaba si tendrían o no experiencia en temas de sociedad. La señorita Twinning le confirmó que al menos sabía lo suficiente como para distinguir los menos aceptables de entre las multitudes.

Al llegar a las puertas del parque, tomaron el camino de carruajes y pronto el coche marchaba al paso bajo los árboles. Una ligera brisa le levantaba las puntas de los lazos del sombrero a Caroline y jugueteaba entre las oscuras crines de los caballos.

—Me temo que ahora no hay mucha gente en el parque.

Más tarde, entre las tres y las cinco, estará lleno. Todavía no ha comenzado la temporada en sí, pero la mayoría de la gente ya habrá vuelto a la ciudad. Hide Park es el lugar idóneo para venir. Todas las viejecitas vienen aquí a intercambiar los últimos cotilleos y todas las jóvenes van mostrando su belleza por los paseos.

—Ya veo —Caroline sonrió para sus adentros mientras se imaginaba cómo ella y sus hermanas encajarían en aquella escena.

Max la vio sonreír y se sintió confuso. Caroline Twinning era decididamente más inteligente que las mujeres a las que normalmente acompañaba. No supo adivinar sus pensamientos y secretamente se sorprendió de desear saber lo que estaba pensando.

Rodearon el lago y tiró de las riendas para que los caballos fueran más despacio.

—Como tutor suyo, he dispuesto algunos preparativos concernientes a su futuro inmediato —notó cómo los ojos grises se volvieron hacia él—. En primer lugar, he abierto Twyford House; en segundo, he organizado todo para que mi tía, lady Benborough, sea su acompañante durante la temporada. Está muy bien relacionada y sabe perfectamente cómo llevar todo. Pueden confiar totalmente en su consejo. Se marcharán de Grillon's mañana; les enviaré a mi mayordomo Wilson para que las ayude a mudarse a Twyford House. Irá a buscarlas a las dos. ¿Tendrán suficiente tiempo para hacer las maletas?

Caroline estaba totalmente sorprendida. A las nueve de la mañana, él todavía no sabía de su existencia. ¿Cómo podría haber organizado todo aquello con tanta rapidez?

Ya que estaba en ello, Max pensó que sería más adecuado aclarar bien las cosas.

—En cuanto a los fondos, presumo que sus planes anteriores son los indicados. De todas formas, si necesita algo más puede pedírmelo directamente a mí, ya que ahora soy el que maneja su patrimonio.

Aquella última afirmación consiguió convencer a Caroline de que no sería correcto subestimar al duque y, a pesar de haber dispuesto de tan poco tiempo, no se le había escapado ningún detalle.

Cada vez se veía a más gente en el parque, paseando por el césped que llevaba hasta el río y juntándose en pequeños grupos en el paseo, riendo y charlando.

Un hombre de corta estatura, que caminaba entre la gente a los lados del paseo, levantó la cabeza mostrándose sorprendido al ver al duque pasar.

—¿Quién demonios era ese? —preguntó Caroline.

—Ese, querida, no es otro que Walter Millington, uno de los petimetres más conocidos. A pesar de su absurda vestimenta, es un tipo bastante anodino, pero con una lengua de víbora por lo que es preferible para las jóvenes no predisponerlo en contra suya. No se ría de él.

Dos viejas damas en un antiguo landó se los quedaron mirando tan fijamente que en otras de clase inferior hubiera resultado grosero.

—Y esas dos son las señoritas Berry, más viejas que la tos y conocen a todo el mundo. Son inofensivas, una de ellas, distraída, la otra, astuta como un zorro.

Dicho esto y habiendo alcanzado una de las puertas del parque, se dispusieron a salir.

Justo en el momento en que se estaban mezclando con el tráfico, un elegante carruaje que iba en dirección al parque frenó momentáneamente a su lado. La delgada mujer de mediana edad y severa expresión, que había estado recostada contra el respaldo del asiento, pegó un respingo al ver al duque; en su rostro había una mezcla de sorpresa y curiosidad.

—¡Twyford!

Max bajó la vista mientras los dos coches se ponían de nuevo en marcha.

—Señora —asintió y seguidamente se vieron engullidos por el tráfico.

Volviéndose, Caroline vio que la señora iba discutiendo con su cochero y se echó a reír.

—Esa, querida pupila, era Sally, lady Jersey. Es la cotilla más empedernida de Londres, de ahí el apodo de Silencio. A pesar de ello, no es tan mala persona.

Continuaron en cordial silencio, abriéndose paso entre las bulliciosas calles. Max iba pensando en la consternación que iba a provocar el haber sido visto por lady Jersey y por Ramsleigh, otro vividor amigo suyo.

Al sentarse en una butaca pudo oírse el frufrú de las elegantes telas de la falda de Caroline al rozar unas con otras. Sus tres hermanastras se arremolinaron a su alrededor, ansiosas. Resultaría complicado encontrar tres jóvenes damas tan atractivas como aquellas. Sarah, de veintiún años, con su melena castaña oscura y su tez exageradamente pálida, se sentó en un brazo del sillón. Arabella, se sentó al otro lado, con sus rizos castaño dorados rodeando su semblante en forma de corazón y con una chispa de travesura reflejada en él. Y Lizzie, la más joven y callada de todas, sentada a sus pies, con sus ojos marrón grisáceos brillantes de juventud y de mirada penetrante.

—Bien, queridas mías, de manera inequívoca y sin ninguna duda somos las pupilas del duque de Twyford.

—¿Cuándo quiere conocernos? —preguntó Sarah.

—Mañana por la tarde. Va a abrir Twyford House y nosotras nos tenemos que mudar allí. Él reside en Delmere House, donde fui esta mañana. Su tía, lady Benborough, será nuestra acompañante; aparentemente, está bien relacionada y deseando apoyarnos. Estará allí también mañana.

Un silencio cargado de emoción recibió la noticia, tras el cual Arabella dijo en voz alta lo que todas estaban pensando.

—¿Ha dispuesto todo eso en un día?

A Caroline le brillaron los ojos y asintió con la cabeza.

Arabella dio un largo suspiro.

—¿Es autoritario?

—¡Mucho! —contestó Caroline—. Pero te pescará si intentas afilar las uñas con él. Es muy inteligente y también experimentado —y estudiando las caras pensativas a su alrededor, añadió—: Cualquier intento de flirteo entre alguna de nosotras y Max Rotherbridge llevaría indudablemente al fracaso. Como pupilas suyas que somos, nos rechazará si nos acercamos a él con esas intenciones, y me temo que no soportará ni una tontería, os lo advierto.

—Ya veo —Sarah se levantó y paseó hasta la ventana—. ¿Entonces es como tú sospechabas? ¿No será fácil de llevar?

—Me temo, queridas, que cualquier idea que tuviéramos de pasárnoslo en grande al cuidado de un tutor sumiso murieron con el último duque. Pero, a pesar de todo —continuó—, si seguimos las reglas que impone la sociedad y no le causamos problemas, dudo mucho que nuestro nuevo tutor nos dificulte las cosas. Después de todo, estamos en Londres para buscar marido, y eso es, si no me equivoco, lo que Su Excelencia desea que hagamos.

—¿Entonces está de acuerdo con presentarnos para que encontremos marido? —preguntó Lizzie.

De nuevo, Caroline asintió con la cabeza.

—Creo que le preocupa tener cuatro pupilas a su cargo —sonrió recordando la escena en casa del duque—. Y por lo que he visto hasta ahora, creo que el duque actual es mejor que el anterior. Dudo que tengamos que luchar contra ningún cazafortunas.

Tras unos minutos de silencio, Caroline se levantó, estirándose los faldones y dando unos pasos por la habitación.

—Mañana vendrán por nosotras a las dos y nos llevarán a Twyford House, que está en Mount Street —hizo una pausa para que la implicación en sus palabras calara en sus hermanas—. Como me queréis, os vestiréis con recato y os comportaréis con la debida reserva —miró fijamente a Arabella, quien le devolvió una sonrisa pícara—. Creo que, teniendo en cuenta las circunstancias, deberíamos hacerle la vida lo más fácil posible a nuestro nuevo tutor. Estoy segura de que podría haber desestimado la tutela si lo hubiera deseado y debemos estar agradecidas de que escogiese honrar las obligaciones de su tío. Por eso no debemos ir demasiado lejos con él.

Pues estaba segura de que iban a poner a prueba su paciencia, pensaba mientras sus hermanas cuchicheaban.

Lady Benborough paseaba por la deliciosamente colorida alfombra persa, esperando con emoción la llegada de las muchachas. Con la mirada reconoció el impecable estado de la habitación, el mobiliario perfectamente organizado, todo en orden y listo. Si no lo hubiera sabido bien, no podría haber creído que, la mañana anterior, Twyford House había estado cerrada y con todos los muebles cubiertos de sábanas. Wilson no tenía precio. Incluso había un florero con dalias frescas sobre la mesa que estaba situada entre los dos ventanales. Estos, que estaban abiertos, daban paso a un cuidado patio flanqueado por arriates de vivos colores. Adornaba el centro una fuente de mármol en la que una figura griega de mujer vertía incesantemente agua de un cántaro.

Una llamada a la puerta principal la interrumpió en la contemplación de la escena. Momentos después escuchó la voz de Max y se tranquilizó. El objeto de sus pensamientos entró en la habitación, como siempre vestido impecablemente. Se inclinó con naturalidad a besarle la mano a su tía mientras sus profundos ojos azules la interrogaban.

—Una gran mejora, tía.

Transcurrió un momento hasta que se dio cuenta de que se estaba refiriendo a su última peluca, una nueva versión del mismo estilo que había llevado durante los últimos diez años.

Lady Benborough disimuló una sonrisa involuntaria como respuesta a su comentario.

—Wilson se ha marchado a recoger a las chicas; debe de estar a punto de volver.

Observó a su sobrino dar una vuelta por la habitación para finalmente acomodarse en un sillón bajo.

—Espero que todo esté a tu gusto.

Augusta hizo un gesto con la mano, paseándola por la habitación.

—Wilson lo ha hecho maravillosamente; no sé cómo lo consigue.

—Ni yo tampoco —continuó Max—. ¿Y el resto de la casa?

—Igual —le aseguró—. A propósito, he estado pensando en el asunto de buscarles marido a estas mocosas y, pensándolo bien, con el dinero que tienen no creo que tengamos problemas aunque tuvieran granos o fueran bizcas.

—Déjame los cazafortunas a mí.

Augusta asintió y pensó que aquella era una de las cosas que más le gustaban de Max, es decir, que nunca había que explicarle las cosas detalladamente. Además, el hecho de ser las Twinning sus pupilas las pondría a salvo de los halagos de elementos menos deseables.

—Si están listas, he pensado en dar una pequeña fiesta la semana próxima, para que se vaya corriendo la voz. Pero si necesitan ropa o no saben bailar, tendremos que posponerla.

Recordando el elegante vestido de Caroline Twinning, Max tranquilizó a su tía.

—Me apuesto lo que quieras a que también saben bailar.

Augusta sabía que en tales materias podía confiar en Max. Sus correrías por los dormitorios y burdeles de Inglaterra le habían afinado la puntería para todo lo relacionado con el sexo femenino.

—Entonces, lo haremos la semana que viene —dijo ella—. Simplemente vendrán unas cuantas personas que puedan servirnos para algo y algunos de los más jóvenes.

—Espero sinceramente que no me esperes en ese acontecimiento.

—¡Santo Dios, no! Quiero que toda la atención la acaparen tus pupilas, no su tutor... Por cierto, ¿quieres que las lleve con mano dura, que las dé un empujoncito si es necesario o que las deje ir a su antojo?

—Mantén a las tres más jóvenes vigiladas, seguramente necesitarán tu consejo de vez en cuando. Dudo que la señorita Twinning necesite ayuda, a pesar de su edad.

Lady Benborough interpretó aquello como que la belleza de la señorita Twinning, junto con su fortuna, sería suficiente para contrarrestar la lacra de su edad.

Los ruidos que hicieron al llegar se filtraron poco a poco a la salita donde estaban Max y lady Benborough. Se escuchó un parloteo femenino, seguido de un silencio inmediato. Entonces se abrió la puerta y entró Millwade, el nuevo mayordomo, a anunciar a la señorita Twinning.

Caroline entró por la puerta y avanzó unos pasos en la habitación, confiada y brillante.

Max, que se había levantado, pestañeó para luego adelantarse a tomarle la mano. Hizo una leve reverencia, sonriéndole a los ojos con estudiado encanto.

Caroline le devolvió la sonrisa, sabiendo que mientras fuera su tutor podría permitirse el lujo de seguirle el juego. Sus dedos fuertes la guiaron hacia adelante para presentarle a su tía.

Augusta Benborough se había quedado con la boca abierta al ver entrar a la mayor de las hermanas. Para cuando Caroline la tuvo de frente, había recuperado la compostura. Pero, Dios Santo, aquella muchacha era... sin rodeos, endiabladamente atractiva y muy sensual. Al responder automáticamente a la presentación, Augusta vislumbró la expresión divertida en los enormes y amables ojos grises, y entonces se relajó.

—¿Y sus hermanas? —preguntó Max.

—Las dejé esperando en el vestíbulo, pensé que quizá...

Antes de que pudiera continuar Max se había levantado y tirado de la campanilla, a lo que Millwade se presentó inmediatamente para recibir instrucciones de su amo.

Caroline sonrió y se sentó al lado de lady Benborough.

—Observe lo que va a ocurrir —le dijo con ojos sonrientes.

Augusta Benborough la contempló pensativa para volver seguidamente la mirada hacia la puerta que se abría en ese momento. Primero entró Sarah, luego Arabella y después Lizzie.

Se hizo una curiosa pausa cuando tanto Max Rotherbridge como su tía se quedaron visiblemente sorprendidos al ver a las muchachas.

Estas se mostraron desenvueltas y confiadas, saludaron primero a Max y luego a la señora.

Caroline las llamó y se fueron acercando para ser presentadas a un Max que se había quedado sin habla y a una igualmente estupefacta lady Benborough.

Inmediatamente, Max recobró el pleno uso de sus facultades, cerrando y abriendo los ojos repetidamente para ver que no estaba soñando. Ahí las tenía: las tres muchachas más deliciosamente bellas que había visto en su vida; cuatro, incluyendo a la señorita Twinning. Todas de la misma familia y todas ellas bajo su techo. Increíble. Y, además, había que tener en cuenta su sustanciosa herencia. Bastó una mirada a los ojos verde grisáceos de la señorita Twinning para enterarse de que comprendía más de lo suficiente.

—¡Imposible! —dijo, casi temblándole la voz.

Su tía Augusta se echó a reír.

CAPÍTULO 3

—¡No! —Max movió la cabeza con tozudez, frunciendo el ceño con un dramatismo tal que ensombreció su apuesto semblante.

Al recobrar la agilidad mental, lady Benborough había reprimido su regocijo y enviado a las tres muchachas más jóvenes al patio. Sin embargo, tras más de diez minutos de discusión cuidadosamente argumentada, Max permanecía inflexible. De todas formas estaba empeñada en que su sobrino no consiguiera zafarse de sus responsabilidades. Aparte de todo, la situación se le había presentado que ni pintada: a su edad había que aprovechar cualquier oportunidad para llenar sus horas de asueto.

—¡Es imposible! Piensa en el qué dirán, tía.

Augusta abrió mucho los ojos.

—¿Y qué te puede importar? —preguntó—. Por la vida que llevas, nadie pensaría que te importaría el escándalo —miró a Max fijamente—. Además, aunque indudablemente se hablará, nada de esto resultará perjudicial; al contrario, hará que estas muchachas se conviertan en el centro de atención.

Caroline optó sabiamente por no interferir entre ellos dos, sino que permaneció sentada junto a Augusta, con una expresión tan inocente como pudo.

Max la miró y se detuvo en su rostro, entrecerrando los ojos.

A Max le cabía poca duda de que Caroline le había ocultado

deliberadamente la verdad sobre sus hermanas, hasta que se había asegurado que no intentaría echarse atrás con el asunto de la tutela. Sabía que debía castigar a aquella que le había manipulado tan sagazmente, pero al zambullirse en aquellos ojos verde grisáceos no fue capaz de decidir qué castigo aplicarle.

Augusta intervino.

—Sea lo que fuera lo que estés maquinando, no vale, Max. Tú eres el tutor de las muchachas y no puedes lavarte las manos así como así. Sé que te resultará algo duro, pero, si no te ocupas tú de ellas, ¿quién lo hará?

A pesar de su reacción al ver a las cuatro hermanas Twinning, Max no había considerado seriamente abandonar la tutela sobre las chicas.

—¿De verdad te imaginas que alguien de mi reputación pueda ser considerado como un tutor adecuado de cuatro...— hizo una pausa, posando la mirada sobre Caroline— ...atractivas vírgenes?

Caroline abrió mucho los ojos y se le dibujó el hoyuelo en la mejilla.

—¡Todo lo contrario! Quién mejor que tú para actuar como su guardián. Si tú no eres capaz de mantener a los lobos alejados, entonces nadie podrá. La verdad es que no sé bien todavía por qué estás montando todo este lío.

Max tampoco lo sabía. Tras un silencio, se dio media vuelta bruscamente y cruzó el salón hasta las ventanas que daban al patio. Ya sabía antes que aquella era una batalla que estaba destinado a perder. Observó la escena mientras las tres muchachas más jóvenes intentaban poner en funcionamiento la fuente. Aquella visión quitaba el hipo: las gamas variadísimas de los brillantes colores de sus cabellos mezclándose con las flores, su sensual risa y aquella manera con la que inconscientemente balanceaban sus ágiles dedos de un lado al otro, haciendo que Max se estremeciera por dentro. Hasta aquel momento había considerado a las hermanas Twinning en un segundo plano con respecto a la hermana mayor. Pero un solo vistazo había sido suficiente para borrar de un plumazo aquella consideración. Y con todo lo que las Twinning tenían que ofrecer, seguro que todos los hombres de Londres estarían tras ellas.

Caroline se levantó y Max se dio la vuelta en el momento en que ella le ponía la mano en el brazo. Contemplaba a sus hermanas pensativa y al hablar lo hizo con el tono de voz muy bajo.

—Si de verdad le molesta tanto actuar como nuestro tutor, estoy segura de que podremos hacer otros planes —al terminar de hablar levantó la vista hacia él.

Max la contempló con la experiencia que le había dado el extenso trato con las mujeres, pero no vislumbró señal alguna de burla en aquellos transparentes ojos verdes. Sin embargo, no le llevó más de un momento darse cuenta de que si conseguía librarse de la custodia de las hermanas Twinning significaría que Caroline Twinning desaparecería de su alrededor.

Enfrentado a esos ojazos gris verdosos, Max hizo lo que no había hecho jamás hasta ese momento: tirar la toalla.

Resignado a lo inevitable, Max salió para que las damas se fueran conociendo mejor. En cuanto se hubo escuchado el ruido de la puerta, lady Benborough se volvió a mirar a Caroline reflexivamente.

—Muy bien hecho, querida. Me ha quedado claro que no necesitas ninguna lección sobre cómo llevar a un hombre.

—Tengo que admitir que he tenido algo de experiencia.

—Bien, pues la necesitarás si vas a vértelas con mi sobrino.

Las tres más jóvenes regresaron en el momento en que se estaba sirviendo el té. Para cuando fue retirado, lady Benborough había satisfecho su curiosidad en todos los puntos de interés y la conversación giró hacia su presentación en sociedad.

—Me pregunto si se habrá filtrado algo de información acerca de vuestra existencia. A lo mejor alguien os ha visto en Grillon's.

—Lady Jersey me vio ayer con Max en su carruaje —dijo Caroline.

—En ese caso, no hay por qué darle largas al asunto. Si Silencio ya sabe la historia, cuanto antes aparezcáis, mejor. Mañana iremos a dar un paseo por el parque. Otra cosa —dijo paseando la mirada de una a otra—; presupongo que todas queréis encontrar marido.

Todas asintieron con entusiasmo.

—¡Bien! Ahora pensemos en la estrategia adecuada. Aunque pienso que vuestra aparición repentina causará un gran alboroto, creo que es la mejor manera de empezar. Y bueno, aparte de todo —continuó pensativa—, vuestra aparición en público como las protegidas del duque de Twyford hará que a Max le sea imposible retractarse de su decisión.

No sabía bien por qué, pero la tutela de Max le mantendría en contacto con la señorita Twinning; y tenía la sospecha de que aquello sería bueno para él.

Al día siguiente por la tarde, la experimentada lady Benborough planeó un breve paseo por el parque, con el propósito de levantar la curiosidad de los paseantes. Como había predicho, la visión de cuatro soberbias damas montadas en uno de los carruajes de los Twyford causó un impacto inmediato. Bajo el suave sol primaveral, parecían como si se hubieran escapado de un reino de hadas, demasiado exquisitas como para ser de carne y hueso. Augusta sonrió ampliamente ante sus imaginativos pensamientos. En ese momento, sus ojos divisaron un landó que estaba parado a un lado del paseo. Levantó el parasol y golpeó suavemente en el hombro de su cochero.

—Pare allí.

Ocurrió que lady Cowper y Maria, lady Sefton, fueron las primeras en conocer a las hermanas Twinning. A medida que el coche se acercaba, a las dos experimentadas matronas se les pusieron los ojos como platos.

Augusta notó esa reacción con satisfacción y así tomó la oportunidad para presentarlas.

—Las pupilas de Twyford, ya saben —dijo para rematar la presentación.

Esta información, que con tanta naturalidad había dejado caer, claramente dejó estupefactas a ambas damas.

—¿De Twyford? —repitió lady Sefton—. ¿Pero cómo diantres...?

En cuatro palabras Augusta las informó. Una vez que las señoras se habían recuperado del impacto, ambas prometieron regalarles invitaciones a las chicas para que asistieran al baile de Almack's.

Augusta agradecía el apoyo inmediato que le brindaron sus viejas amigas para encontrar cuatro maridos para las Twinning.

Pasaron un buen rato conversando a la orilla del paseo y Augusta se alegró al comprobar que las cuatro chicas conversaban con facilidad.

Cuando finalmente se marcharon, Augusta ordenó que volvieran a Mount Street.

—No quiero que nos precipitemos —explicó a cuatro pares de interrogantes ojos—. Es mejor que los dejemos acercarse a nosotras.

Dos días después, los círculos aristócratas todavía no se habían recuperado del impacto causado por las pupilas del duque de Twyford. Max se había mordido la lengua y lo había intentado soportar, pero las persistentes exigencias de sus amigos para ser presentados a sus pupilas estaban poniendo a prueba su paciencia. No podía hacer nada para que no se enterasen, pero, desde luego, no tenía necesidad de fomentarlo directamente. Por todo ello, cuando salió de su casa aquella soleada mañana de abril acompañado de dos de sus mejores amigotes, lord Darcy Hamilton y George, vizconde Pilborough, no lo hizo de muy buen humor.

En el momento en que pasaban del gabinete al vestíbulo, unos golpes a la puerta interrumpieron su conversación. Hicieron una pausa mientras Hillshaw pasaba por delante de ellos para contestar.

—No estoy en casa, Hillshaw.

—Muy bien, Su Excelencia —dijo el otro haciendo una inclinación.

Pero Max había olvidado que Hillshaw todavía no había experimentado a las Twinning en tropel y resistirse fue imposible. Irrumpieron en la casa con sus vestidos de encaje y batista, que al moverse hacían un ruido suave como el de la espuma, sonriendo ampliamente, con los ojos brillantes y los bucles de sus cabellos flotando suavemente alrededor de sus caras.

Inmediatamente vieron a los tres hombres, que se habían quedado clavados al pie de las escaleras.

Arabella fue la primera en llegar hasta Max.

—Querido tutor —suspiró lánguidamente— ¿se encuentra bien? —le colocó la mano sobre el brazo.

Inmediatamente, Sarah se adelantó y se puso a su otro lado.

—Espero que lo esté porque queremos pedirle permiso para una cosa —levantó la cabeza y le sonrió.

Lizzie no hizo más que ponerse delante de él, con sus enormes ojos mirándolo fijamente y una sonrisa que sabía irresistible iluminándole el semblante.

—Por favor.

Max miró a Hillshaw, que se había quedado inmóvil entre el revuelo de muchachas, y le entraron ganas de echarse a reír. Pero ya era lo suficientemente escandalosas ellas mismas como para darles más motivos.

Entonces, sus ojos se encontraron con los de Caroline, que se había quedado algo rezagada observando a sus hermanas. Pero, al sentir su mirada, se adelantó tendiéndole la mano. Max, casi olvidándose de la presencia de todos los demás, la tomó entre las suyas.

—No les haga caso a estas pobres locuelas, Su Excelencia.

—Solo es que nos han dicho que es posible ir a montar a

caballo al parque, pero lady Benborough dice que nos tiene que dar antes su permiso —explicó Sarah.

—Por eso estamos aquí. ¿Podemos? —preguntó Lizzie con ojos suplicantes.

—No —dijo Max sin más explicaciones.

La primera regla de seducción consistía en encontrar una oportunidad para hablar a solas con la dama en cuestión. Un paseo a caballo por el parque constituía el escenario ideal.

Caroline arqueó las finas cejas ante su respuesta. Max se dio cuenta de que las otras tres se volvían hacia su hermana para ver lo que decía antes de lanzarse de nuevo al ataque.

—Oh, no lo dirá en serio.

—¿Y por qué diantres no?

—Todas montamos bien. Yo no he salido a montar desde la última vez que estuvimos en casa.

Arabella se fijó en el vizconde Pilborough con ojos suplicantes.

—No puede haber nada de malo en lo que estamos pidiendo.

Bajo la anonadada expresión del vizconde, pestañeó casi imperceptiblemente y, al bajar la mirada, las larguísimas pestañas le rozaron las rosadas mejillas.

El vizconde tragó saliva.

—¿Y por qué no, Max? Me parece razonable; además, tus pupilas deben estar encantadoras a caballo.

Max, que estaba de acuerdo con eso último, se calló una blasfemia. Ignorando los ojos brillantes de la señorita Twinning, miró con fiereza al vizconde.

Mientras tanto, Sarah se había vuelto y se había encontrado con la mirada de lord Darcy. Aunque no fue un coqueteo tan logrado como el de Arabella, respondió a su cálida sonrisa.

—¿Hay alguna razón de peso que nos impida montar?

Aquella voz, serena y extrañamente musical, hizo que Darcy Hamilton desease que el vestíbulo de Max estuviera más vacío. Se acercó a Sarah y tomó su mano con pericia. Comprendía bien por qué Max no deseaba que sus pupilas montasen a caballo, pero habiendo conocido a aquella dulce criatura no había nada que le hiciera secundar la opinión de su amigo.

—Mucho me temo Max, querido, que vas a tener que ceder. Parece que la oposición es bastante fuerte.

Max lo miró con furia. Sus ojos se volvieron inmediatamente a Caroline que lo observaba interrogante.

—¡Oh, está bien!

Le sonrió cálidamente, tras lo cual Max le presentó a sus amigos, primero a ella y luego a sus hermanas, una a una.

Caroline se colocó a su lado.

—¿No se habrá enfadado en serio por lo de montar a caballo?

—La verdad es que preferiría que no lo hicieran. A pesar de ello —continuó, mientras observaba al grupo de las tres hermanas y sus dos amigos, que hacían ya planes para montar aquella tarde—, veo que es imposible.

—No haremos nada malo, se lo aseguro —dijo Caroline sonriendo—. Nos las apañaremos.

Naturalmente, Max se sintió obligado a unirse al grupo aquella tarde. Entre sus establos y los de Darcy Hamilton había conseguido reunir monturas adecuadas para las cuatro chicas. Caroline le había asegurado que, al ser señoritas de campo, sabían montar muy bien. Al llegar al parque, el duque comprobó que no le había mentido. Entonces ya no tendría que preocuparse por que alguna de ellas perdiera el control y fuese lanzada al suelo. Pero, como todas aparecieron tan despampanantes como temió que lo hicieran, elegantemente vestidas en ropa de montar hecha a la medida, sus temores no hicieron sino aumentar.

Al entrar en la amplitud del parque, el duque se quedó algo rezagado para poder observar bien a las tres muchachas más jóvenes. Caroline, que iba a su lado, se quedó con él.

Después de un rato de estar allí y comprobando aliviado que las tres hermanas se las apañaban perfectamente, se volvió a Caroline.

—¿Le ha gustado lo que ha visto de la vida londinense?

—Sí, gracias —contestó sonriéndole con la mirada—. Su tía ha estado maravillosa. No sé cómo agradecerle todo lo que ha hecho.

Max frunció el ceño. Lo último que deseaba era que ella le agradeciera nada. Ahí estaba él pensando más o menos en la línea de Darcy y a ella se le ocurría darle las gracias. La miró mientras trotaba a su lado y vio que su expresión era serena. Su presencia le tranquilizaba.

—¿Qué ha hecho el resto de la semana? —preguntó.

—Pues hemos paseado por el parque cada tarde y supongo que continuaremos haciéndolo. Ayer por la tarde asistimos a una pequeña fiesta que dio lady Malling. Su tía dijo que habrá unas cuantas reuniones más la semana próxima a las que deberíamos asistir para soltarnos.

Habían ido haciendo un circuito alrededor del parque y solo entonces se acercaron ya a los límites. El pequeño grupo aumentó casi inmediatamente en número de alarmantes proporciones, a juicio de Max. Todos los caballeros disponibles se acercaban a las muchachas, pidiendo ser presentados. Pero, para su sorpresa, con un solo gesto que hizo Caroline con la cabeza, las chicas se acercaron obedientemente a su hermana mayor y rechazaron cualquier intento de alejarlas de la protección del duque. Para su sorpresa todas se comportaron con el mayor decoro. Así continuaron hasta llegar a la verja del parque, cuando el grupo ya había vuelto a su número original.

—¿Puede asegurarme que siempre se comportarán con tanta prudencia? ¿O lo han hecho solo por mí?

—Oh, le aseguro que tenemos la suficiente experiencia para saber qué camino tomar —hizo una pausa y, bajando la voz, continuó—: No se nos ocurriría hacer nada que nos desacreditara. Somos, además, muy conscientes de lo que le debemos a usted y a lady Benborough.

Max sabía que aquella respuesta debía complacerlo, pero lo único que hizo fue irritarle. De alguna manera, iba a tener que convencerla de que atenerse a todas las convenciones sociales no era exactamente el pago que él esperaba.

CAPÍTULO 4

Emma, lady Mortland, no tenía derecho a ostentar ese título. Ciertamente era atractiva, pero su conducta dejaba mucho que desear. Nada más entrar en el parque, le había llamado con un gesto de la mano. No era corriente que él fuese al parque, por lo que a la dama le había sorprendido ver su carruaje avanzando por la avenida. Se había visto obligado a frenar si no quería atropellar a aquella tonta. Ella había hecho lo posible por prolongar aquella conversación, él sabía, con la esperanza de que la invitara a pasear a su lado. Finalmente admitió su derrota y lo dejó marchar con aire de superioridad, aunque no sin antes hacerle una velada invitación, la cual no tuvo el más mínimo reparo en rechazar. El duque sabía que abrigaba la esperanza de convertirse en su duquesa. ¿Pero cómo se podía imaginar que tomaría por esposa a una mujer tan falta de principios?

Mientras paseaba bajo los árboles, iba mirando los coches que pasaban, esperando encontrar a sus pupilas. No las veía desde aquel primer paseo en el parque, proeza de autodisciplina ante la cual cualquier otra emprendida antes palidecía.

Fue Darcy Hamilton quien le había metido aquella idea en la cabeza. Su amigo había vuelto con él a Delmere House después de la primera excursión, quejándose de la rebeldía de Sarah Twinning. A Max no le había sorprendido en absoluto que

Darcy se explayara así a pesar de hablar de sus pupilas, pues era muy insistente cuando iba a la caza de una mujer.

Había sido Darcy el que había pensado que una corta ausencia haría que la dama se volviera más dócil y había decidido no verlas en al menos una semana.

Hacía ya seis días de aquello. La temporada estaba a punto de comenzar y había llegado la hora de volver a relacionarse con sus pupilas.

Finalmente, vislumbró el coche de Twyford a un lado de la avenida y se paró a su lado.

—Tía Augusta —dijo haciendo un gesto con la cabeza.

Ella le sonrió, encantada de que se hubiera tomado la molestia de buscarlas. Contempló con aprobación a las ocupantes del coche hasta que su mirada descansó sobre la señorita Twinning, quien le sonrió alegremente.

Mientras respondía a la animada charla de su tía, tuvo la oportunidad de llevar a cabo su propósito.

—¿Querrá la señorita Twinning, quizá, venir a dar un paseo? No puedo dejar mis caballos aquí parados —añadió dirigiéndose a su tía.

Inmediatamente le confirmaron que la señorita Twinning lo haría y esta bajó del coche. El duque alargó la mano para ayudarla a sentarse a su lado y seguidamente partieron.

Caroline iba disfrutando de la brisa sobre su piel mientras el coche serpenteaba por el parque; incluso al paso aceptado en el parque, le pareció infinitamente más refrescante que el paso lento al mando de lady Benborough. Sería por ello por lo que se le notaba de repente más animada; incluso el sol parecía más brillante.

—¿No va a montar hoy? —preguntó Max.

—No. Lady Benborough no estimó conveniente abandonar del todo a las matronas.

Max sonrió.

—Cierto; no es bueno irritar a nadie sin necesidad.

Caroline se volvió a mirarlo.

—¿Es acaso esa su filosofía?

Augusta le había contado lo suficiente de su pasado para darse cuenta de que aquello era improbable.

Max puso mala cara; la señorita Caroline Twinning era demasiado lista. Para no contestarle, cambió de tema.

—¿Dónde está Sarah? —preguntó recordando que no la había visto en el carruaje.

—Lord Darcy se la llevó a pasear hace un rato. Igual los vemos por aquí.

Max reprimió el insulto que afloraba a sus labios. ¿A cuántos amigos tendría que abandonar al final de la temporada?

—Lo ha estado viendo mucho.

Caroline le contestó con una profunda carcajada y se acrecentó su inquietud.

—Si quiere decir si nos ha estado o no persiguiendo, la respuesta es no. Por otra parte, parece que está invitado a todos los salones a los que hemos acudido esta semana.

Debería haberse imaginado el comportamiento de su amigo; después de todo, Darcy tenía tanta experiencia como él. Aun así, le diría cuatro palabras cuando se encontrasen la próxima vez.

—¿Ha sido particularmente... atento con ella?

—No —contestó cuidadosamente—, al menos no de manera alguna inaceptable. Lo único que pasa es que es a la única dama a la que hace caso. Si no está con Sarah, o bien se marcha o se retira a jugar a las cartas o bien la mira de lejos.

Aquella descripción era tan diferente a la del Darcy Hamilton que él conocía, que casi pensó que no hablaban del mismo hombre. De pronto, le entró la ligera sospecha de que Darcy pudiera estar seriamente enamorado.

Tras saludar a lady Jersey al pasar, se encaminaron hacia el coche donde iban su tía y las demás.

—¿Cuál es su siguiente compromiso importante? —preguntó Max, tomando una decisión.

—Iremos al primero de los bailes de Almack's mañana y al baile de los Billington la noche siguiente.

Así era el comienzo de la temporada, pero no había manera de que fuese a cruzar el umbral de Almack's. No había asistido al lugar desde hacía años, no estaban entre sus gustos las tiernas y jóvenes vírgenes; claro que no comparaba a la señorita Twinning y sus hermanas con ninguna de ellas. Sin saber qué hacer, se limitó a inclinar la cabeza para mostrarle que la había oído.

Caroline se quedó callada mientras el coche volvía sobre sus pasos. Claramente, su tutor centraba su atención únicamente en su actuación social, lo cual era lo más normal. ¿Por qué entonces se sentía tan desilusionada?

Al llegar al otro coche Sarah ya había vuelto y, con mirarla una vez, Max vio que los planes de Darcy no habían progresado; al menos de momento.

Mientras ayudaba a bajar a Caroline, se dio cuenta de que ella no había dicho nada sobre su ausencia aquella semana y que tampoco había hecho ningún intento de acercamiento a ella durante el paseo. El asunto entre su hermana y su amigo había acaparado toda su atención.

Seducir a una joven mientras actuaba como guardián de sus tres hermanas menores iba a ser más duro de lo que se imaginaba.

Mientras salvaba los escalones de la entrada a Twyford House la tarde noche siguiente, Max todavía dudaba si estaba o no dando el paso apropiado.

Se recordó a sí mismo que tres de ellas eran verdaderamente su responsabilidad y, ante todos, también lo era la señorita Twinning; su deber estaba bien claro.

Al entrar en Twyford House, Max intercambió unas palabras con el mayordomo para ver si todo iba viento en popa. Satisfecho de que así fuera, se dio la vuelta, quedándose quieto en el sitio y con la mente de pronto en blanco. Las hermanas Twinning descendían por la escalera principal y vistas así juntas, elegantemente vestidas para el baile, eran la estampa más encantadora que había visto en su vida.

Sus ojos se posaron admiradores en cada una de ellas, pero al llegar a Caroline se paró. El resto pareció disolverse en una nebulosa mientras su mirada se centró en las precisas líneas de su vestido de seda. Este se ajustaba sugerentemente a su formada figura; el escote llegaba hasta la línea donde comenzaban los generosos pechos. Sintió que las manos le ardían con el deseo de moldear aquellas provocativas curvas. Seguidamente, sus miradas se entrecruzaron mientras ella avanzaba hacia él por el vestíbulo, con la mano extendida. Automáticamente la tomó entre las suyas.

—Gracias por venir —le dijo—. Espero de todo corazón que no se aburra demasiado con divertimiento tan insípido.

Lady Benborough, al enterarse de que él las acompañaba, se había emocionado. También le había dicho a Caroline lo mucho que le disgustaban ese tipo de fiestas a su sobrino.

Pero, al contrario de encontrarlo enfadado, reconoció en sus ojos la misma emoción que había detectado el primer día que se conocieron.

—¿Sabe, dudo mucho que me aburra? —murmuró su guardián con malicia.

Caroline se ruborizó con fuerza, aunque gracias a Dios nadie excepto Max se dio cuenta.

Se repartieron en los dos carruajes, con Augusta, Miriam, Arabella y Sarah en uno de ellos y Max, Caroline y Lizzie en el otro.

Pronto estaban cruzando las antiguas puertas de los Salones de Reuniones. Estos, escasamente amueblados, albergaban ya un considerable número de debutantes o jóvenes damas solteras, acompañadas por sus madres con la esperanza de encontrar algún enlace adecuado entre los caballeros sin compromiso que paseaban entre la muchedumbre.

Para terror de Max, las hermanas Twinning fueron asaltadas por un montón de galanes.

Se apartó un poco para comprobar cómo ellas manejaban con arte a sus admiradores. El grupo que se formó alrededor de Caroline le llamó la atención más que ninguno. La vio rodeada de algunos de los hombres más libertinos de la reunión, pero sabía que ninguno intentaría nada escandaloso allí. Poco a poco, se dio cuenta de que las chicas poseían la habilidad innata de escoger a las parejas más aceptables y de despedir a los menos favorecidos con un verdadero despliegue de encanto.

Su tía, que estaba a su lado, le aclaró lo que estaba deseando preguntarle.

—No te preocupes. Esas chicas tienen la cabeza bien colocada sobre los hombros —y al ver la confusión en los ojos de su sobrino, añadió—: Bueno, las cuatro tienen el propósito de encontrar un marido y supongo que tú estarás encantado, pues así te librarás de ellas con mayor rapidez.

—Sí, claro —contestó Max, distraído.

Se quedó junto a sus pupilas hasta que fueron sacadas en el primer baile.

Buscando entre la multitud, finalmente vio a Darcy Hamilton entrando en uno de los salones donde se habían colocado las bebidas.

—Conque ibas a dejar pasar al menos una semana, ¿no?

Darcy casi se atragantó con el trago de limonada que acababa de dar.

—Por favor, no empieces, no necesito ningún sermón por tu parte. De todas maneras, no tienes por qué preocuparte: Sarah Twinning tiene su mente puesta en el matrimonio y no hay nada que pueda hacer al respecto.

Max no pudo reprimir una sonrisa.

—¿No ha habido suerte?

—¡Nada! —replicó el otro—. Estoy a punto de proponerle matrimonio, pero si me rechazase eso sí que no podría soportarlo.

Max, tomando él también un vaso de limonada, se quedó pensativo.

—¿Sabes lo que me dijo ayer? Dijo que pierdo demasiado tiempo con los caballos y no el suficiente con asuntos de mayor importancia. ¿Puedes creértelo?

Max se echó a reír con ganas. Los establos de lord Darcy eran conocidos en toda Inglaterra como los más grandes y mejores productores de carne de caballo de calidad.

Tras una pausa, Darcy colocó a un lado el vaso.

—Voy a buscar a Maria Sefton para convencerla de que le dé permiso a Sarah para que baile conmigo un vals. Eso no podrá rechazarlo —y dicho esto se despidió de Max y volvió al salón principal.

Durante unos minutos, Max permaneció en donde estaba, con la mirada fija en la pared de enfrente. Luego, bruscamente, agarró otro vaso lleno y siguió a su amigo.

—¿Y quieres que te dé permiso para bailar con una de tus pupilas? —lady Jersey repitió la petición de Max extrañada.

—En realidad no es algo tan extraño —contestó Max sin inmutarse—. Es algo mayor que el resto y, ya que estoy aquí, parece apropiado.

—Um —Sally Jersey no podía creer que no hubiese otro motivo. Ya le había resultado sorprendente verlo entrar en el salón con ellas y aún más cuando no había hecho ademán de marcharse nada más dejar a sus pupilas bien acompañadas. Pero, después de todo, era Twyford, por lo que si deseaba bailar con su pupila... Se encogió de hombros—. Muy bien, tráemela; esto es, si logras separarla del que la está cortejando.

Caroline se sorprendió de que Max permaneciera en los salones tanto tiempo. Hizo un gran esfuerzo para prestarle atención a sus pretendientes, ya que lo más natural sería que su tutor buscara diversiones menos aburridas en otro lugar. Pero entonces apareció su colosal figura entre la multitud y, tras unos segundos, sus miradas se cruzaron entre las cabezas. Caroline deseó con fervor que el extraño latigazo que sintió al verlo no se reflejara en su semblante. Tras un momento, fue hacia donde estaba ella.

Bajo el ligero flirteo que mantenía con un barón entrado en años, Caroline notó la repentina aceleración del ritmo de su corazón y una presión que parecía cortarle la respiración. Se puso nerviosa a pesar de los esfuerzos que estaba haciendo para evitarlo.

Pero cuando llegó e inclinó la cabeza casi mostrando aburrimiento y se enfrascó con su acompañante en una discusión sobre un acontecimiento deportivo, la desilusión le hizo recuperar la cordura.

Caroline no supo cómo lo había hecho, pero Max consiguió librarse del pretendiente.

—¿Qué es lo que quería decirme?—le preguntó mientras caminaba de su brazo.

La miró y ella contuvo la respiración. Aquella mirada maliciosa estaba allí de nuevo, calentándola por dentro. ¿A qué demonios estaba jugando?

—Santo cielo, querida pupila. Y yo que pensé que tenía experiencia. ¿No es capaz de adivinar una treta cuando la oye?

Caroline se quedó pensativa, sin saber a qué atenerse en realidad.

—¿Adónde vamos?

—Vamos a ver a lady Jersey —contestó él, sonriendo.

Al llegar al salón principal, se acercaron a lady Jersey.

—Ah, estás aquí, Twyford. Mi querida señorita Twinning, su tutor me ha pedido que le dé permiso a usted para que baile con él y yo no tengo duda alguna en concedérselo. Y, ya que está aquí, le presento al duque como una pareja adecuada.

Antes de que pudiera recuperarse de la impresión, Max la arrastró a la pista dejando a la señora intrigada, siguiéndolos con la mirada.

Caroline luchó por controlar la enervante sensación de estar en los brazos de su tutor. Él se acercó a ella más de lo necesario, aunque, al tiempo que daban vueltas por el salón, Caroline se dio cuenta de que a los ojos de los demás solo era la perfecta estampa del duque de Twyford haciéndole un favor a la mayor de sus pupilas. Solo ella estaba lo bastante cerca de él como para ver aquel brillo turbador en sus azules ojos y escuchar la calidez de su tono de voz.

—Mi querida pupila, ¡qué bien baila! Dígame, ¿qué otros talentos tiene que todavía me queden por probar?

Caroline no era capaz de apartar la mirada de él. Ninguna respuesta escandalizada afloró a sus labios. En vez de ello, su mente estaba totalmente inmersa en asimilar el increíble hecho de que, a pesar de la relación de tutor y pupila, Max Rotherbridge tenía intención de seducirla. Vio claramente su deseo reflejado en el calor de sus ojos azul profundo, en la manera en que la mano que le agarraba la espalda le quemaba a través de la seda y en las suaves caricias que sintió sobre los nudillos mientras él le daba vueltas alrededor de la habitación, ante la mirada de las personas más cotillas de todo Londres.

Con gran esfuerzo, consiguió bajar la mirada.

—Oh, nosotras las Twinning tenemos muchas habilidades, querido tutor —la voz le salió clara y sin altibajos—, pero tengo el disgusto de reconocer que todas ellas son desesperadamente mundanas.

Él se echó a reír tras aquel comentario.

—Permítame decirle, querida pupila, que para las habilidades que tengo en mente sus calificaciones son más que adecuadas.

Caroline alzó la mirada rápidamente. No podía creer lo que estaba oyendo, pero Max continuó antes de que pudiera abrir la boca.

—Y, aunque naturalmente le falta experiencia, puedo asegurarle que conseguirá ponerle remedio con facilidad y disfrute.

No podía ser cierto. Caroline se dio por vencida en averiguar los motivos que tenía.

—Esto no está ocurriendo —le dijo claramente.

De momento, a Max le pilló aquel comentario por sorpresa, pero seguidamente hizo gala de su sentido del humor.

—¿Ah, no?

—Claro que no —ella replicó tranquilamente—. Soy su pupila y usted, mi tutor, por lo que es totalmente imposible que diga lo que acaba de decir.

Max admiró de mala gana su coraje al adoptar aquella actitud. Leyendo en sus ojos verde grisáceos una resolución indiscutible, Max, demasiado listo como para llevar las cosas más allá, se rindió con dignidad.

—¿Qué le parece el baile de Almack's?

Caroline agradeció aquella tabla de salvación que le había tendido y continuaron charlando en un terreno no personal.

Al final del baile, Max la entregó a sus admiradores, no sin antes mirarla de tal manera que Caroline estuvo a punto de ruborizarse.

No volvió a verlo hasta la hora de partir, cuando Lizzie le tiró de la manga para decirle que las otras ya se habían marchado.

Max y ella compartían el asiento frente al de Lizzie, que se había acurrucado en un rincón frente a ellos. Los tres iban en silencio. Cuando todavía estaban a algo de distancia de Mount Street, Max le tomó la mano. Sorprendida, se volvió a mirarlo, consciente de aquellos dedos que acariciaban los suyos con tanta suavidad. Deliberadamente, se llevó la mano a los labios y le besó las puntas de los dedos. Un delicioso escalofrío le recorrió todo el cuerpo, seguido de otro aún mayor cuando él le volvió la mano y depositó un prolongado beso en la muñeca. Aunque eso no fue nada comparado con la sorpresa que recibió cuando, sin previo aviso, agachó la cabeza y sus labios encontraron los de ella.

Desde el punto de vista de Max, se estaba comportando con extrema compostura. Sabía que Lizzie estaba completamente dormida y que la mayor de sus pupilas, normalmente con control de la situación, estaba perdida y bien perdida. A pesar de todo, se contuvo y la besó solo ligeramente, acariciándole los labios con los suyos, aumentando la presión poco a poco hasta que los labios de ella se separaron levemente. Saboreó la cálida dulzura de su boca y, mientras se sonreía ante la respuesta que a ella le había resultado imposible ocultar, se apartó de ella mientras la observaba enfocar de nuevo la mirada.

Caroline volvió la cabeza hacia donde estaba su hermana.

—No se preocupe, está completamente dormida —dijo con voz profunda y sensual.

Caroline, asombrada, se sintió reconfortada por aquella voz. Seguidamente notó cómo el coche iba decelerando.

—Y usted ha llegado sana y salva a casa —dijo con un trasfondo burlón en la voz.

Como en un sueño, Caroline ayudó a despertar a Lizzie y, después, Max la escoltó hasta la puerta con la mayor corrección y una sonrisa de satisfacción en los labios.

Arabella sonreía mientras uno de sus pretendientes la arrastraba en un animado vals. En unos días había llegado a la triste conclusión de que ninguno de sus admiradores se ajustaba a sus gustos. Unos eran demasiado jóvenes y el resto demasiado mayores. No podría describir a su hombre ideal, pero sabía que lo reconocería en el instante en que lo viera.

Mientras mantenía una banal conversación con su pareja, Arabella vio a su hermana mayor bailando elegantemente con su tutor. A Arabella le cabían pocas dudas acerca de la causa del brillo en los ojos de su hermana o del ligero rubor de sus mejillas. Aun así, ella confiaba plenamente en el buen hacer de su hermana en esos asuntos. Verdad era que nadie la había afectado tanto como Max Rotherbridge, pero Caroline sabía cómo tratar a los hombres.

Harta de la aburrida conversación, logró librarse de su acompañante diciéndole que se le había roto un volante e iba a arreglarlo. Se dirigió a la puerta, dándose la vuelta para ver si el joven le había dado el recado a la tía Augusta como le había dicho que hiciera. Al volverse de nuevo, colisionó contra un torso de sorprendentes proporciones.

—Oh —exclamó al sentir una especie de mareo.

Al alzar la mirada hacia la cara de la montaña con la que se había chocado, se dio cuenta de que aquel era el impacto que había estado esperando.

Desdichadamente, el hombre no pareció fijarse demasiado en aquel acontecimiento momentáneo.

—Mis excusas, querida; no la he visto.

Su voz la envolvió de abajo a arriba. Era alto, muy alto, y parecía casi igual de ancho. Tenía el pelo rubio y rizado y risueños ojos de color avellana. La sonrisa era la más arrebatadora que jamás había visto y sintió cómo las rodillas comenzaban a temblarle, por lo que se quedó allí plantada mirándolo.

Al caballero pareció divertirle su reacción, pero con una cortés inclinación y otra de aquellas sonrisas maravillosas desapareció. Arabella buscó el baño, donde se estuvo abanicando y luego tomó un vaso de agua fresca para calmar sus nervios.

Ningún caballero se excusaba así sin más y la dejaba plantada; ese era su rol. Arabella no era vanidosa, pero se preguntó qué había más fascinante que su persona que le hubiera hecho marcharse tan bruscamente.

Arabella volvió al salón de baile, empeñada en hacer entrar en vereda a su caballero, pero él no estaba allí. Durante el resto de la noche lo buscó entre la muchedumbre, pero no logró atisbar a su presa.

Entonces, justo antes del último baile, apareció en la puerta saliendo de la sala de naipes.

Rodeada de su corte usual, Arabella estaba radiante. Reía provocativamente, mientras decidía a quién le concedería el último baile. Por el rabillo del ojo, vio cómo el caballero se acercaba y pasaba por delante de ella para sacar a bailar a una chica del montón, vestida con un escandaloso modelo rosa fucsia.

Arabella se mordió el labio, pero logró ocultar su rabia mientras se concentraba en tomar una decisión. Cuando los músicos comenzaron los primeros pases del vals, aceptó al apuesto lord Tulloch como pareja de baile y se entregó con aplicación a coquetear con él durante el resto de la velada.

CAPÍTULO **5**

Max estaba muy preocupado. Desde la primera noche en Almack's, la situación entre Sarah Twinning y Darcy Hamilton había degenerado rápidamente a un estado que, por experiencia, sabía que era muy peligroso. Si al principio de la estancia de sus pupilas alguien le hubiera preguntado de qué lado estaba, del de las Twinning o del de los caballeros de Londres, sin dudar un momento se hubiera aliado con sus pupilas, sobre la base de que aquellas encantadoras y exquisitas señoritas necesitarían toda la ayuda posible para defender su virtud con éxito frente a famosos calaveras de la alta sociedad. Un mes después, tras ver los ardides de las Twinning, ya no estaba tan seguro.

Su comportamiento con Caroline la noche del baile de Almack's había sido el equivocado. Se dio cuenta del efecto que había tenido sobre ella durante las semanas que siguieron; de hecho, se había dado cuenta desde el primer día que la viera en la biblioteca de Delmere House. Pero para poder utilizar esa arma correctamente tenía que tenerla sola para él, cosa de la que ella ya se había dado cuenta. Consecuentemente, cada vez que se acercaba a ella la encontraba rodeada bien de admiradores o bien de una o varias de sus hermanas.

Su mirada vagó hasta la tercera de las hermanas Twinning, sentada en una butaca y rodeada por ardientes galanes. Mientras la miraba, le lanzó un comentario a uno de ellos y se volvió para lanzarle una mirada de invitación a un gigante rubio que estaba delante de ella. Max se puso tenso. ¡Por todos los diablos! Iba a tener que poner punto final a aquel juego rápidamente. Reconoció al punto la enorme figura de Hugo, lord Denbigh. Este aprovechó un momento de distracción para inclinarse hacia adelante y decirle algo al oído, que Max podía imaginarse. La mirada con que ella le respondió hizo que Max pusiera mala cara. Luego, Hugo le tendió la mano y Arabella, excusándose ante sus demás admiradores, le permitió llevarla hasta la pista.

Sabiendo que Hugo poco podría hacer en una pista de baile, Max resolvió visitar a su tía y pupilas al día siguiente, firmemente decidido a familiarizarlas con la opinión que le merecía el que le dieran esperanzas a aquella pandilla de golfos. Incluso mientras se le ocurría aquella idea, empezaba a echarse atrás. ¿Cómo podía decirle a Arabella que dejara de coquetear con Hugo cuando él mismo estaba intentando todo para seducir a su hermana y su mejor amigo estaba ocupado en algo parecido con Sarah?

Esperó de corazón que su persecución de la mayor de las Twinning no le llevase al estado en el que estaba Darcy Hamilton. Llevaba toda la tarde bebiendo y, aunque no estaba borracho, iba camino de ello. Su amistad con lord Darcy venía de quince años atrás, pero en todo ese tiempo no había visto a su amigo tan afectado por el deseo de una mujer en especial. Al igual que él mismo, lord Darcy era un amante experimentado al que le gustaban los romances poco complicados. Si alguna mujer se ponía difícil, lo más natural era que se encogiera de hombros y pasase a empresas más asequibles. Pero con Sarah Twinning no parecía capaz de admitir la derrota.

Y mientras se preocupaba por sus pupilas, seguía planeando cómo tenerla entre sus brazos y a la larga en su cama. Arqueó las cejas burlándose un poco de sí mismo: en el fondo era lo más natural que las chicas los mantuvieran a raya. Las hermanas Twinning nunca les habían dado pie a que pensaran que eran fáciles o que fueran a aceptar otra cosa que el matrimonio.

Sin darse cuenta, su mirada vagabundeó hasta Caroline, que reía y charlaba con varios hombres. Como si hubiera sentido aquella mirada, se volvió y, entre la multitud del salón, sus ojos se encontraron. Ambos se quedaron quietos unos segundos para luego volverse ella a sus acompañantes. Max se adelantó entre la gente, sabiendo que, al igual que Darcy, tampoco él era capaz de reprimirse.

Max se fue deteniendo por los grupos, charlando aquí y allá, con la intención de llegar hasta su tía, sentada a un lado de la pieza. Pero, antes de que pudiera alcanzarla, sintió una mano que se posaba sobre su hombro. Al darse la vuelta se encontró con las angulosas facciones de Emma Mortland.

—Su Excelencia, hace tanto tiempo que no hemos... charlado.

Su tono de voz le irritaba. Casi estuvo a punto de recomendarle que tomara lecciones de Arabella para aprender a coquetear.

—Como sin duda te habrás dado cuenta, Emma, tengo otros asuntos que atender.

Lady Mortland se había dado cuenta perfectamente de lo ocupado que había estado con sus pupilas, particularmente con la mayor. Haría todo lo que estuviera en su mano para tener a Twyford a sus pies, o la diadema de duquesa se le escaparía de las manos. Era mujer de pocas luces y pensaba que lo mismo que llevó a Max Rotherbridge a su cama, sería suficiente para inducirle a proponerla en matrimonio.

—Querido, lo sé; sé lo que sientes. Todo este asunto de ser el tutor de cuatro muchachas de campo debe resultarle a uno tan aburrido... Pero supongo que, para distraerte, bien podrías pasar un rato conmigo.

Twyford estaba a punto de despedirla cuando, entre las risas de la gente que estaba detrás de ellos, escuchó el cálido y rico tono de la risa de Caroline.

Sobre la marcha se le ocurrió un plan que llevó a la práctica sin consideraciones posteriores.

—¡Qué bien me conoces, cariño! —le contestó a la aliviada lady Mortland.

Con la facilidad nacida de las innumerables horas de experiencia, entabló una conversación del tipo que le gustaban a lady Mortland y enseguida la tenía riéndose alegremente y coqueteando a su gusto, con los ojos y el abanico. Deliberadamente, la guió hasta la pista de baile y cazó al vuelo la sorpresa inocente reflejada en el semblante de Caroline.

Sonriendo maliciosamente, Max condujo a Emma hasta los límites del coqueteo aceptable para después, satisfecho con la escena que había montado, levantar la vista y ver el efecto que la visión de lady Mortland entre sus brazos estaba teniendo en Caroline. Para disgusto suyo, descubrió que ella ya no estaba donde antes. Tras buscarla frenéticamente con la mirada, localizó a Caroline bailando con el señor Willoughby; el mismo Willoughby que estaba duplicando sus atenciones hacia ella.

Tenía la intención de librarse de Emma en cuanto terminara el baile, pero, como al terminar la pieza se quedaron junto a Caroline y su acompañante, Emma tuvo la oportunidad de disfrutar del innegable aunque extraño encanto de Max. Este se inclinó hacia adelante e invitó a Emma a contemplar la belleza del jardín bajo la luna.

—No contéis más conmigo —dijo Darcy Hamilton, lanzando las cartas sobre la mesa.

Los demás jugadores no se sorprendieron al verlo marchar; normalmente era un excelente jugador, pero aquella noche tenía la cabeza en otro sitio.

Ya en el salón de baile, Darcy se paró a buscar a su presa. Como si hubiera notado su presencia, Sarah se volvió mientras se acercaba a ella. Antes de que pudiera abrir la boca, Darcy la había arrastrado a la pista.

Ambos eran excelentes bailarines y, afortunadamente, lograron aparentar una calma que apagó el interés de los curiosos.

Sarah contempló el apuesto semblante que tenía delante y se le encogió el corazón al verlo cansado y triste. No tenía idea de cómo terminaría aquella relación suya, pero parecía que a los dos les estaba haciendo muchísimo daño. Darcy Hamilton llenaba sus pensamientos día y noche, pero, a pesar de que ella le había animado, él se había negado a hablar de matrimonio. Por el contrario, le había ofrecido introducirla a un mundo de ilícitas delicias que irían aumentando con el tiempo. Pero ella no podía, no lo aceptaría. Daría cualquier cosa por ser su esposa, pero no tenía ninguna intención de convertirse en su amante.

Con el mayor tacto posible, lady Benborough le había dejado caer que no él nunca había estado interesado en tener una esposa y una familia, sino que se contentaba con sus amantes y algún romance de vez en cuando. Ella sabía que Augusta iba bien encaminada, por lo que lo mejor sería terminar con aquella historia lo antes posible.

Al ver la tristeza reflejada en las aguas de sus oscuros ojos, Darcy maldijo para sus adentros. Había momentos en que deseaba hacerle daño en pago a los sufrimientos por los que le estaba haciendo pasar, pero cualquier dolor que sintiese parecía rebotar en él. Como muy bien había dicho lady Benborough, él estaba contento con su vida de soltero hasta que conoció a Sarah Twinning. A pesar de la reacción que sabía despertaba en ella, se negaba a los placeres que él estaba ansioso de enseñarle y, a cambio de dichos placeres, le ponía el matrimonio como una pistola en la sien. La idea de sentirse obligado a dar ese paso le horrorizaba. Si continuaba inflexible con él, tendría que abandonar Londres hasta que terminara la temporada, pues estaba seguro de que no podría soportar aquella tortura durante más tiempo.

Al terminar la pieza, Sarah se fue a separar de él, pero este la asió con fuerza, obligándola a girar hacia el otro lado.

—Solo quiero que hablemos; vayamos al jardín.

Hasta el momento, Sarah había intentado no estar a solas con él, pero, al contemplar sus pálidos ojos grises y ver su propia infelicidad reflejada en ellos, consintió asintiendo con la cabeza.

Sin prisa, Darcy la condujo hasta el final de la terraza y escaleras abajo hasta un sendero solitario. Al final de este, había una casita de verano apartada pintada de blanco, que brillaba entre las sombras de la noche.

El camino que conducía hasta ella serpenteaba de tal manera que quedaba oculta entre los arbustos y las flores. Como Darcy había esperado, la encontraron desierta. Invitó a Sarah a pasar por la estrecha puerta y dejó que se cerrara. Sarah se paró en el medio y se volvió a mirarlo. Darcy también se detuvo, no sabiendo bien por dónde empezar, para después colocarse delante de ella y tomarle las manos. Tras unos momentos frente a frente, Darcy inclinó la cabeza y sus labios se encontraron con los de ella.

Sarah, seducida por el entorno, la luz de la luna y el hombre que tenía delante de ella, permitió que él la tomase, sin resistencia, entre sus brazos. La magia de aquellos labios sobre los suyos la persuadió más de lo que lo había hecho nada hasta ese momento. Atrapada por un torrente de pasión, traspasó las fronteras del pensamiento. Entreabrió los labios y gradualmente los besos se hicieron más profundos hasta que, con la luz de la luna como testigo, él le robó el corazón.

Fue una caricia más íntima lo que de pronto le devolvió a la tierra. Horrorizada, se zafó de sus brazos y echó a correr. Instintivamente lo hizo en dirección contraria a la casa grande, por detrás de los arbustos y flores que rodeaban la casita de verano. Finalmente llegó a un claro donde había un pequeño jardín en medio de los macizos de arbustos. Vislumbró un banco de mármol en medio de un cenador y se sentó allí ocultando la cara entre las manos.

Darcy, que la había seguido poco después guiándose por el ruido de sus pasos, llegó por fin al pequeño jardín donde encontró la desalentada figura acurrucada sobre el banco.

Durante ese tiempo, Sarah había recuperado el raciocinio y más que nada estaba enfadada, consigo misma por ser tan débil que un único beso pudiera vencer sus defensas y con Darcy por haber ingeniado aquella escenita. Mientras afianzaba la fuerza necesaria para no volverlo a ver, se materializó a su lado. Con una exclamación entrecortada, se puso de pie.

Darcy le agarró la mano para que no volviera a escaparse.

—Haga el favor de soltarme, lord Darcy.

Al oír su voz, Darcy se dio cuenta de que estaba furiosa y aquello no hizo más que suscitar su propio enfado.

—Solo si me da su palabra de que no saldrá corriendo. Tenía la intención, querida mía, de hablar con usted acerca de nuestra curiosa relación.

—No creo que haya nada que discutir —dijo, ansiosa de poner fin a la entrevista.

—Entonces, ¿negaría que hay algo entre nosotros?

Su tono sombrío la hizo estremecerse, pero levantó el mentón y volvió la cara hacia el otro lado.

—Lo que haya entre nosotros no está definido.

Aprovechando su posición, Darcy se colocó detrás de ella y la asió por la cintura, pegándose a ella hasta que esta contuvo la respiración.

—Muy bien, querida, parece que ahora hay bastante poco entre nosotros. ¿Qué le parece si nos concentramos en nuestra relación? —Darcy ya estaba en ello pues sus labios descendían ya por su garganta, proporcionándole un sinfín de maravillosas sensaciones las cuales hizo lo posible por ignorar—. Si se convirtiera en mi amante, piense en todas las sendas de gozo que podríamos recorrer juntos.

—¡No quiero ser su amante! —dijo Sarah casi gimiendo—. ¡Darcy, quieto! Sabe que no debería estar haciendo esto.

—Sí, lo sé, pero lo que quiero es hacerle el amor —sus labios seguían pegados a su garganta—. Como de momento no me lo permite, tendré que contentarme con esto.

Después, Darcy no pudo entender cómo había ocurrido. Tenía tanta experiencia con las mujeres como Max y anteriormente jamás había perdido el control como lo hiciera aquella noche. Habría deseado darle solo un atisbo de los placeres que podían disfrutar juntos, pero resultó que ella respondió con mayor fervor del esperado y que su propio deseo era más fuerte de lo que estaba dispuesto a admitir.

¿Cómo demonios iba a librarse de ella?

Max, con lady Mortland del brazo, había atravesado ya la terraza dos veces y no tenía intención alguna de descender a las sombras del jardín.

Por otra parte, lady Mortland esperaba a que comenzaran sus atenciones y estaba sorprendida por su falta de ardor.

Al dar la vuelta en un extremo de la terraza, Max vio a Caroline salir del salón y asomarse por la balaustrada como si buscara a alguien. Emma Mortland, parloteando a su lado, no la vio. Con los reflejos necesarios para ser uno de los vividores más notables de la alta sociedad, Max llevó a lady Mortland de vuelta al salón por la puerta que estaban a punto de pasar.

—Un tutor nunca está libre durante mucho tiempo, querida —dijo Max casi a punto de largarse.

—Quizá nos veamos mañana en el parque.

Max sonrió.

—Todo es posible.

Bordeó todo el salón de baile para luego salir por la puerta por donde lo había hecho su pupila. Al llegar a la terraza, estuvo a punto de tirarla al suelo cuando ella se dispuso a volver al salón, pero con la cabeza vuelta hacia los jardines.

—Oh —exclamó al encontrarse temporalmente en brazos de su tutor.

Por la expresión en su cara, Max supo que no lo había estado buscando a él. Le colocó la mano sobre su propio brazo y se la cubrió con la suya para reconfortarla.

—¿Qué ocurre?

Caroline no vio manera de evitarlo. Se puso a caminar a su lado, siguiendo inconscientemente sus pasos.

—Es Sarah. Lizzie dice que la vio salir con lord Darcy hace más de veinte minutos. Todavía no han regresado.

En la tenue luz del jardín, Max puso mala cara. Sabía que habría problemas.

—Sé dónde pueden estar. Hay una caseta de verano al fondo de los jardines; creo que es mejor que venga conmigo.

Asintió con la cabeza y se encaminaron hacia la caseta.

Al cruzar la puerta, solo encontraron un trozo del lazo de Sarah que Max levantó del suelo.

—Parece que han estado aquí —comentó Max.

—Pero ¿dónde estarán ahora?

—Probablemente de vuelta a la mansión. No hay lugar alguno en este jardín bueno para los propósitos de Darcy y probablemente su hermana le haya convencido para regresar a lugares menos solitarios.

—Bueno, entonces, será mejor que volvamos —dijo Caroline, sacudiendo el lazo.

—En un instante —contestó Max.

Su tono la avisó al segundo y extendió el brazo para detenerle.

—¡No, esto es absurdo!

A pesar de la mano, Max consiguió arrastrarla a sus brazos con suavidad.

—Absurdo, ¿verdad? Pues siga pensando lo absurdo que es mientras yo continúo deleitándome con la dulzura de sus labios.

Sin saber por qué, Caroline se quedó inmóvil bajo sus labios y al poco entreabrió los suyos, dejando que su lengua se adentrase a explorar con delicadeza, provocando sus sentidos. El tiempo pareció detenerse, sintió que le abandonaba la voluntad al tiempo que se fundía entre sus brazos.

Max sabía que la seducción no era un arte que pudiera desplegar apresuradamente. De mala gana, levantó la cabeza y le sonrió maliciosamente.

—¿Aún le parece absurdo?

Definitivamente, Caroline no estaba ahí en ese momento pues lo contemplaba embobada.

Al verla así, Max se echó a reír y tomándola del brazo la hizo girar hacia la puerta.

—Creo que tiene toda la razón: será mejor que volvamos.

Sarah volvió a la realidad como si le hubieran echado encima un jarro de agua fría. Se levantó y comprobó que su vestido estaba en regla, aunque vio que había perdido un lazo de una manga.

Darcy llevaba ya un buen rato pensando en cómo reaccionaría Sarah. Al levantarse ella, hizo ademán de verle el semblante, pero ella lo apartó obstinadamente. Finalmente, la tomó de las manos y se puso delante de ella.

—Querida, ¿está bien?

Aquella nota de sinceridad en su tono de voz hizo que Sarah perdiera el control.

—¡Pues claro que no estoy bien! ¿Cómo se atreve a aprovecharse de mí?

Enfurecida por su falta de comprensión, le dio una bofetada.

Durante un momento reinó un absoluto silencio. Luego, Sarah empezó a sollozar mientras se daba media vuelta con la cabeza agachada.

—Será mejor que volvamos a la casa —dijo en un tono de voz desprovisto de emoción.

Al llegar al final de las escaleras que llevaban a la terraza, Darcy se volvió.

—Sería preferible que entrara primero.

Sarah asintió sin mirarlo y se fue.

Caroline y Max volvieron al salón e inmediatamente apareció Lizzie del brazo de uno de sus jóvenes acompañantes. Lo despidió muy cortésmente antes de volverse a su hermana y su tutor.

—Sarah regresó poco después de iros vosotros a buscarla; se ha marchado con lady Benborough y la señora Alford a casa.

—¿Por qué?

Lizzie miró a Caroline y esta asintió.

—Sarah estaba disgustada por algo —dijo mientras Max miraba alrededor del salón—. Lord Darcy volvió poco después de hacerlo Sarah; también se ha marchado.

Con un suspiro, Max se dio cuenta de que no había nada más que hacer esa noche. Buscaron a Arabella y salieron de Overton House. Caroline, en silencio, considerando el problema de Sarah, y Max, preguntándose si iba a tener que esperar hasta que su amigo resolviera aquel dilema antes de que él tuviera el campo libre para dedicarse a sus propios asuntos.

CAPÍTULO 6

Max dio un largo sorbo a su copa de coñac y disfrutó de aquel calor que le bajaba por la garganta. Estiró las piernas y se acomodó en la butaca de suave cuero.

Desde el comienzo de la temporada, aquella noche era la primera que pasaba en casa tranquilamente y en verdad lo necesitaba. ¿Quién le hubiera dicho que cuatro pupilas pudieran cambiar tan radicalmente su hasta entonces ordenada existencia?

Y la única razón por la que estaba en casa aquella noche era porque Sarah, todavía afectada por su encuentro con Darcy la noche anterior, había decidido no salir y Caroline se había quedado con ella.

Sin embargo, todavía no se sabía nada de lo que había pasado entre Darcy y Sarah aunque, conociendo a Darcy, muy bien podía imaginárselo.

Aquel mediodía había salido de Delmere House con la intención de encontrar a lord Darcy y pedirle una explicación. Finalmente consiguió dar con él en Manton, una galería de tiro. Solo con mirarlo una vez había bastado para tranquilizarse. Darcy terminó de tirar, bajó la pistola y se volvió hacia él.

—¡No me preguntes!

Y así se quedó callado. Juntos pasearon por la ciudad y terminaron en un pub, bebiendo ginebra. Solo en ese momento Darcy volvió al tema que los ocupaba a los dos.

—Voy a salir de la ciudad.

—¿Eh?

Darcy se pasó la mano por los primorosamente cortados rizos dorados, despeinándolos por completo.

—Me voy a Leicestershire; necesito tomarme unas vacaciones.

Max asintió extrañado. Sabía que las fincas mayores de lord Darcy estaban en Leicestershire y que, debido al enorme número de caballos que criaba, siempre tenía que estar muy al tanto de todo. Pero, en general, Darcy se las arreglaba para manejar sus negocios desde la ciudad.

—Ahora que lo pienso se me ocurre otra idea mejor. Me iré a Irlanda, que está más lejos.

Como Max sabía, el hermano de lord Darcy residía en las fincas familiares de Irlanda.

Darcy jugueteaba con el vaso, haciéndolo rodar de una mano a otra.

—En lo referente a Sarah...

—¿Sí? —dijo Max mirando fijamente su propio vaso.

—No le hice nada, pero no estoy del todo seguro de que ella sepa lo que ocurrió. Por eso pensé dejarlo en tus manos.

—Muchas gracias —replicó Max—. ¿Cómo demonios quieres que averigüe lo que ella piensa y luego le explique que está equivocada? —le pareció una idea horrible.

—Pensé que podrías hacerlo a través de la señorita Twinning —dijo Darcy, sonriendo por primera vez aquel día.

—No he ido tan lejos con ella como tú. La señorita Twinning y yo tenemos mucho camino por andar antes de poder llegar a tener una discusión tan íntima.

—Muy bien —suspiró Darcy—. Solo espero que tengas mejor suerte que yo.

—¿Estás tirando la toalla?

Darcy se encogió de hombros.

—Ojalá lo supiera —dijo quedándose después en silencio—. Tengo que alejarme un tiempo de aquí.

—¿Cuánto tiempo estarás fuera?

—Quién sabe; todo el que sea necesario, me imagino.

Dejó a Darcy haciendo la maleta en su casa de Hamilton House para volver a la comodidad de la suya propia y pasar una noche en calma, pensando en sus pupilas. A primera vista, se había dado perfecta cuenta de los hombres que las Twinning atraían y no había duda de que ellos respondían a tales hombres. Incluso Arabella parecía empeñada en lidiar con los más vividores. Afortunadamente, Lizzie parecía demasiado callada y amable como para tomar el mismo camino. Tres vividores en la familia serían más que suficientes.

¿Familia? ¿Por qué había pensado en eso?

De pronto se oyó un ruido en la puerta que le sacó de sus cavilaciones. Max echó un vistazo al reloj y frunció el ceño: demasiado tarde para ser una visita. Llegó al vestíbulo a tiempo para ver a Hillshaw y a un lacayo en la puerta.

—Sí, no pasa nada, Hillshaw, no soy un inválido.

Aquella voz hizo que Max se adelantara.

—¡Martin!

El capitán Martin Rotherbridge volvió la cabeza de castaño cabello para saludar a su hermano mayor.

—Hola Max, como puedes ver, he vuelto. Los malditos franceses me hicieron un agujero en el hombro.

Max vio el bulto de vendas que deformaba el abrigo de su hermano mientras le estrechaba la mano con cariño.

—Pasemos a la biblioteca. ¿Hillshaw?

—Sí, Su Excelencia, prepararé algo de comer.

Una vez cómodamente sentados junto al fuego, con un plato de fiambre y una copa del mejor coñac para Martin, Max empezó con sus preguntas.

—No, tienes razón —decía—, no ha sido solo por la herida. Dicen que esta se me curará pasado un tiempo y haciendo reposo —Max esperó pacientemente a que su hermano repusiera fuerzas antes de continuar—. No. Me rendí simplemente porque, ahora que ha pasado toda la acción, es muy aburrido estar allí. La mitad del día nos la pasamos sentados jugando a las cartas y la otra mitad recordando todas las mujeres con las que hemos estado —sonrió en un gesto muy similar al de Max—. Me pareció que se me estaban terminando las anécdotas; por eso decidí volver a casa y aprovisionarme con una reserva nueva.

Max le devolvió la sonrisa. Aparte de la herida del hombro, Martin tenía buen aspecto. Vio unas finas arrugas que no tenía antes de marcharse, pero aquellas no hacían más que señalar que Martin había visto más de veinticinco veranos y que tenía experiencia en muchas cosas. El hermano mayor estaba encantado de saber que había vuelto a la vida de civil, pues aparte de la preocupación por su hermano menor, Martin era ahora el heredero del ducado de Twyford. Las fincas del ducado de Twyford eran problemáticas. Mientras se preguntaba por dónde empezar, Max observaba la esbelta figura de su hermano recostada en la butaca.

Antes de que pudiera abrir la boca, Martin se le adelantó.

—¿Cómo te sienta que te llamen Su Excelencia?

En unas cuantas frases concisas Max se lo contó, para pasar seguidamente a relatarle los problemas que había en torno a las fincas de su difunto tío.

De pronto se dio cuenta de la cara de cansancio que tenía Martin y acortó su información.

—Es hora de irse a la cama, mocoso; estás muy cansado.

—¿Cómo? —dijo Martin con los ojos entrecerrados—. Ah, sí, todavía no he conseguido recuperar fuerzas del todo. Llevo viajando desde el amanecer.

Max ayudó a su hermano a levantarse. Vistos así juntos de pie las similitudes entre los dos hermanos eran muy grandes. Max era todavía algo más alto que su hermano y, al ser nueve años mayor que él, era más ancho de pecho y de hombros. Aparte de eso, no había muchas más diferencias. Martin tenía el pelo algo más claro que su hermano y sus facciones eran más suaves que las de Max, pero la intensidad de los ojos azules de los Rotherbridge brillaba en ambos rostros por igual.

—Es estupendo estar de vuelta a casa —dijo Martin, sonriendo a Max.

—Buenos días, Hillshaw. Soy Lizzie Twinning. He venido a devolver este libro a Su Excelencia.

Mientras cruzaba graciosamente el umbral de Delmere House, guapísima con un vestido color lila, Hillshaw hizo un gran esfuerzo por articular palabra.

—Su Excelencia no está en casa en este momento, señorita, pero a lo mejor su secretario, el señor Cummings, pueda ayudarla.

—Espérame aquí, Henessy —le dijo a su criada mientras Hillshaw la ayudaba a quitarse el sombrero—. No tardaré.

Inmediatamente, el señor Cummings salió de la oscuridad del vestíbulo anterior.

—¿Señorita Lizzie? Me temo que el señor no está en casa —viendo de pronto el libro que Lizzie tenía en la mano, sonrió—. Ah, veo que ha traído los versos de lord Byron. ¿Le gustaría quizá leer su siguiente libro? ¿O a lo mejor una de las obras de la señora Linfield se ajustaría más a su gusto?

Max les había prometido a sus pupilas prestarles cualquier libro que desearan leer. Pero, en vez de permitirles que rebuscaran libremente por la biblioteca, que contenía también un número de ejemplares no aptos para sus ojos, había delegado totalmente la tarea de buscar los libros que desearan a su secretario. Consecuentemente, el señor Cummings se sentía competente para afrontar el asunto.

—¿Sería tan amable de esperar en la sala, señorita?

Con otra de sus arrebatadoras sonrisas, Lizzie le tendió el libro al señor Cummings, diciéndole en voz baja que le encantaría una de las obras de Linfield. Al volverse para seguir a Hillshaw su mirada se detuvo en una figura que emergía de las sombras de la biblioteca.

Martin, que esperaba impacientemente la vuelta de su hermano para reanudar sus actividades normales, escuchó de pronto una voz femenina en el vestíbulo. Intrigado, había ido a investigar.

Lo primero que pensó fue que su hermano había permitido a una de sus amantes ir a visitarlo a la casa, pero al ver a una criada sentada esperando en el vestíbulo supo que lo que tenía delante era una joven dama. Dio un paso hacia adelante.

Martin se permitió contemplar la deliciosa figura que tenía delante lentamente para no asustarla.

—Hillshaw, creo que será mejor que nos presente.

El mayordomo estuvo a punto de permitirse fruncir el ceño de su imperturbable semblante, pero se contuvo.

—Capitán Martin Rotherbridge, la señorita Lizzie Twinning. La joven dama es la más joven de las pupilas de Su Excelencia.

Sorprendido, Martin se volvió a mirar a Hillshaw.

—¿Pupilas? —la noche anterior no había escuchado muy bien lo que le había estado contando su hermano, pero estaba seguro de que no había mencionado nada acerca de unas pupilas.

Lizzie, liberada de aquella mirada hipnotizadora, habló con un tono de voz tan suave que contrastaba con las voces masculinas.

—Sí, mis hermanas y yo somos las pupilas del duque ¿sabe? —le tendió la mano—. ¿Cómo está? No sabía que el duque tuviera un hermano. Solo me he acercado a dejar unos libros que Su Excelencia nos prestó.

Martin tomó la pequeña mano enguantada y automáticamente se inclinó sobre ella. Al incorporarse, se puso a su lado y le colocó la mano sobre su brazo.

—En ese caso, Hillshaw tiene razón; debería esperar en la sala —el alivio de las caras de Hillshaw y el señor Cummings desapareció al escuchar lo siguiente—. Y yo le haré compañía.

Una vez dentro, sin darse ni cuenta de lo preocupados que se habían quedado los sirvientes de su tutor, Lizzie levantó la cabeza y sonrió a la fuente de aquella preocupación.

—¿Hace mucho que son las pupilas de mi hermano? —preguntó Martin.

En pocas palabras, Lizzie le explicó la historia. Aunque ligeramente confusa, Martin consiguió adivinar la verdad.

—¿Les gustó América? ¿Estuvieron allí mucho tiempo?

Poco a poco consiguió lo que deseaba; Lizzie se relajó completamente,.

Mientras la escuchaba, Martin se movió ligeramente para colocarse más cómodamente el hombro. Pero Lizzie registró el movimiento y divisó el vendaje, hábilmente escondido bajo la chaqueta.

—¡Está herido! —se inclinó hacia adelante con preocupación—. Le dolerá terriblemente.

—No, no. El enemigo tuvo suerte, eso es todo. Pronto se me curará, se lo aseguro.

—¿Estaba en la Armada? —dijo Lizzie, abriendo mucho los ojos—. ¡Oh! Por favor, cuénteme cómo fue. Seguramente sería emocionante.

Para sorpresa de Martin, se vio a sí mismo relatándole a Lizzie los horrores de la campaña y los ocasionales incidentes graciosos que habían alegrado un poco sus días.

Siempre había pensado que se le daban bien los interrogatorios, pero las persistentes preguntas de ella lo dejaban impresionado. Incluso consiguió arrancarle la razón por la que tenía que salir aquella mañana. Su pronta simpatía lo envolvió con un calor y una especie de sentimiento paternalista que inmediatamente se le subió a la cabeza.

Entonces, llegó el señor Cummings con los libros deseados. Lizzie los miró y los colocó en la mesita que tenía al lado, ignorando abiertamente al secretario del duque, quien claramente se había quedado esperando para acompañarla hasta la puerta.

—Está bien, Cummings. La señorita Twinning se ha compadecido de mí y ha decidido tenerme entretenido hasta que regrese mi hermano.

Lizzie, como si estuviera en casa, sonrió despreocupadamente al señor Cummings, de forma que el hombre no tuvo otra opción que retirarse.

Una hora más tarde, Max cruzaba el umbral de su casa. Lo recibió Hillshaw visiblemente agitado.

—La señorita Lizzie está en la sala con el señorito Martin.

Max se quedó helado y se limitó a asentir a su mayordomo.

—Muy bien, Hillshaw.

Al abrir la puerta de la sala, lo que vio allí dentro no fue ni mucho menos lo que se esperaba. Martin estaba sentado en una butaca y Lizzie en otra frente a él, encorvada hacia adelante, pensativa con lo que tenía delante sobre una pequeña mesa situada entre ellos. Al darse la vuelta, Max descubrió para su sorpresa que estaban jugando a las damas.

Max levantó la vista.

—¡Oh! Está de vuelta. Estaba entreteniendo a su hermano hasta que volviese —Max pestañeó, pero Lizzie no se enteró de lo que implicaban sus palabras—. ¡Oh, Dios mío! No me he dado cuenta de lo tarde que es; debo marcharme. ¿Dónde están los libros que me ha traído el señor Cummings?

Martin se los alcanzó y, bajo la mirada escéptica de su hermano, la despidió. Max, al ver la expresión en los ojos de su hermano, tuvo ganas de gritar. Aquello era ya demasiado.

Max acompañó a Lizzie a la puerta y después volvió a la biblioteca. Pero, antes de empezar a hablar, Martin se le adelantó.

—No me habías dicho que habías heredado cuatro pupilas.

—Pues bien, así ha sido —dijo Max, acomodándose en una silla frente a su hermano.

—¿Son todas así? —preguntó Martin, tembloroso.

Max contestó con un gemido.

—¡Peor aún!

Martin miró a su hermano pensativo durante unos segundos y después esbozó una amplia sonrisa.

—¡Dios mío!

—Precisamente por ser así las cosas, te sugiero que revises esos planes que estabas haciendo para Lizzie Twinning.

—¿Y por qué? —Martin sonrió aún más ampliamente—. Eres tú el tutor; además, no me irás a hacer creer que si la situación fuera la opuesta tú harías caso alguno a lo que me acabas de decir ¿no? Además, está como una ciruela madura, en su punto para comer.

—Permíteme informarte —empezó Max—. Para empezar, tengo nueve años más que tú y no hay nada en estos menesteres que yo no conozca. Sin embargo y, aparte de todo eso, puedo asegurarte que las hermanas Twinning, por muy en su punto que estén, no es probable que caigan en manos de nadie sin una previa proposición de matrimonio.

A Martin le cambió de momento la cara, pues no dudaba de la veracidad de las palabras de su hermano. Le había gustado mucho Lizzie Twinning y no quería renunciar a llevarla a su terreno.

—¿En serio? —dijo levantando la cabeza hacia su hermano.

Max le contó con pelos y señales el caso de Darcy Hamilton, cuya reputación en asuntos amorosos Martin conocía bien.

—Por eso te digo, hermano, que si deseas enredarte con una de las Twinning, te sugiero que pienses primero cuánto te vas a jugar en esa mano.

El pesado carruaje de los Twyford se balanceaba tras el endeble coche de Delmere. Lady Benborough se colocó la peluca que se había movido ligeramente al dar una curva particularmente cerrada. Por primera vez desde que se embarcara en la cruzada de encontrarles marido a las hermanas Twinning, Augusta Benborough se sintió algo nerviosa. Estaba jugando con fuego y lo sabía, pero aun así no se arrepentía de ello.

El ver juntos a Max y a Caroline en el vestíbulo de Twyford House había hecho que se estremecieran sus viejos huesos. En cuanto a Sarah, Darcy Hamilton había ido demasiado lejos como para desistir, resistirse y retirarse. Ciertamente, él aún no lo sabía, pero el tiempo se encargaría de castigarlo por haber escapado de la trampa. Sus sagaces ojos azules examinaron el pálido semblante que tenía delante. Aun bajo aquella tenue luz, la tensión de aquellos días pasados era evidente. Afortunadamente, nadie sabía nada de aquel contratiempo.

La pícara de Arabella había elegido un hueso particularmente duro de roer. Aun así, no podía menos que secundar el gusto de la muchacha. Hugo Denbigh era un adonis, de buena familia, con una planta estupenda y maneras afables. Desgraciadamente, era tan fácil de complacer que se contentaba tanto en la compañía de cualquier muchacha sosa como en la de Arabella.

Mientras su mente se ocupaba en tales menesteres, su mirada se posó en la pequeña Lizzie, dulce pero lejos de parecer recatada con aquel vestido de gasa plateada con un toque de color de los bordados lila. Una suave sonrisa embelleció sus labios de perfección clásica. Augusta frunció el ceño preguntándose a qué venía aquella sonrisa. ¿Se habría perdido algo?

Bueno, quien quiera que fuese el causante de ella estaría en la fiesta; tendría que vigilar a la más joven de sus muchachas de cerca. Lizzie era demasiado joven para permitirse las licencias que sus hermanas, más experimentadas, daban por hecho.

Se recostó sobre el respaldo de terciopelo y sonrió. Sin duda, se estaba preocupando por nada. Lizzie tenía el aspecto de una Twinning, pero era demasiado seria e inocente como para atraer a un vividor.

CAPÍTULO 7

A Martin le confundieron las últimas palabras que había pronunciado su hermano sobre las hermanas Twinning, pero hasta que no las vio en la fiesta de lady Montacute no adivinó lo que le había llevado a su hermano a pronunciarlas. Había pasado la tarde visitando a algunos viejos amigos, que habían acabado pidiéndole que les presentase a las hermanas Twinning. Al final, creyó que lo mejor era seguir a las hermanas Twinning aquella noche. Su ordenanza y mayordomo, Jiggins, le había asegurado que Max en persona acompañaba a sus pupilas a los compromisos nocturnos. Martin, a quien le costaba creer aquello, se apostó cerca de una gran planta desde donde tenía una estupenda vista de la entrada y vio a Max llegar rodeado por las Twinning. Cuando por fin se dio cuenta de que la preciosa criatura que iba del brazo de su hermano era la mayor de sus pupilas, de repente lo vio todo claro.

Al adelantarse para reservar un baile con Lizzie, Martin estaba lo suficientemente cerca de su hermano como para ver la expresión en sus ojos al inclinarse a decirle algo al oído a la señorita Twinning.

Arqueó las cejas y apretó los labios en señal de sorpresa. En ese momento, las palabras que su hermano le había dicho aquella mañana resonaron de nuevo en sus oídos y sonrió. ¿Cuánto estaba su hermano dispuesto a jugarse?

El resto de la velada, Martin se la pasó urdiendo y planeando. Utilizó la herida en el hombro como excusa para no bailar y así pudo pasarse todo el tiempo observando a Lizzie Twinning. Cada vez que terminaba un baile, Lizzie volvía a su lado, ya que tras su conversación de la mañana estaba convencida de que necesitaba alguien que lo animara. Con mucha sutileza, fue tanteándola con cada uno de sus esperanzados pretendientes y respiró aliviado al ver que no le atraía ninguno en especial.

Empezó en serio con su plan cuando los músicos empezaron a tocar el baile que él le había pedido.

—Querida Lizzie, siento muchísimo decepcionarla pero es que... —dejó que el tono de voz se volviese más débil.

El dulce semblante de Lizzie se tornó preocupado.

—Oh, ¿se encuentra mal? Quizá pueda pedirle a la señora Alford las sales para usted.

Martin sofocó la respuesta instintiva de reaccionar de manera demasiado contundente. En vez de ello, hizo un gesto con la mano.

—¡No!¡No! No se preocupe por mí —sonrió con tristeza, dejando que su mirada azul brillante descansara, con efecto calculado, sobre los ojos marrón grisáceos de la muchacha—. Pero tal vez le gustaría bailar con alguno de sus pretendientes. Estoy seguro de que el señor Mallard estaría encantado.

Hizo un movimiento como para llamar a aquel caballero, el más asiduo de sus pretendientes.

—¡Santo cielo, no! —dijo Lizzie agarrándole la mano para prevenirlo—. No haré tal cosa. Si se encuentra mal, me quedaré con usted.

Continuó agarrándole la mano y de su parte Martin no hizo nada para deshacerse de aquella cálida sensación.

Cerró los ojos momentáneamente como si se sintiera algo desmayado.

—La verdad —dijo abriéndolos de nuevo— es que creo que todo este ruido y este calor son los responsables de que me sienta mal. A lo mejor si saliese un rato a la terraza se me despejaría la cabeza.

—¡Qué buena idea! —dijo Lizzie, levantándose.

—Bueno, el caso es que supongo que sería mejor si voy solo —dijo sonriéndole como un hermano—. Cualquiera podría pensar mal si salimos los dos juntos.

—¡Tonterías! —dijo Lizzie—. ¿Por qué iba nadie a pensar mal? Solo estaremos unos minutos y, de todas formas, soy la pupila de tu hermano.

Como no faltaba mucho para la hora de la cena, en la terraza solamente había dos parejas, que pronto volvieron al salón. Martin, con el pensamiento muy lejos de la comida, se dejaba aparentemente llevar por Lizzie. Después de una inspección disimulada de los alrededores, hizo una dramática pausa al llegar al fondo de la terraza.

—Creo que sería mejor que me sentara.

Lizzie miró a su alrededor consternada; no había bancos en la terraza.

—Hay un asiento bajo ese sauce, creo —dijo Martin haciendo un gesto hacia el otro lado del césped.

—Venga, apóyese en mí —dijo Lizzie.

Martin le echó atentamente el brazo por los hombros y al sentir sus pequeñas manos agarrándolo por la cintura se sintió culpable. Era tan confiada... que le daba pena hacerla cambiar.

Al llegar al sauce, apartaron las lánguidas y suaves ramas para acceder al banco de madera blanco que estaba detrás. Por entre los huecos de las hojas y ramas se filtraban los rayos de luna suficientes para poder verse la cara. Martin se sentó con señales evidentes de debilidad.

Lizzie se sentó a su lado, aún agarrándolo de la mano y poniéndose de frente a él para poder mirarlo a la cara.

La cara de Martin quedaba en la sombra, pero un rayo de luz que le pasaba por el hombro fue a bañar el rostro de Lizzie. Esta no podía ver la expresión que encendía sus ojos azul profundo mientras la devoraba con la mirada, desde el rostro hasta las redondeadas líneas que mostraban un generoso escote. Con mucho cuidado, Martin volvió la mano para que fuese él el que le agarraba la suya y no al contrario.

Tras unos momentos, Lizzie ladeó la cabeza y le preguntó suavemente:

—¿Está bien?

Martin estuvo a punto de contestarle con la verdad; o sea, que no estaba bien. La había llevado allí fuera para seducirla y en ese momento sentía como una especie de fuerza que lo frenaba. ¿Qué le estaba ocurriendo?

—Deme solo un momento —dijo tras aclararse la garganta.

Una ligera brisa removió las ramas de los sauces y la proyección de la luz cambió. Lizzie vio que tenía el entrecejo fruncido, por lo que retiró la mano de la suya y le pasó los dedos suavemente por la frente, como para borrar aquella mueca. Luego, para sorpresa de Martin, se inclinó hacia adelante y, con mucha delicadeza, le rozó los labios con los suyos.

Al retirarse ella, vio que Martin tenía todavía peor cara que antes.

—¿Por qué ha hecho eso? —preguntó con dureza.

Incluso bajo la tenue luz logró vislumbrar la confusión en su rostro.

—¡Oh, Dios mío! Lo siento tanto. Por favor, perdóneme; no debería haberlo hecho.

—Maldita sea, claro que no —rugió Martin, que había dejado caer la mano sobre el banco de madera y la apretaba con fuerza para contenerse y no tomar a aquella mujer entre sus brazos—. Pero, ¿por qué lo hizo?

—Solo es que parecía tan..., bueno, tan preocupado; solamente deseaba ayudarle —dijo con un hilo de voz que se perdió en la noche.

Martin suspiró con frustración.

—Supongo que pensará que soy muy atrevida, pero... —esta vez no fue capaz de terminar la frase.

En realidad, Martin pensaba que era adorable y le dolía por

dentro del esfuerzo que estaba haciendo para no lanzarse sobre ella. Se le había puesto un dolor de cabeza que no tenía cuando salieron al jardín.

—Será mejor que volvamos adentro y olvidemos el incidente.

Al ayudarla a levantarse y agarrarla por el brazo, un desagradable pensamiento le asaltó.

—No irá por ahí besando a todos los hombres que tienen mala cara, ¿no?

—¡No! ¡Por supuesto que no! —dijo con genuina sorpresa.

—Bien —dijo Martin preguntándose por qué aquella información le había alegrado tanto—; limítese a dominar esos impulsos, excepto cuando esté conmigo, claro está. Me atrevo a decir que conmigo es totalmente correcto, dadas las circunstancias. Después de todo, es usted pupila de mi hermano.

Lizzie, aún sorprendida por su descarado comportamiento y el repentino impulso que la había llevado a ello, le sonrió confiada.

Caroline sonrió con aquella sonrisa tantas veces ensayada y deseó por centésima vez que Max Rotherbridge no fuera su tutor.

Mientras describía círculos sobre el piso del salón en los respetables brazos del señor Willoughby, quien ella sabía que se acercaba cada vez más a declararse a pesar de sus intentos de desalentarlo, era consciente de que donde deseaba estar era entre los brazos no tan delicados de su tutor. Suspiró y disimuló aquel descuido sonriéndole a los dulces ojos, ligeramente algo más abajo que los de ella. No era que despreciara a los hombres bajos, simplemente que carecían de la habilidad de hacerla sentir vulnerable y delicada, femenina, como su tutor la hacía sentir. En realidad, estaba empezando a preocuparse por lo desvalida que se sentía entre sus brazos.

Mientras bailaba, divisó a Sarah haciendo lo propio con uno

de sus pretendientes, intentando, no con demasiado éxito, aparentar que se estaba divirtiendo. Se compadeció de su hermana. La noche anterior no habían salido y Sarah le había contado en secreto los acontecimientos de hacía dos noches. Max, aprovechando que pasó unos minutos por Twyford House, les hizo saber a Sarah y a ella que lord Darcy se había marchado de la ciudad para atender sus fincas.

Como era la mayor de las hermanas, en aquellos últimos años había adoptado el papel de madre suplente; lo malo era que ella no tenía a quién acudir. Si el caballero en cuestión no hubiera sido su tutor, le habría pedido consejo a lady Benborough. Y desde luego, después del episodio en la casa de verano de los Overton, sabía que necesitaba que alguien la aconsejara con urgencia. Con solo tomarla entre sus brazos, ella sentía que se quedaba sin defensas. ¡Y sus besos! Tenían el poderoso efecto de descolocarle la mente y los sentidos. Aún no había logrado imaginar hacia adónde se encaminaba, pero parecía inconcebible que fuera a seducir a su propia pupila. Tal y como estaban las cosas, ella deseaba secretamente no ser su pupila. Tenía veintiséis años y sabía lo que quería. Quería a Max Rotherbridge y, a pesar de conocer su reputación, sentía en cada poro de su piel que aquel era el elegido de su corazón. Era por ello por lo cual bailaba tranquilamente con cada uno de sus ardientes admiradores, con cuidado de no darle a ninguno de ellos la más mínima esperanza, mientras esperaba a que su tutor la reclamara para el baile anterior a la cena. Al llegar al multitudinario salón, le había susurrado con voz sensual al oído que le reservara aquel vals. Miró a los pálidos ojos del señor Willoughby y suspiró.

La verdadera presa de Arabella estaba solo a unos metros de ella, conversando animadamente con una señora y su hija, ambas poco agraciadas. ¿Qué demonios le ocurría? Había intentado todos los trucos que conocía para llevar a aquel zopenco a sus pies, pero, cada vez que lo intentaba, él se alejaba cortésmente.

No se había comprometido con nadie para el gran vals de la cena, el más importante de todos, convencida de que le pediría ese baile. Pero la cena estaba a punto de empezar y se veía ante el panorama de no tener pareja. Para desgracia suya, vio cómo los músicos empezaban a prepararse sobre el estrado y en ese momento decidió que solo le quedaba una cosa que hacer. Se deslizó entre la gente, convencida de que habría alguna antecámara donde podría esconderse. Aprovechó el movimiento de un enorme grupo de personas para que nadie la viera salir del salón. Una vez en el vestíbulo, vio a la derecha un pasillo tenuemente alumbrado; no se oía a nadie por allí, por lo que decidió tomar aquel camino. Al final del corredor vislumbró un pequeño despacho en el que crepitaba un alegre fuego. El despacho estaba vacío. Tras unos segundos de duda, Arabella entró, dejando la puerta abierta tras de sí.

Fue a la mesa y se sirvió un vaso de agua, pero mientras hacía esto escuchó voces que se aproximaban por el pasillo. Paseó la mirada por la habitación y se le ocurrió que si cerraba bien las cortinas que había delante del ventanal quedaría por detrás un espacio similar a una pequeña alcoba. Así como lo pensó lo hizo y corrió la pesada cortina para ocultarse totalmente.

En silencio y con el corazón acelerado, escuchó las voces aproximarse y penetrar en la habitación. Esperó un momento, aguantando la respiración, pero nadie se acercó a la ventana. Al darse la vuelta estuvo a punto de tropezar con los pies del hombre que se había sentado con las piernas estiradas en la butaca que había detrás de la cortina.

—Oh —se llevó rápidamente la mano a la boca en un esfuerzo por acallar el grito—. ¿Qué está haciendo aquí? —susurró con furia.

Lentamente, el hombre se volvió hacia ella y sonrió.

—Esperándola, querida.

Arabella cerró los ojos con fuerza, para luego volverlos a abrir y comprobar que seguía allí. Lord Denbigh se levantó todo lo largo que era y se puso delante de ella. A la luz de la luna que se vertía por el alto ventanal, su mirada parda se paseó por la silueta de la muchacha. Le tomó la delicada mano y se la llevó a los labios.

—Sabía que no tardaría mucho.

Arabella intentó librarse de aquella mirada hipnótica.

—¿Cómo sabía que vendría?

—Bueno —respondió razonablemente—, no sé adónde más podía ir sin tener pareja para el vals.

¡Lo sabía! Arabella se sonrojó de furia.

—¡Zopenco! —dijo en un susurro.

Pero él continuó sonriendo y con una facilidad tremenda le tomó la mano, la llevó por detrás de ella y la atrajo hacia sí. Le agarró la otra mano y también la aprisionó junto con la primera.

—¡Lord Denbigh! ¡Déjeme ir! —Arabella le rogaba en voz baja por miedo a que la oyesen los que estaban detrás de la cortina. ¿Qué demonios quería Hugo? Mientras se tranquilizaba por un lado, por el otro le asaltaron un sinfín de sensaciones.

Hugo levantó la mano que le quedaba libre y con un dedo trazó una curva sobre su carnoso labio inferior.

Arabella vislumbró el brillo del deseo en sus ojos a la tenue luz de la luna.

—Hugo, déjeme ir, por favor.

Él le sonrió indolente.

—Dentro de un momento, querida.

Antes de sellar sus labios con los suyos, la miró a los ojos y vio furia en ellos.

¡Maldito fuera! ¡La había engañado! Arabella intentó pensar en lo enfadada que estaba, pero todo lo que sentía era el maravilloso calor de sus labios jugando con los de ella y todas aquellas sensaciones que la recorrían de arriba abajo. Su cuerpo se derretía, en contra de su voluntad, entre sus brazos.

Finalmente, cuando Hugo levantó la cabeza, vio el brillo reflejado en los ojos de ella.

—¿No me irás a decir que esto no ha sido más divertido que un vals?

A Arabella no se le ocurría nada.

—¿No dices nada?

Arabella se sonrojó ligeramente e intentó deshacerse de su abrazo, pero le resultó imposible.

Todavía sonriendo, Hugo movió la cabeza.

—Todavía no; eso ha sido el vals, todavía tenemos la cena —sus labios rozaron levemente los de ella— y te aseguro que tengo un hambre de lobo.

Cuando él unió sus bocas en un apasionado beso, la llevó por aguas por las que nunca había navegado.

Sin embargo, él tenía la suficiente experiencia como para saber dónde estaban los límites. Momentos después, ambos más serios que de costumbre, volvieron por separado al salón.

Max, aunque había conseguido bailar con la mayor de sus pupilas, se resignó a pasar otra velada sin conseguir avanzar con ella. Después de la cena, la acompañó tranquilamente al salón de baile para dejarla a merced de las atenciones de sus pretendientes, no sin antes mirar con recelo a un par de ellos de dudosa reputación que tuvieron la temeridad de unirse al grupo. Había esperado poder persuadir a la señorita Twinning para contemplar la luna desde la terraza, pues sabía de la existencia de un estupendo banco oculto tras un sauce que hubiera resultado muy útil para sus propósitos. Sin embargo, no se hacía ilusiones acerca de su habilidad para hacerle el amor a una mujer que estaba preocupada por la felicidad no de una, sino de dos de sus hermanas. Por ello, se encaminó hacia el salón donde jugaban a las cartas.

De camino, pasó junto a Arabella, entretenida con uno de sus usuales coqueteos. Sus azules ojos buscaron su mirada y ella, como si hubiera adivinado que la estaban mirando, se volvió. Ella parecía preocupada. Max le sonrió como queriendo animarla y ella le devolvió la sonrisa, pero por un instante él vislumbró un atisbo de confusión en su mirada.

Max siguió su camino pensando que Caroline tenía un tercer problema entre manos. Por casualidad, había visto a Arabella en el momento en que esta salía del salón de baile un rato antes. La había visto entrar de nuevo un buen rato después, seguida a los pocos minutos de lord Denbigh.

Al ir a entrar a la sala de cartas le asaltó de repente un pensamiento. Se volvió de nuevo hacia el salón de baile pero no estaba allí. Se trataba de Lizzie; no la había visto durante la cena. Cuando estaba a punto de cruzar el salón hasta donde estaba su tía Augusta, su mirada captó un movimiento cerca de una de las puertas de la terraza.

Lizzie entraba de la terraza con una tímida sonrisa dibujada en sus labios. Su delicada mano descansaba con seguridad sobre el brazo de su hermano. Mientras los contemplaba vio cómo ella levantaba la cabeza y lo miraba con confianza plena, como si fuera un corderito. Y Martin, zorro como era, le devolvió la sonrisa muy dispuesto.

Bruscamente, Max se dio media vuelta para esta vez sí entrar en el salón de cartas: necesitaba un trago con urgencia.

CAPÍTULO 8

Arabella aplastó de un golpe de periódico a la abeja que le zumbaba alrededor de la cabeza. Estaba tumbada boca abajo sobre la piedra que rodeaba el estanque del jardín de Twyford House, protegida su pálida tez por un sombrero de paja. Cualquier otra joven dama en similar postura habría parecido infantil, pero Arabella, con aquel aire nostálgico, se las arreglaba para parecer misteriosamente encantadora.

Sus hermanas estaban relajadas de forma similar. Sarah estaba apoyada contra la base de un gran reloj de sol, con un sombrero de pastora ocultándole el rostro y trenzando margaritas. El vestido de batista verde oscuro hacía resaltar la palidez de su semblante, dominado por los enormes ojos marrones, en ese momento velados por un tinte de tristeza. Lizzie estaba sentada junto a la parte de rocas y plantas alpestres, bordando un trozo de tela con visible falta de entusiasmo. Su vestido de muselina malva acentuaba la juventud de su rostro, aunque este efecto se veía disminuido por las curvas de su figura no tan de niña.

Caroline contemplaba a sus hermanas desde su posición privilegiada sobre una hamaca atada entre dos cerezos. Si su tutor la hubiera visto en ese momento, seguramente le habría gustado el sencillo vestido de muselina color ámbar que había elegido para aquel día tan cálido. La tela se ceñía a su formada figura, mientras que el escote dejaba ver la amplitud de los suaves pechos de marfil.

Las cuatro hermanas habían salido al jardín por separado, atraídas por la cálida tarde de primavera y los embriagadores perfumes de las flores que se apiñaban en los parterres.

Sarah suspiró largamente y, dejando a un lado su sombrero, se colocó el collar de margaritas al cuello.

—Y bien, ¿qué vamos a hacer?

Tres pares de ojos se volvieron a mirarla y al ver que nadie le respondía continuó hablando.

—Bueno, no podemos seguir como hasta ahora, ¿no? Ninguna de nosotras va a ninguna parte.

Arabella se colocó de costado para poder ver mejor a sus hermanas.

—Pero ¿qué podemos hacer? En tu caso, lord Darcy ni siquiera está en Londres.

—Cierto —contestó Sarah—. Pero se me acaba de ocurrir que tendrá amigos aquí en Londres, me refiero a amigos que le escriban, aparte de nuestro tutor.

Caroline sonrió.

—Hagas lo que hagas, cariño, haz el favor de explicármelo antes de provocar un escándalo. No me veo capaz de enfrentarme a nuestro tutor si me pide una explicación y no tengo ninguna.

Sarah se echó a reír.

—¿Te está dando problemas?

Pero Caroline se limitó a sonreír de tal manera que solo Sarah y Arabella se percataron de ello.

—No habrá dicho nada de mí, ¿verdad? —les llegó la voz de Lizzie y, bajo la mirada de sus hermanas, la más pequeña se puso colorada—. Quiero decir, de mí y de Martin —farfulló, mientras mostraba demasiada atención al punto de cruz.

—Afortunada tú. Tal y como están las cosas, tú eres la única que tiene el viento a su favor. Las demás estamos paradas, por una u otra razón.

—¿Por qué lo preguntas? —inquirió Caroline—. ¿Acaso Max te ha dado algún motivo para suponer que no está de acuerdo?

—Bueno —dijo Lizzie tratando de ganar tiempo—, no parece que esté del todo... contento de que nos veamos tanto.

Su relación con Martin Rotherbridge había progresado a pasos agigantados, pues a pesar de los consejos de Max y su propio sentido del peligro, Martin no había sido capaz de resistir la tentación que representaba Lizzie Twinning. Desde aquel inocente beso de la primera noche, la había llevado hasta el punto en el que le había permitido besarla otra vez, en el cenador del jardín de lady Malling. Solo que aquella vez había sido Martin el que había llevado las riendas y Lizzie, toda inocencia, se sorprendió de su propia respuesta a las deliciosas sensaciones que se produjeron entre los dos. Sin saberlo ella, Martin Rotherbridge se había quedado sorprendido también.

Había intentado aplacar sus más ardientes deseos, para averiguar, como ya le había anticipado su hermano, que aquello era más fácil de imaginar que de llevar a cabo. Finalmente se había dado por vencido, pero pasaba todo el tiempo posible al lado de Lizzie, cuando no a sus pies.

Como bien había dicho Lizzie, Max no estaba de acuerdo con aquella relación, aunque no por los motivos que ella imaginaba. Max, conocedor del carácter de su hermano, sabía que la frustración que le producía el tener que comportarse correctamente ante las múltiples tentaciones se haría insoportable mucho antes de que él estuviera dispuesto a admitir que estaba enamorado de aquella mocosa.

Caroline, segura de los pensamientos de Max al respecto, se dio cuenta de que quizá Lizzie no lo comprendería con facilidad. ¿Y cómo explicarle a la todavía inocente Lizzie las dudas de Max acerca de su hermano? Pero al mirar a su hermana pequeña y ver aquella expresión de preocupación en su rostro, Caroline decidió que había llegado el momento de explicarle a su hermana que en la vida había más que lo que era obvio.

—Cariño, creo que a Max lo que más le preocupa es tu buen nombre, no así la relación.

Lizzie frunció el ceño todavía más.

—Pero, ¿por qué tiene que poner en peligro mi buen nombre el hecho de que esté con su hermano?

Sarah soltó una risotada no muy propia de una dama.

—Ah, Lizzie, cariño. Vas a tener que aprender muy deprisa, querida. Nuestro tutor está preocupado porque sabe cómo es su hermano y que, en general, las damas no están seguras en su compañía.

Aquella declaración tan directa tuvo un efecto tremendo en Lizzie, el brillo de cuyos ojos delataba la defensa a su amor ausente.

—¡Martin no es ni mucho menos así!

—Oh, querida, vas a tener que quitarte esa venda de los ojos —dijo Arabella, entrando en la conversación—. No solo es que sea así, sino que tiene la reputación de haberse especializado en ser de esa manera. Es un vividor, al igual que lo son Hugo y Darcy Hamilton. Y, claro está, el mayor vividor de todos es nuestro querido tutor, el cual ha puesto sus ojos en nuestra Carol. Los libertinos y las Twinning van a la par: ellos se sienten atraídos por nosotras y... bueno, nosotras por ellos. No hay por qué discutir lo que es tan obvio.

Al ver la perturbación reflejada en el rostro de Lizzie, Caroline pensó en cómo tranquilizarla.

—Eso no quiere decir que el resultado final no pueda ser exactamente el mismo al que se llegaría con un hombre más conservador. Lo único que pasa es que, a este tipo de hombres les cuesta más trabajo llegar a aceptar el matrimonio como algo... deseable. El tiempo, supongo, acabará convenciéndolos; el peligro está en el entretanto.

—Pero Martin no ha intentado nunca... hacerme el amor.

—¿Quieres decir que nunca te ha besado? —preguntó Arabella sin poderlo creer.

Lizzie se sonrojó.

—Sí, lo hizo, pero yo lo besé primero.

—¡Lizzie! —exclamaron las otras tres al unísono, y se echaron a reír sin poder parar—. Oh, querida, creo que eres más

Twinning de lo que pensábamos —dijo Arabella cuando por fin se hubo recuperado de la risa.

—Bueno, me gustó, ¿sabéis? —abandonando finalmente su reticencia ante las burlas de sus hermanas—. De cualquier forma, ¿qué se supone que debo hacer? ¿Evitarlo? La verdad es que la idea no me parece muy divertida; me gusta bastante que me besen.

—Los besos en sí no constituyen el problema —dijo Sarah—, sino lo que viene después. Eso es aún más difícil de detener.

—Muy cierto. Pero si quieres aprender cómo mantener a un calavera a raya no me mires a mí ni tampoco a Sarah; Caroline es la única que lo ha conseguido hasta ahora —Arabella se volvió a mirar a su hermana mayor—. Aunque sospecho que eso se debe a que nuestro querido tutor está jugando a algo más enigmático.

Caroline se ruborizó levemente, para sonreír después de mala gana.

—Desgraciadamente, tengo que darte la razón.

Se hizo un breve silencio, como si las cuatro hermanas sopesasen a los cuatro libertinos que habían elegido.

—Sarah, ¿qué estás planeando?

—Bueno, pues, se me estaba ocurriendo que quizá debería hacer un esfuerzo para llevar las cosas a un punto crítico. Pero, si hiciera lo que se espera y empezase a coquetear con todos los caballeros, Darcy no terminaría de creérselo y yo acabaría teniendo mala reputación. A mí no se me da tan bien como a Bella.

—Sarah tiene razón —dijo Caroline—. Eso no colaría —se volvió a Lizzie y añadió—: Otro problema, querida, es que los tarambanas conocen todos los trucos posibles, por lo que resulta sumamente difícil engañarlos.

—Tienes toda la razón —comentó Arabella y, volviéndose hacia Sarah, añadió—: Pero, si no haces eso, ¿qué harás?

Sarah sonrió maliciosamente.

—Creo que el papel de dama desamparada podría irme muy

bien. Tendrá que ser algo muy sutil. Claro está, seguiría asistiendo a todas las fiestas pero estaría más callada y, poco a poco, dejaría entrever mi desesperación, mi corazón roto.

Sus hermanas consideraron el plan y no les pareció tan malo.

—La verdad, querida, creo que hay poco más que puedas hacer —comentó Caroline.

Sarah se volvió a Arabella.

—¿Y qué vas a hacer con lord Denbigh?

—No tengo ni idea —dijo Arabella, mirándose los dedos de los pies—. No puedo ponerle celoso; como bien dice Carol, se conoce todos los trucos.

Arabella lo había intentado todo para comprometer al esquivo Hugo, pero el fornido caballero parecía contemplar sus tentativas burlón, aprovechándose cada vez que Arabella cometía un error. En tales ocasiones, se manejaba con increíble eficacia, por ello había adoptado una postura vigilante y tenía cuidado de no darle ni una oportunidad de estar a solas con ella.

—Como no puedes convencerlo de que te interesan otros caballeros, yo en tu lugar dejaría de intentarlo. Pero podrías darle a entender que, ya que se niega a proponerte en matrimonio, a ti, como joven virtuosa que eres, te resulta imposible aceptar ninguna otra oferta. Luego le dejas creer que, sintiéndolo mucho, te ves obligada a rechazarlo y a aceptar las atenciones de otro caballero —concluyó Caroline.

Arabella se quedó mirando fijamente a su hermana mayor.

—Oh, Carol, qué plan tan maravilloso.

—No te costará mucho —añadió Sarah—. ¿Cuáles son tus pretendientes más adecuados para el plan?

—Creo que sir Humphrey Bullard —dijo Arabella, pensativa— y el señor Stone. Los dos son muy serios y no hay posibilidad alguna de que se enamoren de mí. Ambos me parecen bastante calculadores a la hora de elegir para el matrimonio: desean una mujer atractiva y con dinero, que no exija que le presten demasiada atención. Creo que me vendrán que ni pintados para mi farsa.

Caroline asintió.

—Parecen los adecuados.

—¿Y qué hay de ti, Carol? —preguntó Sarah con una sonrisa—. Ya hemos comentado cómo deberíamos seguir adelante, pero ¿qué vas a hacer tú para que nuestro tutor se doblegue?

—Si lo supiera, queridas mías, os lo diría —dijo Caroline con una sonrisa melancólica.

Las últimas semanas habían sido una mera continuación de una relación insatisfecha entre Su Excelencia el duque de Twyford y la mayor de sus pupilas. Sabiendo el poder que tenía sobre ella, Caroline había evitado constantemente sus invitaciones a coquetear a solas con él. Ciertamente, en aquellas últimas semanas Caroline había estado muy ocupada vigilando a sus hermanas. No podía criticarle su ayuda y le agradecía de corazón que en tantas ocasiones dejara al margen sus propias inclinaciones para asistirla con sus hermanas.

—Si queréis que os diga la verdad, el mejor plan que se me ocurre es ayudaros a conseguir vuestros objetivos tan pronto como sea posible. Una vez libre de vosotras tres, a lo mejor nuestro querido tutor sea capaz de concentrarse en mí.

Fue Lizzie la que inició la amistad con las dos hermanas Crowbridge, también presentadas en sociedad aquel año. Las muchachas Crowbridge, Alice y Amanda, eran dos jóvenes y bellas damas, pero todo lo ricas que eran las Twinning, ellas lo tenían de pobres. Consecuentemente, los intentos de encontrar buenos maridos para las Crowbridge no habían aún prosperado.

Como Lizzie tenía un corazón de oro, no pasó mucho tiempo hasta que trabó amistad con las dos muchachas y supo de las dificultades que tenían tanto Amanda como Alice. Faltas de la confianza en sí mismas y las habilidades de las hermanas Twinning, a las dos muchachas les resultaba imposible conversar con los elegantes caballeros, sintiéndose tímidas e incapaces de atraer a los pretendientes deseados.

Pero Lizzie creyó tener la mejor solución para ello. Tanto Arabella como Sarah estuvieron dispuestas a darles algunas lecciones a las chicas Crowbridge. En principio aceptaron más por Lizzie que por ninguna razón magnánima, pero a medida que avanzaba la semana se concentraron en sus protegidas con tesón. La ayuda de las tres Twinning hizo que la vida social de las Crowbridge diese un giro de ciento ochenta grados. En vez de quedarse sentadas durante las fiestas, empezaron a pasar el rato entre grupos de gente joven y se dieron cuenta de que hablar con los caballeros de la alta sociedad no era algo tan difícil. Bajo el ánimo constante de las tres hermanas, las Crowbridge se fueron abriendo poco a poco.

Caroline y el duque de Twyford observaban la creciente amistad desde lejos y estaban de acuerdo con ella, aunque cada uno por razones diferentes. Caroline estaba contenta porque sus hermanas habían encontrado una distracción a sus dificultades amorosas. Max, por otra parte, pensó que con aquella empresa las tres Twinning se quedarían en los salones de baile y así él tendría más oportunidades para pasar más tiempo a solas con su pupila.

Ciertamente, en aquellos últimos días, su propósito se hizo tan obvio que Caroline se vio obligada a rechazar cualquier intento de separarla del círculo. Sabía que todo el mundo especulaba con su posible relación y estaba muy preocupada por la repercusión que todo aquello pudiera tener en ella, sus hermanas o Max. Pero este, adivinándole el pensamiento con facilidad, no hizo el más mínimo caso a sus protestas.

Al verse una vez más en los brazos de su tutor y totalmente desvalida como de costumbre, Caroline comenzó a quejarse.

—¿Qué diantres pretendes conseguir con todo esto? ¡Soy tu pupila, por Dios bendito!

Él la había contestado con una carcajada.

—Mi dulce Carol, tómate el tiempo conmigo como una experiencia educativa —dijo mientras le acariciaba una ceja con el índice—. ¿Quién mejor que tu tutor para demostrarte los múltiples peligros con los que te puedes topar en los círculos más selectos?

Pero Caroline no consiguió decirle lo que pensaba de sus lecciones. Cuando sus labios se unieron a los de ella, se vio arrastrada por un oleaje de sensaciones que la deleitaban cada vez con mayor intensidad. Al emerger a la superficie minutos después, deliciosamente atontada, se encontró con la mirada azul profundo de Su Excelencia.

—Dime, querida mía, ¿si no fueras mi pupila consentirías en intimar conmigo?

Caroline pestañeó por el esfuerzo que le suponía volver a pensar.

—¡Por supuesto que no! —mintió, intentando sin éxito deshacerse de su apretado abrazo.

De nuevo, otra profunda carcajada de él la hizo estremecer.

—En ese caso, cariño, te quedan aún algunas lecciones que aprender.

Confusa, Caroline habría querido pedirle que le aclarara aquel comentario, pero él evitó su pregunta besándola de nuevo. Irritada por su táctica del gato y el ratón, Caroline intentó retirarse de aquel extraño juego cuyas reglas se le antojaban incomprensibles. Pero pronto averiguó que su tutor no tenía ninguna intención de dejarla en paz. Finalmente, arrastrada por aquella fuerza superior a ella, Caroline se relajó fundiéndose con él en un apasionado abrazo y cediendo cuerpo, mente y alma ante sus experimentadas artes de conquistador.

Sarah ya había logrado que se supiera que había sufrido de un amor no correspondido. Se mantenía valientemente bajo aquella tensión, pero era del dominio público que ella misma no tenía muchas esperanzas de recuperarse. Aquello lo hacía, se entendió, por sus hermanas, pues no deseaba estropearles la temporada recluyéndose, a pesar de ser aquel su más ardiente deseo. Sus grandes y profundos ojos marrones junto con la palidez de su piel se aliaban para ayudarla a proyectar el cambio en su imagen. Bailaba y charlaba, sin embargo la vitalidad que la caracterizó al principio de la temporada había desaparecido. Eso, al menos, era la simple y pura verdad.

Como Hugo Denbigh había tenido más cuidado en sus atenciones hacia Arabella de lo que lo fuera lord Darcy con Sarah, los cotilleos nunca los habían relacionado a los dos. Pero como las hermanas Twinning habían sido todo un éxito, la pregunta de quién escogería Arabella se había convertido en un tema de discusión. Según los rumores más recientes, tanto sir Humphrey Bullard como el señor Stone se presentaban como posibles candidatos.

En medio de este drama, Lizzie Twinning continuaba como siempre, aceptando las respetables atenciones de los serios jóvenes que la buscaban a la vez que reservaba sus sonrisas más maravillosas para Martin Rotherbridge. Este se abstenía muy sabiamente de mostrarse posesivo en público y la mayoría de los observadores asumieron que lo que hacía era simplemente echarle una mano a su hermano en lo que constituía un problema de armas tomar. Martin, que cada vez veía más difícil intentar pervertirla, se veía obligado a vivir con las frustraciones que le producía aquella situación.

A pesar de los esfuerzos de Caroline para limitar las oportunidades de estar con Max, se encontró sentada en el mismo coche que él durante el trayecto de vuelta a Mount Street. Miriam Alford iba sentada al lado de Caroline y Max frente a ellas, pero, como Caroline había sospechado, su acompañante se quedó dormida profundamente antes de que salieran de los límites de Richardson House. Calculó que tenían un viaje de unos cuarenta minutos hasta llegar a su destino. Aguardó pacientemente lo que sabía que no tardaría en producirse, pero a medida que pasaban los minutos se dio cuenta de que, si su tutor hubiera decidido comportarse con propiedad, acabaría sintiéndose más decepcionada que aliviada. Lo miró y él, como si hubiera sentido que lo miraba, volvió la cabeza y sus ojos se reflejaron en los de ella. Por un momento, Caroline pensó que él le había leído el pensamiento y esa idea le horrorizó. Max esbozó una amplia pero maliciosa sonrisa que acabó por inmovilizarla. Él se inclinó hacia adelante y ella esperaba que le tomara la mano y la instara a sentarse a su lado, pero en vez de eso le deslizó la fuerte mano alrededor de la cintura, la levantó y la depositó sobre sus rodillas.

—¡Max! —dijo con una exclamación entrecortada.

—¡Calla! No querrás despertar a la señora Alford; le daría una taquicardia.

Horrorizada, Caroline intentó zafarse de él retorciéndose. Inmediatamente, Max le susurró algo al oído en un tono que nunca le había oído usar hasta entonces.

—Cariño, si no dejas de menear tu delicioso trasero de esa manera tan provocativa, es probable que esta lección vaya más allá de lo que yo había pensado.

Caroline se quedó helada y aguantó la respiración, sin atreverse a mover un músculo.

—Eso está mucho mejor.

Se volvió para mirarlo.

—Max, esto es una locura. ¡Debes dejar de hacer estas cosas!

—¿Por qué? ¿Es que no te gustan? —mientras decía esto le acariciaba la espalda lenta y suavemente.

A Caroline le resultaba difícil ignorar las sensaciones que sus caricias empezaban a despertar en ella, pero hizo un esfuerzo y contestó solo a la primera de sus preguntas.

—Soy tu pupila, ¿lo recuerdas? Sabes que lo soy, tú mismo me lo dijiste.

—Un dato que deberías esforzarte en no olvidar, querida.

Caroline se preguntaba qué querría decir con eso, pero tanto la mente como las manos de Max habían mudado su centro de atención. Cuando le acarició los pechos, Caroline casi dio un salto.

—¡Max!

—¡Sss!

Y eso fue todo lo que le dijo su tutor antes de que pegara sus labios a los de ella.

CAPÍTULO 9

Ocurrió durante la fiesta de lady Richardson que sir Ralph Keighly apareció por primera vez para ensombrecer el horizonte de las Twinning, o más bien de las Crowbridge. Sir Ralph, propietario de una finca considerable en Gloucestershire, había ido a Londres a buscar esposa. Su gusto pareció decantarse por dulces jóvenes del estilo de las Crowbridge, especialmente de Amanda. Desgraciadamente, sir Ralph era un hombre muy engreído, defecto que además se combinaba con una apariencia muy poco agraciada.

El hombre era más astuto de lo que parecía. Como vio que sus atenciones hacia Amanda peligraban por la competencia de un gran número de pretendientes más jóvenes, se retiró de los grupos y se dedicó con fervor a cultivar la simpatía del señor y la señora Crowbridge. Por esta parte consiguió un éxito tal que fue invitado a asistir a la fiesta de lady Richardson acompañando a las Crowbridge. A pesar de las protestas de Amanda y Alice, al cruzar el umbral del salón de baile, Amanda, con expresión de tedio, iba del brazo de sir Ralph.

Bajo las duras instrucciones de sus padres, Amanda se vio obligada a soportar dos valses con sir Ralph. Como Arabella comentó en tono ácido, si hubiera sido permisible, Amanda tendría que haberse quedado con sir Ralph durante toda la velada.

Y así, no se atrevió a unirse a sus amigas durante la cena, sino que tuvo que cenar con sir Ralph y sus padres.

Las tres hermanas Twinning sin excepción se tomaron aquella intromisión en el buen desarrollo social de sus protegidas como una total provocación.

De vuelta en el coche de la casa Twyford, la tía Augusta siguió el mismo ejemplo de la señora Alford y se quedó dormida para alivio de las tres hermanas Twinning.

—Y no es que sir Ralph sea tan buen partido —comentó Sarah.

—Desde luego que no —corroboró Lizzie con una dureza poco característica en ella—. ¡Es bastante mal partido! Y fíjate, el señor Minchbury está a punto de proponerla en matrimonio y sus fincas son mayores, aparte de ser mucho más atractivo. Y, sobre todo, a Amanda le gusta.

—Sí, pero él no ha estado haciéndole la rosca a la señora Crowbridge. Esa mujer debe estar loca si piensa entregar a su pequeña Amanda a Keighly.

—Bueno —dijo Sarah con decisión—, ¿qué vamos a hacer al respecto?

Las hermanas guardaron silencio durante un buen rato mientras consideraban sus posibilidades.

Arabella habló la primera.

—Dudo que lleguemos muy lejos hablando con los Crowbridge.

—Tienes razón —asintió Sarah—. Y hacerlo con Amanda resultaría igual de inútil; es demasiado tímida.

—Con lo cual solo nos queda sir Ralph —concluyó Lizzie—. Sé que no somos precisamente de su agrado pero, ¿crees que podrás hacerlo Bella?

Arabella entrecerró los ojos mientras pensaba en sir Ralph. Gracias a Hugo tenía idea de lo que significaba la atracción entre el hombre y la mujer. Después de todo, sir Ralph era un hombre.

—Bueno —dijo encogiéndose de hombros—, vale la pena intentarlo. La verdad es que no veo qué más podríamos hacer.

Durante el resto del trayecto las hermanas no separaron las cabezas, urdiendo el plan.

Arabella comenzó la campaña de robarle a Amanda a sir Ralph la noche siguiente, para gran alivio de Amanda. Cuando la informaron en un susurro del plan que habían urdido para su liberación, la muchacha había abierto mucho los ojos. De esa manera, consiguió soportar con ánimo los dos valses obligatorios con sir Ralph.

Como sir Ralph no le tenía ningún afecto verdadero a Amanda, a Arabella le costó muy poco con su experto coqueteo hacerle volver los ojos hacia ella con cada vez mayor frecuencia.

Pero, para desgracia de las Twinning, casi inmediatamente surgió una complicación.

A su tutor no le gustó nada ver a sir Ralph cortejando a Arabella y aquel le envió un mensaje para que tuviera cuidado con lo que hacía. Ninguna de las tres le había contado nada a Caroline, sabedoras de que había un límite a su paciencia a pesar del cariño que les tenía.

—¡Pero no podemos darnos por vencidas! —declaró Lizzie en tono mordaz.

—No, no nos daremos por vencidas, pero tendremos que reorganizarnos. Vosotras dos —dijo mirando a sus hermanas e ignorando a las Crowbridge— vais a tener que cubrirme. De esa manera no me verán tanto tiempo al lado de sir Ralph, pero él seguirá pensando en mí. Le diréis que nuestro tutor no está de acuerdo pero que yo, como estoy enamorada de pies a cabeza, estoy dispuesta a continuar viéndolo en contra de los deseos del duque —frunció el ceño, ponderando la escena—. Tendremos que tener cuidado de no pintar a nuestro tutor como alguien demasiado estricto, para dar la impresión de que finalmente acabará cediendo. Max sabe que soy muy coqueta y voluble, y por ello duda de la fuerza de mi afecto. Eso puede resultar fácil de creer.

Y así el plan progresó.

Para Arabella, lo de sir Ralph le venía muy bien para su juego con sir Humphrey y el señor Stone: no deseaba que ninguno de los dos caballeros se tomasen demasiadas confianzas. Y mientras la seria atención mostrada a esos dos pretendientes había sorprendido a lord Darcy, el coqueteo con sir Ralph terminó de proporcionarle un extraño brillo a sus ojos color avellana.

En realidad, Hugo había esperado que Arabella coqueteara como una loca con sus admiradores para darle celos. Él estaba totalmente dispuesto a mantenerse al margen y observarla divertido, esperando el momento oportuno para continuar seduciéndola.

Pero aquella intención aparente de conformarse con un matrimonio sin amor le había desconcertado. Sabiendo lo que sabía de Arabella, no podía dejar de repetirse la pérdida que constituiría aquel matrimonio.

Su repentina persecución de sir Ralph Keighly, sabiendo de más que no se trataba de su estilo habitual, le molestó mucho. El hecho de que continuara alentando a Keighly, a pesar del claro rechazo de su tutor, le puso aún más nervioso.

Arabella, sintiendo su perturbación, continuó paso a paso por el difícil camino que se había trazado, con un ojo en él, otro en Max y a la vez animando a sir Ralph con una mano mientras con la otra le paraba los pies a sir Humphrey y al señor Stone. Como les confesó una mañana a sus hermanas, era un trabajo agotador.

Poco a poco, adelantó terreno con sir Ralph, con quien la relación se veía camuflada gracias a las tretas de sus hermanas.

Cuando sir Ralph y Arabella volvían después de haber bailado durante un buen rato, se les acercó una dama vestida toda de marrón.

Sir Ralph se puso tenso y la desconocida se ruborizó.

—¿Cómo están? —dijo ella, refiriéndose a los dos—. Soy Harriet Jenkins —explicó—. Hola Ralph.

Bajo la inquisitiva mirada de Arabella, sir Ralph se quedó callado.

—Las fincas del señor Jenkins lindan con las mías —dijo por fin sir Ralph.

—Se refiere a mi padre —explicó la dama a Arabella cuando esta se volvió a mirarla.

De pronto, sir Ralph vio a alguien entre la muchedumbre que lo llamaba y las dejó precipitadamente.

—¿Ha llegado a la ciudad hace poco, señorita Jenkins?

Harriet Jenkins apartó la mirada de sir Ralph y se volvió tristemente hacia la belleza que tenía delante.

—Sí, estaba... aburrida en casa. Por eso mi padre me sugirió que viniera a Londres durante unas semanas. Estoy en casa de mi tía, lady Cottesloe.

Arabella, no satisfecha con aquella explicación, le preguntó muy directa.

—Perdone señorita Jenkins pero... ¿están usted y sir Ralph...?

La señorita Jenkins respondió con añoranza.

—No. Tiene razón al pensar que lo quiero, pero Ralph tiene otros planes. Nos conocemos desde niños, ¿me comprende? Me imagino que la confianza trae desdén. Pero, por favor, no crea que albergo la esperanza de compararme a las bellezas de Londres.

—Oh, no se preocupe, querida —dijo Arabella, entendiendo inmediatamente la situación.

A lo mejor sir Ralph se sentía extraño en presencia de mujeres bellas como Amanda o ella misma. Era posible que su aparente arrogancia desapareciera al sentirse menos amenazado, por ejemplo, en presencia de la señorita Jenkins.

—Bueno, no debería engañarme, pero Ralph y yo íbamos de camino hacia algo serio cuando le dio por pensar que debía buscar un poco antes de decidirse irrevocablemente. A veces pienso que lo ha hecho por miedo al compromiso del matrimonio.

—Es posible —dijo Arabella riendo mientras llevaba a Harriet del brazo.

—Mi padre estaba furioso y me dijo que debería darme por vencida. Pero yo lo convencí para que me dejara venir a Londres a ver cómo estaban las cosas. Ahora, supongo que lo mejor será que me vuelva a casa.

—Oh, por nada del mundo debería volver a casa todavía, señorita Jenkins —dijo Arabella con los ojos brillantes—. ¿Puedo llamarte Harriet? Ven Harriet, quiero que conozcas a mis hermanas.

La llegada de Harriet Jenkins causó un montón de cambios en los planes de las hermanas Twinning con referencia a sir Ralph. Tras la debida consideración, le dieron su confianza a Harriet y ella se unió de buena gana al pequeño círculo de conspiradoras. La verdad era que su aparición le quitaba a Arabella un peso de encima con referencia a cómo abandonar a sir Ralph, toda vez que Amanda había aceptado al señor Minchbury, quien estaba a punto de proponerla en matrimonio gracias a los consejos de Lizzie.

Lo único que le quedaba por hacer era hacerse la dura y lanzar el pisoteado orgullo de sir Ralph a los tiernos brazos de Harriet.

Sin embargo y para su desgracia, la señora Crowbridge no se había dado todavía por vencida. Se enteraron de su último plan mientras las tres hermanas paseaban con Harriet y las muchachas Crowbridge por el césped de Beckenham para ver el ascenso en globo. Las dos hermanas Crowbridge les comunicaron que su madre había invitado a sir Ralph a visitarlos aquella mañana y que lo había dejado a solas con Amanda veinte minutos, durante los cuales ambos habían permanecido totalmente callados.

Así, las cinco decidieron reunirse a la mañana siguiente en Twyford House para detallar el plan. Caroline había dicho que tenía la intención de visitar a su antigua tata, la cual había dejado de estar al servicio de los Twinning cuando murió la madre de Caroline, por lo que las tres hermanas pequeñas no la conocían. Así, en la salita trasera, podrían dar rienda suelta a sus pensamientos sin ser molestadas. Quedaba claro que tenían que librarse de sir Ralph.

Las hermanas Twinning asistieron a la ópera al final de la semana siguiente. Era la primera vez que se encontraban en el interior de la decorada estructura de la Opera House. Al llegar al palco se deleitaron en observar a los demás asistentes a la ópera, sobre todo a los ocupantes de los demás palcos, que iban poco a poco llenándose mientras se acercaba el momento de alzar el telón.

El primer acto consistió en una corta pieza de un italiano poco conocido, como preludio a la ópera en sí. Caroline estaba sentada al lado aunque ligeramente delante de su tutor. Se sentía feliz: una semana antes le había comentado a su tutor que le gustaría ir a la ópera y dos días después lo había organizado todo. En ese momento estaba radiante, con un vestido de seda plateada recubierto de encaje color bronce. Se deleitaba con la música, consciente, a pesar de su preocupación, de la cálida mirada del duque de Twyford sobre sus hombros desnudos.

Max la contemplaba con satisfacción. Hacía mucho que había dejado de analizar sus reacciones en lo referente a Caroline Twinning; estaba perdidamente enamorado de ella y lo sabía. Su felicidad se había convertido de alguna manera en la propia y le pareció que nada más le importaba.

A Max le interesaba poco la ópera y se dedicó a observar a sus pupilas. Sarah estaba sentada cerca de Caroline. Max todavía no había adivinado sus propósitos, pero estaba seguro de que no eran tan simples como parecían. No podía creer que ninguna de las Twinning aceptara la soledad de la soltería como solución. Max sonrió para sus adentros: dudaba que Darcy se hubiera enterado de las últimas noticias acerca de Sarah Twinning. Detrás de ella, se encontraban el señor Tulloch y el señor Swanston, invitados por Max para acompañar a Sarah y Arabella. A ninguno de los dos les interesaba la ópera en particular y esperaban pacientemente aburridos a que se levantara el telón para que toda la alta sociedad los viera escoltando a las exquisitas pupilas a través de los pasillos.

En el extremo del palco se encontraba Martin, con Lizzie a su lado. Ella estaba entusiasmada con la representación, pendiente de cada nota que salía de la garganta de la soprano. Martin, que le agarraba la mano, no estaba nada interesado en el espectáculo y se dedicaba únicamente a contemplar a Lizzie. Max suspiró para sus adentros, esperando que su hermano supiera lo que hacía.

Al finalizar el aria, cayó el telón. Max se inclinó hacia adelante y susurró unas palabras al oído de Caroline.

—Ven; demos un paseo —ella se volvió sorprendida y le sonrió—. La ópera se trata de eso, querida, de ver y de ser visto. A pesar de lo que parezca, la representación más importante es la que se desarrolla en los pasillos del Covent Garden, no en su escenario.

—Qué amable por tu parte, querido tutor, al ocuparte con tanta empeño de nuestra formación.

Max la tomó de la mano y se la colocó sobre el brazo. Mientras esperaban a que los otros los precedieran se inclinó ligeramente y le dijo al oído:

—Al contrario, mi dulce Carol. Aunque estoy empeñado en hacer que vuestra formación sea completa, mi interés es totalmente egoísta.

La maliciosa expresión que se reflejó en sus ojos azul profundo hizo que Caroline se ruborizase.

—¡Oh! —dijo intentando parecer inocente—. ¿Acaso no sacaré provecho alguno de mi formación?

Estaban solos en el palco, fuera del alcance de las miradas de otros palcos. Ambos inmóviles y con sus azules ojos fijos en los verde grisáceos de ella, el resto del mundo quedaba muy lejos.

Entonces, sin dejar de mirarla, Max le levantó la mano y le besó la punta de los dedos.

—Querida mía, una vez que encuentres la llave sabrás que detrás de esa puerta en especial está el paraíso. Pronto, mi dulce Carol, muy pronto lo verás.

Al salir al pasillo, Caroline sintió el alivio del fresco en sus mejillas. Rápidamente se vieron rodeados por su corte usual y Max, más circunspecto que nunca, la cedió a la multitud. Se detuvo un par de veces a hablar con algún conocido, pero sobre todo aprovechó la oportunidad para estirar las piernas un rato. Sonó el estridente timbre que avisaba a los asistentes del inminente comienzo del segundo acto y Max se encaminó hacia su palco. De pronto una voz le detuvo.

—¡Su Excelencia!

Max cerró los ojos exasperado. Al volverse se encontró de frente a lady Mortland, a quien saludó fríamente con una inclinación de cabeza.

—Emma.

Iba del brazo de un joven al que presentó y al que inmediatamente despidió.

—Creo que a lo mejor tú y yo deberíamos mantener una charla en serio, Su Excelencia.

Max levantó los ojos y vio un pequeño cuarto detrás de ellos.

—Igual tienes razón, querida, pero te sugiero que lo hagamos en otra parte.

La agarró por el brazo y la llevó hasta el cuarto. Emma se sorprendió de la poca delicadeza con la que la agarraba y de la dureza de su voz, pero se había empeñado en hacerle pagar por sus sueños frustrados.

—Bien, Emma, ¿qué es lo que quieres?

De repente, Emma no estaba tan segura de su plan y vaciló al contemplar aquella mirada de desdén.

—En realidad, Su Excelencia, hubiera preferido que me visitaras y que pudiéramos aclarar el asunto... ¿en privado?

—No te esfuerces, Emma —le dijo—. Sabes perfectamente que no tengo ningún deseo de estar en privado contigo.

Aquella afirmación tan sincera le encendió la sangre.

—¡Sí! —silbó—. ¡Desde que pusiste los ojos en esa pequeña arpía a la que llamas pupila, no me has dedicado ni un minuto de tu tiempo!

—Si estuviera en tu lugar, no se me ocurriría hablar mal de una joven dama a su tutor —dijo Max sin inmutarse.

—¡Ja, su tutor! ¡Más bien su pretendiente!

Max levantó una ceja.

—¿Acaso lo niegas? ¡No, claro que no! Ay, déjame decirte que hay muchos comentarios circulando, pero no son nada comparados a la tormenta que se desencadenará cuando le diga a.... ¡Ay!

Emma se calló y se miró la muñeca que Max había aprisionado con su mano derecha.

—Escúchame bien, Emma, porque solo te lo diré una vez. No calumniarás, de palabra o por escrito, a mi pupila ni a ninguna de mis pupilas, de ninguna manera posible. Si lo haces, ten por seguro que me enteraré. Y si eso ocurriera, me aseguraré de que tu hijastro se entere de cómo honras la memoria de su padre con tu estilo de vida licencioso. Tus ingresos provienen de las fincas de su familia, ¿no es así?

Emma se puso pálida.

—No... no te atreverías.

Max la soltó.

—No, tienes razón, no lo haría a no ser que tú lo hicieras primero. En ese caso, da por hecho que lo haré —la miró comprensivo pero sin compasión—. Déjalo estar, Emma. Lo que Caroline tiene nunca fue tuyo y lo sabes. Te sugiero que busques por otra parte.

Con un breve movimiento de cabeza, Max dejó a lady Mortland y volvió a su palco por los pasillos vacíos.

Caroline se volvió cuando él se acomodaba en el asiento.

—¿Te ocurre algo?

Max contempló su dulce rostro, contento de tener la conciencia tranquila, pero le sonrió y movió la cabeza.

—Un asuntillo sin importancia.

En la oscuridad del palco, estiró el brazo y le tomó la mano, que se llevó a los labios. Con una sonrisa, Caroline centró de nuevo su atención en el escenario. Cuando Max vio que ella no tenía intención de retirar la mano, no la soltó, imitando a su hermano Martin y sabiendo que, en la oscuridad, nadie vería al duque de Twyford tomándole la mano a la mayor de sus pupilas.

CAPÍTULO 10

La primera parte del plan para rescatar a Amanda y sir Ralph de las maquinaciones de la señora Crowbridge le tocó a Sarah. Un concierto vespertino fue el lugar elegido para llevarla a cabo con éxito.

Ya que sir Ralph no tenía oído musical, no le molestó el hecho de acompañar a la señorita Sarah a dar un paseo a la balconada, aparentemente porque la dama estaba algo mareada. Reconoció que era una de las bellezas más espectaculares que había visto en su vida. Raramente se sentía cómodo entre tales mujeres y su estancia en Londres le había hecho desear más de una vez estar de vuelta en la menos exigente sociedad de Gloucestershire. Incluso después de haber logrado con éxito cortejar a la bella, animada y preciosa Arabella, había veces que la cara de Harriet Jenkins le recordaba lo cómoda que había sido su madura relación. En realidad, y a pesar de intentar ignorarlas, se le presentaban dudas de si conseguiría estar a la altura de las expectativas de Arabella una vez casados.

Se volvió a mirar a la pálida belleza que tenía a su lado y se dio cuenta de que una mueca de preocupación estropeaba su dulce frente. Entonces se relajó: estaba claro que la señorita Sarah no estaba pensando en ningún ilícito devaneo.

Al pensar aquello, sir Ralph no podía haberse equivocado más, pues aquel gesto de Sarah se debía a los intentos de esta para reprimir la oleada de deseo que la había invadido al ver a Darcy Hamilton apoyado en el quicio de la puerta de la sala de conciertos. Sintió que alguien la observaba y, al volverse, sus miradas se habían encontrado. ¡Qué tonta! Le había costado un gran esfuerzo quedarse sentada para no cruzar la habitación corriendo y echarse a sus brazos. Después, Arabella, que no se había enterado de la vuelta de Darcy, le hizo una señal para que saliera con sir Ralph. No le resultó difícil solicitar del caballero que la acompañara a dejar la sala, pero la mirada que le echó Darcy al hacerlo fue suficiente para que se le hiciera un nudo en el estómago.

Haciendo de tripas corazón, centró su atención en el hombre que tenía a su lado.

—Sir Ralph, espero que no le importe si le hablo de un asunto muy delicado.

Sir Ralph abrió los ojos como platos, muy sorprendido. Pero Sarah ignoró su sorpresa, pues Harriet ya le había advertido sobre cuál podía ser su reacción.

—Me temo que el asunto ha llegado a un punto crítico con Arabella. Sé que no se le nota; ¡es tan reacia a demostrar tales sentimientos! Pero creo que es mi deber el intentar explicárselo. Está tan deprimida que me temo que empeorará si no se hace algo rápidamente.

Sir Ralph estuvo a punto de decir que, en realidad, era Sarah la que tenía pinta de estar deprimida y que sugerir que Arabella, a la que le brillaban tanto los ojos, estaba baja de moral le confundía muchísimo. Sin embargo, el siguiente comentario acabó por convencerlo.

—Usted es el único que puede salvarla —el tono práctico que utilizó Sarah le dio más peso al asunto que si lo hubiera dicho de manera dramática—. Sé que me colgará si se entera de que se lo he dicho, pero se enamoró seriamente de un caballero al comienzo de la temporada, antes de llegar usted. Jugó con sus sentimientos y ella sufrió mucho porque desgraciadamente él no tenía interés en el matrimonio. Afortunadamente, se dio cuenta de sus intenciones antes de que pudiera realizarlas, pero, claro está, su corazón sufrió mucho. Ahora que ha encontrado consuelo en su compañía, mis hermanas y yo esperábamos que no la abandonase.

Sir Ralph farfulló que no tenía la intención de abandonar a la señorita Arabella.

—Pues ya ve, sir Ralph, que es imperativo que alguien la salve. Es muy romántica, usted sabe.

Obedientemente, sir Ralph respondió que estaba dispuesto a hacer cualquier cosa para asegurar la felicidad de Arabella.

Sarah sonrió.

—En ese caso, le diré exactamente lo que debe hacer.

A Sarah le llevó al menos media hora instruir a sir Ralph en su cometido. Felicitándose a sí misma por su éxito volvió al auditorio, pero al cruzar el umbral de la puerta se dio de narices con Darcy Hamilton. Este evitó que se cayera agarrándola por el codo, pero ella retiró el brazo bruscamente. Sir Ralph, que no conocía a lord Darcy, se detuvo confuso, paseando la mirada del rostro de Sarah a la palidez del de Darcy Hamilton. En ese momento, lord Darcy se dio cuenta de su presencia.

—Acompañaré a la señorita Twinning a su asiento.

Como respuesta a aquel tono imperativo, sir Ralph hizo una inclinación y se marchó.

—¡Cómo te atreves! —dijo Sarah furiosa, mientras se volvía para seguir a sir Ralph.

Pero la mano de Darcy la detuvo.

—¿Qué tiene que ver ese paleto de campo contigo? —el tono insultante hizo que Sarah se enfureciera aún más y que echara chispas por los ojos.

Sin mediar palabra, Darcy la empujó y la sacó de nuevo a la balconada.

Afuera, Sarah se quedó inmóvil, temblando de rabia y de otras emociones más interesantes, directamente atribuibles al hecho de que lord Darcy estaba de pie justo detrás de ella.

—Quizá te gustaría explicarme qué has estado haciendo con ese caballero en el balcón durante más de media hora.

Sarah se fue a volver, pero se detuvo, recordando lo cerca que estaba él.

—No creo que eso sea asunto tuyo, señor.

Darcy frunció el ceño.

—Como amigo de tu tutor...

Entonces Sarah se volvió sin importarle las consecuencias, llena de rabia.

—¡Como amigo de mi tutor has intentado seducirme desde el primer día en que te fijaste en mí!

—Cierto —concedió Darcy con expresión pétrea—. ¿Pero acaso no es eso lo que deseáis las hermanas Twinning? Dime, querida, ¿a cuántos enfermos de amor has tenido a tus pies desde que yo me fui?

Estuvo a punto de decirle que no le habían faltado pretendientes desde que él se había marchado.

—En realidad, creo que los entretenimientos de la alta sociedad empiezan a hacerse muy pesados. Ya que me preguntas, he decidido meterme a un convento. Creo que hay uno muy conveniente, el de Las Ursulinas, que no está lejos de nuestra antigua casa.

Por primera vez en su vida de adulto, Darcy Hamilton se quedó totalmente perplejo. Una variada gama de respuestas indescriptibles se le vino a la boca, pero las reprimió antes de que pudieran salir.

—No te creo tan loca como para hacer eso.

Sarah arqueó las cejas fríamente, lo miró fijamente a los ojos durante un momento y luego se volvió para marcharse.

—¡Sarah! —exclamó Darcy sin pensar.

Al momento siguiente estaba entre sus brazos, su boca contra la de él y la cabeza dándole vueltas.

A medida que el beso se hacía más apasionado, Sarah se concedió un par de minutos para saborear el paraíso que significaba estar de nuevo entre sus brazos.

Después recopiló fuerzas y se deshizo de su abrazo. Por un momento los dos se quedaron quietos, contemplándose sin hablar, la respiración entrecortada, la mirada como fuego. Bruscamente, Sarah se volvió y se dirigió a toda prisa al auditorio de música.

Con un largo y melancólico suspiro, lord Darcy se apoyó sobre la balaustrada, contemplando sin ver el césped cuidadosamente cortado.

El baile de máscaras organizado por lady Penbright constituía una de las mayores atracciones de la temporada. Lady Penbright no reparaba en gastos: el salón de baile estaba tapizado con seda blanca y las numerosas terrazas y paseos emparrados de los que estaba dotada Penbright House se veían iluminados por miles de farolillos. Obligatoriamente, todos los huéspedes tenían que ponerse largas túnicas sobre sus trajes de noche y las señoras una capucha sobre la cabeza para ocultar hasta el último mechón de pelo. Las máscaras que cubrían la mitad superior de la cara eran un requisito.

Max, receloso aún de aquella ocasión por no haber logrado aún averiguar el objetivo secreto de las tres Twinning más pequeñas, se fijó bien en los atuendos de sus pupilas cuando llegó a Twyford House.

A Caroline no tendría problema en detectarla; incluso aunque su túnica en un tono verde agua no fuese única, el efecto que su presencia tenía sobre él sería suficiente para localizarla sin equivocarse. Sarah estaba algo paliducha, pero caminaba con la gracia natural en una Twinning. Se había colocado una túnica verde musgo sobre su vestido de seda, de un tono más pálido del mismo color. Arabella llevaba un buen rato intentando colocarse la capucha de una túnica rosa pálido mientras que Lizzie se había decidido por una de color lavanda.

Al entrar al salón de baile, las tres hermanas se mezclaron con el gentío pero Caroline se quedó al lado de Max, que la agarraba por el brazo. Para confusión suya, averiguó que uno de los principales propósitos de un baile de máscaras era permitir que aquellas parejas que desearan pasar toda una noche juntos sin organizar un escándalo lo hicieran. Ciertamente, parecía que su tutor no tenía la menor intención de separarse de su lado.

Mientras los músicos afinaban los instrumentos, se le acercó un hombre vestido con túnica gris, bajo la cual no tuvo problema alguno en reconocer la frágil figura del señor Willoughby. El pobre hombre no estaba del todo seguro de su identidad y Caroline no le dio ninguna pista. Le lanzó una mirada furiosa a la robusta figura al lado de Caroline y en su rostro se dibujó una mueca fastidiosa. Entonces, cuando estaba a punto de pedirle el primer vals a la dama de verde agua, Max se le adelantó.

Después de un segundo vals con su tutor, Caroline consintió dar una vuelta por los salones de la casa. El salón principal estaba rodeado de otros laterales, que servían para acoger a los que no cabían en el más grande. Pasaron por una serie de habitaciones conectadas entre sí que acabaron por desorientar a Caroline. Debería haberse mantenido en guardia, pero hacía mucho que sus defensas con él se habían derrumbado. Fue al cruzar la puerta que él mantenía abierta delante de ella para que entrara y descubrir que daba a un dormitorio cuando se dio cuenta de todo. Al volverse a mirarlo, escuchó el clic de la cerradura. Entonces, Max se plantó delante de ella, su mirada encendida con una emoción que no supo definir. A la luz que entraba por la ventana vio esa suave sonrisa suya que por sí misma ya hacía que le temblaran las piernas.

Le puso las manos en los hombros, como para impedirle que se acercara, pero no lo hizo con fuerza y, al abrazarla, acabó rodeándole el cuello con los brazos.

Max supo que había cedido desde aquel primer momento cuando sus labios se unieron, pero no quiso precipitarse. Deseaba saborear el tacto de su cuerpo, su gusto y por eso se demoró, dándole la oportunidad de aprender de cada placer según se iba presentando. La guio lentamente hacia el diván bajo el ventanal, sin dejarla abandonar sus brazos o aquel estado de indefensión en el que se encontraba.

Caroline Twinning era una mujer embriagadora, pero Max

recordó que tenía una pregunta que hacerle. Se apartó para contemplarla, apoyada sobre los cojines de colores y con los ojos entrecerrados, y le acarició la suave seda de sus pechos, tal y como lo había hecho aquella noche cuando Miriam Alford se durmió en el carruaje.

—¿Carol?

—¿Umm? —Caroline hizo un esfuerzo para emitir ese sonido.

—Mi dulce Carol —murmuró con picardía al ver el esfuerzo que le costaba hablar—. Si lo recuerdas, una vez te pregunté si, de no ser tu tutor, consentirías en que estuviéramos solos. ¿Aún piensas, si ese fuera el caso, que opondrías resistencia?

A Caroline la pregunta le pareció tan ridícula que le llegó hasta la parte consciente de su cerebro, sumergida bajo capas y más capas de sensaciones placenteras. Frunció ligeramente el ceño al preguntarse por qué seguía haciéndole tan absurda pregunta.

—Siempre me he resistido —empezó—, lo único es que nunca he conseguido inculcártelo. Aunque no fueras mi tutor, también trataría de oponer resistencia.

Max volvió a acariciarle los pechos y Caroline cerró los ojos para disfrutar más de aquella sensación tan placentera. De pronto volvió a abrirlos como platos cuando Max se inclinó y se metió un rosado pezón en la boca.

—¡Oh! —exclamó ella toda tensa.

Max levantó la mirada hacia ella y le sonrió vorazmente, pero Caroline no era capaz de articular palabra.

Entonces, bajó la cabeza hasta el otro pecho para proceder a acariciarlo del mismo modo. Poco a poco ella se fue relajando, haciéndose a aquella sensación. Lentamente, él fue más allá de lo previsto, sabiendo que ella no se resistiría. Caroline respondió libremente, tanto que tenía que apartarse de vez en cuando para controlarse él mismo. A pesar de la experiencia que tenía, Caroline Twinning era algo diferente a lo que había conocido antes.

Pronto llegaron al punto más allá del cual no habría vuelta atrás. Los pros estaban claros, pero las desventajas eran mayores.

Entre ellas, sabía que tendrían que volver a la fiesta aquella noche, cosa que normalmente constituía una bendición si uno solo estaba interesado en acostarse con una mujer. Pero, si le dieran a elegir, hubiera preferido pasar veinticuatro horas en la cama con Caroline. Además, estaba el problema de sus hermanas: aparte de lo que tenía en mente en ese momento, no pudo evitar pensar en lo que estarían haciendo mientras su amor y él pasaban juntos el rato. Pero, claro estaba, hubiera preferido dedicar todo su tiempo a la cautivadora dama que tenía entre sus brazos. Suspiró profundamente. Antes de cambiar de opinión, la atrajo hacia sí y se inclinó a susurrarle al oído:

—¿Carol? Cariño, a pesar de que me encantaría completar tu formación aquí y ahora, tengo el terrible presentimiento de que tus hermanas puedan estar tramando un escándalo en nuestra ausencia.

Sabía que era la mejor excusa que podía ofrecerle.

—Es verdad —suspiró claramente desilusionada—. Supongo que estás en lo cierto.

—Lo sé —dijo poniéndola derecha—. Ven, vamos a ponerte de nuevo visible.

Tan pronto como se vio lo suficientemente camuflada por la muchedumbre de bellísimos colores, Lizzie Twinning se acercó al ventanal del salón más alejado de la puerta. Aquel era el lugar que Sarah le había indicado a sir Ralph para recibir más instrucciones. Allí estaba él, vestido con una saya verde oscuro y una máscara negra.

Lizzie le dio la mano y notó que la de él temblaba.

—Bueno, ¿no irá ahora a abandonar a Arabella?

Para alivio suyo, sir Ralph tragó saliva y movió la cabeza.

—No, por supuesto que no. Tengo mi coche esperando, tal y como la señorita Sarah sugirió. No se me ocurriría dejar a la señorita Arabella en la estacada.

A pesar de la debilidad de su voz, Lizzie se sintió satisfecha.

—Tranquilo —le aseguró—. Arabella lleva puesta una túnica rosa pálido. Se la traeremos como dijimos. No se preocupe —dijo dándole un apretón en la mano—. Todo saldrá bien, ya lo verá.

Y dicho esto se marchó. Mientras recorría el salón divisó a Caroline bailando con un hombre de túnica negra que solo podía tratarse de su tutor. Sonrió para sus adentros y en ese momento se fue a chocar con una enorme figura vestida con túnica azul marino.

—¡Ay! —se tambaleó ligeramente y se llevó la mano a la máscara, que se le había resbalado.

—Lizzie —dijo el de la túnica azul—, ¿qué hacías hablando con el señor Keighly?

—¡Martin! Qué susto me has dado; casi se me cae la máscara. ¿A qué... te refieres con eso?

—Quiero decir, señorita Inocente —dijo Martin, tomándola del brazo y llevándola a la terraza—, que te vi entrar en el salón de baile e ir directamente a donde estaba Keighly, en cuanto has visto que Max estaba distraído. ¡Venga, cuéntamelo! ¡Qué está pasando!

Lizzie se quedó de momento perpleja. ¿Qué iba a hacer? Ni por un momento imaginó que Martin pudiera estropearles el plan y, aunque no se le daba bien mentir, tendría que intentarlo. Afortunadamente, la máscara le ocultaba la mayor parte de la cara, con lo cual él no percibió la expresión de sorpresa de Lizzie.

—Pero no sé a qué te refieres Martin. Sé que hablé con sir Ralph, pero lo hice porque fue al único al que reconocí.

La explicación parecía tan razonable que Martin sintió que su repentina sospecha era tan ridícula como le había parecido desde un principio. Se sintió como un idiota.

—Pero ya que estás aquí —dijo Lizzie, tomándolo del brazo—, de paso puedo hablar contigo.

—Me parece buena idea. ¿Y por qué no vamos a dar una vuelta mientras charlamos?

Últimamente, Lizzie había rechazado tales invitaciones pero aquella noche le agradecería cualquier sugerencia que distrajeran a Martin de su empresa. Así pasaron de la terraza al camino de grava y siguieron un sendero que se adentraba por los arbustos. El sendero serpenteaba hasta que llegaron a un punto donde la casa no era más que unos puntos de luz y el ruido de la música llegaba apenas perceptible. Encontraron un riachuelo artificial y lo continuaron hasta llegar a un pequeño lago. En medio del lago había una pequeña isleta con una caseta de verano en el centro, a la que se llegaba por un puente rústico. Lo cruzaron; la puerta de la casa de verano estaba abierta.

—¿No es maravillosa? —dijo Lizzie encantada por la belleza de los alrededores. El único sonido que les llegaba allí era el suave bamboleo del agua al rozar los juncos de la orilla.

—Ay, creo que sí, que es maravilloso —murmuró Martin, encantado por una razón diferente.

Le levantó la cara para que lo mirase y le sonrió.

—Lizzie, mi dulce Lizzie. ¿Tienes idea de lo bella que eres?

Lizzie abrió mucho los ojos y, en ese momento, Martin la rodeó con sus brazos, con suavidad pero a la vez con firmeza. Al mirarle a los ojos vio que el extraño brillo de estos estaba haciendo que se marease.

Sabía que esa era una de las ocasiones en las que había que utilizar la cabeza, pero notó que no era capaz de articular palabra y que lo único que le salía era mover la cabeza.

—Ah —dijo Martin sonriendo de oreja a oreja—. Bueno, pues eres tan bella, cariño, que me temo que no me puedo aguantar. Voy a besarte otra vez, Lizzie, y a los dos nos va a gustar mucho —y sin más explicaciones inclinó la cabeza y la besó muy despacio.

Poco a poco, bañados por la luz de la luna, Martin hizo que su beso fuera más apasionado y así la estrechó más contra su pecho. Ella se dejó llevar de buen grado y, de pronto, Martin no supo si estaba haciendo lo correcto. No quería asustarla, inocente como era, aun así deseaba llevar aquellos escarceos lejos, mucho más lejos. Suavemente aumentó la presión de sus labios sobre los de ella hasta que esta dejó que se abrieran.

Lizzie vio que podía con los besos, además resultaba una delicia sentirse segura entre los brazos de Martin, pero cuando notó que su mano le rodeaba uno de los pechos lanzó una exclamación entrecortada y se apartó. La realidad de sus sentimientos la golpeó y se echó a llorar.

—¿Lizzie? —Martin la abrazó mientras se maldecía a sí mismo por haber sido tan estúpido—. Perdóname Lizzie, he ido demasiado deprisa; lo sé. ¿Lizzie, cariño?

Lizzie tragó saliva, intentando ahogar sus sollozos.

—¡Es verdad! —dijo con la voz entrecortada—. ¡Dijeron que eras un calavera y que querrías llevarme a la cama, pero yo no las creí y al final es verdad!

Martin, incapaz de negar aquellas acusaciones, se agarró a algo que no le había quedado claro.

—¿Quiénes dijeron eso?

—Sarah, Bella y Carol. Dicen que sois todos una pandilla de vividores: Max, lord Darcy, lord Denbigh y tú.

Martin no encontró nada en aquella declaración que deseara discutir, por lo que no dijo nada al respecto. Continuaba abrazado a Lizzie, con la cara medio hundida entre sus cabellos.

—¿Y qué te sugirieron que hicieras?

—Esperar —contestó para confusión de Martin.

Esperar. No hizo falta que Martin preguntase por qué, pues lo sabía.

Más avanzada la velada, Max los vio en el salón de baile. Al principio, había juzgado injustamente a la menor de las Twinning. En ese momento se daba cuenta de que había atrapado a Martin entre sus redes, aunque no sabía cómo. Miró a su hermano y se lo notó a pesar de la máscara que le cubría el rostro. Bueno, al menos él le había avisado.

El papel de Arabella en el plan era coquetear tan descaradamente que todo el mundo se diera cuenta de quién se escondía bajo la túnica rosa pálido. Después de media hora, había convencido a la mitad de los que allí estaban de su identidad. Dejó un grupo de juerguistas que reían alegremente y comenzó a pasearse por la habitación cuando se topó de frente con una imponente figura toda vestida de negro. El susto que se dio la informó inmediatamente de la identidad del caballero.

—¡Oh, señor! ¡Me abruma!

—¿Entre una multitud tal, querida? Supongo que bromea.

—¿Se atrevería a llevarle la contraria a una dama, señor? Entonces no es un auténtico caballero.

—En verdad tiene toda la razón, dulce dama. Los caballeros llevan vidas tan aburridas...

El tono claramente seductor la puso alerta. Él no podría saber quién era ella ¿no? Y como respuesta a su silenciosa pregunta, él dijo:

—¿Y quién podría ser, preciosa mía?

Arabella levantó el mentón y le respondió.

—No creo que sea de su incumbencia, señor. Mi reputación puede quedar en entredicho solo por hablar con un caballero tan poco convencional como usted.

Para su desgracia, Hugo respondió con una profunda risotada. Su juego de bromas continuó y Arabella le respondió, a veces agradecida por poder tener la máscara cubriéndole las mejillas. Coqueteó con él todo el tiempo y odió cada minuto. Aunque no sabía quién era ella, estaba preparado para convencerla para concertar una cita con ella más tarde. Se vio tentada a hacerlo para luego confrontarle con su identidad, pero su corazón le jugó una mala pasada. Cuando ya no pudo soportarlo más, le dio una vaga excusa y se escabulló entre la multitud.

Habían cronometrado cuidadosamente el plan para que todo fuera sobre ruedas. A la una estaba previsto que los invitados se quitaran la máscara. A las doce y media en punto, Sarah y sir Ralph abandonaron el salón y pasearon tranquilamente por un apartado sendero que llevaba a un pequeño cenador. Después del cenador, el sendero continuaba hasta las verjas que daban acceso al camino de carruajes. Al ver el cenador, Sarah se detuvo.

—Arabella está dentro; yo esperaré aquí y me aseguraré de que nadie os interrumpe.

Sir Ralph tragó saliva, asintió con la cabeza y se separó de ella. Salvó un par de escalones y entró en el cenador. En la oscuridad contempló la figura vestida con la túnica rosa y la máscara sobre la cara, que esperaba impaciente su llegada. Reverentemente se acercó y luego se reclinó sobre una rodilla.

Sarah, que lo contemplaba desde las sombras del jardín, sonrió encantada. Las tenues figuras intercambiaron unas palabras, entonces sir Ralph se levantó y besó a la dama. Sarah contuvo la respiración, pero todo pareció ir bien. De la mano, la figura de rosa y su acompañante descendieron por las escaleras opuestas del cenador y se encaminaron hacia la verja. Para asegurarse totalmente de su éxito, Sarah entró al cenador y se quedó allí de pie, viendo cómo la pareja desaparecía tras la verja. Esperó en silencio, luego llegó hasta ella el ruido de los cascos de los caballos. Con una sonrisa se dio media vuelta. Lo que vio delante de ella la dejó helada.

Justo delante de ella se erguía una alta figura vestida de negro, apoyada descuidadamente contra el marco en un gesto tan característico que Sarah le hubiera reconocido en cualquier lugar.

—¿Estás, acaso, esperando a un hombre, querida mía?

Sarah intentó controlar sus repentinamente desatados nervios, pero él se le adelantó.

—No huyas, una persecución entre los arbustos sería poco digna de ti y acabaría atrapándote.

—¿Correr? —dijo mientras se quitaba la máscara que le molestaba—. ¿Por qué tendría que correr? —dijo, para alivio suyo, con voz tranquila.

Darcy no le contestó. En vez de ello, se apartó de la puerta y se acercó a ella. Alzó la mano y se quitó también la máscara; entonces, la miró fijamente a los ojos.

—¿Sigues pensando en huir a un convento?

—En efecto —dijo sin dejar de mirarlo.

Una triste sonrisa torció sus labios.

—Eso no es solución, tú lo sabes. No estás hecha para casarte con Dios.

—Mejor casarme con Dios que ser la amante de cualquier hombre.

—¿Tú crees? —vio cómo la mandíbula se le ponía tensa.

A pesar de haberse preparado para aquel momento, sus defensas se derrumbaron nada más acercarse a ella y se vio arrastrada al abandono, libre de cualquier atadura, sabiendo adónde llevaba aquel camino pero sin ya importarle.

Darcy la alzó en sus brazos y la llevó hasta los asientos acolchados a un lado del cenador.

—¡Darcy, no! —dijo moviendo la cabeza con fuerza—. Por favor, Darcy, déjame ir.

Sus lágrimas le hicieron volver en sí como nada en el mundo podría haberlo hecho. Lentamente la dejó en el suelo. Sarah lloraba a lágrima viva, como si el corazón fuera a rompérsele.

—¿Sarah? —Darcy le acarició el suave pelo castaño.

Sarah se limpiaba los llorosos ojos con un pañuelo y mantenía la cabeza agachada para que él no le viera la cara.

—Por favor, vete, Darcy.

Darcy se quedó de piedra. Por primera vez en su vida deseaba tomar a una mujer entre sus brazos solo para consolarla. Toda inclinación para hacerle el amor había desaparecido nada más ver su desconsuelo. Pero sintió una desesperación tras sus palabras difícil de describir y decidió que lo más adecuado era hacer lo que le pedía. Suspiró largamente y con una inclinación de cabeza se marchó de allí.

Sarah oyó cómo sus pasos se alejaban y se quedó en el cenador hasta que había derramado todas las lágrimas que tenía dentro. Entonces, agradecida por tener la máscara con que cubrirse la cara, volvió al salón de baile para contarles a sus hermanas el éxito del plan.

Hugo paseó la mirada por todo el salón, buscando a Arabella

entre el mar de cabezas; pero la túnica rosa no se veía por ninguna parte. Estaba más contrariado de lo que recordaba haber estado hacía mucho. Arabella había estado coqueteando sin cesar con él, pero para ella había sido un desconocido, y eso le molestaba. ¿Y para eso se había estado preocupando porque ella se viera atrapada en un matrimonio sin amor? En el fondo no era más que una coqueta sin corazón. ¿Dónde demonios estaba?

Sintió que alguien le tocaba el hombro y pegó un respingo. Contrariamente a lo que pensó, no era Arabella, sino una dama vestida con túnica marrón y máscara del mismo color cubriéndole el rostro.

—Hola, amable caballero; parece usted muy solo.

Hugo pestañeó. Aquella mujer parecía tener un fuerte acento de Centroeuropa y un tono de voz ronco y sensual.

—Estoy sola —suspiró la dama de marrón—. Y como usted también parece solo, pensé que a lo mejor podríamos animarnos el uno al otro.

Hugo contempló a aquella dama de arriba a abajo. Su tono de voz sugería una experiencia que la tersura de su joven piel traicionaba. La pesada máscara que llevaba puesta le cubría la mayor parte de la cara, aunque pudo adivinar que tenía los labios carnosos.

La túnica, como era natural, le ocultaba la figura. Exasperado, Hugo miró de nuevo alrededor del salón en vano. Luego bajó la vista y le sonrió a la dama a los ojos color avellana.

—¡Qué idea tan interesante, querida mía! ¿Le parece que busquemos un lugar más apropiado para poder conocernos?

Rodeó a la dama por la cintura y comprobó que la tenía muy bien formada. Por un momento pareció ponerse tensa, pero enseguida se relajó. ¡Maldita Arabella! Le había vuelto loco; se olvidaría de su existencia y dejaría que aquella encantadora dama le ayudase a recuperar la salud mental.

—¿Cómo ha dicho que se llamaba, querida?

La dama le dedicó una pícara sonrisa.

—Maria Pavlovska —le dijo mientras él la conducía fuera del salón.

Encontraron sin dificultad una habitación vacía y nada más entrar Hugo estrechó a Maria entre sus brazos. Ella le permitió besarla y para sorpresa suya no protestó cuando el beso se volvió más apasionado. Hugo dejó que sus manos vagaran por su cuerpo, pero ella se limitó a reír suavemente. Vio un sillón que convenía a sus propósitos, la sentó sobre sus rodillas y la dejó que le volviese loco. Era la mujer más receptiva que había conocido jamás. Confundido por su buena suerte, sonrió comprensivamente cuando ella le susurró al oído que iba a dejarlo un momento.

Suspiró de alegría anticipada y estiró las largas piernas mientras se cerraba la puerta.

Como habían pasado ya veinte minutos y Maria Pavlovska no volvía, Hugo Denbigh entró en razón. ¿Dónde demonios estaba aquella mujer? Lo había dejado plantado, tal y como lo hiciera Arabella. De pronto, aquel pensamiento lo golpeó con fuerza. ¿Tal y como lo hiciera Arabella? No, no podía ser, estaba dejando que su imaginación corriera demasiado. Cierto, Maria Pavlovska le había excitado de una forma que solo Arabella había logrado provocar. ¡Maldita fuera! Incluso le había parecido Arabella, pero su túnica era rosa y la de Maria Pavlovska marrón. Aunque, pensándolo bien, se había fijado que le quedaba algo corta y que por debajo había visto unos zapatos rosa y el bajo de su vestido rosa. Aquel era el color favorito de Arabella, pero también era un color muy de moda entre las jóvenes. ¡Diantres! ¿Dónde estaba? ¿Dónde se habían metido todas? Con un largo suspiro, Hugo se levantó maldiciendo a todas las mujeres.

CAPÍTULO 11

A su vuelta con Caroline al salón de baile, Max no se encontraba con ánimo para quedarse en la fiesta; además, le dolía la cabeza. A pesar de sus miedos, parecía que sus pupilas se estaban comportando normalmente, con lo que no tenía mucho sentido permanecer en Penbright House. Pero aún era temprano y, después de los devaneos con Caroline, le parecía poco probable que lograse conciliar el sueño. Así, se despidió de su tía y de la mayor de sus pupilas y se fue en busca de otra clase de entretenimiento.

No se había molestado en sustituir a Carmelita, aunque pensándolo bien tampoco tenía ya mucho sentido. Dudó que le fueran a interesar aquel tipo de mujeres en el futuro, pero justo en ese momento, se arrepintió de no tener una sustituta a mano. Lo intentaría en los clubes que solía frecuentar; quizá un poco de riesgo lograra distraerlo.

Casi a punto de llegar a Delmere House ordenó a su cochero que le llevase a un discreto establecimiento en Bolsover Street. Envió el carruaje de vuelta a Penbright House y entró en una de las casas de juego más de moda de todo Londres. Le gustaba aquel lugar por lo entretenido de los juegos y porque la bebida era de muy buena calidad. Max vio a varias mujeres que lo miraron interesadas, pero fue lo bastante astuto como para no mostrar un interés que en realidad no sentía. Entre los que llenaban el lugar, vio a algunas personas que habían estado en Penbright House, entre ellas el mismo Darcy Hamilton.

Darcy, apoyado contra una pared, observaba el transcurso del juego en una de las mesas. Al ver a Max acercarse, frunció el ceño.

—Me di cuenta que tanto tú como la mayor de tus pupilas estuvisteis ausentes esta noche durante bastante tiempo. ¿Le estabas enseñando tu colección de sellos, quizá?

—Ya que lo dices, sí que estábamos arriba, pero no le estaba enseñando mis sellos.

Darcy le contestó con una carcajada.

—¡Maldito seas, Max! Entonces lo has logrado, ¿no?

—Casi —dijo encogiéndose de hombros—. Lo único es que decidí que la fiesta no era el lugar más adecuado —aquel comentario sorprendió a Darcy pero Max continuó antes de que pudiera abrir la boca—. Sus hermanas parecían estar tramando algo; aunque la verdad es que cuando salí de allí todo parecía estar en orden —Max miró a su amigo a la cara—. Y tú, ¿qué estás haciendo aquí?

—Intentando no pensar —dijo sucintamente.

—Ah, bueno, entonces ven a jugar una mano de piquet conmigo.

Siendo los dos excelentes jugadores y viejos adversarios, pronto se vieron rodeados de un corro de curiosos.

Tanto Max como Darcy disfrutaron de la batalla que estaban librando y, fuera cual fuera el resultado, ambos estaban dispuestos a continuar jugando hasta que durase su interés. En realidad, los dos consideraron aquel juego como una vía de escape a sus frustraciones de aquellas semanas.

El juego estaba ya bastante avanzado cuando lord McCubbin, un escocés ya mayor pero muy rico, entró en la sala con Emma Mortland del brazo. Esta le susurró algo al oído.

—Oh, sí, sí —dijo el caballero, que seguidamente se dirigió a los ocupantes de la mesa—. ¡Twyford! ¡Ah, ahí estás! Creo que esta noche has perdido algo más que el dinero ¿eh?

Max, a punto de robar una carta, se detuvo y levantó la mirada para encontrarse con la cara de lord McCubbin. Frunció el ceño pues tenía la terrible premonición de que aquel comentario traía malas noticias.

—¿A qué se refiere exactamente con lo que ha dicho, señor? —dijo con tono preciso pero muy serio.

Pero lord McCubbin pareció no darse cuenta.

—Pero, querido muchacho, esta noche has perdido a una de tus pupilas. Me refiero a la frívola de la túnica rosa. La he visto, claramente, metiéndose en un coche con el tipo ese, Keighly, a la puerta de Penbright House. Bueno, si no lo sabías supongo que ya es demasiado tarde, ¿no?

Max miró a Emma Mortland y vio en su rostro una expresión de malicioso triunfo; pero no tenía tiempo para perderlo con ella.

—¿Hacia adónde fueron? —preguntó volviéndose hacia lord McCubbin.

—Esto... no lo vi; yo volví a la fiesta.

Martin Rotherbridge contempló el reloj de su dormitorio. Eran más de las siete de la mañana. Se había pasado toda la noche despierto desde que regresara de la fiesta, con la botella de coñac de su hermano haciéndole compañía, pensando en su relación con Lizzie Twinning. Aun así, no había logrado encontrar más que una solución a todo ello. Meneó la cabeza y abrió la puerta. Al hacerlo, escuchó unos ruidos provenientes del vestíbulo. Oyó la voz de su hermano dándole una serie de órdenes a sus mayordomos. Era la primera vez que oía a Max emplear aquel tono de voz.

En la biblioteca, Max paseaba agitadamente junto a la chimenea. Darcy Hamilton permanecía en silencio junto a la ventana. De pronto, Max se dio cuenta de algo. ¿Cómo no se le había ocurrido antes? ¿Por qué no había ido su tía a avisarle de la desaparición de Anabella? Eso solo podía significar que Arabella había logrado ocultar su ausencia. Solo imaginarse a su tía histérica, por no mencionar a Miriam Alford, le daba que pensar. Su propia carrera de escándalos palidecería al lado de aquel episodio. Cuando agarrase a Arabella, le iba a retorcer el pescuezo.

—¿Qué ocurre? —preguntó Martin.

—¡Es Arabella! —contestó Max hecho una furia—. La estúpida mocosa se ha largado con Keighly.

—¿Se ha fugado?

—Bueno, me imagino que querrá casarse con ella y, teniendo en cuenta todo lo que las demás han insistido en ello, no creo que vaya a cambiar de opinión tan repentinamente. Claro que si yo tengo algo que decir al respecto, no se casará con Keighly. ¡La meteré en un convento hasta que entre en razón!

—Creo que hay uno muy bueno cerca de donde vivían antes —dijo Darcy.

En ese momento la puerta de entrada se abrió y volvió a cerrarse y apareció el eficiente Wilson, el servidor en el que Max confiaba más.

—Pensé que le gustaría saber, Su Excelencia, que no se ha visto tal vehículo de camino al norte, al nordeste o al sur. El hombre que cubre la carretera de Dover tiene aún que informarme, al igual que el que traiga noticias de la carretera del suroeste.

Max asintió.

—Gracias Wilson, mantenme informado según te vayan llegando noticias.

Max puso aún peor cara.

—¿Dónde estarán? ¿En Gretna Green? ¿En Dover? Sé que Keighly tiene fincas en algún sitio, pero nunca he sabido dónde —y volviéndose a su hermano preguntó—: ¿Te lo ha dicho Lizzie alguna vez?

Martin meneó la cabeza.

—No, pero la vi hablando con Keighly nada más llegar a la fiesta. Después le pregunté de qué se trataba, pero negó que fuera algo importante —le había cambiado la cara—. Seguro que ya lo sabía.

—Creo que Sarah también —dijo Darcy con monotonía—. La vi salir con Keighly, luego, la encontré sola en el cenador, no lejos de la verja de carruajes.

—¡Rayos y truenos! —exclamó Max—. Es imposible que todas se hayan vuelto locas a la vez. Lo que no entiendo es por qué Keighly les resulta tan atractivo.

Se oyó alguien llamar a la puerta y seguidamente Hillshaw se presentó ante su amo.

—Lord Denbigh desea hablar con Su Excelencia.

Max se puso pálido pero seguidamente habló.

—Hazle pasar; tarde o temprano tendrá que enterarse.

Después se enteraron de que ya lo sabía. Hugo entró en la biblioteca hecho una furia. Le estrechó a todos la mano brevemente antes de preguntar:

—¿Sabéis qué camino han tomado?

Max pestañeó y le indicó que se sentara.

—¿Cómo te has enterado?

—No se habla de otra cosa —dijo Hugo acomodándose en la silla—. Yo estaba en White's cuando lo oí. ¡Cuando atrape a Arabella, le voy a retorcer el cuello!

Al oír aquello Max sonrió cansado.

—Creo que tendrás que hacer cola para eso.

Wilson entró en la habitación sin hacer ruido y carraspeó para aclararse la garganta.

—Un coche que transportaba a un caballero y una dama vestida con una túnica rosa se detuvo en la Corona de Acton a las dos de la madrugada.

—Las dos —repitió Max mirando el reloj—; y son más de las ocho. Deben de estar ya pasado Uxbridge, a no ser que hicieran una parada larga.

Wilson meneó la cabeza.

—No, Su Excelencia. Solo se pararon el tiempo suficiente para cambiar de caballos —dijo Wilson con emoción—. Parece ser que la joven dama estaba ansiosa por alejarse lo antes posible.

—Más le vale —dijo Max, brillándole los ojos—. Prepárame el coche, Wilson y... buen trabajo.

—Gracias, Su Excelencia —Wilson hizo una reverencia y se marchó. Max se bebió de un trago el coñac que le quedaba y se levantó.

—Iré contigo —dijo Hugo, depositando también su copa sobre una mesa.

Max asintió.

—Muy bien, quizá vosotros dos queráis informar de lo ocurrido a las damas de Twyford House.

Martin estuvo de acuerdo.

Momentos después, escucharon a Hillshaw hablar y tras él, una inconfundible voz femenina.

Maldiciendo, Max se encaminó hacia el vestíbulo.

Caroline contemplaba a Hillshaw con una mirada que no dejaba rastro de duda.

—Deseo ver a Su Excelencia inmediatamente, Hillshaw.

Aceptando la derrota, Hillshaw se volvió para acompañarla a la sala cuando le detuvo la voz de su amo.

—¡Carol! ¿Qué estás haciendo aquí?

Desde la puerta de la biblioteca, Max se dirigió a la mano que Caroline le tendía. Esta abrió los ojos como platos al ver la pistola que Max tenía en la mano, para llevarla consigo.

—Gracias a Dios que llego a tiempo —dijo.

—Todo está bajo control, hemos averiguado la carretera que tomaron. Denbigh y yo estábamos a punto de ir a buscarlos. No te preocupes, la traeremos de vuelta...

Pero Caroline lo agarró del brazo y pareció ponerse más nerviosa.

—¡No! ¡No lo entiendes!

—Pasa a la biblioteca —dijo Max, frunciendo el ceño.

Al entrar allí y ver a los demás ocupantes se ruborizó ligeramente.

—Oh, no sabía... —dijo.

Max hizo un gesto con la mano.

—No pasa nada; ya lo saben —y le instó a que se sentara en la butaca que Hugo había dejado vacía—. Carol, ¿sabes dónde tiene Keighly las fincas?

Caroline luchaba por entender lo que acababa de oír. ¿Que ya lo sabían? ¿Y cómo se habían enterado?

—En Gloucestershire, creo —al ver a Max con las pistolas se le hizo un nudo en el estómago—. Max, ¿qué vas a hacer con eso?

Fue Hugo quien le contestó.

—Son para asegurarnos que Keighly entra en razón, señora —dijo suavemente—. Además de recalcarle que mantenga la boca cerrada con todo esto.

Caroline lo miró sin entender nada.

—Pero, ¿por qué? Quiero decir, ¿qué podría comentar él? Todo esto me parece ridículo.

—¿Ridículo? —repitió Max con sorna.

—Me temo que no acabo de comprenderla, señorita Twinning —dijo Darcy—. Toda la ciudad está ya enterada de la historia. Pero, si Max consigue traerla de vuelta y Keighly cierra la boca, entonces quizá sería posible que todo quedara en agua de borrajas, ¿entiende?

—Pero... ¿Por qué tiene Max que intervenir?

Aquella pregunta fue recibida con sorpresa.

—¡Pero por todos los demonios! Él es su tutor.

Durante un instante, Caroline se quedó estupefacta.

—¿Ah, sí? —susurró débilmente.

Aquello era demasiado para Max.

—Sabes de sobra que lo soy —creyó que Carol había perdido la cabeza de la impresión—. Hugo y yo estamos listos para marchar a buscar a Arabella.

—¡No! —dijo Caroline casi gritando mientras se ponía en pie—. ¡No lo entiendes! Y no me dejas explicártelo.

Caroline abrió mucho los ojos al ver a Max dar la vuelta a la mesa y avanzar hacia ella.

—Arabella no se marchó con sir Ralph.

Max se paró en seco, luego entrecerró los ojos.

—La vieron subir a su carruaje en la salida de coches de Penbright House.

Caroline meneaba la cabeza mientras intentaba aclarar sus propias ideas.

—¿Vieron a una mujer vestida con una túnica rosa subiendo al coche de sir Ralph?

Ante su mirada inquisitiva, Max recordó las palabras de lord McCubbin.

—¿Y estás segura de que no era Arabella?

—Al salir de Twyford House la he dejado desayunando.

—¿Entonces quién...?

—¿Sarah? —dijo Darcy con un hilo de voz.

Caroline parecía confundida.

—No, ella también está en casa.

—¿Lizzie? —la expresión horrorizada de Martin asustó a Caroline.

—¡Por supuesto que no! Lizzie está en Twyford House.

—Entonces, ¿quién se marchó con sir Ralph? —Max creyó vislumbrar un rayito de entendimiento por primera vez en muchas horas.

—La señorita Harriet Jenkins.

—¿Quién? —preguntaron todos al unísono.

Caroline se recostó en su butaca y les indicó que se sentaran.

—Siéntense y se lo explicaré todo.

Y así lo hizo, siendo interrumpida en numerosas ocasiones para hacer alguna aclaración.

—A las doce y veinte, Arabella se cambió la túnica con Harriet Jenkins y esta se dirigió al cenador junto a la parada de carruajes.

—¡Oh, Dios mío! —gimió Hugo Denbigh, poniéndose pálido—. ¿De qué color era la otra túnica?

Caroline se lo quedó mirando fijamente.

—Marrón.

—¡Oh, no! Debería haberme dado cuenta, pero su acento...

Entonces, Caroline se echó a reír.

—Ah, ¿conociste a Maria Pavlovska?

—¡Claro que sí! Permítame decirle, señorita Twinning, que su hermana es una descarada.

—Lo sé —y al ver la cara interrogante que tenía Max, Caroline procedió a explicarle—. Maria Pavlovska es un personaje que Arabella representó en una obra de teatro en el barco: una condesa polaca de...

—De escasa virtud —añadió Hugo.

Caroline retomó el hilo de su narración hasta el final.

—Supongo que le propuso matrimonio a Harriet antes de ponerse en camino y, como la familia de la señorita Jenkins estaba de acuerdo con ello, me imagino que se encaminaron de vuelta a Gloucestershire. Creo que no hay nada por qué preocuparse. Ah, y el señor Minchbury pidió ayer la mano de Amanda y los Crowbridge han aceptado, con lo que todo ha terminado bien y todo el mundo está contento.

—Excepto nosotros cuatro, que hemos envejecido mucho en solo una noche.

Hugo los interrumpió.

—Pero nos olvidamos de algo: todo la ciudad piensa que Arabella se ha fugado con Keighly.

—Oh, no. Eso no es posible. Todo el que estuviera anoche en Penbright House cuando la gente se quitó las máscaras vio a Arabella. Alguien sugirió que se hiciera un concurso y que el ganador sería aquel que tardara más en ser identificado. Y como nadie adivinó quién era en realidad Maria Pavlovska, Arabella ganó.

Max se levantó y los demás hicieron lo propio. Hugo, todavía con expresión de incredulidad, se marchó, seguido casi inmediatamente de Darcy. Martin se retiró para descansar y Caroline se quedó de nuevo a solas con su tutor.

Max se acercó a ella, la levantó de la butaca y la tomó en sus brazos. Ella reposó la cabeza sobre su hombro y él se echó a reír.

—Cariño, si pensase que tus hermanas van a ser mis pupilas durante mucho más tiempo, llamaría a Whitney para que rompiera la cláusula de tutelaje.

—Lo siento —farfulló Caroline, enderezándole el pañuelo del cuello—. Vine en cuanto me enteré.

—Lo sé —contestó Max—. Y te lo agradezco mucho, de hecho, ¿te imaginas a Hugo y a mí con las pistolas intentando adelantar al coche de Keighly? No quiero ni pensarlo —la abrazó—. Ahora, será mejor que vuelvas a casa. Yo voy a dormir un poco.

—Un momento —dijo sin dejar de mirar el pañuelo—. ¿Recuerdas cuando te dije que te informaría si pensábamos considerar seriamente a algún caballero para que tú pudieras darle permiso para cortejarnos?

Max asintió.

—Sí, lo recuerdo.

¿No se le ocurriría mencionar a Willoughby? ¿Habría pasado algo la noche anterior después de marcharse? De repente notó un sudor frío.

—Bueno, quiero decir, si lord Darcy te lo pidiera, eso ya lo sabes ¿no?

—Sí —contestó algo más aliviado—. Creo que Darcy sería un buen marido para Sarah. Además, tienes razón, estoy esperando a que me lo pida de un momento a otro. Con lo que tenemos lo de Sarah resuelto.

—Y había pensado que lord Denbigh le va bien a Arabella, aunque después de lo de Maria Pavlovska...

—Creo que al final se le pasará. Y, como supongo que la tía Augusta os habrá contado ya, es totalmente aceptable si se consigue que la proponga en matrimonio.

—Y —dijo Caroline bajando la vista— no estoy totalmente segura pero...

—Crees que Martin pueda pedirme la mano de Lizzie —

añadió Max, empezando a sentir el cansancio—. No veo qué problema puede haber. Martin tiene más dinero del que le conviene y creo que Lizzie hará que se mantenga alerta —intentó mirar a Caroline a los ojos, pero esta los tenía fijos en la corbata—. Estoy emocionado porque te guste tanto mi pañuelo, cariño, pero ¿hay algo más? Estoy muerto de cansancio —le dijo con una sonrisa.

Caroline levantó la mirada.

—¡Claro que estarás muy cansado! No. No hay nada más.

Max percibió un extraño deje de nostalgia en su voz y adivinó su causa. Sonrió ampliamente.

—Una vez que haya descansado y me haya recuperado de las proezas de tus hermanas, te iré a buscar, digamos ¿a las tres? Te llevaré a dar un paseo; hay un par de cosas de las que quiero hablar contigo —la condujo hasta el vestíbulo y al ver la mirada inquisitiva de Caroline, añadió—: Acerca de vuestra fiesta.

—Oh, ya casi lo había olvidado —dijo mientras Max la ayudaba a ponerse el abrigo.

Habían organizado una fiesta en honor de las Twinning en Twyford House la semana siguiente.

—Lo hablaremos esta tarde, a las tres —dijo Max mientras le besaba la mano y la acompañaba hasta el coche.

CAPÍTULO 12

Cuando Caroline volvió de Delmere House una media hora más tarde, sus hermanas no se habían movido de la habitación, tal y como ella les había ordenado. Tomó asiento y aceptó una taza de café de Arabella antes de explicarles lo cerca que habían estado de crear un tremendo embrollo. No se les había ocurrido pensar que alguien pudiera ver a Harriet salir y, sacando las conclusiones más lógicas, informar a Max de ello.

—De todas maneras, no creo que debamos hacer nada más. Arabella, menos mal que pasearte por ahí como Maria Pavlovska hizo que todo el mundo supiera que no te fugaste de la fiesta —tras un momento de silencio, Caroline añadió—: Creo que Max espera que nos comportemos como si nada hubiera pasado. Supongo que tendrás que admitir que te cambiaste la túnica con Harriet Jenkins, pero puedes decir que solo fue un juego. Y recuerda mostrarte sorprendida cuando te cuente la historia de que Harriet salió de la fiesta con sir Ralph —de pronto la asaltó una terrible duda—. ¿Pensáis que las muchachas Crowbridge serán discretas?

Se apresuraron a asegurarle a su hermana que en aquello no había problema.

—Al fin y al cabo, lo hemos hecho por Amanda —apuntó Lizzie.

—¿Está Max muy enfadado con nosotras?

Caroline consideró la pregunta mientras las demás esperaban nerviosas su respuesta.

—Creo que se ha resignado a hacer la vista gorda, ahora que todo ha pasado y no ha ocurrido nada malo. A pesar de todo, si yo estuviera en vuestro lugar no me dejaría ver durante unos días.

Una vez aseguradas de que su tutor no iba a castigarlas por todo ello, Lizzie y Arabella salieron de la habitación, después de abrazar a su hermana y darle las gracias por lo que había hecho por ellas. Sarah sospechó que se irían a algún rincón para intentar buscar una explicación a aquella presión que sentían en sus corazones.

Sarah, cosa rara, ya no sentía la necesidad de imitarlas. Durante las largas noches en vela había finalmente llegado a la conclusión de que no podía vivir sin Darcy Hamilton. La noche anterior en el cenador había estado a punto de rogarle que la llevara a algún lugar solitario para poder continuar sus hazañas amorosas con más privacidad. Sabía que, de haber pronunciado las palabras, él lo habría dispuesto todo en un instante; su deseo por ella era tan grande como el de ella por él. Solo su participación en el plan de sir Ralph y la consternación que hubiera causado su repentina desaparición ganaron la batalla. Su deseo de casarse y formar una familia y un hogar eran tan fuertes como siempre. Pero, si él se negaba a considerar tal arreglo, estaría preparada a tener en cuenta cualquier alternativa que Darcy pudiera ofrecerla.

Caroline terminó por dejar la tostada que no le apetecía. Se levantó y se sacudió las faldas nerviosamente. De pronto, Sarah se preguntó si su hermana mayor estaba en un estado similar al resto de ellas. Después de todo, todas eran Twinning y, aunque superficialmente sus problemas eran diferentes, en el fondo no eran más que variaciones de una misma cosa.

Todas estaban enamoradas de tipos vividores, los cuales parecían todos resistirse al matrimonio. En su caso, el calavera había casi triunfado pero ¿y en el caso de Caroline? Esperaba que al menos Max no se saliera con la suya. Caroline era la más lista de todas ellas, entonces ¿por qué parecía tan preocupada?

Ciertamente a Caroline la atormentaban los pensamientos más negros. Dejó a Sarah con sus pensamientos y sin rumbo fijo fue paseando por la casa hasta llegar al pequeño patio trasero. Finalmente se encontró delante de la hamaca entre los cerezos, protegida del sol de la mañana por el frondoso follaje de los árboles. Se encaramó a ella y, descansando la cabeza sobre los cojines con alivio, se dispuso a dejar que todas las emociones conflictivas que llevaba dentro se lanzaran a la batalla.

No era una estúpida y no iba a pretender no conocer las intenciones de Max cuando oyó el clic de la cerradura la noche anterior en Penbright House. Tampoco podía decirse a sí misma que la situación se le había escapado de las manos, al menos no en ese momento. Si hubiera hecho un esfuerzo real para impedir aquel encuentro ilícito, Max hubiera estado de acuerdo inmediatamente; la verdad era que no la había forzado a quedarse. Pero fue la otra Caroline la que le había recibido en sus brazos y había consentido en disfrutar las delicias que la esperaban entre los de él.

Nunca había logrado introducir el tema del matrimonio en su relación y sabía de sobra que lo que Max deseaba era vivir un romance ilícito. Lo que hasta ese momento había sobrestimado fue su propio interés en procedimiento tan escandaloso. Pero no podía negar el placer que había experimentado entre sus brazos, ni tampoco la desilusión que sintió cuando él interrumpió su encuentro. Sabía que podía confiar en él para que la próxima vez no hubiera impedimento alguno a la consecución de su formación completa. Entonces, se echaría a sus brazos sin resistirse y sin arrepentimientos. Pero para la otra Caroline Twinning aquello era en verdad un pensamiento reprobable.

Martin Rotherbridge llevaba veinte minutos paseando con la esperanza de que se le pasara el nerviosismo por lo que estaba a punto de hacer. Hubiera preferido cualquier cosa a aquello, pero no había otra elección: los acontecimientos de aquella mañana habían terminado de convencerlo. No deseaba tener que volver a pasar un momento similar al de aquella mañana, en el que, durante unos segundos, pensó que Lizzie se había fugado con Keighly y la única forma de asegurarse era casándose con aquella mocosa.

Desde luego que aquella no había sido su intención y sabía que Max se reiría de él, pero ya lo había decidido. Además, Lizzie necesitaba un marido que la guiara lejos de los peligros a los que la llevarían su inocencia y su belleza. Aparte de todo, deseaba a aquella muchacha desesperadamente y, ya que así era, pensó que sería mejor si lo hiciese oficialmente.

Bueno, no tenía sentido alargar todo aquello; sería mejor ir a hablar con Max.

Volvió sus pasos en dirección a Delmere House. Al dar la vuelta a una esquina, a unas manzanas de donde iba, vio la impresionante figura de lord Denbigh caminando por el otro lado de la calle, pero en la misma dirección que él. Sin pensarlo, Martin cruzó la calle.

—¡Hugo!

Lord Denbigh se detuvo para ver quién le había llamado. Aunque se llevaban unos años, Martin y él tenían intereses en común y hacía tiempo que se conocían. Hugo sonrió.

—Hola, Martin, ¿vas para casa?

Martin asintió y se puso a caminar a su lado. Al ver a Hugo, sintió curiosidad por lo de Maria Pavlovska.

—¡Vaya con las hermanas Twinning!

—Y que lo digas —dijo Hugo con tono seco.

—Nos vuelven locos. ¿Qué ocurrió exactamente cuando Arabella se hizo pasar por la condesa polaca?

Cuál no sería su sorpresa cuando vio que Hugo se ruborizó ligeramente.

—Oh, no pasó nada —dijo, pero al ver la mirada de Martin continuó—: Si quieres saberlo, te diré que se comportó de una forma un tanto... bueno, que en realidad no sé quién estaba seduciendo a quién.

Martin se echó a reír, pero se calló inmediatamente al ver la cara que puso Hugo.

—Bueno, supongo que será mejor que te lo diga, ya que pronto se va a enterar todo el mundo. Voy a pedirle permiso a Max para hacerle la corte a Lizzie Twinning.

Hugo abrió los ojos como platos ante la noticia.

—No sabía que quisieras dejarte atrapar tan pronto.

Martin se encogió de hombros.

—No hay nada más que pueda hacer. Aparte de facilitar muchas cosas, también evitaré que se meta en más líos siendo su marido.

—Muy cierto —asintió Hugo lentamente.

Caminaron durante un rato en silencio y, cuando Martin vio que se acercaban a Delmere House, se volvió a Hugo.

—¿Adónde vas? —le preguntó.

Por segunda vez en una tarde, Hugo se puso colorado. De pronto se detuvo, por lo que Martin lo hizo también.

—Creo que también debo confesarte que yo también voy a ver a Max.

Martin se echó a reír y esta vez no hizo nada para evitarlo. Cuando se hubo calmado, le dio a Hugo una palmadita en la espalda.

—¡Bienvenido a la familia! ¡Y vaya familia que vamos a tener, Dios mío! Vaya, si no me equivoco ese es el coche de Darcy Hamilton —dijo al llegar a la puerta de Delmere House.

Hugo levantó la vista y vio cómo el mismo Hamilton, elegantemente ataviado, descendía del landó y cruzaba unas palabras con su lacayo. Antes de subir las escaleras de la entrada, se le unieron Martin y Hugo.

—¿También has venido a ver a Max? —dijo Martin muy sonriente.

—Pues, la verdad es que sí —y al ver a Martin y Hugo allí añadió—: ¿Queréis decirme que hay cola?

—Eso me temo —confirmó Hugo, sonriendo. —Un momento —le interrumpió Martin antes de que el otro pudiera continuar—. Ese es el landó de Max. ¿Creéis que irá a alguna parte?

Darcy Hamilton, a quien le había dirigido la pregunta, meneó la cabeza.

—A mí no me ha dicho nada.

De pronto se abrió la puerta de Delmere House. Masterton bajó corriendo las escaleras y subió al carruaje. Nada más cerrar la portezuela el cochero puso en marcha el vehículo. Inmediatamente, el espacio vacío fue ocupado por el coche de Max.

Martin arqueó las cejas.

—Masterton con maletas —dijo—. ¿Por qué será?

—Sea cual sea la razón, creo que será mejor que veamos a tu hermano antes de que nos deje aquí frustrados durante una semana más.

—¡Por supuesto!

Sin más discusión se volvieron hacia la puerta, pero en ese momento esta se abrió y apareció su presa.

Max, contemplándolos mientras se ponía los guantes de conducir, esbozó una sonrisa.

—Max, tenemos que hablarte.

—¿Adónde vas?

—No puedes irte ahora.

Riendo, Max levantó la mano para tranquilizarlos.

—Estoy tan contento de veros a todos, pero... dejad que os diga que no tengo ni tiempo ni ganas de hablar del asunto. Mis respuestas son sí, sí y sí. ¿De acuerdo?

Darcy Hamilton se echó a reír también.

—A mí me parece estupendo.

Hugo asintió divertido.

—¿Te vas? —preguntó Martin.

Max asintió.

—Necesito descansar, irme a algún sitio tranquilo.

—¿Con o sin compañía? —dijo Martin con una sonrisa muy pícara.

—No te preocupes por mí, querido hermano. Limítate a reservar tu energía para mantener a Lizzie alejada de todos los embrollos en los que vaya a meterse —se volvió a mirar los carruajes que había a la puerta—. En realidad, creo que os voy a hacer un favor. Os sugiero que vayamos a Twyford House. Yo me ocupo de llevarme a la señorita Twinning; la tía Augusta y Miriam Alford descansan durante toda la tarde y la casa es muy grande. Si no conseguís que las Twinning acepten vuestras propuestas bajo tales circunstancias, yo me lavo las manos con vosotros.

Todos estuvieron de acuerdo y juntos partieron enseguida. Martin y Max en su coche; lord Darcy y Hugo en el del primero.

El sonido de voces masculinas anunció a Caroline la llegada de su tutor. Se puso el sombrero e hizo un gesto con la mano despidiéndose de sus tres hermanas. Todas parecían algo trastornadas y la verdad era que la misma Caroline se sentía también así. Cansada por los acontecimientos de la mañana, se había quedado dormida en la hamaca bajo los cerezos. Sus hermanas la despertaron para que comiera algo antes de que fuera Max a buscarla.

Mientras caminaba por el pasillo experimentó la misma emoción que la invadía cuando iba a ver a Max Rotherbridge, aunque fuera a estar con él en el asiento de un coche, paseando por Londres y en plena luz del día. Entonces, notó que la otra Caroline Twinning empezaba a despertar en ella. Al llegar al vestíbulo se quedó perpleja al ver a cuatro caballeros elegantemente vestidos, en vez de a uno como ella esperaba.

Max, como siempre, se adelantó a saludarla.

—Me alegro de verte, querida, pero ¿dónde están tus hermanas?

Caroline pestañeó.

—Están en la sala —contestó, volviéndose para saludar a Darcy Hamilton.

Max se volvió a uno de sus criados.

—Millwade, acompañe a estos caballeros a la sala del jardín.

Caroline se quedó de piedra al oír aquello, pero, antes de que pudiera abrir la boca, notó que alguien le colocaba la capa sobre los hombros y la empujaba hacia la puerta.

Se vio obligada a callarse hasta que Max se sentó a su lado en el coche.

—¡Se supone que eres nuestro tutor! ¿No te parece poco convencional dejar a tus pupilas a solas con tres caballeros?

—No creo que ninguna de las tres necesite de nadie en estos momentos, al menos cuando van a intentar proponerlas en matrimonio.

—¡Oh! ¿Quieres decir con eso que ya te lo han pedido?

Max asintió, luego bajó la vista.

—Imagino que los pretendientes te parecen bien.

—¡Oh, sí! Solo que, bueno, los demás no tenían muchas esperanzas —tras una pausa añadió—: ¿No te ha sorprendido?

—A Darcy llevaba esperándolo desde hace semanas ya. Después de lo de esta mañana, sabía que Hugo vendría y Martin lleva unas semanas más callado de lo que lo he visto en mi vida. Espero que tus hermanas hayan sufrido tanto como sus pretendientes, es lo más justo.

Caroline no pudo evitar sonreír y, al hacerlo, le salió el hoyuelo en la mejilla. Rieron y discutieron, a veces muy seriamente y acabaron por hablar de la fiesta en Twyford House.

Se había fijado aquel acontecimiento para el martes siguiente. Acudirían más de cuatrocientos invitados pero, afortunadamente, el salón de baile era enorme y la casa podía albergar aquel número fácilmente.

Bajo los consejos de lady Benborough, las hermanas Twinning se habían encargado de todos los preparativos. Mientras Caroline iba contestando todas las preguntas de Max, no se fijó en los alrededores.

—¿No te parece —empezó, dispuesta a contarle algo que ella y sus hermanas habían discutido— que, como no será una presentación en toda regla, puesto que ninguna somos en realidad debutantes, la fiesta pueda fracasar?

Max sonrió.

—Creo que puedo asegurarte que no fracasará; al contrario —dijo como si se le acabara de ocurrir algo—, pienso que será una de las mejores de la temporada.

Cuando estaba con su tutor el tiempo se le pasaba volando. Hasta que no sintió un poco de frío Caroline no miró a su alrededor. El coche marchaba por una carretera bordeada a ambos lados por setos bajos, tras los cuales se extendían las verdes campiñas. Por la dirección del sol adivinó que viajaban hacia el sur, en dirección opuesta a la ciudad.

—¿No crees que deberíamos dar la vuelta?

Max la miró, con una sonrisa pícara en su rostro.

—No vamos a volver.

La mente de Caroline se negó a aceptar lo que implicaban aquellas palabras.

—¿Dónde estamos? —preguntó tras una pausa.

—Un poco más allá de Twickenham.

Si estaban ya tan lejos de la ciudad, no podrían regresar aquella noche aunque estuviera bromeando. Porque imaginaba que así era.

El coche deceleró el paso y Max arreó a los caballos para que penetrasen en un camino bordeado de hayas. Al cruzar unas impresionantes cancelas, Caroline vio el escudo de armas de Delmere House grabado sobre el hierro. Miró a su alrededor con interés, negándose a creer la sospecha que iba en aumento. El camino se adentraba en el hayedo para luego abrirse a lo largo de la cresta de la loma, rodeada de tierras despejadas. De un lado, había pastos que descendían hasta un río distante. El hayedo se quedaba atrás mientras el coche continuaba hacia una pendiente. Desde arriba, la carretera descendía para terminar en un patio de grava delante de una casa de piedra. Descansaba en el caprichoso meandro de un riachuelo, probablemente afluente de un río mayor, que no podía ser otro que el Támesis.

El tejado de la casa estaba lleno de chimeneas que se elevaban sobre las tejas. En la luz del ocaso, la casa parecía bañada por una bola de fuego, cálida y acogedora. Caroline pensó que era una de las casas más agradables que había visto en su vida.

Los estaban esperando; eso le quedó claro desde el principio. Un lacayo se acercó apresuradamente al escuchar el chirrido de las ruedas sobre la grava. Max la ayudó a salir y entraron en la casa. Caroline se vio en un pequeño vestíbulo con paneles de roble recubriendo las paredes y una pequeña mesa en medio de un suelo embaldosado. Max, que la tenía agarrada por el codo, la condujo por un pasillo que terminaba en una puerta de roble ricamente tallada.

—¿Dónde están los criados?

—Oh, están por aquí; solo es que están muy bien entrenados y no se dejan ver.

A Caroline no le quedaba ya ninguna duda de lo que iba a ocurrir. Entraron en una espaciosa habitación, amueblada de una forma que nunca había visto.

El suelo estaba cubierto de gruesas alfombras de seda de las más bellas y diferentes tonalidades. Había mesas bajas aquí y allá, colocadas entre montones de cojines de seda y raso de todos los colores imaginables.

Unas altas puertas de madera y cristal se abrían a un patio enlosado. Al cruzar la habitación para asomarse, se fijó en las ornamentales lámparas de bronce que colgaban del techo. El patio estaba cercado completamente por una valla de madera, en la que una pequeña puerta daba al riachuelo. Al volverse hacia la habitación, Caroline pensó que todo aquello tenía un efecto relajante sobre sus sentidos. En ese momento, su mirada se detuvo en una tarima cubierta de seda y, al verla, abrió mucho los ojos con sorpresa. Desde donde estaba ella, se veía claramente que se trataba de una cama, aunque artísticamente disimulada con multitud de almohadones de colores. Confirmadas sus sospechas, miró a su tutor.

Al hacerlo, se le hizo un nudo en el estómago.

—Max... —empezó a decir con incertidumbre.

Pero entonces él se puso delante de ella, con un brillo de deseo en la mirada y le sonrió de aquella forma que hacía él, causando estragos en sus buenas intenciones.

—¿Sí? —preguntó.

—¿Qué estamos haciendo aquí? —consiguió articular, el pulso latiéndole con fuerza, la respiración entrecortada y con los nervios de punta por la emoción.

—Terminar con tu formación —dijo con voz ronca.

¿Y bien? ¿Qué se había imaginado?

Max se agachó a besarla y ella abrió la boca para acogerlo de buen grado. Max apretó el abrazo hasta que la tenía contra su pecho, pero a Caroline no le importó.

Cuando finalmente Max levantó la cabeza, tenía los ojos brillantes y su respiración era tan entrecortada como la de ella.

—Me he dado cuenta de que has dejado de recordarme que soy tu tutor.

Caroline le acarició los negros cabellos.

—Me he dado por vencida —dijo resignada—. De todas maneras nunca me haces caso.

Max se echó a reír y la besó de nuevo; después le dio la vuelta.

—Aunque fuera tu tutor, te habría seducido, cariño.

Caroline se quedó quieta mientras Max le desataba los lazos del vestido. Entonces sus palabras calaron en ella y levantó la cabeza bruscamente.

—¿Has dicho aunque? Max... —intentó darse la vuelta pero la mano de él se lo impidió—. Eres mi tutor, tú mismo me lo dijiste...

—Sí, sé que te lo dije —asintió Max, atareado con los lazos del vestido.

—¿Qué quieres decir? ¿Me has mentido? ¿Y por qué?

Max dejó los lazos y centró su atención en los diminutos botones de su camisola.

—Nunca fuiste mi pupila; dejaste de ser pupila del duque

de Twyford al cumplir los veinticinco años. Pero te hice creer que aún lo era porque pensé que si sabías la verdad nunca me hubieras dejado acercarme a ti —le sonrió con picardía mientras la camisola caía al suelo, junto al resto de la ropa—. Claro que entonces no sabía que... las Twinning sentían debilidad por los libertinos.

Caroline cerró los ojos y dejó caer hacia atrás la cabeza, mientras sus manos le rodeaban los pechos. Max volvió a unir sus labios con los de ella y entonces la mente se le quedó irremediablemente en blanco, dando rienda suelta a sus sentidos. Los huesos se le volvieron de gelatina y las rodillas le fallaron; entonces Max la levantó del suelo y momentos después sintió que la depositaba entre la suavidad de los sedosos almohadones de la cama.

Sintió la excitación en cada poro de su piel y se estiró en un movimiento sensual, sonriéndole a la luz que vio brillar en los ojos de Max al contemplarla mientras se desnudaba.

Max se acercó a ella y los dos cuerpos se fundieron en uno solo. Caroline suspiró satisfecha, concentrándose en cuerpo y alma en aquella última lección.

CAPÍTULO 13

—¿Sarah? —Darcy intentó mirar desde arriba el rostro que se escondía bajo el vello de su pecho.

—Umm —dijo Sarah adormilada, acurrucándose cómodamente contra él.

Darcy sonrió. Junto a Martin y Hugo había llegado a la sala donde estaban las tres hermanas. Como Sarah se quedase inmóvil junto a la ventana, Darcy le había hecho una señal y, a petición de él, habían abandonado la habitación. Al murmurarle al oído que deseaba verla en privado, ella le había conducido hasta el gabinete. Allí, tuvo la intención de hablar con ella, pero Sarah se quedó tan callada que, antes de que se diera cuenta, estaba besándola. Después de cinco minutos, Darcy fue a cerrar la puerta con cerrojo, tras lo cual ninguno de los dos había pensado en nada más que en apagar sus embravecidos deseos.

Mucho rato después, cuando ya se habían recuperado, Darcy le pidió que se casara con él. Ella había reaccionado con sorpresa y solo entonces Darcy se dio cuenta de que no había esperado su proposición. Su respuesta, aunque sin palabras, había sido clara y no le dejó dudas acerca de su deseo de ser su esposa. Aquella idea le hizo reír; ¿lograría sobrevivir a todo ello?

Acostumbrado a aprovecharse del aburrimiento de las mujeres casadas, resolvió que su Sarah nunca estuviera al alcance de ningún sinvergüenza. Lo mejor sería convertirla en su esposa lo antes posible; instalarla en Hamilton House, llevarla a conocer sus residencias campestres y darle un hijo o dos sería suficiente para mantenerla entretenida. Al menos, lo suficiente para que no deseara a otro hombre que no fuera él.

Se estaba yendo la luz; Darcy atisbó por la ventana para darse cuenta de que la tarde estaba ya muy avanzada.

—Me temo, cariño, que vas a tener que levantarte. Se está haciendo tarde y seguro que alguien vendrá a buscarnos. Creo que deberíamos vestirnos por si acaso.

Mientras Sarah se incorporaba, Darcy la contemplaba.

—Por cierto, ¿cuándo nos vamos a casar? Estoy seguro de que a Max no le importará lo que decidamos.

Sarah, que le acariciaba la clavícula, frunció el ceño concentrándose.

—Creo que mejor que sea pronto.

—Una sabia decisión. ¿Quieres una boda por todo lo alto? ¿O le dejamos eso a Max y a Caroline?

—Buena idea —Sarah sonrió—. ¿Cuándo es lo más pronto que podríamos casarnos?

Darcy se quedó un momento pensativo.

—Bueno, en teoría, sería posible que nos casáramos mañana.

—¿En serio? Entonces, hagámoslo —replicó la futura novia.

Lo primero que se le ocurrió a Arabella al ver entrar a Hugo Denbigh fue pensar lo mucho que se habría enfadado al enterarse de su decisión. No vio a Sarah salir de la habitación, ni a Martin llevar a Lizzie al jardín, por lo que se sintió algo perturbada al encontrarse a solas con lord Denbigh.

Pero este se acercó a ella y se limitó a besarla en la boca. Al principio, Arabella estaba demasiado perpleja para protestar, pero luego se dio cuenta de que ya no deseaba hacerlo. Al contrario, le rodeó el cuello con los brazos y lo besó con toda la pasión que tenía dentro.

Sin saberlo ella, Hugo se dio cuenta de pronto de que estaba perdiendo el control y tuvo que hacer un enorme esfuerzo para recuperarlo.

No siendo un tarambana tan experimentado como Max o Darcy, se apartó de ella y la sentó sobre sus rodillas.

—Bueno, bruja, ¿quieres casarte conmigo?

—¿Casarme contigo? ¿Yo? —tartamudeó Arabella.

Hugo se echó a reír, encantado de haberla reducido a aquel tímido balbuceo.

—¿Y por qué quieres casarte conmigo?

Hugo suspiró y cerró los ojos. Él mismo se había hecho esa misma pregunta y conocía perfectamente bien la respuesta. Abrió los ojos y miró con una sonrisa a su desatento amor.

—Voy a casarme contigo porque la idea de que coquetees con todo bicho viviente me vuelve loco. Y, si lo haces, les arrancaré el pellejo y tú serás la causante de tantos crímenes —a Arabella le dio la risa—. No irás por ahí besando a los hombres así todo el tiempo ¿no?

Arabella no tenía idea de lo que quería decir con así, ya que nunca había besado a otro hombre, excepto de una manera totalmente casta.

—¡No, por supuesto que no! ¡Solo fue contigo!

Riendo, Hugo volvió a abrazarla.

—¿Cuándo nos casaremos?

Arabella pensó un momento, luego contestó.

—¿Tenemos que esperar mucho tiempo?

—Solo lo que tú desees —dijo con prontitud.

—Bueno, dudo que podamos casarnos mañana.

—¿Y por qué no? —preguntó Hugo, ilusionado.

—¿Es posible? Pensé que todas esas cosas llevaban mucho tiempo.

—Solo si quieres hacer una boda grande. Si así es, te advierto que nos llevará meses; mi familia es muy grande y está por todo el país. Solo el ponerme en contacto con ellos me llevará bastante tiempo.

La idea de tener que esperar unos meses no le gustó mucho a Arabella.

—Si puede hacerse ¿podríamos casarnos mañana?

Hugo sonrió.

—Para ser una bruja, a veces tienes muy buenas ideas.

Martin Rotherbridge adivinó la expresión de confusión en el rostro de Lizzie al llevarla al jardín. El sol brillaba con fuerza y la mañana era cálida; todo era paz y tranquilidad.

Durante toda la mañana, Lizzie había estado pensando que, al ayudar a Amanda Crowbridge, Martin se había enfadado con ella.

Se sentaron en un banco y Martin le tomó la mano, acariciándole los delicados dedos.

—Lizzie, este plan vuestro, querida, ha sido de lo menos acertado —dijo con la vista fija en la mano de la muchacha—. Supongo que Caroline os ha dicho que estuvisteis a punto de organizar una tragedia.

Un ahogado sollozo hizo que Martin levantara la vista, pero Lizzie había vuelto la cara.

—¿Lizzie? —Martin dejó la dureza de sus palabras y la tomó entre sus brazos—. Oh, cariño, no llores. No quería disgustarte. Bueno, sí, un poco; tú me has dado un gran disgusto esta mañana cuando pensé que eras tú la que te habías escapado con Keighly.

Lizzie levantó la cabeza.

—Que tú pensaste... ¿Pero cómo se te pudo ocurrir algo tan estúpido?

Martin se ruborizó ligeramente.

—Bien, sí, es verdad; sé que fue una sandez, pero así fue como salió todo. Lizzie, quiero que me prometas que no volverás a meterte en esos líos y, si se te ocurre algo, que vendrás a contármelo inmediatamente. ¿Prometido?

—Sí, eso será lo mejor —dijo sonriendo—. Pero a lo mejor

no estás; ahora que la herida se te está curando, saldrás más y... conocerás a muchas mujeres y todo eso.

—¿Y todo eso?

—Sí, verás, puede ser que te cases y no creo que a tu mujer le gustara si yo estuviera dándote la lata —por fin había dicho lo que tanto le pesaba dentro.

Martin, lejos de asegurarla de lo contrario, la abrazó por la cintura y la besó durante largo rato. Al separarse de ella, vio que Lizzie tenía los ojos brillantes y lo miraba embobada.

Martin se echó a reír.

—Oh, Lizzie, mi dulce Lizzie. Por Dios, dime que te casarás conmigo y sácame de esta tristeza.

Lizzie abrió mucho los ojos.

—¿Casarme contigo?

—Pensé que no sería mala idea —dijo sonriendo aún más—. Además de asegurarnos que siempre estaré a tu lado para discutir tus alocados planes, también podría enseñarte todas las cosas que los hombres y las mujeres hacen juntos.

Lizzie asintió, sin poder hablar, pero enseguida le salió la voz.

—Oh, sí —le echó los brazos al cuello y lo besó con ganas.

—Oh, Lizzie, ¡eres un encanto!

—¿Cuándo nos casaremos? —preguntó ella.

Martin pensó que, después de todo lo que había pasado, no podría esperar ni un día más. Al preguntar a Lizzie, esta mostró su desinterés en una boda con banquete y muchos invitados.

—La verdad, me preguntaba si sería posible casarnos muy pronto; por ejemplo mañana.

Martin se la quedó mirando fijamente.

—Sí, pero con tanto lío de bodas, supongo que estaremos al final de la lista.

—Pero —empezó Lizzie— si nos casamos mañana sin que se entere nadie, entonces podremos hacerlo y no hará falta esperar.

—Cariño, tu argumento es muy convincente. Entonces, casémonos mañana y ya está. Ahora ven aquí, mi niña, y déjame que te muestre lo que te quiero.

Lizzie se echó a reír muy feliz y se entregó sin reservas a lo que su futuro esposo le sugería.

El tintineo de la vajilla despertó a Caroline, quien se estiró lánguidamente entre los suaves almohadones. El sensual movimiento de las sábanas de seda le trajo claramente a la memoria las sensaciones que había experimentado en las pasadas horas. Estaba sola en la cama pero, al asomarse por las telas que formaban el dosel, espió a Max, vestido elegantemente con una bata de raso, mientras él observaba a un atildado sirviente colocando platos sobre unas mesitas al otro lado de la habitación.

Se recostó sobre los lujosos cojines considerando su situación. Su última lección se había dividido en dos partes. La primera concluyó rápidamente, poco después de que Max se metiera en la cama con ella; la segunda había resultado un asunto mucho más extenso y había ocupado las horas de la tarde. Entre medias de las dos partes, Max le había pedido que se casara con él. Ella se rindió ante él, diciéndole que, de todas formas, no tenía elección ya que su corazón estaba comprometido con él.

Oyó que se cerraba la puerta y los pasos de Max acercándose. Descorrió la cortina y su mirada se encontró con el pálido cuerpo de Caroline, apenas cubierto por finas sedas, y la miró de abajo a arriba. Sonriendo, le tendió la mano.

—Ven a comer; tengo un hambre canina.

La cena estaba deliciosa y muy bien preparada. Cuando terminaron de comer, Caroline se recostó, relajada y contenta, contra su pecho, rodeada de cojines y tomándose una copa de excelente vino bien fresco.

Max, igualmente feliz, le rodeó los hombros con un brazo y empezó a hablar del tema del que todavía había cosas que concretar.

—¿Cuándo nos vamos a casar?

Caroline arqueó las cejas.

—No lo he pensado todavía.

—Pues te sugiero que lo hagas. Dado que he dejado a mi hermano, Darcy Hamilton y Hugo Denbigh a punto de proponer el matrimonio a tus hermanas, sospecho que será mejor que regresemos a Londres mañana por la tarde. Luego, si tú quieres una boda a lo grande, tengo que advertirte que la familia Rotherbridge es enorme y, siendo yo el jefe, esperarán que invite a todos.

Caroline meneó la cabeza.

—No creo que una boda así sea muy buena idea, pero... ¿lo aceptará tu familia si no lo hacemos así?

—Están muy acostumbrados a mis locuras, aunque creo que estarán bastante contentos con mi casamiento, y más cuando sepan que es con alguien como tú, amor mío.

De repente, Caroline se incorporó de un salto.

—¡Max! Acabo de acordarme... ¿qué hora es? Estarán todas preocupadas porque no he vuelto.

Pero Max volvió a recostarla sobre su pecho.

—Calla, ya me he encargado yo de eso. Le dejé una nota a la tía Augusta; sabe que estás conmigo y que no volveremos hasta mañana. Bueno, volvamos al tema de la boda. Todavía nos queda fijar la fecha.

Caroline se puso a pensar. Una vez de vuelta a Londres, seguramente acabaría atrapada en los planes de boda de sus hermanas, aunque suponía que la suya tendría que ser la primera.

—¿Con qué rapidez nos podemos casar?

—Si quieres, mañana mismo —y al volverse a mirarlo Max continuó—: Podríamos hacerlo en esta casa. Tengo una licencia especial y nuestro vecino resulta ser un obispo retirado, antiguo amigo de mi padre, que estará encantado de oficiar la ceremonia de mi boda. Si lo deseas en serio, puedo ir a verlo mañana por la mañana y estaremos casados antes de la comida. Después, será mejor que volvamos a Londres. ¿Te parece bien el programa?

—Oh sí —dijo acariciándolo—. Me parece maravilloso. ¿Y te parece bien a ti, mi señor?

—Definitivamente, sí —dijo arrastrando la voz.

El duque de Twyford volvió a Londres la tarde siguiente acompañado por su duquesa. Fueron directamente a Twyford House y encontraron un gran embrollo allí. Lady Benborough estaba en la salita sentada en una de las butacas, con cara de plena satisfacción.

—¡Aquí estáis! Ya era hora ¿no? —los miró leyendo la felicidad en los ojos de Caroline y viendo la cara de contento que traía su sobrino—. ¿Qué habéis estado haciendo?

Max sonrió pícaro mientras se inclinaba a besarla en la mejilla.

—Como te habrás muy bien imaginado, he estado asegurándome a mi duquesa.

—¿Ya os habéis casado? —preguntó incrédula.

Caroline asintió.

—Nos pareció lo más apropiado; así nuestra boda no retrasaría las demás.

—¡Vaya! —exclamó Augusta, que miró a Max enfurecida.

—Qué raro, tía, pensé que te gustaría vernos casados.

—Bueno, claro que sí —empezó—. Pero sabes que hubiera dado mi mejor peluca por haber visto la ceremonia.

—Te aseguro que estamos casados de verdad. ¿Pero dónde están mis hermanas?

Augusta iba a empezar a hablar, pero antes de que pudiera hacerlo se abrió la puerta y apareció Sarah seguida de Darcy Hamilton. Por la cara que traían, se los veía felices; Sarah estaba radiante y Darcy tenía cara de estar perdidamente enamorado.

Las hermanas se saludaron cariñosamente, luego Sarah se apartó un poco y examinó el pesado anillo de oro que Caroline llevaba en la mano izquierda.

—¿Ya os habéis casado?

—Lo hicimos para haceros el favor de quitaros nuestra boda de en medio lo antes posible —dijo Max, que le estrechaba la mano a Darcy—. Ahora ya no hay impedimentos para celebrar vuestras nupcias.

Darcy y Sarah se miraron, luego se echaron a reír.

—Me temo querido muchachito que nosotros también nos hemos adelantado a los acontecimientos —anunció Darcy.

Sarah alzó la mano izquierda, en la cual brillaba una fina alianza. Mientras que los duques de Twyford intercambiaban felicitaciones con lord y lady Hamilton, lady Benborough los miraba disgustada.

—Lo que me gustaría saber es si podré ir todavía a alguna boda.

—Oh, todavía quedan dos Twinning; yo no me daría por vencida —le contestó su sobrino—. A propósito, ¿alguien ha visto a las otras dos?

Nadie lo había hecho. Al preguntar al mayordomo por ellas, les dijo que lord Denbigh había ido a buscar a Arabella justo antes de las dos y que Martin había pasado a por la señorita Lizzie cerca de las tres.

—¿Dónde podrán estar?

Como por arte de magia, Arabella entraba en ese momento en el salón con expresión de felicidad total. Se abrazó a sus dos hermanas y luego se volvió hacia los demás.

—¡Adivinad qué!

Todos se quedaron callados, sospechando lo mismo. Casi sin querer, Max habló.

—¿Estáis ya casados?

Arabella se desilusionó un poco.

—¿Cómo lo sabíais? —preguntó.

—¡No! —gimió Augusta—. ¿Max, ves lo que pasa cuando te vas de la ciudad?

Pero sus palabras no fueron tomadas en cuenta. Demasiado felices como para hacer reproches, el duque y la duquesa de Twyford se dispusieron a felicitar a lord y lady Denbigh. Y luego, por supuesto, estos últimos se enteraron de las noticias de los otros, con lo cual los siguientes diez minutos pasaron entre felicitaciones y buenos deseos.

Habiendo Hugo y Arabella asegurado a Max que Martin había pedido en matrimonio a Lizzie y que ella lo había aceptado, procedieron a discutir los arreglos de alojamiento de las parejas. Sarah por supuesto se instalaría en Hamilton House, mientras que Arabella lo haría en Denbigh House. Caroline, por supuesto, lo haría en Delmere House. Aliviadas de que su tutor no se hubiera opuesto a nada, Sarah y Arabella estaban a punto de marcharse a hacer su equipaje cuando la puerta de la sala se abrió.

Martin y Lizzie entraron.

Fue Max al verlos el que adivinó la fuente de su felicidad inmediatamente.

—¡No me digáis más! —dijo con tono melodramático—. Os habéis casado también.

No hace falta decir que la fiesta de Twyford House que se celebró cuatro días después tuvo un éxito tremendo. En verdad, con cuatro bellísimas novias vigiladas de cerca por sus cuatro apuestos maridos, fue, tal y como Max había previsto, uno de los puntos álgidos de la temporada.

Últimos títulos publicados en Top Novel

El regreso del rebelde – LINDA LAEL MILLER
Víctima de una obsesión – DEANNA RAYBOURN
Los Cordina – NORA ROBERTS
Tierras salvajes – DIANA PALMER
Algo más que vecinos – ISABEL KEATS
Sueños de verano – SUSAN WIGGS
Tiempo de traiciones – ROSEMARY ROGERS
Nuevos comienzos – ROBYN CARR
Pasión de contrabando – BRENDA JOYCE
Los Montford – CANDACE CAMP
Tentando a la suerte – SUZANNE BROCKMANN
De repente, un verano – ROBYN CARR
Empezar de nuevo – ISABEL KEATS
Una luz en el mar – SUSAN WIGGS
Los Mackenzie – LINDA HOWARD
Una rosa en la tormenta – BRENDA JOYCE
Sabor a peligro – LORI FOSTER
Entre las azucenas olvidado – GEMA SAMARO
Cierra los ojos… – SUSAN WIGGS
Más allá del odio – DIANA PALMER
Historias nocturnas – NORA ROBERTS
Vacaciones al amor – ISABEL KEATS
Afterburn/Aftershock – SYLVIA DAY
Las reglas del juego – ANNA CASANOVAS
Luz de luna – ROBYN CARR
Cautivar a un dragón – LIS HALEY

www.ingramcontent.com/pod-product-compliance
Lightning Source LLC
LaVergne TN
LVHW030331070526
838199LV00067B/6230